잃어버린 시절을 찾아서 3

피어나는 소녀들의 그늘에서 1

마르셀 프루스트

잃어버린 시절을 찾아서 3

피어나는 소녀들의 그늘에서 1

이형식 옮김

펭귄클래식코리아

옮긴이 이형식

서울대학교 불어교육과를 졸업하고 파리대학에서 마르셀 프루스트에 대한 연구로 석사, 박사학위를 받았다. 현재 서울대학교 명예교수이다. 지은 책으로는 『마르셀 프루스트』, 『프루스트의 예술론』, 『작가와 신화-프루스트의 신화 세계』, 『프랑스 문학, 그 천년의 몽상』, 『그 먼 여름』이 있다. 옮긴 책으로는 『레 미제라블』, 『쟈디그·깡디드』, 『모빠상 단편집』, 『웃는 남자』, 『93년』, 『미덕의 불운』, 『사랑의 죄악』, 『중세의 연가』 등이 있다.

잃어버린 시절을 찾아서 3 피어나는 소녀들의 그늘에서 1

초판 1쇄 발행 2015년 11월 20일
초판 5쇄 발행 2022년 4월 18일

지은이 | 마르셀 프루스트   옮긴이 | 이형식

발행인 | 이재진 단행본사업본부장 | 신동해
편집장 | 김경림 마케팅 | 최혜진 이은미
홍보 | 최새롬 국제업무 | 김은정 제작 | 정석훈

브랜드 펭귄클래식 코리아
주소 경기도 파주시 회동길 20
문의전화 031-956-7066 (편집) 02-3670-1123 (마케팅)
홈페이지 http://www.wjbooks.co.kr
페이스북 www.facebook.com/wjbook
포스트 post.naver.com/wj_booking
발행처 ㈜웅진씽크빅
출판신고 1980년 3월 29일 제406-2007-000046호

펭귄클래식 코리아는 유리장 에이전시를 통해 펭귄북스와 제휴한 ㈜웅진씽크빅 단행본사업본부의 브랜드입니다.
펭귄 및 관련 로고는 펭귄북스의 등록 상표입니다. 허가를 받아야만 사용할 수 있습니다.
Penguin Classics Korea is the Joint Venture with Penguin Books Ltd.
arranged through Yu Ri Jang Literary Agency. Penguin and the associated logo
are registered and/or unregistered trade marks of Penguin Books Limited.
Used with permission.
이 책은 저작권법에 따라 보호받는 저작물이므로 무단 전재와 무단 복제를 금지하며,
이 책 내용의 전부 또는 일부를 이용하려면 반드시 저작권자와 ㈜웅진씽크빅의 서면 동의를 받아야 합니다.

한국어 판 ⓒ ㈜웅진씽크빅, 2015
ISBN 978-89-01-20500-7 04800
ISBN 978-89-01-08204-2 (세트)

* 잘못된 책은 바꾸어 드립니다.
* 책값은 뒤표지에 있습니다

차례

1부 스완 부인의 주변에서 · 9

옮긴이 주 · 329

피어나는 소녀들의 그늘에서
À l'Ombre des jeunes filles en fleurs

▶ 일러두기
1. 모든 외래어는 현지 발음에 가깝도록 표기하고, 라틴어는 추정되는 고전 라틴어 발음 규범을, 고대 그리스어는 에라스무스의 발음 체계를 따른다.
2. [f]음은 한글 음운 체계에 존재하지 않는지라, 혼동 여지의 유무, 인접한 철자와의 관련 및 관행 등을 고려하여 [ㅎ]음이나 [ㅍ]음으로 표기한다.
3. [th]음 또한 [f]음과 같은 기준으로 고려하여 [ㄸ]음이나 [ㅆ]음 혹은 [ㅌ]음으로 표기한다.
4. 특정 교단들이 변형시켜 사용하는 어휘들(수단, 가톨릭, 그리스도, 모세 등)은 원래의 발음에 가깝게 적는다(쏘따나, 카톨릭, 크리스토스, 모쉐 등).
5. 우리말 어휘들 중 많은 것들은 실제로 통용되는 형태로 적는다(숫소, 생울타리, 우뢰 등).

1부

스완 부인의 주변에서

노르뿌와 씨를 처음으로 만찬에 초대하는 이야기가 나왔을 때, 나의 어머니께서, 두 사람 모두 그 전직 대사의 관심을 끌 만한데, 꼬따르 교수는 여행 중이고, 스완과는 왕래를 완전히 끊어 유감이라고 하시자, 아버지께서 대꾸하시기를, 꼬따르처럼 저명한 학자인 훌륭한 손님은 어느 만찬에서건 결코 결례를 범하지 않는 반면, 지극히 하찮은 교분들을 지붕 위에 올라가 외쳐대며 과시하는 버릇을 가진 스완은, 노르뿌와 후작이 틀림없이 그가 자주 사용하는 표현을 빌려 '악취 풍긴다'라고 할, 일개 상스러운 허풍꾼이라고 하셨다. 그런데, 몹시 꼴불견이던 꼬따르의 됨됨이와, 사교계에 관련해서는 겸손과 삼감을 그 세련의 극치까지 이끌어 가던 스완을 아마 몇몇 사람들은 기억하리니, 내 아버지의 그러한 대꾸에 몇 마디 설명을 가함이 필요할 것이다. 우선 스완에 대해서 말하자면, '아들 스완'[1]에다 또한 죠키 클럽 회원 스완[2]에다, 내 부모님의 옛 친구가 오데뜨의 남편이라는 새로운 성격 하나를(하지만 마지막이 아닐)[3] 첨가하는 일이 닥쳤다. 그는 자신의 천품인 본능과 욕망과 근면성을 그 여인의 소박한 야심에 맞추어, 자신의 지난날 신분보다 훨씬 낮은, 하지만 자기와 함께 그것을 누릴 반려자에게 어울리는, 새로운 신분 하나를 애써 구축하였다. 그러더니 그가 그 속에서 전혀 다른 사람의 모습을 드러냈다. 그가 자기 아내와 함께 새로운 사람들 가운데서(여전히 자기의 개인적 친구들과 교류하면서, 그리고 그들이 자발적으로 원하지 않는 경우, 오데뜨를 그들에게 억지로 소개하지 않으면서) 제2의 삶을 시작하고 있었으니, 그 새로운 사람들의 사회적 지위를, 나아가 자신이 그들과 어울리면서 느낄 수 있을 자부심을 측정하기 위하여, 결혼 전에 자기의 무리를 형성하고 있던 가장 찬연한 사람들이 아니라 오데뜨가 결혼 전에 교제하던 사람들을 비교의 기준으로 삼았을 것임은 누구나 이해할 수 있었을 것이다. 하지만, 그가 세련되지 못한 공무원들이나, 몇몇 정부 부처가 개최하는 연례 무도회에 붙박이 치장물처럼 참석하는 흠절 많은 여인들과 교제하기를 갈망한다는 사실을 비록 누구나 알고 있었지만, 전에는 물론 아직까지도 트위크넘[4]이나 버킹엄 궁으로부터 받은 초청장[5]은 우아하게 감추는 그가, 어느 장관 비서실 차장의 아내가 스완 부인을 방문한 사실은 드러내 놓고 자랑하는 그의 말을 듣고 모두들 놀라곤 하였다. 사람들은 아마 그러한 현상이, 우아한 스완의 소박함 역시 허영의 더 세련된 형태에 불과하다는 사실에 기인한다고 할 것이고, 또한, 내 부모님의 옛 친구가, 마치 특정 부류 유대인들처럼,[6] 가장 순진한 스노비즘과 가장 상스러운 행태로부터 가장 세련된 예절에 이르기까지, 자기의 종족이 경유한 연속적인 상태들을 차례대로 보여주었을 것이라고도 할 것이다. 그러나 주된 이유는, 또한 인류 전반에 적용될 수도 있는 이유이거니와, 우리의 미덕들이라는 것 자체가, 자유롭게 부유하는, 그리하여 우리가 항상 우리의 뜻대로 어찌 할 수 있는, 그 무엇이 아니라는 사실에 있다. 우리가 어떠한 행위에 임하든 수반시켜야 한다고 생각하는 미덕들이, 결국에는 우리의 뇌리에서 그 행위들과 어찌나 밀접하게 연계되고 마는지, 우리가 혹시 전혀 다른 부류의 행위에 문득 임해야 하는 경우, 우리는 그 일을 불시에 당한 것처럼 느끼고, 그 행위가 바로 같은 미덕들의 실천을 내포할 수 있다는 사념조차 품지 못한다. 그 새로운 교분들에 열의를 다하고 그것들을 자랑스럽게 들먹이는 스완은, 생애의 끝자락에 이르러 혹시 요리나 원예에 손대기 시작하였을 경우, 자기들이 만든 요리나 가꾼 화단에 누가 찬사를 보내면 천진스러운 만족감을 드러내면서, 자기들의 예술적 걸작품에 대한 비판은 선선히 받아들이되 그 요리나 화단에 대한 비판은 결코 용납하지 않는, 겸손하거나 관대한 몇몇 위대한 예술가들과 흡사했다. 혹은 자신이 그린 화폭 하나쯤은 선뜻 거저 주면서, 반면 도미노 게임에서는 겨우 40쑤[7] 잃고도 역정을 내는 화가들과 흡사했다.

  꼬따르 교수에 대해서는 훨씬 후, 라스쁠리에르 성 '안주인' 댁에서,[8] 다시 길게 이야기할 것이다. 현재로서는 그에 대하여 다음과 같은 점들만을 지적해 두는 것으로 충분할 것이다. 우선, 스완의 경우, 엄밀히 말하자면, 내가 샹젤리제에서 그를 질베르뜨의 아버지로서[9] 일상적으로 보곤 하던 때에는, 게다가 나에게 아무 말도 건네지 않았던지라 그가 정계 인사들과의 교분을 내 앞에서 자랑할 수 없었던 때에는, 그에게 일어난 변화가 나 모르는 사이에 이미 진행되었던지라, 그것이 놀라움을 안겨 줄 수 있다(그가 비록 정계 인사들과의 교분을 내 앞에서 자랑하였다 하더라도 내가 그의 허세를 즉시 알아차리지 못하였을 것은 사실인 바, 어떤 이에 대하여 오랜 세월 품었던 생각이 우리의 눈을 가리고 귀를 막는 법이기 때문이다. 예를 들어 나의 어머니께서는 당신의 질녀들 중 하나가 입술에 바르던 연지를, 그것이 어떤 액체 속에 용해되어 있었기라도 한 듯, 추가된 부스러기 하나가 혹은 다른 어떤 요인 하나가 과포화라는 현상을 초래하기까지는, 세 해가 지나도록 알아채지 못하셨다. 그렇게 보이지 않던 연지가 어느 날 문득 몽땅 덩어리 형태로 뭉쳤고, 그러자 어머니께서는, 그 급작스러운 색채적 방탕 앞에서, 꽁브레에서 흔히들 그랬을 것처럼, 그것이 수치스러운 일이라 하시면서, 당신의 질녀와 거의 모든 관계를 끊으셨다). 그러나 반면 꼬따르의 경우, 스완이 베르뒤랭 내외의 집에 등장하는 것을 그가 목격하였던 시절은 이미 먼 옛날이 되었는데, 각종 명예나 공식적인 직함들은 세월과 함께 저절로 오는 법이다. 둘째, 어떤 사람이 비록 무식하고 또 멍청한 신소리나 지껄인다 해도, 그가 위대한 전략가의 재능이나 뛰어난 임상적(臨床的) 재능과 같은, 일반교양으로 대체할 수 없는 재능을 보유하고 있을 수도 있다. 실제로 꼬따르의 동료들이 그를, 미미한 개업의 노릇이나 하다가 결국 전 유럽적인 명성을 우연히 얻은 사람으로만 여기지는 않았다. 젊은 의사들 중 가장 똑똑한 이들조차 공공연히 말하기를—뭇 유행이란 변화의 욕구에서 생기며, 따라서 그것들이 끊임없이 변하는지라, 적어도 몇 해 동안은—자기들이 만약 병에 걸릴 경우, 자기들의 목숨을 맡길 유일한 명의(名醫)는 꼬따르뿐이라고 하였다. 그들 또한 의심할 나위 없이, 더불어 니체나 바그너 등에 관한 이야기를 나눌 수 있을, 더 유식하고 예술적 교양을 갖춘 상급자들과 어울리는 편을 택하였을 것이다. 언젠가는 남편이 의과대학 학장직에 오르리라는 기대 속에, 꼬따르 부인이 남편의 동료들과 제자들을 야연에 초대하고 음악을 연주하게 할 때마다, 꼬따르는 음악에 귀 기울이는 대신, 옆 거실에서 카드놀이 하는 편을 택하였다. 그렇건만 사람들은 그가 던지는 눈길한 번의, 즉 그가 내리는 진단의, 신속성과 심오함과 정확성에 찬사를 보내곤 하였다. 셋째, 꼬따르 교수가 나의 아버지와 같은 사람들에게 보이는 전반적인 태도와 관련시켜 말하거니와, 우리가 생애의 후반부에 이르러 드러내는 성격이란, 물론 그러한 경우도 빈번하지만, 그것이 항상 더 발육되거나 퇴화한 혹은 확장되거나 약화된 최초 천성은 아니라는 점을 지적해 두자. 그것이 때로는, 완전히 전도(顚倒)된 천성, 뒤집어 놓은 옷 한 벌일 수도 있다. 그에게 반해 있던 베르뒤랭 내외의 집을 제외한 다른 곳에서는, 꼬따르의 주저하는 기색과 소심함과 과도한 친절 등이, 그의 젊은 시절에, 끊임없는 조롱거리가 되곤 하였다. 그런데 어느 자비심 많은 친구가 그에게 얼음장처럼 차가운 기색을 드러내라고 조언하였단 말인가? 그의 중요한 사회적 지위 덕분에 그러한 기색 취하기가 용이했다. 본능적으로 자신의 원래 모습을 되찾곤 하던 베르뒤랭 내외의 집을 제외한 어디에서건, 그는 냉정해졌고 스스로 과묵해졌으며, 어떤 말을 해야 할 때에는, 상대방에게 불쾌감 줄 만한 것들을 입에 담기를 잊지 않았고 단호해졌다. 그러한 새로운 태도를 그가 자기의 환자들 앞에서 시연(試演)해 볼 수 있었고, 일찍이 그를 본 적 없었던 환자들은, 따라서 어떤 비교도 할 수 없었던지라, 그가 천성적으로 그토록 거친 사람이 아니라는 사실을 알고 몹시 놀랐을 것이다. 그가 특히 부각시키려 하던 것은 끄떡도 하지 않는 자신의 태연함이었고, 그리하여 심지어 병원에서 일을 하는 동안에도, 어떤 신소리 몇 마디를 하여 진료소 소장부터 인턴들을 돕는 조수들에 이르기까지 모든 사람들을 웃길 때마다, 그는 자기 얼굴의 근육 한 조각 움직이지 않으면서 그러한 신소리들을 던졌고, 게다가 그가 자기의 코밑수염과 턱수염을 면도해 버린 이후에는 그의 얼굴을 더 이상 알아볼 수 없게 되었다.

끝으로 노르뿌와 후작은 어떤 사람이었는지 말해 두자. 그는 전쟁 전에 전권공사였고,[10] 5월 16일의 정치적 위기[11] 당시에도 대사직에 임명되었으며, 그렇건만,[12] 그 이후에도, 많은 사람들에게 놀라움을 안겨 주면서, 여러 차례에 걸쳐, 평범한 일개 반동적인 부르주와조차도 협조하기를 거부하였을, 그리고 노르뿌와 씨의 과거와 인맥 및 정치적 견해 때문에 그를 의심하였을, 일련의 급진적 내각들에 의해, 특수 사명을 띠고―심지어 이집트에서는 차관(借款)[13] 통제관 자격으로 자기의 탁월한 금융가다운 능력을 발휘하여 프랑스에 크게 공헌하기도 하였다―프랑스를 대표하는 직에 임명되기도 하였다. 하지만 그를 기용한 진보적인 각료들은, 그러한 임명을 통하여, 프랑스의 중대한 국익이 관련되었을 때에는 자기들의 사상적 도량이 얼마나 큰지를 과시할 수 있음을 깨달았던 것 같았고, 〈데바〉지[14]조차 자기들을 가리켜 진정한 정치인들이라고 평하게 함으로써 일반 정치꾼들의 위에 우뚝 군림하였으며, 심지어, 귀족의 이름에 따라붙는 인기와, 전혀 뜻밖의 선택이 극적인 반전처럼 일깨우는 관심의 혜택을 누리기도 하였다. 아울러 그들은 노르뿌와 씨를 기용함으로써, 그가 정치적 신의를 저버리지 않을까 하는 염려 없이 그러한 이득들을 취할 수 있음도 잘 알고 있었던 바, 후작의 출신이 그들에게는 경계의 대상이 아니라 하나의 확실한 보증이었기 때문이다. 역시 그 점에 있어서는 공화파 정부가 잘못 짚지 않았다. 그 이유는 우선, 어린 시절부터 자기들 가문의 이름을, 이 세상 그 무엇도 자기들로부터 빼앗을 수 없는, 하나의 특권으로 여기던 특정 부류의 귀족들은(그들의 동배들[15]이나 그들보다 상위 신분의 귀족들은 그 특권의 가치를 상당히 정확하게 알고 있다), 많은 평민들이 그러듯 이렇다 할 후속 결과도 얻지 못하면서 건전해 보이는 견해들이나 애써 주장하고 보수적인 사람들과 교제하는 따위의 노력을 회피할 줄 아는 바, 그러한 노력들이 자기들에게 아무 도움도 되지 않기 때문이다. 반면 자기들 바로 위에 있는 신분들인 왕족이나 공작 가문들의 눈에 돋보이는 것을 중시하는 그 귀족들은, 자기들의 가문에 없던 것, 또한 그것으로 인하여 자기들의 가문이 동배들의 가문보다 우월하게 될, 예를 들어 정치적 영향력이나 문예적 혹은 예술적 명성, 또는 큰 재산 등과 같은 것으로 가문의 명성을 드높여야만, 자기들이 중시하는 일이 성취된다는 사실을 안다. 그리하여, 평민들이 친분을 맺으려 하는 아무짝에도 쓸모없는 한미한 시골구석 귀족이나, 어느 왕족의 관심도 끌지 못할 그러한 귀족과의 부질없는 우정을 위해서가 아니라, 비록 프리메이슨 단원들 같되 자기들에게 대사관의 요직을 마련해 주거나 선거에서 자기들을 후원해 줄 정치꾼들, 각 분야에서 주도적 위치에 있어 그 분야로 '침투하려는' 이들에게 든든한 도움이 될 만한 예술가들이나 학자들, 한 마디로, 새로운 명성을 가져다주거나 부유한 집안과의 혼인을 성사시켜 줄 수 있는 사람들의 호감을 사기 위하여 모든 경비를 지출한다.

  그러나 노르뿌와 씨의 경우, 그는 특히 오랜 외교관 생활을 영위하는 동안, 흔히들 '정부의 사고방식'이라고 부르는 소극적이고 인습적이며 보수적인 그 사고방식에 젖어 들었는데, 그것이 사실 모든 정부들의 사고방식이며, 특히 모든 정부 속에 있는 외무 당국의 사고방식이다. 그는 일찍이 자기의 직무에 종사하는 동안, 반대파들의 다분히 혁명적이거나 최소한 온당치 못한 행태들에 대하여, 혐오감과 두려움과 경멸감을 품게 되었다. 유형들 간의 섬세한 차이를 사문서(死文書)처럼 무의미하게 여기는 몇몇 무지한 일반인들 및 사교계 인사들을 제외하고는, 사람들을 친밀하게 만드는 것은 견해의 공동체[16]가 아니라 정신적 혈족관계[17]이다. 르구베 같은 유형이고 따라서 고전주의 작가들을 지지할 듯한 학술원 회원조차도, 끌로델이 부왈로에게 보내는 찬사보다는 막심 뒤깡이나 메지에르가 빅또르 위고에게 보내는 찬사에 박수갈채를 보냈을 것이다.[18] 바레스를 지지하며 그와 죠르주 베리 씨가 크게 다르다고 여기지 않는 유권자들과 바레스를 친밀하게 만드는 데는 강경한 국가주의라는 것 하나면 족하지만,[19] 그의 학술원 동료들과 그를 친밀하게 만드는 데는 그렇지 못한 바, 동료들이, 그의 정치적 견해에는 동의하면서도 사고방식이 다른 유형인지라, 그보다는 오히려 리보 씨 및 데샤넬 씨[20] 같은 그의 반대파 인물들을 택할 것이며, 한편 충직한 왕정주의자들 또한, 역시 왕정복고를 희원하는 모라스와 레옹 도데[21]보다는 그 두 사람에게서 훨씬 더 친근감을 느낀다. 신중을 기하고 유보적인 태도를 취하는 직업적 습관 때문만이 아니라, 두 나라 간의 친선을 도모하기 위하여 바친 십여 년 간의 노력들이—한 마디 연설이나 협정서에서—외견상 평범하지만 하나의 세계를 담고 있는 단순한 형용사 하나로 요약되고 표현됨을 잘 아는 사람들의 눈에는 단어들이 더 큰 가치와 미묘한 뉘앙스를 내포한 듯 보이는지라, 말에 몹시 인색한 노르뿌와 씨가 외무 특별 위원회 내에서는 매우 차가운 사람으로 알려져 있었지만, 그가 나의 아버지 옆에 자리를 잡곤 하였고, 따라서 위원회 내에서는 모두들, 그 전직 대사가 나의 아버지에게 표하는 친밀함을 축하하곤 하였다. 그러한 친밀함이 그 누구보다도 제일 먼저 아버지에게 놀라움을 주었다. 왜냐하면, 평소에 별로 태도가 친절하시지 못하여, 측근들 이외에는 아무도 당신에게 선뜻 다가오지 않는다는 사실에 익숙해지셨고, 당신께서도 그러한 사실을 솔직하게 고백하시곤 하였기 때문이다. 아버지는, 그 외교관의 친절한 거조 속에서, 한 사람으로 하여금 호의를 품게끔 결정적인 역할을 하는 지극히 개인적인 관점이 작용하고 있음을 감지하셨는데, 사실 그러한 관점에서 보면, 어떤 사람이 우리에게 권태감을 주고 짜증나게 할 경우, 그의 어떠한 지적 탁월성이나 섬세한 감수성도, 많은 이들의 눈에 속이 텅 비었고 경박하며 하찮아 보이는 사람의 솔직성과 쾌활함만큼은 우리의 마음을 움직이지 못한다. "노르뿌와 후작께서 나를 또 만찬에 초대하셨소. 매우 놀라운 일이오. 그분이 특별 위원회 내에서는 그 누구와도 사적인 교분을 맺지 않은지라, 모든 사람들이 그 사실에 어안이 벙벙해졌소. 이번에도 나에게 70년도 전쟁에 관련된 흥미진진한 이야기들을 해주실 것으로 믿소." 나의 아버지께서는, 오직 노르뿌와 씨만이 황제에게 프러시아의 점증되던 군사력과 호전적 의도를 경고하였을 것이고, 비스마르크가 그의 총명함을 높이 평가하였다는 사실도 알고 계셨다. 최근에도, 떼오도즈 국왕을 위해 마련한 오페라 극장에서의 특별 공연 동안, 그 군주가 노르뿌와 씨에게 허락한 접견이 길었음을 신문들이 일제히 부각시켜 보도하였다. "그 왕의 이번 방문이 정말 중요한지 알아보아야겠어요." 대외정책에 관심이 많으신 아버지가 우리들에게 말씀하셨다. "노르뿌와 영감님께서, 입을 단추로 채운 듯 과묵한 분임은 잘 알지만, 나를 대하실 때에는 자신의 속을 친절히 내보이시니 말이오."

나의 어머니에 대해 말하자면, 아마 전직 대사의 지성이 어머니의 마음에 썩 들 만한 유형의 것은 아니었을 것이다. 또한 솔직히 말하거니와, 노르뿌와 씨의 화술은, 특정 직업이나 계층 혹은 시대에서—그러한 직업과 계층에게는 완전히 파괴되지 않았을 수도 있을 시대였다—발견되는 특이한 언어의 해묵은 형태들로 이루어진 어찌나 충실한 목록이었던지, 나는 지금도 가끔, 그가 하던 말들을 무작정 기계적으로 외워 두지 않은 것을 후회하곤 한다. 그렇게 하였다면, 그 놀랄 만한 모자들을 도대체 어디에서 구할 수 있었느냐는 질문에 다음과 같이 대답하던 빨레-루와얄 극장의 배우 못지않게, 쉽게 그리고 그 배우와 같은 방법으로, 구시대 언어를 통째로 얻어 가질 수 있었을 것이다. "저는 저의 모자들을 어디에서 구하지 않습니다. 제가 그것들을 간직하고 있습니다." 한 마디로, 내가 믿기로는, 어머니께서 노르뿌와 씨를 조금 '구식'이라 여기신 것 같았다. 물론 그것이 예절의 관점에서는 어머니의 마음에 거슬리지 않았으나, 사상 면에서는 아니지만—노르뿌와 씨의 사상이 매우 현대적이었으니—표현 측면에서는 상대적으로 어머니에게 별로 매력을 느끼시지 못하게 하였다. 다만 어머니는, 당신의 부군에게 그토록 특별한 호의를 보이던 외교관에 대하여, 찬사를 섞어 이야기하는 것이 곧 당신의 부군을 섬세한 방법으로 즐겁게 해드리는 것이라 여기셨다. 나의 아버지께서 노르뿌와 씨에 대하여 가지고 계시던 호의적인 견해를 아버지의 뇌리에서 강화시키고, 아울러 아버지로 하여금 자신에 대하여서도 못지않게 호의적인 견해를 가지시도록 유도하시면서, 어머니는 음식이 정성스럽게 준비되고 조용히 식탁에 올려지도록 철저히 보살피실 때처럼, 그것 또한 부군의 생활을 쾌적하게 해드릴 당신의 의무들 중 하나라고 여기셨다. 그런데 어머니는 아버지에게 결코 거짓말을 하실 수 없는 분이었던지라, 대사를 진실로 찬미하실 수 있도록 당신 스스로를 훈련시키셨다. 게다가 어머니는 대사의 착한 기색과 조금 구식인 그의 예절(또한 어찌나 정중한지, 신장 큰 몸을 꼿꼿이 세우고 걷다가, 마차를 타고 지나가시는 어머니를 발견하면, 모자를 벗어 인사하기 전에, 막 불을 붙여 입에 문 엽궐련을 얼른 멀찌감치 던져버리곤 하였다), 자신에 대해서는 되도록 적게 말하고 대화 상대자에게 유쾌할 수 있을 것이 무엇일지를 항상 참작하던 그의 화술, 받은 편지에 대한 신속하고 어김없는 답신 등을 높이 평가하셨는데, 그 신속함이 어찌나 놀랄 만했던지, 편지를 보내신지 얼마 아니 되어 받으신 편지 봉투에서 노르뿌와 씨의 필체를 발견하실 때마다 아버지께서는, 두 편지가 불행하게도 중도에서 엇갈렸을 것이라고 믿으시는 듯한 반응을 보이시곤 하였다. 마치 우체국이 특별히 노르뿌와 씨를 위하여 추가적인 우편물 수거 제도를 운용하고 있는 것 같았다. 어머니는, 그가 그토록 다사함에도 불구하고 그토록 빈틈없으며, 그토록 교제 번다함에도 불구하고 그토록 친절함에 경탄하셨지만, 그것은, '불구하고'가 모두 언제나 미처 인식되지 못한 '때문에'라는 사실, 그리고 (노인들이 고령임에도 놀랄 만큼 정정하고, 왕들임에도 순박함이 넘치며, 시골 사람들임에도 세상 사정에 훤한 것처럼) 노르뿌와 씨로 하여금 그 다사함에 부응하면서도 빈틈없이 꼼꼼하게 답신들을 쓰듯, 사교계에서 환심을 사면서도 우리에게 친절할 수 있도록 해주는 것이, 실은 모두 같은 습관들이라는 사실을 미처 생각하지 못하셨기 때문이다. 뿐만 아니라, 어머니의 그러한 오류는, 지나치게 겸손한 모든 사람들이 저지르는 오류처럼, 어머니께서 당신과 관련된 일들은 항상 다른 것들 아래에 놓으시며, 그 결과 다른 것들과는 무관한 것으로 치부하신다는 사실에서 비롯되었다. 아버지의 친구분께서 날마다 '많은 편지들'을 써야 하는지라, 그분이 우리에게 신속히 보내던 답신이 그만큼 찬양받을 만하다고 하시면서, 어머니는 그 '많은 편지들' 중 하나에 불과했던 그 답신은 그것들 속에 포함시키지 않으셨다. 마찬가지로, 우리 집에서의 만찬이 노르뿌와 씨에게는 자기의 무수한 사회적 활동 중 하나라는 점을 간과하셨고, 따라서 그 전직 대사가 외교관 직을 수행하던 시절에는, 시내에서의 만찬들을 직무의 한 부분으로 여기고 체질화된 우아함을 과시하는 것에 익숙해져 있었다는 사실을 미처 생각하지 못하셨는데, 그가 우리 집에 올 때에는 그러한 우아함을 생략하여도 좋다고 혹시라도 누가 그에게 말하였다면, 그는 그것을 지나친 요구라 여겼을 것이다.

내가 아직도 샹젤리제에서 놀던 어느 해, 노르뿌와 씨가 처음으로 참석하였던 우리 집 만찬이 나의 기억 속에 남아 지워지지 않는 것은, 바로 그날 오후, 내가 드디어 『화이드라』의 오후 공연에 출연한 베르마를 보러 갔었기 때문이고, 또한 노르뿌와 씨와 이야기를 나누는 동안, 질베르뜨 스완 및 그녀의 부모에 관련된 모든 것에 의해 나의 내면에 일깨워진 감정들이, 그 같은 가족에 의해 나 이외의 다른 사람들 내면에 일깨워진 감정들과 얼마나 판이한지를, 내가 문득 그리고 새로운 방식으로 깨달았기 때문이다.

질베르뜨가 이미 나에게 예고하였듯이, 그녀를 만날 수 없을 신년 휴가 기간이 다가옴에 따라 내가 실의에 빠져 있음을 눈치채신 어머니께서, 어느 날, 틀림없이 나의 마음을 달래주시기 위하여, 나에게 말씀하셨다. "네가 아직도 전처럼 그렇게 베르마의 공연을 관람하고 싶다면, 내 생각으로는 네 아버님께서도 아마 네가 극장에 가는 것을 허락하실 것이다. 할머니께서 너를 데리고 가실 수 있을 것이다."

그러나, 할머니의 빈축을 사시면서도 당신께서 쓸데없는 짓이라고 부르시던 것을 위하여, 내가 시간을 낭비하고 병까지 얻으러 극장에 가는 것에 심하게 반대하시던 아버지께서, 대사가 권한 그 공연 관람도 화려한 경력을 쌓는 데 유익할 소중한 비결들 중 한 부분이 될 수 있으리라 막연하게나마 생각하시게 된 것은, 노르뿌와 씨가 아버지에게, 내가 베르마의 공연을 관람하러 가도록 내버려 두어야 하며, 그것이 한 젊은이에게는 간직할 만한 하나의 추억이라고 말하였기 때문이다. 내가 베르마의 공연을 관람하면서 얻을 유익함을 나를 위하여 포기하시면서 나의 건강을 생각하여 일찍이 큰 희생을 감수하신 바 있는 할머니께서는, 노르뿌와 씨의 말 한 마디에 나의 건강 문제가 하찮은 것으로 변한 것에 몹시 놀라셨다. 나에게 권고된, 맑은 공기를 호흡하며 일찍 잠자리에 들라는 처방을 합리주의자답게 믿고 계시던 터라, 할머니께서는 내가 급기야 저지르려 하던 그러한 위배 행위가 마치 어떤 재앙이라도 되는 듯 개탄하시면서, 아버지에게 몹시 상심하신 어조로 말씀하셨다. "자네가 참으로 경솔하네." 그러자 아버지가 격앙되어 대꾸하셨다. "도대체 어찌 된 일입니까, 이제는 그 아이가 극장에 가는 것을 원치 않으시다니! 그것이 아이에게 유익할 수 있다고 우리에게 항상 반복해 말씀하시더니, 이건 조금 심한 말씀입니다."

그러나 나에게는 그것보다 훨씬 중요한 점에서 노르뿌와 씨가 아버지의 의도를 바꾸어 놓았다. 아버지는 항상 내가 외교관이 되기를 원하셨지만, 나는, 비록 얼마 동안은 외무성 본부에 배속되더라도, 언젠가는 질베르뜨가 살지 않는 타국의 수도에 사절로 파견될 것이라는 생각을 견딜 수가 없었다. 그리하여 나는, 일찍이 게르망뜨 성 방면으로 산책을 하면서 품었다가 포기하였던, 문인이 되어야겠다는 계획을 다시 추진하고 싶을 지경이었다. 그러나 아버지께서는, 새로운 계층 출신의 외교관들을 별로 좋아하지 않는 노르뿌와[22] 씨가, 문인도 외교관 못지않게 사람들의 존경을 받고 활동을 펼칠 수 있으며 더 큰 독립성을 누릴 수 있다고 아버지에게 단언하던 그날까지, 당신께서 외교관보다 훨씬 열등하다고 여기시던 문인의 길로 내가 들어서는 것을 줄기차게 반대하셨다.

"좋다, 나는 꿈에도 생각하지 못하였지! 노르뿌와 영감님께서는 네가 문인의 길로 들어서는 것에 전혀 반대하시지 않더구나."
아버지께서 나에게 말씀하셨다. 또한 당신께서 상당한 영향력을
가지고 계셨던지라, 주요 인사들과 이야기를 나누면, 이루어지지
않을 것도, 유리하게 해결하지 못할 것도, 없을 것이라 믿으셨다.
"불원간에, 특별 위원회의 모임이 끝난 후, 내가 그를 만찬에 초대
하겠다. 그가 너의 자질에 대하여 호감을 가질 수 있도록, 그와 이
야기를 조금 나누어 보거라. 그에게 보여줄 수 있도록 글을 한 편
잘 써두거라. 그가 잡지 〈두 세계〉[23]의 편집장과 매우 친밀한 사이
이니, 그가 주선하여 너를 그곳에 밀어넣을 것이다. 매우 노회(老
獪)한 사람이니까. 또한 내 생각으로는, 그의 기색을 보고 짐작하
거니와, 그가 오늘날의 외교에 대해서는…!"[24]

질베르뜨와 멀리 떨어져 살지 않아도 된다는 행복감이, 노르뿌
와 씨에게 보여줄 만한 아름다운 글을 쓰고 싶은 열망을 나의 내
면에 일으키긴 하였으나, 그러한 능력을 나에게 주지는 못하였다.
처음 몇 페이지를 긁적거리고 났을 때, 권태로 인해 펜이 스스로
나의 손에서 미끄러져 떨어지는지라, 나는 영영 글 쓰는 재주를
익히지 못할 것이라고, 또 재능을 가지고 태어나지 못하여, 노르
뿌와 씨의 방문이 나에게 제공할, 언제나 빠리에 머물 수 있는 행
운조차 잡지 못하리라는 생각에, 몹시 괴로워하며 눈물을 흘렸다.
다만, 내가 베르마의 공연을 관람하도록 허락해 주시리라는 생각
만이 나의 괴로움을 달래주었다. 그러나 나는, 폭풍우를 그것이
가장 맹렬한 해안에서만 보고 싶어 하던 것처럼, 그 위대한 여배
우의 연기를, 스완이 일찍이 나에게 말하기를 그녀가 그 절정에
이른다는, 고전 작품들 중 하나 속에서 관람하고 싶었다. 왜냐하
면, 우리가 소중한 발견에 대한 희원(希願)을 품고 자연이나 예술
품으로부터 어떤 인상들 받기를 열망할 때에는, 미(美)의 정확한

가치를 우리로 하여금 잘못 이해하게 할 수도 있을 저급한 인상들을 우리 영혼이 그것들 대신 받아들이도록 방관하지 않을까, 다소간의 불안감을 느끼기 때문이다. 『안드로마케』, 『마리안느의 변덕』, 『화이드라』 등에 출연하는 베르마, 그것이 나의 상상이 그토록 열망하던 유명한 것들 중에 속하였다. 베르마가 다음 구절들을 낭송하는 것을 들으면, 곤돌라 한 척이 프라리 교회당에 있는 띠치아노의 작품이나 싼 죠르죠 데이 스키아보니 교회당에 있는 까르빠쵸의 작품들 발치로 나를 실어갈 때[25] 느낄 수 있음 직한 황홀감을 맛볼 수 있을 것 같았다.

돌연한 떠남이 당신을 우리들로부터 멀리 보낸다 하오, 공이시여…[26]

나는 인쇄된 책자들이 검은색과 흰색으로 제공하는 단순한 복제품 형태로 그 구절들을 알고 있었다. 그러나 마침내 그것들이 실제로 황금빛 음성으로 형성된 대기와 찬연한 빛 속에 잠기는 것을 바라보게 되었다고 생각하자, 어떤 여행길에 오를 때처럼, 나의 가슴이 두근거렸다. 베네치아에 있는 까르빠쵸의 그림 한 폭, 『화이드라』를 공연하는 베르마, 그 회화적 혹은 드라마적 걸작품들에 동반된 매력이 그것들을 나의 내면에 어찌나 생생하게 살려놓았던지, 즉 사람과 작품을 어찌나 불가분하게 만들어놓았던지, 내가 만약 루브르의 어느 전시실에서 우연히 까르빠쵸의 화폭들을 보게 되었거나, 혹은 일찍이 단 한 번도 들어보지 못한 어느 극작품을 공연하는 베르마를 우연히 목격하였다면, 수천번이고 반복되었던 내 몽상의 유일하고 포착할 수 없었던 대상을 드디어 마주하면서 맛볼 감미로운 경이로움을 느끼지 못하였을 것이다.[27]

또한 베르마의 연기로부터 고결함과 슬픔의 특정 면모들이 드러날 것이라고 기대하면서도, 한편 나는, 그 여배우가 변변찮고 상스러운 이야기의 줄거리를 '진실'과 '미'의 간략한 개요만으로 장식하는 대신, 진정한 가치를 가진 작품 위에 자기의 연기를 얹어 놓을 경우, 그 연기 속에 있는 위대하고 진실한 것이 더욱 돋보일 것이라고 생각하였다.

여하튼, 만약 내가 새로운 작품 속에서 베르마의 공연을 관람하게 되었다면, 내가 미리 알 수 없었을 대본과, 그것의 한 부분으로 보일 어조와 몸짓이 그것에 추가할 것을 구분할 수 없었을 것이라, 그녀의 기예 즉 낭송법을 평가하기 쉽지 않았을 것이다. 반면, 내가 내용을 거의 외우고 있던 옛 작품들은, 베르마가 자기의 영감에서 끊임없이 샘솟는 독창적인 기법들로 벽화를 그리듯 자기의 뜻대로 뒤덮을, 그리하여 내가 그곳에서 자유롭게 그녀의 창의력을 음미할 수 있을, 이미 확보되고 준비된 광대한 공간처럼 보였다. 불행하게도, 그녀가 고전극 무대를 떠나 어느 대중적인 극장에 성공을 가져다주며 그 분야의 인기 배우로 변신한 여러 해 전부터는 더 이상 고전극을 공연하지 않는지라, 내가 아무리 극장 광고지들을 샅샅이 살펴도 헛일, 광고된 것들은 당시 유행하던 작가들이 특별히 그녀를 위하여 급조한 최근의 작품들뿐이었다. 그런데 어느 날 아침, 극장 광고탑에서 새해 첫 주간의 오후 공연 목록을 살피던 중, 나는 그곳에서 처음으로—흥행 프로그램 끝에, 특히 내가 모르는 줄거리를 내포한지라 제목이 모호해 보이고 틀림없이 보잘것없을 듯한 개막극 다음에—베르마 부인[28]이 공연할 『화이드라』의 두 개 막을, 그리고 다음 날과 그다음 날의 오후 공연 목록에서는 각각 『화류계』[29]와 『마리안느의 변덕』을 발견하였고, 그 제목들이, 『화이드라』라는 제목처럼, 오직 밝음만으로 충만

하여 투명한 듯 보였으며, 작품들이 나에게 하도 친숙했던지라, 그 제목들의 밑바닥까지 '예술'의 한 가닥 미소로 밝혀진 것 같았다. 그 공연 프로그램을 본 후, 베르마 부인이 지난날 자기가 공연하였던 작품들을 가지고 다시 관객 앞에 모습을 보이기로 결심하였다는 기사를 신문에서 읽었을 때, 내 눈에는 그 작품들의 제목들이 그녀 자신에게 고결함을 덧붙여 주는 것 같았다. 그러한 점으로 보아, 진정한 예술가였던 그녀는, 극중 특정 역할들이 최초 공연 때의 새로움이나 재공연 때의 성공보다 더 오래 존속하는 중요성을 가지고 있음을 분명히 알고 있었으며, 자기가 연기한 그 역할들을 박물관에 보존할 만한 가치가 있는 걸작품들로 간주하여, 그 역을 맡았던 자신을 일찍이 본 적 있는 세대나 아직 본 적 없는 신세대 앞에 그 걸작품을 다시 내놓아 보여주는 것도 교훈적일 수 있다고 여긴 것 같았다. 제목이 다른 것들보다 더 길지도 않고 유별난 글자로 인쇄되지도 않는 『화이드라』를, 그저 무료한 저녁 시간이나 보내는 데 유용할 극작품들 사이에 끼워 넌지시 알리게 하면서, 그녀는, 식탁으로 옮겨 앉으려 하는 순간 그저 초대된 손님들일 뿐인 다른 손님들의 이름들과 함께 또 같은 억양으로 발음하면서도 특정인에게는 '아나똘 프랑스씨입니다'라고 하는 어느 안주인의 암시적인 어투[30] 같은 것을 그 작품에 추가하였다.

  나의 건강을 보살피던 의사가―나에게 일체의 여행을 금지시킨 그 사람이다―나를 극장에 보내지 마시라고 부모님을 만류하였다. 그곳에서 돌아와 병석에 누우면 아마 오랫동안 일어나지 못할 것이고, 결국 내가 기쁨보다는 더 많은 고통을 겪게 될 것이라고 하였다. 내가 그러한 공연에서 기대하던 것이 단지 후에 겪을 고통으로 상쇄될 하나의 즐거움에 불과했다면, 그러한 염려가 나의 뜻을 꺾을 수도 있었을 것이다. 그러나―내가 그토록 갈망하던 발백으로의 여행과 베네치아로의 여행에서 그랬듯이—그 오후 공연에서 내가 기대하던 것은 하나의 즐거움과는 전혀 다른 것이었다. 그것은 내가 살고 있던 세계보다 더 실재적(實在的)인 세계에 속하는 진실들이었고, 그것들을 일단 획득하기만 하면, 나의 한가한 삶을 구성하는 무의미하고 사소한 사건들(그것들이 나의 육신에 고통을 준다 해도)이 나에게서 그것들을 탈취할 수 없을 것 같았다. 공연 중 내가 맛볼 즐거움이란 기껏, 그러한 진실들의 인지에 혹시 필요할지 모를 형태로만 여겨졌고, 따라서 의사가 예견한 육신의 불편함이, 그것으로 인해 혹시 그 즐거움이 망가지거나 왜곡되지 않도록, 공연이 끝난 후에나 재발되기를 바라면 그만이었다. 나는, 의사가 방문한 이후, 내가 『화이드라』 공연 관람하러 가는 것을 허락하지 않으시려는 부모님께 애원하곤 하였다. 그러면서 다음 구절을 끊임없이 읊조리곤 하였다.

돌연한 떠남이 당신을 우리들로부터 멀리 보낸다 하오….

또한 그 구절을 읊조리면서, 베르마가 동원할 어조에서 비롯될 뜻밖의 효과를 정확히 헤아려 보기 위하여, 그 구절에 적합할 듯한 모든 어조들을 찾아내려 하였다. 그것이 나의 눈에 보이지 않게 가리고 있는 장막 뒤에 지성소(至聖所)처럼 감추어져 있어, 내가 장막 밖에서 나의 뇌리에 되살아나던 베르고뜨의 표현들—질베르뜨가 찾아낸 라씬느의 『화이드라』에 관한 소책자에서 읽은 '조형적 고결함'[31], '예수교도들의 고행'[32], '얀센파적 창백함'[33], '트로이젠의 공주 혹은 끌레브 대공 부인'[34], '뮈케나이의 비극적 사건'[35], '델포이적 상징'[36], '태양 신화' 등이다—속에 있던 것들에 의지하여 매 순간 새로운 면모를 부여하던, 그리고 베르마의 연기가 틀림없이 나에게 드러내 보여줄 그 신성한 미의 여신이, 나의 뇌리 깊숙한 곳에 있으며 밤낮으로 항상 불이 밝혀져 있던 제단 위에 군림하고 있었고, 드디어 여신의 보이지 않는 형체가 서 있던 바로 그 자리에서 너울 벗은 그 여신의 완벽함을, 나의 뇌수가 자신 속에 영영 간직하게 될지 혹은 그러지 못하게 될지를, 엄격하고 변덕스러운 나의 부모님이 곧 결정하실 판이었다. 그리하여 나는, 그 상상을 초월하는 영상에 나의 눈을 고정시킨 채, 나의 가족이 내세우는 장애물들을 상대로 아침부터 저녁까지 쉬지 않고 투쟁을 벌였다. 그러나 그 장애물들이 없어졌을 때, 나의 어머니께서—비록 그 오후 공연이 아버지께서 특별 위원회 회의가 끝난 다음 노르뿌와 씨를 만찬에 초대하시기로 되어 있던 바로 그날에 있었음에도 불구하고—나에게 '좋다, 우리가 너를 괴롭히고 싶지 않으니, 그것이 너에게 그토록 기쁘면 가야지'라고 말씀하셨을 때, 그때까지는 금지되었던 연극 관람이 오직 나의 뜻에만 달려, 내가 처음으로 그것이 불가능하지 않을까 하는 따위의 근심을 하지 않게 되었을 때, 나는 그 연극 관람이 정말 바람직스러운 것인지, 내 부모님의 반대 이외의 다른 이유들이 혹시 나로 하여금 그것을 포기하도록 하는 것은 아닌지, 나 자신에게 묻게 되었다. 우선, 부모님의 무정하심에 내가 심한 반감을 품었던 것은 사실이나, 두 분이 내리신 승낙이 문득 나에게 두 분을 어찌나 귀하게 여기도록 해주었던지, 그분들에게 괴로움을 드렸다는 생각이 나 자신에게 괴로움을 일으켰고, 그 괴로움을 통해서 보자니, 삶의 목표가 진리의 발견이 아니라 애정처럼 보였으며, 부모님이 행복하시냐 혹은 불행하시냐만이 나의 삶이 착한지 악한지를 판별해 주는 유일한 기준처럼 보였다. "두 분의 마음을 아프게 할 바에는 차라리 극장에 가지 않는 것이 좋겠어요." 내가 어머니에게 말씀드리자, 어머니는 오히려, 당신께서 그 일로 인해 슬퍼할 것이라는 나의 속마음을 제거해 주시려 애쓰시면서, 나의 그러한 마음이 내가 『화이드라』 공연을 관람하면서 맛볼 기쁨에 손상을 가할 수 있으며, 당신과 아버지께서 반대하시기를 그만두신 것도 그 기쁨을 위해서였노라고 하셨다. 그러한 말씀을 듣자, 내가 연극을 관람하면서 기쁨을 느껴야 한다는 의무감이 몹시 무거워 보였다. 그리고 게다가, 혹시 극장에 갔다가 병석에 눕게 될 경우, 신년 휴가가 끝나면 질베르뜨가 샹젤리제에 즉시 돌아올 것이 틀림없는데, 내가 그곳에 갈 수 있을 만큼 병이 신속히 치유될 것인가? 나는 그 모든 동기들과 베르마의 너울 뒤에 있어 보이지 않는 완벽한 예술의 개념을 대면시켜, 어느 것이 더 우세할지를 판단하려 하였다. 그리하여 천칭 저울의 한쪽 판 위에는 '엄마의 슬픔과 샹젤리제에 가지 못할 위험'을 다른 반대쪽 판에는 '얀센파적 창백함, 태양 신화' 등을 올려놓았다. 하지만 그 단어들이 결국에는 스스로 나의 오성 앞에서 모호해져 무의미해졌고, 자체의 무게를 상실하였다. 나의 망설임이 차츰 어찌나 괴로워졌던지, 내가 왜 극장에 가는 편을 택하였는지 이제 생각하거니와, 그것은 오직 괴로움이 멈추도록 하고 그것으로부터 영영 해방되기 위해서였을 것이다. 내가 '지혜로운 여신'에게로가 아니라, 그 여신의 너울 밑으로 슬쩍 잠입한, 얼굴도 이름도 없는 무자비한 신에게로 이끌려 가도록 내 자신을 내버려 둔 것은, 나의 괴로움을 단축시키기 위해서였지, 더 이상 지적인 이득을 얻을 수 있으리라는 희망이나 완벽한 예술의 매력에 탐닉해서가 아니었을 것이다. 그런데 문득 모든 것이 바뀌어, 베르마의 연기를 관람하고 싶은 나의 열망이 한 차례 새로운 채찍 세례를 받았고, 그것이 나로 하여금 그 오후 공연을 조바심 속에서 또 기쁨에 휩싸여 기다릴 수 있게 해주었다. 즉, 어느 날, 평소의 습관대로, 탑 꼭대기에서 홀로 고행하는 수도자처럼, 그리고 그것이 얼마 전부터 몹시 괴로운 일이었지만, 내가 극장들의 광고지가 붙은 원주 앞에 섰을 때, 누가 처음으로 그곳에 막 붙인 듯 아직 축축한 『화이드라』의 상세한 프로그램이 내 눈에 띈 것이다(그리고 프로그램 중, 사실대로 말하거니와, 나머지 배역은 나로 하여금 결단을 내리게 할 어떤 새로운 매력도 가져다주지 못하였다). 하지만 그 프로그램이, 나로 하여금 망설이게 하던 여러 목적들 중 하나에 더 구체적이고—프로그램에, 내가 그것을 읽던 날이 아니라, 공연이 있을 날의 날짜와 개막 시각까지 명시된지라—거의 즉각적인, 이미 실현되고 있는 형태를 부여하고 있던지라, 나는 바로 그날 그 시각에, 나의 지정된 좌석에 앉아, 베르마의 연기를 관람할 준비가 되어 있을 것이라 생각하면서, 기쁨에 들떠 원주 앞에서 깡충거렸다. 그러다가, 부모님께서 할머니와 나를 위하여 좋은 좌석 둘을 예약하실 시간을 놓치시지 않을까 두려워 내가 단걸음에 집으로 달려갔고, 그러는 동안 나는, 나의 뇌리에 '얀센파적 창백함'이나 '태양 신화' 등과 같은 표현들 대신 들어선 다음의 마법과 같은 말에 도취되어 조금은 미친 상태가 되었다. "부인들께서는 아래층 전면 상등석에서 모자를 벗어야 하고, 두 시에 출입문이 닫힐 것이다."

그러나 애석하게도 처음으로 관람한 그 오후 공연이 나에게 커다란 실망을 안겨 주었다. 아버지께서 특별 위원회에 가시는 길에 할머니와 나를 극장 앞에 내려주시겠다고 하셨다. 집을 떠나기 전에 아버지가 어머니에게 말씀하셨다. "훌륭한 만찬을 준비하도록 애써 주시오. 내가 노르뿌와를 데리고 오기로 한 것 기억하시지요?" 어머니는 그 일을 잊지 않고 계셨다. 그리하여, 틀림없이 탁월한 재능을 발휘할 수 있는 요리술에 모처럼 몰두하게 되어 행복해지고, 게다가 새로운 손님을 초대하였다는 소식에 자극을 받았으며, 자신만이 아는 비법으로 쇠고기 편육을 만들어야 함을 의식한 프랑수와즈는, 전날부터 창조적 열광에 온통 휩싸여 지냈다. 자기의 작품을 만드는 데 소요되는 재료들의 내재적 질(質)에 극도의 중요성을 부여하던 그녀는, 율리우스 2세의 묘소를 조성하는 데 쓸 가장 완벽한 대리석 덩어리들을 고르기 위하여 까라라의 산악에서 여덟 달을 보낸 미켈란젤로처럼,[37] 손수 알 중앙시장[38]에 가서 가장 좋은 소 엉덩이살과 관절살 및 송아지 족(足) 등을 골랐다. 프랑수와즈가 그렇게 오가며 어찌나 열정을 쏟았던지, 그녀의 벌겋게 달아오른 얼굴을 보신 어머니는, 우리의 그 연로한 하녀가, 메디치 가문의 묘소를 지은 사람이 삐에뜨라산따 채석장에서 그랬듯이,[39] 과로 때문에 병석에라도 눕지 않을까 근심하셨다. 또한 프랑수와즈는, 자기가 네브요크(Nev'York)의 햄이라고 부르던 것을 분홍색 대리석처럼 빵의 속살로 감싸서, 빵집의 화덕에 굽도록 하기 위하여 이미 전날 빵집으로 보냈다. 인간의 언어를 실제보다 덜 풍요로운 것으로 믿고 자신의 귀를 별로 신뢰하지 않았던지라, 그녀가 처음으로 '요크'의 햄이라는 말을 들었을 때—'요크'와 '뉴 요크'가 동시에 존재할 수 있다는 것은 있음 직하지 않은 어휘의 과잉 현상이라고 여겨—틀림없이 자기가 잘못 들었고, 자기가 이미 알고 있던 명칭을[40] 사람들이 가리키려 하는 것이라고 믿었을 것이다. 그리하여, 그 이후로는 영영, 그녀가 네브(Nev)라고 발음하던 뉴(New)가 그녀의 귀나 눈에는 '요크' 앞에 반드시 놓이는 것으로 여겨지게 되었다. 따라서 부엌데기 소녀에게 다음과 같이 말할 때에는 그 어조가 자신만만하기 그지없었다. "올리다[41] 상점에 가서 햄을 좀 사와요. 반드시 네브요크의 햄이어야 한다고 마님께서 나에게 분부하셨어요." 그날 프랑수와즈가 위대한 창조자들의 열렬한 확신을 가지고 있었던 반면, 나의 몫은 모색자의 혹독한 불안감이었다. 물론 아직 베르마의 음성을 듣지 못한 동안에는 내가 기쁨을 느꼈다. 극장 바로 앞에 있던, 철책으로 둘러싸인, 그리고 두 시간 후에는 점화된 가스등들이 굵고 잔가지들 전체를 선명히 밝히기 무섭게 금속성 반사광으로 반짝일 헐벗은 마로니에들 가득한 작은 간이 공원에서도, 그리고 자기들의 선발과 승진과 운명이 그 위대한 예술가에게—언제든 교체될 수 있고 순전히 이름뿐인 관리 책임자들이 덧없이 등장했다 사라지는 그 극장에서 절대권을 행사하던 그 예술가에게—달려 있던, 그리하여 베르마 부인의 모든 지시들이 신참 고용인들에게 잘 전달되어, 고용된 박수꾼들이 그녀를 위해서는 결코 박수를 치지 말아야 하고, 그녀가 무대에 오르기 전에는 창문들을 열어 놓았다가 무대에 오른 후에는 아무리 작은 문이라도 모두 닫아야 하며, 먼지를 가라앉히기 위하여 뜨거운 물 담긴 단지 하나를 그녀 곁에 보이지 않게 놓아두어야 한다는 등의 사항들이 잘 이행되었는지 궁금하고 초조하여, 우리에게는 눈길조차 주지 않은 채 표만 받던 검표원들 앞에서도, 내가 기쁨을 느꼈다. 그리고 실제로 잠시 후에는, 갈기 긴 말 두 필이 끄는 그녀의 마차가 극장 앞에 멈출 것이고, 그녀가 모피로 몸을 감싼 채 마차에서 내릴 것이며, 침울한 몸짓으로 인사에 답하면서, 시중꾼 여인들 중 하나를 보내어, 자기의 친구들을 위하여 확보해 둔 귀빈석과 극장 안의 온도와 칸막이 특별석에 있는 주요 인사들 현황과 일하는 여인들의 옷차림 등을 점검하여 보고하게 할 것인 바, 극장과 관객이 그녀에게는 자신이 겹쳐 입어야 할 제2의 겉옷이며, 연기 환경 또한 자신의 재능이 통과해야 할 전도체(傳導體)일 뿐이기 때문이다. 나는 극장 안에 들어가서도 행복감을 느꼈다. 나의 어린 상상력이 그토록 오랫동안 뇌리에 떠올리던 것과는 반대로 무대가 모든 사람들이 함께 보아야 할 하나밖에 없다는 사실을 알게 된 순간부터, 나는 군중 속에 있을 때처럼 다른 구경꾼들의 방해 때문에 무대가 잘 보이지 않을 것이라고 생각하였는데, 지각 작용 자체의 상징과도 같은 좌석 배치 덕분에, 모든 사람들이 뜻밖에도 각자 극장의 중앙에 있는 듯이 느낀다는 사실을 깨달았기 때문이다. 그러한 현상이 또한, 언젠가 프랑수와즈에게 발코니의 삼등석 좌석에서 멜로드라마를 관람하라고 보냈을 때, 그녀가 집에 돌아와 단언하기를, 자기의 좌석이 더 이상 좋을 수 없었던지라, 무대로부터 너무 멀기는커녕, 무대의 장막이 신비하고 살아 있는 것처럼 가까이 느껴져, 오히려 겁이 날 지경이었노라고 하였던 곡절을 나에게 밝혀 주었다. 나의 기쁨은, 병아리가 부화하려고 할 때 알 껍데기를 통해 들려오는 것과 같은 어렴풋한 소음이, 내려진 막 뒤로부터 감지되었을 때 더욱 중대되었고, 그 소음이 점점 커지더니 문득, 우리의 시선은 침투할 수 없으되 자기의 시선으로는 우리를 보고 있던 그 미지의 세계로부터, 화성으로부터 온 신호들만큼이나 감동적인 세 번 두드리는 막대 소리가, 의심할 여지없이 우리들을 향하여, 엄숙한 형태로 전달되었다.[42] 그리고—그 막이 오른 다음—무대 위에 지극히 평범한 책상 하나와 벽난로 하나가 보이고, 그것들로 미루어, 곧 등장할 인물들이, 내가 언젠가 어느 야회에서 본, 낭송을 하기 위하여 온 배우들이 아니라, 자기들의 집에서 일상적인 하루를 보내고 있는데 내가 그들의 눈에 띄지 않고 불법으로 그들의 가택에 침입한 처지가 된, 그러한 사람들임을 깨달았을 때 역시 나의 기쁨이 중단되었다. 연극이 시작되기 전, 내가 잔뜩 귀를 기울이고 있는데, 바로 그 순간 남자 둘이 무대 위에 나타났고, 흔히 작은 까페 안에서도 어떤 두 사람이 드잡이질하며 싸울 경우 그들 사이에 무슨 말이 오가는지를 종업원에게 물어야 할 지경이건만, 관객의 수가 일천이 넘는 그 극장 안에서는 막 등장한 남자들의 말이 모든 사람들에게 또렷이 들리는 것으로 보아, 그들이 몹시 화가 나 있는 것 같았기 때문이다. 그러나 거의 같은 순간, 관객들이 일제히 침묵 속에 잠기고 곧 이어 여기저기에서 웃음소리가 물결 철썩거리듯 들리는데, 관객들이 두 남자의 떠드는 소리에 전혀 항의하지 않는 것을 보고 놀라다가, 나는 이내, 그 두 방자한 남자들이 배우들이며, 흔히들 개막극이라고들 부르는 짤막한 연극 한 편이 시작되었음을 깨달았다. 그다음 막간이 이어졌고, 그것이 어찌나 길었던지, 다시 자리를 잡은 관객들이 조바심하며 발을 굴러댔다. 그 꼴을 보고 나는 두려움에 휩싸였다. 왜냐하면, 내가 어떤 재판에 관한 기사에서, 고결한 심정을 가진 사람 하나가 자기의 이권 따위에는 개의치 않고 무고한 사람을 위하여 증언대에 서려 한다는 소식을 접할 때마다, 혹시 사람들이 그를 정중히 대하지 않고 충분한 사의를 표하지 못할 뿐만 아니라 크게 보상해 주지 않자, 마침내 역겨움을 느낀 그가 불의의 편으로 돌아서지 않을까 항상 근심하였듯이, 마찬가지로, 내가 그러한 면에서는 천재적 재능과 미덕을 동일시하였던지라, 그토록 버르장머리 없는 관객들의 못된 태도에 화가 치민 베르마가—그렇건만 나는 그녀가 관객들 속에 섞여 있을 몇몇 명사들을 알아보고 또 그들의 평가에 중요성을 부여하였으면 좋겠다고 생각하였다—혹시 엉터리 연기로 자기의 불만과 경멸감을 관객들에게 표하지 않을까 근심하였기 때문이다. 그리하여 나는, 내가 찾으러 갔던 부서지기 쉽고 귀한 인상을 자칫 깨뜨려 버릴지도 모를, 그 발을 구르며 발광하던 교양 없는 사람들을 애원하는 눈빛으로 바라보았다. 그리고 마침내 나의 기쁨이 지속되던 마지막 순간들은 『화이드라』의 초기 장면들이 전개되던 동안이었다. 극중 인물 화이드라가 제2막의 초기 장면들에는 등장하지 않는다.[43] 그렇건만, 막이 오르고 곧 이어, 이번에는 붉은색 벨벳으로 마름질 되었고, 인기 배우가 출연하는 모든 극에서는 무대가 배로 깊어 보이도록 해주는 제2의 막이 옆으로 젖혀지자, 사람들이 일찍이 나에게 베르마의 것이라 이야기해 준 용모와 음성을 가진 여배우 하나가 무대 안쪽으로부터 등장하였다. 하지만 배역을 바꾸었음에 틀림없었다. 테세우스의 아내가 맡은 역할 연구에 내가 쏟은 정성이 무용지물이었다. 그러나 다른 여배우 하나가 먼저 등장한 여배우의 대사에 응하여 대사를 낭송하였다.[44] 먼저 등장한 여배우가 베르마라고 내가 잘못 짚었음에 틀림없었다. 두 번째 여배우가 베르마를 더 닮았고, 낭송법 또한 더 유사했으니 말이다. 게다가 두 여배우 모두, 자기들의 역(役)에 고아한 몸짓과―그녀들이 자기들의 아름다운 페플론[45] 자락을 살짝 잡아 올리는 동안 내가 선명히 분별하였고, 그러한 몸짓과 작품 내용 간의 관계도 이해하였다―때로는 열정적이고 때로는 빈정거리는, 그리하여 내가 집에서 무슨 뜻인지 별로 주의를 기울이지 않고 읽은 구절의 의미를 이해하게 해준,[46] 창의력 넘치는 어조도 덧붙여 주었다. 그러나 문득 그 지성소의 양쪽으로 젖혀진 장막 한 가운데에, 마치 그림틀 중앙에 나타나듯, 여인 하나가 불쑥 등장하였고, 나는 즉각―혹시 누가 창문 하나를 열어 그녀의 신경을 자극하지 않을까, 인쇄된 프로그램 한 장을 무심히 구겨 그녀의 음성 한 마디나마 변질시키지 않을까, 그녀에게는 충분한 박수를 보내지 않은 채 혹시 사람들이 그녀의 동료 출연자들에게 박수를 보내어 그녀의 심기를 불편하게 하지 않을까, 베르마 자신이 느낄 수 있을 것보다도 오히려 더 안절부절 못하던 나의 두려움에 미루어, 그리고 그 순간부터, 극장 내부와 관객들과 배우들과 극작품과 심지어 나의 몸뚱이까지도, 그것이 그녀의 음성 변화에 유리하게 작용하는 한에서만 중요성을 갖는 음향적 매체로 간주하던, 베르마 자신의 것보다도 오히려 더 절대적이었던, 나 자신의 태도에 미루어―몇 순간 전부터 감탄하며 바라보던 두 여배우에게는, 내가 그 연기를 관람하고자 했던 여배우와의 유사점이 전혀 없음을 깨달았다. 하지만 그와 동시에 나의 모든 기쁨이 문득 멈추었다. 나의 두 눈과 귀와 오성까지도 베르마 쪽으로 한껏 집중시켜, 그녀가 나에게 제공할 수 있을, 내가 그녀를 찬미할 이유들 중 그 부스러기 하나라도 놓치지 않으려 하였으나 헛일, 나는 그러한 이유를 단 하나도 거두어 들이지 못하였다. 심지어, 그녀의 동료 여배우들에게서와 마찬가지로, 그녀의 낭송과 연기에서도, 총명한 어조나 아름다운 몸짓을 발견하지 못하였다. 나는 마치 『화이드라』라는 작품을 읽듯, 혹은 내 귀에 들리는 것들을 화이드라 그녀 자신이 직접 그 순간 이야기하고 있기라도 한 듯, 그 낭송에 귀를 기울였으나, 베르마의 재능이 그것들에게 아무것도 추가해 주지 못하는 것 같았다. 나는―그것을 심화시켜 그것 속에 있는 아름다움이라 할 만한 것을 발견하려 노력하기 위하여―예술가의 억양 하나하나와 용모적 표현 하나하나를 나의 앞에 정지시켜 오랫동안 고정시키고 싶었다. 혹은 적어도, 정신적 민첩성을 동원하여 하나의 구절 앞에 나의 주의를 배치하고 준비를 시켜, 준비 작업으로 인하여 각 단어와 몸짓의 지속 시간으로부터 작은 편린 하나라도 분리되는 일이 없도록 하고, 나아가 그러한 나의 강렬한 주의 덕분에, 나에게 긴 시간이 허용되었을 경우에 그렇게 할 수 있듯이, 각 단어와 몸짓 깊숙이 내려가는데 성공하려고 노력하였다. 하지만 그 지속 시간이 어찌나 그리도 짧은지! 소리 하나가 나의 귀에 의해 겨우 받아들여지기 무섭게 다른 소리로 대체되었다. 베르마가 팔을 얼굴 높이까지 쳐들고, 조명 기교 덕분에 푸르스름한 빛 속에 잠긴 채, 바다를 표현한 장식 앞에 잠시 꼼짝도 하지 않고 서 있던 장면이 나타나자 박수가 터져 나왔으나, 배우가 이미 자리를 옮겨, 내가 세심하게 관찰하고 싶었던 그 화폭은 더 이상 존재하지 않았다. 내가 할머니에게 잘 보이지 않는다고 하자, 나에게 오페라글라스를 넘겨주셨다. 다만, 우리가 어떤 사물들의 실체를 믿을 경우, 그것들이 보이도록 하는 인위적 수단을 사용하는 것이, 그것들 가까이에 자신이 있다고 느끼는 것과 완전히 일치하지는 않는다. 나는 나에게 보이는 것이 더 이상 베르마가 아니라, 확대경 속에 있는 그녀의 영상일 뿐이라고 생각하였다. 그리하여 오페라글라스를 다시 내려놓았다. 하지만, 원거리로 인하여 축소되어 나의 눈에 투영된 영상이 아마 더 정확하지는 않았을 것이다. 그 두 베르마 중 어느 베르마가 진실한 베르마였을까? 히폴뤼토스에게 드디어 사랑을 고백하는 장면의 경우, 그보다 덜 아름다운 부분들에서 그녀의 동료들이 나에게 매 순간 드러내 주던 미묘한 의미들에 입각하여 판단하건대, 그녀가 틀림없이 내가 집에서 작품을 읽으며 상상하려 노력하던 어조보다 훨씬 더 놀랄 만한 어조를 띨 것이라 여겨, 나는 그 장면에 잔뜩 기대를 걸고 있었다. 하지만 그녀는 오이노네나 아리키아가 구사하였을 어조에조차 이르지 못한 채, 하도 뚜렷하여 약간이나마 총명한 비극 배우라면, 아니 심지어 중등학교 학생들이라도, 그 효과를 등한시하지 않을 대조들이 뒤섞여 있던 그 대사 전체를, 마치 대패질 하듯 단조로운 노래처럼 만들어버렸다. 게다가 그 대사를 어찌나 빠르게 쏟아 놓았던지, 그녀가 처음 구절들에게 자기가 원하던 단조로움을 의도적으로 부여하였다는 사실을 겨우 깨달은 것은, 그녀가 마지막 구절에 이르렀을 때였다.[47]

드디어 나의 최초 찬탄의 정이 폭발하였다. 그 감정은 관객들의 미친 듯한 박수에 의해 촉발되었다. 나는 그 박수갈채가 연장되도록 애를 쓰면서 나의 박수를 그것에 섞었다. 베르마가 고마운 마음에 스스로의 한계를 넘어서게 하고, 그리하여 내가 그녀의 최고조에 이른 연기들 중 하나를 관람하였다는 확신을 갖기 위해서였다. 한편 신기한 일은, 관중의 열광이 봇물 터지듯 하던 그 순간이, 내가 뒤에 알게 된 사실이지만, 베르마의 영감이 그 절정에 달하였던 순간이었다는 사실이다. 일상을 초월하는 특정 현실들은 군중이 느낄 수 있는 광선 같은 기운을 주위로 발산하는 것 같다. 그리하여, 예를 들자면, 어떤 사건이 발발할 경우, 가령 전선에서 어느 대부대가 위험에 처했거나 패하였거나 혹은 승리를 거두었을 경우, 들려오는 소식들이 하도 모호하여, 교양 있는 사람은 그것들에서 거의 아무것도 알아내지 못하는 반면, 그것들이 군중 속에 커다란 동요를 일으키는지라, 교양 있는 사람은 그러한 동요에 놀라고, 전문가들 덕분에 실제의 군사적 상황을 알고 난 다음에야, 큰 사건들을 둘러싸고 있으며 수백 킬로미터 밖에서도 보이는 그 특이한 '아우라'[48]를 대중이 감지한다는 사실을 깨닫는다. 우리는 한참 후 전쟁이 끝난 다음에야 승리한 사실을 알거나, 어느 건물 수위가 기뻐하는 것을 보고 즉시 알기도 한다. 마찬가지로, 여드레가 지난 후, 평론을 통하여 베르마의 연기 속에 있는 천재적 특징을 발견하거나, 관중석의 환호성을 통하여 발견하기도 한다. 하지만 군중의 그러한 즉각적인 식별이란 다른 숱한 오류와 섞여 있는지라, 대개의 경우, 박수갈채가 엉뚱한 순간에 터져 나올 뿐만 아니라, 폭풍이 몰아쳐 바다가 일단 심하게 동요한 후에는 바람이 더 거세어지지 않아도 물결이 계속 높아지듯, 앞서 터졌던 박수갈채의 힘에 의해 기계적으로 조성되기도 한다. 여하튼, 내가 박수를 계속 칠수록, 베르마가 최고의 연기를 펼친 것으로 여겨졌다. "적어도 저 여자는 자신을 몽땅 연기에 몰입시켜요. 보시기에 어때요, 자신에게 고통을 가할 만큼 스스로를 주조하듯 다듬고 열심히 움직여요, 정말 연기라고 할 만해요." 지극히 평범해 보이는 어느 여인 하나가 내 곁에서 그렇게 말하였다. 그리하여, 베르마가 탁월하다는 그러한 근거들을 발견하게 된 것에 하도 행복해져, 나는 그 여인이 제공한 근거들이, '여하튼 잘 만들었어! 온통 황금으로, 아름다움으로, 이루어졌어! 기막힌 작업이군!'이라고 소리치는 어느 촌사람의 탄성이 「죠꼰다」[49]나 벤베누또(첼리니)가 조각한 「페르세우스」[50]의 탁월성을 설명하지 못할 것이라 짐작하면서도, 그 대중적 열광이라는 저질 포도주를 도취 상태에 휩싸여 그들과 함께 마셨다. 하지만 막이 내려진 후, 그럼에도 불구하고, 내가 그토록 열망하던 기쁨이 더 크지 않았다는 실망감은 약해지지 않았으며, 동시에 그 기쁨이나마 연장시키고, 단 몇 시간 동안이나마 나의 삶이었던 극장에서의 그 삶을 관람석을 떠나면서 영영 저버리지 않으려는 욕구 또한 약해지지 않았다. 또한, 베르마의 찬미자이며, 나의 부모님으로 하여금 내가 『화이드라』 공연을 관람하도록 허락하시게 한 노르뿌와 씨로부터, 베르마에 관해 많은 것들을 들어 알 수 있으리라는 희망이 없었다면, 극장에서 나와 곧장 집으로 돌아가는 것이 마치 극장에서 강제로 끌려 나와 유배 길에 오르는 것처럼 여겨졌을 것이다.

만찬 전에 내가 그에게 소개되었고, 그러기 위하여 아버지께서 나를 당신의 집무실로 부르셨다. 내가 들어서자, 전직 대사가 자리에서 일어서더니 나에게 악수를 청하며 그 큰 신장을 가볍게 숙였고, 그 특유의 푸른 눈으로 나를 유심히 응시하였다. 그가 프랑스를 대표하던 시절, 자기에게 소개되던 잠시 스쳐 가는 외국인들이―심지어 널리 알려진 가수들까지―다소간의 차이는 있어도, 모두 명사들이었던지라, 또한 그리하여 훗날 빠리나 뻬쩨르부르그에서 그들의 이름을 들으면, 자기가 그들과 함께 뮌헨이나 쏘피아에서 보낸 저녁 시간을 또렷이 기억한다고 말할 수 있으리라는 것을 알고 있었기 때문에, 그는 자기가 그들을 안다는 만족감을 친절함 감도는 표정으로 그들에게 표하는 습관을 일찍부터 터득하였기 때문이다. 하지만 뿐만 아니라, 여러 나라의 수도에서, 그곳들을 거쳐 지나가는 인품 훌륭한 사람들과 그곳 대중들의 관습을 접하면서 사는 동안, 다양한 나라들의 역사와 지리와 풍습 및 유럽의 정신적 동향에 대한, 책을 통해서는 얻을 수 없는, 심화된 지식을 얻을 수 있으리라 확신하고 있었던지라, 그가 새로운 사람을 만나면, 자기가 어떤 사람을 상대하고 있는지 알아내기 위하여, 자기의 날카로운 관찰력을 발휘하곤 하였기 때문이다. 정부가 그를 더 이상 외국의 임지로 보내지 않은 지 오래 되었건만, 혹시 누가 그에게 어떤 사람을 소개하면, 그의 두 눈은, 마치 대기 발령 통지서를 본 적이 없다는 듯, 즉시 상대방을 효과적으로 관찰하기 시작하였고, 그러는 동안 그는, 자신의 태도를 몽땅 동원하여, 자기에게 소개된 사람의 이름이 낯설지 않다는 뜻을 표현하려 노력하곤 하였다. 그리하여, 친절히 또 자신의 경륜이 풍부함을 아는 사람의 거드름 피우는 기색으로 나에게 말을 건네면서도, 그는 내가 마치 어느 이국적 관습이나 교육적으로 유용한 기념물 혹은 순회공연에 나선 어느 인기 배우처럼, 꿰뚫는 통찰력을 동원하며 또 자신의 이익을 위하여, 나를 끊임없이 관찰하였다. 또한 그렇게, 나를 대함에 있어, 현명한 멘토르의 장엄한 친절[51]과 젊은 아나카르시스의 학구적인 호기심[52]을 보여주었다.

그가 잡지 〈두 세계〉에 관련해서는 나에게 어떠한 제안도 하지 않았으나, 나의 생활과 학업 및 취향에 대하여 몇 가지 질문을 하였는데, 내가 그때까지는 나의 취향을 거스르는 것이 하나의 의무라고 믿었건만, 마치 그것을 따르는 것이 사리에 맞을 수 있다는 듯이 그것에 대하여 말하는 것은 처음으로 들었다. 그는 나의 취향이 문학 쪽으로 기울고 있다는 말을 듣고도 나의 뜻을 돌리라고 하지 않았다. 반대로 그는, 로마나 드레스덴에서[53] 가장 아름다운 추억을 안겨 주었으되, 연속적인 생활의 필요에 얽매여, 유감스럽게도 몹시 드물게나 만날 수 있는, 정선된 동아리에 속한 어느 존경스럽고 매력적인 여인에 대하여 그러듯, 문학에 대하여 매우 정중하게 말하였다. 그는 자기보다 더 운이 좋고 자유로운 내가 문학 덕분에 보낼 즐거운 순간들을, 거의 외설적인[54] 미소를 지으면서 부러워하는 것 같았다. 그러나 그가 사용하던 용어들 자체가, 꽁브레에서 나의 내면에 형성되었던 영상들과는 전혀 다른 '문학'을 나에게 보여주었고, 그 순간 나는 내가 문학을 단념해야 할 이유가 배로 늘어났음을 깨달았다. 그때까지는 단지 나에게 글을 쓰는 재능이 없다는 사실만을 짐작하고 있었는데, 이제 노르뿌와 씨가 나에게서 문학에 대한 열망마저 앗아 가버린 것이다. 나는 그에게 내가 문학에 대하여 몽상하던 것을 설명하려 하였다. 그러나 내가 하는 말이, 내가 일찍이 막연히 느꼈으되 단 한 번도 언어로 규정해 보지 않은 그것과 전적으로 일치하지 않을까 하는 근심 때문에, 나를 뒤흔들었다. 다시 말해, 내가 하던 말에 명료함이 전혀 없었다. 직업적 습관 때문이었는지, 조언을 요청 받은지라 대화의 주도권이 자기의 수중에 있음을 알고 상대방이 조바심하고 애쓰고 멋대로 괴로워하도록 내버려 두는 모든 유력한 사람들이 터득한 태연함이 발휘되었는지, 혹은 동시에 자기의 얼굴을(덥수룩한 구레나룻에도 불구하고 그에 의하면 그리스적이라고 하던)[55] 돋보이게 하기 위하였음인지, 노르뿌와 씨는, 상대방이 자기에게 어떤 말을 하는 동안, 그 사람이 석제 조각품 박물관에서 태곳적―게다가 귀까지 먹은―흉상 앞에서 무슨 말을 할 때 그 흉상이 그러듯, 얼굴의 절대적인 부동성을 견지하였다. 문득, 경매 가격 사정관(查定官)의 망치 혹은 델포이 신전의 신탁처럼 떨어지면서(상대방으로부터 받은 인상의 유형이나 자기가 개진할 의견을 짐작하게 할 만한 것을 전혀 얼굴에 드러내지 않았던지라 그만큼 더 상대방에게 강한 인상을 주면서) 상대방의 말에 대꾸하는 전직 대사의 음성이 들려왔다.

"마침", 마치 소송 사건에 판결이 내려지기라도 한 듯, 그리고 단 한순간도 나를 떠나지 않던 고정된 자기의 시선 앞에서 내가 한동안 더듬거리도록 내버려 둔 후, 그가 별안간 나에게 말하였다, "내 친구들 중 하나에게, '필요한 변화가 이루어지기만 하면',[56] 당신 같은 아들이 있소. (그러더니 우리 두 사람의 공통적인 경향에 대하여, 그것이 문학 쪽으로 기우는 경향이 아니라 류머티즘에 걸리기 쉬운 경향이기라도 한 듯, 그리고 그것 때문에 죽지는 않을 것이라고 입증해 보여주려는 듯, 안심시키려는 듯한 어조를 취하였다.) 그 젊은이가, 자기 부친이 활짝 열어 놓은 탄탄대로를 마다하고, 또 사람들의 평판도 아랑곳하지 않고, 오르세 강변로[57]를 떠나는 편을 택하더니 글을 쓰기 시작하였소. 물론 그가 후회할 이유는 없을 것 같아요. 두 해 전에―물론 그가 당신보다 훨씬 연상이지요―그가 빅토리아-니얀자 호수[58] 서안에서 느낀 '무한'에 관련된 저서 한 권을 출간하였고, 금년에는 그것보다는 비중이 적으나, 민활하고 때로는 강철을 입힌 듯 예리한 필체로 불가리아 군대에서 사용하는 기관총에 대하여 소책자 하나를 출간하였는데, 그 두 책자가 그를 비할 바 없을 만큼 독보적인 존재로 만들었소. 그는 이미 전도양양한 길로 들어섰고, 중도에 멈출 사람이 아닌지라, 그가 후보로 지원할 것이라는 생각은 염두에 두지 않았지만, 정신과학 학술원[59] 내에서 그의 이름이 대화 중에 두세 번, 그리고 전혀 그에게 불리하지 않은 식으로, 거론된 적이 있다오. 간단히 말해, 그가 아직은 정상에 이르렀다고 말할 수는 없지만, 고결한 투쟁을 통하여 이미 하나의 멋진 지점을 점령하였고, 성공이라는 것이, 항상 들떠 있는 자들과 말썽꾼들, 즉 거의 대부분 하찮은 작품들이나 쏟아 내는 그 말썽꾼들에게만 돌아가는 것이 아닌지라, 그의 노력이 성공이라는 보상을 받았지요."

아버지는 내가 몇 해 후에는 학술원 회원이 될 것이라 믿어 벌써부터 만족의 한숨을 내쉬고 계셨는데, 노르뿌와 씨가, 자기의 행위가 초래할 결과를 계산하는 듯 잠시 머뭇거리다가, 자기 명함 한 장을 나에게 내밀면서 다음과 같이 말하였을 때, 그 만족감이 절정에 달하였다. "그러니 내가 보냈노라고 하면서 그를 만나보아요. 그가 당신에게 유익한 조언을 해줄 것이오." 반면 그가 나에게는 그러한 말로, 바로 다음 날 나를 견습 선원으로 어느 범선에 태우겠노라 통보하기라도 한 것 못지않게, 괴로운 동요를 야기시켰다.

레오니 숙모님께서는 몹시 거추장스러운 물건들 및 가구들과 함께 당신의 대부분 환금성 재산의 상속권자로 나를 지명하셨다. 그렇게, 작고하신 후에야, 당신 생전에는 내가 짐작조차 하지 못하던, 나에게로 향한 애정을 드러내셨다. 내가 성년이 될 때까지 그 재산을 관리해야 했던 아버지께서 몇 가지 투자 방안에 대하여 노르뿌와 씨의 조언을 구하셨다. 그는 수익률은 낮으나 자기가 판단하기에 특별히 튼튼한 채권들, 특히 잉글랜드의 영구 공채와 이율 4퍼센트의 러시아 공채를 아버지에게 권하였다. "그러한 일류

공채들을 구입하시면, 비록 수익률은 높지 않더라도, 적어도 자본금이 결코 줄어들지 않을 것이라는 것을 확신할 수 있습니다." 노르뿌와 씨의 말이었다. 그 외에 아버지께서는 당신께서 이미 매입하신 것들에 대하여 그에게 대략적으로 말씀하셨다. 노르뿌와 씨는 축하한다는 뜻으로 거의 감지할 수 없는 미소를 지었다. 모든 자본가들처럼 그 역시 재산이라는 것을 누구나 부러워할 만한 것으로 여겼으되, 다른 이가 소유하고 있는 재산에 대하여는, 겨우 그 뜻이 드러나게 은밀한 신호로 치하하는 것이 더 세련된 거조라 여겼다. 그리고 다른 한편으로는, 그 자신이 엄청난 부자였던지라, 다른 이들의 하찮은 수익을 상당한 것으로 여기는 척하는 것이 고상한 취향의 발로라 여기면서도, 자기의 수익이 월등히 많다는 즐겁고 안온한 반대급부적 생각을 즐겼다. 반면, 그러한 습관과는 달리, 그가 아버지의 '매우 안전하고 섬세하며 세련된' 유가 증권 명세표의 '구성'에 대해서는 터놓고 치하의 뜻을 표하였다. 그는 주식 시세들 간의 차이에, 그리고 심지어 주식 시세들 자체에도, 미학적 장점 같은 어떤 것을 부여하는 것 같았다. 상당히 근자의 것이며, 따라서 사람들에게 잘 알려지지 않은 어느 주식에 대하여, 아버지가 그에게 말씀하시자, 노르뿌와 씨는, 우리만이 알고 있는 줄로 믿던 책을 읽은 사람들처럼 아버지에게 말하였다. "물론입니다, 제가 한동안 공식 시세표에서 그 주식을 유심히 살폈는데, 상당히 유망합니다." 그러면서, 문예란에서 최근에 연재된 소설을 읽은 어느 잡지 정기 구독자가 회상에 잠겨 감동하듯 미소를 지었다. 그러면서 다시 말하였다. "나는 공께서 머지않아 발행될 국채에 응모하시는 것을 만류하지 않겠습니다. 매우 유혹적인 가격에 증권을 내놓을 것이니 구미가 당기는 국채입니다." 반대로 구입하신 지 오래된 유가증권들의 경우, 아버지께서 그 명칭들을 정확히 기억하시지 못하였고, 또 유사한 다른 증권들과 혼동되기도 쉬웠던지라, 서랍 하나를 여시더니 아예 증권들을 꺼내어 전직 대사에게 보여주셨다. 그것들이 나의 눈을 매혹하였다. 그것들이, 내가 전에 뒤적거리곤 하던 로망띠씀[60] 시대의 몇몇 해묵은 출판물들처럼, 교회당의 첨탑들과 우의적 형상들로 장식되어 있었기 때문이다. 같은 시대의 것들은 모두 서로 유사하다. 한 시대의 문예 작품들에 삽화를 그려 넣는 화가들은 금융사들이 일을 시키는 바로 그 사람들이다. 꽁브레의 식료품 진열대에 걸려 있던 『빠리의 노트르-담므』와 제라르 드 네르발의 작품들 중 특정 판본들을, 하천의 여신들[61]이 떠받치고 있는 정방형의 그리고 꽃무늬로 장식한 틀 속에 인쇄된 수도회사 기명 주식 한 장보다 더 생생하게 우리의 뇌리에 떠올리게 하는 것은 없다.

아버지께서는 나와 같은 부류의 지적 성향에 대하여 애정에 의해 충분히 희석된 경멸감만을 품고 계셨기 때문에, 결국 내가 하는 모든 일에 대한 당신의 감정은 맹목적인 관대함으로 귀착되었다. 그리하여, 조금도 주저하지 않으시고 나에게 말씀하시기를, 내가 전에 꽁브레에서 어느 산책에서 돌아오면서 지은 짧은 산문시[62] 한 편을 가져오라고 하셨다. 나는 일찍이 그 글을 열광에 사로잡혀 썼고, 따라서 그 열광이 그것을 읽는 이들에게 반드시 전달될 것 같았다. 그러나 그 열광이 노르뿌와 씨에게는 이르지 못하였음에 틀림없다. 그가 아무 말 없이 그 글을 나에게 돌려주었으니 말이다.

아버지가 하시는 일을 지극히 존중하시는 어머니께서, 상을 차려도 좋으냐고 조심스럽게 물으셨다. 어머니는 당신께서 참견할 명분이 없을 대화를 혹시 중단시키지 않을까 매우 저어하셨다. 그런데 실제로, 아버지께서 후작에게, 특별 위원회의 다음 회합에서 주장하기로 당신들께서 결정하신 어떤 조치를 끊임없이 상기시키셨고, 그러한 말씀을 하시는 어조가 특이했으며, 그것은 직업적 습관으로 인해 공통적인 경험을 간직한 두 동료가—그러한 면에서는 두 중학생 급우와 비슷한—일상의 활동 영역 밖에서, 다른 이들이 전혀 모르는 일들에 관해 이야기를 나누면서, 그러한 일들에 대해 언급하는 것을 미안하게 여기는 듯한 어조였다.

그러나 노르뿌와 씨가 도달한 안면근육으로부터의 완전한 독립이, 그로 하여금, 전혀 듣지 않는 듯한 기색으로 아버지의 말씀을 듣게 해주었다. 아버지께서 마침내 당황하셨다. "특별 위원회의 견해를 물어야겠다고 생각하였습니다만…." 긴 허두 끝에 노르뿌와 씨에게 아버지가 말씀하셨다. 그러자 자기의 악장을 연주할 순간이 도래하지 않은 어느 연주가의 무력증을 간직하고 있던 귀족적 재능 감도는 얼굴로부터, 균일한 어조로, 날카로운 억양에 실려, 그리고 아버지가 시작한, (그러나 이번에는 다른 음색에 맡겨진) 구절을 끝마치기 위해 다음과 같은 말이 불쑥 나왔다. "…그 소집을 지체하시지 말아야 할 것입니다. 위원들이 공과 개인적인 친분을 가지고 있으며, 따라서 쉽게 거동할 수 있으니 더욱 그러합니다." 그것이 물론 그 자체로는 그리 특이한 끝맺음이 아니었다. 하지만 그 직전까지 지속되었던 안면의 부동 상태가, 그 끝맺음에게 크리스탈의 명료함을, 그리고 모짜르트의 어느 협주곡에서, 침묵하고 있다가 원하는 순간이 도래하면 첼로에 응수하는 피아노 악절들의 짓궂은 의외성을 부여하였다.

"그래, 보러 갔던 오후 공연은 만족스러웠느냐?" 식탁으로 자리를 옮기는 동안, 내가 돋보이도록 하시기 위하여, 그리고 나의 열광이 노르뿌와 씨의 나에 대한 호평을 자아낼 수 있으리라 생각해서, 아버지가 나에게 물으셨다. "아이가 오늘 오후에 베르마의 공연을 관람하러 갔었습니다. 그녀의 공연에 관하여 우리가 이야기를 나눈 적이 있지요." 그것이 마치 특별 위원회의 어느 회합에 관련되었기라도 한 듯, 회고적이고 전문적이며 은밀한 암시 감도는 억양으로, 외교관을 바라보며 아버지가 말씀하셨다.

"틀림없이 매혹되었겠군요, 특히 그녀의 공연을 처음으로 관람하였다면. 그 작은 이탈이 건강 상태에 초래할 수도 있을 여파에 대하여 부친께서 몹시 근심하셨소. 내가 알기로는 조금 과민하고 허약하기 때문에 그러시는 것 같았소. 하지만 내가 부친을 안심시켜 드렸지요. 오늘날의 극장들이 불과 이십 년 전의 것들과 비교해도 천양지차라고 말씀드렸다오. 다른 많은 분야에서처럼 극장 시설에 있어서도, 우리보다 훨씬 앞선 도이칠란트와 잉글랜드를 따라가려면 아직 멀었지만, 이제는 좌석들이 제법 편안하고 실내 환기도 제대로 되니 말이오. 내가 아직 베르마 부인이 『화이드라』에서 연기하는 것을 직접 보지는 못하였으나, 그 연기가 찬탄할 만하다는 말은 들었어요. 그러니 물론 당신도 매료되었겠지요?"

노르뿌와 씨가, 나보다 수천 배는 더 이지적일 것이니, 내가 베르마의 연기에서 추출해 낼 수 없었던 바로 그 진리를 틀림없이 간직하고 있을 것이고, 바야흐로 그것을 나에게 드러내 보여줄 것 같았다. 나는 그의 질문에 답변하면서 동시에, 그 진리가 무엇에 내포되어 있는지 말씀해 주십사 그에게 간청하려 하였다. 그러면 그가, 나의 간청에 응하면서, 그토록 그 여배우를 보고 싶어 하던 나의 열망을 정당화시켜 줄 수 있을 것 같았다. 나에게 허여된 시간은 한 순간뿐이었고, 따라서 그 순간을 이용하여 핵심점들에 관한 질문을 던져야 했다. 그러나 어떤 핵심점들이란 말인가? 내가 받은 그토록 어렴풋한 인상들 위로 나의 주의를 몽땅 집중시키면서, 노르뿌와 씨의 칭찬을 받으려는 생각은 전혀 하지 않고 다만 내가 희원하던 진리를 그로부터 얻으려는 생각만을 하면서, 나는 선뜻 뇌리에 떠오르지 않는 어휘들을 상투적인 표현들로 대체할 궁리는 하지 않은 채 그저 말을 더듬기만 하다가, 결국 베르마에게서 발견할 수 있을 찬탄할 만한 것을 그로 하여금 시원스럽게 표명하도록 그를 자극할 심산으로, 내가 실망하였노라고 그에게 고백하였다.

"도대체 무슨 소리냐? 기쁨을 느끼지 못하였다니? 네 할머니께서 우리들에게 말씀하시기를, 베르마의 대사를 네가 단 한 마디도 놓치지 않았고, 너의 두 눈이 앞으로 불쑥 튀어나올 듯했으며, 너 이외에는 극장 안에 그렇게 관람하는 사람이 없었다고 하시던데." 이해하지 못하였다는 나의 고백이 노르뿌와 씨에게 남길 좋지 않은 인상 때문에 마음이 상한 아버지께서 소리치듯 말씀하셨다.

"물론 그랬어요. 그녀에게 있는 그토록 특별한 점이 무엇인지 알고 싶어서 열심히 들었어요. 그녀가 아주 잘한 것은 틀림없어요 …."

"그녀가 잘하였다면 무엇을 더 바라느냐?"

"베르마 부인의 성공에 확실히 기여한 것들 중 하나이겠지요." 자기를 초대한 집의 안주인이 대화에서 소외되지 않게 하여, 그 안주인에 대한 예의를 성실히 갖추기 위하여, 노르뿌와 씨가 어머니를 향하여 정중하게 고개를 돌리며 말하였다. "그것은 역할을 선택할 때 그녀가 발휘하는, 그래서 항상 그녀에게 확실하고 흠절 없는 성공을 확보해 주는, 완벽한 취향입니다. 그녀가 하찮은 역을 맡는 경우는 거의 없습니다. 보십시오, 그녀가 화이드라 역에 도전하였습니다. 게다가 그녀는 그러한 취향을 자신의 치장과 연기에서도 발휘합니다. 그녀가 비록 잉글랜드와 아메리카에서 자주 성공적인 순회공연을 가졌지만, 상스러움이─존 불의 상스러움$^{(63)}$이라고는 하지 않겠습니다. 적어도 빅토리아 여왕 치세기$^{(64)}$의 잉글랜드에게는 부당하게 여겨질 테니 말씀입니다―샘 아저씨$^{(65)}$의 상스러움이, 그녀에게 전혀 번지지 않았습니다. 색채가 지나치게 눈에 띄거나 절규가 과장되는 경우는 결코 없습니다. 뿐만 아니라 그녀에게 그토록 잘 어울리며, 그녀가 연기할 때에는 사람을 매혹하는 그 음성을 보십시오. 저는 그녀가 자기의 음성을, 연주가가 악기 다루듯 사용한다고 말하고 싶습니다!"

베르마의 연기에 대한 나의 관심이 공연이 끝난 이후에도 중대되기를 멈추지 않았던 바, 그 관심이 더 이상 현실의 속박이나 제한을 받지 않았기 때문이다. 그러나 나는 그러한 관심에 대한 명쾌한 설명의 필요를 느꼈고, 게다가, 베르마가 공연하는 동안에는 그 관심이, 생명의 불가분성 때문에 그녀가 나의 눈과 귀에 동시에 제공하던 모든 것들에 균등한 강도로 쏟아졌던지라, 그것들을 미처 분리하지도 분별하지도 못하였다. 그리하여, 노르뿌와 씨가 그 예술가의 자연스러움과 우아한 취향에게로 보내던 찬사에서 하나의 그럴듯한 원인을 발견하고 행복해진 그 관심이, 자신의 흡입력을 발휘하여 그 찬사들을 자기에게로 끌어당겼고, 자기 이웃의 행동에서 감동할 이유를 발견한 취한 사람의 낙관주의가 그러듯이, 그 찬사들을 몽땅 수중에 넣었다. 그 순간 나도 나 자신에게 말하였다. '사실이야, 얼마나 아름다운 음성이며, 얼마나 절제된 절규이며, 얼마나 소박한 의상이며, 『화이드라』를 택하다니 얼마나 탁월한 총명함인가! 아니야, 나는 실망하지 않았어.'

당근을 곁들여 쪄서 식힌 쇠고기가, 우리 집 부엌의 미켈란젤로에 의해 투명한 수정 덩어리와 유사한 커다란 편육 조각 위에 눕혀져, 그 모습을 드러냈다.

"부인, 최상급 주방장을 두셨습니다." 노르뿌와 씨가 말하였다.

"또한 그것은 여간 중요한 일이 아닙니다. 타국에서 살림살이를 웬만한 수준 이상으로 유지해야 했던지라, 저는 나무랄 데 없는 요리사 구하는 것이 얼마나 어려운지 잘 압니다. 부인께서 저희들을 진정한 아가페[66]에 초대하셨습니다."

그리고 실제로, 귀빈을 위하여 자기에게 어울리는 숱한 어려움들이 수반된 만찬을 성공적으로 준비하고 싶은 야망에 극도로 들떠 있던 프랑수와즈가, 우리 식구들만을 위해서는 더 이상 쏟지 않던 수고를 마다하지 않고, 꽁브레에서 그랬던 것처럼 비할 데 없는 자기의 방식을 다시 동원하였다.

"이것이야말로 시중 음식점에서는, 가장 좋다고들 하는 음식점에서도, 맛볼 수 없는 요리입니다. 쇠고기에 곁들인 편육 젤라틴에서 접착제 냄새가 나지 않고, 당근의 향기를 흠씬 머금은 쇠고기 찜, 정말 찬탄할 만합니다! 그것으로 저의 손이 다시 가는 걸 허락해 주십시오." 편육 젤라틴을 더 먹겠다는 시늉을 하면서 그렇게 덧붙였다. "부인의 바뗄[67]이 전혀 다른 요리에서는 어떤 솜씨를 보일지 궁금합니다. 예를 들어 그가 스뜨로가노프식 쇠고기 요리[68]는 어떻게 해낼지 보고 싶습니다."

노르뿨와 씨 역시 만찬의 즐거움에 기여하기 위하여, 길고 조리 맞지 않는 비유들 투성이 구절들 늘어놓는 버릇이 있던 어느 정치인의 장광설을 인용하거나, 때로는 아티케적[69] 세련미 넘치는 어느 외교관의 간결한 표현을 인용하면서, 자기의 외교관 동료들에게 자주 푸짐하게 대접하던 다양한 이야기들을 우리들 앞에 그득 차려 놓았다. 그러나, 사실대로 말하거니와, 그로 하여금 그 두 유형의 어법을 구태여 구별하게 해준 판단 기준이, 내가 문학에 적용하던 기준과는 전혀 닮지 않았다. 나는 그가 인용하던 말들 간의 미묘한 차이들을 발견하지 못하였고, 따라서 그가 폭소를 터뜨리며 낭송하듯 인용하던 말들이, 괄목할 만큼 뛰어나다고 하던 말들과 크게 다른 것 같지 않아 보였다. 그는 내가 그 시절 좋아하던 작품들에 대하여 이렇게 말할 사람들의 부류에 속해 있었다. "그래, 이해하십니까? 저는, 고백하거니와, 이해하지 못하겠습니다, 아직 입문하지 못하였습니다." 하지만 나 역시 그에게 비슷한 말을 하며 반박할 수 있었으리니, 그가 소위 재치 있는 응답이나 어느 연설에서 발견하였다는 기지나 멍청함, 혹은 웅변이나 과장 등을 분별할 수 없었고, 따라서 이것은 형편없고 저것은 훌륭하다고 할 명료한 이유의 결여가, 어떤 작품이 나에게는 더 불가해하고 다른 어느 작품보다도 모호해 보이도록 하였다. 나는 다만, 아무나 생각하고 있는 것을 그대로 따라 떠들어대는 것이, 정치에 있어서는 열등함이 아니라 우월함의 징표라는 사실을 짐작할 수 있었다. 노르뿌와 씨가 신문들의 지면에 흔히 굴러다니는 특정 표현들을 사용하며 그것들을 힘 주어 발설할 때에는, 그것들이, 단지 그가 그것들을 사용하였다는 사실만으로 인하여 하나의 행위, 그리고 무수한 논평을 불러일으킬, 하나의 행위로 변하는 것 같았다.

어머니께서는 파인애플과 송로(松露)를 곁들인 샐러드가 큰 호응을 얻으리라 기대하셨다. 그러나 전직 대사는, 관찰자의 시선으로 연습하듯 그 요리를 잠시 뚫어지게 바라보더니, 외교적 신중함으로 자신을 감싼 채 그것을 조금 먹은 다음에는 우리들에게 자신의 생각을 드러내지 않았다. 어머니께서 더 드시라고 적극 권하셨고, 노르뿌와 씨가 그 권유를 받아들였다. 그러나 기대되었던 찬사 대신 이러한 말만 하였다. "그것이 부인께서 내리시는 진정한 우까즈[70]이니, 복종하겠습니다."

"공께서 떼오도즈 국왕과 장시간 회견하셨다는 기사를 여러

'간행물'에서 읽었습니다." 아버지께서 그에게 말씀하셨다.

"사실, 비범한 기억력을 가지신 왕께서, 오페라의 정면 상등 관람석에 있던 저를 보시고는, 제가 바이에른의 궁정에서 여러 날 동안 전하를 알현하는 영광을 누린 사실을 황공하게도 기억해내셨는데, 국왕께서 동방의 옥좌는 염두에도 두시지 않던 시절입니다(아시다시피 그분께서는 유럽 국제회의가 열렸을 때 부름을 받고 그곳에 가셨는데, 전 유럽에서도, 그 지위로 말하자면 가장 지체 높은 당신의 혈통에 어울리지 않는다고 판단하시어, 그 옥좌 수락하기를 매우 주저하셨습니다). 시종무관 하나가 저에게 와서 전하께 인사를 올리라 귀띔하였고, 물론 저는 서둘러 그 의무를 수행하였습니다."

"그의 프랑스 체류에 만족하셨습니까?"

"황홀했습니다! 아직 그토록 젊으신 군주께서, 특히 그토록 미묘한 정세에서, 난국을 어떻게 돌파하실지 누구나 근심할 수밖에 없었습니다. 물론 저는 그 군주의 정치적 감각을 전적으로 신뢰하고 있었습니다. 그러나 솔직히 말씀드리거니와, 저의 기대 이상이었습니다. 전적으로 믿을 만한 사람들로부터 제가 들어 알게 된 사실이지만, 첫 단어부터 마지막 단어까지 손수 초안하셨다는, 엘리제궁에서 그 군주께서 하신 짤막한 축배의 연설은, 족히 사방에 관심을 불러일으킬 만하였습니다. 간단히 말해 탁월한 외교적 수완이었습니다. 조금 무모하다고들 하는 말에는 저도 이의를 제기하지 않겠습니다만, 결국 그 과감성은 상황에 의해 충분히 정당화될 수 있습니다. 외교적 전통이라는 것에 분명 좋은 측면이 있는 것은 사실이나, 그러한 전통이 그의 나라와 우리나라가 더 이상 호흡할 수 없는 갇힌 공기 속에서 살도록 하는 결과를 초래하였습니다. 그런데! 물론 누구에게나 권할 수 없는, 하지만 떼오도즈 국왕께서는 감행하신, 그 환기 방법들 중 하나가 곧 유리창을 깨뜨리는 것이었습니다. 그런데 국왕께서는 그 일을, 모든 사람들을 매혹시킬 만큼 명랑한 기색으로, 또 정확한 어휘들을 구사하여 감행하셨는데, 그것을 통하여 사람들은 국왕께서 문학적 소양 풍부한 군주들의 부류에 속함을 즉시 알아챘고, 실제로 그분의 모계 혈통이 그러합니다. 국왕께서 당신의 나라와 프랑스를 결합시켜 주는 '친화력'에 대하여 언급하셨을 때, 그러한 표현이, 비록 외교가에서는 별로 사용되지 않는 것이 관례이지만, 기이할 만큼 성공적인 성과를 거두었습니다. 보시다시피 문학이 외교에서도, 심지어 옥좌에서도, 해를 끼치지 않아요(그가 나를 쳐다보며 그렇게 덧붙였다). 저도 동감입니다만 그러한 현상은 이미 오래전부터 확인된 것이고, 두 세력 간의 관계가 그동안 더욱 공고해졌습니다. 하지만 그것이 명시적으로 선언될 필요가 있었습니다. 그러한 선언을 사람들이 기다렸고, 그 표현이 경이롭게 정선되었으며, 보시는 바와 같은 결실을 맺었습니다. 저 또한 쌍수를 들어 환영합니다."

"여러 해 전부터 두 나라 간의 결속을 도모해 오시던 친구분 보구베르 씨께서 무척 만족스러워 하셨겠습니다."

"전하께서, 당신의 습관대로, 그에게 뜻하지 않은 선물을 안겨 주시려 하셨으니 더욱 그러했을 것입니다. 게다가 그 선물이, 외무상을 비롯하여 모든 사람들에게 커다란 놀라움을 안겨 주었는데, 어떤 사람이 저에게 귀띔해 준 바에 의하면, 외무상은 그것을 못마땅하게 여겼다고 합니다. 그에게 어떤 이가 그 이야기를 꺼내자, 그가 분명하게, 또 곁에 있던 사람들에게 들릴 만큼 상당히 큰 소리로, 이렇게 대답하였던 모양입니다. '저에게 견해를 묻지도 않았고, 미리 통보도 하지 않은 사안입니다.' 이번 일과 관련하여 자기는 모든 책임을 기피하겠다는 명백한 의사 표시였습니다. 이번 일이 커다란 소동을 일으킨 것은 사실입니다만, 최소한의 노력을 절대적 율법으로 여기는 듯한 저의 몇몇 동료들은, 제가 감히 단언은 못합니다만, 그것으로 인해 추호도 평온을 잃은 것 같지 않습니다(그가 짓궂은 미소를 지으며 덧붙인 말이다). 보구베르의 경우, 프랑스와의 결속을 추구하던 그의 정책 때문에, 모두들 아시는 바와 같이, 그가 심한 공격을 받았고, 감수성 예민하고 심정 착한 사람인지라 그만큼 겪은 괴로움도 컸을 것입니다. 그가 저보다 훨씬 나이 어린 후배이지만, 제가 그와 함께 많은 일을 겪었고, 저희들 두 사람의 우정이 오래되었으며, 제가 그를 잘 아는지라 감히 확언할 수 있습니다. 게다가 누가 그를 모르겠습니까? 그 사람은 하나의 수정 영혼입니다. 그것이 그에게서 발견할 수 있을 유일한 단점이니, 외교관의 가슴이 그의 가슴처럼 투명할 필요는 없기 때문입니다. 그럼에도 불구하고 그를 로마에 보낼 논의들을 하고 있는데, 그에게는 멋진 승진이지만 또한 매우 큰 덩어리[71]이기도 합니다. 우리들끼리 하는 말입니다만, 제가 생각하기로는, 보구베르가 아무리 야심 없는 사람이라 할지라도, 그것에 매우 흐뭇해할 것이며, 그 고난의 잔[72]을 누가 자기로부터 멀리 치워주기를 요구하지는 않을 것입니다. 그곳에 가면 그가 아마 경이로운 일을 해낼 것입니다. 꼰술따 궁[73] 측이 그에게 우호적이며, 저로서는 그가, 그토록 예술적 소양을 갖춘 사람이니, 화르네세 궁의 그림들과 까라치 갤러리에[74] 아주 잘 어울릴 것이라 생각합니다. 적어도 표면적으로는 그를 증오할 수 있을 사람이 아무도 없을 것 같습니다. 그러나 떼오도즈 왕 주위에는, 빌헬름슈트라쎄[75]에 가신(家臣)처럼 상당히 종속되어 그곳으로부터의 교사(敎唆)에 고분고분 따르면서, 보구베르의 껑거리 끈을 끊으려[76] 온갖 수단을 모색하던 음모꾼 패거리가 포진하고 있습니다. 보구베르는 밀실에서 꾸며진 음모들만을 극복해야 하였던 것이 아니라 고용된 파렴치한 기자 나부랭이들과도 맞서야 했는데, 훗날, 매수된 모든 기자들이 그렇듯, 비겁한 그들이 먼저 '아만'을[77] 요청하긴 하였지만, 그에 앞서, 우리나라를 대표하는 사람을 향하여, 철면피한 사람들 특유의 어이없는 비방 쏟아내기를 주저하지 않았습니다. 보구베르의 적들이 한 달 이상 동안이나 그를 에워싸고 스캘프 춤[78]을 추었습니다(노르뿌와 씨가 스캘프라는 말에 힘을 주었다). 그러나 정통한 사람은 두 사람의 몫을 하는 법, 그가 그 모든 비방들을 발로 밀어버렸습니다(그가 더욱 힘찬 음성으로 또 어찌나 사나운 시선으로 그 말을 덧붙이던지, 우리 모두 잠시 먹기를 멈추었다). 아랍인들의 다음과 같은 아름다운 속담처럼, 아예 무시해 버렸습니다. '개들은 짖고, 대상(隊商)은 지나간다.'"[79] 그러한 인용구를 우리들 앞에 던져 놓은 다음, 그 인용구가 우리들 내면에 일으킨 효과를 살피고 판단하기 위하여, 노르뿌와 씨가 문득 말을 멈추었다. 효과는 컸다. 그 속담은 우리들에게도 익히 알려져 있던 것이었다. 그해에는 명사들이 다음 속담 대신 그 속담을 자주 사용하였기 때문이다. "바람을 뿌리는 자 폭풍을 거둔다." 이 속담이 다음의 속담만큼 지칠 줄 모르고 생명력 강하지 못한 탓이다. "프러시아 왕을 위하여 일하다."[80] 왜냐하면 그 고명한 인물들의 교양이란, 교체되는, 일반적으로 삼 년 주기로 교체되는, 교양이기 때문이다.[81] 물론 그러한 종류의 인용구들이, 즉 노르뿌와 씨가 〈두 세계〉라는 잡지에 기고하는 논설문들을 에나멜 바르듯 능숙하게 치장하는데 사용되는 그 인용구들이, 그 논설문들이 믿음직하고 정확한 것처럼 보이도록 하는데 꼭 필요하지는 않았다. 그러한 인용구들이 논설문들에 첨가해 주는 장식이 없다 해도, 노르뿌와 씨가 다음과 같은 구절들을 계제에 맞게 쓰는 것으로 충분했고, 또 실제로 그는 그러한 계제를 놓치지 않았다. "세인트-제임스[82]의 내각이 위험을 감지함에 있어 꼴찌는 아니었다." "머리 둘 달린 왕국[83]의 이기적이지만 능란한 정책을 불안한 눈으로 시종 주시하던 뻬브체스끄모스또[84]에서 큰 동요를 보였다." "몬떼치또리오[85]에서 위험을 알리는 고함이 터져 나왔다." "발플라츠[86]의 태도에서 변함없이 발견되는 그 표리부동한 장난." 그러한 표현들을 보면, 문외한인 독자들조차 즉시 그 경륜 풍부한 외교관의 글임을 알아채고 갈채를 보냈다. 하지만 그가 경륜 풍부한 외교관 이상이라고, 즉 그가 발군의 교양을 갖추었다고 사람들이 말하게 한 것은, 인용문들의 적절한 활용이었으며, 당시 그 완벽한 전형으로 알려졌던 것은 이러하다. "소신에게 건전한 정책을 보여주시면 전하께 건전한 재정을 보여드리겠나이다, 루이 남작이 항상 말하였듯이."[87] (아직은 동양으로부터 다음과 같은 인용구[88]가 수입되지 않았던 시절이었다. "승리는 쌍방 중 상대편보다 십오 분 더 고통을 감내할 줄 아는 편으로 돌아간다, 일본인들이 말하듯이.") 무관심이라는 탈 밑에 숨어 있는 진정 천부적인 술책과 결합된 학식 깊다는 그러한 명성이, 노르뿌와 씨로 하여금 일찍이 정신과학 학술원에 들어서게 하였다. 또한, 러시아와의 관계를 긴밀하게 조임으로써 프랑스가 잉글랜드와의 동맹을 성사시킬 수 있다고 역설하기 위하여, 그가 서슴지 않고 다음과 같은 글을 썼을 때, 몇몇 사람들은 심지어 그가 프랑스 한림원 회원이 되어도 손색이 없다고까지 하였다. "만약 모든 길이 로마로 통한다면, 그와는 달리, 빠리로부터 런던에 이르는 길은 필연적으로 뻬쩨르부르그를 지난다. 오르세 강변로에 있는 이들이 그 사실을 알아야 하고, 그 점에서는 부족함이 스스로 드러난 모든 지리 교과서들에 그 사실을 보충해야 하며, 그 사실을 모르는 응시자는 누구를 막론하고 대학 입학 자격시험에 합격시키지 말아야 한다."

"결국," 노르뿌와 씨가 나의 아버지를 바라보며 말을 계속하였다. "보구베르가 멋진 성공을, 자신이 기대하던 것을 훨씬 능가하는 성공을 거머잡았습니다. 그는 사실 정중한 축배의 연설 한 마디를(최근 수년 동안의 먹구름에 비한다면 그것만으로도 쾌청한 날씨라 할 수 있으니) 기대하였을 뿐, 그 이상은 전혀 상상조차 하지 못하였습니다. 참석했던 사람들 중 여럿이 저에게 확언하기를, 연설의 대가이신지라 모든 의도들과 미묘함들을 지나는 길에 놓치지 않고 강조하신 국왕께서, 당신의 육성에 담아, 경이로울 만큼 그 뉘앙스가 살아나도록 한 마디씩 끊어 또박또박 하신 그 연설이 남긴 효과를, 단지 연설문만을 읽어서는 짐작할 수 없다고 하였습니다. 그 연설과 관련하여, 저는 매우 흥미로운, 그리고 사람들의 마음을 휘어잡게 해줄 만큼 젊음 넘치는 우아함으로 떼오도즈 국왕이 더욱 돋보이게 해준, 일화 하나를 즐겁게 들었습니다. 그 일화를 전한 사람이 저에게 확언하기를, 한 마디로 연설의 엄청난 혁신이었고, 따라서, 두고 보면 아시겠지만, 차후로도 오랜 세월 동안 외교가의 논평거리가 될 그 '친화력'이라는 단어를 꺼내시기 직전, 전하께서, 그것에서 자기 노력의 보상을, 아니 자기 꿈의 실현을, 한 마디로 자기의 대원수 지휘봉을 발견할 우리의 대사가 느낄 기쁨을 예상하시고, 보구베르 쪽으로 얼굴을 반쯤 돌리시더니, 외팅엔 가문[89)] 사람들 특유의 그 매혹적인 시선을 그에게 고정시키면서, 그토록 탁월하게 선택된, 진정 독창적인 착상이었던, 그 '친화력'이라는 단어를, 그것이 합당하게 또 정세를 잘 아는 사람에 의해 사용되었음을 모든 이들에게 알리는 듯한 어조로, 그것이 돋보이도록 강조하여 발음하셨다고 합니다. 그러자 보구베르가 격한 감동을 주체하지 못한 모양이고, 저 또한 어떤 면에서는 그를 이해할 수 있습니다. 전적으로 신뢰할 수 있는 어떤 사람이 저에게 은밀히 털어놓은 이야기입니다만, 왕께서 만찬 후에 보구베르에게로 다가가셨고, 곁에 최측근 인사들만 남았을 때, 전하께서[90] 그에게 나지막한 음성으로 이렇게 물으셨다고 합니다. '나의 친애하는 후작이시여, 공의 제자에 대해 만족하시오?' 그러한 축배의 연설 한 마디가, 떼오도즈 2세[91]의 생동감 넘치는 표현에 의하건대, 두 나라 간의 '친화력'을 공고히 하는데 있어, 이십년 동안의 협상보다 더 큰 역할을 한 것은 확실합니다. (노르뿌와 씨가 그렇게 결론 내린 다음 계속하였다). 물론 구태여 지적하자면 그저 단어 하나에 불과합니다만, 보십시오, 그것이 얼마나 큰 성공을 거두었으며, 게다가 유럽의 모든 언론이 떠들어대니, 그 단어가 불러일으킨 관심과 반향이 얼마나 큽니까. 게다가 그 군주에게는 제격입니다. 물론 그 군주께서 날마다 그것처럼 순도 높은 다이아몬드를 찾아내신다고까지는 하지 않겠습니다. 하지만 그분의 세심하게 준비된 연설문에, 특히 충동적 대화의 허두에, 신랄한 단어 하나쯤으로 자신의 흔적을 남기시지 않는 경우는—제가 말하려던 것은, 자신의 서명을 남기시지 않는 경우입니다—매우 드뭅니다. 제가 그러한 유형의 혁신에 적대적인 만큼, 그러한 점에 있어서는 아무도 저를 편파적이라고 의심할 수 없을 것입니다. 그러한 언어가 스물 중 열아홉은 위험합니다."

"그렇습니다. 프러시아 황제가 최근에 보내온 전보가 공의 취향에는 맞지 않으리라 생각하였습니다." 아버지가 말씀하셨다.

노르뿌와 씨가 '아! 그 인간!'이라고 한탄하는 듯한 기색으로 하늘을 쳐다보고 나서 다시 말하였다.

"우선 그것은 배은망덕한 행위입니다. 그것은 범죄 행위보다 더 형편없는 어리석음, 피라미드처럼 엄청난 멍청이 짓이라 할 수 있습니다! 게다가, 만약 아무도 그를 막지 않을 경우, 비스마르크를 축출한 그 사람은, 비스마르크가 수립한 정책을 조금씩 그리고 종국에는 몽땅 폐기할 수 있는 그러한 사람이며, 그렇게 될 경우, 그것은 미지의 세계로 뛰어드는 격이 될 것입니다."[92]

"저의 남편이 저에게 말하기를, 대사님께서 아마 불원간에, 어느 해 여름을 기하여, 그를 에스빠냐에 데려가실 거라고 하더군요. 그를 위해서는 참으로 기쁜 일이에요."

"물론입니다. 제가 벌써부터 기뻐하는 매력적인 계획입니다. 친구여, 그 여행을 공과 함께 하게 되었으면 정말 좋겠소. 그리고, 부인께서는 그 휴가 기간을 어떻게 보내실지 생각해 두셨습니까?"

"잘은 모르겠으나, 저는 아들과 함께 아마 발백에 갈 것 같아요."

"아! 발백, 쾌적한 곳입니다. 제가 몇 해 전 그곳에 들른 적이 있습니다. 그곳에 예쁜 별장들을 짓고 있는 중입니다. 틀림없이 좋아하실 것입니다. 그런데 발백을 택하신 연유를 여쭈어도 되겠습니까?"

"저의 아들이 그 고장의 교회당들을, 특히 발백의 교회당을 몹시 보고 싶어합니다. 그 아이의 건강 때문에, 여행으로 인한 피로를, 특히 그곳에서의 체류 문제를, 제가 조금 염려하였지요. 그러나 듣자니, 아이의 건강 상태가 요구하는 편의 시설을 갖춘 멋진 호텔 하나를 얼마 전에 지었다고 하더군요."

"아! 이 소식을 제가 아는 사람에게 알려야겠습니다. 못 들은 체할 여인이 아닙니다."

"발백의 교회당은 경탄할 만하지요, 그렇지 않습니까?" 발백의 매력들 중 하나가 그곳의 한껏 멋 부린 별장들에 있다는 사실을 알고 슬퍼진 마음을 억누르며, 내가 물었다.

"그래요, 나쁘진 않아요. 그러나 랭스와 샤르트르의 대 교회당들, 그리고 저의 취향에는 모든 교회당들 중에 진주로 여겨지는 빠리의 쌩뜨-샤 등, 정교하게 세공된 그 진정한 보석들과는 비교할 수 없지요."

"하지만 발백의 교회당이 일부는 로마네스크 양식이지요?"

"사실 교회당의 전체 양식이 로마네스크적인데, 그 양식 자체가 극도로 차가워서,[93] 석재를 레이스 다듬듯 하던 고딕 양식 건축가들의 우아함이나 환상은[94] 아직 그 기미조차 보이지 않아요. 그 고장에 간다면 발백의 교회당을 한 번쯤은 구경할 만해요. 상당히 기이하니까요. 비 오는 날, 무엇을 해야 좋을지 모를 때, 교회당 안으로 한 번쯤 들어가 볼 수 있고, 그 속에서 뚜르빌의 묘[95]를 발견할 수 있을 거요."

"어제 외무성 연회에 참석하셨습니까? 저는 그럴 수가 없었습니다." 아버지께서 물으셨다.

"아닙니다," 노르뿌와 씨가 미소를 지으며 대답하였다. "솔직히 말씀드리자면, 사뭇 다른 야회 때문에 그 연회는 내버려 두었습니다. 공께서도 아마 소문을 들으셨을 여인, 즉 아름다운 스완 부인 댁에서 저녁 식사를 하였습니다."

나의 어머니께서 심한 전율을 억제하셨다. 아버지보다 더 신속한 감수성을 소유하셨던지라, 어머니께서는, 한순간 후에나 아버지를 불쾌하게 할 것에, 아버지를 생각하시어 먼저 놀라시곤 하였기 때문이다. 프랑스의 좋지 않은 소식들이 프랑스에서보다 외국에서 먼저 알려지듯이, 아버지에게 닥친 불쾌한 일들이 먼저 어머니에 의해 포착되고 하였다. 그러나 스완 내외가 어떤 부류의 사람들을 초대하였는지 아시고 싶은 호기심을 느끼셨던지, 어머니는 노르뿌와 씨에게 그 댁에서 만난 사람들이 누구였느냐고 물으셨다.

"맙소사…. 제가 보기에는 특히… 신사들께서 드나드는 집 같았습니다. 결혼한 남자들도 몇 있었지만, 그들의 아내들은 그날 저녁 몸이 불편하여 오지 않았다고 하였습니다." 대사가, 선량함의 너울로 교활함을 가리면서, 또 그 부드러움과 조심성으로 완화시키는 척하면서 악의를 교묘하게 과장하는 시선을 주위로 던지면서, 어머니의 말씀에 대꾸하였다. 그리고 다시 덧붙였다.

"하지만, 공정을 기하기 위하여 이 말씀도 드려야겠는데, 그곳에 여인들도 갑니다만… 어떻게 말해야 좋을지… 스완(그는 스반이라고 발음하였다)[96]의 상류 계층보다는 공화파적 계층[97]에 속하는 여인들입니다. 누가 알겠습니까? 그 집이 언젠가는 정치적 혹은 문학적 회합 장소로 변할지도 모릅니다. 게다가 두 내외 모두 만족스러운 눈치입니다. 제 생각에는 스완이 조금 지나칠 만큼 그것을 밖으로 드러냅니다. 그는 그다음 주에 자기와 자기의 아내를 초청한 사람들의 이름을 열거하였습니다만, 그들과의 친교를 그토록 기탄없이, 취향도 심지어 재치도 무시한 채, 자랑스러워 할 까닭이 없는데, 그처럼 세련된 사람의 그러한 거조가 놀라웠습니다. '우리들은 단 하루 저녁도 자유롭지 못합니다.' 그것이 마치 하나의 영광이기라도 되는 듯, 그리고 진정한 벼락출세자처럼, 그 말을 자주 반복하였습니다만, 그는 전혀 벼락출세자가 아닙니다. 왜냐하면 스완에게는 많은 친구들과 심지어 교분 두터운 여인들도 있어서, 제가 경솔하거나 무례하여 하는 말이 아닙니다, 장담하거니와, 그 여인들 모두가 또 대다수가 그런 것은 아니지만, 적어도 한 여인만은, 게다가 지체 높은 그 여인만은, 스완 부인과 교분 맺는 것을 아마 전적으로 거부하지 않았을 것이며, 그녀의 그러한 전례를 따랐을 빠뉘르주의 양[98]도 한두 마리가 아니었을 것입니다. 그러나 스완이 그러한 쪽으로는 아예 시도조차 하지 않았습니다. 뭐라고요? 이번에는 네쎌로데식 푸딩[99]이군요! 이러한 루쿨루스의 잔칫상[100]을 받고 제가 몸을 추스르려면 카를스바드[101] 온천장에라도 가서 요양을 해야겠습니다. 스완은 아마 넘어야 할 장애가 너무 많다고 느꼈을 것입니다. 분명한 사실은, 그의 결혼을 사람들이 못마땅하게 여겼다는 것입니다. 여자의 재산에 대하여 말하는 사람들도 있으나, 그것은 정말 터무니없는 소리입니다. 그러나 여하튼 그 모든 것이 사람들 눈에 기껍지 않았습니다. 게다가 스완에게는, 엄청나게 부유하고 훌륭한 사회적 지위를 차지하고 있는 숙모 하나가 있으며, 그녀는 재정적으로 말하자면 하나의 권력을 형성하고 있던 사람의 아내입니다. 그런데 그녀가, 스완 부인을 자기의 집에 받아들이기를 거부할 뿐만 아니라, 자기 친구 여인들과 기타 친지들도 자기처럼 하라고 전면적인 운동을 펼쳤습니다. 이런 말씀을 드린다 하여, 혹시라도 빠리 상류사회의 어느 인사가 스완 부인에게 결례를 범하였다는 뜻은 아닙니다…. 아닙니다! 결코 아닙니다! 게다가 남편은 어떠한 도전에도 응할 사람입니다. 여하튼 신기한 일은, 그토록 많은 사람들, 그것도 가장 세련된 사람들과 교분을 맺고 있는 스완이, 장점이라 해야 기껏 몹시 잡탕이라는 것밖에 없는 부류들에게 열성을 쏟는다는 사실입니다. 제가 그와 오래전부터 알고 지내는지라 솔직히 고백합니다만, 그토록 좋은 교육을 받고, 최상류 사회에서 그토록 인기를 누리는 그가, 체신성 장관의 비서실장이 자기의 집에 온 것에 감격하여 사의를 표하고, 스완 부인이 '감히' 그의 아내를 방문하여도 좋겠느냐고 정중히 요청하는 것을 보면서, 저는 놀라움 못지않은 흥미로움까지 느낍니다. 하지만 그가 그러한 사람들 사이에서 낯설음을 느낄 것은 틀림없습니다. 자기가 살던 세계가 아닌 것이 분명하기 때문입니다. 하지만 스완이 불행할 것이라고 저는 믿지 않습니다. 그들이 결혼하기 전 여러 해 동안, 여인이 상당히 추한 협박질을 서슴지 않았던 것은 사실입니다. 그녀가 요구하는 것을 스완이 거절할 때마다, 그녀는 그의 딸을 그가 만나지 못하게 하였습니다. 술수에 능하면서도 못지않게 순진했던 가엾은 스완은, 자기의 딸이 보이지 않을 때마다 항상, 그것이 우연의 일치라고 생각할 뿐, 일의 실상을 보려 하지 않았습니다. 게다가 그녀가 어찌나 끈질기게 싸움을 걸곤 하였던지, 그녀가 일단 목적을 달성하여 그와 혼인하는 데 성공하기만 하면, 아무것도 그녀를 제지하지 못하여, 그들의 삶이 지옥 같아질 것이라고 모두들 생각하였습니다. 그런데! 정반대의 일이 벌어졌습니다. 스완이 자기 아내에 대하여 이야기하는 투를 놓고 사람들이 자주 농담을 하며, 심지어 목구멍이 뜨거워질 정도로 악의적인 말들을 마구 쏟아 내기도 합니다. 그가 자기의 처를 가리켜 훌륭한 아내라고 할 때마다 그것이 과장된 말이라고 생각하면서도, 자신이 ＊＊＊라는(몰리에르가 사용한 그 단어를 아실 겁니다)[102] 사실을 대강 의식하고 있는 그가, 그러한 말을 온 누리를 향해[103] 떠들어대리라고는 예상하지 못하였습니다. 그런데 사람들이 생각하듯 그토록 틀린 말은 아니었습니다. 모든 남편들이 선호할 법하지는 않을 그녀의 일상 태도를 보건대―하지만, 우리들끼리 하는 이야기입니다만, 그녀를 오래전부터 잘 알며 멍청한 주인과는 거리가 먼 스완이, 어느 선에서 만족해야 하는지를 모를 리는 거의 없습니다―그녀가 남편에 대한 진정한 애정을 가지고 있는 것처럼 보이는 것은 부인할 수 없습니다. 물론, 짐작하실 수 있으려니와, 사람들 사이를 멋대로 떠도는 그 착한 언사들을 들으면, 그녀에게 바람기가 없고 또 스완 자신도 그러한 과오를 저지르지 않는다고는 저 또한 말할 수 없습니다. 하지만 그녀는 그가 자기에게 베풀어준 것에 대해 고마워하고 있으며, 따라서, 모든 사람들이 우려하던 것과는 정반대로, 천사처럼 유순해진 것 같습니다."

하지만 그러한 변화가 노르뿌와 씨가 생각하던 것처럼 그토록 놀라운 것은 아마 아니었을 것이다. 오데뜨는 스완이 결국 자기를 아내로 받아들이리라고는 감히 믿을 수가 없었다. 나무랄 데 없는 어떤 남자가 자기의 정부를 아내로 맞았다는 이야기를 그녀가 의도적으로 그에게 들려줄 때마다, 그가 얼음장 같은 침묵을 지키거나, '자기에게 젊음을 바친 여인을 위하여 그 남자가 한 일이 멋있고 아름답다 생각하지 않느냐'고 그녀가 직설적으로 물으면, 그제야 '그것이 잘못이라는 말은 아니지만 여하튼 각자 자기의 뜻대로 할 뿐'이라고 대꾸하는 것이 고작이었기 때문이다. 그녀는 심지어, 그가 홧김에 하던 말을, 즉 자기를 영영 버릴지도 모른다는 말을, 거의 믿을 지경에까지 이르렀다. 그 말을 들은 지 얼마 안 되어, 어느 조각가 여인이 하던 다음과 같은 말을 들었기 때문이다. "남자들이란 우리 여인들에게 무슨 짓을 할지 몰라요. 모두들 상스럽고 멍청하니까요." 그 비관적인 금언의 심오함에 충격을 받은 그녀는, 그것을 마음속 깊이 간직하였고, 어떠한 상황에서건 의기소침해진 기색으로 그 말을 자신에게 반복하였으며, 그녀의 기색에는 이러한 뜻이 담겨 있는 것 같았다. "여하튼, 어떠한 일이든 닥칠 수 있는 법, 그것이 바로 나의 행운일 수도 있어." 그리고 뒤이어, 오데뜨의 삶에서 그때까지 그녀를 인도하던 다음과 같은 낙관적 금언에서, 모든 효력이 자취를 감추었다. "우리를 사랑하는 남자들에게는 무슨 짓이든 할 수 있어. 모두들 그토록 멍청하니까." 또한 그러한 금언이, 다음과 같은 말을 수반할 수도 있을 눈짓의 형태로 그녀의 얼굴에 표현되곤 하였다. "두려워하지 말아요, 그는 아무것도 깨뜨리지 않을 거에요." 하지만 그러는 동안에도 오데뜨는, 자기가 스완과 함께 한 것보다 더 짧은 세월밖에 함께 지내지 않은 남자와 결혼하였으며, 아직 그 남자와의 사이에 아이도 없건만, 이제는 사람들로부터 상당한 대접을 받고 엘리제 궁의 무도회에도 초청받는, 자기 친구들 중 하나가 스완의 처신에 대하여 생각할 수 있을 것 때문에 몹시 괴로워하였다. 노르뿌와 씨보다 더 깊은 혜안을 가진 임상의였다면 틀림없이, 오데뜨를 성마르게 한 것이 그 모욕감과 수치심이고, 그녀가 드러내곤 하던 성가신 성격이 그녀의 본질적인 측면이 아닌지라 불치병은 아니라는 진단을 내렸을 것이며, 따라서 실제 일어난 일을, 다시 말해, 새로운 요법이, 결혼이라는 치유법이, 괴롭고 일상적이지만 전혀 체질적이 아닌 그 사고들을 거의 마법처럼 신속하게 멈추도록 해줄 것이라는 사실을, 어렵지 않게 예측하였을 것이다. 거의 모든 사람들이 그 결혼에 놀랐고, 그렇게도 놀랐다는 것 또한 놀라운 일이다. 사랑이라는 순전히 주관적인 현상의 성격을 이해하고, 그 현상이라는 것이, 하나의 보충적인 인물을, 즉 사회 속에서 같은 이름으로 통하는 인물과는 구별되며 그 대부분의 구성인자들이 우리 자신에서 추출된 하나의 새로운 인물을 만드는[104], 일종의 창조 행위라는 사실을 이해하는 사람이 거의 없다는 것은 의심할 여지가 없다. 그리하여 또한, 세인의 눈에 보이는 것과는 같지 않은 어떤 사람이 결국 우리의 내면에서 차지하게 되는 엄청난 비중을 자연스럽게 여길 수 있을 사람들도 거의 없다. 하지만 오데뜨와 관련해서는, 그녀가 단 한 번도 그의 정신세계를 완전히 이해하지 못한 것은 확실하지만, 적어도 베르메르라는 화가의 이름이 자기와 거래하던 재단사의 이름만큼이나 친숙해질 정도로, 스완이 수행하던 연구의 제목들과 상세한 내용들을 그녀가 알고 있었다는 사실과, 세상의 나머지 모든 사람들은 무시하거나 웃음거리로 만들되 오직 하나의 연인이나 누이만은 실체와 닮고 사랑스러운 그 영상을 간직하고 있는, 스완의 성격적 특성을 그녀가 깊이 알고 있었다는 사실, 그리고 그 성격적 특성들이 비록 우리가 가장 고치고 싶은 것들이라 할지라도, 우리 자신이나 우리의 부모님이 그것들에 익숙해진 것처럼, 한 여인이 그것들을 관대하고 다정한 조롱으로 대하는 데 익숙해질 경우, 우리가 그러한 특성들에 어찌나 애착하게 되는지, 오래 지속된 관계들은 가족의 애정에서 발산되는 안온함이나 힘과 유사한 무엇을 지니게 된다는 사실 등만은, 사람들이 짐작할 수도 있었을 것 같다. 우리를 어떤 사람과 결합시키는 인연이란, 그 사람이 우리의 결점들 중 하나를 평가하기 위하여 우리와 같은 관점을 가질 경우, 스스로 신성해진다. 그리하여, 스완의 고유한 특징들 중, 그의 성격에 못지않게 그의 지성에 속하는 특징들도 있었으나, 그럼에도 불구하고, 그것들이 모두 스완 속에 뿌리를 내리고 있었던지라, 오데뜨가 그것들을 다른 이들보다 더 수월하게 식별하였다. 그녀는, 스완이 글 쓰는 것을 업으로 삼아 연구한 것들을 출판하였을 때, 그의 편지들이나 대화 속에 풍성하던 그 특징들이 드러나지 않는다고 불평하곤 하였다. 그러면서 그것들에게 더 큰 몫을 할애하라고 조언하였다. 그것들이 자기가 그에게서 선호하는 특징들이었기 때문에 그가 그렇게 하기를 원하였을 것이지만, 그러나 그것들이 더 그다웠기 때문에 그것들을 선호하였으니, 그의 글 속에서 사람들이 그것들을 다시 발견하기를 바라던 그녀가 아마 틀리지는 않았을 것이다. 또한 아마, 그의 특징이 더 생생하게 드러나는 작품들이, 결국 그에게 성공을 안겨 주어, 자기가 베르뒤랭 내외의 집에서 어느 것보다도 높게 평가하기를 배우게 된 것을, 즉 자신의 사교적 응접실을, 자기에게 안겨 줄 것이라고도 생각하였을 것이다.

이십 년 전이었다면, 그러한 결혼을 우스꽝스럽게 여기던 사람들 중에, '내가 몽모랑씨 아씨를 아내로 맞아들이면 게르망뜨 씨가 어떤 생각을 할까, 브레오떼 씨가 무슨 말을 할까' 자문하던 사람들 중에, 그러한 종류의 사회적 이상을 품은 사람들 중에, 죠키 클럽에 받아들여지기 위하여 애를 쓰고, 자기의 배경을 공고하게 해주어 자기를 빠리에서 가장 눈에 띄는 남자들 중 하나로 만들어 줄 눈부신 결혼을 그 시절 기대하던 스완도, 아마 모습을 드러냈을 것이다. 다만 그러한 결혼이 당사자의 뇌리에 떠오르게 하는 영상들은, 다른 모든 종류의 영상들이 그러하듯, 흐릿해져 결국 완전히 지워지지 않기 위해서, 외부로부터의 영양을 공급받을 필요가 있다. 우리의 가장 격렬한 꿈은, 우리의 마음에 상처를 준 사람을 모욕하는 것이다. 그러나 살던 고장을 떠난지라 그 사람에 관한 이야기를 더 이상 듣지 못하게 되면, 우리의 그 적이 더 이상 우리에게 아무 중요성도 갖지 못하게 된다. 우리가 어떤 이들로 말미암아 죠키 클럽이나 프랑스 학사원에 들어가기를 바랐다 하더라도, 그 사람들이 모두 이십 년 동안이나 우리의 시야에서 사라졌다면, 그 두 집단 중 하나의 회원이 될 수 있다는 전망도 우리를 유혹하지 못할 것이다. 그런데, 은퇴나 질병 혹은 개종처럼, 오래 지속된 남녀 간의 관계 또한 옛 영상들을 다른 영상들로 대체한다. 스완이 오데뜨를 정식 아내로 맞아들였을 때, 스완의 편에서 볼 경우, 세속적 야심의 포기라는 것은 없었다. 왜냐하면, 오데뜨가 이미 오래전부터 그를 그러한 야심으로부터 정신적인 의미로 '떼어 놓았기' 때문이다. 게다가, 비록 그가 그러한 야심에 조연해지지 않았다 하더라도, 그는 오히려 그러한 사실 때문에 더 큰 찬양을 받았을 것이다. 일반적으로 불명예스럽다고 하는 결혼들이 그 어느 결혼들보다 존경받을 만한 것은, 그것들이, 순수하게 내밀한 기쁨을 위하여, 상당히 매력적인 사회적 토대를 희생한다는 뜻을 내포하고 있기 때문이다(사실 불명예스러운 결혼이라는 말을 금전이 개입된 결혼이라는 말로 이해할 수는 없는 바, 여자나 혹은 남편이 실제로는 상대편으로 팔려 간 것이로되, 관습에 따랐음인지 혹은 숱한 전례에 의거하였음인지, 또한 이중 잣대 적용을 피하기 위하였음인지, 그러한 부부가 사회에 의해 받아들여지지 않은 경우는 없기 때문이다). 아마 다른 한편으로는, 타락한 사람으로서가 아니라면 예술가로서, 스완이 여하튼, 멘델의 이론 신봉자들이 실험하는 혹은 신화가 전하는 이종(異種) 교배 형태로,[105] 오스트리아 황실의 딸이건 혹은 갈보건, 다른 종에 속하는 존재를 자신과 짝짓게 하는 일에서, 즉 왕족과의 혼인이나 신분 낮은 여인과의 혼인에서, 특이한 쾌락을 느꼈을지도 모른다. 그가 혹시 이루어질지 모르는 오데뜨와의 결혼을 생각할 때마다, 그의 뇌리를 가득 채우곤 하던 오직 한 사람은—그러나 그것은 스노비즘 때문이 아니었다—게르망뜨 공작 부인이었다. 반대로 오데뜨는, 그토록 막연한 신들의 거처보다는 자기의 바로 윗 세계에 있는 사람들만을 생각하느라고, 게르망뜨 공작 부인은 염두에도 두지 않았다. 그러나 스완은, 자기의 아내가 된 오데뜨를 상상할 때마다, 자기가 그녀를 그리고 특히 자기의 딸을, 시아버지의 죽음으로 인해 곧 게르망뜨 공작 부인으로 작위가 바뀐 롬므 대공 부인 댁에 데려가는 장면을, 한결같이 뇌리에 떠올리곤 하였다. 그가 그 두 모녀를 다른 사람들에게는 소개하기를 갈망하지 않았다. 그러나, 자기에 대하여, 공작 부인이 오데뜨에게 그리고 오데뜨가 게르망뜨 공작 부인에게 할 말들을, 심지어 그것들을 자신의 입으로 중얼거리면서, 고안해 낼 때에는, 그리고 공작 부인이, 그가 자기 딸을 자랑스럽게 여기도록 할 만큼 질베르뜨를 귀여워하면서 그 아이에게 표할 애정을 상상할 때에는, 감동에 사로잡히곤 하였다. 그는 그러한 소개 장면을 연출하여 뇌리에 떠올리곤 하였으며, 그 상상적인 세부사항들의 구체성은, 복권이 당첨되었을 경우, 자기들이 임의로 그 액수를 정한 당첨금을 어떻게 사용할까 심사숙고하는 사람들의 그것과 같았다. 우리의 결단들 중 하나에 수반되는 영상이 그 결단에 동기를 부여한다는 점을 고려한다면, 스완이 오데뜨를 아내로 맞아들인 것이, 그녀와 질베르뜨를, 아무도 배석하지 않은 자리에서, 그리고 필요한 경우, 그 사실이 아무에게도 영영 알려지지 않는 상태로, 게르망뜨 공작 부인에게 소개하기 위해서였다고 말할 수 있을 것이다. 하지만 그가 아내와 딸을 위하여 품었던 바로 그 유일한 세속적 야망의 실현이 그에게 어떠한 식으로 금지되었는지를, 그리고 어찌나 절대적인 거부권에 의해 금지되었던지, 스완은 공작 부인이 그 두 모녀와 혹시 교분을 맺는 일이 있으리라고는 전혀 가정조차 하지 못한 채 세상을 떠난 경위 등을, 우리가 장차 알게 될 것이다. 또한 아울러, 스완이 죽은 후에, 그와는 반대로 게르망뜨 공작 부인이 오데뜨 및 질베르뜨와 친분을 맺는 것도 보게 될 것이다. 또한 아마―그가 그토록 작은 일에 중요성을 부여할 수 있었던 것으로 보아―그 점에 관해 미래에 대하여 너무 암울한 생각을 품지 말고, 희원하던 그 만남이, 자기가 더 이상 이 세상에 없어 그것을 기뻐할 수 없을 때에라도 틀림없이 실현될 수 있으리라는 가능성을 배제하지 않았다면, 그것이 현명하였을 것이다. 거의 모든 가능한 결과들을, 따라서 가능성이 가장 희박하다고 우리가 믿던 것들까지도 산출하고야 마는 인과성(因果性)의 작업이 때로는 느리며, 게다가 그것에 박차를 가하려다 오히려 족쇄를 채우는 우리의 열망 때문에, 우리의 존재 자체 때문에, 더욱 느려져, 우리가 열망하기를 멈춘 후에나, 때로는 우리가 살기를 멈춘 후에나, 그 마무리에 이른다. 스완이 그러한 현상을 자신의 경험을 통해 알고 있지 않았던가? 또한 처음 만난 순간에는 마음에 들지 않았어도 열렬히 사랑하다가, 그녀를 더 이상 사랑하지 않게 되었을 때, 즉 스완의 내면에서 오데뜨와 평생 함께 사는 것을 그토록 희원하며 그러지 못할까 절망감에 사로잡히곤 하던 그 존재가 죽었을 때에서야 아내로 맞아들인 그 오데뜨와의 결혼이, 그가 생전에 이미 맛본—그의 사후에 닥치게 되어 있는 일의 전조처럼—사후의 행복 아닌가?

  나는, 빠리 백작에 관한 이야기를 서둘러 꺼내면서, 그가 스완의 친구 아니냐고 묻기 시작하였다. 대화가 스완으로부터 벗어나지 않을까 저어되었기 때문이다. "그래요, 사실이에요." 노르뿌와 씨가, 나를 향해 고개를 돌리면서, 그리고 나처럼 하찮은 인물 위로 그의 위대한 지적 능력과 이해력이 마치 자기들 고유의 활동 영역인 양 부유하고 있는 푸른 시선을 고정시키면서, 내 말에 대꾸하였다. 그러더니 다시 나의 아버지에게로 고개를 돌리면서 덧붙였다. "그리고, 이런! 왕자님께서, 지금으로부터 채 사 년도 아니 되는 어느 해에, 중부 유럽의 어느 고장에 있는 작은 역에서 우연히 스완 부인을 언뜻 보셨다는, 상당히 톡 쏘는 이야기를 공께 전하는 것이, 제가 그 왕자님에 대하여 당연히 갖추어야 할 예의를(저의 공식적인 지위가 비록 미미하긴 하지만, 그로 인해 제가 그분과의 사적인 관계를 맺기는 물론 어렵습니다) 저버리는 것이라곤 생각하지 않습니다. 물론 측근들 중 아무도, 보시기에 그녀가 어떠했느냐고 감히 각하께 여쭙지는 못하였습니다. 예절에 합당치 않았기 때문입니다. 그러나 대화 중에 우연히 그녀의 이름이 나왔을 때, 거의 촉지할 수 없지만 결코 속이지 않는 특정 징후로 보아, 왕자님께서는 당신께서 그녀로부터 받으신 인상이 한 마디로 전혀 불쾌하지 않았다는 뜻을 표하시고자 하였던 것 같습니다."

"하지만 그녀를 빠리 백작에게 소개할 가능성은 없었을까요?" 아버지께서 물으셨다.

"글쎄요! 알 수 없는 일이지요. 왕족들의 속내는 도무지 알 수 없으니까요." 노르뿌와 씨가 대답하였다. "가장 저명한 인사들, 즉 주고받음에 있어 사리를 철저히 따지는 인사들이 때로는, 자기들에게 충성하는 특정인들에게 보답하는 일에서는 여론을, 가장 정당한 여론조차도, 전혀 개의치 않는 이들이기도 합니다. 그런데 빠리 백작이 항상 스완의 헌신적인 태도를 매우 호의적으로 가납했던 것은 확실하며, 게다가 그런 사람이 정말 존재하는지는 모르지만, 스완이 기지 넘치는 청년입니다."[106]

"그러면 대사님께서 받으신 인상은 어떠했습니까?" 나의 어머니께서, 예의상, 또 호기심에 이끌리시기도 하여, 물으셨다.

그의 평소 어조에서 발견되는 온건함과는 선명한 대조를 보이는, 늙은 감식가의 힘찬 어조로, 노르뿌와 씨가 대답하였다.

"아주 좋았습니다!"

그리고, 어떤 여인으로부터 강력한 느낌을 받았다는 고백이, 그것이 쾌활하게 토로되었을 경우, 특별히 평가되는 대화의 기지로 분류된다는 사실을 아는지라, 그가 나지막하게 웃음을 터뜨렸고, 그 웃음이 잠시 동안, 늙은 외교관의 푸른 눈을 촉촉이 적시면서 또 가늘고 붉은 피부 섬유(纖維)가 시맥(翅脈)처럼 퍼져 있는 양쪽 콧방울을 진동시키면서 연장되었다.

"그녀는 아주 매력적입니다!"

"이름이 베르고뜨라고 하는 문인도 그 만찬에 참석하였나요?" 대화가 스완 댁 사람들에 관한 이야기에 머물도록 하기 위하여 내가 조심스럽게 물었다.

"그래요, 베르고뜨도 참석하였지요." 나의 아버지에게 친절을 다하고 싶은 열망에 이끌린 나머지, 마치 자기가 나의 아버지와 관련된 모든 것에, 심지어 그의 연배 인사들로부터 그토록 정중한 예우를 받는 데 익숙하지 못한 내 나이 또래의 소년이 던진 질문에도, 진정한 중요성을 부여하기라도 하는 듯, 나를 향하여 정중하게 고개를 가볍게 숙이면서, 노르뿌와 씨가 대답하였다. "그와 교분이 있나요?" 비스마르크가 그 통찰력에 찬탄하였다는 특유의 맑은 시선을 나에게로 돌리면서 그가 덧붙였다. "저의 아들이 그와 교분은 없으나 그의 작품들을 찬미한답니다." 어머니가 말씀하셨다.

"맙소사! 저는 그러한 관점에 동감하지 않습니다(그렇게, 내가 항상 나보다 수천 배나 높은 곳에 있다 여기고 이 세상에서 가장 고상하다 생각하던 것이 그에게는 최저 단계의 찬미 대상임을 깨닫는 순간, 평소에 나를 몹시 괴롭히던 것보다 훨씬 심각한, 나의 통찰력 자체에 대한 의구심을 그가 나의 내면에 불러일으켰다). 베르고뜨는 제가 항상 플루트 연주자[107]라고 부르는 그러한 사람입니다. 그러나 비록 부자연스러움과 선멋이 섞여 있지만 그가 플루트를 듣기 좋게 연주한다는 것은 인정해야 합니다. 하지만 결국 그것뿐이고, 별것이 아닙니다. 근육이 전혀 없는 그의 작품들 속에서는 우리가 골격이라고 부를 수 있음 직한 것을 전혀 발견할 수 없습니다. 행동이 없거나, 있어도 극히 적으며, 특히 예상되는 영향력이 없습니다. 그의 책들은 그 토대에 결함이 있습니다. 아니, 토대가 아예 없습니다. 생활의 점증되는 복잡성 때문에 독서할 시간이 거의 없고, 유럽의 지도가 심각한 수정을 겪은 데다 다시 더 심각한 수정을 겪을 판이며, 위협적이고 새로운 숱한 문제들이 사방에서 제기되는, 우리가 살고 있는 이러한 시대에는, 내외의 야만인들로 이루어진 두 줄기 급류가 하시(何時)라도 우리를 덮칠 수 있다는 사실을, 우리들로 하여금 순수 형태에 대한 한가하고 비잔틴적인 토론[108] 속에 빠져 망각하게 하는 하나의 멋진 지성 이상의 다른 무엇이 되라고, 우리가 어느 문인에게나 요구할 권리를 가지고 있다는 저의 생각에 동의하실 것입니다. 저의 이러한 말이, 그 신사분들께서 '예술을 위한 예술'이라 칭하는 그 신성하고도 성스러운[109] 유파에 대한 모독임을 압니다만, 우리의 이 시대에는 단어들이나 조화롭게 배열하여 꾸미는 짓보다 훨씬 시급한 과업들이 있습니다.[110] 베르고뜨가 사용하는 방법이 때로는 상당히 매혹적이며, 저 또한 이의를 제기하지는 않으나, 결국 그 모든 것이 태깔 가득하고 보잘것없으며 남성다움이 결여되어 있습니다. 베르고뜨에게로 보내는 당신의 몹시 과장된 찬미를 참작하니, 조금 전 나에게 보여주신 몇 줄의 글을 이제 더 명료하게 이해하며, 그것이 어린아이가 긁적거린 것에 불과하다고 솔직하게 말씀하셨으니(내가 그렇게 말한 것은 사실이나 나의 생각은 전혀 그렇지 않았다), 제가 그것을 더 이상 거론하지 않는 것이 도리에 합당할 것입니다. 용서받지 못할 죄는 없는 법, 특히 젊은이의 죄일 경우 더욱 그러합니다. 요컨대, 당신 이외의 다른 젊은이들도 그것이 마음에 걸릴 것이며, 때때로 자신이 시인이라는 환상에 사로잡히는 사람이 당신만은 아닙니다. 그러나 당신이 나에게 보여주신 것 속에 베르고뜨의 악영향이 선명합니다. 물론 그것 속에 베르고뜨의 장점이 전혀 없다는 나의 말에 놀라시지는 않을 것입니다. 그가, 온통 피상적이라고도 해야 할 그 예술에서 특정한 문체의 대가라는 평을 받고 있지만, 당신 연령에서는 그 초보적 요소조차도 가질 수 없기 때문입니다. 그러나 소리 듣기 좋은 단어들을 우선적으로 배열한 다음에야 그 의미를 생각하는, 그 비상식적인 방법 자체가 벌써 같은 단점입니다. 쟁기를 소의 앞에 놓는 격입니다. 베르고뜨의 여러 책들 속에서조차, 중국 골동품들처럼 복잡한 형태적 번거로움, 중국의 고급 관리처럼 한가하고 퇴폐적인 문화인의 그 온갖 섬세함들이, 제가 보기에는 아무짝에도 쓸데없는 것 같습니다. 어느 문인이 보기 좋게 쏘아 올린 놀이용 불꽃 몇 개가 발견되면, 사람들은 즉시 걸작품이 나타났다고 외쳐댑니다. 걸작품들이란 그렇게 빈번히 출현하지 않습니다! 베르고뜨는 자기가 쌓은 공적 속에, 다시 말해 자기의 보따리 속에, 높이 치솟을 수 있는, 즉 사람들이 각자의 서재 좋은 위치에 간수하는, 그러한 소설 하나 가지고 있지 않습니다. 그의 모든 작품들 중 그러한 소설은 눈에 띄지 않습니다. 그럼에도 불구하고, 그의 경우, 작품이 작가보다 무한히 월등합니다. 아! 그가 바로, 오직 작품을 통해서만 작가를 알아야 한다고 힘써 주장하는 어느 재기발랄한 사람[111]의 손을 들어주는 그러한 작가입니다. 그처럼 자신의 책들과 일치하지 않고, 책들보다 더 거드름피우고, 더 점잔 빼고, 더 무례한 자는 찾기 어렵습니다. 때로는 상스럽고, 다른 이들에게 책처럼 말하지만, 자기가 쓴 책들처럼도 아니고 몹시 지루한 책들처럼 말하는 사람,—적어도 자기가 쓴 책은 지루하지는 않은데—그것이 베르고뜨입니다. 그는 가장 막연한, 지나치게 복잡하고 기교를 부리는 뇌수의 소유자이며, 자기가 이야기하는 것을 그 어투 때문에 더욱 불쾌한 것으로 만드는, 다시 말해, 우리의 선조들께서 포이보스 이야기꾼[112]이라고 칭하시던 그런 존재입니다. 비니가 그러한 못된 버릇으로 사람들의 반감을 샀다고 하는데, 그 이야기를 로메니가 하였는지 혹은 쌩뜨-뵈브가 하였는지는 모르겠습니다. 그러나 베르고뜨는 『쌩-마르』도 『붉은 봉인』도 쓰지 못하였고,[113] 그 작품들의 어떤 페이지들은 진정 걸작 선집에 들어갈 글들입니다."

내가 보여준 글에 대하여 노르뿌와 씨가 한 말에 아연해지고, 다른 한편으로는, 짧은 글 한 편 쓰려고 할 때마다 혹은 단지 진지한 생각에 몰입하려 할 때마다 내가 느끼곤 하던 어려움들을 생각하면서, 나는 다시 한번 나의 지적 무능력과 내가 문학을 위해 태어나지 않았음을 실감하였다. 의심할 나위 없이 전에 꽁브레에서는, 하찮은 몇몇 인상들이, 혹은 베르고뜨의 어떤 작품 하나가, 나를 몽상에 잠기게 하였고, 그 몽상이 나에게 커다란 가치처럼 보였을 것이다. 그러나 몽상에 잠겨 있던 나의 그러한 상태를 내가 지은 산문시가 반영하였고, 내가 그 속에서 온통 기만적인 신기루에 홀려 아름답다고 여기던 것을, 노르뿌와 씨는 그것에 속지 않았던지라, 정확히 포착하여 환하게 꿰뚫어 보았음에 틀림없다. 따라서 반대로, 그는 (밖으로부터, 객관적으로, 가장 자격 있고 지적인 전문가에 의해 평가될 경우) 내가 얼마나 미미한 존재인지를 나에게 일깨워 주었을 뿐이다. 나는 내 자신이 아연실색하여 극도로 왜소해졌음을 느꼈다. 또한 나의 오성은, 자신에게 주어진 그릇의 크기밖에 갖지 못하는 유체(流體)처럼, 지난날에는 천부적 재능의 광대한 용량을 가득 채울 만큼 팽창하였던 반면, 이번에는 잔뜩 수축되어, 노르뿌와 씨가 자기를 불시에 가두어 축소시킨 협소한 초라함 속에 자신을 몽땅 담았다.

"베르고뜨와 저의 대면이 가시 돋친 듯 상당히 미묘할 수밖에 없었습니다(그것 또한 결국 톡 쏘는 형태 중 하나입니다만)." 그가 아버지 쪽으로 고개를 돌리며 덧붙였다. "베르고뜨가 몇 해 전, 제가 그곳 대사로 가 있던 시절, 여행 중 빈에 들른 적이 있습니다. 그는 메테르니히 대공 부인에 의해 저에게 소개되었고, 대사관 방명록에 손수 자기의 이름을 기재하여 초대 받기를 원하였습니다. 그런데, 그가 자기의 글로 여하튼 프랑스에 어느 정도는—아니 정확히 말하자면 아주 미미할 정도로—명예를 안겨 주었으니, 타국에서 프랑스를 대표하는 저로서는, 제가 그의 사생활에 대하여 가지고 있던 유감스러운 견해를 극복해야 마땅했을 것입니다. 하지만 그는 홀로 여행하던 중이 아니었고, 게다가 자기와 동행하던 사람과 아니라면 초대에 응하지 않겠노라 고집을 부렸습니다. 저는 제가 다른 이들보다 유난히 점잖은 척하지는 않는다고 생각하며, 또한 제가 독신인지라, 결혼을 하여 한 가정의 아버지 역할을 맡은 사람보다는 아마 대사관의 문을 조금이나마 더 크게 열 수도 있었을 것입니다. 하지만 솔직히 고백하거니와, 제가 도저히 받아들일 수 없는 비열함의 정도가 있고, 그것이, 끊임없는, 그리고 우리들끼리 하는 말이지만, 조금 따분한 분석들과 괴로운 가책감과 병적인 회한, 그리고 자신의 사생활은 무분별과 추잡스러움의 연속이건만, 하찮은 잘못을 나무라는 설교사의 진정한 장광설(그것이 얼마나 긴지 누구나 압니다)밖에 보이지 않는 그의 책들 속에서 베르고뜨가 드러내는, 윤리적인, 단적으로 말하면 교훈적인, 어조로 인해 더욱 역겨워집니다. 간략하게 말씀드려, 제가 그의 요청에 대한 답변을 회피하였고, 대공 부인이 다시 저에게 간곡히 부탁하였으나 뜻을 이루지 못하였습니다. 따라서 제가 그 저명한 인사로부터 높은 평가를 받으리라고는 짐작하지 않으며, 또한 자기를 저와 함께 초청한 스완의 배려를 그가 어느 정도까지나 좋아하였을지 모르겠습니다. 물론 그렇게 자리를 마련해 달라고 요청한 사람이 그였다면 전혀 다른 이야기가 되겠습니다만. 여하튼 알 수 없습니다. 사실은 그가 환자이니까요. 그것이 또한 그의 유일한 면책 사유이기도 합니다."

"스완 부인의 따님도 그 만찬에 참석하였습니까?" 모두들 응접실로 이동하는 중이었던지라, 식탁 앞에서 꼼짝하지 않고 또 환한 불빛 아래에서보다는 나의 감정을 더 용이하게 감출 수 있었던 순간을 이용하여, 내가 노르뿌와 씨에게 물었다.

노르뿌와 씨가 잠시 동안 기억을 더듬는 듯한 기색을 보였다.

"그래요, 나이 열넷이나 열다섯쯤 되는 젊은 여성이었지요? 그러고 보니, 식사 전에, 우리의 그 암피트뤼온[114]의 딸이라고 하면서 그녀를 저에게 소개하던 것이 기억나는군요. 그녀가 일찍 침소로 돌아가 잠시 동안밖에 보지 못한 것이 사실입니다. 혹은 친구들 집에 갔을지도 모르나, 여하튼 저의 기억이 확실치 않아요. 이제 보니 스완의 집 사정에 훤하시군요."

"제가 스완 아가씨와 샹젤리제에서 함께 놀아요. 귀여운 소녀예요."

"아하! 바로 그거군! 제가 보기에도 매력적이었어요. 하지만 솔직히 말하거니와 자기 어머니에 비하면 어림도 없지요. 이러한 말에 감정이 상하지 않았으면 좋겠군요."

"저는 스완 아가씨의 얼굴이 더 좋아요. 하지만 그녀의 모친도 무척 찬미합니다. 제가 불론뉴 숲에 산책하러 가는 것은 오직 그분이 지나가시는 모습을 보기 위해서입니다."

"아하! 그 말을 꼭 전해야겠군요. 무척 좋아할 거예요."

자신이 그러한 말을 하는 동안, 노르뿌와 씨가 아직 한동안은, 스완에 대하여 총명한 사람처럼, 그의 가문에 대하여 존경할 만한 증권 중개인들의 가문처럼, 그가 살고 있던 집에 대하여 아름다운 집처럼 이야기하는 나의 말을 들으면서, 내가 다른 사람이나 다른 증권 중개인들이나 다른 집에 대해 말하면서도 총명하다거나 존경스럽다거나 아름답다고 할 것이라고 믿을 다른 모든 사람들과 같은 상태에 있었다. 다시 말해 그가 아직은, 정신 멀쩡한 사람이 어떤 미치광이와 대화를 나누면서도 상대가 미친 사람이라는 사실을 눈치채지 못한, 그러한 상태에 있었다. 노르뿌와 씨는, 예쁜 여인들을 바라보며 즐거워하는 것이 지극히 자연스러운 일이고, 그 여인들 중 하나에 대하여 어떤 사람이 열렬한 어조로 이야기를 하기 무섭게, 그 말에 대하여 농담을 던지면서, 말하는 사람의 뜻이 이루어지도록 돕겠노라 약속하는 것이 우아하다는 사실을 잘 알고 있었다. 그렇건만, 질베르뜨와 그녀의 모친에게 나에 대한 이야기를 하겠노라는 말을 하는 순간(그렇게 되면, 바람결처럼 유연한 모습을 한, 아니, 미네르바가 띠었던 늙은이 모습을 한, 올림포스의 어느 신처럼, 내가 사람들의 눈에 띄지 않고 스완 부인댁 응접실에 침투하여, 그녀의 주의를 끌고, 그녀의 생각을 사로잡으며, 그녀의 마음에 나에 대한 찬미의 정이 솟도록 하여, 그녀의 눈에 내가 중요 인사의 친구처럼 보이도록 하고, 나아가 훗날 그녀의 초대를 받을 만한 자격이 있는 사람으로 여겨지도록 해서, 결국 그녀의 가족과 긴밀한 친분을 맺을 수 있게 될 것 같았다)[115], 스완 부인의 눈에 틀림없이 위대하게 보일 자기의 명성을 장차 나를 위하여 이용할 그 중요 인사가, 불현 듯 나의 내면에 그에게로 향한 어찌나 큰 애정을 불어넣었던지, 물속에 오랫동안 잠겨 있었던 듯 쭈글쭈글하고 하얀 그의 두 손에 입 맞추고 싶은 충동을 억제하기가 몹시 힘들었다. 나는 거의 그러한 행동을 하려는 몸짓을 보였고, 그러면서도 그것이 오직 나의 눈에만 띄었을 것이라 믿었다. 그러나 자기의 말이나 행동이 다른 이들에게 어떠한 척도로 보일지 우리들 각개가 정확히 계산하기는 사실 어렵다. 우선 우리가 우리 자신의 중요성을 과장하지나 않을까 하는 염려 때문에, 그리고 다른 이들의 생애 동안 그들의 추억들이 뻗어 전개될 수밖에 없을 장(場)을 광대한 넓이로 우리가 확대하는지라, 우리는 우리의 말이나 태도의 부차적인 부분들이 우리와 대화를 나누고 있는 사람들의 의식 속으로 겨우 침투할 뿐이며, 더군다나 그들의 기억 속에는 머물지 못하리라고 믿는다. 범죄자들이 후에 진술을 번복하면서 그 바뀐 말이 다른 어느 진술과도 대조될 수 없을 것이라 생각하는 것도, 그러한 믿음에 이끌려서이다. 그러나, 심지어 인류의 수천 년 삶에 관련된 글에 있어서도, 모든 것은 망각되기 마련이라고 주장하는 어느 일간지 특별 기고가의 철학이, 모든 것의 존속을 예언할 수도 있는 정반대의 철학보다 덜 진실할 가능성은 농후하다. 심지어 같은 신문에서도, 사설을 집필한 인간성 탐구자는, 어떤 사건이나 걸작품 하물며 일찍이 '명성의 시절'을 누린 어느 여자 가수에 대해서도 우리에게, '십 년 후 그 모든 것을 누가 기억하겠느냐'고 말하는데, 반면 제3면에서는, 금석학 아카데미[116]의 연구 보고서가, 자체로서는 덜 중요한 어느 사건이나, 파라오들 시절에 지었으되 그 전문이 아직까지 알려진, 별 가치 없는 시 한 편에 대해 우리에게 상세한 이야기를 전하는 경우가 빈번하지 않은가? 물론 인간의 짧은 생애에서는 아마 일들이 그와 똑같이 전개되지는 않을 것이다. 하지만 몇 해 후, 노르뿌와 씨도 초대된 어느 집에서, 그가 내 아버지의 친구였고 관대하며 우리 가족 모두에게 호의 베풀기를 좋아할 뿐만 아니라, 자신의 직업과 출신 때문에 신중함이 몸에 밴 사람인지라, 내가 그를 그곳에서 만날 수 있을 나의 가장 든든한 지지자로 여기던 그 집에서, 대사가 떠나자, 지난날 어느 야회에서 '내가 자기의 손에 어느 순간 입을 맞추려 하였노라'고 그가 넌지시 암시하듯 이야기하였다는 사실을 사람들이 나에게 알려주었을 때, 나의 얼굴이 귀밑까지 빨개졌을 뿐만 아니라, 노르뿌와 씨가 나에 대하여 이야기하였다는 그 방식은 물론, 그가 간직하고 있던 추억의 구성 요소들이, 내가 믿던 것과 그토록 다르다는 사실을 알고 나는 아연실색하였다. 그 '험담'은 인간의 정신작용을 이루고 있는 부주의와 기민성, 기억과 망각의 예기치 못한 구성 비율을 나에게 밝혀 주었고, 언젠가 마스뻬로의 책에서, 기원전 10세기에 아쑤르바니팔이 사냥에 초대하였던 사냥꾼들의 명단을 사람들이 아직도 정확히 알고 있다는 사실을 처음으로 읽던 날,[117] 나는 못지않게 경이로운 놀라움에 휩싸였다.

"오! 그렇게 해주신다면, 스완 부인께 저에 관해 말씀해 주신다면, 제가 평생을 두고 그 은혜에 보답한다 해도 오히려 부족할 것이며, 저의 삶을 대사님의 수중에 맡기겠습니다! 그러나 미리 여쭙고 싶은 바는, 제가 스완 부인에게 아직 소개된 적이 없어, 그분과는 사적으로 모르는 사이라는 점입니다." 질베르뜨와 그녀의 모친에게, 내가 그녀들에 대하여 품고 있는 찬미의 정을 전하겠노라고 노르뿌와 씨가 말하였을 때, 내가 그렇게 말하였다.

내가 마지막 한 마디를 덧붙인 것은 극도의 조심성 때문이었으며, 내가 아직 맺지도 않은 교류 관계를 자랑하였다는 인상을 그녀에게 주지 않기 위해서였다. 그러나 그 말이 나의 입 밖으로 나가는 순간, 나는 이미 그 마지막 말이 불필요해졌음을 느꼈다. 왜냐하면, 냉담한 반응만을 불러올 나의 뜨거운 감사의 말이 시작되는 순간부터, 내가 대사의 얼굴 위로 주저와 불만의 표정이, 그리고 그의 눈 속으로는 수직적이고 좁으며 (어느 입체의 원근화에서 한 면의 소실점으로 향하는 선처럼) 비스듬한 시선이, 자기의 다른 대화 상대자, 즉 자기와 지금까지 이야기를 나누던 신사분께서 —그 상황에서는 곧 나였던—들어서는 아니 될 말을, 자기의 속에 있는 보이지 않는 대화 상대자에게 하는 순간 그에게 보내는, 바로 그 시선이 스쳐 지나갔기 때문이다. 나는 즉시, 내가 한껏 정중하게 꾸며서 한 말이, 나를 엄습한 감사의 정에 비하면 훨씬 미약하지만 틀림없이 노르뿌와 씨를 감동시켜, 그에게는 별로 어렵지 않되 나에게는 혜량조차 할 수 없는 기쁨을 가져다줄 중재에 나서기로 그가 결단을 내리도록 해줄 것이라 여겨졌던 그 미사여구들이 아마, 그로 하여금 (나에게 해악을 끼치려 하였을 사람들이 악랄하게 찾아내었을 그 어떤 말보다도 오히려 더) 중재를 그만두게 하였을 결과를 초래한 바로 그 말이었음을 깨달았다. 나의 그러한 말을 들으면서 실제로, 어느 낯선 사람이 우리와 함께 상스럽다고 여기던 행인들로부터 받은 인상이 유사할 것으로 믿어 이제 막 기분 좋게 그 인상을 서로에게 털어놓았는데, 그러던 사람이 문득, 자기 호주머니를 뒤지면서, 그리고 '나의 권총을 가져오지 않은 것이 유감이군, 저것들이 한 놈도 살아남지 못하련만'이라고 아무렇지도 않게 한 마디를 덧붙이면서, 그와 우리 사이에 가로놓인 병리학적 심연을 우리에게 불쑥 드러내듯이, 스완 부인에게 추천되어 그녀의 집에 초대되는 것이 전혀 소중하지 않고 그 무엇보다도 수월함을 알되, 그것이 반대로 나에게는 매우 소중하며, 따라서 매우 어려운 일로 여겨지리라는 사실을 간파한 노르뿌와 씨 또한, 내가 표명한 외견상 정상적인 그 열망이 틀림없이 다른 어떤 생각을, 어떤 수상한 목적을, 이전에 저질러진 어떤 잘못을 감추고 있을 것이며, 그리하여 스완 부인의 기분을 상하게 하는 짓이라 확신한 나머지, 아무도 이제까지 나를 위하여 그러한 심부름을 하지 않았을 것이라 생각하였다. 그리하여 나는 그가 그러한 심부름은 결코 하지 않을 것이며, 여러 해 동안 날마다 스완 부인을 만난다 해도, 그렇다 하여 나에 대하여는 그녀에게 단 한 마디도 하지 않을 것임을 간파하였다. 하지만 그가 며칠 후, 내가 알고 싶어 하던 어떤 사안을 그녀에게 물어, 아버지를 통하여 나에게 알려주었다. 하지만 누구를 위하여 그러한 것을 묻는지는 그녀에게 밝히지 말아야 한다고 생각하였을 것이다. 그리하여, 내가 노르뿌와 씨를 개인적으로 알며, 내가 그녀의 집에 가기를 그토록 희원한다는 사실을 그녀가 전혀 알 수 없었으리니 말이다. 하지만 그것이 아마 내가 믿던 것만큼은 큰 불운이 아니었을 것이다. 왜냐하면, 내가 그녀의 집에 가기를 희원한다는 사실이, 내가 노르뿌와 씨를 개인적으로 안다는 사실의 효능을, 게다가 그것마저도 불확실하지만, 중대시켜 주지 못하였을 것이 거의 뻔했기 때문이다. 오데뜨에게는 자신의 삶과 거처가 하등의 신비한 동요도 불러일으키지 않는지라, 그녀와 교분이 있어 그녀의 집에 드나드는 사람이, 어떤 돌멩이 표면에 내가 노르뿌와 씨와 교분을 맺고 있노라는 말을 쓸 수만 있다면 그 돌을 스완 댁 정면 창문으로 던졌을 나에게처럼은 전설적인 존재로 보이지 않았을 것이니 말이다. 나는 그러한 사실이, 비록 그토록 포악스러운 방법으로 전달되었다 하더라도, 그 댁의 안주인으로 하여금 나에게 반감을 품게 하기보다는, 그녀의 눈에 내가 많은 매력을 가진 사람으로 보이도록 해줄 것이라 확신하고 있었다. 그러나, 노르뿌와 씨가 수행하지 않은 임무가 무용지물로 남았을 것이라는 사실을 비록 내가 깨달았다 할지라도, 한 걸음 더 나아가, 그 임무가 스완 댁 사람들에게 오히려 나의 단점을 부각시켜 보여줄 수 있었다 할지라도, 만약 대사가 흔쾌히 승낙하는 태도를 보였다면, 나의 이름과 나라는 인격체가 잠시나마 그렇게 질베르뜨의 곁에, 그녀의 집 안에, 그리고 나에게 알려지지 않았던 그녀의 생활 속에 머무는 기쁨을, 이어지는 결과가 아무리 해롭다 하더라도, 포기하지 않았을 것이며, 따라서 대사로 하여금 임무를 면하게 해주지 않았을 것이다.

노르뿌와 씨가 떠난 후, 아버지께서는 석간 신문을 대강 훑어보셨고, 나는 다시 베르마에 대한 생각에 잠겼다. 그녀의 공연을 관람하며 내가 느낀 즐거움은, 그것이 나의 기대에 훨씬 미치지 못하여 그만큼 더욱 보충되기를 강하게 요구하였다. 그리하여, 예를 들자면 노르뿌와 씨가 베르마에게 있다고 인정하였으며, 그래서 나의 오성이, 가뭄에 시달리던 초지가 그 위에 부은 물 흡수하듯, 단숨에 마셔버린 그녀의 재능처럼, 자기에게 영양분을 공급할 가능성이 있는 것은, 나의 그 불충분했던 기쁨이 즉각 흡수하였다. 그런데 아버지께서 짤막한 기사 하나를 가리키시면서 신문을 나에게 건네셨고, 그 기사의 논지는 대략 이러했다. '예술계와 평론계의 주요 명사들도 참석하여 눈길을 끈 열광한 관객 앞에서 펼쳐진 『화이드라』 공연이, 화이드라 역을 맡은 베르마 부인에게는, 그녀의 화려한 예술 행로에서도 거의 경험하지 못한 가장 눈부신 성공의 계기였다. 하나의 진정한 연극계의 대사건인 이 공연에 대하여 차후 더욱 상세하게 이야기할 기회가 있겠지만, 가장 권위 있는 평자들이 일치된 목소리로 선언하기를, 그러한 연기가 라씬느의 가장 아름답고 탁마(琢磨)된 역(役)들 중 하나인 화이드라의 역을 완전히 쇄신하였고, 우리 시대에 관람할 기회가 주어진 가장 순수하고 가장 고상한 예술적 실현이라고 하였다는 점만을 우선 지적해 두자.' [118] 나의 뇌리에 '가장 순수하고 가장 고상한 예술적 실현'이라는 새로운 사념이 형성되기 무섭게, 그 사념이 내가 극장에서 느꼈던 불완전한 기쁨에게로 다가가서, 그것에 결여되었던 것을 조금 첨가하였고, 그것들의 결합이, 몹시 열광시키는 어떤 무엇을 형성하였던지라, 내가 홀로 탄성을 터뜨렸다. "얼마나 위대한 예술가인가!" 누구든 의심할 나위 없이 그 순간 내가 전적으로는 솔직하지 않았다고 생각할 수 있을 것이다. 하지만 그렇게 생각하기보다는 차라리, 이제 막 자신들이 쓴 글에 만족하지 못한 상태로 샤또브리앙의 천부적 재능에 보내는 찬양의 글을 읽거나, 자신들이 그 수준에 이르러 대등해지기를 희원하던 어느 위대한 예술가를 뇌리에 떠올리거나, 혹은 가령 베토벤의 어느 악절을 속으로 흥얼거리면서 그 속에서 발견한 슬픔을 자기들이 쓴 산문에 담으려 하였던 슬픔과 비교하다가, 그 천부적 재능이라는 사념이 문득 자신들을 어찌나 가득 채우는지, 자기들의 작품들을 다시 뇌리에 떠올리면서 그것들에 그러한 사념을 첨가하고, 그것들을 더 이상 처음처럼 불만스럽게 바라보지 않으며, 급기야 자기들이 쓴 글과 동일시할 뿐 결국 자기들이 쓰지는 않은 샤또브리앙의 경이로운 페이지들에 대한 추억이, 자기들의 만족감을 야기시킨 요소들의 총화(總和) 속으로 들어가게 할 뿐이라는 사실을 깨닫지 못한 채, 자기들이 쓴 작품의 가치에 대하여 자칫 열렬한 믿음을 가질 지경이 되어 다음과 같이 조용히 중얼거리는 문인들을 뇌리에 떠올려 볼 일이다. "누가 뭐라 해도!" 또는 차라리, 자신들을 끊임없이 배신하는 여인의 사랑을 믿는 무수한 남자들을 뇌리에 떠올려 볼 일이다. 또한 차라리, 사별하였으되 여전히 사랑하고 있는 여인을 그리워하며 비탄에 빠진 남편들이나 예술가들처럼, 그 여인이나 자기들이 장차 누릴 영광을 생각하기 무섭게, 평소 불가해한 것으로 여기던 내세의 삶을 바라다가는, 자기들이 사후에 그 대가를 치러야 할지도 모를 죄들에 생각이 미칠 때면 안도감 주는 사후의 절멸을 바라기도 하는, 그 모든 사람들도 뇌리에 떠올려 볼 일이다. 혹은 더 나아가, 하루하루가 지루하기만 하였으되 여행의 전체적인 아름다움에만은 열광하는 여행자들을 생각해 볼 일이며, 아울러 우리의 뇌에서 여러 사념들이 영위하는 공동생활 속에, 우리를 가장 행복하게 만들어준 사념들 중, 진정한 기생생물처럼, 처음에는 자기에게 없던 그 기쁘게 해주는 힘을, 낯선 사념이나 이웃 사념에게 요청한 일이 없는 사념이 단 하나라도 있는지 우선 생각해 볼 일이다.

어머니는 아버지가 나를 위하여 외교관직에 대해서 더 이상 생각하시지 않는 것에 그리 만족스러워 하시는 기색이 아니셨다. 내가 믿기로는, 생활의 규범이 내 신경의 변덕을 통제해 주기를 그 무엇보다도 바라셨던지라, 어머니께서 유감스럽게 여기시던 것은, 내가 외교관의 길을 버렸다는 사실보다 문학에 전념하게 되었다는 점이었다. "제발 내버려 두어요, 무엇보다도 우선 자신이 하는 일에서 기쁨을 느껴야 해요. 그런데 그가 더 이상 아이가 아니오. 이제 자기가 좋아하는 것을 잘 알고, 생각을 바꿀 여지가 거의 없으며, 살아가는 동안 자기를 행복하게 해줄 것이 무엇인지 짐작할 능력을 가지고 있소." 아버지가 언성을 높이셨다. 아버지의 말씀이 나에게 베풀어준 자유 덕분에, 내가 장차 살아가면서 행복할지 그렇지 못할지는 두고 보아야 할 일이었지만, 그 말씀이 그날 저녁에는 나에게 큰 괴로움을 안겨주었다. 아버지께서 나에게 예상하지 못하던 호의를 표시하실 때마다, 내가 항상 아버지의 수염 윗부분의 혈색 좋은 볼에 입을 맞추고 싶은 강한 욕구를 느꼈으되, 그 욕구에 따르지 않았던 것은 오직, 아버지의 기분을 혹시 상하게 하지 않을까 하는 두려움 때문이었다. 오늘날 어느 작가가, 자신과 분리시켜 보지 않는지라 자기의 눈에는 큰 가치가 없어 보이는 자기의 몽상들이, 출판업자로 하여금 도서 용지를 세심하게 고르고 자기의 몽상들에 비하여 지나치게 아름다운 활자체를 사용하게 하는 것을 보고 기겁하듯, 그 시절 나는, 글을 쓰려는 나의 열망이 그것을 위하여 아버지께서 그토록 큰 호의를 베푸실 만큼 중요한 무엇일 수 있을까, 나 자신에게 묻곤 하였다. 그러나 특히, 더 이상 바뀌지 않을 나의 취향 및 나의 삶을 행복하게 해주도록 되어 있는 것 등에 대해 말씀하시면서, 아버지께서는 나의 내면에 가혹한 예감 둘을 넌지시 불어넣어 주셨다. 그 첫 번째 예감은(나는 내가 날마다 아직 손도 대지 않아 순결하고 다음 날에야 시작될 생의 문지방 위에 있다고 여겼는데) 나의 삶이 이미 시작되었을 뿐만 아니라, 뒤에 이어질 삶도 앞서 흘러간 삶과 크게 다르지 않으리라는 것이었다. 사실을 말하자면 첫 번째 예감의 다른 형태에 불과했던 두 번째 예감은, 내가 '시간'의 밖에[119] 놓여 있는 것이 아니라, 소설 속 인물들처럼 시간의 법칙 하에 놓여 있다는 것이었으며, 그 인물들이 그러한 이유로, 내가 꽁브레의 포장 달린 버들가지 안락의자에 깊숙이 파묻혀 그들의 삶을 읽는 동안 나를 그토록 큰 슬픔 속에 던져 넣곤 하였다. 이론적으로는 지구가 회전한다는 것을 사람들이 알지만, 실제로는 그 사실을 알아채지 못하며, 자기들이 밟고 다니는 땅이 움직이는 것 같지 않아 모두들 태평스럽게 산다. 우리의 삶 속 '시간'도 그러하다. 따라서 그 도주하는 듯한 흐름이 느껴지도록 하기 위하여, 소설가들은 시계침의 움직임을 미친 듯이 가속시켜, 독자로 하여금 십, 이십, 삼십 년을 단 이 분만에 건너뛰게 한다. 한 페이지의 상단에서 우리가 희망에 가득 찬 청년 연인과 헤어졌는데, 다음 페이지 하단에서 우리는, 어느 양로원의 안마당에서 힘들게 나날의 산책에 임하면서, 이미 과거를 망각한지라, 누가 자신에게 건네는 말에나 겨우 대꾸하는, 팔순 노인을 다시 만나게 된다. 나에 대하여 말씀하시기를, 내가 '더 이상 아이가 아니며, 내 취향이 더 이상 바뀌지 않을 것'

이라고 하시던 순간, 아버지께서는 문득 '시간' 속에 놓인 내가 나의 앞에 나타나게 하셨고, 아울러 내가 마치, 아직은 물론 양로원에 수용된 허약한 노인은 아니더라도, 소설의 말미에서 유난히 가혹하게 들리는 무심한 어조로 작가가 우리에게 다음과 같이 그 근황을 전하는 주인공이라도 된 듯, 같은 유형의 슬픔을 나의 내면에 야기시키셨다. "그가 전원을 떠나는 일이 점점 드물어지더니, 결국 그곳에 영영 정착하고 말았다…."

내가 그러한 생각에 잠겨 있는 동안 아버지께서는, 우리가 혹시 초대하였던 손님에게 가할 비판에 대비하여 선수를 치시기 위하였음인지, 엄마에게 다음과 같이 말씀하셨다.

"솔직히 고백하거니와, 노르뿌와 영감님께서, 당신의 말씀처럼, 조금 진부하셨소. 그가, 빠리 백작에게 어떤 질문을 던졌다면 '합당치 않았을 것'이라고 말하였을 때, 나는 당신이 혹시 웃음을 터뜨리시지 않을까 순간 염려하였다오."

"천만에요," 어머니가 대꾸하셨다. "그토록 유능하고 또 그 연세에 이르신 분께서 아직도 그러한 고지식함을 간직하고 계신다는 점을 저는 무척 좋아해요. 그러한 점이 정직하고 좋은 교육을 받은 사람의 근본을 입증해요."

"동감이오! 그럼에도 불구하고 예리하며 총명한데, 오늘 저녁 이곳에서 보인 것과는 전혀 다른 모습을 특별 위원회에서 자주 보는지라, 내가 그러한 사실을 잘 아오." 엄마가 노르뿌와 씨를 칭찬하시는 것에 행복해지셔서, 또한 다정함이 과대평가하면서 맛보는 기쁨이 야유가 헐뜯으면서 맛보는 기쁨에 못지않은지라, 노르뿌와 씨가 실은 엄마가 생각하시는 것보다도 훨씬 뛰어나다고 엄마를 설득하려 하시면서, 아버지가 격정적으로 말씀하셨다. "그가 뭐라고 했더라…. '왕족들의 속내는 도저히 알 수 없다'고…."

"맞아요, 당신의 말씀처럼 바로 그렇게 말하였어요. 그가 인생의 깊은 경험을 쌓은 것이 분명해요."

"그가 스완의 집에서 저녁 식사를 하였다는 사실이, 그리고 그곳에서 만난 사람들이 단정한 사람들, 즉 공무원들이라는 사실이 정말 놀라운 일이오. 도대체 스완 부인이 그 모든 사람들을 어디에 가서 낚을 수 있었단 말인가?"

"그가 '특히 남자들이 가는 집'이라고 덧붙이면서 드러낸, 그 빈정거리는 기색을 보셨어요?"

그리고 두 분이 함께 그 말을 하던 노르뿌와 씨의 억양을 흉내 내려 하셨는데, 마치 『협잡꾼 여인』이나 『뿌와리에 씨의 사위』에 출연하였던 브레쌍이나 띠롱의 억양을 흉내 내실 때와 같았다.[120] 하지만 그가 무심히 흘린 말들 중 가장 높은 평가를 받은 것은 프랑수와즈에 의해 평가되고 그녀가 좋아하던 말이었고, 여러 해가 지난 후에도 그녀는, 자기가 대사에 의해 '일급 주방장' 대접을 받았다고 누가 상기시켜 주면 '엄숙한 표정'을 견지하지 못하였으며, 대사가 한 그 말을 나의 어머니께서, 마치 어느 전쟁상(戰爭相)이 '열병식' 후에 군주의 칭찬을 사령관에게 전하듯, 손수 그녀에게 전하셨다. 뿐만 아니라 내가 그날, 어머니에 앞서 부엌으로 달려갔다. 왜냐하면 내가, 평화주의자이지만 잔인한 프랑수와즈로부터 토끼를 죽일 때 토끼가 너무 고통받지 않게 하겠노라는 약속을 받아 두었는데, 토끼의 죽음에 관한 소식을 그녀로부터 받지 못하였기 때문이다. 프랑수와즈가 나에게 단언하며 안심시키기를, 토끼의 죽음이 더할 나위 없이 완벽하고 신속하게 이루어졌다고 하였다. 그러면서 이렇게 말하였다. "그런 짐승은 처음 보았어요. 단 한 마디도 없이 죽었어요. 누구든 그것이 벙어리였다고 하였을 거예요." 나는 짐승들의 언어를 잘 알지 못하였던지라, 토끼는 아마 닭처럼 비명을 지르지 않을 거라는 주장을 내세웠다. 그러자 나의 무지함에 분개한 기색으로 프랑수와즈가 나에게 말하였다. "토끼들이 닭들처럼 소리를 지르지 않는지 잘 살펴보세요. 토끼들의 목청이 닭들의 것보다 오히려 더 높아요." 프랑수와즈는 노르뿌와 씨의 칭찬을, 어떤 예술가에게 그의 작품에 대해 칭찬할 경우 그 예술가가 그러듯, 자긍심 넘치는 순진함을 보이고, 시선에 기쁨과—비록 짧은 순간이긴 하지만—총명함이 감돌게 하면서 받아들였다. 나의 어머니께서 전에 그녀를 몇몇 유명한 음식점에 보내시어, 그곳에서는 요리를 어떻게 하는지 직접 보도록 하신 적이 있다. 그날 저녁 나는, 그녀가 그 유명한 음식점들을 싸구려 식당 취급하는 말을 들으면서, 언젠가, 배우들에게 부여된 재능의 서열이 그들의 명성과 일치하지 않는다는 사실을 알았을 때처럼 즐거움을 느꼈다. "대사님께서 단언하시기를, 다른 어느 곳에서도 자네가 요리한 것과 같은 구워 식힌 쇠고기나 쑤플레[121]는 맛볼 수 없을 것이라 하셨네." 어머니가 그렇게 말씀하시자 프랑수와즈는, 겸손한 기색과 진실을 존중한다는 기색을 보이면서 어머니의 말씀에 찬동하면서도, 대사라는 직함에는 전혀 동요되지 않았다. 다만, 자기를 '주방장'으로 여겨준 사람에게 마땅히 표해야 할 호의 어린 어조로, 이렇게 말하였다. "저처럼 착한 늙은이에요." 그녀가 처음에는 대사가 집에 도착하는 모습을 보려 하였으나, 손님이 올 때 문이나 창문 뒤에 숨어서 기웃거리는 것을 엄마가 몹시 싫어하시는 것을 잘 아는데다, 다른 하인들이나 자기가 시켜 망을 보게 한 수위들에게서 이야기를 들을 수 있을 것이라 생각하여(수위들로 하여금 망을 보게 한 것은, 예수회 수도사들[122]이나 유대인들의 음모가 다른 특정 부류 사람들의 상상 속에서 그러듯, 그녀의 상상 속에서 변함없고 치명적인 역할을 하던 '질투'와 '수군거림'만을, 프랑수와즈가 어디에서나 발견하였기 때문이다), 그녀는 '주인마님과 옥신각신하는 일이 없도록 하기 위하여'[123] 부엌 창문을 통하여 바라보는 것으로 만족하였고, 노르뿌와 씨를 언뜻 보고 나서는, 그의 '민첩함'때문에, 비록 두 사람 사이에 공통점이 없었지만, 그를 르그랑댕 씨로 믿었다. "하지만 여하튼, 아무도 자네처럼 (자네가 원하기만 하면) 편육을 잘 만들지 못함은 어떤 연유라 생각하시는가?" 어머니가 물으셨다. ─ "어디로부터 그렇게 되는지 모르겠어요." 적어도 경우에 따라서는 특수한 의미로 사용되는 동사 '오다(venir)'와 '되다(devemir)' 사이에 명료한 경계를 긋지 못하던 프랑수와즈의 대꾸였다.[124] 그녀가, 적어도 부분적으로나마, 진실을 말하였으나, 자기의 편육이나 크림이 다른 이들이 만든 것보다 뛰어나게 해준 비법을 드러내 설명할 능력을 가지고 있지─혹은 원하지─않았고, 그것은 멋있기로 유명한 여인이 자신의 치장 비법을, 혹은 명성 높은 여류 성악가가 자기 노래의 비법을 설명하지 못하는 것과 같았다. 그들의 설명이 우리들에게 별 의미가 없듯이, 우리 집 요리사의 조리법에 대한 설명 또한 그러했다. "그들은 지나치게 급히 익히며, 게다가 모든 것을 한꺼번에 익히지도 않아요." 유명 음식점 주인들에 대하여 이야기하면서 그렇게 대답하였다. "쇠고기는 해면(海綿)처럼 되어야 하는데, 그래야만 국물을 남김없이 흡수해요. 하지만 그 까페라고 하는 것들 중 요리를 조금 할 줄 아는 것처럼 보이는 곳 하나가 있어요. 제가 만드는 편육과 똑같지는 않지만 서서히 조리하였고, 쑤플레에도 크림을 충분히 얹었어요." ─ "그것이 앙리 식당인가요?" 가이용 광장에 있는 그 음식점을 매우 좋아하시며 동료들과 정기적으로 회식을 하러 가시는 아버지께서, 우리들 곁으로 다시 돌아오시며 물으셨다. "오! 아니에요." 깊은 경멸감을 부드러움 속에 감추면서 프랑수와즈가 대꾸하였다. "제가 말씀드리는 곳은 작은 음식점이에요. 앙리 식당에서 물론 음식은 썩 잘하지요. 하지만 그것을 음식점이라고는 할 수 없어요. 차라리… 무료 급식소라고 해야 마땅해요!"—"베베르 식당인가요?"—"아! 아니에요, 나리. 제가 말씀드리고자 한 것은 좋은 음식점이에요. 루와얄 로에 있는 그 베베르는 음식점이 아니라 겉만 번지르르한 맥주 집에 불과해요. 그들이 음식을 손님들에게 격식을 제대로 갖춰 올리기나 하는지 모르겠어요. 그들은 식탁보조차 사용하지 않고, 음식 그릇을 아무렇게나 식탁 위에 내려놓은 다음 손님 앞으로 던지듯 밀어버려요."—"씨로 식당인가요?" 그러자 프랑수와즈가 잠시 미소를 짓더니 이렇게 말하였다. "오! 제가 믿기로는 특히 사교계 부인들께서(사교계 부인들이 프랑수와즈에게는 곧 화류계 여인들을 뜻하였다) 그곳에 음식을 먹으러 가지요. 맙소사, 젊은이들이나 갈 곳이에요." 우리들은, 비록 순박한 기색을 띠었으되, 프랑수와즈가 유명한 요리사들에게는 가장 샘많고 자만심 가득한 여배우만큼이나 무서운 '동료'였음을 간파하였다. 하지만 동시에 우리는, 그녀가 자신의 요리술에 대한 정확한 의식과 전통에 대한 존경심을 가지고 있음을 감지하였다. 그녀가 이렇게 덧붙였기 때문이다. "아니에요, 작고 정갈한 서민적 주방이 있는 음식점 이야기에요. 하지만 무시하지 못할 집이에요. 모두들 열심히 일하지요. 아! 그 집에서는 1쑤 주화들을 쓸어 모으고 있었어요(프랑수와즈는 알뜰한 사람이었던지라 돈을 쑤 단위로 헤아리지, 도박으로 재산을 몽땅 날린 사람처럼 루이 단위로 헤아리지 않았다).[125] 마님께서 잘 아시는, 저 아래 오른쪽, 큰 길들 옆 조금 들어간 곳…." 자긍심과 순박함이 뒤섞인 그녀 특유의 공평성을 유지하며 그녀가 이야기하고자 하던 음식점, 그것은… 까페 앙글레[126]였다.

일 월 초하루가 도래하였을 때 나는 우선 어머니와 함께 친척 방문길에 나섰고, 내가 지치지 않도록 어머니는(아버지가 그려주신 도정 안내도의 도움을 받아) 정확한 촌수에 의하기보다는 구역에 따라 방문 순서를 정하셨다. 그러나, 먼저 들러야 할 이유로는 우리 집에서 가깝다는 것밖에 없는, 촌수 상당히 먼 어느 종자매 댁 응접실 안으로 겨우 들어서는 순간, 나의 숙부님들 중 가장 성미 까다로운 분의 절친한 친구분을 보시자, 어머니는 설탕에 조렸는지 혹은 당의(糖衣)를 입혔는지 모를 밤 꾸러미를 손에 드신 채 두려움에 휩싸이셨다. 우리가 새해 인사를 그 숙부님 댁에서부터 시작하지 않은 사실을 친구분께서 숙부님께 이야기할 것이 뻔했기 때문이다. 그러면 숙부님의 마음이 상할 것이 틀림없었다. 숙부님은 우리들이 마들렌느 광장을 떠나, 쌩-오귀스땡 광장 근처로 갔다가 에꼴-드-메드씬느 로 쪽으로 다시 떠나기 전에, 먼저 당신께서 사시는 식물원 쪽으로 가야 마땅하다고 생각하셨을 것이기 때문이다.[127]

방문을 마친 후 (그날 저녁에 할머니 댁에서 식사를 하기로 되어 있었기 때문에, 할머니께서 우리들에게 말씀하시기를 별도로 인사하러 올 필요가 없다고 하셨다) 나는 편지를 가지고 샹젤리제로 달려가, 그것을 우리들이 잘 아는 노점상 여인에게 주어, 그녀로 하여금 매주 몇 차례에 걸쳐 스완 댁으로부터 꿀과자를 사러 오는 사람에게 건네주도록 하였다. 그 편지는, 나의 사랑스러운 친구가 내 마음을 몹시 아프게 하였던 그날부터, 새해가 되면 그녀에게 보내리라 작정하였던 것으로, 나는 편지에 쓰기를, 우리의 지난날 우정은 그해가 끝남과 동시에 사라질 것이고, 내가 나의 불만과 실망감을 모두 잊을 것이며, 새해 첫날부터 우리가 함께 쌓아올릴 새 우정은, 하도 견고하여 이 세상 그 무엇도 그것을 파괴하지 못할 뿐만 아니라, 그것이 하도 경이로워, 내가 바라거니와, 그것의 아름다움을 온전히 지키려 할 만큼, 그리고 그것에 손상을 입힐 수 있을 극미한 위험이라도 닥치면, 나도 그러겠노라 약속하지만, 즉시 나에게 알릴 만큼, 질베르뜨가 다소나마 그 우정을 자랑스럽게 여겨 달라고 하였다. 돌아오는 길에, 프랑수와즈가 바람 몰아치는 루와얄 로 모퉁이에 있는 노점 앞에서 나로 하여금 걸음을 멈추게 하더니, 자신을 위한 새해 선물로 피우스 9세와 라스빠이유의 사진을 샀고,[128] 나는 내 몫으로 베르마의 사진 한 장을 샀다. 그 예술가가 불러일으킨 무수한 찬사로 인하여 오히려, 그녀가 그 찬사에 보답하기 위하여 가지고 있던 그 유일한 얼굴에, 갈아입을 옷이 없는 사람의 옷처럼 항상 같고 허술하며, 언제나 윗입술 바로 위에 있는 작은 주름과 치켜올린 눈썹과 항상 같은 모양이며 결국 언제라도 화상이나 충격에 노출될 수 있는 기타 몇몇 용모적 특징밖에 없는 그 얼굴에, 조금은 초라한 무엇이 감돌고 있는 것 같았다. 그 얼굴이 게다가 그 자체만으로는 내 눈에 아름답게 보일 수 없었으련만, 그것이 감당하였을, 그리고 아직도 (상인이) 펼쳐 놓은 '카드첩'에 붙어 있는 처지에서도, 특유의 요염하게 부드러운 시선과 인위적으로 어수룩한 미소로 부르고 있는 듯한 그 모든 입맞춤들로 인하여, 그 얼굴이 나에게 그것이 입 맞추는 상념을, 또한 그 결과 입 맞추고 싶은 욕구를 불러일으켰다. 왜냐하면 베르마가, 자신이 화이드라라는 극중 인물로 가장하여 고백하던 그 욕망을 숱한 젊은이들에 대하여 실제로 느꼈을 것이 틀림없으며, 화이드라의 모든 것이, 심지어 그녀의 아름다움을 증대시켜 주고 그녀의 젊음을 연장시켜 주던 그 이름 자체마저도, 그러한 욕망의 충족을 아주 수월하게 해주었을 것이기 때문이다. 어둠이 내려앉고 있었는데 내가 극장 광고탑 앞에서 걸음을 멈추었고, 그곳에는 일 월 초하루를 기하여 베르마가 공연을 한다는 광고지가 붙어 있었다. 습하고 부드러운 바람이 불고 있었다. 나에게 친숙한 날씨였다. 그 순간 나는, 새해의 첫 날이 다른 날들과 다르지 않으며, 천지창조 당시처럼, 아직 과거라는 것이 존재하지 않는 것처럼, 질베르뜨가 나에게 가끔 안겨 주던 환멸들뿐만 아니라 그것들로부터 포착할 수 있을 장차 닥쳐올 환멸의 징후들까지도 완전히 없어진 것처럼, 내가 최초로 주사위를 던지듯 질베르뜨와의 사귐을 재시도할 수 있을 새로운 세계, 지나간 세계의 그 무엇도… 질베르뜨가 나를 사랑하기를 바라던 그 열망 이외에는 아무것도 잔존하지 않을 새로운 세계, 그러한 세계의 첫 날이 아니라는 느낌과 예감에 휩싸였다. 나는, 나의 심정이 자기를 만족시켜 주지 못한 자기 둘레의 세계가 그렇게 새로워지기를 희원하는 것은, 그것이, 즉 나의 심정이 변하지 않았기 때문임을 깨달았고, 그 순간, 질베르뜨의 심정만이 더 변하였을 하등의 이유가 없을 것이라 생각하였다. 나는 내가 희원하던 그 새로운 우정이, 우리의 열망이 비록 다른 이름들로 포장하더라도 충격을 주거나 변형시키지 못하며, 그러한 사실조차 의식하지 못하는 새해들이 경계 표시용 도랑에 의해 다른 해들과 분리되지 않듯, 지난날의 우정과 같음을 어렴풋이 느꼈다. 내가 새해를 질베르뜨에게 헌정하였어도, 사람들이 자연의 눈먼 법칙들 위에 종교라는 것을 포개어 올려놓듯, 내가 구축한 특별한 사념을 새해 첫날에 새기려 애를 썼지만 모두 허사였고, 나는 새해 첫날이, 자기를 사람들이 그렇게 부른다는 사실조차 모르며, 나에게는 전혀 새로울 것이 없는 모습으로 황혼 속에서 끝나고 있음을 느꼈다. 극장 광고탑 주위에서 불고 있던 바람결 속에서 나는, 영원하고 평범한 질료, 친숙한 습기, 다른 지난날들의 무심한 흐름 등이 다시 나타남을 알아챘고 느꼈다.

  나는 집으로 돌아왔다. 그날에는, 이제 더 이상 아무도 그들에게 새해 선물을 주지 않기 때문이 아니라 그들이 더 이상 새 해라는 것을 믿지 않기 때문에, 젊은이들과 다를 수밖에 없는 노인들의 일 월 초하루를 이제 막 겪고 난 직후였다. 나도 새해 선물들을 받았다. 그러나 나에게 기쁨을 줄 수 있을 유일한 선물, 즉 질베르뜨로부터의 서신만은 없었다. 하지만 그래도 나는 아직 여전히 젊은이였다. 내가 그녀에게 편지 한 통을 쓸 수 있었고, 그 편지를 통하여 내 연정의 고적한 몽상을 그녀에게 전하면서, 그녀의 내면에서도 유사한 몽상이 촉발되기를 희원하였으니 말이다. 늙은 남자들의 슬픔은, 그것이 아무 효력도 발휘하지 못함을 이미 깨달은지라, 그러한 편지를 쓸 생각조차 하지 않는다는 것이다.

  잠자리에 들었을 때, 축제가 벌어지던 그날 저녁에 늦게까지 이어지던 거리의 소음 때문에, 나는 잠을 이루지 못하였다. 나는 쾌락으로 밤을 지새울 그 모든 사람들, 그날 저녁으로 예정되었음을 내가 광고탑을 보고 알게 된 그 공연이 끝난 다음 베르마를 찾으러 갔을 그녀의 연인, 혹은 탕아 무리 등을 뇌리에 떠올렸다. 그 불면의 밤에 그러한 상념이 나의 내면에 태동시킨 불안한 동요를 진정시키기 위하여, 베르마가 아마 사랑 따위에는 관심이 없을 것이라는 생각으로 나 자신을 설득할 수조차 없었다. 그녀가 사랑이라는 것을 하도 잘 알아, 그것의 이미 잘 알려진 격정을—그러나 새로운 격렬함과 뜻밖의 부드러움을 지닌—각자가 스스로 그것을 일찍이 느껴 보았음에도 불구하고 경이로움에 사로잡히는 관객들 앞에 그토록 능숙하게 드러낼 줄 아는 것처럼, 그녀가 오랫동안 연구하고 연습하여 낭송하던 구절들이 매 순간, 사랑이 감미롭다는 사실을 그녀에게 상기시켜 주었을 것이니 말이다. 나는, 다시

한 번 그녀의 얼굴을 바라보기 위하여, 꺼진 양초에 다시 불을 붙였다. 그 얼굴이 틀림없이 그 순간, 초인간적 세계의 그리고 막연한 기쁨을 베르마에게 주고 또 그녀로부터 받는 것을 내가 막을 수 없던 남자들에 의해 애무되고 있을 것이라는 생각이 나의 뇌리에 어른거리는 순간, 관능적이기보다는 잔인한 흥분이, 사순절 중간 축제일[129] 밤이나 기타 축제 때에 자주 듣는 것과 같은, 그리고 그러한 경우, '저녁나절 숲속으로부터'[130]가 아니라 어느 선술집으로부터 들려오는지라 시(詩)가 결여되어 더욱 슬픈 사냥용 뿔피리 소리가 가중시킨 우수가, 나를 문득 엄습하였다. 그 순간 나에게 필요하였을 것은 아마 질베르뜨의 편지가 아니었을지도 모른다. 우리의 욕망들이란 삶의 어수선함 속에서 서로 엇갈려 뒤얽히는지라, 어떤 기쁨이 자기를 간절히 부르던 욕망 위로 정확히 내려앉는 경우는 매우 드물다.[131]

나는 청명한 날이면, 수채화가들의 전람회가 한창 유행하던 때였던지라 우아하고 분홍색 띤 건물들이 유동적이고 가벼운 대기 속에 잠겨 있던[132] 길을 따라, 계속 샹젤리제에 가곤 하였다. 그 시절 가브리엘이 지은 궁전들[133]이 나의 눈에 가장 아름답게 혹은 근처의 다른 궁전들과는 다른 세기의 것들처럼 보였노라고 한다면, 나의 말이 거짓일 것이다. 그 시절에도 내가, '산업 전시관'[134]에서는 아니더라도 최소한 트로까데로 궁[135]에서는, 더 뛰어난 멋을 발견하였고 그것이 더 옛날 것이라 믿었을 것이니 말이다. 동요된 잠 속에 잠긴 채, 나의 청춘은 발길을 어느 곳으로 돌리든 그 구역 전체를 같은 몽상으로 감쌌고, 쌩-마르땡 관문과 쌩-드니 관문[136]이, 루이 14세 치세기에 지어진 그 걸작품들이, 그 불결한 구역에 있는 최근의 건물들과 같은 시대의 것들이 아님을 알았다면 내가 놀랐을 것처럼, 나는 루와얄 로에 18세기의 기념비적 건조물이 있으리라고는 상상조차 하지 못하였다. 오직 한 번, 가브리엘이 축조한 궁전들 중 하나가 나를 한동안 멈춰 세웠다. 그것은, 날이 저물었던지라 달빛 때문에 고유의 질료적 특성을 잃은 궁전의 원주들이 마치 판지를 오려 만든 듯 보였고, 그것들이, 짧은 희가극 『저승에 간 오르페우스』[137]의 무대 장식을 상기시키면서, 나에게 처음으로 아름답다는 인상을 주었기 때문이다.

그러는 동안에도 질베르뜨는 여전히 샹젤리제에 다시 나타나지 않았다. 하지만 나는 그녀를 보아야 할 절박한 필요를 느꼈다. 내가 그녀의 모습조차 뇌리에 선명히 떠올리지 못하였기 때문이다. 사랑하는 사람을 바라볼 때 우리가 취하는, 살피고 불안스러워하며 고집스러운 태도, 다음 날 다시 만날 희망을 우리에게 주거나 빼앗아갈 말이 떨어질 때까지 감내해야 하는 우리의 기다림, 그리고 그 순간에 이를 때까지, 동시에는 아니더라도 교차적으로 기쁨과 절망에 휩싸이는 우리의 상상 등, 그 모든 것들이, 우리가 사랑하는 사람과 마주할 때에는 우리의 주의력을 너무나 뒤흔드는지라, 그 주의력이, 사랑하는 사람으로부터 선명한 영상 하나 얻을 수 없을 것이다.

또한 아마, 동시에 이루어지는 그 모든 감각 기관의 작용이, 그렇건만 오직 시선만을 이용해 시선이 닿을 수 없는 저 너머에 있는 것을 알려고 애쓰는 그 작용이, 평소 우리가 사랑하지 않을 때에는 고정시키곤 하는 수천의 형태들과 온갖 풍미와 생동하는 인물의 동작들에 대하여 지나치게 관대할지도 모른다. 반면 우리가 애지중지하는 모델은 끊임없이 흔들려, 우리는 실패한 사진들밖에 얻지 못한다. 나는 질베르뜨의 용모가 구체적으로 어떠했는지, 그녀가 나를 위하여 그것을 펼쳐 보이던 신성한 순간에 본 것 이외에는, 정말 더 이상 알 수가 없었다. 내가 오직 그녀의 미소만 기억 속에 떠올릴 수 있었으니 말이다. 그리하여, 즉 내가 뇌리에 떠올리려 아무리 애를 써도 그 사랑하는 얼굴을 다시 볼 수 없었던지라, 나는 목마를 태워주는 남자와 보리 사탕을 파는 여인 등의 불필요하고 충격적인 얼굴들이 나의 기억 속에 결정적으로 정확하게 그려진 것을 발견하고 역정을 냈다. 사랑하는 사람을 잃은 후, 자면서도 그를 영영 다시 못 보는 사람들이, 깨어 있는 상태에서 마주치는 것만으로도 지겨워 견딜 수 없는 많은 사람들을, 꿈속에서 끊임없이 만나며 몹시 노하는 격이었다. 슬퍼하며 그리워하는 대상을 뇌리에 떠올리지 못하는 무력감에 빠진 나머지, 그들은 자기들이 슬픔을 느끼지 못한다고 생각하여 거의 스스로를 책망할 지경에까지 이른다.[138] 나 또한, 질베르뜨의 용모를 선명히 뇌리에 떠올릴 수 없어, 내가 그녀 자체를 잊었고, 내가 그녀를 더이상 사랑하지 않는다고 거의 믿게까지 되었다.

　드디어 그녀가 거의 날마다 샹젤리제에 놀러 왔고, 그렇게 내가 다음 날이면 갈망하고 그녀에게 요청할 새로운 것들이 내 앞에 나타나게 하였으며, 그 결과 나의 연정을 새로운 연정으로 변형시켰다. 그러나 한 가지 일이, 다시 한번 그리고 급작스럽게, 매일 오후 두 시 경이면 내 사랑의 문제가 제기되는 양상을 바꾸어 놓았다. 내가 자기의 딸에게 보낸 편지를 스완 씨가 불시에 가로챘단 말인가, 혹은 내가 더 신중해지도록 하기 위하여 질베르뜨가, 오랫동안 뜸을 드렸다가, 이미 지난날의 것이 되어버린 그 일을 나에게 은근히 털어놓았을 뿐인가? 여하튼, 내가 자기의 아버지와 어머니를 얼마나 찬미하는지 그녀에게 고백하였을 때, 누가 자기에게 쇼핑이나 방문 등 해야 할 일들에 대해 이야기할 때처럼 모호하고 망설임과 은밀함 가득한 기색을 띠더니, 그녀가 별안간 나에게 말하고야 말았다. "알아두세요, 그분들은 당신을 별로 신뢰하시지 않아요!" 그러더니 옹딘느[139]처럼 미끄러지듯 움직이면서—그녀의 평소 자태가 그러했다—웃음을 터뜨렸다. 그녀의 말과 부조화를 보이는 그녀의 웃음이 자주, 음악이 그러듯, 하나의 다른 차원 속에다 보이지 않는 표면 하나를 그려 놓는 것 같았다. 스완 씨 내외가 질베르뜨에게 나와 어울려 놀기를 그만두라고 요구하지는 않았지만, 그러한 일이 아예 시작되지 않았다면 더 좋아하였을 것이라는 것이 질베르뜨의 견해였다. 그들이 나와 질베르뜨의 관계를 호의적인 눈으로 바라보지 않고, 내가 품행 방정하다고 믿지 않으며, 내가 자기들의 딸에게 나쁜 영향을 끼칠 수밖에 없다고 생각한다는 것이었다. 그러한 부류의 젊은이들, 나도 그들과 닮았으리라고 스완이 믿고 있던 그 비양심적인 젊은이들을, 나는, 자기들이 좋아하는 소녀의 부모를 몹시 싫어하고, 면전에서는 그들에게 아첨하지만 이내 그녀와 함께 그들을 비웃을 뿐만 아니라, 그녀를 충동질하여 부모의 뜻을 거역케 하고, 일단 소녀를 수중에 넣으면 부모가 딸을 만날 수조차 없게 하는, 그러한 젊은이들로 상상하였다. 그리하여, 그러한 젊은이들의 모습(가장 파렴치한 자라도 자신이 그러한 탈을 쓰고 있다고는 생각하지 않)에, 자신에게 활기를 주는 스완에게로 향한 감정을, 스완이 생각하는 것과는 반대로 하도 열렬하여, 그가 만일 그것을 의심한다면 나에 대한 자기의 판단에 대하여 자신이 사법적 오류를 범한 것만큼이나 후회할 것이라 내가 확신하던 그러한 감정을, 나의 가슴이 얼마나 격렬하게 내세워 정면으로 맞서게 하였던가! 나는 그에 대하여 품고 있던 모든 감정을 긴 편지에 감히 담아, 편지를 그에게 전해 달라고 하며 질베르뜨에게 맡겼다. 그녀가 동의하였다. 그러나 애석한 일이다! 그가 나에게서, 나는 생각지도 못한 협잡꾼을 발견하였단 말인가! 내가 그토록 진실하게 십육 페이지에 걸쳐 묘사하였다고 믿은 그 감정을 그가 의심하였단 말인가! 내가 노르뿌와 씨에게 하였던 말에 못지않게 열렬하고 솔직한 그 편지 또한 더 나은 성공을 거두지 못하였다. 다음 날, 월계수 무더기 뒤 한 길체로 나를 데리고 가, 좁은 오솔길에서 각자 의자 위에 앉은 후, 질베르뜨가 나에게 이야기해 주기를, 그 편지를—그녀가 편지를 나에게 다시 가져왔다—읽으면서, 자기 아버지가 어깨를 한번 으쓱하더니 이렇게 말씀하셨다고 하였다. "도무지 무슨 뜻인지 모르겠군. 내가 얼마나 옳은지를 증명할 뿐이야." 내 의도의 순수성과 내 영혼의 착함을 알고 있었던 나는, 나의 말이 스완의 오해에 가벼운 생채기 하나 내지 못하였다는 사실에 분개하였다. 당시에는 그것이 오해라고 확신하였으니 말이다. 나는 내 고결한 감정의 부인할 수 없는 몇몇 특징들을 내가 하도 정확하게 묘사하였다고 막연히 느끼고 있었던지라, 스완이 그 특징들에 입각하여 그 감정을 즉시 재구성한 후 나에게 용서를 빌러 와서 자기가 오해하였노라 고백하지 않는다면, 자신이 그러한 감정을 일찍이 느껴본 적이 없어, 다른 이들의 그러한 감정을 이해할 수 없게 되었기 때문일 것이라 생각하였다.

그런데, 아마 그런 것이 아니라 단지 스완이, 고결함이라고들 하는 것이 대개의 경우, 우리가 아직 그것들에게 명칭을 부여하지 못하고 그것들을 분류하지 못하였을 경우, 우리의 이기주의적 감정들이 드러내는 내면적 모습임을 알고 있었을지 모른다. 아마 그는 내가 자신에게 표하던 호감에서, 장차 필연적으로 나의 행위들을 이끌어 갈—그에게로 향한 나의 부수적 찬미가 아니라—질베르뜨에 대한 내 사랑의 단순한 결과 및 열광적 확증만을 발견하였을지 모른다. 내가 그러한 시각에 동의하기는 불가능했다. 내 자신으로부터 나의 사랑을 따로 떼어 생각하고, 다른 사람들이 보편성 속에 그것을 놓아, 그것이 초래할 뭇 결과들을 경험에 입각하여 예측하는데 일찍이 성공하지 못하였기 때문이다. 그리하여 나는 절망감에 휩싸였다.

그 순간, 프랑수와즈가 나를 부르는지라, 나는 잠시 질베르뜨 곁을 떠나야 했다. 초록색 철망이 둘러져 있고 옛 빠리의 용도 변경된 입시세관 사무실과 유사하며, 그 속에, 영국에서는 '러베이 보우(lavabo, 세수용 대야)'라고 부르지만 영국에 심취한 이들에 의해 프랑스에는 '와터-클로지트'라고 잘못 알려진 그 물건이 얼마 전에 설치된, 작은 건물까지[140] 프랑수와즈를 데려다 주어야 했기 때문이다. 내가 프랑수와즈를 기다리며 서 있던 그 건물 입구 벽들이 서늘한 곰팡이 냄새를 발산하고 있었는데, 그것이, 조금 전 질베르뜨가 나에게 전해 준 스완의 말 때문에 나의 내면에 생긴 근심을 즉시 경감시켜 주면서, 우리를 불안정한 상태에 놓아두는, 그리하여 우리가 붙잡을 수도 소유할 수도 없는 그러한 희열들로가 아니라, 그와는 반대로, 견고하여 내가 의지할 수 있고, 감미롭고, 평온하며, 설명할 수는 없으되 확신할 수 있고, 존속성 있는 진실 풍부한 희열로 나를 가득 채웠다. 나는, 전에 게르망뜨 성 쪽으로 산책을 나섰을 때처럼, 나를 엄습한 그 인상이 발산하던 매력의 근저까지 침투해 보고 싶었으며, 꼼짝도 하지 않고 그곳에 머물러, 자기가 나에게 그저 덤으로 주었을 뿐인 그 희열을 즐길 것이 아니라 나에게 드러내 보여주지 않은 진실 속으로 내려가라고 제안하고 있던, 그 쾌쾌한 냄새에게 차근차근 따져 묻고 싶었다. 그러나 볼에 분을 회반죽처럼 바르고 적갈색 가발을 쓴 늙은 관리인 여자가 나에게 말을 하기 시작하였다. 프랑수와즈는 그녀가 '틀림없이 자기 고향 출신'이라고 믿었다. 그녀의 딸 아씨께서, 프랑수와즈가 소위 '명문가의 젊은이'라고 부르던, 따라서 쌩-시몽이 어떤 공작을 '백성의 재강으로부터 나온' 사람과 구별하던 것보다도 오히려 더, 그녀가 일개 노동자와는 다르게 여기던, 그런 젊은이를 남편으로 맞아들였다고 하였다. 물론 그 여자 관리인이 그러한 신분으로 전락하기 전에 숱한 역경에 처하였을 것이라 하였다. 그러나 프랑수와즈는, 그녀가 일찍이 후작 부인이었으며, 쌩-훼레올 가문 사람이었노라고 단언하였다. 그 후작 부인이 나에게 쌀쌀한 곳에 서 있지 말라고 하였다. 그러더니 화장실 문 하나를 열면서 나에게 말하였다. "들어가지 않겠어요? 아주 깨끗한 것 하나가 있어요. 당신에게는 무료예요." 그녀가 그렇게 한 것은 아마, 우리가 물건을 주문하러 갈 때마다 구아슈 상점[141] 판매원 아가씨들이, 계산대 위에 종 모양의 동그란 유리 뚜껑으로 덮어 놓았던 사탕을, 애석하게도 엄마가 나에게 받지 못하게 하셨지만, 나에게 주려고 하던 것과 다름없었을 것이다. 또한 아마, 엄마의 요청에 따라 '화분 상자들'을 채우곤 하던, 그리고 나에게 부드러운 눈길을 보내며 장미 한 송이를 건네던, 어느 꽃집 늙은 여인의 거조처럼 덜 순수했을지도 모른다. 그러나 여하튼, 그 '후작 부인'이 혹시, 남자들이 스핑크스들처럼 웅크리고 있는 그 석재 입방체들의 지하 출입문을 소년들에게 열어주면서 그들에게로 향한 취향을 드러냈다 할지라도, 그녀가 그러한 호의를 베풀며 추구하였을 것이, 그들을 유혹할 수 있으리라는 기대보다는, 좋아하는 대상에게 헛되이 후하게 처신하며 느끼는 기쁨이었을 것이다. 왜냐하면, 내가 늙은 공원 경비원 이외에는 다른 방문객이 그녀 곁에 나타나는 것을 보지 못하였으니 말이다.

잠시 후 나는 프랑수와즈와 함께 '후작 부인'에게 작별 인사를 하였고, 그다음 프랑수와즈와 헤어져 질베르뜨에게로 돌아갔다. 월계수 무더기 뒤 의자에 앉아 있던 그녀를 곧 발견하였다. 마침

숨바꼭질 놀이를 하던 중이라, 친구들의 눈에 띄지 않기 위하여 그곳에 있었던 것이다. 내가 그녀 옆에 가서 앉았다. 그녀는 납작하고 챙이 좁은 모자를 눈 위까지 덮을 만큼 깊숙하게 눌러 썼고, 그로 인하여 그녀의 시선은, 내가 처음 꽁브레에서 보았던 바로 그 '은근하고' 몽상에 잠긴 그리고 앙큼한 시선과 같았다.[142] 나는 그녀에게 혹시 내가 그녀의 아버지에게 구두로 해명할 방도가 없겠느냐고 물었다. 질베르뜨가 나에게 말하기를, 자신이 이미 아버지에게 그런 제안을 하였으나 부질없다는 답변을 들었노라고 하였다. 그리고 한 마디를 덧붙였다. "보세요, 당신이 쓴 편지를 나에게 맡겨두지 말아요. 다른 아이들이 나를 찾아내지 못하였으니, 이제 다시 그들에게로 돌아가야 해요."

그가 하도 몰상식하여 그 진정성을 믿으려 하지 않는다고 내가 생각하던 그 편지를 내가 다시 돌려받기 직전에 만약 스완이 그곳에 나타났다면, 그는 아마 자기가 옳았음을 확인할 수 있었을 것이다. 왜냐하면, 의자에 상체를 뒤로 젖히고 앉아서 편지를 나에게 내밀지도 않으면서 그것을 받으라고 하던 질베르뜨에게로 다가가던 중, 내가 그녀의 몸뚱이에 의해 어찌나 강하게 이끌림을 느꼈던지, 내가 그녀에게 다음과 같이 제안하였으니 말이다.

"내가 편지를 앗아가지 못하도록 나를 막아보아요. 우리 두 사람 중 누가 더 센지 봅시다."

그녀가 편지를 자기의 등 뒤로 감추었고, 나는 그녀의 어깨 위에 얹혀 있던 땋은 머리 가닥들을 쳐들면서 두 손으로 그녀의 목을 감아 잡았다. 아직도 그럴 나이였는지, 혹은 자신이 더 젊어 보이기 위하여 그녀의 어머니가 그녀를 어리게 보이도록 하려고 그랬는지, 그녀의 머리는 땋아 늘어져 있었다. 홍석(虹石)에 잇대어진 홍예문의 양쪽 지주(支柱)처럼 두 몸뚱이가 쐐기로 조여진 듯한 상태로, 우리가 힘을 겨루었다. 내가 그녀를 끌어당기려 하였고 그녀는 버티었다. 힘을 쓰는 바람에 타오르는 듯해진 그녀의 광대뼈 부분 볼이 버찌처럼 둥글고 붉었다. 내가 자기를 간질이기라도 하는 듯 그녀가 웃었다. 나는 그녀를, 내가 기어오르려는 나무인 양, 나의 두 다리로 조였다. 하지만 내가 펼치던 그 곡예와 같은 동작이 한창인데, 근육 운동과 놀이의 열기에 나의 숨이 겨우 가빠지려는 찰라, 애를 쓰는 바람에 흘린 몇 방울 땀처럼, 내가 나의 쾌락을 쏟았고, 그 쾌락을 음미할 시간 동안만큼도 나는 그것에 멈추지 못하였으며, 이내 편지를 수중에 넣었다. 그러자 질베르뜨가 호의 가득한 어조로 나에게 말하였다.

"아시겠어요? 당신이 원하시면 우리가 아직 조금 더 겨룰 수 있어요."

내가 제안하였던 놀이에, 표명되었던 것 이외의 다른 목적이 있었음을 그녀가 아마 희미하게나마 느꼈을 것이나, 내가 이미 그 목적을 달성하였음은 간파하지 못한 것 같았다. 그리하여 나는, 내가 목적을 달성하였다는 사실을 그녀가 눈치챌까 염려한 나머지(그리고 잠시 후 그녀가 보인, 손상된 수치심에서 비롯된 듯한 움츠러들고 억눌린 동작에 미루어, 나의 염려가 빗나가지 않았다고 생각하였다), 일단 달성하고 나면 그녀 곁에 태평스럽게 머무는 것 이외의 다른 욕구를 느끼게 하지 않는, 그러한 목적만을 내가 품고 있었을 것이라 그녀가 믿지 않을까 두려워, 다시 한번 겨루자는 그녀의 제안을 수락하였다.

집으로 돌아오는 도중, 초록색 철망 둘러친 외딴 건물에서 거의 그을음과 흡사한 냄새 풍기던 서늘함에 의해, 내가 볼 수도 알아챌 수도 없는 상태에서 그 가까이로 이끌려 갔던, 즉 그 순간까지는 숨어 있던, 그 영상이 별안간 내 눈 앞에 어른거렸고 나의 뇌리에 선명히 되살아났다. 그 영상은 꽁브레에 있던 아돌프 숙부님이 쓰시던 그 작은 방의 영상이었고, 실제로 그 방이 습기 어린 냄새를 발산하곤 하였다. 하지만 나는 도무지 이해할 수 없었고, 따라서 하찮은 영상 하나가 뇌리에 되살아나는 순간 그것이 왜 나에게 그러한 유열을 가져다주었는지, 그 곡절을 밝히는 일은 훗날로 미루었다. 어쨌든 그 당시로서는, 내가 노르뿌와 씨의 멸시를 받아 마땅한 것 같았다. 내가 그때까지 모든 문인들은 제쳐 둔 채, 그가 한낱 '플루트 연주자'라고 부르던 문인만을 좋아하였고, 하나의 진정한 열광이, 어떤 중요한 사상에 의해서가 아니라, 곰팡이 냄새에 의해 나에게 전달되었으니 말이다.

얼마 전부터 특정 부류의 가정에서는, 혹시 어떤 방문객의 입에서 샹젤리제라는 명칭이 발설될 경우, 어머니들이 그 명칭을 악의 가득한 기색으로, 너무 잦은 오진 때문에 더 이상 신뢰할 수 없게 된 유명한 의사에게나 보일, 그러한 기색으로 받아들였다. 그 공원이 아이들에게 좋지 않으며, 그곳에 갔다가 인후통과 홍역 및 각종 열병에 걸린 경우가 한둘 아니라고들 하였다. 그럼에도 불구하고 나를 계속 그곳에 보내는 엄마의 애정을 드러내 놓고 의심하지는 않았지만, 엄마의 몇몇 친구분들께서는 엄마가 무분별하다고 한탄하곤 하였다.

중추신경계 질환에 걸린 사람들이란, 그들을 가리킬 때 사용되는 관용적 표현에도 불구하고, 실은 아마 '자신에게 귀 기울이기를' 가장 등한히 하는 이들일 것이다.[143] 그들의 몸속으로부터 하도 많은 소리가 들려오는지라, 그러나 이내 자기들이 그것에 놀라는 것이 잘못이라는 것을 깨닫는지라, 그들은 결국 그 어떠한 소리에도 더 이상 신경을 쓰지 않는다. 단지 눈만 내리려 해도, 혹은 다른 아파트로 이사만 하려 해도, 그들의 신경계가, 마치 중병에라도 걸린 듯, '살려 달라'고 하도 자주 비명을 지르는지라, 그들은 그러한 경고들을 더 이상 참작하지 않는 것에 익숙해지며, 그것은 마치 하나의 병사가 전투에 열중한 나머지, 자신의 몸이 보내는 그러한 경고들을 듣지 못한 채, 죽어가면서도 건강한 사람의 삶을 아직 며칠 더 영위할 수 있는 것과 다르지 않다. 내 몸의 혈액순환 현상으로부터 시선을 돌리는 것 못지않게 나의 사념이 그 항시적이고 체내에서 일어나는 순환을 외면하던, 나의 일상적인 온갖 신체적 불편함들이 서로 연계되어 조화를 이룬 상태로, 그것들을 몸속에 지닌 채, 어느 날 오전, 나는 부모님께서 이미 식탁 앞에 자리를 잡고 앉아 계시던 식당으로 경쾌하게 달려갔고, 그런 다음―평소의 습관대로, 춥다는 말은 몸을 덥혀야 한다는 뜻이 아니라 가령 꾸중을 들었다는 뜻일 수 있으며, 시장하지 않다는 말은 곧 비가 내릴 것이라는 뜻이지 먹지 말아야 한다는 뜻이 아니라고 생각하면서―식탁 앞에 앉았는데, 먹음직스러운 양 갈비 한 입을 베어 물어 삼키려 하는 순간, 구역질과 현기증이 나의 동작을 멈추게 하였다. 그것은, 내 무관심의 냉담함이 그 징후의 출현을 가리고 지체시켰으되, 내가 섭취할 처지가 아닌 음식물은 고집스럽게 거부하던, 이미 시작된 질환의 열에 들뜬 듯한 반응이었다. 그러자, 바로 그 순간에, 내가 아프다는 사실을 어른들이 눈치채시면 외출하지 못하게 하실 것이라는 생각이, 부상당한 사람에게 생존 본능이 그러듯, 아픈 몸을 나의 방까지 이끌어 갈, 그리고 그곳에 이르러 나의 신열이 사십 도까지 치솟았음을 확인하고도 즉시 샹젤리제에 갈 채비를 할 기운을 주었다. 자기를 감싸고 있던 나른하고 투과성 큰 몸뚱이를 뚫고 나가, 나의 사념은 벌써 미소를 지으며 질베르뜨와 합류하여, 그녀와 함께 하는 포로 잡기 놀이의 그 달콤한 즐거움을 요구하고 있었으며, 한 시간 후, 겨우 몸을 지탱하기도 힘들었건만 그녀 곁에 있는 것만으로도 행복하여, 그 즐거움을 음미할 기운만은 가지고 있었다.

집에 돌아오자 프랑수와즈는 내가 '불편해한다'고 하면서 '오한'에 시달리는 것임이 틀림없다 하였고, 즉시 부른 의사는, 폐충혈에 수반된 급작스러운 신열의 '혹독함' 혹은 '맹렬함'이란 '지푸라기 불'에 불과하니 '잠행성'과 '잠복성'이 더 큰 다른 질환들보다는 '낫다'고 하였다. 내가 이미 오래전부터 호흡 곤란 증세에 시달렸던지라, 우리 의사는, 벌써부터 내가 알코올 중독 때문에 죽어 간다고 여기시던 할머니의 반대에도 불구하고, 나의 호흡을 도와주기 위하여 처방하였던 카페인 이외에도, 혹시 호흡 곤란 증세가 급작스럽게 생긴다고 느끼면, 맥주나 샴페인 혹은 꼬냑을 마시라고 나에게 권하곤 하였다. 그가 말하기를, 알코올에 기인한 '완벽하게 편안하고 즐거운 상태' 속에서 호흡 곤란 증세가 중단될 것이라 하였다. 나는, 할머니께서 그것들을 나에게 주라는 허락을 내리시도록 하기 위하여, 호흡 곤란 증세를 감추지 않을 뿐만 아니라 심지어 거의 과장해야 할 처지에 자주 놓이곤 하였다. 게다가, 그 증세가 일어날 전조를 느끼기 무섭게, 그것이 어느 정도에까지 이를지 항상 불확실했기 때문에, 나는 나의 고통 자체보다도, 내가 더 염려하던 할머니의 슬픔으로 인하여, 그 증세에 불안해하곤 하였다. 그러나 동시에 나의 몸이, 고통의 비밀을 홀로 간직하기에는 자기가 너무 약했음인지, 혹은 촉박해진 증세를 모르고 누가 자기에게는 불가능하거나 위험한 어떤 일을 나에게 강요하지 않을까 두려워하였음인지, 나의 불편한 증세를, 일종의 생리학적 세심함까지 동원하기에 이를 만큼 정확히, 나의 할머니에게 알리고 싶은 욕구를 나에게 불러일으키기도 하였다. 내가 일찍이 정체를 확인하지 못한 어떤 성가신 징후를 내가 혹시 나의 속에서 발견할 경우, 그것을 할머니에게 알리기 전까지는 나의 몸이 절망 상태에 놓이곤 하였다. 그리고 할머니가 그 징후에 관심을 보이지 않는 척하시면, 극구 역설하라고 나에게 요구하기도 하였다. 때로는 내가 과도하게 역설하는 경우도 있었다. 그럴 때면, 더 이상 전처럼 감정을 통제하지 못하게 된 그 사랑하는 얼굴이, 연민의 표정을, 괴로움 가득한 일그러짐을 감추지 못하기도 하였다. 그러면 나의 가슴이, 할머니가 느끼시는 괴로움을 보고, 고문을 당하듯 고통스러워하였으며, 그럴 때마다 나는, 나의 입맞춤이 할머니의 그 괴로움을 깨끗이 지울 수 있기라도 한 듯, 할머니에게로 향한 나의 애정이 할머니에게, 내가 느끼는 행복감만큼 기쁨을 드릴 수 있기라도 한 듯, 할머니의 품으로 뛰어들곤 하였다. 그리고 한편, 내가 느낀 불편함을 할머니가 아신다는 확신에 의해 초조함이 잔잔해진 이후에는, 내가 할머니를 안심시켜 드리는 것에 나의 몸이 반대하지 않았다. 그리하여 나는, 그 불편함이 전혀 고통스럽지 않고, 나를 딱하게 여기실 하등의 이유가 없으며, 내가 행복하다고 확신하셔도 좋다고 할머니에게 역설하곤 하였다. 나의 몸은 정확히 자기가 받아 마땅한 만큼의 연민을 받고자 하였고, 그리하여 자기가 오른쪽에 통증을 느낀다는 사실을 누가 알기만 한다면, 그 통증이 하나의 해악이 아니며 나에게는 행복을 막는 장애물이 아니라고 내가 선언하더라도, 자기가 철학에 조예가 깊다고 뽐내지 않는지라, 나의 그러한 말을 합당치 않다고 여기지 않았다. 철학이 자기의 영역에 속하지 않았기 때문이다.[144] 나는 회복기에 들어선 후에도 거의 날마다 그 발작적인 호흡 곤란 증세에 시달렸다. 어느 날, 나의 병세가 상당히 호전된 것을 보시고 초저녁에 내 곁을 떠나셨던 할머니께서, 밤늦게 나의 방으로 돌아오셨고, 숨을 제대로 쉬지 못하는 나를 보시더니, 아연실색하시는 표정으로 소리치셨다. "오, 맙소사! 얼마나 고통스럽겠니!" 할머니가 즉시 내 곁을 떠나셨고, 대문 열리는 소리가 들리더니, 잠시 후 꼬냑을 가지고 돌아오셨다. 그것이 집에 없었기 때문에 할머니가 손수 그것을 사 가지고 오셨다. 내가 이내 편안함을 느끼기 시작하였다. 안색을 조금 붉히시면서 할머니가 어색한 기색을 보이셨고, 그 순간 할머니의 눈에는 나른함과 실의가 감돌았다.

"너를 홀로 있게 하여 네가 조금이나마 모처럼의 편안함을 즐기도록 해야겠구나." 할머니가 별안간 내 곁을 떠나시면서 나에게 말씀하셨다. 하지만 나는 재빨리 할머니의 볼에 입을 맞추었고, 그 순간, 차가워진 볼에서 젖은 무엇인가를 느꼈으나, 그것이 할머니가 쐬신 밤공기의 습기였는지는 알 수 없었다. 다음 날, 할머니가 저녁이 되어서야 나의 방에 오셨는데, 다른 사람들이 나에게 말하기를, 외출하실 일이 있었기 때문이라고 하였다. 하지만 나는 그것이 나에 대한 무관심을 명백하게 보여주는 일이라 여겼고, 따라서 그 일로 할머니를 나무라지 않기 위하여 나 자신을 힘들여 억제하였다.

폐충혈증이 오래전부터 멈추었음에도 호흡 곤란 증세가 고집스럽게 지속되는지라, 부모님께서 꼬따르 교수에게 왕진을 청하셨다. 그러한 유형의 병세 때문에 부름을 받은 의사가 지식이 풍부하다는 것만으로는 충분하지 못하다. 서너 종류의 서로 다른 질환을 감추고 있을 수 있는 증세들과 마주하였을 때, 드러난 징후가 거의 모두 유사함에도 불구하고, 의사로 하여금 자기가 어떤 질환을 상대하고 있는지를 추단할 수 있게 해주는 것은, 결국 그의 직감과 날카로운 눈이다. 하지만 그 신비한 재능이 지적 활동의 다른 분야에서의 우월성도 내포하는 것은 아니어서, 가장 형편없는 그림 혹은 음악 따위나 좋아하고 추호의 정신적 호기심도 가지고 있지 않은 몹시 상스러운 자라도, 그러한 재능을 소유하는 데는 문제가 없다. 나의 경우, 외견상 관찰될 수 있었던 것 또한 다분히, 신경성 경련이나 초기 결핵, 천식, 신부전에 기인한 중독성 호흡 곤란, 만성적 기관지염, 그러한 요인들 중 다수가 포함된 복합적 증세 등에 의해 야기될 수 있었다. 그런데 신경성 경련은 무관심으로, 결핵은 극도로 세심한 간호와 과영양(過營養) 식이요법으로 치료할 필요가 있는 반면, 과영양 식이요법이 천식과 같은 류머티스성 증상에는 해로울 수 있고 신부전에 기인한 중독성 호흡 곤란에는 위험해질 수 있으며, 중독성 호흡 곤란 환자에게 절대적으로 요구되는 것은 오히려, 결핵 환자에게는 치명적일 수 있는 식이요법이다. 그러나 꼬따르의 망설임은 짧았고, 그의 명령적인 처방은 이러했다. "맹렬하고 강력한 하제(下劑). 수일 동안 오직 우유만. 육류와 알코올을 금할 것." 나의 어머니는, 그러나 내가 다시 기운을 추스르는 것이 무엇보다 필요하고, 내가 이미 상당히 민감해져, 말에게나 먹일 그 하제와 식이요법이 나를 아예 쓰러뜨릴 것이라고 나지막하게 불만을 토로하셨다. 그 순간 나는, 기차를 놓치지 않을까 염려할 때만큼이나 근심 가득한 꼬따르의 눈에서, 자기가 혹시 자신을 자기의 천성적인 부드러움에 끌려가도록 내버려 두지 않았나 자문하는 것을 포착하였다. 그는, 마치 넥타이 매는 것을 잊지 않았나 확인하기 위하여 거울을 찾는 사람처럼, 자기가 차가운 가면 쓰는 것에[145] 착념하였는지, 자신의 기억을 더듬으려 애를 쓰고 있었다. 의혹에 휩싸여, 그리고 어쨌든 벌충하기 위하여, 그가 상스러운 어투로 대꾸하였다. "제가 내린 처방을 두 번 반복하는 것은 저의 습관이 아닙니다. 펜 하나 주십시오. 그리고 특히 우유를. 뒤에, 우리가 발작성 천식과 아그리프니아[146]의 목을 조인 다음에는, 죽을 조금씩 드시다가 각종 풀떼기를 드시되, 언제나 우유, 우유를 함께. 그러면 기분도 좋을 거예요. 요즘 에스빠냐가 유행이니까. 올레! 올레!¹⁴⁷⁾ (병원에서 심장병 환자나 간장병 환자에게 우유 식이요법을 권할 때마다 그가 하던 그 신소리를 그의 제자들은 잘 알고 있었다.) 그러면 차츰 정상적인 생활로 되돌아올 거예요. 그러나 기침과 숨막힘 증세가 재발할 때마다, 하제와 내장 세척과 침대와 우유를 잊지 말아요." 그는 어머니가 마지막으로 제기한 이의에 아무 대꾸하지 않고 얼음장 같은 기색으로 귀를 기울였고, 그러한 식이요법이 왜 필요한지 아에 설명조차 해주지 않은 채 돌아갔던지라, 부모님께서는 그것이 나의 증세와 아무 관련이 없어 공연히 나의 몸만 약화시킨다고 판단하시어, 나로 하여금 그것을 시도하게 하지도 않으셨다. 두 분께서는 물론 당신들께서 교수의 처방을 따르지 않은 사실을 감추려 하셨고, 더욱 감쪽같이 감추기 위하여, 그와 혹시라도 마주칠 수 있는 모든 집들과의 왕래를 끊으셨다. 그 이후, 나의 병세가 더욱 위중해지자 꼬따르의 처방을 충실히 따르기로 결정하였고, 사흘 후 나는 더 이상 수포음(水泡音) 때문에 그르렁거리지도 않았고 기침도 하지 않았으며, 호흡도 원활해졌다. 그제야 우리는 꼬따르가, 후에 자기의 입으로 말하였듯이, 나에게서 천식성 증세와 특히 '머리가 조금 이상한' 기미를 발견하였으면서도, 그 무렵 나의 체내에서 지배적이었던 것이 중독 증세였음을 정확히 간파하였고, 나의 간장과 신장을 깨끗이 씻어냄으로써 나의 기관지 충혈을 풀어, 나에게 정상적인 호흡과 수면과 기운을 되돌려 줄 수 있으리라 판단하였음을 깨달았다. 그리하여 또한 우리는 그 얼간이가 탁월한 임상의사인 것도 깨달았다. 내가 드디어 병석에서 일어설 수 있게 되었다. 그러나 내가 더 이상 샹젤리제에 가지 못하도록 하자는 이야기들을 하였다. 그곳 공기가 나쁘기 때문이라고들 하였다. 하지만 나는, 우리 집 사람들이 나로 하여금 스완 아가씨를 더 이상 만나지 못하도록 하기 위하여 그러한 핑계를 내세운다고 믿었으며, 그리하여 나는, 정복 당하여 노예로 끌려가는 사람들이 다시는 보지 못할 조국을 잊지 않기 위하여 간직하려 애쓰는 그 모국어인 양, 질베르뜨라는 이름을 항상 애써 되뇌곤 하였다. 가끔 어머니가 손으로 나의 이마를 짚어보시면서 이렇게 말씀하셨다.

"이제는 꼬마 녀석들도 엄마에게 자기들의 슬픔을 털어놓지 않게 되었단 말인가?"

프랑수와즈가 날마다 나에게로 다가와 이렇게 말하였다. "도련님의 안색이 끔찍해요! 직접 보시지 않아 모르시겠지만, 누가 보면 죽은 사람이라고 하겠어요!" 내가 가벼운 감기에만 걸려도 프랑수와즈가 역시 초상이라도 난 듯 구슬픈 기색을 드러냈을 것은 사실이다. 그러한 구슬픈 탄식은 나의 병세보다 오히려 그녀가 속한 '계층'에 기인하였다. 나는 그 시절, 프랑수와즈에게서 발견되던 그 비관주의가 하나의 슬픔이었는지 만족감이었는지 분간하지 못하였다. 다만, 그것이 사회적이고 직업적인 비관주의라고 잠정적인 결론을 내렸다.

어느 날, 우편배달부가 다녀갈 시각, 어머니가 나의 침대 위에 편지 한 통을 조용히 올려놓으셨다. 내가 편지 봉투를 무심히 열었다. 나를 행복하게 해줄 수 있을 유일한 서명, 즉 샹젤리제 이외에서는 나와 아무 교류가 없던 질베르뜨의 서명이, 그 속에 있을 수 없었기 때문이다. 그런데, 투구를 쓴 기사를 페르 비암 렉탐 (Per viam rectam, 직선 길을 따라)이라는 명구(銘句)가 밑에서 구불구불 둘러싸고 있는 은색 문양이 찍힌 종이 하단에서, 그리고 굵은 필체로 썼으며, 모든 't'자들의 가로획이 글자를 자르며 그어져 있지 않고 글자 상단을 지나면서 윗줄의 단어 밑에 짧은 줄을 긋는지라 거의 모든 구절에 밑줄을 친 것처럼 보이던 편지 끝에서, 내가 발견한 것은 질베르뜨의 서명이었다. 그러나 나에게 보낸 편지에 그것이 있을 수 없음을 잘 알고 있었던지라, 나는 그것을 보고도, 믿을 수 없었기에, 아무 기쁨을 느끼지 못하였다. 그 서명은 나를 둘러싸고 있던 모든 것들이 한동안 비현실처럼 보이게 할 뿐이었다. 그 사실임 직하지 않은 서명이, 현기증 일으키는 속도로, 나의 침대와 내 방의 벽난로 및 벽과 구석 차지하기 놀이[148]를 하고 있었다. 말에서 떨어지는 사람에게 그렇게 보이듯, 내 눈에는 모든 것이 흔들거리는 듯 보였고, 그 순간 나는, 내가 알고 있던 삶과 전혀 다르고 대립되지만 진실한 삶일 수 있으며, 나에게 문득 보여졌기 때문에, 조각가들이 '최후의 심판' 장면을 묘사하면서 다른 세상의 문턱에서 깨어난 죽은 사람들의 모습에 부여한 그 머뭇거림으로 나를 가득 채우는, 그러한 삶이 존재하지 않을까 나 자신에게 물었다. 편지의 내용은 이러했다. "나의 다정한 벗이여, 당신이 심하게 앓았으며 따라서 샹젤리제에 오시지 않았다는 소식을 들었어요. 나 또한, 그곳에 환자들이 엄청나게 많기 때문에 그곳에는 별로 가지 않아요. 하지만 친구들은 월요일과 금요일마다 우리 집에 오후 간식을 먹으러 와요. 건강이 회복되는 즉시 당신도 우리 집에 오시면 매우 기쁘겠다는 말씀을 당신에게 전하라고 엄마가 나에게 부탁하셨어요. 그러면 우리가 샹젤리제에서 정답게 나누던 이야기를 집에서 다시 계속할 수 있을 거예요. 안녕하시기를 빌어요, 나의 다정한 벗님, 그리고 당신의 부모님께서도 당신이 간식 모임에 자주 참석하는 것을 허락해 주시리라 기대하며, 당신에게 저의 우정을 몽땅 이 편지에 담아 보내요. 질베르뜨."

내가 편지의 단어들을 읽는 동안, 나의 신경 체계는 나에게 커다란 행복이 도래하고 있다는 소식을, 찬탄할 만큼 민활하게 받아들이고 있었다. 그러나 나의 영혼은, 다시 말해 나 자신은, 요컨대 주요 당사자는, 아직 그 사실을 모르고 있었다. 그 행복은, 질베르뜨에 말미암은 그 행복은, 내가 한결같이 뇌리에 떠올리던 무엇이었고, 레오나르도가 회화에 대하여 말하기를 '꼬사 멘딸레(cosa mentale 정신적인 것)'[149]라고 하였듯이, 온통 사념들로 형성된 무엇이었다. 글자들로 뒤덮인 종이 한 장, 사념이 그것을 즉시 흡수하지는 못한다. 그러나 편지를 다 읽기 무섭게 나의 생각은 그 편지에게로 향하였고, 편지가 내 몽상의 대상으로 변하였으며, 결국 그 편지 역시 '꼬사 멘딸레'로 변하여, 내가 그것을 어찌나 사랑하게 되었던지, 나는 오 분마다 그것을 다시 읽으며 그것에 입을 맞출 수밖에 없었다. 그리고 나는, 그제야 나의 행복을 실감하였다.

삶에는, 연정에 사로잡힌 사람들이 언제라도 기대할 수 있는 그러한 기적들이 사방에 뿌려져 있다. 나에게 닥친 그 기적은, 내가 처음으로 해수욕을 시작하던 시절, 숨이 가빠지게 하기 때문에 내가 몹시 싫어하던 잠수의 즐거움을 나에게 주시기 위하여, 조개껍질들과 산호 가지들로 덮인 신기한 상자들을 나의 수영 지도사에게 몰래 건네, 내가 그것들을 내 힘으로 물속에서 발견하였다고 믿도록 하셨던 것처럼, 내가 얼마 전부터 살아갈 기력마저 몽땅 상실한 것을 보시고, 아마 질베르뜨에게 청을 넣어, 나에게 편지를 쓰게 하셨을 나의 어머니에 의해 인위적으로 유발되었을 가능성도 있다. 여하튼, 사랑의 과정과 그것의 두드러진 상황들에 관련된 사건들에 임해서는, 그것들을 이해하려 애쓰지 않는 것이 최선이니, 그 사건들이, 의외라는 것 못지않게 막무가내라는 점을 보건대, 합리적인 법칙보다는 마법에 의해 지배되는 것처럼 보이기 때문이다. 부유함에도 불구하고 매력적인 어떤 거부(巨富)가, 자기와 함께 살던 가난하고 매력 없는 여인으로부터 그만 헤어지자는 말을 듣고 절망한 나머지, 황금의 모든 위력을 동원하고 이 지상의 모든 영향력을 가동시켜도 그녀가 자기를 다시 받아들이도록 하는 데 성공하지 못할 경우, 자기 정부의 그 꺾이지 않을 고집 앞에서는, 논리적인 이유를 찾기보다 차라리 운명의 신께서 자기를 짓눌러 마음의 병으로 죽기를 바라신다고 생각하는 편이 낫다. 연정에 사로잡힌 남자들이 대적해야 할, 그리하여 그들의 과도하게 홍분된 상상력이 부질없이 알아내려 노력하는 그 장애물들이 때로는, 그들이 다시 곁으로 이끌어 올 수 없는 여인의 어떤 성격적 기이함 속에, 그녀의 멍청함 속에, 연인이 모르는 사람들이 그녀에게 끼친 영향 및 그녀에게 불러일으킨 두려움 속에, 연인도 연인의 재산도 그녀에게 제공할 수 없는, 그녀가 일시적으로 삶에게 요구하는, 특정 유형의 쾌락 속에 있다. 어떠한 경우이건, 그 장애물들의 본질을 찾아내는 데 있어 연인은 불리한 처지에 있으니, 여인의 간계가 그것을 그에게 감추며, 사랑 때문에 왜곡된 그 자신의 판단이 그로 하여금 장애물을 정확히 가늠하지 못하게 하기 때문이다. 그 장애물들은, 의사가 결국 가라앉히기는 하되 원인을 밝혀내지 못하는 특이한 종기들과 유사하다. 그 종기들처럼, 그 장애물들 역시 불가사의로 남지만 일시적일 뿐이다. 다만 그것들이 일반적으로 사랑보다 더 오래 존속한다. 따라서, 사랑이라는 것이 무사무욕한 열정이 아닌지라, 더 이상 사랑하지 않게 된 연인은, 자기가 사랑하던 그 가난하고 경박한 여인이, 자기에게 얹혀살기를 왜 여러 해 동안 그토록 고집스럽게 거절하였는지, 더 이상 알아내려 하지 않는다.

그런데 사랑에 있어서는, 파국의 원인들이 드러나지 않게 자주 감추곤 하는 그러한 불가사의가, 못지않게 빈번히, 특정 유형의 행복한 결말(질베르뜨의 편지가 나에게 가져다준 것과 같은)의 돌발성을 감싸고 있기도 하다. 행복한, 아니, 적어도 그렇게 보이는 결말들이다. 왜냐하면, 어떠한 만족을 안겨 주어도 대개의 경우 고뇌를 옮겨 놓은 것에 불과한 그 특이한 감정에 있어서는, 정말 행복하다고 할 만한 결말이 거의 없기 때문이다. 하지만 때로는, 잠정적인 갈등의 중단이 허락되어, 우리가 한동안 치유되었다는 환상에 사로잡히기도 한다.

꼭대기 점이 없는 'i'에 기대어 쓴 장식체 'G'가 'A'처럼 보이고, 이름의 마지막 음절이 톱니 모양의 장식 줄로 한없이 연장되었던지라, 하단에 있는 것이 '질베르뜨(Gilberte)'의 이름이 아니라고 프랑수와즈가 주장하던 그 편지에 대하여 말하거니와, 그 편지가 명백히 드러냈고 나를 그토록 기쁘게 해준 감정적 돌변에 대한 합리적 설명을 구태여 찾고자 한다면, 스완의 뇌리에서 영영 나를 단죄할 성질의 사건이라고 내가 믿고 있던 그 사건이 반대로, 부분적으로나마, 나에게 그러한 은혜를 끼쳤을 것이라고 아마 생각할 수 있을 것이다.[150] 내가 그 편지를 받기 불과 얼마 전, 꼬따르 교수가—그의 처방을 내가 따르게 된 후부터 다시 부른—내 방에 와 있을 때, 블록이 나를 보러 온 적이 있었다. 진찰이 끝난 후, 그리고 부모님의 저녁 식사 초대를 받은 꼬따르가 단순한 방문객 자격으로서만 머물렀던지라, 블록을 집 안으로 들어오게 하였다. 모두들 함께 이런 저런 이야기를 나누던 중, 블록이 이야기하기를, 자기와 함께 전날 저녁에 식사를 함께하였고 스완 부인과 매우 친밀하게 지내는 사람으로부터, 스완 부인이 나를 무척 좋아한다는 말을 들었노라고 하는지라, 나는 그가 틀림없이 잘못 들었을 것이라 대꾸하고 싶었고, 노르뿌와 씨에게 사실을 천명할 때 나로 하여금 그리 하도록 한 가책감과 스완 부인이 혹시 나를 거짓말쟁이로 여기지 않을까 하는 두려움 때문에, 내가 그녀를 개인적으로는 모르며 그녀에게 단 한 번도 말을 건넨 적이 없음을 입증해 보이고 싶었다. 그러나 나는, 블록이 잘못 들었을 것이 뻔한 그 말을 수정해 줄 용기를 차마 내지 못하였다. 그러한 오류가 의도적이었음을 즉각 깨달았기 때문이며, 스완 부인이 실제로 할 수 없었을 어떤 말을 그가 혹시 꾸며내었다면, 그것은, 멋있어 보이지만 사실이 아닌 일, 즉 그 부인의 친구 여인들 중 하나와 나란히 앉아 저녁 식사를 하였노라 자랑하기 위해서였을 것이기 때문이다. 그런데, 내가 스완 부인을 개인적으로 모르며 그리하여 그녀에게 소개되기를 원한다는 사실을 알고 난 후 노르뿌와 씨가 그녀 앞에서 나에 대해 철저히 함구한 반면, 스완 부인의 주치의였던 꼬따르는, 블록이 하는 말을 듣고 그녀가 나와 매우 친하며 나를 무척 좋아할 것이라는 결론을 내린지라, 자기가 다음에 그녀를 만날 때, 자기와 친밀한 관계에 있는 내가 매력적인 소년이라고 그녀에게 말할 경우, 그 말이 나에게는 하등 유익하지 않은 반면 자기를 더 멋있어 보이게 할 것이라 생각하였고, 결국 그 두 가지 이유로 인하여 그가, 기회가 오는 즉시, 오데뜨에게 나에 대해 이야기하기로 결심하게 되었다.

그리하여, 스완 부인이 사용하는 향수가 그 층계까지 뒤덮던 아파트, 그러나 질베르뜨의 삶에서 발산되던 특별하고 나에게 고통을 주던 매력이 더욱 향기롭게 하던 그 아파트에, 내가 드디어 발을 들여놓게 되었다. 호의적인 에우메니스로 변한 그 무자비했던 수위도,[151] 내가 아파트로 올라가도 좋으냐고 물을 때마다, 인자한 손으로 자기의 챙 달린 모자를 살짝 쳐들어 예의를 표하면서, 자기가 나의 소원을 성취시켜 주겠노라는 뜻을 표하게 되었다. 밖에서 볼 때에는, 나를 위해 예비된 것이 아닌 보물들과 나 사이에, 번쩍이고 냉랭하며 피상적인 시선 하나가, 나의 눈에는 스완 자신의 것처럼 보이던 시선 하나가, 가로 놓이게 하던 그 창문들을, 질베르뜨의 방에서 그녀와 함께 오후 내내 머물던 아름다운 계절이면, 내가 직접 열어젖혀 바깥 공기가 조금 들어오게 할 뿐만 아니라, 그녀의 어머니가 손님들을 맞는 날이면, 방문객들을 구경하기 위하여, 심지어 그녀와 나란히 창틀에 기대어 상체를 밖으로 숙이는 일도 생겼고, 그럴 때마다 손님들이 마차에서 내리면서, 내가 그 댁 안주인의 어떤 조카쯤 되는 줄 알고, 나에게 손짓으로 인사를 건네는 일도 있었다. 그러한 순간에는 질베르뜨의 땋아 늘인 머리가 나의 볼을 스치곤 하였다. 자연적이면서 동시에 초자연적인 머리카락의 섬세함과, 그것들이 예술적 당초문(唐草紋)처럼 힘차게 엮인 것을 느끼는 순간, 나에게는 그 땋은 머리 가닥들이 낙원의 잔디를 이용하여 완성한 유일무이의 작품처럼 보였다. 그 머리 가닥의 아무리 미미한 부분일지라도, 그것에 성골함(聖骨函)인 양 헌정하지 않았을 천상의 식물 표본 상자가 있었겠는가? 하지만 그 가닥의 작은 부스러기나마 얻는다는 것은 기대할 수 없는 일로 보였고, 따라서 적어도 그 사진만이라도 가질 수 있었다면, 그것이 (레오나르도 다빈치가 소묘한 작은 꽃들[152])에 비해 얼마나 더 소중해 보였겠는가! 그녀의 사진 한 장을 얻기 위하여, 내가 스완 댁과 친분 있는 사람들, 심지어 사진사들을 상대로 나의 명예를 실추시키는 교섭도 벌여 보았지만, 나의 그 비굴한 짓이 내가 원하던 것은 내 수중에 넣어주지 못하고, 나를 몹시 귀찮은 사람들에게 영원히 묶어 놓았다.

그토록 오랜 기간 동안 내가 자기들의 딸을 만나지 못하게 하던 질베르뜨의 부모가, 이제는—옛날 베르사이유 궁에서 국왕의 출현을 기다리며 궁정인들이 느꼈을 것보다 더 경외심 일으키고 갈망되던, 그들과 마주칠 가능성이 항상 감돌고 있는 침침한 부속실로 내가 들어선 다음, 대개의 경우, 『구약』의 촛대처럼 가지 일곱[153]인 거대한 외투 걸이에 가서 부딪친 후, 회색 프록코트 자락으로 몸을 감싸고 장작 궤짝 위에 앉아 있던, 그리고 어둠 때문에 내가 스완 부인으로 착각한, 정복 입은 하인 앞에서 황송해할 때면─내가 그렇게 도착하는 순간, 마침 그 내외 중 한 사람이 우연히 그곳을 지날 경우, 신경질 난 기색을 보이기는커녕, 미소를 지으면서 나에게 악수를 청하였고 이렇게 말하곤 하였다.

"안녕하세요? (두 사람 모두 't'를 다음 단어의 머리 모음과 연음시키지 않고 '꼬망 알레 부'[154]라고 하였으며, 나 또한 집에 돌아오면 't'를 생략하는 연습에 끊임없이 또 쾌감을 느끼며 몰두하였다) 당신이 오신 것을 질베르뜨도 알고 있나요? 그러면 나는 이만."

뿐만 아니라, 질베르뜨가 자기의 친구 여자아이들에게 베풀던, 그리하여 그녀와 나 사이를 반복적으로 갈라놓는 경계선들 중 그토록 오랫동안 가장 돌파할 수 없을 것처럼 여겨지던 간식 모임들조차도, 이제는 오히려 우리 두 사람이 회합하는 계기로 변하였으며, 그것을 매번 그녀가 항상 다른 유형의 종이에 짤막한 글로 써서(나와의 관계가 아직은 상대적으로 일천했기 때문에) 나에게 통보하게 되었다. 그 종이가 어떤 때에는, 영어로 쓰고 끝에 감탄 부호를 찍은 금언 한 구절 위쪽에 돋을새김 방식으로 인쇄한 푸른색 북슬개 한 마리로 장식되었고, 또 어떤 때에는 선박의 닻이나, 터무니없이 늘여져 종이의 상단부터 하단까지를 감싸는 장방형을 이룬 머리글자 G. S. 혹은 내 벗님의 서명을 본떠서, 검은색으로 인쇄된 펼쳐진 우산 밑에 이르러서야 장식 글자로 마무리되며 한 귀퉁이에 황금색 글자들로 비스듬히 선을 긋듯 써놓았거나, 때로는 그 이름의 모든 글자들을 단 하나도 식별할 수 없는 대문자 형태로 담고 있으며 중국인들의 모자 모양과 같은, 성명의 머리글자들로 이루어진 합자(合字) 무늬 속에 갇혀 있던, '질베르뜨(Gilberte)'라는 이름으로 장식되어 있었다. 하지만 결국, 질베르뜨가 소유하고 있던 편지지의 종류가 아무리 많았다 하더라도 무한정하지는 않았던지라, 몇 주가 지난 다음에는, 그녀가 나에게 최초로 편지를 보냈을 때처럼, 반짝이는 은색 메달 속에 새긴 투구 쓴 기사 밑에 있던 명구 '페르 비암 렉탐(per viam rectam)'이 인쇄된 편지가 오는 것을 보게 되었다. 또한 그 시절에는 내가, 그 종이들이 각각 어떤 의식에 따라 특정일에 맞춰 선택되었을 것이라 생각하였으나, 그보다는, 이제 믿거니와, 수신인들 중 하나에게는, 적어도 자기의 수고가 아깝지 않은 수신인들 중 하나에게는, 가능한 한 긴 시간적 간격을 두고 같은 종이에 쓴 편지를 보내기 위하여, 자기가 전에 사용한 종이를 기억해내려 애를 썼기 때문일 것이다.

각자가 받을 개인 교습 시간이 달라, 질베르뜨가 간식 모임에 초대한 친구 여자아이들 중 몇몇은 다른 아이들이 이제 겨우 도착할 때 벌써 떠나곤 해야 했던지라, 응접실로 통하는 부속실에서 흘러나오는 나지막한 음성들이 층계를 올라가고 있던 나에게까지 들려왔고, 그 음성이, 내가 곧 목격할 장엄한 의식이 나에게 불러 일으킨 감동 때문에, 내가 층계참에 도달하기 훨씬 전부터, 나를 아직도 이전 생활에 묶어 두고 있던 줄들을 급작스럽게 끊어버렸고, 심지어, 따스한 실내로 들어서면 즉시 머플러를 풀고, 너무 늦게 귀가하지 않도록 하기 위하여 시계를 보아두어야 한다는 사실 마저도 나의 뇌리에서 사라지게 하였다. 게다가 그 시절, 앙리 2세

시대풍으로 지은 몇몇 임대용 고급 주택에 사람들이 즐겨 설치하였고, 그토록 오랫동안 오데뜨의 꿈이었으되 이내 그녀가 싫증을 느낀, '내려갈 때 승강기 사용을 금함'이라는, 우리 집에는 없는 그 비할 데 없는 표시판을 갖춘, 오직 목재만을 사용해 만든 그 층계가 나에게는 어찌나 귀하고 멋지게 보였던지, 나는 그것이 스완 씨가 아주 먼 곳에서 가져온 고풍스러운 층계라고 부모님께 말씀드렸다. 진실에 대한 나의 사랑이 어찌나 컸던지,[155] 그것이 거짓임을 비록 내가 알았다 해도 나는 그렇게 말씀드리기를 서슴지 않았을 것이다. 오직 내가 말씀드린 것만이, 부모님으로 하여금, 스완 댁 층계의 존엄한 품위에 대하여 내가 품고 있던 것과 같은 존경심을 느끼시도록 할 수 있었기 때문이다. 마찬가지로, 위대한 의사의 재능이라는 것이 무엇인지 모르는 문외한 앞에서는, 누구든 그 의사가 코감기를 고칠 줄 모른다고 솔직히 말하지 않는 것이 낫다고 생각할 것이다. 하지만 나에게는 관찰력이 전혀 없었던지라, 대개의 경우 일상 대하는 사물의 명칭도 종류도 몰랐던지라, 그리고 다만 그것들이 스완 댁 사람들과 관련이 있을 경우, 그것들이 틀림없이 범상치 않을 것이라고 생각하였던지라, 그 층계의 미학적 가치와 먼 원산지에 대해 부모님에게 그렇게 말씀드리면서도, 내가 거짓말을 하는 잘못을 저지르는 것인지 여부는 확실해 보이지 않았다. 그것이 나에게 확실하지는 않았으나 거짓처럼 보였음에는 틀림없다. 아버지께서 나의 말을 중단시키시면서 다음과 같이 말씀하셨을 때, 나의 얼굴이 몹시 빨갛게 달아오름을 내가 느꼈으니 말이다. "내가 그러한 집들은 잘 알지. 내가 직접 보았는데 모두 천편일률적이야. 다만 스완이 여러 층을 사용하고 있을 뿐인데, 그러한 집들을 지은 사람은 베를리에지." 그리고 덧붙여 말씀하시기를, 그러한 집들 중 하나를 골라 한 층을 세낼까 하다가, 생활하기에 편리하지 않고 입구가 충분히 밝지 않아 단념하였노라 하셨다. 하지만 나는 나의 분별력이 스완의 위신과 나의 행복을 위하여 필요한 희생을 감수해야 한다고 본능적으로 느꼈으며, 따라서 내가 막 들은 아버지의 말씀에도 불구하고, 내적인 권한을 발동하여, 열성신도가 르낭의 저서인 『예수의 생애』[156]를 멀리하듯, 그들의 아파트가 우리 가족과 같은 사람들도 거주할 수 있을 평범한 아파트라는 교란적인 상념을 아예 멀찌감치 밀쳐 버렸다.

한편 나는, 그러한 간식 모임이 있는 날이면, 나의 모든 사념과 기억을 몽땅 떨쳐버린 채, 천한 반사작용의 장난감에 지나지 않는 존재로 전락되어, 층계의 계단들을 하나씩 차례로 밟고 올라가, 스완 부인의 향수 냄새 진동하는 구역에 도달하곤 하였다. 그러노라면 벌써, 비스킷 접시들과, 에티켓에 필수적이며 스완 댁 고유의 돋을무늬 넣어 짠 직물로 마름질한 작은 회색 냅킨들에 둘러싸인, 초콜릿 케이크의 장엄한 모습이 눈앞에서 어른거리곤 하였다. 하지만 그 변할 수 없고 규칙적인 작품도, 칸트의 필연적인 세계처럼, 자유의지의 절대적 행사(行使)에 달려 있는 것 같았다.[157] 우리가 모두 질베르뜨의 작은 응접실에 모이면, 그녀가 문득 시계를 바라보며 이렇게 말하곤 하였으니 말이다.

"내 말 좀 들어보아요. 점심 먹은 지가 벌써 한참 된 것 같은데, 저녁은 여덟 시나 되어야 먹을 수 있어요. 저는 무엇을 좀 먹고 싶은 생각이 간절한데, 어떻게들 생각하세요?"

그런 다음, 우리들로 하여금 렘브란트가 그린 어느 아시아풍 사원[158]의 내부처럼 침침한 식당 안으로 들어가게 하였고, 그곳에는, 장엄함에 못지않게 온후하고 친숙한 건축물 같은 케이크가, 초콜릿으로 조성한 상단의 왕관 같은 요철형(凹凸型) 감시구를 제거한

다음 다리우스의 궁전 보루처럼 구워진 경사 급하고 황갈색인 성벽을 무너뜨리고 싶은 엉뚱한 생각이 문득 질베르뜨를 사로잡을 경우에 대비하여, 평소처럼 우연히 군림하고 있는 것처럼 보였다. 더욱 좋았던 것은, 그 니니베의 케이크 궁전[159] 파괴에 착수하기 위하여, 질베르뜨가 자기의 허기증만을 참고하지 않고 내가 느끼던 허기증에 대해서도 물으면서, 무너져 내린 그 건축물에서, 동방적 취향에 따라 진홍색 과일을 칠보처럼 박은 윤기 도는 조각 하나를, 나를 위하여 추출해내고 있었다는 사실이다. 그녀는, 나를 지배하고 있던 혼란스러움이 마치, 식욕 감퇴나 시장기와 같은 감각, 혹은 저녁 식사나 내 가족의 영상 등을, 이미 텅 비워지고 마비된 나의 기억 속에 존속하도록 내버려 두기라도 한 듯, 그리고 내가 그것을 그러한 상태에서도 알고 있으리라 생각하는 듯, 나의 부모님이 저녁 식사 하시는 시각을 묻기까지 하였다. 불행하게도 그러한 마비 상태는 일시적일 뿐이었다. 내가 의식조차 하지 못하고 먹던 케이크를 소화해야 할 순간이 도래하게 되어 있었다. 하지만 아직 그 순간은 멀리 있는 듯했다. 그동안 질베르뜨는 나에게, 자신이 '나의 차'라고 부르던 것을 대접하였다. 단 한 잔만 마셔도 스물네 시간 동안 잠을 이루지 못하는 처지였건만, 나는 그 차를 한없이 마셔댔다. 그리하여 그 시절 어머니가 자주 이런 말씀을 하시게 되었다. "이 아이가 스완 댁에만 다녀오면 병이 나니, 정말 속이 상하는군." 하지만 스완 댁에 있는 동안에는, 내가 마시고 있던 것이 차라는 사실을 내가 알기나마 하였던가? 비록 그 사실을 알았다 해도 나는 차를 마셨을 것이다. 왜냐하면, 비록 내가 한순간 당시의 현재만은 다시 분별할 수 있었다 할지라도, 그러한 사실이 나에게 과거의 추억이나 미래의 예측을 가능하게 해주지는 못하였을 것이기 때문이다. 나의 상상력은, 내가 잠자리에 들어야겠다는 상념을 갖거나 수면을 취해야겠다는 필요를 느끼게 될, 아직은 멀게만 여겨지던, 그 시각까지 도달할 능력을 가지고 있지 못하였다.

질베르뜨의 친구 여자아이들 모두가 어떠한 결단도 내리지 못하게 될 만큼 도취경에 잠긴 것은 아니었다. 몇몇 아이들은 차를 거절하기까지 하였다! 그럴 때면 질베르뜨가 그 시절 널리 유행하던 다음과 같은 말을 하였다. "정말이지, 나의 차가 성공을 거두지 못하였군!"[160] 그러고는, 격식을 차린다는 생각을 지워버리기 위하여, 식탁 둘레에 가지런히 놓인 의자들을 무질서하게 늘어놓으면서 다시 말하였다. "우리가 마치 결혼식을 올리고 있는 꼴이야. 맙소사, 하인들이 멍청하기도 하지!"

그녀는 비뚤어지게 놓인 X자 형 의자에 비스듬히 앉아서 과자를 조금씩 갉아먹곤 하였다. 심지어, '접견일'이 질베르뜨의 간식 모임과 겹치던 스완 부인, 때로는 하늘색 벨벳으로 지은, 하지만 대개는 백색 레이스로 뒤덮인 검은색 새틴으로 지은, 드레스 차림으로 손님을 배웅한 후 종종걸음으로 들어와 놀란 기색으로 다음과 같이 말할 정도로, 질베르뜨가 자기 어머니의 허락을 얻지 않고 마음대로 처분할 수 있는 많은 과자를 가지고 있는 것 같았다.

"이것 좀 봐! 먹고들 있는 것이 맛있어 보이는군. 너희들이 과자를 먹는 것을 보니 나도 시장해지네!"

"그러면 우리가 엄마를 초대할게요." 질베르뜨가 그 말에 대꾸하였다.

"천만에, 나의 보물, 그러면 나를 보러 오신 손님들이 뭐라 하시겠니! 아직도 트롱베르 부인과 꼬따르 부인 그리고 봉땅 부인이 계시단다. 너도 알다시피 다정하신 봉땅 부인께서는 잠시 머무시는 분이 아닌데, 이제 막 도착하셨단다. 내가 얼른 돌아가지 않으면 그 착하신 분들께서 뭐라 하시겠니? 그분들이 돌아가신 후 아무도 오지 않으면 다시 돌아와 너희들과 담소할게. 나에게는 그것이 훨씬 더 재미있을 거야. 손님 마흔다섯 분이 다녀가셨는데, 그들 중 마흔두 분이 제롬[161]의 그림에 대한 이야기를 하셨으니, 나도 이제 조금은 쉬어야 하지 않겠니!" 그러더니 그녀가 나에게 말하였다. "불원간에 질베르뜨와 함께 '당신의' 차를 마시러 와요. 당신의 작은 '스튜디오'[162]에서 일상 마시는, 당신이 좋아하는 차를 질베르뜨가 당신에게 대접할 거예요." 자기의 손님들에게로 도망치듯 돌아가면서, 그리고 내가 그 신비한 세계로 찾으러 갔던 것이 마치 나의 습관만큼이나 나에게 잘 알려지기라도 하였다는 듯이 (내가 혹시 차를 마신 적은 있어도 그것이 나의 습관이라고 할 수 있을지 몰랐고, '스튜디오'라는 것이 우리 집에 있는지 없는지조차 나는 확신할 수 없었다) 그렇게 덧붙였다. 그리고 다시 이렇게 말하였다. "언제 오시겠어요? 내일? 꼴롱뱅 찻집의 것에 못지않게 맛있는 토스트를 만들어주겠어요. 안 오겠다고요? 그러면 당신은 이기적인 사람이에요." 자기도 사교용 응접실을 갖게 된 이후, 베르뒤랭 부인의 태도와 애교 부리는 폭군의 어조를 드러내기 시작하였던지라 언사가 그러했다. 토스트라는 것이 나에게는 꼴롱뱅 찻집만큼이나 생소했던지라, 그녀의 그 마지막 약속이 내가 느끼던 유혹을 증대시켜 줄 수는 없었을 것이다. 모든 사람들이, 그리고 이제는 아마 꽁브레 같은 시골에서조차, 그렇게 말하고 있으니, 스완 부인이 우리의 늙은 '너-스(nurse)'[163]를 칭찬하는 말을 처음 들었을 때, 그녀가 누구에 대해 이야기하는지를 내가 깨닫지 못하였다는 것이 더욱 기이하게 여겨질 것이다. 그 시절 내가 영어를 몰랐지만, 얼마 아니 되어 그 단어가 프랑수와즈를 가리킨다는 사실을 간파하였다. 샹젤리제에서는 그녀가 좋지 않은 인상을 주지 않을까 내가 그토록 두려워하였건만, 스완 부인을 통하여 내가 알게 된 사실은, 그녀와 그녀의 남편이 나에 대하여 호감을 갖게 된 연유가, 질베르뜨가 나의 '너-스'에 대하여 자기들에게 이야기한 모든 일들 때문이라는 것이었다. "그녀가 당신에게 헌신적이며, 나무랄 데 없는 사람임을 느낄 수 있어요."(나는 즉시 프랑수와즈에 대한 나의 견해를 바꾸었다. 또한 그 결과, 우의를 입고 깃털 장식 모자를 쓴 여가정교사를 갖는 것이 더 이상 그토록 필요한 일로 여겨지지 않았다.)[164] 또한, 스완 부인이 블라맹 부인[165]의 친절은 인정하지만 그녀의 방문을 몹시 꺼리는 듯한 말을 무의식중에 입 밖에 내는 것을 보고, 나는 드디어, 그 부인과의 개인적인 친분이 내가 믿었던 것만큼 소중하지 않았을 것이고, 스완 댁에서의 내 지위를 조금도 개선시켜 주지 못하였을 것임을 깨달았다.

전혀 뜻밖에 그때까지 굳게 닫혀 있던 자기의 통로들을 내 앞에 활짝 열어젖힌 그 요정의 영지를 내가 존경심과 기쁨의 전율에 휩싸여 이미 답사하기 시작하였지만, 그것은 다만 질베르뜨의 친구로서였다. 나를 맞아들인 그 왕국은, 스완과 그의 아내가 초자연적인 삶을 영위하고 있던 더 신비로운 왕국, 그리고 나와 반대 방향으로 부속실을 가로지르다가 나에게 악수를 청한 다음 그들이 향하던, 그 왕국 속에 내포되어 있었다. 그러나 얼마 아니 되어 나는 그 지성소(至聖所)의 심장부까지도 침투할 수 있게 되었다. 예를 들어, 질베르뜨가 집에 없는 동안 스완 씨 내외분만 계실 경우, 그들이 초인종 누른 사람이 누구냐고 물어 나인 것을 알면, 이런저런 일에서 내가 자기들의 딸에게 어떤 방향으로든 영향력을 발휘해 주기를 바라던 터라, 사람을 시켜 나를 정중히 자기들 곁으로 부르곤 하였다. 그럴 때마다 나는, 오래전에 내가 스완에게 보냈으나 그가 답신조차 주지 않았던, 그토록 완전무결하고 설득력 있는 편지를 다시 뇌리에 떠올리곤 하였다. 또한 그 순간, 지성과 사유와 심정은 누구를 전향(轉向)시킴에 있어, 혹은 숱한 어려움들 중 단 하나만을 해결함에 있어서도 그토록 무력한데, 어느덧 삶이, 그 일에 어떻게 착수하였는지조차 우리가 모르는 사이에, 그 어려움을 그토록 쉽게 해결한다는 사실에, 나는 찬탄을 금치 못하였다. 질베르뜨에게 훌륭한 영향을 끼치는 그녀의 친구라는 나의 새로운 지위가, 내가 항상 수석을 차지하는 중등학교에서 어느 왕의 아들이 나와 동기생일 경우, 그러한 우연 덕분에 궁궐에 수시로 드나들 수 있고 알현실에서 왕을 뵈올 수 있는 것과 같은 특혜를, 이제 나로 하여금 누리게 해주었다. 스완이 끝없는 호의를 보이면서, 그리고 자기의 영광스러운 책무들이 마치 과중하지 않은 듯이, 나를 자기의 서재로 불러들여, 두근거리는 가슴 때문에 단 한 마디도 이해할 수 없던 그의 말에, 내가 더듬거림과 (짧고 일관성 없는 용기의 도약에 의해 끊기곤 하던 소심함에 기인한) 침묵으로 답변하도록, 한 시간 동안이나 나를 그곳에 머물게 하곤 하였다. 또한 나의 관심을 끌 수 있을 것이라고 자기가 판단한, 그리고 나는 미리부터 아름다움에 있어 루브르 박물관과 국립도서관이 소장하고 있는 모든 것들을 까마득히 능가하며 내 눈으로는 그러나 직접 볼 수 없을 것이라고 믿던, 예술품들과 서적들을 나에게 보여주기도 하였다. 그러한 순간이면, 그의 집 우두머리 하인이 나의 회중시계나 넥타이핀 혹은 내가 신고 있던 목구두를 달라고 한다든가, 자기를 나의 상속권자로 인정하는 문서에 서명해 달라고 하였어도, 그 모든 것이 나에게는 기쁨이었을 것이다. 가장 유명한 에포포이아들의 저자를 모르듯 우리가 그 주조인(鑄造人)을 모르지만, 볼프의 이론과는 반대로,[166] 그 에포포이아들처럼 틀림없이 그것을 최초로 만든 사람이 있는(우리가 언제 어디에서 건 발견할 수 있으며, '얼굴에다 이름 하나를 붙이다'[167]와 같은 표현을 고안해내지만 정작 자신들의 이름은 얼굴에 내걸지 않는, 창의성 넘치되 겸손한 사람들 중 하나이다), 아름다운 항간의 표현을 빌려 이르자면, '내가 무슨 짓을 하고 있는지 나 자신도 더 이상 알지 못하였기' 때문이다. 그렇게 방문 시간이 연장될 경우, 그 마법에 휩싸인 거처에서 보낸 시각들이, 나를 어떠한 성취, 어떠한 만족스러운 결론으로도 이끌어 가지 못한다는 사실에 놀라는 것이 고작이었다. 그러나 나의 실망이, 나에게 보여준 걸작품들의 불충분함이나 나의 방심한 시선을 그것들 위로 고정시킬 수 없었다는 사실 등에 기인한 것은 아니었다. 왜냐하면, 스완의 서재에 들어간 사실이 나에게 기적처럼 보이게 하였던 것은, 그곳에 있던 물건들의 내재적 아름다움이 아니라, 그것들이 비록 이 세상에서 가장 볼품없다 할지라도, 내가 그토록 여러 해 전부터 그 서재 속에 위치시켰던지라 아직도 그곳에 스며 있던, 구슬프고 관능적인 특별한 감정과 그 물건들 간의 유착 관계이기 때문이다. 마찬가지로, 아름답고 근엄한 세 여자, 즉 그녀의 첫째, 둘째, 셋째 침실 하녀가, 미소를 지으면서 경이로운 치장물들을 준비하고 있던, 그리고 짧은 바지 차림을 한 시종의 입을 통해 나에게 전달된, 나에게 하실 말씀이 있다는 부인의 뜻에 따라, 분장실에서 끊임없이 자기들의 향기로운 기운을 발산하던 귀한 진수들 가득한 복도의 구불구불한 오솔길을 거쳐 내가 향하던 그 방에서, 스완 부인이 나를 잠시 접견할 때마다 나를 엄습하던, 내가 보잘것없고 그녀의 호의가 제왕적이라는 감정과는, 그녀의 방에 있던 숱한 거울들, 은제 머리솔들, 그녀의 친구들인 가장 명성 높은 예술가들에 의해 조각되고 채색된 빠도바의 안또니오 성자에게 헌정된 성감(聖龕)

들도[168] 아무 관련이 없었다.

스완 부인이 손님들 곁으로 돌아간 후에도, 그녀가 말하며 웃는 소리가 우리들에게까지 들려왔다. 지난날 그 '작은 동아리'에서 '안주인'이 '대화를 주도할' 때마다 하던 말을 하도 자주 들었던지라, 단 두 사람만 자기 앞에 있어도, 마치 모든 '동무들'을 상대하기라도 하듯, 그녀가 음성을 높이고 말을 고함치듯 하였기 때문이다.[169] 다른 이들로부터 최근에 빌려 온 표현들을 누구나 가장 즐겨 사용하는 법인지라, 스완 부인 역시, 어떤 때에는 남편이 불가피하게 자기에게 소개한 품위 있는 사람들에게서 배운 표현들(어떤 사람을 평하는 형용사 앞에 붙여야 하는 관사나 지시대명사를 생략하곤 하는 부자연스러운 언어적 태깔을 그녀가 그들에게서 배웠다)을 택하는가 하면, 또 어떤 때에는 더 상스러운 것들(예를 들면 "C'est un rien! 아무것도 아닌 인간이야!" 등과 같은 것인데, 그녀의 친구 여인들 중 하나가 즐겨 사용하던 말이다)을 택하였으며, 그 '작은 동아리'에서 얻어 갖게 된 습관대로, 자기가 늘어놓기 좋아하던 모든 이야기들 속에 그러한 표현들 끼워 넣기를 좋아하였다. 그런 다음 즐겨 이렇게 말하곤 하였다. "저는 이 이야기를 아주 좋아해요." "아! 솔직히 말씀하세요, 정말 아름다운 이야기예요!" 자기와는 개인적인 교분이 없는 게르망뜨 가문 사람들로부터 남편을 거쳐 그녀에게까지 이른 것들이었다.

스완 부인이 식당에서 나갔지만, 이번에는 외출하였다가 얼마 전에 돌아온 그의 남편이 우리들 앞에 모습을 드러냈다. "질베르뜨, 너의 어머니께서 홀로 계시느냐?" — "아니에요, 아빠, 아직도 손님들이 계세요." — "아니, 아직까지도? 일곱 시인데! 소름끼치는 일이야. 가엾은 여자의 몸이 부서지겠구나. 지긋지긋한 일이야." (집에서는 항상 'odieux'의 'o'를 — 'audieux'처럼[170] — 모두들 길게 발음하였는데, 스완 씨 내외분은 'o'를 짧게 발음하였다.) "생각해 봐요, 오후 두 시부터 줄곧!" 그가 나를 향해 돌아서며 말을 계속하였다. "그런데 까미유가 나에게 말하기를, 네 시와 다섯 시 사이에 온 사람이 열둘이라고 하던데. 열둘이라니, 내가 무슨 소리를 하는 거야, 그가 틀림없이 열넷이라고 했어. 아니야, 열둘이라고 한 것 같은데, 여하튼 모르겠어. 내가 돌아올 때에는 오늘이 네 어머니의 접견일이라는 사실을 꿈에도 생각하지 못하였는데, 대문 앞에 늘어선 마차들을 보고는 이 집에서 결혼식이라도 거행하는 줄로 믿었단다. 그리고 내가 잠시 서재에 있는 동안에도 초인종이 쉬지 않고 울리더구나. 정말이지 그 소리에 머리가 아플 지경이었다. 그래, 아직도 어머니 곁에 사람들이 많으냐?" — "아니에요, 두 사람뿐이에요." — "누구인지 아느냐?" — "꼬따르 부인과 봉땅 부인." — "아! 건설성 장관의 비서실 우두머리의 아내지." — "그녀의 남편이 내각의 어느 부처 고용원이라는 것은 알지만 정확히 무슨 일을 하는지는 몰라요." 질베르뜨가 어리광조로 말하였다.

"그 무슨 말이야, 꼬마 바보 아가씨, 두 살짜리 아이처럼 말하는구나. 뭐라고? 어느 부처의 고용원이라고? 그 사람은 한 마디로 비서실의, 그 점포 전체의 우두머리, 그뿐만 아니라, 내 정신 좀 보게, 내가 무슨 소리를 하고 있나, 나도 너처럼 멍청하구나, 그가 비서실의 우두머리가 아니라 비서실의 '지도자'[171]란다."

"저는 아무것도 모르겠어요. 그러면 비서실의 지도자라는 것이 굉장한 거예요?" 자기의 부모가 자랑스러워하는 모든 것에 대한 무관심을 과시할 기회를 결코 놓치지 않던 질베르뜨의 대꾸였다(뿐만 아니라 그녀가, 지나친 중요성을 부여하지 않는 듯한 기색을 보임으로써 오히려 화려한 교분이 더 돋보이게 할 수 있으리라 생각하였을 수도 있다).

"굉장하다 뿐이겠느냐!" 나를 의혹에 휩싸이게 할 수도 있었을 그 특유의 겸허함 대신 더 명시적인 언사를 택한 스완이 외치다시피 말하였다. "장관 바로 다음 사람이란다! 아니, 장관 이상이지, 그가 모든 일을 하니까. 게다가 능력 뛰어난 일급 인물, 아주 탁월한 사람인 모양이더라. 그가 레지웅도뇌르 훈장을 받았다고 하더라. 좋은 인상을 줄 뿐만 아니라 잘생긴 친구이기도 하지."

사실, 그가 '사람을 홀리는 자'라고 하며 집안에서 심하게 반대하였지만, 그녀가 모든 반대를 무릅쓰고 그와 결혼하였다고 하였다. 또한 그에게는, 비단처럼 부드러운 황금빛 수염과 호감 주는 용모, 비음 섞인 음성, 강력한 활기, 유리 같은 눈 등, 흔치않고 우아한 인물 하나를 구성하기에 충분한 것들이 두루 갖추어져 있다고 하였다. 스완이 나에게 말을 건네며 덧붙였다.

"당신에게 솔직히 말하거니와, 현 정부 속에 그러한 사람들이 있는 것을 보면 무척 재미있어요. 그 사람들이, 교권지상주의적이고 편협한 이념에 사로잡힌 반동적 부르주아 계층의 전형인 봉땅-슈뉘 가문, 즉 봉땅 가문 출신이기 때문이에요. 당신의 가엾은 조부님께서도, 최소한 소문을 들으셔서 혹은 먼발치에서나마 직접 보셔서, 당시로서는 부유한 사람이었건만 자기의 마부에게 팁을 고작 일 쑤밖에 주지 않던 슈뉘 영감과, 브레오-슈뉘 남작을 잘 아셨어요. 모든 재산이 〈위니웅 제네랄〉[172] 은행의 주가 폭락 속으로 침몰하였는데, 당신은 너무 어린 나이라 그러한 사실을 모르셨겠으나, 젠장, 그럭저럭 다시들 일어섰어요."

"우리 학교에 다니며 저보다 한 학년 아래인 꼬맹이 소녀, 그 소문난 '알베르띤느'의 숙부예요. 그 아이는 틀림없이 무척 '화스트(fast)'할[173] 거예요. 하지만 지금도 그 꼴이 무척 우스워요."

"내가 참으로 놀라운 딸을 두었구나. 벌써 모든 사람을 아는구나."

 "제가 그 아이를 개인적으로는 몰라요. 그 아이가 지나가는 것을 보았을 뿐인데, 그럴 때마다 여기저기에서 '알베르띤느!'라고 소리들을 질러요. 하지만 저도 봉땅 부인은 알아요. 그 부인도 제 마음에 들지 않아요."

 "매우 잘못된 생각이다. 그분은 매력적이고 예쁘시며 총명하시다. 기지도 뛰어나시지. 이제 가서 인사를 드리고, 그녀의 부군도 머지않아 전쟁이 일어나리라고 생각하는지, 또한 그러할 겨우 떼오도즈 왕의 도움을 기대할 수 있는지 등을 여쭈어 보아야겠다. 신들의 기밀에 참여하는 분이니 틀림없이 아시지 않겠니?"

 전에는 스완의 언사가 그렇지 않았다. 하지만, 어느 시종과 눈이 맞아 도망쳤다가 십 년 후 지극히 평범한 모습으로 돌아온 왕족 여인들이, 상류 사교계 인사들을 자기들의 집에 다시 받아들이려 하지만 아무도 선뜻 그곳에 오려 하지 않는 것을 느끼고는, 혹 누가 한창 명성 높은 어느 공작 부인의 이름을 꺼낼 경우, 무의식중에 따분한 노파의 언사로 다음과 같이 말하는 것을 들어보지 못한 사람 있겠는가? "그녀가 어제 우리 집에 왔었지." "나는 이제 세속으로부터 멀리 떨어져 산다오." 그러한 예를 보건대, 인간의 행동 양식들을 심리적 법칙들에 미루어 추론할 수 있으니, 그것들을 일일이 세심하게 관찰하는 것이 부질없을 듯하다.

 스완 씨 내외는 사람들이 별로 방문하지 않는 집 주인들 특유의 우스꽝스러운 버릇을 가지고 있었다. 약간이나마 저명한 인사들이 자기들을 방문하거나, 초청하거나, 자기들에게 친절한 말 한마디만 지나가는 길에 던져도, 그것이 그들에게는 커다란 사건이었고, 따라서 그 사실을 널리 광고하고 싶어 하였다. 오데뜨가 다소나마 저명한 인사들을 만찬에 초대하였을 때 불운하게도 베르뒤랭 내외가 런던에 가 있을 경우에는, 양쪽 집안과 교류가 있는 친구 하나를 시켜, 그 소식을 망슈 해협 건너 쪽에 해저 전신으로 알게 하였다. 오데뜨가 받은 기분 좋은 편지나 전보까지도 그들은 자신들만을 위하여 간직하지 못하였다. 친구들에게 그것들에 관해 이야기할 뿐만 아니라, 그것들이 이 손에서 저 손으로 넘겨지기도 하였다. 그리하여 스완 내외의 응접실은 마치, 속달 우편물이나 전보를 게시판에 핀으로 꽂아 두는 해변의 호텔 같았다.

뿐만 아니라, 옛날의 스완을 나처럼 사교계 밖에서만 알고 지내지 않고, 그와 사교계에서, 특히 왕족 여인들과 여공작들을 제외한 모든 사람들에게서 재치와 매력을 막무가내로 요구하며 걸출한 인물들이라 할지라도 그들이 따분하거나 상스러울 경우 가차없이 제명을 선언하는 게르망뜨 가문 사람들 사이에서 그와 교류하였던 사람들은, 옛날의 스완이, 자기가 맺은 교분들에 관해 이야기할 때 극도로 삼가던 습관뿐만 아니라, 사귈 사람을 선택함에 있어 몹시 까다롭던 습관까지도 모두 버린 사실에 크게 놀랐을 것이다. 그토록 평범하고 그토록 심보 사나운 봉땅 부인에 대하여 그가 도대체 어떻게 짜증을 내지 않는단 말인가? 도대체 어떻게 그러한 여자가 상냥하다고 드러내 놓고 말할 수 있었단 말인가? 게르망뜨 가문 사람들과 어울리던 시절의 추억 때문에라도 그러지 못하였을 것 같았다. 하지만 실제로는 그 추억이 오히려 그의 그러한 거조를 도왔다. 사교계 동아리들의 4분의 3에 해당하는 집단들과는 반대로, 게르망뜨 가문 사람들로 이루어진 동아리에 특유의 취향이, 세련되기까지지한 취향이 있었던 것은 분명하지만, 또한 약간의 스노비즘도 있었던지라, 그것으로 인하여 취향의 발휘가 잠정적으로 중단될 수 있었을 것이다. 조금 점잖 빼는 어느 공화파 외무상이나 수다스러운 학술원 회원처럼 그 동아리에 불가결한 사람이 아닐 경우, 그들에게 적대적인 취향이 철저하게 발휘되었고, 그리하여 게르망뜨 부인이 그따위 사람들과 어느 대사관에서 함께 식사를 한 사실에 대하여 스완이 개탄하였으며, 모두들 그 두 사람보다는 세련된 사람을, 즉 게르망뜨 가문 사람들의 동아리에 속하며 아무짝에도 쓸모없으나 게르망뜨 가문의 사고방식을 가진 사람을, 다시 말해, 같은 예배당[174]에 속한 사람을 천 배나 더 좋아하였다. 하지만 지체 높은 공작 부인이나 어느 왕족 여인이 게르망뜨 부인 댁에서 자주 저녁 식사를 할 경우, 그녀들이 비록 게르망뜨 가문의 사고방식을 가지고 있지 않더라도, 따라서 그녀들에게 그러한 권리가 전혀 없다 하더라도, 그녀들 또한 그 예배당에 속하는 사람들로 간주되었다. 그러나 그녀들 중 하나를 받아들인 순간부터는, 그녀가 마음에 들기 때문에 그녀를 받아들였다고는 생각할 수 없었기 때문에, 사교계 사람들의 우직함을 발휘하여, 그녀가 마음에 든다고 생각하려 애를 쓰곤 하였다. 그리하여, 왕녀가 떠난 후, 게르망뜨 부인을 돕기 위하여 스완이 그녀에게 말하곤 하였다. "근본을 파헤쳐 보면 그녀가 착한 여인이며, 상당한 희극적 감각도 구비하고 있습니다. 장담하거니와 저는 그녀가 『순수 이성 비판』을 깊이 읽었다고는 생각하지 않습니다. 그러나 불쾌한 여자는 아닙니다."

"전적으로 동감이에요." 공작 부인이 대꾸하였다. "더구나 그녀가 주눅이 들긴 했으나, 두고 보면 아시겠지만, 매력적일 수 있는 여자예요." ─ "그녀가, 사람들 앞에서 책 스무 권을 연달아 인용하는 XJ 부인(수다스러운 학술원 회원의 아내이며 눈에 띄는 여자였다)보다는 훨씬 덜 지겹습니다." ─ "물론 비교조차 할 수 없어요." 그러한 말을 할 수 있는 능력을, 게다가 진지하게 할 수 있는 능력을, 스완은 게르망뜨 공작 부인 댁에서 얻었고 또 고스란히 간직해 두었다. 그리하여 이제 자기가 접대하는 사람들을 상대로 그러한 능력을 활용하게 되었다. 그는, 어떠한 사람이든, 까다롭게 섬세한 이들의 혐오감이 아니라 호의적인 선입관을 가지고 관찰할 경우, 그 사람이 드러내는 장점들을 분별해내고 좋아하려 노력하였다. 그는, 전에 빠르마 대공 부인에 대해서 그랬던 것처럼, 봉땅 부인의 장점들을 돋보이게 하였다. 빠르마 대공 부인 또한, 왕족 여인들에게 베풀던 호의가 개입하지 않았다면, 그리고 비록 왕족 여인들이라 할지라도 오직 기지와 특정한 매력만을 엄밀하게 고려하였다면, 틀림없이 게르망뜨 가문 사람들의 동아리로부터 축출되었을 것이다. 뿐만 아니라, 이미 보았다시피, 스완이 전에는 자기가 사교계에서 누리고 있던 지위를 자기에게 더 적합한 것과 즐겨 바꾸었고, 이제는 다만 더 오래 지속될 신분을 위하여 그렇게 할 뿐이었다. 첫눈에 불가분한 것처럼 보이는 것을 분해할 능력이 없는 사람들만이 신분과 인물이 일체라고 믿는다. 하나의 같은 인물이라 할지라도, 그의 생애를 구성하는 연속적인 여러 순간들을 각각 떼어서 관찰하면, 그것들이 사회적 사다리의 서로 다른 가로장에 속하며, 그 가로장들이 반드시 점차로 높아지는 것은 아니다. 또한 살아가면서 우리가 각각 다른 시기에 특정 사회적 환경과 인연을 한 번 맺거나 거듭 맺을 경우, 우리는 그곳에서 우리가 소중하게 여겨진다고 느껴, 그곳에 인간적인 뿌리를 내리면서 지극히 자연스럽게 그곳에 애착하기 시작한다.

봉땅 부인의 경우 또한, 내가 믿기로는, 스완이 그녀를 그토록 치켜세우면서, 그녀가 자기의 아내를 자주 보러 온다는 사실을 나의 부모님께서 아시게 되리라는 점을 유감스럽게 여기지 않았을 것이다. 사실대로 말하거니와, 우리 집에서는, 스완 부인이 차츰 조금씩 사귀게 된 사람들의 이름에 감탄하기보다는 호기심을 느끼셨다. 트롱베르 부인이라는 이름을 들으시고 어머니가 말씀하셨다.

"아! 새로 온 보충병이군. 이제 그 보충병이 그녀에게 다른 병사들을 데려오겠군."

그러시더니, 스완 부인이 새로운 관계들을 쟁취하는 그 간략하고 신속하며 맹렬한 방식을 식민지 쟁탈전에 비유하시려는 듯, 다음과 같이 덧붙이셨다.

"이제 트롱베르 무리가 제압당했으니, 인근 부족들도 머지않아 항복하겠군."

혹시 스완 부인을 거리에서 우연히 보셨을 경우에는, 집에 돌아오신 후 이렇게도 말씀하셨다.

"스완 부인이 전시 태세에 돌입하는 것을 언뜻 보았는데, 틀림없이 마쎄쉬또스족이나 씽할라족 혹은 트롱베르족에게 공격을 가해 노획물을 듬뿍 챙기러 떠나는 모양이더라."[175]

그리고, 스완 댁에서, 즉 다양한 곳으로부터 대개는 어렵게 이끌어 온 사람들로 구성된 약간 잡다하고 인위적인 그 집단에서, 내가 처음 본 사람들에 대해 이야기하면, 어머니는 즉시 그들의 근본을 짐작하셨고, 그들이 마치 비싼 대가를 치르고 얻은 전리품인 양 이렇게 말씀하시곤 하였다.

"＊＊＊의 집으로 원정을 떠났다가 가져온 것이군."

꼬따르 부인의 경우, 나의 아버지께서는, 스완 부인이 별로 우아하지 못한 그 도시 중산층 여인을 끌어들이면서 그것이 자기에게 이로울 것이라 생각할 수 있었다는 점에 놀라시면서, 이렇게 말씀하셨다. "교수라는 신분을 감안하더라도, 솔직히 말해 나는 이해할 수가 없어요." 반면 나의 어머니는 스완 부인의 그러한 행태를 환하게 이해하고 계셨다. 어머니께서는, 한 여인이 전에 자기가 속해 있던 계층과는 다른 계층으로 진입하면서 맛보는 기쁨의 큰 부분이, 옛날의 계층을 대체한 상대적으로 더 화려한 계층에 대해 옛날에 교류하던 사람들에게 알릴 수 없을 경우, 결여될 수밖에 없다는 사실을 알고 계셨다. 그러한 기쁨을 놓치지 않으려면, 붕붕거리며 변덕스러운 곤충 한 마리가 꽃 위에 앉게 내버려 두듯, 그 새롭고 감미로운 세계에 침투하도록 내버려 둘 증인 하나가 필요하며, 그러면 머지않아, 그 증인이 우연히 이곳저곳을 방문하다가—적어도 그렇게 해주기를 바란다—그러한 소식을, 즉 부러움과 놀라움에 이끌려 훔친 배아(胚芽)[176]를, 사방에 퍼뜨릴 것이다.[177] 그러한 역할을 수행하도록 하기 위하여 특별히 만들어진 듯했던 꼬따르 부인은, 아주 특수한 부류의 초대 손님들, 당신의 부친과 어떤 측면에서는 비슷한 지적 성향을 가지신 엄마로부터 다음과 같은 말을 들었을 사람들 축에 들었다. "나그네여, 스파르타에 가서 전하라!"[178] 게다가—여러 해가 지난 후에야 알려진 다른 이유 이외에도—스완 부인은 그 호의적이고 조심성 있으며 겸손한 친구를 초대하면서, 자기가 화려함을 뽐내는 접견일에 하나의 배신자나 경쟁자를 불러들이는 것이 아닐까 근심할 필요가 없었다. 그녀는, 그 부지런한 일벌 여자가, 깃털 장식과 명함 지갑으로 일단 무장을 하기만 하면, 단 하루 오후 동안에 그녀가 방문할 수 있는 도시 중산층 꽃받침들의 엄청난 수효를[179] 알고 있었다. 그녀는 그 일벌 여자의 전파 능력을 정확히 알고 있었으며, 베르뒤랭 내외의 단골들 중 이러저러한 사람이 다음 다음 날쯤에는 빠리 지역 사령관이 자기의 집에 다녀갔다는 사실을 미상불 알게 될 것이라고, 혹은 베르뒤랭 씨 자신이 직접, 경마 클럽 회장 르 오 드 프레싸니 씨가 그녀와 스완을 떼오도즈 국왕이 베푼 향연에 데리고 갔다는 이야기를 들을 것이라고, 확률에 입각하여 유추하였으며, 그것은 근거 있는 생각이었다. 하지만 그녀는 베르뒤랭 내외가 자기의 자랑거리였던 그 두 사건 이야기만 들었을 것이라고 추측하였다. 우리가 상상하고 추구하는 영광의 특별한 물질적 구현들이라는 것이, 우리가 보기에 틀림없이 동시 발생적으로 영광스러운 모습을 띨 것이라고 막연히 바라는 모든 형태들을 한꺼번에 상상할 능력을 구비하지 못한 우리 두뇌의 약점으로 인해, 매우 적기 때문이다.

게다가 스완 부인은 흔히들 '관료 사회'라고 부르던 계층에서밖에 성공을 거두지 못하였다. 품위 있는 여인들은 그녀의 집에 드나들지 않았다. 그러한 여인들이 그녀의 집을 회피하도록 한 것은, 공화파 인사들이 그 집에 모습을 보였기 때문이 아니었다. 나의 유년시절에는 보수적인 사교 단체에 속하는 모든 것은 상류였고, 따라서 점잖은 응접실에서는 공화파 인사를 받아들일 수 없었을 것이다. 그러한 집단에 속해 있던 사람들은, 그 소름끼치는 '급진당원'은 말할 나위도 없고, '편의주의자'[180]를 결코 초대할 수 없는 것이, 기름 램프와 승합마차처럼 영원히 존재할 어떤 무엇이라고 상상하였다. 그러나 가끔 회전하는 만화경들처럼, 사회는 우리가 요지부동한 것으로 믿던 요소들을 다른 방식으로 잇따라 늘어놓아, 하나의 다른 형상을 구성하기도 한다. 내가 아직 최초 영성체를 하지 않았던 시절에는, 숙녀연하는 부인들이 어느 집을 방문하였다가 우아한 유대인 여자를 만날 경우, 몹시 놀라곤 하였다. 만화경의 그 새로운 배치는, 어느 철학자가 판별 기준의 변화라고 지칭한 바로 그것에 의해 유발된다. 내가 스완 부인 댁에 드나들기 시작하던 시절보다 조금 후, 드레퓌스 사건[181]이 그러한 변화 하나를 초래하여, 만화경이 다시 한 번 채색 마름모꼴들[182]을 뒤집어 놓았다. 유대인과 관련된 모든 것은, 비록 우아한 귀부인이라 할

지라도, 바닥으로 추락하였고 미미했던 국가주의자들이 부상하여
각자의 자리를 차지하였다. 빠리에서 가장 빛나는 사교계는 오스
트리아 출신이며 과격카톨릭주의자였던 어느 왕족의 응접실이었
다. 만약 드레퓌스 사건 대신 도이칠란트와의 전쟁이 터졌다면,
만화경의 회전이 다른 방향으로 이루어졌을 것이다. 유대인들이,
모든 사람들을 놀라게 하면서, 자신들이 애국자임을 입증하였을
것인지라, 자기들의 지위를 간직하였을 것이고, 그랬다면 아무도
그 오스트리아 왕족의 응접실에 더 이상 드나들려 하지 않을 뿐만
아니라, 그곳에 간 적이 있다는 사실조차 털어놓으려 하지 않았을
것이다. 그럼에도 불구하고, 사회가 잠시 부동의 상태로 들어갈
때마다, 그 속에 사는 사람들은 더 이상 어떠한 변화도 일어나지
않을 것이라 상상하며, 그것은 마치, 전화의 출현을 보았던지라
비행기의 출현은 믿으려 하지 않는 것과 같다. 그러는 동안 일간
지 철학자들[183]은 앞서 지나간 시기를 단죄하는데, 그 시기에 사람
들이 취하던 즐거움의 유형(그들의 눈에는 타락의 극단으로 보이
는)뿐만 아니라, 심지어 자기들 눈에는 아무 가치도 없어 보이는
그 시기 예술가들과 사상가들의 작품들까지도, 마치 그것들이 사
교적 경박함의 연속성 띤 양태들과 뗄 수 없게 연관되었다는 듯
헐뜯는다. 단 하나 변하지 않는 것은, 프랑스에서는 매 순간 '이미
변한 무엇이' 나타난다는 사실이다. 내가 스완 부인 댁에 드나들던
시기에는 드레퓌스 사건이 아직 터지지 않았고, 따라서 명망 높던
특정 유대인들의 영향력이 매우 컸다. 그들 중 아무도 루퍼스 이
스라엘즈 경만큼은 영향력이 크지 못하였는데, 그의 부인 레이디
이스라엘즈[184]가 스완의 숙모였다. 그녀는 자기의 조카만큼 많은
사람들과 우아한 교분을 맺지 못하였는데, 한편 그녀의 조카는,
자기가 필시 그녀의 상속인이 될 것임에도 불구하고, 그녀를 좋아

하지 않았던지라, 그녀와 별로 돈독한 사이가 아니었다. 하지만 스완의 혈족들 중 오직 그녀만이 그가 사교계에서 누리고 있던 지위를 알고 있었으며, 나머지 다른 친척들은 우리처럼 오랜 세월 동안 아무것도 모르고 지냈다. 한 가문에서 그 구성원들 중 하나가 상류사회에 진입할 경우―그것이 당사자에게는 유례없는 경이로운 사건으로 보이지만, 십여 년의 거리를 두고 다시 보면, 그것이, 다른 방식으로 또 다양한 이유 때문에, 자기와 함께 자란 다른 젊은이들에 의해서도 이룩되는 현상임을 확인하게 된다―그는 자기 둘레에, 그 속에 사는 이들에게는 가장 미세한 색조의 차이까지도 보이지만, 그 속으로 침투하지 못하고 따라서 그들 곁에 아주 가까이 살면서도 그 존재를 짐작조차 하지 못하는 사람들에게는 미지의 땅(terra incognita)인,[185] 어둠으로 뒤덮인 지대 하나를 그려 놓는다. 스완이 어떤 사람들과 교류하는지 하바스 통신사[186]조차 자기들에게 알려주지 못하였던지라, 그의 친척 여인들은, 친척들끼리 모여 저녁 식사를 할 때면, 그가 약간 샘을 내는 편이고 가난한 친척이라 여겨, 발쟉의 소설 제목 하나를 흉내 내어 제법 재치 있게 『바보 사촌』[187]이라고 부르곤 하던 '샤를르 사촌'을 보러 가기 위하여, 일요일을 '덕망 넘치게' 보냈노라고 서로에게 이야기하면서 너그러움을 과시하는 미소를 짓곤 하였다. 레이디 루퍼스 이스라엘즈는, 다른 친척들과 달리, 자기가 부러워하던 호의를 스완에게 베푸는 사람들이 누구인지 놀랍도록 잘 알고 있었다. 로췰드 가문[188]과 거의 대등했던 그녀 남편의 가문은, 여러 대에 걸쳐 오를레앙 왕가의 일들을 도맡아 하였다. 엄청나게 부유했던 레이디 이스라엘즈는 큰 영향력을 가지고 있었으며, 자기가 아는 사람들 중 아무도 오데뜨를 받아들이지 못하도록 그 영향력을 행사하였다. 오직 한 사람만이 은밀히 그녀에게 불복하였다. 그 사람은 마르상뜨 백작 부인이었다. 그런데 불운하게도, 오데뜨가 마르상뜨 부인을 방문하였을 때, 레이디 이스라엘즈가 거의 동시에 들어섰다. 그 순간 마르상뜨 부인은 자신이 가시들 위에 서 있는 것 같았다. 하지만 무슨 짓이든 서슴지 않는 사람들의 비겁함을 드러내며, 그녀가 오데뜨에게 단 한 마디 말도 건네지 않았고, 오데뜨는 그 이후, 자기를 받아들였으면 좋겠다고 생각하던 세계와는 거리가 먼 사교계로 진출하려 시도할 생각을 아예 품지도 않았다. 쌩-제르맹 구역 사교계에 대해서는 그토록 완전한 무관심 속에 잠긴 채, 오데뜨는, 가문들의 혈통에 대해서는 지극히 하찮은 사항들까지도 세세히 알고 있으며 현실 생활이 자기들에게 제공하지 못하는 귀족적 친분 관계에 대한 갈증을 옛 사람들의 회고록이나 읽으면서 달래는 도시 중산층 사람들과는 전혀 다른, 무식한 갈보로 남기를 계속하였다. 한편 스완 역시, 지난날의 정부에게서 발견되는 그 모든 특징들을 유쾌하거나 무해하다고 여기는 남자로 남기를 계속하기로 작정한 것이 틀림없었던 바, 자기의 아내가 사교계에 대해 터무니없는 소리를 지껄여대는 것을 나도 자주 들었건만, 그는(아직까지도 남은 일말의 애정 때문이었는지, 그녀에 대한 존경심의 결여 때문이었는지, 혹은 그녀를 더 세련되게 만들기에는 너무 게을렀기 때문이었는지) 그 터무니없는 말들을 아예 고쳐주려 하지도 않았다. 그토록 오랫동안 꽁브레에서 우리들로 하여금 전혀 눈치채지 못하게 하였고, 지금에 이르러서도, 자신의 필요에 이끌려 저명한 인사들과의 교류를 계속하긴 하지만, 자기 아내의 응접실에서 펼쳐지는 대화에서 사람들이 그 인사들에게 어떤 중요성을 부여하는 기색을 보이건 말건, 그가 그것에 연연하지 않도록 해주던 것 또한, 아마 그의 바로 그러한 단순함이었을지 모른다. 게다가, 그의 생활에서 무게 중심이 자리를 옮겼던지라, 그 저명한 인사들의 중요성이 스완에게는 그 어느 때보다도 작았을 것이다. 여하튼 사교계에 대한 오데뜨의 무지가 어찌나 심했던지, 혹시 대화 중에 게르망뜨 대공 부인의 이름이 그녀의 사촌 동서인 게르망뜨 공작 부인 바로 다음에 연이어 등장하면, 오데뜨가 이렇게 말하곤 하였다. "이제 대공들이시군, 모두들 승진하였군." 또한 어떤 사람이 샤르트르 공작 이야기를 하면서 그를 가리켜 '대공'이라 하면, 그녀가 얼른 바로잡는답시고 이렇게 말하였다. "공작이에요, 그는 샤르트르 공작이지 대공이 아니에요."[189] 또한 빠리 백작의 아들인 오를레앙 공작에 대해서는 이렇게 말하였다. "참으로 우습군, 아들이 아버지보다 높다니." 그러면서, 영국풍에 심취해 있던 여자인지라, 영어를 섞어 이렇게 덧붙였다. "그 로열티즈(Royalties)[190] 속에 휩쓸려 들면 도무지 정신을 못 차리겠어." 그리고 게르망뜨 가문의 근본이 어느 지방이냐고 누가 물으면 이렇게 대답하였다. "앤느예요."[191]

게다가 스완이, 오데뜨에 관해서는, 그녀가 교육을 받지 못한 점뿐만 아니라, 그녀의 초라한 지적 능력 앞에서도 아예 눈이 멀어 있었다. 심지어 한술 더 떠서, 오데뜨가 멍청한 이야기를 늘어놓을 때마다, 스완은 신이 나서 즐겁게 찬탄을 금치 못하며 아내의 말에 귀를 기울이곤 하였는데, 그러한 태도에는 아직도 고갈되지 않은 관능적 욕구의 잔여물이 작용하였음에 틀림없다. 반면 그렇게 대화를 나누는 동안, 그가 혹시 세련된, 더 나아가 심오한, 말을 하더라도, 오데뜨는 대개의 경우 무관심하게, 조바심을 내거나 심하게 반박하면서 대충 듣곤 하였다. 그리하여, 그 반대의 경우이긴 하지만, 자기네들은 비할 데 없이 저속한 농담 앞에서 무한한 애정 감도는 너그러움을 발휘하며 황홀경에 진입하건만, 자기들이 하는 지극히 섬세한 말들을 무자비하게 트집 잡아 비난하는 알락해오라기[192)]에게 홀린 탁월한 여인들을 생각하면, 정예(精銳)가 상스러움에 예속되는 현상이 많은 부부 관계들을 지배하는 규칙일 것이라고 누구나 결론지을 것이다. 그 시절 오데뜨로 하여금 쌩-제르맹 구역 사교계에 진입하지 못하도록 한 이유들에 대하여 다시 말하자면, 일련의 추문들에 의해 사교계 만화경의 회전이 촉발되었다는 점을 지적해야 할 것 같다. 사람들이 일찍이 전적으로 신뢰하며 교류하던 몇몇 여인들이 매춘부들이며 영국의 스파이들로 밝혀진 것이다. 그리하여 한동안은, 점잖은 사람들에게 무엇보다도 사려 깊고 균형 잡힌 처신이 요구될 판이었다. 아니, 적어도 모두들 그렇게 믿었다. 그런데, 사람들이 관계를 끊었다가 즉시 다시 받아들인 것들을(인간들이란 하룻밤 사이에 완전히 변하지 못하는지라 새로운 체제 속에서도 옛날 체제의 연속을 찾기 때문이다), 그러나 사회로 하여금 감쪽같이 속아 그것이 더 이상 추문이 터지기 이전의 것과는 같지 않다고 믿도록 그 형태를 변화시킨 모든 것들을, 오데뜨가 상징하였다. 그러나 그 무렵 오데뜨는 사교계의 '정체 드러난' 귀부인들과 너무나 흡사했다. 사교계 사람들은 심한 근시안들이어서, 자기들이 교분을 맺었던 유대계 귀부인들과의 관계를 몽땅 멈추는 순간, 그 빈자리를 어떻게 메울까 자문하는 동안, 폭풍우 몰아치는 밤 때문에 길을 잃어 밀려온 듯한, 역시 유대계인 새로운 귀부인 하나를 발견하지만, 그녀의 새로움 덕분에, 그들의 뇌리에서는 그녀가, 앞서 그들과 교분 맺었던 여인들과는 달리, 그들이 배척해야 한다고 믿는 것과 연관되어 있지 않다. 그녀는 자기의 신을 숭배하라고 요구하지도 않는다. 누구든 그녀를 양녀처럼 받아들인다. 내가 오데뜨의 집에 드나들기 시작하던 무렵에는 유대인 배척주의가 아직 불거지지 않았다. 하지만 그녀는 사람들이 잠정적으로 회피하려 하던 것과 유사했다.

　스완의 경우, 그는 지난날 자기와 교분을 맺었던, 따라서 모두 최상류 사교계에 속한 몇몇 여인들을 자주 방문하였다. 하지만 자기가 보러 갔던 사람들에 대하여 그가 우리들에게 이야기할 때마다, 나는, 옛날 교류하던 여인들 중 방문할 사람을 선택할 때, 그가 수집가의 반은 예술가적이고 반은 역사가적인 취향에 의해 이끌렸음을 간파하였다. 또한, 옛날에는 명성 높던 귀부인이었으되 이제는 영락(零落)한 여인이, 그녀가 리스트의 정부였기 때문에 혹은 발쟉의 소설 하나가 그녀의 조모에게 헌정되었기 때문에(마치 샤또브리앙이 묘사하였기 때문에 어떤 소묘화를 구입하듯) 그의 관심을 끈다는 사실을 알아채는 순간, 나는 우리가 꽁브레에서, 스완이 사교계를 출입하지 않는 일개 도시 중산층에 속할 것이라고 믿던 오류를, 다른 또 하나의 오류로, 즉 그가 빠리에서 가장 우아한 사람들 중 하나일 것이라 믿는 오류로 대체하지 않았을까 하는 의혹을 품게 되었다. 빠리 백작의 친구라는 사실 자체에는 아무 의미도 없다. '왕족들의 친구'라고 하는 사람들 중, 웬만큼 폐쇄적인 응접실에는 발조차 들여놓지 못하는 이들이 얼마나 많은가? 왕족들은 자신들이 왕족임을 잘 알고, 기껏 태부림이나 하는 스놉들이 아니어서, 자기들의 혈통이 아닌 것보다 자신들이 까마득히 높다고 믿는지라, 지체 높은 귀족들이나 도시 중산층이나 모두, 그들의 눈에는 자기들 밑 저 아래 같은 높이에 있는 것으로 보인다.

　뿐만 아니라 스완은, 사회를 존재하는 상태 그대로 놓아둔 채, 과거가 그것에 새겼고 따라서 아직도 판독할 수 있는 이름들에 집착하면서 문인들이나 예술가들이 추구하는 하나의 단순한 즐거움을 찾는데 만족하지 않고, 이곳저곳에서 채집한 인물들을 집합하여, 이질적인 잡다한 요소들의 군상(群像)들로 이루어진 일종의 사회적 꽃다발을 만드는[193] 매우 상스러운 파적거리를 즐기고 있었다. 하지만 그러한 심심풀이(혹은 스완이 그렇게 여기던) 사회학 실험들이 자기 아내의 모든 친구들에게서—적어도 한결같은 식으로는—유사한 반향을 일으키지는 않았다. "제가 꼬따르 내외와 방돔 공작 부인을 함께 초대할 생각입니다." 어떤 소스에 정향(丁香)[194] 대신 까이엔나산[195] 후추를 가미해 볼 의도를 가지고, 한번 시도해 보려는 기색으로 미소를 짓는 식도락가처럼, 그가 봉땅 부인에게 말하였다. 그런데, 꼬따르 내외에게는 실제로 재미있어 보일 그 계획이, 봉땅 부인을 몹시 화나게 할 효능을 가지고 있었다. 그녀가 근자에 스완 내외에 의해 방돔 공작 부인에게 소개되었고, 그 일을 자연스러운 것 못지않게 유쾌하게 여겼다. 또한 그 일을 꼬따르 내외에게 상세히 이야기하면서 자랑스러워하는 것이, 그녀가 맛볼 기쁨의 상당히 감미로운 부분이기도 했다. 하지만 자신들이 훈장을 받은 다음에는 훈장통의 꼭지[196]가 다시 신속히 잠기기를 바라는, 생전 처음 훈장을 받아본 사람들처럼, 봉땅 부인은 자기 주변의 사람들 중 아무도 자기 다음에는 그 왕족 여인에게 소개되지 않기를 희원하였을 것이다. 그녀는, 초라한 미학적 기행(奇行)을 실천하기 위하여, 그녀로 하여금, 그녀가 꼬따르 내외에게 방돔 공작 부인 이야기를 하면서 두 내외의 눈에 뿌렸던 가루를, 일거에 말끔히 씻어주게 하려던 스완의 변태적 취향을 속으로 저주하였다. 자기가 이 세상에 둘도 없는 기쁨인 양 이미 남편에게 자랑하였는데, 꼬따르 교수와 그의 처도 이번에는 그들의 몫을 얻게 되었다는 소식을 어찌 감히 그에게 알릴 수 있단 말인가? 게다가, 꼬따르 내외가 만약, 자기들이 진실로 초대된 것이 아니라 스완이 심심풀이 삼아 그런 것임을 알 수 있게 된다면! 봉땅 내외도 같은 용도로 초대되었던 것은 사실이다. 그러나, 아무것도 아닌 여인 둘 사이에서, 각 여인으로 하여금 남자가 오직 자기만을 진지하게 사랑한다고 믿겠끔 하는, 그 돈 후안의 변함없는 버릇을 귀족들에게서 배웠던지라, 스완이 봉땅 부인에게 방돔 공작 부인에 대하여 말하기를, 그녀가 그 귀부인과 함께 저녁 식사를 하는 것은 숙명처럼 당연하다고 하였다. "그래요, 그 왕족 여인을 꼬따르 내외와 함께 초대할 생각이에요. 저의 남편은 그러한 결합으로부터 재미있는 일이 생길 수 있다고 생각해요." 몇 주 후 스완 부인이 봉땅 부인에게 말하였다. 그녀가 그 '작은 핵'으로부터 베르뒤랭 부인과 떼어놓을 수 없는 버릇을, 즉 모든 '신도들'에게 들릴 만큼 큰 소리로 떠드는 버릇을 배워 간직하였다면, 다른 한편으로는 게르망뜨 가문 사람들 사이에서 애용되는—예를 들면 '결합'과 같은—특정 표현들도 사용하곤 하였기 때문인데, 그녀가, 달의 인력에 바다가 영향을 받듯, 그 사람들에게 다가가지는 않으면서도, 그렇게 멀리서 또 자신도 모르게 그들의 영향을 받고 있었다. "그래요, 꼬따르 내외와 방돔 공작 부인을 함께 초대하였습니다. 무척 재미있을 것이라 생각하지 않으십니까?" 스완이 물었다. "몹시 부적절할 것 같으며 댁에게 귀찮은 일들만 초래할 것이라 믿어요. 불장난은 말아야 해요." 봉땅 부인이 격노한 어조로 대꾸하였다. 그러나 여하튼 그녀와 그녀의 남편이, 아그리쟝뜨 대공과 더불어 그 만찬에 초대되었고, 봉땅 부인과 꼬따르 모두, 상대에 따라 다르게 그 만찬에 대해 두 가지 방식으로 이야기하곤 하였다. 예를 들어, 어떤 사람들이 그 만찬에 또 다른 누가 참석하였느냐고 물으면, 봉땅 부인이나 꼬따르 모두 나름대로 대수롭지 않은 일이라는 듯 이렇게 대꾸하였다. "아그리쟝뜨 대공뿐이었어요. 가까운 사람끼리의 저녁 식사였지요." 그러나 다른 부류의 사람들은 자칫 더 많은 사실들을 알게 될 수도 있었다.(심지어 어떤 이는 언젠가 꼬따르에게 이러한 질문을 던지기도 하였다. "하지만 봉땅 내외도 참석하지 않았던가요?" 그러자 꼬따르가 얼굴을 붉히면서 다음과 같이 대꾸하였고, 그 이후로는 그 눈치 없는 사람을 험담꾼으로 분류해 두었다. "그 두 내외를 제가 깜박 잊었군요.") 그러한 사람들의 말에 대꾸하기 위하여 봉땅 내외와 꼬따르 내외는, 서로 상의도 하지 않았건만, 같은 골자의 답변을 채택하였는데, 다만 그 각각의 답변 속에서는 자기들 이름의 위치가 정반대로 바뀌었다. 우선 꼬따르의 답변은 이러했다. "그렇지요! 그 댁 주인 내외와 방돔 공작 내외 그리고 (거드름 피우듯 미소를 지으면서) 꼬따르 교수와 그의 부인뿐이었는데, 젠장 그 곡절을 마귀나 알까, 어찌 된 일인지 봉땅 내외가 국에 빠진 머리카락처럼 그곳에 나타났지요." 봉땅 부인 또한 정확히 같은 구절을 읊었으되, 다만 봉땅 씨와 봉땅 부인이라는 이름을 방돔 공작 부인과 아그리쟝뜨 대공 사이에 만족스러운 듯한 억양으로 끼워 넣고, 자청해 와서 자리를 칙칙하게 만든 털 빠진 것들이라고 그녀가 규탄한 꼬따르 내외는 마지막으로 언급하였다.

사람들을 만나러 나갔던 스완이 저녁 식사 시간이 거의 다 되어서야 돌아오는 경우가 잦았다. 지난날에는 그토록 슬픔에 잠기곤 하던 그 저녁 여섯 시라는 순간에도, 그는 더 이상 오데뜨가 무엇을 하고 있을지 궁금해하지 않았고, 그녀가 집에서 손님들을 접대하고 있을지 혹은 외출하였을지에 대하여 거의 신경을 쓰지 않았다. 그는 가끔, 아주 여러 해 전 어느 날 오데뜨가 포르슈빌에게 보내는 편지를 자신이 얇은 겉봉을 통해 읽으려 하였던 일을 회상하곤 하였다. 하지만 그 추억이 유쾌하지 않았던지라, 그는 자기가 느끼던 수치심을 깊이 파고들기보다는, 입 한 귀퉁이를 살짝 찡그리면서, 그 동작을 보충이라도 하려는 듯 고개를 가로젓는 편을 택하였고, 그러한 동작은 다음과 같은 뜻을 담고 있는 것 같았다. "그것이 나와 무슨 상관이란 말인가?" 물론 이제 그가, 오데뜨의 실제로는 순진무구한 삶을 오직 자기의 질투심에서 비롯된 망상들만이 중상하는 것일지도 모른다는, 옛날 그를 자주 사로잡던 추측, (그의 사랑병이 지속되는 동안에는 그 병에 기인한 고통들이 순전히 상상적인 것들처럼 보이도록 해주어 그것들을 경감시켰던지라 결국 그에게 유익했던) 그 추측이 사실과 달랐고, 진실을 정확히 꿰뚫어 본 것은 자기의 질투심이었으며, 오데뜨가 비록 자기를 자기가 생각하던 만큼 이상으로 사랑하였다 할지라도 다른 한편으로는 또한 자기가 생각하던 만큼 이상으로 자기를 속였을 것이라는 추론에 도달한 것은 사실이다. 전에는, 즉 그가 그토록 괴로움에 시달리던 시절에는, 자기가 오데뜨를 더 이상 사랑하지 않을까 혹은 그녀로 하여금 자기가 그녀를 지나치게 사랑한다고 믿게 하지 않을까 하는 따위의 염려를 더 이상 하지 않게 되기가 무섭게, 자기가 초인종을 누르고 유리창을 두드렸으나 아무 응답이 없던 날, 그리고 그녀가 포르슈빌에게 그녀의 숙부가 왔었노라는 편지를 보내던 날, 포르슈빌이 그녀와 잠자리를 함께 하였는지 여부를, 진실에 대한 사랑에 이끌려, 그것이 하나의 단순한 역사적 사실인 양, 오데뜨와 함께 규명해 보는 만족감을 맛보겠노라 자신에게 맹세한 적도 있었다. 하지만 그가 자신의 질투심이 소멸되기만을 기다려 규명하려 하였던 그토록 흥미롭던 바로 그 문제가, 질투심 품기를 멈추는 순간, 스완의 눈에 무관심한 대상으로 보이게 되었다. 하지만 즉시 그렇게 되지는 않았다. 라 뻬루즈 로에 있는 작은 저택의 출입문을 그가 오후에 헛되이 두드리던 그날이 그의 내면에 자아내기를 계속하던, 오데뜨에 대한 질투를 그가 이미 더 이상 심하게는 느끼지 못하고 있었다. 마치 질투가, 전염의 근원 즉 발병처를 특정인들보다는 특정 장소 즉 특정한 집들에 두고 있는 듯 보이는 전염병들과 그런 면에서는 조금 유사하게, 그 대상을 오데뜨 자체보다는, 스완이 오데뜨의 저택 출입구들을 모조리 두드리던 사라진 과거의 그날, 그 시각에서 찾기라도 하는 것 같았다. 오직 그날 그 시각만이, 옛날 스완에게 있던 연정에 사로잡힌 인격체의 마지막 몇몇 편린들을 고정시켰고, 따라서 그가 그날과 그 시각에서만 그 편린들을 되찾는다고들 말하였을 것이다.[197] 그는 이미 오래전부터, 오데뜨가 과거에 자기를 속였는지 그리고 아직도 자기를 속이는지 등에 대해서는 아랑곳하지 않았다. 그렇건만 그가 몇 해 동안 오데뜨의 옛날 하인들을 계속 수소문하였는데, 그토록 먼 옛 그날 여섯 시에, 오데뜨가 포르슈빌과 잠자리를 함께 하였는지 알고 싶은 그 괴로운 호기심이 그만큼 끈질기게 존속하였기 때문이다. 그러던 중 그 호기심 자체가 사라졌건만, 그는 수소문을 멈추지 않았다. 그는 더 이상 자기의 관심 대상이 아닌 것을 알아내려 애쓰기를 계속하였다. 그의 옛날 자아가, 극도로 노쇠한 상태에 이르러서도, 스완이 그 괴로움조차 뇌리에 다시 떠올리지 못할 정도로 파괴된 근심 습성에 따라, 아직도 기계적으로 반응하고 있었기 때문인데, 그 괴로움이 옛날에는 그러나 어찌나 강력했던지, 그 시절 그는, 자기가 그것으로부터 영영 해방될 수 없을 것이라 생각하였고, 오직 자기가 사랑하던 여인의 죽음만이(그러나 이 책의 뒤에 이르러 하나의 잔혹한 역증거가 그것을 보여줄 것이지만, 질투심에 기인된 괴로움을 전혀 경감시켜 주지 못하는 죽음도 있다)[198] 자기 삶의 완전히 막혀버린 길을 평탄하게 열어줄 수 있을 것처럼 보였다.

그러나 자기에게 그러한 괴로움들을 안겨 준 오데뜨의 행적들을 언젠가는 밝히겠다는 것이 스완의 유일한 희원은 아니었다. 그는, 자기가 오데뜨를 더 이상 사랑하지 않게 되어 그녀를 더 이상 두려워하지 않게 되면, 그 괴로움들에게 복수를 하겠다는 희원도 함께 간직해 두었다. 그런데 그 두 번째 희원이 성취될 계기가 공교롭게도 스스로 나타났다. 스완이 다른 여인 하나를, 그가 자기 특유의 사랑하는 방식을 더 이상은 일신할 수 없게 되어 오데뜨를 사랑할 때 사용하던 방법을 다른 여인을 상대하면서도 동원하였던지라, 그에게 질투의 동기는 제공하지 않되 그러나 질투심을 안겨 주는 여인 하나를 사랑하게 되었으니 말이다. 스완의 질투심이 다시 고개를 쳐들기 위해서는 그 여인이 구태여 부정(不貞)해야 할 필요조차 없었다. 어떠한 이유로든, 가령 어느 야회에 참석하기 위하여, 그녀가 그로부터 멀리 가 있는 것으로, 그리고 그곳에서 즐기는 것처럼 보이는 것으로 충분했다. 그러기만 하면 스완을, 마치 그가 자기에게로 향한 그 젊은 여인의 실제 감정과 그녀의 일상에 감추어진 욕망 및 심정 상의 비밀 등을 밝히고 싶은 욕구에 휩싸이기라도 한 듯, 진정한 그녀의 모습으로부터 오히려 멀리 이끌어 가는, 그의 사랑에서 솟은 그 서글프고 모순적인 혹을, 다시 말해 옛날 그를 괴롭히던 그 극도의 번민을 다시 일깨우기에 충분했다. 스완과 그가 새로 사랑하게 된 여인 사이에 그러한 번민이, 오데뜨나 혹은 그녀보다 앞서 스완이 사랑한 다른 어느 여인에게서 기인하였고, 따라서 이제 늘그막에 들어선 연인으로 하여금 새로운 정부(情婦)를, 오직 '그의 질투를 자극하는 정형화된 여인'의 해묵고 집단적인, 그리고 그가 자기의 새로운 사랑을 그 속에 구현한, 그 유령을 통해서만 가까이하도록 허락하는 그 옛날의 의심들로 이루어진, 반항적인 무더기 하나를 쌓아 놓았으니 말이다. 그렇건만 스완은, 자기로 하여금 그러한 상상적인 배신을 믿게 하던 그 질투를 자주 나무라곤 하였다. 그러나 또한 매번, 그러한 추론으로 자신이 지난날 오데뜨를 두둔하였으나, 그것이 잘못이었다는 사실을 상기하곤 하였다. 그리하여, 그가 새로 사랑하게 된 젊은 여인이 그와 함께 있지 않을 때 하는 모든 일이, 그의 눈에 무고해 보이기를 멈추곤 하였다. 하지만, 언젠가는 자기의 아내가 될 것이라고 짐작조차 하지 못하던 그 여자 사랑하기를 멈추는 날이 오기만 하면, 오랫동안 모욕당한 자기의 자존심을 대신해 복수하기 위하여, 그녀에게 진지한 무관심을 가차 없이 드러내겠노라 스스로에게 맹세하였건만, 이제 아무 위험도 염려하지 않고 그러한 반격을 감행할 수 있게 되자, (오데뜨가 그의 말을 액면 그대로 믿어, 전에는 그에게 그토록 절실하게 필요했던 그녀와의 오붓한 대화를 갖지 못하게 된다 한들, 그것이 무슨 상관이었겠는가?) 그 오랫동안 꿈꾸던 반격에 그가 더 이상 관심을 갖지 않았다. 자기가 그녀를 더 이상 사랑하지 않는다는 사실을 드러내고 싶었던 욕망이 사랑과 함께 사라졌기 때문이다. 또한, 오데뜨로 인해 고통스러워하던 시절에는, 자기가 다른 여자에게 반하였음을 언젠가는 그녀에게 보여줄 수 있기를 간절히 바랐을 그가, 정작 그렇게 할 수 있게 되자, 아내가 자기의 그 새로운 사랑을 눈치채지 못하도록 주도면밀하게 대비하였다.

이제 내가 참석하게 된 것은, 지난날 질베르뜨가 내 곁을 떠나 나보다 일찍 집에 돌아가는 것을 보아야 하는 슬픔을 나에게 안겨주던 그 간식 모임들뿐만 아니라, 산책길에 나서기 위하여 혹은 어떤 오후 공연을 관람하기 위하여 그녀가 자기의 어머니와 함께 하곤 하던 외출, 그녀가 샹젤리제에 올 수 없게 하여 나로 하여금 그녀 없는 아쉬움에 잠겨 잔디밭 언저리나 목마들 앞에 우두커니 홀로 서 있게 하던 그 잦은 외출에도 내가 합류할 수 있게 되어, 이제 스완 씨 내외분이 나를 받아들여 나도 그들의 란다우식 마차[199]에 좌석 하나를 갖게 되었을 뿐만 아니라, 심지어 극장에 갈지, 질베르뜨의 급우 집에서 여는 춤 교습에 참가할지, 스완 씨 집안과 친분이 있는 사람들의 사교적 모임(질베르뜨는 그것을 가리켜 '작은 미팅 petit meeting'이라 하였다)에 참석할지, 혹은 쌩-드니 수도원에 있는 무덤들을[200] 구경하러 갈지 등을 나에게 묻기까지 하였다.

내가 스완 댁 가족과 함께 외출하게 되어 있던 날에는 점심 식사를 하기 위하여 그 댁으로 갔고, 스완 부인은 그것을 가리켜 런치(lunch)라고 하였다. 내가 초대된 점심 식사가 열두 시 반에나 시작되었고, 그 시절 나의 부모님은 열한 시 십오 분에 식사를 하셨던지라, 어느 시각에나, 특히 사람들이 각자의 집으로 들어간 점심 시간에는 특히 더 한적했던, 그 호화로운 구역을 향하여 내가 길을 떠난 것은 항상, 부모님이 식탁에서 일어서신 후였다. 겨울철에도, 날씨가 맑으면 꽁꽁 얼어붙게 하는 추위 속에서도, 샤르베 상점 제품인 멋진 넥타이 매듭을 가끔 다시 조이거나 내가 신은 칠피 목구두가 더럽혀지지 않았나 이따금씩 내려다보면서, 나는 열두 시 이십칠 분이 될 때까지 대로들을 따라 혹은 그것들을 가로지르기도 하며 이리저리 어슬렁거리곤 하였다. 그러노라면, 스완 댁의 작은 정원에서, 태양빛을 받은 헐벗은 나무들이 마치 서리처럼 반짝이는 것이 멀리 보이곤 하였다. 그 정원에 나무가 두 그루밖에 없었던 것은 사실이다. 그러나 일상에서 벗어난 시각으로 인해 광경이 새롭게 보였다. 자연이 주는 그러한 즐거움(습관으로부터의 일탈이, 그리고 심지어 시장기까지도, 강렬하게 자극하던)에 스완 부인 댁에서 점심을 먹는다는 몹시 감동적인 전

망이 뒤섞여, 그것이 그 즐거움을 감소시키지는 않았으되 그것을
제압하였던지라, 그것을 굴복시켜 사교적 치장물로 삼았다. 그리
하여, 평소에는 그것들을 지각하지 못하던 그 시각에, 내가 쾌청
한 날씨와 추위와 겨울 햇빛을 새삼스레 발견한 것 같았다면, 그
것들이 나에게는 일종의 크림 곁들인 계란의 전조(前兆), 스완 부
인의 거처였으며 그 가장 깊숙한 심장부에 밖과는 반대로 열기와
향기와 꽃들이 있던, 그 신비로운 예배소의 벽면 내장재에 덧칠
한, 일종의 고색도료(古色塗料), 혹은 분홍색 감돌며 차가운 투명
담색도료(淡色塗料) 등과 같았다.

열두 시 반이 되면 나는 드디어 그 집으로 들어갈 결단을 내렸
고, 그 집이 나에게는, '노엘'의 커다란 신발처럼, 틀림없이 나에게
초자연적인 기쁨을 가져다줄 것처럼 보였다. (하지만 '노엘'이라는
명칭이, 그것을 '크리스마스'로 대체한 스완 부인과 질베르뜨에게
는 낯설었고, 따라서 그녀들이 하던 말이란, '크리스마스 푸딩'이
나 그녀들이 받은 '크리스마스 선물', 그리고 나를 괴로움 때문에
미칠 지경으로 만들던 '크리스마스 여행'에 관한 것들뿐이었다.
집에 돌아와서도 나는, 혹시 '노엘'이라는 말을 입에 담으면 나의
체면이 깎일 듯하여, 오직 '크리스마스'라고만 하였고, 아버지께
서는 나의 그러한 짓이 극도로 우스꽝스럽다고 하셨다.)[201]

나와 처음 마주친 사람은 시종 하나뿐이었고, 그가 나로 하여금
커다란 응접실 몇을 통과하게 한 다음, 아주 작고 아무도 없으며,
벌써 하늘빛[202] 창문들이 꿈에 잠기도록 하기 시작한 응접실로 나
를 들여보내곤 하였다. 그러면 나는 난초들과 장미꽃들 그리고 제
비꽃들 사이에 홀로 앉아 있곤 하였는데, 우리 옆에서 누구를 기
다리고 있으되 우리를 모르는 사람들처럼, 그 꽃들 또한, 살아 있
는 사물들이 가지고 있는 개성이 더욱 인상적으로 만드는 그 침묵

을 고수하였고, 그러면서 몹시 추위를 타는 듯, 수정 진열창 뒤에 있는 백색 대리석 통 속에 소중하게 담긴 석탄에서 작열하는 불의 열기를 받고 있었으며, 그동안 대리석 통에서는 가끔 석탄의 위험한 루비 덩어리들이 무너져 내리곤 하였다.

나는 앉아 있다가 문 열리는 소리가 들릴 때마다 황급히 벌떡 일어서곤 하였다. 하지만 그것은 두 번째, 그리고 다시 세 번째 시종이 들어오는 소리였고, 나를 부질없이 감동시키면서 그들이 왕래할 때마다 하던 일이란 고작, 불에 석탄을 조금 더 넣는다든가 꽃병들에 물을 보충해 주는 것 등이었다. 그들이 물러가고, 결국 스완 부인이 열고 들어설 문이 다시 닫힌 후에는 나만 홀로 남곤 하였다. 그럴 때마다, 클링소르의 작업실[203]에서처럼 불이 변환 작업에 착수하는 것처럼 보이던 그 대기실에 있는 것보다는, 어느 마법사의 동굴에 있는 편이 틀림없이 덜 불안할 것 같이 여겨졌다. 다시 발소리가 쟁쟁하게 들려왔으나, 그것 또한 어느 시종이 내는 소리라 여겨, 내가 이번에는 일어서지 않았는데, 스완 씨였다. "어찌 된 일이오? 홀로 계시오? 어찌 하겠소, 가엾은 내 아내가 도무지 시간 개념이 없으니. 벌써 한 시 십 분 전이군. 날마다 늦는다오. 하지만 이제 보면 아시겠지만, 자신이 일찍 오는 것이라 믿어, 전혀 서두르지 않고 돌아올 것이오." 하지만 그가 신경성 관절염에 시달려 조금 우스꽝스럽게 변하였던지라, 불론뉴 숲에 갔다가 터무니없이 지체한다든가 자기의 양재사 상점에 들러 넋을 잃고 있다가, 점심시간에 맞춰 돌아오는 일이 없는, 그토록 시간을 지킬 줄 모르는 아내를 두었다는 사실이, 위장 때문에 스완을 불안하게는 하였지만, 다른 한편으로는 그의 자존심을 만족시켜 주기도 하였다.

그가 새로 취득한 예술품들을 나에게 보여주면서 그 각각의 중요성을 설명하였지만, 평소의 습관과는 달리 그 시각까지 공복이었고, 게다가 격렬한 감동이 겹쳐, 온통 동요된 나의 뇌리가 텅 빈 상태로 변해, 내가 무슨 말은 할 수 있었을지 모르나, 누가 하는 말은 알아들을 수 없는 처지였다. 게다가 나에게는, 스완이 소유하고 있던 예술품들이 그의 집에 있고, 점심 식사 전의 그 감미로운 시간에 한 부분으로 예속되기만 하면 만족스러웠다. 비록 「죠꼰도 부인」이 그곳에 있었다 할지라도, 그 화폭이 스완 부인의 실내 가운 한 벌이나 그녀의 작은 후자극제(嗅刺戟劑) 병들보다 나에게 더 큰 기쁨을 주지는 못하였을 것이다.

나는 홀로, 혹은 스완과 함께, 그리고 자주 우리와 합류하던 질베르뜨와도 함께, 계속 기다리곤 하였다. 스완 부인의 도착이, 그토록 장엄한 입장 준비가 선행되었던지라, 굉장한 무엇처럼 보일 것임에 틀림없으리라 여겨졌다. 나는 삐걱거리는 소리가 들릴 때마다 주위를 살폈다. 그러나 어느 대교회당이나 폭풍우 속의 파도나 어느 춤꾼의 도약도, 우리가 기대하던 만큼은 높이 치솟지 못하는 법, 극장에서 행렬을 지어 여왕의 출현을 준비하고 또 그로 인해 그 출현의 장엄함을 약화시키는 단역(端役)들과 유사한 정복 차림의 시종들을 따라, 짧은 수달 모피 외투를 걸치고, 추위 때문에 빨개진 콧등 위로 모자의 베일을 늘어뜨린 채 황급히 들어서던 스완 부인이, 기다리는 동안 나의 상상 속에 한껏 제공되던 약속을 이행하지는 못하였다.

하지만 그녀가 아침나절 내내 집에 머물러 있다가 응접실로 나올 때처럼, '차이나 크레이프'로 지은[204] 밝은색 실내 가운을 입고 있으면, 그것이 어떠한 드레스를 입은 것보다도 내 눈에는 더 우아해 보였다.

때로는 스완 댁 식구들이 오후 내내 집에 머물기도 하였다. 그릴 경우, 점심을 하도 늦게 먹었던지라, 다른 날들과는 달라야 할 것 같던 그날의 태양이 작은 정원의 담장 위로 신속하게 기울고 있는 것이 내 눈에 보였고, 그러면 하인들이 가져온 크기와 형태 다양한 램프들이, 마치 미지의 의식을 거행하기 위하여 준비된 것들처럼, 제단 같은 탁자형 시렁이나 외발 소원탁 혹은 구석장 위에 밝혀져도 헛일, 우리가 나누던 대화로부터는 비범하거나 놀랄 만한 아무것도 나오지 않았고, 어린 시절부터 자정 미사 후에 자주 그랬듯이, 나는 실망하여 집으로 돌아가곤 하였다.

하지만 그것은 대개의 경우 정신적인 실망에 불과했다. 질베르뜨가 아직은 우리들 곁에 없어도 곧 돌아올, 그리고 잠시 후 돌아온 후에는, 몇 시간 동안이라도, 자기의 말과, 내가 꽁브레에서 처음으로 보았던 것과 같은 주의 깊고 미소 어린 시선을[205] 나에게로 향할 그 집에 있는 동안에는, 내가 기쁨으로 빛나곤 하였다. 그럴 때에는, 내부 층계를 통해 들어갈 수 있는 커다란 방들로 그녀가 자주 사라지는 것을 보고, 내가 약간의 질투심을 느끼는 것이 고작이었다. 극장의 아래층 전면 상등 관람석밖에 차지하지 못한 채, 배우들의 요람인 무대 뒤 대기실에서 무슨 일이 진행되고 있을지를 불안감에 사로잡혀 상상하는, 어느 여배우를 연모하는 남자처럼 응접실에 머물 수밖에 없었던 나는, 집의 그 다른 부분에 대하여, 교묘하게 위장된 질문들을 스완에게 던졌다. 그러나 질문을 하는 나의 어조에 어려 있던 불안감을 완전히 지우는 데는 성공하지 못하였다. 그가 나에게 설명하기를, 질베르뜨가 자주 가는 방은 린네르 제품들 두는 곳이라고 하였으며, 자기가 손수 나에게 그 방을 보여주겠다고 할 뿐만 아니라, 질베르뜨가 그곳에 갈 일이 있을 때마다 그녀로 하여금 나를 그곳에 데려가도록 강요하겠노라고 약속하였다.[206] 그 마지막 말들과 그 말들이 나에게 안겨 준 편안함으로, 스완이 나를 위하여, 우리가 사랑하는 여인이 그토록 멀리 있는 것처럼 보이게 하는 그 끔찍한 내면의 간격을 일거에 제거해 주었다. 그 순간 나는, 질베르뜨에게로 향하던 것보다 더 깊은 애정이 그에게로 향함을 느꼈다. 왜냐하면, 자기 딸의 주인으로서 그는 그녀를 나에게 주건만, 그녀는 가끔 나에게 고분고분하지 않아, 내가 스완을 통해 간접적으로 행사할 수 있는 그 지배력을 그녀에게 직접 행사할 수는 없었기 때문이다. 요컨대 나는 그녀를 사랑하였고, 따라서, 사랑하는 존재의 곁에 있는 동안에는 사랑한다는 느낌을 빼앗아 버리는 그 격렬한 동요를, 즉 더 이상의 무엇에 대한 욕망을, 느끼지 않고는 그녀를 바라볼 수 없었다.

그런데, 우리가 집에 머물지 않고 산책에 나서는 경우가 더 잦았다. 가끔 스완 부인이, 외출복으로 갈아입기 전에, 피아노 앞에 앉곤 하였다. 그녀의 아름다운 두 손이, 차이나 크레이프로 지은 실내 가운의 분홍색 혹은 흰색 때로는 색조 매우 강렬한 두 소매로부터 나와, 그녀의 눈에는 어려 있으되 그녀의 가슴속에는 없는 그녀 특유의 우수를 띠면서, 피아노 건반 위로 지골(指骨)[207]들을 뻗곤 하였다. 바로 그러한 날들 중 어느 날, 옛날 스완이 그토록 좋아하던 소악절이 들어 있는 뱅뙤이유의 쏘나따 일부를, 그녀가 우연히 나를 위하여 연주해 주었다. 그러나 우리가 처음으로 귀 기울여 듣는 음악이 조금 복잡할 경우, 우리의 귀에는 대개 아무것도 들리지 않는다. 그렇건만 훗날, 그 쏘나따를 나를 위해 두세 번 연주해 준 다음에는, 내가 어느덧 그 곡과 완벽하게 친숙해져 있음을 깨달았다. 따라서 '처음으로 듣는다'는 말이 틀리지는 않다. 흔히들 그렇게 믿어왔듯, 처음 들었을 때 진정 아무것도 식별하지 못하였다면, 두 번, 세 번 듣는다 해도 처음과 마찬가지일 것이며, 열 번을 듣는다 해서 무엇을 더 이해할 수 있을 이유는 없을 것이다. 처음 들을 때 아마 부족한 것은 이해력이 아니라 기억력일 것이다. 왜냐하면, 우리의 기억력이라는 것이, 우리가 무엇을 경청하는 동안에는, 마주 상대해야 할 인상들의 복잡성에 비해 상대적으로 미약하고, 즉시 망각할 수천 가지 일들을 생각하면서 잠드는 사람이나, 혹은 누가 자기에게 일 분 전에 한 말조차 기억해내지 못하는 노망 든 사람의 기억력만큼이나 짧기 때문이다. 우리의 기억력은 그 다양한 인상들의 추억을 우리에게 즉각적으로 제공하지 못한다. 비록 그렇다 하더라도, 추억이란 기억 속에서 조금씩 점차적으로 형성되며, 따라서 두세 번 들은 곡들과 관련해서는 우리가, 자신이 모른다고 믿던 과목 내용을 잠들기 전에 여러 차례 반복해 읽은 덕에 다음 날 아침에는 그 내용을 거침없이 외우게 되는 중학생과 다름없다. 다만 나는 아직 그날에 이르기까지 그 쏘나따를 들어본 적이 없었고, 따라서 스완과 그의 아내는 뚜렷한 악절 하나를 발견하였건만, 나의 명료한 지각 작용에게는 그 악절이, 우리가 상기해내려고 애를 쓰지만 텅 빈 공허만을 발견하게 되는 그러한 이름만큼이나 멀리 있었다. 그러나 그 공허로부터, 한 시간 후에는, 우리가 그 생각을 하지 않아도, 처음에는 간절한 부름에 응하지 않던 그 이름의 음절들이 단걸음에 스스로 뛰쳐나오게 되어 있다. 또한, 우리가 진정 희귀한 작품들을 즉각 분별하여 착념해 두지 못할 뿐만 아니라, 그 작품들 각개의 속에서조차, 뱅뙤이유의 쏘나따를 접하였을 때 나에게도 생긴 일이지만, 우리가 먼저 인지하는 것은 가장 덜 소중한 부분들이다. 그리하여, 스완 부인이 그 작품 중 가장 유명한 악절을 나를 위하여 연주하였을 때(그 면에서는 내가, 사진을 통해 그 둥근 천장들을 보았던지라 베네치아의 싼-마르꼬 바실리카 앞에서는 더 이상 경이로움을 느끼지 못하리라 생각하는 이들 못지않게 어리석었다), 그 작품이

나를 위하여 예비해 둔 것이 더 이상 없다고 생각함으로써만(그리하여 한동안 내가 그것을 다시 들을 생각조차 하지 않았다) 내가 오류에 빠졌었던 것은 아니다. 내가 더 큰 오류를 범한 것은, 내가 그 쏘나따를 처음부터 끝까지 경청하였건만, 그것이, 마치 원거리나 안개로 인하여 미미한 부분들만 보이는 웅장한 기념물처럼, 나에게는 거의 눈에 보이지 않는 상태로 머물러 있을 때였다. 세월 속에서 구현되는 모든 일에 대한 이해처럼, 이러저러한 작품들에 대한 이해에도 필연적으로 수반되는 서글픔은 바로 그러한 현상에서 기인한다. 뱅뙤이유의 쏘나따 속에 가장 깊숙이 감추어져 있던 것이 내 앞에 자신을 드러냈을 때에는, 내가 처음 식별하고 선택하였던 것이, 더 이상 손이 닿을 수 없을 만큼 멀리 간 나의 감각적 습관에 이끌려, 내 손아귀를 벗어나 나로부터 도망치기 시작하고 있었다. 그 쏘나따가 나에게 가져다주던 모든 것을 오직 연속선상에 있는 세월 속에서만 좋아할 수밖에 없었던지라, 나는 그 곡을 단 한 번도 송두리째 소유해 보지 못하였다. 그 곡은 우리의 삶과 비슷했다. 그러나 삶보다는 덜 실망시키는 그 위대한 걸작품들은, 자기들이 가지고 있는 가장 좋은 것을 우리들에게 제공하는 것으로 시작하지 않는다. 뱅뙤이유의 쏘나따에서는, 우리가 가장 일찍 발견하는 아름다움들이 또한 우리들을 가장 빨리 지치게 하는 아름다움들이기도 한데, 그 이유는 의심할 나위 없이, 그 아름다움들이라는 것이 우리가 이미 잘 알고 있는 것과 별로 다르지 않기 때문이다. 하지만 그러한 아름다움들이 우리들로부터 멀리 사라져버린 다음에는, 너무나 새로워 우리의 오성에게 혼란밖에 제공하지 못하는 그 질서로 인하여 우리가 감별할 수 없었고 따라서 온전한 상태를 유지한, 그러한 악절만이 우리가 좋아할 것으로 남는다. 그러면, 그 앞을 우리가 날마다 지나면서도 그것의 존재를 알지 못하여 온전히 보존된, 또한 오직 자기의 아름다움만의 힘 덕분에 보이지 않게 되어 미지의 상태로 남아 있던 그 악절이 마지막으로 우리에게 다가온다. 하지만 우리들 또한 결국에는 그 악절을 떠날 것이다. 그리하여 우리가 다른 이들보다 더 오랫동안 그 악절을 좋아하는 격이 될 것이니, 그것을 좋아하는 데 더 긴 기간이 소요되었을 것이기 때문이다. 뿐만 아니라, 한 개인이 다소나마 심오한 어떤 작품 속으로 깊숙이 들어가는 데 필요한 기간은 —뱅뙤이유의 쏘나따를 내가 접하였을 때 나에게 필요했던 기간처럼—진정 새로운 어떤 걸작품을 대중이 좋아할 수 있을 때까지 흐르는, 수년 혹은 심지어 수세기 세월의 축도나 일종의 상징과 같은 것에 불과하다. 그리하여 천재적 소질을 가진 사람은, 대중의 몰이해(沒理解)에 대한 자기의 불만을 잠재우기 위하여, 자기의 동시대인들에게는 필요한 만큼의 시간적 간격이 없는지라, 너무 근거리에서 보면 잘못 평가되는 특정 화폭들처럼 후세를 위하여 쓰여진 작품들은, 오직 후세에 의해서만 읽혀져야 한다고 자신에게 역설한다. 하지만 실제로는, 잘못된 평가를 모면하려는 일체의 비겁한 대비가 부질없으니, 잘못된 평가라는 것이 불가피한 무엇이기 때문이다. 천재의 어떤 작품이 즉각 찬사를 받기 어려운 원인은, 그 작품을 쓴 사람이 예외적인 존재라는데, 즉 그를 닮은 사람이 거의 없다는데 있다. 그를 이해할 수 있을 희귀한 오성들을 잉태시켜, 그 오성들이 발육하고 번식할 수 있도록 해주는 것은 그의 작품 자체이다. 베토벤의 사중주곡들을 애호하는 청중 집단이 오십 년에 걸쳐 생겨나도록 하고 또 그 수가 불어나게 하여, 그렇게, 예술가들의 질에 있어서는 아니더라도, 최소한 걸작품이 처음 출현하였을 때에는 발견할 수 없던 것으로, 즉 그 작품을 좋아할 능력을 갖춘 존재들로, 이제 넉넉하게 구성된 오성들의 집단

내에서나마, 다른 모든 걸작품들처럼 하나의 진보가 이루어지게 한 것은 바로 그 4중주곡들(12번, 13번, 14번, 그리고 15번) 자체이다. 흔히들 후세라고 지칭하는 것은 작품의 후세이다. 따라서 작품이[208](같은 시기에 또 자기와 나란히, 미래에 대비하여, 자신들에게 혜택을 줄 더 나은 대중을 준비하고 있을 수도 있는 다른 천재들은, 비록 그것이 간편해 보이더라도, 염두에 두지 말고) 스스로 자신의 후세를 창조해야 한다. 따라서 만약 작품이 보류되었다가 후세에 이르러서야 이해되었다면, 그 작품에게는 그 후세라는 것이 후세가 아니라, 단지 오십 년 늦게 산 동시대인들의 집단일 뿐이다. 또한 그렇기 때문에 예술가는,—그것이 뱅뙤이유가 한 일이기도 하다—자신의 작품이 스스로 길을 찾아 나아가기를 원할 경우, 그것을 충분한 깊이가 있는 먼 미래를 향하여 최대한 멀리 던져야 한다. 하지만 걸작품들의 진정한 전망을, 즉 장차 도래할 세월을, 감안하지 않는 것이 저질 심판관들의 잘못이라면, 그것을 감안하는 것이 때로는 좋은 심판관들의 위험한 신중함이기도 하다. 물론, 먼 지평선에 나타나는 모든 것들이 같은 모양으로 보이게 하는 착시 현상과 유사한 착각에 사로잡혀, 지금까지 회화나 음악 분야에서 일어난 모든 혁신들이 적어도 몇몇 준칙들만은 지켰는데, 지금 우리 목전에 있는 것들, 예를 들어 인상주의나 불협화음[209]의 추구, 중국 음계[210]의 전적인 차용, 입체주의,[211] 미래주의[21] 등은 선대의 것들과 불쾌하리만큼 심하게 다르다는 생각에 사로잡히기는 쉽다. 그것은, 우리가 선대에 있었던 것들을 바라볼 때, 긴 세월 동안 지속된 동화 작용이 우리들을 위하여 그것들을 의심할 나위 없이 다양한 그러나 균질물(均質物)로 보이는, 따라서 그 속에서는 위고와 몰리에르가 자연스럽게 이웃하고 있을,[213] 하나의 질료로 변화시켰다는 점을 감안하지 않기 때문이다. 만약 우리 앞에 놓인 세월과 장차 그 세월이 수반할 숱한 변화들을 우리가 감안하지 않을 경우, 우리가 아직 소년일 때 어느 점성술사가 뽑은 우리의 중년 점괘가 우리 앞에 내놓을 충격적인 부조화만이라도 우선 상상해 보자. 다만 모든 점괘들이 사실과 일치하는 것은 아니다. 또한 하나의 예술품을 대하면서 그 아름다움의 총화(總和) 속에 세월의 요인이 들어가도록 해야 한다는 사실이, 모든 예언만큼이나 우발적이고 따라서 진정한 유익함이 결여된 무엇을 우리의 판단과 혼합시키는데, 예언이 실현되지 않았다 해서 그것이 반드시 예언가의 예지가 보잘것없다는 뜻을 내포하지는 않는다. 가능태에 있는 것들을 실존태 속으로 불러들이거나 제외시키는 것이 반드시 천재의 능력에 기인하지 않으니 말이다. 어떤 사람이 천재적 예지를 가지고 있을 수 있었으되 철도나 비행기의 미래를 확신하지 못하였을 수 있으며, 혹은 위대한 심리학자이면서도, 가장 보잘것없는 사람들조차 그 배신을 예측하였을, 정부나 친구의 위선을 믿지 않았을 수 있다.

내가 그 쏘나따를 이해하지는 못하였지만 스완 부인의 연주를 들으면 황홀했다. 그녀의 터치가 나에게는, 그녀가 입은 실내 가운처럼, 그녀의 집 층계에 감도는 향기처럼, 그녀가 걸치는 외투들처럼, 그녀의 집에 있는 국화꽃들처럼, 이성이 재능을 분석할 수 있는 세계보다 한없이 월등한 세계 속에 있는 개별적이고 신비한 하나의 전체를 구성하는 한 부분처럼 보였다. "나무들 밑에 어둠이 드리워져, 바이올린의 아르뻬죠가 그곳에 시원함을 뿌릴 때면, 뱅뙤이유의 쏘나따가 아름답지 않아요?" 스완이 나에게 말하였다. "예쁘다 하지 않을 수 없을 거예요. 달빛의 핵심적인 측면인 정지 상태에 있는 측면이 몽땅 그것 속에 있어요. 나의 아내가 받고 있는 것과 같은 광선 요법이 근육에 영향을 끼치며 작용한다는 사실이 놀랄 일 아니에요. 달빛이 나뭇잎들을 움직이지 못하게 하니 말이오. 그 소악절에 그토록 멋지게 묘사된 것이 그 현상인데, 마치 불론뉴 숲이 경직 상태에 빠진 것 같아요. 해변에서는 더욱 인상적이지요. 나머지 다른 모든 것들은 꼼짝도 못하는지라 당연히 잘 들릴 수밖에 없는, 물결들의 아련한 응답이 있기 때문이오. 빠리에서는 그 반대라오. 거대한 건축물 위에 어린 야릇한 미광(微光), 색깔도 없고 위험도 없는 화재의 불길 같은 것에 의해 밝혀진 하늘, 잡다하고 거대한 일종의 징후 등을 볼 수 있는 것이 고작이라오. 그러나 뱅뙤이유의 소악절 속에서는, 뿐만 아니라 쏘나따 전체 속에서는, 그렇지 않아요. 그러한 현상은 불론뉴 숲 속에서 일어나는데, 그 곡의 그루뻬또[214] 속으로부터 다음과 같이 말하는 이의 음성이 선명하게 들리지요. '그의 일기를 거의 읽을 수 있을 정도이다.'" 음악이라는 것이, 누가 우리에게 그것 속에서 발견하라고 암시하는 것을 완전히 멀리할 만큼 배타적이지 못한지라, 스완의 그러한 말들이 훗날, 그 쏘나따에 대한 나의 이해를 왜곡시킬 수도 있었을 것이다. 하지만 나는 그의 다른 언급들을 통하여, 그 야간의 나뭇잎들이 단지, 빠리 근교의 숱한 식당에서 저녁이면 그가 소악절을 들을 때마다 그의 머리 위에 짙게 드리워져 있던 나뭇잎들일 뿐이라는 사실을 깨달았다. 그가 소악절에게 그토록 자주 알려 달라고 요청하던 심오한 의미 대신 소악절이 스완에게 가져다주던 것은, 그 악절 둘레에 정돈되고 휘감겨 있으며 묘사된 잎과 잔가지들(또한, 소악절이 그가 보기에는 하나의 영혼처럼 그것들 속에 내재된 것 같아 그가 다시 보고 싶어 하던), 사랑의 열병과 슬픔에 사로잡혀 그러기에는 충분한 편안함이 결여되어 전에는 즐길 수 없었던, 그리고(환자를 위하여, 그가 먹을 수 없었던 맛있는 음식을 흔히들 그렇게 하듯) 소악절이 간직해 두었던, 한 해 봄철 전부였다. 어떤 날 저녁이면 불론뉴 숲에서 그가 느꼈고 뱅뙤이유의 쏘나따가 그 비밀을 그에게 알려줄 수 있었을 매력들에 대해, 소악절처럼 오데뜨가 비록 그의 곁에 있었건만, 그가 그녀에게 세세히 물을 수는 없었을 것이다. 당시 오데뜨는 다만 그의 곁에(뱅뙤이유의 모티프처럼 그의 내면에가 아니라) 있었고, 따라서—오데뜨가 비록 수천 배 더 이해심 깊었다 해도—우리들 중 그 누구를 위해서도 스스로 외면화 될 수 없는 (내가 오랫동안 그러한 규칙에 예외가 없다고 믿은 것은 사실이다) 그것을 볼 수 없었으니 말이다. "소리가 수면처럼, 거울처럼, 무엇을 반사한다는 사실이 그 근원을 파헤쳐 보면 멋지지 않아요?" 스완이 말하였다. "그런데 뱅뙤이유의 악절이 이제, 그 시절에는 나의 주의를 전혀 끌지 못하던 것들만 나에게 보여준다는 사실을 생각해 보시오. 나의 그 시절 근심들이나 사랑들과 관련된 것은 전혀 상기시켜 주지 않으니, 그것들을 악절이 몽땅 팔아넘긴 것 같소."—"샤를르, 지금 당신이 하시는 모든 말씀이 저에게는 별로 듣기 좋지 않아요."—"들으시기에 좋지 않다니! 여인들이란 정말 굉장하군! 나는 단지 여기에 계신 젊은이에게, 음악이—적어도 나에게는—'의지 그 자체'나 '무한의 통합'[215] 같은 것은 전혀 보여주지 않고, 반면, 예를 들자면, 불론뉴 숲 동물원에 있는 종려 재배 온실 속에 프록코트를 입고 들어간 베르뒤랭 영감님이나 보여준다는 말을 하려던 것이었소.[216] 내가 이 거실에서 단 한 걸음도 밖으로 나가지 않았건만, 그 소악절이 자기와 함께 저녁 식사를 하자고 하면서 나를 수천 번이나 아르므농빌[217] 식당으로 데려가곤 하였지요. 정말이지, 그것이 깡브르메르 부인과 함께 그곳에 가는 것보다는 항상 덜 지루했다오."—"샤를르에게 홀딱 반했다고 알려진 어느 귀부인이에요." 스완 부인이 웃음을 터뜨리면서 나에게 설명을 하는

데, 조금 앞서, 그녀가 델프트의 베르메르에 대하여 말하는 것을 보고 내가 놀란 표정을 짓자, 나에게 다음과 같이 대꾸할 때와 그 어조가 같았다. "저 나리께서, 저에게 구애하던 시절에, 그 화가에 몰두하셨기 때문이에요. 나의 사랑스러운 샤를르, 그렇지 않아요?" — "깡브르메르 부인에 대하여 아무렇게나 말씀하지 마시오." 속으로 으쓱해진 스완의 대꾸였다. — "하지만 저는 사람들이 저에게 들려준 말을 반복할 뿐이에요. 게다가, 저는 그녀를 개인적으로 모르지만, 매우 영리한 여자 같아요. 제가 믿기로는 그녀가 '푸싱'한[218] 것 같은데, 영리한 여인이 그렇다니 놀라운 일이에요. 하지만 모든 사람들이 말하기를 그녀가 당신에게 미쳤었다고 하더군요. 그것이 마음 상하게 하는 일은 아니에요." 스완이 그 말에 귀머거리의 침묵을 고수하였고, 그것은 일종의 시인임과 동시에 가소로운 자만심의 증거이기도 했다. "제가 연주하는 곡이 당신의 뇌리에 동물원이 떠오르게 한다 하시니, 만약 젊은이께서 좋다 하시면, 오늘 오후 그곳을 산책의 행선지로 삼을 수도 있어요." 스완 부인이 농담 삼아 짐짓 감정이 상한 듯한 어투로 말을 이었다. "날씨가 매우 화창하니 당신의 그 소중한 인상들을 다시 만날 수 있을 거예요! 동물원 이야기가 나왔으니 하는 말이지만, 당신도 아시다시피, 이 젊은이께서는, 블라땡 부인이라고 하는, 제가 가능한 한 자주 '끊어버리는' 그 사람을 우리가 무척 좋아하는 줄로 믿었다는군요! 그녀가 우리의 친구로 알려졌다는 것이 우리에게는 몹시 모욕적인 일이라 생각해요. 결코 그 누구의 험담도 하지 않는 그 착한 꼬따르 의사조차, 그녀가 역겹다고 한 사실을 생각해 보세요." — "정말 보기에도 끔찍한 몰골이오! 그녀에게 자랑할 만한 것이 있다면 그것은 싸보나롤라를 쏙 빼닮았다는 점이에요. 프라 바르똘로메오가 그린 싸보나롤라의 초상[219] 그 자체예요." 그림 속에서 그렇게 유사점들을 찾아내곤 하던 스완의 편벽성(偏癖性)에 가까운 버릇은 충분히 수긍될 수 있었으니, 우리가 흔히 고유한 개인적 표현이라고 하는 것도—우리가 사랑에 빠져 개인 고유의 실체가 존재한다고 믿으려다가 결국에는 깨닫고 몹시 슬퍼하듯이—실은 보편적인 그 무엇이며, 서로 다른 여러 시기에서 발견될 수 있기 때문이다. 그러나 스완이 하는 말을 유심히 들어보면, 베노쪼 고쫄리가 메디치 가문 사람들을 끼워 넣어 이미 심한 시대착오 현상을 보이는 점성술사 왕들의 행렬들을 그린 그림이,[220] 고쫄리 시대 사람들뿐만 아니라 스완의 시대 사람들도, 다시 말해 예수 탄생으로부터 15세기 후 사람들뿐만 아니라 그 화가의 시대로부터 4세기 후에 태어난 무수한 사람들의 모습도 담고 있어, 실은 그 그림이 훨씬 더 시대착오적이라는 사실을 깨닫게 될 것이다. 스완의 말에 의하면, 빠리의 저명인사들 중 그 행렬도들 속에 모습을 드러내지 않은 이 하나도 없는데, 그것은 마치 싸르두의 극작품 중 한 막을 택하여, 유명한 의사들이나 정치인들 및 변호사 등 빠리의 저명인사들이, 작가나 주연 여배우에 대한 우정에 이끌려, 또한 유행에 편승하여, 각각 정해진 날 저녁에 극장으로 와서 무대에 올라 즐기던 모습과 같다는 것이다.[221] "하지만 그녀가 불로뉴 숲 동물원과 무슨 상관이 있단 말이오?"—"모든 면에서 그래요!"—"무슨 소리요, 원숭이들처럼 그녀의 꽁무니도 하늘색이리라 믿는 것이오?"—"샤를르, 무례한 말씀이에요! 아니에요, 저는 그곳에서 본 신할라족 사람이 그녀에게 한 말을 생각하였던 거였어요. 젊은이에게 그 이야기를 해주세요, 정말 '멋진 말'이니."—"그녀의 하는 짓이 멍청하오. 당신도 아시다시피, 블라땡 부인은 자기가 생각하기에 친절하다고, 특히 후견인이 될 법하다고 여겨지는 사람만 보면, 그 사람을 목청껏 큰 소리로 부르기를 좋아하오."—"테임즈 강변에 사는 우리의 이웃들이 '파트로나이징'하다고[222] 하는 그런 사람들이지요." 오데뜨가 끼어들었다.—"근자에 나의 아내가 불론뉴 숲 동물원에 갔었는데, 그곳에 흑인들이 있었고, 민족지학(民族誌學)에 있어서는 나보다 훨씬 해박한 그녀의 말에 의하면, 그들이 씽할라족 사람들이었다고 해요."—"제발, 샤를르, 놀리지 말아요."—"천만에, 놀리는 것 아니오. 여하튼 블라땡 부인이 그 흑인들 중 한 사람에게 이런 인사를 건넸다는군요. '안녕하세요, 검둥이!'"—"그 말은 아무것도 아니에요!"—"여하튼 '검둥이'라는 말이 그 흑인의 마음에 들지 않았던지, 그가 화를 내면서 블라땡 부인의 인사에 이렇게 대꾸하였다 하오. '나는 검둥이지만 너는 낙타[223]야!'"—"저는 매우 재미있는 이야기라고 생각해요! 그 이야기를 무척 좋아해요. '멋지지' 않아요? '나는 검둥이, 그러나 너는 낙타!' 그 말을 들은 블라땡 할멈의 얼굴을 생각해 보세요." 나는 블라땡 부인을 가리켜 낙타라고 하였다는 씽할라족 사람들을 꼭 보고 싶다는 뜻을 표하였다. 물론 나는 그들에 대하여 전혀 관심이 없었다. 하지만 나는, 동물원에 가기 위하여, 또 그곳으로부터 돌아오기 위해서는, 내가 스완 부인을 그토록 찬미하던 아카시아 산책로를 거쳐야 할 것이고, 그러노라면 혹시, 내가 스완 부인에게 인사하는 것을 단 한 번도 보지 못한, 꼬끌랭의 친구인 그 '노새'[224] 녀석이, 빅토리아 뒷좌석에 그녀와 나란히 앉아 있는 나를 보게 될 수도 있을 것이라 생각하였다.

질베르뜨가 외출 준비를 하러 가느라고 우리와 함께 응접실에 있지 않는 동안, 스완 씨 부부는 자기들의 딸이 가지고 있는 흔치 않은 덕성을 즐겨 나에게 이야기해 주곤 하였다. 또한 내가 직접 목격한 모든 것이, 그들의 말이 사실임을 입증하는 것 같았다. 그녀의 어머니가 나에게 이야기해 준 것처럼, 나는 그녀가 자기의 친구 여자아이들뿐만 아니라 하인들이나 가난한 사람들을 대함에 있어서도, 심사숙고한 끝에 섬세한 주의를 기울이고, 기쁘게 해주려는 열망을 품으며, 그들이 불만스러워하지 않을까 염려하는 것을 간파하였으며, 그 모든 배려가 작은 일들로 표현되곤 하였는데, 그러한 일들이 그녀에게 많은 괴로움을 초래라는 경우도 잦았다. 예를 들어, 우리들과 친숙하던 샹젤리제 공원의 그 여자 상인을 위하여 그녀가 손수 뜨개질을 하였는데, 그 물건을 직접 그리고 단 하루도 지체하지 않고 전달하기 위하여 눈을 맞으며 외출한 적도 있었다. "그 아이의 마음이 어떤지 짐작도 못할 거요. 아이가 자신의 마음을 깊숙하게 감추니 말이오." 그녀의 아버지가 하던 말이다. 그토록 어린 나이건만, 그녀가 오히려 자기 양친보다 더 분별 있어 보였다. 스완이 자기의 아내와 교류하는 사람들을 자랑스럽게 들먹일 때에는, 질베르뜨가 고개를 돌린 채 입을 다물곤 하였으되, 그녀의 얼굴에 나무라는 기색은 보이지 않았다. 자기 아버지가 그녀에게는 가장 가벼운 비판의 대상도 될 수 없는 것처럼 보였기 때문이다. 어느 날 내가 그녀에게 뱅뙤이유 아가씨 이야기를 하자, 그녀가 나에게 말하였다.

"제가 그녀와 교류하는 일은 결코 없을 거예요. 그녀가 자신의 부친에게 착하게 굴지 않았기 때문인데, 사람들이 말하기를, 부친의 속을 무척이나 썩였다고 하더군요. 제가 아빠를 잊고 살아갈 수 없는 것만큼이나—그렇지 않아요?—당신도 틀림없이 당신의 아빠를 잊고 살아가실 수 없을 테니, 당신 또한 저처럼 그녀의 그러한 처신을 이해하실 수 없을 거예요. 지극히 당연한 일이에요. 태어나면서부터 사랑한 사람을 어찌 잊을 수 있겠어요?"

그리고 언젠가 그녀가 스완 앞에서 유난히 상냥해지기에, 그가 우리들로부터 조금 떨어져 있는 틈을 타, 그 연유를 묻자 이렇게 말하였다.

"그래요, 가엾은 아빠, 아빠의 부친 기일을 맞으셨으니까요. 아빠의 마음이 어떨지, 특히 당신은 이해하실 수 있을 거예요. 그러한 일에 대해서는 우리 모두 같은 감정을 느끼게 되지요. 그리하여 제가 평소보다 덜 못되게 굴려고 노력하는 거예요." — "하지만 부친께서는 당신이 못된 아이라고 생각하시지 않으며, 오히려 나무랄 데 없다고 여기시던데요." — "가엾은 아빠, 너무 착하셔서 그래요."

그녀의 부모가 내 앞에서 질베르뜨의—내가 그녀를 직접 보기 전에도 일-드-프랑스 지역 특유의 풍경 속에 깃들인 어느 교회당 앞에 나타나곤 하였고, 그 이후에는, 더 이상 그러한 몽상을 나에게 촉발시키는 것이 아니라 구체적인 추억을 일깨우면서, 메제글리즈 쪽으로 가기 위하여 내가 접어들었던 언덕길 옆 산사나무 울타리 앞에 항상 나타나던 바로 그 질베르뜨의[225]—덕성만을 칭찬하였던 것은 아니다. 내가, 그 집안의 여자아이가 특히 어떤 사람들을 좋아하는지 호기심을 품은 그 집안의 어느 친구가 그랬을 것처럼, 질베르뜨가 자기의 동료들 중 누구를 가장 좋아하느냐고 애써 무심한 듯한 어조로 스완 부인에게 묻자, 그녀가 이렇게 대꾸하기도 하였다.

"하지만 그 아이의 속내는 저보다 당신이 더 잘 아실 텐데요. 당신이 그 아이의 위대한 총아, 영국인들이 위대한 '크락'[226]이라고 하는 그러한 존재이니까요."

의심할 나위 없이, 그러한 우연의 일치가 하도 완벽하여, 현실이 스스로 접히어 우리가 그토록 오랫동안 열망하던 것에 들어맞을 때에는, 그 현실이 우리의 지난 시절 꿈을 몽땅 가리어, 크기 같고 포개져서 하나로 보이는 두 형체들처럼 그것과 혼융되는데, 그러면 반대로, 우리가 느끼는 기쁨에 그 기쁨의 의미를 한껏 부여하기 위하여, 심지어 우리가 그 꿈에 도달하는 순간에도—또한 그것들이 정말 우리가 열망하던 것들이라는 확신을 얻기 위하여—우리는, 우리가 열망하던 모든 세부 사항들에게 촉지할 수 없을 만큼 신성하다는 특권을 계속 부여하고 싶어 한다. 그리고 사념은, 더 이상 자유로운 영역을 갖지 못하는지라, 자기의 현재 상태와 대조해 볼 종전의 상태조차 재구성하지 못한다. 즉, 우리가 새로 사귄 사람들, 그 최초 순간들의 추억, 그 순간 우리가 들은 말 등이 대신 우리 의식의 입구를 막고, 우리 상상력의 출구들보다는 기억력의 출구들을 훨씬 더 지배하는지라, 그것들이, 아직 자유로운 상태로 남아 있는 우리 미래의 형태에 영향을 끼치기 보다는, 그것들을 감안하지 않고는 우리가 더 이상 우리 뜻대로 볼 수 없게 된 우리의 과거에 더 큰 영향력을 발휘한다. 스완 부인 댁에 간다는 것이 영영 실현되지 못할 망상이라고 내가 여러 해 동안 확신하였을 수 있다. 그러나 그녀의 집에 내가 들어간 지 겨우 십오 분밖에 지나지 않았는데, 다른 어떤 가능태의 실현이 소멸시킨 하나의 가능태처럼 비현실적이고 모호하게 변한 것은 내가 그녀와 교분을 맺지 못하던 바로 그 시절이었다. 그 식당에서는, 내가 막 먹은 아메리카식으로 요리한 바닷가재가, 나의 오성 뒤쪽으로 무한히, 나의 가장 먼 과거에 이르기까지 발산하던, 부러뜨릴 수 없는 광선들과 마주치지 않고는 나의 오성이 작은 동작 하나 시도하지 못하는데, 내가 어찌 그 식당을 아직도 생각조차 할 수 없는 신비한 장소처럼 몽상할 수 있었겠는가? 또한 스완 역시, 일찍이 자신과 관련되어 유사한 어떤 일이 발생하는 것을 틀림없이 보았을 것이다. 왜냐하면, 그가 주인 자격으로 나를 받아들인 그 거처가,

단지 내 상상력이 잉태시킨 이상적인 거처뿐만 아니라 또 다른 하나의 거처, 나의 몽상만큼이나 창의적인 스완의 질투 어린 사랑이 그에게 자주 그려서 보여주던, 오데뜨가 그를 포르슈빌과 함께 자기 집에 데려가 오랑쟈드를 대접하던 날과 같은 저녁에는 그토록 실현 불가능한 것으로 보이던, 그와 오데뜨의 공동 거처 또한 합류하여 뒤섞이고 하나로 포개진 장소로 간주될 수 있었으니 말이다. 따라서 그의 입장에서 보면, 우리가 함께 점심을 먹던 그 댁 식당의 도면에 와서 흡수된 것은, 그가 언젠가 '자기들의' 우두머리 시종에게 할 수 있을 것이라고 상상할 때마다 가슴이 두근거리던, 그리고 이제 충족된 자존심이 약간 섞인 가벼운 조바심을 드러내며 나의 귀에도 들릴 만큼 큰 소리로 할 수 있게 된, 다음과 같은 말을 그곳에서 할 수 있게 될 것이라고 옛날에는 기대하기 어려웠던 그 낙원이었다. "마님께서는 준비되셨는가?" 질베르뜨가 격정적인 어조로 나에게 다음과 같이 말할 때에도 내가 나의 행복을 실감하지 못하였듯이, 스완 또한 의심할 나위 없이 그러지 못하였을 것이다. "당신이 말 한 마디 건네지 못하고 포로 잡기 놀이 하는 모습을 바라보기만 하던 그 작은 소녀가 당신의 절친한 벗이 되어, 당신이 원하면 날마다 그녀의 집에 갈 수 있게 되리라고 어찌 상상이나 할 수 있었겠어요?" 그녀는, 내가 어쩔 수 없이 외부로부터 확인할 뿐 내면적으로는 나의 것으로 만들지 못한 변화에 대하여 말하는 것이었고, 내가 그 변화를 내면적으로 소유하지 못한 까닭은, 그 변화가 두 상태로 구성되어 있었건만, 그 둘이 서로 선명히 구별되기를 멈추지 않았을 때에는 그것들을 동시에 생각하는 데 성공하지 못하였기 때문이다.

그렇건만 그 거처가, 그것에서 신비가 몽땅 사라지지 않았다고 여기던 나 자신에 입각하여 판단하거니와, 스완의 의지에 의해 열렬히 갈망되었던지라, 그가 보기에는 아직도 얼마간의 감미로움을 간직하고 있었음에 틀림없다. 스완 댁 사람들을 감싸고 있으리라고 내가 그토록 오랜 세월 동안 추측하던 그 기이한 매력을, 나는 그 댁에 발을 들여놓으면서도 그 댁으로부터 완전히 축출하지 못하였다. 다만 그것으로 하여금, 스완 아씨가 이제는 감미롭되 적대적이며 기분 상한 안락의자를 상상하게 앞으로 밀면서 앉으라고 권하던, 나라는 그 빠리아,[227] 그 낯선 사람의 기세에 제압되어, 뒤로 물러서게 하였을 뿐이다. 그러나 나는 아직도 나의 주위에서, 나의 추억 속에서, 그 매력을 감지한다. 스완 씨 내외분께서 나를 초대하여, 점심을 먹은 후 질베르뜨와 함께 외출하기로 하였던 날이면, 내가—응접실에서 홀로 기다리는 동안—스완 부인이나 그녀의 남편 혹은 질베르뜨가 곧 그곳으로 들어설 것이라는, 나의 내면에 새겨져 있던 그 상념을, 융단 위에, 넓고 푹신한 안락의자들 위에, 탁자형 시렁들 위에, 병풍들 위에, 화폭들 위에다 나의 시선으로 인쇄하고 있었기 때문일까? 그 이후 그 물건들이 나의 기억 속에서 스완 댁 식구들 곁에 살다가, 결국 그들의 것임 직한 무엇을 얻어 갖게 되었기 때문일까? 그들이 그 물건들에 항상 둘러싸여 그들의 삶을 영위한다는 사실을 아는지라, 내가 그것들 모두를, 그들의 독특한 삶의, 그리고 너무나 오랫동안 그것에서 배제되었던지라 그것에 참여할 수 있도록 하는 호의를 그들이 나에게 베푼 후에도 나에게는 여전히 이상하게 보일 수밖에 없었던, 그들 습관의 상징들로 여겼기 때문일까? 여하튼 오늘에 이르러, 스완이 그토록 잡다하다고 여기던(물론 그러한 그의 지적이 자기 아내의 취향에 반대할 의도는 전혀 내포하고 있지 않았다) 그 응접실을 생각할 때마다—그것이 바로 아직도, 그가 오데뜨를 처음으로 알게 되었던 그 거처처럼, 반은 온실 반은 아뜰리에 같은 취향으로 꾸며져 있었지만, 그 뒤죽박죽 속에 쌓여 있던, 그리고 이제 그녀가 '모조품'에 가깝거나 '흔해빠진' 것이라고 여기기 시작하던, 중국제 물건들을 루이 16세 시절 풍의 옛 비단으로 감싼 작은 가구들(스완이 오를레앙 강변로의 옛날 거처로부터 가져온 숱한 걸작품들은 차치하더라도)로 대체하기 시작하였던지라―그 혼합된 응접실이, 반대로 나의 추억 속에서는, 과거가 우리에게 물려준 가장 완전한 어느 총체적 조화[228]에서도, 특정인의 흔적이 선명한 가장 생생한 총체적 조화에서도, 결코 발견되지 않는 하나의 일관성과 응집력과 개별적 매력을 띠고 나타난다. 오직 우리들 자신만이, 우리들 눈에 보이는 특정 사물들에게, 그것들이 그것들 고유의 삶을 가지고 있다는 믿음에 이끌려, 하나의 영혼을 부여할 수 있고, 그러면 그 사물들이 그 영혼을 간직하고 또 그것을 우리들 내면에서 발육시키기 때문이다. 스완 댁 사람들이, 육체에 영혼 깃들 듯 자기들 삶의 일상적 시간이 깃든, 그리하여 그 삶의 특성들을 틀림없이 드러낼, 자기들의 거처에서 보냈고 다른 사람들을 위해 존재하는 것들과는 다른 시각들에 대해 내가 품었던 사념들, 그 모든 사념들이, 가구들이 놓였던 자리에, 융단의 두께에, 창문들의 방향에, 하인들의 시중에―어디에든 여일하게 매혹적이고 불가사의한 상태로―배치되고 혼합되어 있었다. 점심 식사 후, 응접실의 내포(內浦)처럼 넓은 퇴창(退窓) 앞에서 햇볕을 쬐며 커피를 마실 때면, 스완 부인이 나에게 설탕 몇 덩이를 원하느냐고 묻는 동안, 내가 지난날―분홍색 꽃 만발한 산사나무 밑에서, 그리고 월계수 무더기 옆에서―질베르뜨라는 이름 속에서 포착하였던 그리고 나에게 괴로움을 주던 매력과 함께 그녀의 부모님이 일찍이 나에게 표하였던 적대감을 발산하던 것이, 스완 부인이 내 쪽으로 밀어주던 비단 씌운 발받침만은 아니었고, 그 작은 가구가 그 적대감을 하도 잘 알고 그것에 동감하는 것 같아, 나는 그 발받침을 사용할 자격이 나에게 없다고 느꼈을 뿐만 아니라, 그 물건의 속을 넣어 누빈 그리고 아무 방어 능력 없는 부분에 나의 두 발을 강제로 얹는 나 자신이 조금 비겁하다고 생각하였다. 특정 영혼 하나가 그 발받침과 오후 두 시의 햇빛 사이에 은밀하게 관계를 맺어 주었고, 다른 어느 곳에 있던 것들과도 다르며 오직 그 내포에만 있던 그 오후 두 시의 햇빛이 자기의 황금빛 물결들로 하여금 우리의 발치에서 노닐게 하는 동안, 그 물결들 위로 푸르스름한 까나뻬들과 안개에 휩싸인 듯한 융단들이 마법에 걸린 섬들처럼 떠오르고 있었다. 그리고 심지어, 벽난로 위쪽에 걸려 있던 루벤스의 화폭까지도, 스완 씨의 편상화, 그리고 내가 그토록 비슷한 것을 입고 싶어 하였으나 내가 그들과 함께 외출하는 명예를 자기들에게 베풀었으니, 더욱 멋지게 보여야 한다면서, 오데뜨가 이제는 자기의 남편에게 다른 것으로 대체하라고 하게 된 그 두건 달린 여행용 외투와 같은 종류의, 그리고 거의 같은 위력의, 매력을 발산하였다. 스완 부인 또한, 그녀의 어느 외출용 드레스도, 그녀가 입고 점심을 먹던 그러나 갈아입으려 하던, 회자색(灰紫色), 버찌색, 띠에뽈로[229] 분홍색, 백색, 연보라색, 초록색, 붉은색, 그리고 단색이거나 무늬가 있는 차이나 크레이프 혹은 비단으로 지은, 경이로운 실내용 가운보다는 훨씬 못하다고 내가 극구 만류하였음에도 불구하고, 외출복으로 갈아입으러 가곤 하였다. 그리고 내가 그녀에게 가운 차림으로 외출하면 더 좋겠다고 말하면, 나의 무지함을 조롱하려는 듯 혹은 그러한 찬사가 기쁜 듯, 큰 소리로 웃곤 하였다. 또한 그러면서, 자기에게 그토록 많은 실내 가운이 있는 것은 자기가 그 옷을 입고 있을 때에만 편안함을 느끼기 때문이라 하였고, 그런 다음 우리들 곁을 떠나, 모든 사람들의 시선을 끌곤 하던 그녀의 비할 데 없는 의상을 차려입으러 갔으며, 하지만 가끔 그녀가 나를 불러, 자기가 어떤 옷 입기를 바라는지 묻기도 하였다.

동물원에 이르러, 마차에서 내린 다음, 스완 부인과 나란히 앞으로 발길을 내딛는 것이 얼마나 자랑스러웠던가! 그녀가 나른하게 걸으며 자기의 외투 자락이 펄럭이게 내버려 두면, 나는 그녀에게로 찬미의 눈길을 던졌고, 그럴 때마다 그녀는 긴 미소로 그것에 요염하게 화답하곤 하였다. 그리하여 이제, 질베르뜨의 급우들 중 어느 소녀나 소년이 먼발치에서 우리들에게 인사를 하는 경우, 이번에는 입장이 바뀌어, 내가 전에 그토록 부러워하던 사람들 중 하나처럼, 질베르뜨의 가족과 친숙하여 그녀의 삶 중 다른 부분까지, 즉 샹젤리제 공원에서 보여준 것이 아닌 다른 부분까지 공유하던, 질베르뜨의 친구들 중 하나처럼, 그들의 시선을 끌게 되었다.

불론뉴 숲이나 동물원의 산책로에서, 스완과 친분 두터운 이러저러한 귀부인과 우리가 엇갈리는 순간, 그 귀부인이 우리들에게 인사를 하였으되 스완이 미처 알아채지 못하여, 그의 아내가 그 사실을 귀띔해 주는 경우가 종종 있었다. "샤를르, 몽모랑씨 부인이 보이지 않아요?" 그러면 스완이, 오랜 친분에서 비롯된 다정한 미소를 지으면서도 한껏 예의를 갖추어, 그 특유의 우아한 동작으로 모자를 벗어 답례하곤 하였다. 때로는 그 귀부인이 걸음을 멈추고 스완 부인에게 기꺼이 예의를 표하기도 하였는데, 스완이 자기의 아내로 하여금 신중하게 처신하도록 버릇을 들여 놓았던지라, 그러한 인사가 절대 중대한 결과를 초래하지 않을 것이고 또 그녀가 그것을 후에 이용하려 하지 않을 것이라는 점을, 모든 사람들이 잘 알고 있었기 때문이다. 남편의 뜻에 따라 신중하게 처신하면서도 그녀가 사교계의 예절을 터득하는 데 게을리 하지 않았던지라, 그 귀부인이 아무리 우아하고 거조 고아해도, 스완 부인이 그러한 면에서는 언제나 그 귀부인과 대등했다. 그리하여, 남편과 마주친 친분 두터운 여인 곁에서 잠시 걸음을 멈추고 그녀가 우리들을, 즉 질베르뜨와 나를, 어찌나 스스럼없이 소개하던지, 그 상냥함이 어찌나 구애됨 없고 태연했던지, 스완 부인과 지나가던 귀족 부인 두 사람 중, 누가 귀부인인지 분별하기 어려웠을 것이다. 씽할라족 사람들을 구경하러 갔던 날,[230] 집으로 돌아오는데, 어두운 색 외투로 몸을 감싸고 테 없는 작은 모자의 끈 두 가닥을 턱 밑으로 내려 동여맨, 연로해 보이지만 아직도 아름다운 어떤 귀부인이, 수종하는 여인 둘을 뒤따르게 하고 우리들 쪽으로 오는 것이 보였다. "아! 저기 당신의 관심을 끌 만한 분이 오시는군요." 스완이 나에게 말하였다. 어느새 우리들 가까이 다가온 연로한 귀부인이 인자한 미소를 짓고 있었다. 스완이 얼른 모자를 벗어 예를 표하였고, 스완 부인은 상반신과 무릎을 굽혀 정중하게 인사드리면서, 빈터할터가 그린 초상화[231]를 닮은 그 귀부인의 손에 키스하려는데, 귀부인이 그녀를 일으켜 세우며 다정하게 포옹하였다. "자, 어서 모자를 다시 쓰세요." 귀부인이 굵고 조금 무뚝뚝하지만 친근한 음성으로 스완에게 말하였다. "제가 당신을 제국 공주 전하께 소개하겠어요." 스완 부인이 나에게 말하였다. 스완 부인이 공주 전하와 쾌청한 날씨 및 동물원에 새로 들어온 짐승들에 대해 이런저런 이야기를 나누는 동안, 스완이 나를 한 길체로 데리고 가더니 나에게 말하였다. "마띨드 공주님이시오. 플로베르, 쌩뜨-뵈브, 뒤마 등과도 친분을 맺으셨소. 나뽈레옹 1세의 조카딸이라는 사실을 생각해 보시오! 나뽈레옹 3세와 러시아의 황제 모두 그녀에게 청혼한 적이 있다오. 흥미롭지 않아요? 공주님께

몇 마디 말씀을 건네 보아요. 하지만 저분께서 우리들을 한 시간 동안 세워 놓으시는 일은 없었으면 좋겠소."²³²⁾ 스완이 그녀에게 말하였다. "제가 일전에 몔느를 만났는데, 그가 저에게 말하기를, 자기와 공주님 사이에 불화가 생겼노라고 하더군요."―"그가 돼지처럼 처신하였어요."²³³⁾ 그녀가 거친 음성으로, 또 '돼지'라는 단어를 마치 쟌느 다르끄와 같은 시대 사람이었던 그 주교의 이름인 듯 발음하면서,²³⁴⁾ 스완의 말에 대꾸하였다. "그가 황제 폐하에 대하여 쓴 그 논설문을 읽은 후, 내가 P. P. C.²³⁵⁾라는 말을 나의 명함에 적어 그의 집에 남겼어요." 나는 그녀의 말을 들으면서, 팔라티나트 대공녀인 오를레앙 공작 부인²³⁶⁾의 서한집을 펼치면서 누구나 느낄 수 있을 것과 같은 놀라움을 느꼈다. 또한 실제로, 마띨드 공주는, 그토록 프랑스적인 감정들로부터 활기를 얻었으며, 동시에 옛날의 도이칠란트가 가지고 있었으며, 전형적인 뷔르템베르크 여인이었던 자기의 모친²³⁷⁾으로부터 물려받은, 정직한 무뚝뚝함을 풍겼다. 조금 투박하고 거의 남성적인 자기의 솔직성을, 그녀는 미소를 짓기 시작하는 순간, 이딸리아적 우수로 완화시켰다. 또한 그녀 전체를 감싸고 있던 치장물들이 어찌나 제2제정 시절 풍이었던지, 공주가 단지 자신이 좋아하던 유행에 이끌려 그것들로 자신을 꾸몄음이 틀림없었으련만, 그녀가 마치, 역사적 색채를 구현함에 있어 실수를 범하지 않으려는, 그리고 그녀에게서 지나간 한 시절의 부활을 기대하는 이들의 기다림에 부응하려는, 숙고된 의도를 가지고 있는 것처럼 보였다. 나는, 그녀가 뮈쎄와도 교분을 맺은 적이 있는지 여쭈어 보라고, 스완에게 소곤소곤 말하였다. "극히 적었어요, 신사분!" 그녀가 화를 내는 척하는 기색으로 대답하였으나, 실은 그와 매우 친했던지라, 그저 농담으로 스완을 그렇게 불렀던 것이다. "그가 우리 집 만찬에 한 번 참석한 적이 있지요. 일곱 시에 와 달라고 하였어요. 일곱 시 반이 되어도 오지 않기에, 우리들 모두 식탁 앞에 앉았어요. 여덟 시가 되어서야 겨우 들이닥치더니, 나에게 꾸벅 인사를 한 다음 자리에 앉아, 아무 말 없이 저녁을 먹고, 나는 그의 목소리를 단 한 번도 듣지 못하였는데, 즉시 돌아갔어요. 그는 만취한 상태였어요. 그 일을 겪고 나서는 그를 다시 초대할 생각이 없어졌어요." 스완과 나는 그녀로부터 조금 떨어져 있었다. 그가 나에게 말하였다. "저 작은 회합이 길어지지 않았으면 좋겠군. 벌써 발바닥이 아프기 시작하는데. 도대체 내 아내가 왜 화젯거리를 자꾸만 제공하는지 모르겠소. 저러고 나서는 항상 자기가 피곤하다고 투덜대지요. 하지만 정작 이렇게 서 있는 것을 더 이상 견디지 못하는 사람은 나라오." 정말 스완 부인은, 봉땅 부인으로부터 들은 이야기가 있었던지라, 정부가 스스로의 무례를 결국 시인하고, 이틀 후 니꼴라이 러시아 황제가 앵발리드를 참배할 때, 마띨드 공주에게도 초대장을 보내기로 결정하였다는 사실을 공주에게 전하고 있었다. 그러나 공주는, 겉보기와는 달리, 즉 주로 예술가들과 문인들로 이루어진 그녀의 주변에도 불구하고, 그녀가 어떤 행동을 취하여야 할 때에는, 자기가 나뽈레옹의 조카딸임을 결코 잊지 않았다. "그래요, 부인, 오늘 아침에 그 초대장을 받았으나 그것을 장관에게 돌려보냈으니, 그것이 지금쯤은 그의 손에 있을 거예요. 내가 앵발리드에 가기 위해 초대장 따위가 필요한 것은 아니라고 장관에게 말하였어요. 혹시 내가 그곳에 가기를 정부가 간절히 원한다면, 내가 갈 곳은, 특별 귀빈석이 아니라 황제 폐하의 무덤이 있는 우리의 지하 묘소예요. 그러기 위해 나에게 초대장 따위는 필요없어요. 나에게는 그곳 출입문 열쇠가 있어요. 나는 내가 원할 때 언제든지 들어가요. 정부가 할 일은, 내가 그곳에 가기를 원하는지 혹은 원하지 않는지를 나에게 알려주는 것뿐이에요. 하지만 내가 앵발리드에 간다 하여도, 우리의 지하 묘소에만 들어가지 다른 곳에는 얼씬도 하지 않을 거예요." 바로 그 순간, 걸음을 멈추지 않고 지나가면서 젊은이 하나가 스완 부인에게 인사를 하였고, 나는 그녀가 그 젊은이를 안다는 사실을 모르고 있었는데, 그 젊은이는 블록이었다. 그와 관련하여 내가 던진 질문에 스완 부인이 대답하기를, 봉땅 부인이 그를 자기에게 소개하였고, 그가 현재 장관 비서실에 근무한다고 하였는데, 모두 내가 모르던 사실들이었다.[238] 하지만 그녀가 그를 자주 본 것 같지는 않았는데—혹은 '블록'이라는 이름이 그녀 생각에는 아마 '멋지다'고 여겨지지 않아 그것을 입에 담기 싫었을지도 모른다—그녀는 그의 이름이 모뢸이라고 하였다. 나는 그녀가 다른 사람과 혼동하였을 것이라고 하면서, 그의 이름이 블록이라고 그녀에게 단언하였다. 공주가 자신의 외투 한 자락을 다시 여며 올렸고, 스완 부인이 그것을 찬탄하는 눈빛으로 바라보았다. 그러자 공주가 말하였다. "이것이 바로 러시아 황제가 나에게 보낸 모피들 중 하나로 지은 거예요. 오늘 마침 그를 보러 가는 길에, 그 모피가 외투로 변한 것을 보여줄 겸, 걸치고 나왔어요."—"듣자니 루이 왕자[239]께서 러시아 군에 입대하셨다고들 하더군요. 그분을 더 이상 곁에 두시지 못하게 되어 공주 전하께서 무척 슬프시겠어요." 남편의 조바심 어린 눈짓을 보지 못한 채, 스완 부인이 그렇게 다른 이야기를 꺼냈다.—"자기가 하고 싶어서 한 일이었다오! 내가 그에게 이런 말도 하였어요. '자네의 가문에 군인 한 분이 계셨다는 사실이 그 이유가 되어서는 아니 되네.'" 공주가 문득 우직해진 어조로 나뽈레옹 1세를 암시하면서 그렇게 대답하였다. 스완이 더 이상 참지 못하였다. "공주님, 제가 감히 공주 전하를 흉내 내어 먼저 하직 인사를 올려야겠습니다. 저의 아내가 근자에 몹시 앓았던지라, 더 이상 이렇게 서 있도록 해서는 아니 될 것 같습니다." 스완 부인이 다시 상반신과 무릎을 굽혀 정중히 예를 표하였고, 공주는 과거로부터, 젊은 시절의 우아함으로부터, 꽁뻬에뉴 성의 숱한 야연으로부터[240] 다시 가져온 듯한, 그리하여 조금 전까지도 뿌루퉁하던 얼굴에 옛 모습 그대로 부드럽게 퍼지는, 신성한 미소를 우리들 모두에게 보낸 다음, 통역사들이나 아이 돌보는 하녀들 혹은 간병인들이 그러듯, 우리의 대화를 아무 뜻 없는 말과 부질없는 설명으로 구두점 찍듯 중단시키던 두 시녀를 뒤따르게 하면서, 우리들 곁을 떠났다. "당신도 이번 주 중에 그녀 댁 방문록에 당신 이름을 기재하도록 해요." 스완 부인이 나에게 말하였다. "영국인들의 말처럼 '모든 왕족들에게 나팔 불어대듯 자기 명함을 뿌려대는' 법 아니지만, 당신의 이름을 보면 그녀가 당신을 초대할 거예요."

겨울이 끝나가던 무렵이면, 산책길에 오르기 전에 우리들이 가끔, 마침 열리고 있던 작은 전람회장에 들르곤 하였고, 그럴 때마다 전람회를 주최한 화상들이 저명한 수집가였던 스완을 정중하게 맞곤 하였다. 그럴 때마다, 날씨 아직 차가웠건만, 이미 성큼 다가온 봄과 강렬한 태양이 알삐유[241] 산악 지역에 보라색 감도는 반사광을 드리우고 대운하[242]에 에메랄드의 짙은 투명함을 던져주고 있던 그 전람회장들에 의해, 프랑스 남부 지역이나 베네치아로 떠나고 싶어 하던 나의 옛날 열망들이 다시 일깨워지곤 하였다. 날씨가 궂을 경우, 우리들은 연주회나 극장에 갔다가 나머지 오후 시간을 '찻집'이라는 곳에서 간식을 먹으며 보냈다. 스완 부인은, 우리들 근처 탁자들 앞에 앉은 손님들이나 우리의 시중을 들던 종업원들이 알아듣지 못하였으면 하는 어떤 말을 나에게 하고 싶을 경우, 그것이 마치 우리 두 사람에게만 알려진 언어이기라도 한 듯, 영어를 사용하였다. 그런데 그곳에 있던 모든 사람들이 영어를 잘하는 반면, 오직 나만이 아직 영어를 배우지 않았던지라, 나는 스완 부인에게 그 사실을 털어놓을 수밖에 없었다. 그녀로 하여금, 차를 마시고 있던 사람들이나 차 시중을 들던 사람들에 대하여 그녀가 하고 있던, 나는 이해하지 못하지만 그들은 단어 하나 놓치지 않던, 내가 짐작하기에 무례한 것처럼 보이던 논평을 멈추도록 하기 위함이었다.

언젠가, 어떤 오후 연주회를 계기로, 질베르뜨가 나에게 커다란 놀라움을 안겨 주었다. 그녀가 앞서 나에게 이야기하였던, 자기 할아버지의 기일 바로 그날이었다. 그녀와 나는 그녀의 가정교사를 대동하고 어느 오페라의 발췌곡들 연주를 들으러 가게 되어 있었고, 따라서 질베르뜨는, 내가 좋아하고 양친께서 동의하시면 무슨 일이든 상관없다고 말하면서, 우리가 하기로 되어 있던 일에 대하여 그녀가 습관적으로 보이던 무심한 기색을 간직한 채, 그 음악회에 갈 의도로 이미 외출복으로 갈아입고 있었다. 점심을 먹기 전, 그녀의 어머니가 우리 두 사람만을 따로 부르더니, 우리들이 그날 연주회에 가는 것을 아버지가 보시면 언짢아하실 것이라고 그녀에게 말하였다. 나는 그러시는 것이 너무 당연하다고 하였다. 하지만 질베르뜨는 요지부동이었고, 감추지 못한 노여움으로 얼굴이 창백해졌으며, 그 이후에는 아무 말도 하지 않았다. 스완 씨가 돌아오자, 그의 부인이 그를 응접실 한구석으로 데리고 가, 그에게 소곤소곤 무슨 말을 하였다. 그가 질베르뜨를 불러 응접실 옆방으로 데리고 들어갔다. 격한 언성이 들려왔다. 나는 그토록 고분고분하고 마음씨 고우며 얌전한 질베르뜨가, 그러한 날 그리고 그토록 하찮은 이유로, 자기 아버지의 요청에 그토록 완강하게 버틴다는 사실을 차마 믿을 수 없었다. 드디어 스완이 그녀에게 다음과 같이 말하면서 그 방에서 나왔다.

"내가 한 말을 잘 알 테니, 이제 네 마음대로 하거라."

점심을 먹는 동안 내내 질베르뜨는 얼굴을 찌푸리고 있었으며, 식사가 끝난 후 우리 두 사람은 그녀의 방으로 들어갔다. 그리고 잠시 후, 조금도 주저하지 않고 또 아예 단 한 순간도 망설이지 않았다는 투로, 그녀가 소스라치듯 말하였다. "두 시야! 연주회가 두 시 반에 시작된다는 것 알고들 계시죠." 그러더니 자기의 가정교사에게 서 서두르라고 하였다.

"하지만 당신 아버지의 마음이 상하지 않겠어요?" 내가 그녀에게 말하였다.

"천만에요."

"그러나 할아버지의 기일에 음악회에 가는 것이 이상하게 보일 것이라고 염려하시는데."

"다른 사람들이 무슨 생각을 하던 그것이 저와 무슨 상관인가요? 감정과 관련된 일에 있어서 다른 사람들의 눈치를 살피는 것을 저는 우스꽝스럽게 여겨요. 각자 자신을 위해 느끼지, 대중을 위해서가 아니에요. 별 오락거리가 없어, 이번 연주회에 가는 것을 가정교사 아씨께서 무척 기뻐하셨는데, 저는 대중에게 기쁨을 주기 위하여 그녀로부터 그 기회를 박탈하지 않겠어요."

그러더니 자기의 모자를 집어 들었다.

"하지만 질베르뜨, 그것은 대중에게 기쁨을 주기 위해서가 아니라 당신 아버님께 기쁨을 드리기 위해서예요." 내가 그녀의 팔을 잡으며 말하였다.

"당신이 나에게 충고를 하려는 것이 아니면 좋겠군요." 그녀가 나를 맹렬하게 뿌리치면서 거친 음성으로 소리쳤다.

나를 데리고 동물원이나 연주회에 가는 것보다 더 소중했던 호의는, 스완 댁 사람들이 베르고뜨와 맺은 친분으로부터도 나를 배제하지 않았다는 것이었는데, 그러한 친분이, 내가 질베르뜨와 사귀기 전에도, 내가 틀림없이 그녀에게 불러일으켰을 나에 대한 그녀의 멸시가, 언젠가는 그녀가 나를 데리고 베르고뜨가 좋아하는 도시들을 그와 함께 방문할 수 있으리라는 희망을 빼앗아 버리지만 않는다면, 그 신과 같은 노인과 그녀 사이의 친밀함이 그녀를 내가 가장 열렬히 사랑하는 여자 친구가 되도록 해줄 것이라 생각하던 때에, 내가 그들에게서 발견한 매력의 원인이었다. 그런데 어느 날, 스완 부인이 나에게 특별 오찬에 참석해 달라는 초대장을 보냈다. 나는 다른 참석자들이 누구인지 몰랐다. 그 댁 현관에 도착하는 순간, 나는 예기치 못한 사소한 일에 주눅이 들어 당황하였다. 스완 부인은, 한 계절 우아하다고 알려졌으되 더 이상 버티지 못하여 이내 버림받는 관례들조차 따르지 않는 경우가 드물었다(여러 해 전, 자기 전용 '핸썸 캡'[243]을 구입하였다든가, 혹은 오찬 초대장에 상당한 저명인사를 '만나기 위해(to meet)'라고 영어로 인쇄하도록 하던 것이 그 예이다). 그러한 관례들이 대개의 경우 내가 보기에도 별로 신비롭지 않아 별도의 입문이 필요치 않았다. 그리하여, 그 무렵 몇 년 동안 영국으로부터 들어와 유행하던 관례이지만, 오데뜨가 자기 남편으로 하여금, 그의 명함을 새길 때 샤를르 스완이라는 이름 앞에 'Mr.'를 붙이게 하였다. 그리고 내가 처음으로 그녀의 집을 방문한 후, 스완 부인이 우리 집에, 그녀가 '판지'라고 부르던 그 명함 한 장을 거창하게 들이밀었다. 그 전에는 아무도 나에게 명함을 남긴 적이 없었던지라, 내가 그것에 어찌나 큰 자부심과 감동과 고마움을 느꼈던지, 나는 나에게 있던 모든 돈을 털어 커다란 동백꽃 바구니 하나를 주문한 다음 그것을 스완 부인에게 보냈다. 또한 나의 아버지에게 간청하기를, 그녀의 집에 명함 한 장을 남겨 놓으시되, 그에 앞서 우선 성함 앞에 'Mr.'를 붙여 명함을 다시 찍으시라고 하였다. 아버지께서 나의 그 두 간청을 하나도 들어 주시지 않아 며칠 동안 절망감에 사로잡혀 있었으나, 곧이어 나는, 아버지의 처사가 옳지 않았나 생각하게 되었다. 여하튼 명함의 이름 앞에 'Mr.'를 붙이던 그 일시적 유행이, 비록 불필요한 것이었으되, 그 의미는 명료했다. 반면, 그 오찬이 있던 날 나에게 처음 모습을 드러냈으되 그 의미를 갖추고 있지 않던 또 다른 하나의 유행은 그렇지가 않았다. 내가 대기실에서 응접실로 들어가려는 순간, 곁에 나의 이름을 쓴 얇고 긴 봉투 하나를 우두머리 시종이 나에게 건넸다. 나는 엉겁결에 고맙다고 하면서 봉투를 유심히 들여다보았다. 하지만, 중국식 만찬 석상에서 참석자들에게 주는 작은 기구들을 어떻게 사용하는지 모르는 이방인들만큼이나, 그 봉투를 어찌 해야 좋을지 몰랐다. 자세히 보니 봉투가 봉해져 있는데, 그것을 즉시 여는 것이 경솔해 보일 듯해, 잘 알겠다는 표정을 지으며 그것을 나의 호주머니에 넣었다. 며칠 전 스완 부인이 나에게 보낸 초대장에는 '친한 사람들끼리'의 오찬이라고 하였다. 그런데 참석한 사람들이 열여섯이나 되었고, 그들 중에 베르고뜨도 있었다는 사실을 나는 까마득히 모르고 있었다. 다른 사람들을 소개할 때와 같은 어조로 나의 이름을 불러 소개한 스완 부인이, 문득, 나의 이름에 뒤이어, 여전히 같은 어조로(또한 우리 두 사람이 단지 오찬에 함께 초대되어 인사를 나누는 것으로 각자 만족하는 그러한 사람인 듯), 온화하고 백발성성한 '유랑 시인'[244]의 이름을 불렀다. 베르고뜨라는 그 이름이, 나를 향해 발사된 권총 소리처럼 나를 소스라치게 하였으나, 나는 본능적으로 태연함을 잃지 않으려 애쓰면서 정중하게 예를 표하였다. 그 순간, 총소리가 들리며 화약 연기 속에서 비둘기 한 마리가 날아오를 때 프록코트 차림의 마술사가 태연히 우리 눈앞에 모습을 보이듯, 투박하고 땅딸막하고 몸매 딱 바라지고 근시인 듯하고 달팽이 껍데기 모양의 코가 붉고 턱수염 검은 젊은이 하나가 나의 인사에 답례하였다. 그 순간 치명적인 슬픔이 나를 엄습하였다. 이제 막 먼지로 변해 버린 것이, 흔적도 없이 사라진 구슬픈 노인뿐만 아니라, 하나의 경이로운 작품이 가지고 있던 아름다움이기도 하였기 때문인데, 내가 일찍이 하나의 신전 축조하듯 특별히 상상하여 축조한 견고하지 못하되 신성한 유기체 속에 그 아름다움이 거처를 정하게 하였으나, 내 앞에 나타난 코 납작하고 턱수염 검은, 그 키 작은 남자의 혈관들과 뼈들과 신경절들로 가득한 똥똥한 몸뚱이에는, 그 아름다움을 위해 마련된 자리가 전혀 없었다. 내가 그의 책들 속에서 발견한 투명한 아름다움을 이용하여, 한 방울 한 방울씩 종유석처럼 천천히 그리고 섬세하게 공들여 쌓아올린 베르고뜨였건만, 그러한 베르고뜨의 모습에 달팽이 껍데기 모양의 코를 존속시키고 검은 턱수염을 추가할 수밖에 없게 된 순간, 내가 공들여 만든 베르고뜨는 단번에 아무 쓸모없는 것으로 변하였다. 그것은 마치, 어떤 수학 문제의 기지수(旣知數)를 잘못 읽고 또 총계가 특정 수치여야 한다는 점을 고려하지 않은 채 풀어 얻은 해답이 아무짝에도 쓸모없는 것과 같았다. 그 코와 턱수염이, 나로 하여금 베르고뜨라는 인물을 몽땅 재축조하도록 강요하는 한편, 그것들이 여전히 활동적이며 자족감에 사로잡힌 특정 유형의 사고방식을 내포하고 생산하며 끊임없이 분비하는 것처럼 보여, 그만큼 불가피하고 거추장스러웠으며, 또한 그것들이 반칙을 범하고 있었음에 틀림없었으니, 그러한 사고방식이, 나에게 그토록 잘 알려져 있었으며 온화하고 신성한 지혜

갈피갈피 스며들어 있던 그 책들 속에 널리 퍼져 있는 것과 같은 종류의 지성과는, 아무 관련이 없었기 때문이다. 그 책들로부터 출발하면 내가 결코 그 달팽이 모양의 코에 이를 것 같지 않았으나, 독주하듯 멋대로이며 조금도 개의치 않는 듯한 그 코로부터 출발하면, 베르고뜨의 작품과는 전혀 다른 방향으로 벗어나, 누가 자기들에게 인사를 할 경우, 아직 안부를 묻지도 않았는데 '고맙습니다, 그리고 당신은?'이라고 말해야 한다고 믿으며, 혹시 누가 뵙게 되어 매우 기쁘다고 말할 경우, '저 또한!'이라는 생략형으로 답하면서, 그러한 어법이, 헛된 관례적 인사말을 늘어놓으며 귀중한 시간 낭비하는 것을 피할 수 있게 해 준다는 점에서, 매우 적절하고 현명하며 현대적이라고 생각하는 이들의 부류에 속할, 시간에 쫓기는 어떤 기술자의 사고방식에 도달할 것 같았다. 의심할 나위 없이 명칭들이란 사물들의 모양을 제멋대로 그리는 소묘 화가들인지라, 그들이 우리에게 보여주는 인물들과 고장들의 애벌 그림들이 실제와 어찌나 다른지, 우리가 그 상상된 세계 대신 가시적 세계를 대할 때에 어리둥절하는 경우가 빈번하다(게다가, 우리의 감각 기관이라는 것이 우리의 상상력보다 실제에 훨씬 더 접근할 능력을 가지고 있는 것도 아니어서, 그 가시적 세계 또한 실제 세계가 아니며, 따라서 우리가 현실 세계로부터 얻을 수 있는 대략적인 소묘화들이 적어도, 눈에 보이는 세계가 상상하던 세계와 다른 것만큼은, 눈에 보이는 세계와 다르다). 그러나 베르고뜨의 경우, 선입관 가득 실린 그 이름이 나에게 느끼게 하던 불편함 따위는, 그의 잘 알려진 작품이 나의 내면에 야기시키던 불편함에 비하면 아무것도 아니었으니, 내가 턱수염 있는 남자를, 마치 기구(氣球)에 물건 매달 듯, 그 작품에, 그것이 높이 상승할 힘을 여전히 간직할 수 있을지 여부도 모르는 채, 매달아야 했기 때문이다. 하지만 내가 그토록 좋아하던 책들을 쓴 사람이 틀림없이 그 남자였던 것 같았으니, 스완 부인이 그에게 그 책들 중 하나를 내가 좋아한다는 말을 하자, 그녀가 다른 사람이 아닌 자기에게 그러한 말을 한 사실에 전혀 놀라는 기색을 보이지 않고, 또 그것이 착각에서 비롯된 말이라고 여기는 것 같지도 않았으니 말이다. 하지만, 오찬에 참석한 모든 이들에게 경의를 표하기 위하여 입은 프록코드를 곧 차려질 점심상을 게걸스럽게 기다리는 몸뚱이로 가득 채우면서, 또 자기의 주의를 온통 다른 중요한 현실들에 집중시키면서, 자기의 책들을 다시 뇌리에 떠올리며 그가 짓던 미소는 마치, 이미 흘러가 버린 자기 과거의 어떤 일화를 회상하면서, 또는 어느 해 가장무도회에서 자기가 입었던 기즈 공작의 복장[245]에 대하여 누가 농담을 던졌을 때 지었을 미소와 같았고, 그 순간 그의 책들이 내가 보기에는(자신들의 추락에 아름다움과 우주와 삶의 가치를 몽땅 이끌어들이면서) 턱수염 달린 남자의 몇몇 보잘것 없는 심심풀이로까지 전락하였다. 나는, 그가 그 심심풀이에 전념하였으되, 만약 진주조개 무리로 둘러싸인 섬에 살았다면, 그 대신 진주 장사에 성공적으로 몰두하였을 것이라고 생각하였다. 그의 작품이 더 이상 전처럼 필연적인 것으로 보이지 않았다. 그리하여 나는, 위대한 문인들이란 각자 자기 고유의 왕국에 군림하는 신들임을 독창성이라는 것이 정말 입증하는지, 혹은 그 모든 일에 약간이나마 꾸밈은 없는지, 작품들 간의 차이들이라는 것이 다양한 인품들 간에 존재하는 본질상의 근본적인 차이의 표현이기 보다는 노작의 결과가 아닐지 하는 등의 질문을 나 자신에게 던졌다.

어느덧 모든 사람들이 식탁 앞에 자리를 잡았다. 나는 내 접시 옆에서 줄기를 은박지로 감싼 카네이션 한 송이를 발견하였다. 대기실에서 나에게 건네졌던, 그러나 내가 까맣게 잊고 있던, 그 봉투보다는 그 꽃이 나를 덜 당황케 하였다. 나는, 오찬에 참석한 모든 남자들이 각자의 식기 곁에 놓인 비슷한 카네이션 한 송이씩을 집어든 다음, 그것을 자기네 프록코트의 장식 단춧구멍에 꽂는 것을 보면서, 나에게는 역시 새로웠지만, 그것이 더 이해하기 쉬운 관습이라고 생각하였다. 그리하여, 교회당 안에서, 비록 미사 절차를 모르지만, 모든 사람들이 일어설 때 일어서고 모든 사람들이 무릎을 꿇은 후 조금 뒤에 무릎을 꿇는, 자유사상가 특유의 태연한 기색으로 나 역시 그들처럼 하였다. 또 다른 낯설고 더 오래 지속된 관례 하나가 나에게는 더 불쾌했다. 내 접시의 다른 한 쪽에 거무스름한 물질이 담긴 작은 접시 하나가 놓여 있었는데, 나는 그 물질이 철갑상어알이라는 사실을 몰랐다. 나는 그것을 어떻게 다루어야 하는지 몰랐지만, 여하튼 그것은 먹지 않기로 작정하였다.

베르고뜨가 나로부터 멀지 않은 곳에 앉았던지라, 그가 하는 말이 나의 귀에 완벽하게 들렸다. 나는 그제야 노르뿌와 씨가 받았다는 인상을 이해하였다. 정말 그는 기이한 발성기관을 가지고 있었다. 음성에 사념이 담겨 있다는 사실 만큼 음성의 물리적 특질을 변화시키는 것은 없는 바, 이중모음들의 음색이나 순음(脣音)들의 힘 등이 사념의 영향을 받는다. 화법 또한 그러하다. 그의 화법이 내가 보기에는 그의 문투(文套)와 완전히 달랐고, 심지어 그의 음성에 담겨 나온 사물들까지도 그의 작품을 가득 채우고 있던 것들과는 다른 것 같았다. 그러나 음성이 하나의 가면 밑으로부터 들려올 경우, 우리가 문체에 훤히 드러나 있던 상태로 보았던 그 얼굴을 처음에는 그 음성에서 즉시 알아채지 못한다. 베르고뜨가 비단 노르뿌와 씨에게만 부자연스럽고 불쾌하게 보였던 것이 아닌 어투로 말을 시작하던 대화의 특정 단락들 속에서, 그러한 어투가 그토록 시적이고 음악적인 형태로 변하던 그의 책들 속에 있는 부분들과 정확히 상응하는 부분들을 내가 발견하기 위해서는, 긴 시간이 소요되었다. 그러한 어투로 말을 할 때에는, 그가 자기의 말 속에서 구절들의 의미로부터 독립된 하나의 형태적 아름다움을 발견하곤 하였는데, 인간의 말이 영혼과 직결되어 있으되 문체처럼 그 영혼을 표현하지 못하는지라, 베르고뜨가 특정 단어들 밑에서 오직 하나의 영상만을 집요하게 추적할 경우, 그 단어들을 단조롭게 읊으면서, 그리고 그것들을, 마치 하나의 같은 소리인 양, 간격을 두지 않고 피로감을 줄 만큼 단조롭게 한 가닥 실처럼 뽑아낼 때에는, 그가 거의 이치에 맞지 않는 말을 하는 것 같았다. 따라서, 하나의 거드름 피우는 듯하고 과장되었으며 단조로운 어조는, 그가 하던 말의 미학적 특질의 징후였으며, 또한 그의 책들 속에 일련의 영상들과 조화를 생성시키던 바로 그 힘의, 대화 속에 드러난 효과였다. 그 순간에 내가 그러한 사실을 간파하기 그토록 어려웠던 것은, 베르고뜨의 것처럼 보이지 않던 것이 바로 진정 베르고뜨의 것이었기 때문이다. 그것은, 많은 논평가들이 횡령하듯 자기들의 것으로 만든 '베르고뜨 유형'이라는 것 속에는 없는, 명확한 사념들의 팽배된 군집이었고, 그러한 상이성은 아마, 우리가 베르고뜨의 한 페이지를 읽을 경우 그 글이, 신문이나 책에서 '베르고뜨 유형의' 숱한 영상들과 사념들로 자기들의 글을 치장하는 그 진부한 모방꾼들 중 어느 누가 쓴 글과도 닮지 않았다는 사실의—그을린 유리 뒤에 있는 어떤 영상처럼 대화를 통해 희미하게 보이는—다른 또 하나의 측면이었을 것이다. 문체상의 그러한 차이는 다른 무엇보다도, 각 사물 깊숙한 곳에 감추어져 있다가, 그 위대한 문인의 천부적 재능 덕분에 그에 의해 추출된

'진정한 베르고뜨'가 귀하고 진실한 무엇이라는 사실에서 비롯되었으며, 그러한 추출 작업이 온화한 그 유랑 시인의 목표였지 사이비 베르고뜨들의 목표는 아니었다. 사실을 말하자면, 그가 자신의 뜻과는 상관없이 그러한 일을 하였던 바, 그가 진실한 베르고뜨였기 때문이며, 그러한 측면에서 보자면, 그의 작품 속에 있는 각각의 새로운 아름다움이란 것도, 하나의 사물 속에 묻혀 있었으되 그가 그것에서 이끌어 낸 진정한 베르고뜨의 적은 분량이었기 때문이다. 하지만, 그러한 이유로 그 아름다움들 각개가 나머지 다른 것들과 유사하고 즉각 분별할 수 있었음에도 불구하고, 각 아름다움은, 마치 그것을 탄생시킨 발견 작업처럼, 고유의 특질을 간직하고 있었다. 또한 그 아름다움이 새로웠던지라, 흔히들 베르고뜨 유형이라고 지칭하던 것과는, 다시 말해 그에 의해 이미 발견되고 글로 옮겨진 베르고뜨들의 막연한 총합체와는 달랐는데, 천부적 재능이 없는 사람들에게는 그 총합체의 구성 요소들이 장차 베르고뜨가 다른 것에서 발견할 것을 예측하도록 해주지 못한다. 모든 위대한 문인들의 경우가 그러한지라, 그들이 장차 쓸 문장들의 아름다움은 아직 모르는 어느 여인의 아름다움처럼 예측 불가능하다. 또한 그 아름다움은 곧 창조물이니,[246] 문인들의 사유가 향하고 있으되—자신들에게로가 아니라—아직 언어로 표현하지 않은 하나의 외면적 대상에 그것이 관련되어 있기 때문이다. 회고록을 쓰려는 오늘날의 어떤 사람이, 그러지 않는 척 시치미를 떼며 쌩-시몽을 모방하고 싶어, 빌라르의 모습을 묘사한 다음 문장과 같은 첫 줄은 쓸 수 있을 것이다. "그는 거무스름한 피부에 키가 크며… 용모 발랄하고 개방적이며 사교적인 사람이었다." 하지만 어떤 결정론적 조건이 그로 하여금 빌라르의 용모에 대하여 다음과 같이 시작되는 두 번째 줄을 발견할 수 있도록 해주겠는가? "그리고 정말 조금은 미친…."[247] 진정한 다양성이란, 실재적(實在的)이고 의외적인 요소들의 풍부함 속에, 이미 꽃들로 가득해 보이는 봄날의 울타리로부터 전혀 뜻밖에 솟구쳐 나오는 하늘색 꽃들 소복한 잔가지 속에 있는 반면, 순전히 형태적일 뿐인 모방은(문체의 다른 모든 특질들에 대해서도 같은 식으로 생각해 볼 수 있을 것이다) 공허와 획일성에, 다시 말해, 다양성과 가장 정반대적인 것에 불과하며, 모방꾼들 중 대가들의 작품에 있는 다양성을 이해하지 못한 사람에게, 다양성의 환상을 주고 그것의 추억을 상기시켜 줄 뿐이다.

그리하여―베르고뜨의 화법이, 우리의 귀가 즉시 분별해내지 못한 생체적 관계에 의해, 노작 중이고 활동 중이던 베르고뜨의 사념에 연결되어 있는 대신, 아예 베르고뜨 자신이 사이비 베르고뜨의 글이나 읊어대는 어느 애호가에 불과했다면 틀림없이 우리들을 매혹하였을 것과 같이―마찬가지로, 그의 언사에 진부하고 지나치게 유익한 무엇이 끼어들어, 그가 오직 '외양들의 영원한 급류'나 '아름다움의 신비한 전율'[248]등에 대해서만 이야기하는 것 듣기를 기대하던 이들을 실망시킨 것은, 베르고뜨가 그러한 사념을 자기가 좋아하던 현실에 정확하게 고정시키고 있었기 때문이다. 요컨대, 그의 글 속에서 항상 발견되던 희귀하고 새로운 특질이 그의 대화 속에서는, 하나의 문제에 접근함에 있어서 이미 알려진 그것의 모든 측면들은 무시하면서 어찌나 미묘한 방식으로 표현되던지, 그가 마치 그 문제의 말초적인 부분으로 접근하여 오류에 빠지고 모순되는 말을 하는 듯 보이는지라, 그의 생각들이 대개의 경우 사람들에게는 명료하지 못한 것처럼 여겨졌던 바, 누구든 자신의 생각들과 같은 수준으로 불분명한 생각들을 가리켜 명료한 생각들이라고 하는 법이다.[249] 게다가 어떠한 참신성이든,

우리에게 익숙해져 마치 우리의 눈에는 사실처럼 보이는 상투적 표현의 사전 제거를 전제조건으로 가지고 있는지라, 모든 참신한 대화는, 모든 참신한 그림이나 음악처럼, 언제나 지나치게 정교하여 사람들을 피곤하게 하는 것처럼 보일 것이다. 그러한 대화는 우리에게 익숙하지 않은 형태에 기초를 두는지라, 대화자가 마치 은유만을 사용하여 말하는 것처럼 보이고, 따라서 그것이 우리를 지치게 하면서 진실이 결여된 듯한 인상을 준다. (사실은, 옛날의 언어 형태들 역시, 그것들이 묘사하던 세계를 듣는 사람이 아직 잘 알지 못하던 시절에는, 수긍하기 어려웠던 영상들이었다. 그러나 오랫동안 그것이 실제 세계라고 상상한 끝에, 드디어 그 위에 안주한다.) 그리하여, 오늘날에는 지극히 단순해 보이지만, 베르고뜨가 꼬따르를 가리켜 '끊임없이 균형을 잡으려 까딱거리는 실험용 잠수 인형'이라고 할 때마다, 그리고 브리쇼에 대하여 말하기를, '자신의 외모와 명성에 이중으로 정신이 팔려, 머리 모양새가 자기에게 언제나 사자와 철학자의 기색을 동시에 확보해 주기를 바랐던지라, 그의 모발 관리가 그에게는, 심지어 스완 부인에게 보다도 더, 괴로운 일'이라고 할 때마다, 그의 말을 듣던 사람들이 금방 피곤을 느꼈고, 그것보다 더 구체적인—일상적이라는 말을 가리켜 구체적이라고들 하였다—무엇을 다시 딛고 서기를 원하였다. 내 목전에 있던 가면으로부터 나온 말들을 당연히, 내가 찬미하던 문인과 결부시켜야 했으나, 그 말들이, 다른 조각들 사이에 이가 맞게 끼워지는 퍼즐처럼 그의 책들 속에 삽입될 수 없었을 것 같았던 바, 그것들이 다른 도면 속에 있어 하나의 옮겨 놓기 작업이 요구되었는데, 그러한 작업을 이용하여 어느 날, 일찍이 베르고뜨가 하던 말들을 나 자신에게 거듭 반복한 끝에, 나는 그것들 속에서 그가 쓴 글의 문체를 구성하는 뼈대 전체를 다시 발견하였으며, 그토록 다르게 보이던 그의 말 속에서 그 뼈대를 이루고 있던 여러 조각들을 분별하여 그것들 각각의 이름[250]까지 부여할 수 있었다.

더 부수적인 하나의 관점에서 보자면, 그가 특정 단어들을, 특히 그의 대화 중에 빈번하게 등장하며 그가 모든 음절들을 두드러지게 드러내고 마지막 음절은 노래처럼 들리게 하면서 약간 과장하지 않고는 발음하지 않는 특정 형용사들을 발음하던, 조금 지나치게 치밀하고 강렬한 그 특별한 발음법이(그가 항상 '용모 figure' 대신 사용하는 '얼굴 visage'이라는 단어를 발음할 때, 많은 수의 'v'와 's'와 'g'를 그 단어 속에 억지로 채워 넣듯 추가하는지라, 발음하는 순간 활짝 펴지는 그의 손에서 그것들이 마치 폭발하는 것처럼 보일 때와 같이), 그의 산문 속에 그가 눈에 띄게 배치하곤 하던 좋아하는 단어들의 멋지고 아름다운 자리들과 정확히 부합하였으며, 일종의 여백에 뒤이어 나타나곤 하던 그 단어들이, 문장의 총체적인 운율적 조화 속에서 어찌나 정교하게 구성되어 있었던지, 우리가 그 문장의 리듬을 깨뜨리지 않으려면, 각 단어의 최대 '음량'[251]을 감안하여 발음할 수밖에 없었다. 하지만 베르고뜨의 말투 속에는, 그의 책들 속에서, 다른 몇몇 작가들의 책들 속에서처럼, 문장 속 단어들의 외양을 변화시키는 특이한 조명의 징후가 없었다. 그것은 의심할 나위 없이, 그 조명이 우리의 아주 깊은 심층부로부터 올라오는데, 대화 때문에 다른 이들로 향해 열린 우리의 상당 부분이 우리 자신을 향해서는 닫혀 있고, 그러한 동안에는 그것이 자기의 광선을 우리가 하는 말 근처까지 이끌어 오지 않기 때문이다.[252] 그러한 관점에서 보면, 그가 하던 말보다는 그가 쓴 책 속에 그의 억양이, 그의 어조가, 더 짙게 드리워져 있으며, 그것은 틀림없이 작가 자신은 인지하지 못한, 그리고 문체의 아름다움으로부터 독립된 어조인 바, 그것이 작가의 가장 내밀한 개성과 불가분의 관계에 있기 때문이다. 베르고뜨가 완전히 자연스럽던 순간마다 자기의 책들 속에다 쓰던, 대개의 경우 지극히 무의미하던 단어들에 리듬을 주던 것은, 바로 그 어조이다. 그 어조가 글에 표시되어 있지도 않고, 그것이 글 속에 있음을 알려주는 것 아무것도 없지만, 그것이 스스로 구절들에 추가되어, 그 구절들을 다른 식으로는 읽을 수 없는 바, 그것이 문인에게 있는 가장 덧없으되 반면 가장 심오한 것이어서, 그의 천성에 대해 증언해 줄 것은, 또 그가 표현한 모든 박정함에도 불구하고 그를 가리켜 온화했다고, 모든 관능적인 것에도 불구하고 그가 감상적이었노라고 말해 줄 것은, 바로 그 어조이다.

베르고뜨의 대화 속에 희미한 흔적 상태로 존재하던 어투의 특징들이 그에게만 고유한 것은 아니었다. 훗날 내가 그의 형제들 및 자매들과 교분을 맺었을 때, 그들에게서 오히려 더 두드러진 상태로 그 특징들을 발견하였으니 말이다. 그 특징이란, 명랑한 구절 마지막 부분에 등장하는 단어들 속에 있던 퉁명스럽고 거친 무엇과, 슬픈 구절 끝에 나타나던 약화되고 소멸되는 듯한 무엇이었다. 그 거장의 어린 시절도 잘 알고 있던 스완이 나에게 이야기해 주기를, 그 시절, 그의 형제들과 자매들에게서와 마찬가지로, 어떤 면에서는 그 가족 고유의 것이라 할 수 있는, 격렬한 쾌활함에서 터져 나오는 고함과 느릿한 우수로부터 흘러나오는 웅얼거림이 교차되곤 하던 그 특유의 억양을 그에게서 들을 수 있었고, 따라서 그들 형제 자매들이 어울려 놀던 방에서 들려오던 시끄럽다가 다시 무기력해지기를 반복하는 합주 속에서도, 그가 다른 누구보다도 자기의 몫을 훌륭하게 해내곤 하였다고 한다. 물론 인간으로부터 새어 나오는 소리가 아무리 각자의 고유 개성을 가지고 있다 할지라도, 그 모든 소리는 덧없고, 따라서 그 소리의 주인과 함께 사라진다. 그러나 베르고뜨 가문 고유의 어조는 그렇지가 않았다. 하나의 예술가가 새들 지저귀는 소리를 들으면서 어떻게 음악을 고안해 내는지, 「노래의 명인들」 속에서조차 이해하기 어렵건만,[253] 베르고뜨는, 기쁨의 함성 형태로 반복되거나 혹은 슬픈 한숨의 형태로 방울방울 흐르는 단어들 위에 잔존하는 특유의 방법을 자기의 산문 속에 옮겨 고정시켰으니 말이다. 그의 책들 속에는, 차마 끝나지 못하고 오케스트라 지휘자가 지휘봉을 내려놓기 전에 자기의 최후 종지(終止) 장식음(까덴차)을 몇 번이고 반복하는 오페라 서곡의 마지막 화음들에서처럼, 스스로 연장되는 음색들이 축적되어 끄트머리를 형성하는 문장들이 있어, 나는 훗날 그러한 문장들 속에서, 베르고뜨 집안의 그 음성학적 금관악기들로부터 들려오던 음악적 등가물 하나를 다시 발견하였다. 그러나 오히려 베르고뜨는, 그 음색들을 자기의 책들 속에 옮겨 놓은 이후부터는, 자기가 하는 말 속에서 그것들 사용하기를 멈추었다. 그가 소설을 쓰기 시작한 날부터는, 특히 훨씬 후 내가 그에게 소개되었을 때에는, 그의 음성이 그러한 음색들로부터 영원히 분리되어 있었다.

베르고뜨 집안의 그 젊은이들이—훗날의 문인과 그의 형제자매들이—그들을 수선스럽다고, 심지어 조금 상스럽다고, 더 나아가, 반쯤은 거들먹거리고 반쯤은 멍청한 부류에 속하는 집안 사람들 특유의 농담이나 함부로 늘어 놓아 짜증나게 한다고 여기던, 그들보다 더 세련되고 더 기지 발랄한 젊은이들보다 우월하지 못했음은 의심할 여지가 없다. 그러나 재능이란, 위대한 재능이라 할지라도, 다른 이들의 것보다 우월한 지적 요소들이나 사회적 세련미보다는 그것들을 변형시켜 옮겨 놓는 능력에서 비롯된다. 전기 램프로 어떤 액체를 덥히기 위해서는, 가장 전력 강한 램프가 필요한 것이 아니라, 그 전류가 조명 작용을 멈추고 방향을 바꾸어 빛 대신 열을 제공할 수 있을 램프가 필요하다. 공중에서 산책하기 위해서는, 가장 강력한 자동차가 아니라, 땅바닥에서 달리기를 계속하지 않고 자기가 따라가던 직선을 수직으로 꺾어 자기의 수평적 속도를 양력(揚力)으로 변환시킬 수 있을 자동차가 필요하다. 마찬가지로, 뛰어난 작품들을 탄생시키는 이들은, 가장 세련된 환경에서 살면서 기지 반짝이는 화술을 자랑하고 광범위한 교양을 과시하는 사람들이 아니라, 자신을 위하여 살기를 문득 멈추면서 자신의 개성을 하나의 거울처럼 변화시켜, 자신의 삶이 세속적인 관점에서 보면, 그리고 심지어 어떤 의미에서는 지적인 측면에서 말하더라도, 아무리 보잘 것 없을지언정, 그 삶이 그 거울에 반사되도록 할 능력을 터득한 사람들인데, 진정 탁월한 재능이란, 반사하는 능력에 있지 반사된 광경의 내재적 질에 있지 않기 때문이다. 젊은 베르고뜨가, 자신의 유년 시절을 보낸 취향 저속한 응접실과, 그곳에서 자기의 형제들과 나누던 별로 재미없는 한담들을, 자기의 책을 읽는 독자들의 세계 앞에 내놓을 수 있게 되었던 날, 바로 그날 그가, 자기 집안의 더 기지 넘치고 더 고상한 친구들보다 더 높이 올라갔던지라, 이제 그들이 베르고뜨 집안사람들의 상스러움을 조금은 멸시하면서 멋진 롤스-로이스 자동차를 타고 돌아갈 수 있었겠으나, 그는 드디어 '이륙한' 초라한 기계를 타고 그들 위를 나르고 있었다.

그의 화법에서 발견되던 다른 특징들을 공유하던 이들도, 이제는 더 이상 그의 집안사람들이 아니라 그 시대의 몇몇 문인들이었다. 그를 부인하기 시작한, 그리하여 그와는 하등의 지적 유사성도 가지고 있지 않노라 주장하던, 그보다 젊은 사람들이, 그가 반복적으로 등장시키던 것과 같은 부사와 전치사를 사용하고, 그와 같은 식으로 구절들을 구성하며, 앞 세대의 웅변적이고 거침없던 말투에 대한 반발로 약해지고 느려진 그의 어조와 같은 어조로 말함으로써, 그들의 뜻과는 반대로 그 유사성을 선포하듯 드러냈다. 그 젊은이들이 아마―어떤 사람들이 그러한 경우였는지는 우리가 장차 알게 될 것이다―베르고뜨와는 교분이 없었을 것이다. 하지만 그들 속에 감염되듯 전파된 그의 사유 방법이, 지적 독특성과 필연적인 관계에 있는 구문법(構文法)과 억양의 변질을 촉진시켰다. 물론 그 필연적 관계에 대해서는 별도의 설명이 필요할 듯하다.[254] 마찬가지로 베르고뜨 역시, 글을 쓰는 방법에 있어서는 그 누구의 덕을 추호도 입지 않았던 반면, 말하는 방법만은, 대화 중 그가 무의식적으로 모방하여 그에게 영향을 끼치게 되었던 경이로운 이야기꾼이었으되 소질이 부족하여 진정 탁월한 책은 영영 쓰지 못한, 그의 옛 동료들 중 하나로부터 물려받았다. 그리하여 누가 혹시 말솜씨의 독특성만을 고려하였다면 베르고뜨가 누구의 도제 내지 중고품 문인으로 분류되었겠으나, 그가 비록 한담 분야에서 친구의 영향을 받았음에도 불구하고, 문인으로서는 독창적이고 창조적이었다. 물론 아직도, 추상적인 개념들과 진부한 상식들을 지나치게 좋아하던 바로 앞 세대와 결별하고 싶었기 때문이었는지, 베르고뜨가 어떤 책의 장점에 대해 말하고 싶을 때마다 돋보이게 하고자 인용하던 것은, 항상 구체적 영상을 제공하는 어떤 장면, 즉 순리적(純理的) 의미[255]가 결여된 어떤 화폭이었다. "아! 그래요! 좋군요! 오렌지색 숄을 걸친 소녀 하나가 있군요, 아! 좋군요!" 그가 보통 하던 말이다. 혹은 이렇게도 말하였다. "오! 그래요, 통로 하나가 있고, 그것을 따라서 일개 연대가 도시를 가로지르는군요. 아! 그래요, 그거 좋군요!" 문체에 대한 취향에 있어서는 그가 자기 시대와 약간 유리되어 있었다(하지만 자기 나라의 것에는 애착하였던지라, 똘스또이, 조지 엘리엇, 입쎈, 도스또예프스끼 등은 싫어하였다). 그가 어떤 문체를 칭찬할 때마다 항상 어김없이 나타나는 말은 '부드럽다'는 단어였으니 말이다. "내가 여하튼 『랑쎄의 생애』를 쓴 샤또브리앙보다 『아딸라』를 쓴 샤또브리앙을 더 좋아한다면, 그것은 아마 『아딸라』가 더 부드럽기 때문일 거예요."[256] 그는 그 단어를, 어떤 환자로부터 우유를 먹으면 배가 아프다는 말을 듣고도 다음과 같이 대꾸하는 의사처럼 사용하였다. "하지만 그것은 아주 부드러워요." 또한 베르고뜨의 문체에 옛 사람들이 특정 연설가들을[257] 찬미하던 소이연이었던 것과 유사한 조화가 있었던 것도 사실인데, 그러한 종류의 효과를 추구하지 않는 현대의 어투에 우리가 익숙해진지라, 우리는 그러한 찬미의 본질을 이해하기가 어렵다.

그는 또한 어떤 사람이 그의 글에 감탄하였노라고 하면 겸연쩍은 미소를 지으며 이렇게 말하곤 하였다. "그것이 상당히 진실하고 정확하며 유익할 수도 있지요." 하지만, 어떤 여인에게 드레스 혹은 그녀의 딸이 매혹적이라고 할 경우, 자기의 드레스와 딸에 대하여 각각 다음과 같이 말하는 여인의 겸허한 기색을 띠기도 하였다. "그 드레스가 편리해요." "그 아이의 성격이 좋지요." 그러나 글을 탁마하는 장색(匠色)의 본능이 베르고뜨의 내면에 하도 깊숙하게 뿌리 내려 있었던지라, 자신이 문장을 유익하도록 또 진실에 입각하여 구축하였다는 유일한 증거가, 우선 작품이 자기에게 그리고 곧이어 다른 이들에게 준 기쁨 속에 있다는 사실을 모를 리 없었다. 다만, 여러 해가 흐른 후, 그에게 더 이상 재능이 남아 있지 않던 시절, 스스로에게조차 만족스럽지 못한 무엇을 쓸 때마다, 당연히 그랬어야 하건만 그것을 없애 버리지 않고, 그것을 출판할 생각으로, 자신에게 다음과 같은 말을 거듭 반복하곤 하였다. "누가 뭐라 해도 이 글은 상당히 정확하며, 이것이 나의 조국에 무익하지는 않을 거야." 그리하여, 지난날 찬미자들 앞에서 그의 가장된 겸손함이 나지막하게 웅얼거리던 말을, 말년에 이르러서는, 오만에서 비롯된 불안감이 그의 가슴속 은밀한 곳에서 웅얼거리게 되었다. 또한 베르고뜨에게 초기 작품들의 가치에 대한 필요 이상의 변론 역할을 하던 바로 같은 말들이, 말년 작품들의 초라함에 대한 효력 없는 위로의 말로 변하였다.

그로 하여금 '부드럽다'고 말할 수 있는 것들만을 쓰도록 하던 일종의 의지가, 그리하여 그토록 오랜 세월 동안 사람들이 그를 겉멋에 치우친 기교나 부리는 무익한 예술가 내지 부질없는 조탁가(彫琢家)로 여기게 하였던 그 취향의 엄격함이, 실제로는 반대로 그의 문체 속에 있던 힘의 비결이었으니, 습관이 한 인간의 성격을 만들 듯 문인의 문체를 만드는지라, 자신의 사념을 표현함에 있어서 사람들의 동의를 얻는 데 여러 차례 성공하여 스스로 거듭 만족한 작가는, 마치 우리가 쾌락이나 게으름 혹은 고통에 대한 두려움 등 앞에서 자주 굴복한 나머지, 결국 더 이상 가필을 할 수 없게 된 하나의 성격 위에, 우리가 얻은 못된 버릇의 형체와 우리들이 가지고 있는 미덕의 한계를 우리 스스로 그려 놓듯, 그렇게 영영 자기 재능의 한계선을 그어버리고 말기 때문이다.

하지만, 곧이어 내가 작가로서의 그와 인간으로서의 그 사이에서 포착한 그 숱한 부합점들에도 불구하고, 스완 부인 댁에서, 최초 순간에는, 내 앞에 있던 사람이 베르고뜨라고, 그 많은 신성한 책들을 지은 작가라고 믿을 수 없었다 할지라도, 아마 내가 전적으로 오해한 것은 아니었을 것이니, 그 자신 (그 말의 진정한 의미로) 역시 그렇다고는 '믿지' 않았기 때문이다. 그가 그렇다고 믿지 않았던 것이 분명했던 바, 자기보다 훨씬 열등한 사교계 사람들 (게다가 자신이 태부림 하는 속물도 아니건만), 문인들, 신문 기자들에게 열렬한 호의를 보이곤 하였으니 말이다. 물론 그가 다른 이들의 호평을 통해 자신에게 천재적 재능이 있음을 알게 되었고, 사실 그것에 비하면, 사교계에서의 처지나 공식적 지위 등은 아무것도 아니다. 그가 자신에게 천재적 재능이 있음을 안 후에도 그것을 믿지 않았음이 분명했던 바, 다음번에는 학술원 회원으로 피선되기 위하여 보잘 것 없는 문인들에게 정중한 경의 표하기를 계속하였으니 말이다. 그런데, 학술원이나 쌩-제르맹 구역 사교계가 베르고뜨의 책들을 지은 영원한 '지성'의 한 부분과 아무 상관없기는, 그것들이 인과 법칙이나 신의 개념과 아무 상관없는 것과 마찬가지이다. 그러한 사실을 그 역시 알고 있었으나, 훔치는 짓이 나쁘다는 사실을 도벽 환자가 알아도 소용없는 것과 같았다. 그리하여 턱수염 달리고 달팽이 코 가진 그 사람이, 희원하던 학술원 좌석에 다가가기 위하여, 학술원 회원 선거에서 여러 표를 뜻대로 조정할 수 있는 어느 공작 부인에게 접근하기 위하여, 하지만 그러한 목적을 추구하는 것이 하나의 악덕이라고 여길 수 있음 직한 사람들이 자기의 그러한 수작을 눈치채지 못하게 애를 쓰면서 다가가기 위하여, 포크들을 슬쩍하여 자기 호주머니에 넣는 도벽을 가진 나리의 간계를 동원하기도 하였다. 하지만 그러한 시도가 반밖에 성공을 거두지 못하여, 그가 진정한 자신의 모습이었을 때에는 자기의 책들 속에 가난한 사람들의 샘물처럼 순수한 매력을 그토록 능숙하게 표현하였건만, 진정한 베르고뜨의 말과, 이기적이고 야심 가득하며 자신을 돋보이도록 하기 위하여 지체 높거나 부유한 세력가들 이야기만 할 생각뿐이었던 또 다른 베르고뜨의 말이, 번갈아 이어지는 것이 들리곤 하였다.

노르뿌와 씨가 넌지시 암시한 그 악벽들, 가령 금전 문제에 있어서의 야비함과도 복합되어 있다고들 하던 거의 근친상간적인 그 사랑에 관하여 말하거니와, 그러한 악벽들이 그의 최근 소설들(선에 대한 하도 세심하고 괴로운 근심으로 가득하여, 주인공들의 가장 작은 기쁨들조차도 그 근심에 오염되어 있고, 심지어 독자가 보기에도 극심한 번민의 감정이 배어나와, 그러한 감정에 휩싸일 경우 가장 달콤한 삶조차도 감당하기 어려울 듯 보이게 하는)[258]의 경향과 충격적으로 모순된다는 점은 말할 나위 없이, 그것들이 비록 사실이라 가정한다 할지라도, 그 악벽들 자체가 그의 문학[259]이 거짓임을 또는 그 각별하게 풍부한 감수성이 우스꽝스러운 겉치레임을 입증하지는 못하였다. 병리학에서, 겉보기에 유사한 증상들 중 어떤 것들은 팽창이나 분비의 과도함에, 다른 증상들은 그 부족함에 기인하듯, 감수성의 결여에서 비롯된 악벽이 있는 것처럼, 과민증에서 비롯된 악벽도 있을 수 있다. 아마 실제로 악에 젖은 생활 속에서만 윤리적 문제가 극도로 근심스러운 형태로 제기될 수 있을 것이다. 그리고 예술가는, 그 문제에 대하여 자신의 개인 생활수준에서 하나의 해결책을 제시하지 않고, 자기의 진정한 삶인 문학의 수준에서 보편성 있는 해결책을 제시한다. 위대한 옛 교부(敎父)들이, 자신들은 선하지만 모든 인간들의 죄를 아는 것으로부터 시작하여 그것에서 자기들의 개인적 성스러움을 이끌어 내던 경우가 빈번했던 것처럼, 위대한 예술가들이, 자신들은 악하지만 자기들의 악을 이용하여 모든 사람들에게 필요한 윤리 준칙을 고안하는 데 이르는 경우 또한 흔하다. 문인들이 자기들의 일상 부부 관계나 자기들 가정을 지배하는 못된 거조들은 개선하지 않은 채 자기들의 맹렬한 비난조 글 속에서 가장 빈번히 단죄한 것은, 경솔한 언사들, 자기들의 딸이 영위하는 경박하고 충격적인 사생활, 자기들 아내의 배신 혹은 자신들의 잘못 등, 자기들의 생활환경 속 악벽들(혹은 단지 약점들과 우스꽝스러운 점들)이다. 하지만 그러한 모순적인 대조가 옛날에는 베르고뜨의 시대보다 덜 두드러졌던 바, 한편으로는 사회가 점점 더 타락해 감에 따라 윤리적 개념 자체가 스스로 많은 구성 요소들을 털어냈기 때문이며, 다른 한편으로는 독자들이 옛날보다 문인들의 사생활에 더 훤해졌기 때문이다. 그리하여 어떤 날 저녁에는, 사람들이 극장에서, 칸막이 좌석 한가운데에 앉아 있던 그리고 내가 꽁브레 시절에 그토록 찬미하였던 작가에게 손가락질을 하며 자기들끼리 수군거리기도 하였는데, 그 칸막이 좌석을 차지하고 있던 구성원들 자체가, 기이하게 우스꽝스럽거나 찌르는 듯한 논평 혹은 그가 최근의 작품 속에서 애써 강조하던 주장의 파렴치한 부인처럼 보였다. 베르고뜨의 선량함이나 냉혹함에 관해 나에게 많은 점들을 알려준 것은 이런 혹은 저런 사람들이 나에게 해줄 수 있었던 말이 아니었다. 그의 측근들 중 어떤 이는 그의 냉혹함을 입증할 수 있는 이야기를 나에게 들려주었고, 또 어떤 낯선 이는 그의 깊은 감수성이 가지고 있는 특징(그것을 감추려 하였던 것이 분명한지라 그만큼 더 감동적이었던)을 나에게 예를 들어가며 이야기해 주었다. 그는 자기의 아내를 모질게 대하였다. 하지만 우연히 유숙하게 된 어느 시골 여인숙에서, 그는 물속 투신자살을 시도하였던 가엾은 여자를 간호하며 밤을 지새웠고, 그곳을 떠날 수밖에 없게 되었을 때에는, 여인숙 주인에게 많은 돈을 맡기면서, 그 불행한 여자를 내쫓지 말고 각별히 보살피라고 당부하였다.[260] 아마, 베르고뜨의 내면에서 위대한 문인이 턱수염 달린 남자를 위축시키면서 성장하면 할수록, 그의 개인적인 삶은 그가 상상해 내던 모든 삶들의 물결 속에 잠겨, 더 이상 그에게 현실적인 의무를 지우지 않는 것처럼 보였고, 그러한 의무들이 그의 경우 다른 사람들의 삶을 상상하는 의무로 대체되었던 모양이다. 하지만 동시에, 다른 사람들의 감정을 그것이 자기의 것인 양 깊이 이해하였던지라, 그가 어떤 불행한 사람에게 말을 건넬 경우가 생기면, 적어도 일시적이나마, 자신을 자기의 개인적인 관점에 놓는 것이 아니라 고통스러워하는 사람의 관점에 놓고 말을 하였으며, 타인의 고통 앞에서조차 자신들의 작은 이권들 생각하기를 계속하는 이들의 언사에 대한 그의 혐오감은 그러한 관점에서 비롯되었을 것이다. 그가 자기 주위에 있는 사람들 마음속에 근거 있는 원한과 함께 형언할 수 없을 만큼 깊은 감사의 정을 불러일으킨 것은 그 때문이다.

특히 그는 특정 영상들만을 내심 진정으로 좋아하고, (마치 보석함 밑바닥에 세밀화 그리듯) 그것들을 조합하여 단어들 밑에 그리기를 즐기는 사람이었다. 어떤 사람이 선사한 하찮은 물건이 혹시 몇몇 영상을 합쳐 엮을 계기를 자기에게 제공할 경우, 그 하찮은 물건에 대하여서는, 가격 비싼 선물에 대하여서도 전혀 고맙다는 말을 하지 않는 그이건만, 감사의 정을 표함에 자신을 절제하지 않았다. 그리하여, 만약 그가 재판정에서 자신을 변론해야 하는 경우가 생겼다면, 그는 자신도 모르게, 자기가 할 말들을, 그것들이 판사에게 남길 효과를 감안하여 선별하지 않고, 판사가 틀림없이 포착조차 못할 영상들을 우선적으로 고려하여 선별하였을 것이다.

내가 질베르뜨의 부모님 댁에서 그를 본 그 첫날, 나는 베르고뜨에게, 『화이드라』에 출연한 베르마의 공연을 최근에 보았노라고 하였다. 그러자 그가 나에게 말하기를, 그녀가 팔을 자기의 어깨 높이까지 쳐들어 머물게 하는 장면에서—관객들의 박수갈채를 가장 많이 받은 장면들 중 하나였다—그녀는, 아마 자기가 한 번도 본 적 없었을 걸작품들을, 예를 들어 올림피아 신전[261]의 메토페[262] 위에서 그러한 동작을 취하고 있는 헤스페리스[263] 하나를, 그리고 또한 옛 에렉테우스 신전[264]의 아름다운 처녀들을, 지극히 고아한 예술로 상기시켰다고 하였다.

"그것이 아마 예지력의 결과일지도 모릅니다. 하지만 제가 추측하기로는 그녀가 여러 박물관을 출입하는 것 같습니다. '포착해' 보면 재미있을 것 같습니다(포착한다는 말은 베르고뜨가 습관적으로 사용하던 표현들 중 하나였고, 그를 만난 적 없는 몇몇 젊은이들조차 그것을 그에게서 배워, 마치 원거리 최면에 걸리기라도 한 듯, 그처럼 말하곤 하였다).

"카뤼아티스[265]들을 염두에 두고 하시는 말씀입니까?" 스완이 물었다.

"아닙니다, 그렇지 않습니다, 그녀가 자기가 품고 있던 뜨거운 연정을 오이노네 앞에 털어놓으면서 케라메이코스[266] 공동묘지의 묘석에 조각된 헤게소[267]의 손동작을 재현하는 장면 이외에, 그녀가 되살려 놓는 것은 훨씬 옛날의 예술입니다. 저는 옛 에렉테우스 신전에 있는 처녀 조각상들(코레들)을 뇌리에 떠올렸지만, 그것들만큼 라씬느의 예술과 동떨어진 것이 없을 것이라는 점은 시인합니다. 그러나 『화이드라』 속에는 많은 것들이 있고… 그 이외에도 한 가지 더…. 오! 그리고, 참 그렇지, 수직으로 쳐든 팔이며 '대리석처럼 보이는' 머리카락의 곱슬거림 등, 기원전 6세기의 그 작은 화이드라[268]는 정말 귀여운데, 그래요, 여하튼 그 모든 것들을 발견하다니, 정말 강력한 영감의 작용입니다. 그녀의 예술 속에는, 금년에 들어와 흔히들 '고대의' 책들이라고 떠드는 많은 책들보다 훨씬 많은 고대의 것들이 있습니다."

베르고뜨가 일찍이 자기의 책들 중 하나에 그 태곳적 조각상들에게 바치는 유명한 기도문을 실었던지라, 우리가 대화를 나누던 순간에 그가 하던 말들이 나에게는 아주 명료했고[269] 나아가, 내가 베르마의 연기에 관심을 가질 새로운 이유 하나를 나에게 주었다. 나는 그녀가 팔을 어깨 높이까지 쳐들었던 것으로 기억되는 그 장면 속 그대로의 모습을 지닌 그녀를, 나의 추억 속에서 다시 보려 노력하였다. 그리고 이러한 생각에 잠겼다. '바로 저것이 올륌피아의 그 헤스페리스야, 바로, 저것이 아크로폴리스에 있는 찬탄할 만한 오랑뜨[270]들 중 하나의 자매야, 바로 저것이 고상한 예술이라는 것이야.' 그러나 그러한 상념들이 나를 위하여 베르마의 몸짓을 더욱 아름답게 보이도록 할 수 있으려면, 베르고뜨가 그 상념들을 공연 전에 나에게 제공하였어야 했을 것이다. 그렇게 하였다면, 여배우의 그러한 자세가 실제로 내 앞에 존재하는 동안, 즉 발생한 일이 아직도 그 현실성의 절정에 있는 순간에, 그것으로부터 내가 태곳적 조각의 개념을 추출해 보려 시도할 수 있었을 것이다. 그러나 그 장면 속의 베르마로부터 내가 취하여 간직하고 있던 것은, 우리가 파고 내려가 그곳으로부터 실제로 새로운 무엇을 이끌어낼 수 있을 현재라는 깊은 하층부가 결여된 영상처럼 보잘것없는, 즉 객관적인 검증이나 제재 능력을 갖추었을 해석은 더 이상 소급적으로 가할 수 없는 영상처럼 보잘것없는, 더 이상 수정할 수 없는 하나의 추억뿐이었다. 우리들의 대화에 참여하고 싶었던지, 스완 부인이 나에게 묻기를, 베르고뜨가 『화이드라』에 대하여 쓴 글을 질베르뜨가 잊지 않고 나에게 건네주었느냐고 하였다. 그러면서 한 마디 덧붙였다. "딸 하나 있는 것이 하도 덤벙거려서요." 베르고뜨가 겸손하게 미소를 지으면서 하찮은 글이라고 겸사조로 대꾸하였다. 그러자 스완 부인이, 좋은 안주인임을 과시하기 위하여, 자신도 그 소책자를 읽었다고 믿도록 하기 위하여, 또한 그녀가 베르고뜨를 칭찬하는 것만을 좋아하지 않고, 그가 쓰는 것들 중 하나를 선택하여 그를 자신의 뜻대로 인도하기 좋아하였던지라, 즉각 이렇게 말하였다. "정말이에요, 그 소책자, 그 '트락트'가 참으로 매혹적이에요."[271] 또한 사실 그녀가, 물론 자기가 생각하던 것과는 다른 식으로,[272] 그에게 영감을 불어넣어 주었다. 하지만 결국, 스완 부인의 응접실에 있던 우아함과 베르고뜨의 작품 중 커다란 한 측면 간에는, 이제 연로해진 이들의 눈으로 보면, 하나가 교대로 다른 것의 논평으로 간주될 수 있을 관계들이 형성되어 있다.

나는 내가 받은 인상들을 거침없이 피력하였다. 베르고뜨는 그것들이 정확하지 않다고 자주 지적하면서도 내가 말을 계속하도록 내버려 두었다. 어느 순간 나는, 화이드라가 팔을 쳐들 때 나타났던 초록색 조명을 좋아하였노라고 그에게 말하였다. "아! 뛰어난 예술가인 그 무대 장치가가 당신의 말씀을 들으면 무척 기뻐할 거요. 그의 그 조명에 대한 자부심이 매우 크니, 당신의 말씀을 그에게 전하리다. 하지만 나는 그것을 별로 좋아하지 않아요. 그것이 모든 것을 바닷물처럼 음산한 청록색 장치 속에 잠기게 하여, 그 속에 있는 가련하리만큼 작아 보이는 화이드라가, 수족관 바다에 있는 산호 가지와 너무나 흡사하기 때문이오. 물론 당신은 그것이 그 비극의 우주적 질서와 관련된 측면을 부각시킨다고 하실 것이오. 그것은 사실이오. 하지만 그 조명은 넵투누스의 궁궐에서 벌어지는 장면에 더 적합할 것이오. 물론 그 장면이 넵투누스의 복수와 관련되어 있음을[273] 나도 잘 알아요. 내가 뽀르-루와얄 수도원만을 생각하라는 뜻에서 하는 말은 결코 아니에요.[274] 그러나, 어떻든, 결국 라씬느가 이야기한 것은 바다 속 성게들의 사랑이 아니에요. 어찌 되었건 나의 친구가 원했던 것은 조명의 그러한 효과였고, 그것이 탁월했으며, 사실 상당히 아름답다 할 수 있어요. 그래요, 여하튼 당신이 그것을 좋아하셨고, 그것을 이해하셨으니, 엄밀히 말하자면 우리 두 사람이 그것에 대하여 비슷한 생각을 가지고 있어요, 그렇지 않은가요? 나의 친구가 한 것이 조금 기상천외하긴 하지만, 결국 정말 영리하지 않은가요?" 그리고, 베르고뜨의 견해가 나의 견해와 상반되는 경우에도, 노르뿌와 씨의 견해가 그랬을 것처럼, 그것이 나를, 입을 다물어버려야 할 혹은 아무 대꾸도 할 수 없을 처지로 몰아넣지 않았다. 하지만 그러한 사실이, 베르고뜨의 견해가 전직 대사의 견해에 비해 근거가 약하다는 증거는 아니다. 그 반대였다. 하나의 강력한 사념은 반대편 상대에게 자신의 힘을 얼마간은 건네주어 그것을 함께 나눈다. 그러한 경우, 그 사념은 뭇 오성들의 보편적 가치를 공유함으로써, 심지어 자기가 반박하던 이의 뇌리에서조차, 자기와 인접하게 된 다른 사념들 사이에 추가되고 접목되어, 이번에는 그 상대방이 그 새로 나란히 놓이게 된 사념들로부터 다소간이나마 장점을 취하여, 자신을 반박하던 사념을 보완하거나 수정한다. 따라서 그렇게 얻은 최종 소견은, 어떻게 보면, 격렬하게 토론하던 두 사람의 공동 작품이다. 엄밀히 말해 사념이 아닌 사념, 즉 그 무엇과도 관련이 없어, 토론 상대자의 뇌리에서 어떤 받침점도 어떤 우정 어린 분지(分枝) 한 가닥도 발견하지 못하는 사념에게는, 그 상대자가, 순전한 공허와 실랑이를 벌이는 격이라, 대꾸할 말을 찾지 못한다. 노르뿌와 씨의 (예술과 관련된) 주장에 논박의 여지가 없었던 것은, 그것 속에 실체가 없었기 때문이다.

    베르고뜨가 나의 이견들을 물리치지 않는지라, 나는 그것들이 노르뿌와 씨로부터 무시당한 사실을 그에게 고백하였다. "그 사람은 늙은 카나리아[275]예요." 베르고뜨가 내 말에 대꾸하였다. "그가 당신을 부리로 쪼아댄 것은, 자기 앞에 있는 것은 모두 과자 부스러기나 오징어 뼈라고 생각하기 때문이에요." — "아니! 당신이 노르뿌와 씨를 아시오?" 스완이 나에게 물었다. — "오! 그 사람은 궂은비처럼 따분해요." 베르고뜨의 판단을 전적으로 신뢰하며 또 노르뿌와 씨가 우리 집 식구들 앞에서 자기의 험담을 하지 않았을까 염려하는 눈치였던 그의 아내가, 스완의 말을 끊으며 끼어들었다. "저녁 식사 후 그와 더불어 담소를 나누고 싶었는데, 나이 때문인지 혹은 소화 작용 때문인지는 모르겠으나, 그가 무척 나른해 보였어요. 그에게 흥분제를 투여해야 할 것 같았어요!" — "그래요, 옳은 말씀이에요." 베르고뜨가 그녀의 말을 받았다. "셔츠의 가슴 장식에 풀을 먹이고 하얀 조끼를 뻣뻣한 상태로 유지시켜 주는 그의 멍청한 소리가 혹시 연회가 끝나기 전에 고갈되지 않을까 두려워, 그가 자주 입을 다물 수밖에 없어요." — "베르고뜨와 나의 아내가 너무 가혹한 것 같아요." 자기의 집에서 양식 있는 사람이라는 것을 '직업'으로 삼은 스완이 대꾸하였다. "노르뿌와가 당신들의 관심을 별로 끌지 못한다는 사실은 나도 시인해요, 그러나 다른 관점에서 보면"(스완이 '삶'의 아름다움 수집하기를 좋아하였기 때문이다), "그가 상당히 신기한, '연인'으로서는, 상당히 신기한 사람이에요." 그러더니 질베르뜨가 자기의 말을 들을 수 없음을 확인한 다음 이렇게 덧붙였다. "그가 로마 주재 프랑스 대사관에 서기관으로 근무하던 시절, 빠리에 그의 정부 하나가 있었는데, 그가 그녀에게 어찌나 넋을 잃을 정도로 반해 있었던지, 그녀와의 두 시간 상봉을 위하여 한 주일에 두 번씩이나 빠리에 올 방도를 찾아내었어요. 그녀가 그 시절에는 매우 영리하고 매혹적이었으며, 지금은 부유한 미망인이에요. 또한 그 이후 다른 많은 정부들을 두었지요. 제가 로마에 붙잡혀 있는 동안, 사랑하는 여인이 빠리에 살 수밖에 없는 처지였다면, 나는 아예 미쳐버렸을 거예요. 과민한 사람들은 흔히들 '자기보다 아래에 있다'고 지칭되는 여인들을 사랑해야 할 거예요. 그래야만 여인들이 이권 문제 때문에 고분고분하지요." 그 순간 스완이, 그러한 원칙을 내가 자기와 오데뜨에게 적용할 수 있으리라는 점을 깨달았다. 그리고, 아무리 월등한 사람들이라 할지라도, 그리하여 우리와 함께 그들이 창공을 선회하며 세속적 삶을 내려다보고 있다 할지라도, 자존심만은 그들 속에 쩨쩨한 상태로 남아 있는지라, 그가 문득 나에게로 향한 몹시 불쾌한 감정에 휩싸였다. 하지만 그것이 그의 시선에 어린 불안의 형태로만 표출되었다. 그 순간에는 그가 나에게 아무 말도 하지 않았다. 놀랄 일이 아니었다. 비록 날조되었으되 그 소재만은 지금도 날마다 빠리 생활에서 반복적으로 발생하는 어떤 이야기에 의하면, 라씬느가 루이 14세 앞에서 스까롱의 이름을 꺼내자, 이 세상에서 가장 강력했던 그 왕이, 그날 저녁에는 그 문인에게 아무 말도 하지 않았다고 한다. 그리고 다음 날, 문인이 왕의 총애를 잃었다고 한다.[276)]

하지만 어떤 이론이든 몽땅 표출되기를 갈망하는 법, 그렇게 잠시 동요되었다가 자기의 외알박이 안경을 닦은 스완이 다음과 같이 자기의 생각을 보충 설명하였고, 그 말들이 훗날 나의 추억 속에서 예언적 경고의 가치를 갖게 되었으나, 나는 미처 그것을 깨닫지 못하였다. "하지만 그러한 유형의 사랑이 내포하는 위험은, 여인의 예속이 남자의 질투를 잠시 가라앉히기는 하나 또한 그것을 더욱 맹렬하게 만든다는 사실이에요. 그리하여 사랑하는 여인으로 하여금, 더욱 철저히 감시하기 위하여 밤이나 낮이나 불을 밝힌 곳에 가두는 수감자들처럼 살게 하는 일이 발생하지요. 그리고 그러한 짓이 일반적으로 끝내 비극을 부르지요."

내가 다시 노르뿌와 씨 이야기를 꺼냈다. "그 사람이 하는 말은 믿지 말아요. 항상 뒤에서 남의 험담이나 하니까요." 스완 부인이 나에게 그 말을 하는 순간, 그녀의 어조로 보아 노르뿌와 씨가 일찍이 그녀 험담을 한 것 같았는데, 그 순간 스완이 자기의 아내를 나무라는 듯한 기색으로, 또 그녀가 더 이상 말을 하지 못하도록 하려는 듯한 시선으로 바라보았던지라 더욱 그렇게 여겨졌다.

그러는 동안 질베르뜨는, 가서 외출 준비를 하라고 재촉하는 말을 두 번이나 들었음에도 불구하고, 자기의 어머니와 아버지 사이에 앉아서 머리를 아버지의 어깨에 상냥하게 기댄 채 우리의 대화에 귀를 기울이고 있었다. 언뜻 보면, 적갈색 모발에 황금빛 피부를 가진 그 소녀보다, 모발이 갈색이었던 스완 부인과 더 현저한 대조를 이루는 것은 없었다. 그러나 잠시만 바라보아도 질베르뜨에게서 자기 어머니의 많은 윤곽들과(예를 들자면, 여러 세대에 걸쳐 끌질을 계속하고 있는 보이지 않는 조각가의 급작스럽고 정확한 결단에 의해 오똑 멈춘 코가 그것들 중 하나이다) 표정 및 동작들을 발견할 수 있었다. 다른 예술에서 하나의 비유를 들자면 화가가 채색공의 변덕에 이끌려, 스완 부인으로 하여금 '가면 쓴' 만찬에 갈 준비를 마치고 베네치아 여인으로 반쯤 가장한 채 포즈를 취하게 하였을, 그리하여 아직은 스완 부인을 별로 닮지 않은 한 폭의 초상화와 같았다. 또한 그녀가 황금빛 가발만을 쓰고 있었던 것이 아니라, 그녀의 살로부터 빛깔 어두운 인자들은 몽땅 제거되어, 그 살이, 자기 모친의 갈색 너울을 벗어 버린 상태에서는 더욱 노출되어, 오직 내면에 있는 태양에서 발산되는 햇살들로만 덮여 있는 것처럼 보였던지라, 그녀의 분장이 표면에 그치지 않고 살 속으로 파고든 것 같았다. 그리하여 질베르뜨가 어떤 전설적인 동물을 상징하는 것 같기도 하였고 혹은 신화적 가장복을 입고 있는 것 같기도 하였다. 그 적갈색 피부는 영락없는 그녀 아버지의 피부여서, 질베르뜨가 창조되었을 당시, 그 자재라고는 스완 씨의 피부밖에 수중에 없었던 자연이, 다른 스완 부인 하나를 조금씩 다시 만드는 과정에서, 힘들게 해결해야 할 문제에 봉착하였을 것 같았다. 하지만 자연은, 목재의 결과 옹이들이 투명하게 드러나도록 하는 것을 중시하는 목공처럼, 그 피부를 완벽하게 이용하였다. 질베르뜨의 얼굴에서는, 완벽하게 재생된 오데뜨의 콧방울에, 스완 씨 특유의 점 둘이 미적 손상을 입지 않도록 하기 위하여, 피부 표면이 그 점들과 완벽한 평면을 이루고 있었다. 스완 부인의 옆에 있던 것은, 보라색 라일락 가까이에 있는 흰색 라일락처럼 그렇게 얻어진, 하나의 새로운 변종이었다. 하지만 두 가지 유사점 사이에 있는 경계선이 완벽하게 선명하리라고 상상해서는 아니 될 것이다. 질베르뜨가 웃을 때면 가끔, 그녀 어머니의 얼굴 속에 들어가 있는 그녀 아버지의 계란형 볼이 선명히 드러나, 마치 그러한 혼합의 결과를 보기 위하여 누가 그 둘을 그녀 속에 함께 놓아두었기라도 한 것 같았으며, 그 계란형은 하나의 배자(胚子)가 형성되듯 스스로 형체가 분명해져, 비스듬히 길어지며 부풀다가 잠시 후 사라졌다. 질베르뜨의 눈에는 자기 아버지의 선량하고 솔직한 시선이 있었다. 그녀가 나에게 마노 구슬을 주면서 이렇게 말할 때 어른거리던 시선이었다. "우리들 우정의 기념으로 간직하세요." 그러나 혹시 질베르뜨에게 무엇을 하였느냐고 묻는 일이 생길 경우, 바로 그 같은 두 눈에 당혹감과 망설임과 시치미와 구슬픔이 어리곤 하였으며, 그것들은 옛날 스완이 오데뜨에게 어디에 갔었느냐고 물을 때마다 그녀가 거짓 답변을 하는 순간 그녀의 눈에 어리던 징후들이었지만, 정인을 절망 속에 처박곤 하던 그것들이, 이제는 무심해지고 신중해진 남편으로 하여금 대화의 주제를 불쑥 바꾸게 하곤 하였다. 샹젤리제 공원에서 놀던 시절에도, 질베르뜨의 그러한 시선을 보면서 나는 자주 불안감에 휩싸이곤 하였다. 그러나 대개의 경우 그것은 나의 오해 때문이었다. 왜냐하면, 그녀 속에 잔존해 있던 자기 어머니의 신체적 특성일 뿐이었던 그 시선이(적어도 그것만은), 이제는 더 이상 그 무엇과도 연관이 없었으니 말이다. 옛날 오데뜨의 눈 속에, 자기가 낮 동안 정인들 중 하나를 집에서 맞은 사실이나 어떤 밀회에 서둘러 가야 할 처지가 들통 나지 않을까 하는 두려움에 의해 유발되곤 하던 눈동자의 움직임을 질베르뜨의 눈동자가 드러내던 경우는, 그녀가 학교 수업 때문에 샹젤리제에 오지 못하였거나 혹은 어떤 교습 때문에 일찍 귀가할 수밖에 없었을 때였다. 그렇게 스완 씨 내외의 천성이, 질베르뜨라는 그 멜뤼진느의 몸뚱이[277] 속에서, 함께 일렁이고 역류하며 번갈아 서로를 잠식하고 있었다.

　물론 아이가 자기의 아버지와 어머니를 닮는다는 것은 우리 모두 잘 안다. 그렇건만 아이가 물려받는 장점들과 단점들의 분배가 하도 기이하게 이루어져, 양친 중 한 사람이 가지고 있는 결코 분리될 수 없을 것 같은 두 장점들 중 오직 하나만이, 그 장점과는 도저히 양립할 수 없을 듯 보이는 양친 중 다른 한 사람의 단점들 중 하나와 결합된 상태로 발견되기도 한다. 심지어 하나의 윤리적 장점이 도저히 어울리지 않는 육체적 단점 속에 현현되는 것 또한, 자식이 부모를 닮는 법칙들 중에 흔한 예이다. 그리하여 두 자매 중 하나가 부친의 당당한 체구와 함께 모친의 쩨쩨한 성격을 물려받는가 하면, 다른 자매는 부친의 총명함으로 가득하건만, 그것을 모친의 외모로 감싸서 세상에 내보이며, 결국 모친의 뭉툭한 코와 울퉁불퉁한 허리 및 심지어 굵은 음성까지, 멋진 외양 밑에만 있는 것으로 사람들이 믿는 그 탁월한 자질을 감싸는 의복이 된다.

따라서 두 자매를 놓고 사람들이, 어느 하나가 양친 중 누구를 더 닮았느니 하는 것은 일리 있는 말이다. 질베르뜨가 유일한 딸이었던 것은 사실이나, 질베르뜨가 최소한 둘은 있었다. 그녀의 아버지와 어머니의 각각 다른 두 천성이 단지 그녀 속에 혼합되어 있었던 것만은 아니었다. 그 두 천성이 그녀를 차지하려고 그녀 속에서 다투곤 하였다고 하는 편이 나을 것이다. 하지만 그러한 말도 아마 정확하지는 않을 것이니, 그러한 말이, 그렇게 다투는 동안에 두 질베르뜨의 희생물로 전락하여 고통을 감수하는 제3의 질베르뜨를 가정할 수도 있게 해줄 것이기 때문이다. 그런데 사실은, 질베르뜨가 교대로 둘 중 하나로 변하였으며, 그러한 순간에는 단 하나의 질베르뜨일 뿐이어서, 그 순간에 그녀가 덜 착할 경우, 더 착한 질베르뜨가 잠정적으로 자취를 감춰 자기의 그러한 실추를 느끼지 못하는지라, 그녀에게는 자기가 착하지 못하다는 사실을 괴로워하는 것이 아예 불가능해지곤 하였다. 그리하여 두 질베르뜨 중 덜 착한 질베르뜨가 별로 고아하지 못한 쾌락에 자유롭게 빠져들곤 하였다. 반면 다른 질베르뜨가 아버지의 심정에 이끌려 말을 할 때에는, 그녀의 견해가 너그러워져, 누구든 그녀와 함께 아름답고 유익한 일에 착수하고 싶어지는지라 그녀에게 그 뜻을 밝히지만, 일을 매듭지으려 하는 바로 그 순간, 그녀 어머니의 심정이 다시 그녀를 점령하여 상대방의 말에 대꾸하는지라, 누구든, 질베르뜨가 즐겨 드러내던 쩨쩨한 생각이나 교활한 낄낄거림에―바뀐 인물 앞에 문득 처하게 된 듯 거의 어리둥절해져―환멸과 노여움에 휩싸이곤 하였던 바, 그 생각과 교활한 웃음이 그 순간의 그녀로부터 나오곤 하였기 때문이다. 두 질베르뜨 사이의 차이가 때로는 하도 커서, 물론 부질없는 짓이었지만, 도대체 누가 그녀에게 무슨 짓을 하였기에 그토록 달라졌을까 하는 의문에 사로잡힐 지경이었다. 자기가 제안하여 이루어진 약속을 지키지 않을 뿐만 아니라 그 다음 사과 한 마디 하는 것은 고사하고, 도대체 어떤 영향을 받아 그녀가 마음을 바꾸었는지는 몰라도, 그녀의 태도가 어찌나 돌변하곤 하였던지, 그녀가 자신의 잘못임을 느끼고 해명을 피하기 원한다는 사실을 드러내는 일종의 언짢은 심기를 표출하지 않을 경우, 누구든 『메나이크미』의 줄거리를 이루는 이야기 속의 닮은 모습으로 인한 희생자가 되어,[278] 자신이, 자기에게 그토록 상냥하게 만나주기를 요청하던 사람 앞에 서 있다고는 믿지 않았을 것이다.

"어서 가서 준비해라. 우리들 모두 기다리게 하지 말고." 질베르뜨에게 그녀의 어머니가 다시 채근하였다.

"저는 다정하고 멋진 아빠 곁에 있는 것이 무척 좋아요. 조금만 더 여기 있을게요." 머리를 자기 아버지의 팔 밑으로 숨기면서 질베르뜨가 대꾸하였고, 그러자 그녀의 아버지가 손가락으로 황금빛 머리카락을 부드럽게 쓰다듬었다.

스완은, 오랜 세월 동안 사랑의 환상 속에서 살았던지라 자기들이 숱한 여인들에게 베푼 안락함이 그녀들의 행복은 증대시켜 주되 그녀들 속에 자기들에게로 향한 사은의 정이나 애정은 추호도 태동시키지 못하는 것을 무수히 목격한 남자들의 부류에 속해 있었다. 하지만 그러한 남자들은 자기들의 아이 속에서, 자기들의 이름이라는 형태로 구현되어 자기들이 죽은 후에도 지속될 하나의 애정을 느낄 수 있다고 믿는다. 샤를르 스완이라는 사람이 더 이상 존재하지 않을 때에도, 사라진 아버지를 계속 사랑하는 스완 아가씨 혹은 스완 가문 출신의 X 부인은 여전히 있을 것이라는 믿음이다. 아마 지나치게 사랑할 것이라고 스완이 생각하고 있었음에 틀림없었다. 그가 질베르뜨의 말을 듣고, 우리 사후에도 계속

살아갈 사람의 지나치게 열렬한 애정이 우리에게 불러일으키는, 그 사람의 장래에 대한 근심으로 인해 측은해진 어조로 다음과 같이 대꾸하였으니 말이다. "착한 딸이구나." 그는 자신을 뒤흔드는 감동을 감추기 위하여, 베르마에 대하여 이야기를 나누고 있던 우리들의 대화에 끼어들었다. 그는 나에게, 그러나 어떤 면에서는 마치 자기가 말하던 것의 밖에 머물고 싶은 듯, 집착하지 않고 귀찮아하는 어조로, 그 여배우가 오이노네에게 다음과 같이 말할 때 언뜻 보인 통찰력과 뜻밖의 적절함을 눈여겨 보라고 하였다. "그대는 그 사실을 알고 있었어!"[279] 그의 말은 옳았다. 그 여배우의 어조가 적어도 진정 분명한 가치 하나는 가지고 있었으며, 따라서 베르마를 찬미할 부인할 수 없는 이유들을 발견하고자 하던 나의 열망도 충족시켜 주었어야 했다. 하지만 그 어조의 명료함 자체 때문에 그러지 못하였다. 어조가 어찌나 기발했던지, 그것에 담긴 의도와 의미가 어찌나 명확했던지, 그 어조가 자연스럽게 스스로 존재하는 것 같았고, 따라서 총명한 여배우라면 누구든 그 어조를 터득할 수 있었을 것이다. 그것은 분명 하나의 아름다운 착상이었다. 하지만 그렇다면, 누구든 그러한 착상을 한 사람이라면 모두 그녀의 어조를 가질 수 있어야 할 것이다. 여하튼 베르마가 그 어조를 발견하였다는 것은 사실이다. 하지만, 다른 이들로부터 받은 무엇과 다르지 않을 듯한 것, 즉 다른 누구라도 즉시 모방하여 재생산할 수 있는지라 그것이 우리 존재에 본질적으로 기인하지 않을 듯한 것, 그러한 무엇을 발견하는 경우에 우리가 '발견한다'[280]는 단어를 사용할 수 있을까?

"정말이지 당신이 오시니 '대화의 수준'이 높아지는군요!" 게르망뜨 가문 사람들로부터, 저명한 예술가들을 좋은 친구들 자격으로 초대하여 단지 그들에게 좋아하는 음식을 대접하고 게임을 즐기게 하거나 시골 별장에서 그들이 좋아하는 운동을 즐기게 하는 것으로 그치던 습관을 배운 스완이, 베르고뜨에게는 죄송하다는 듯한 기색을 지으면서 나에게 말하였다. 그리고 다시 한 마디 덧붙였다. "우리가 진정 '예술'에 대하여 이야기하고 있는 것 같군요." — "아주 잘 되었어요, 저는 그런 것을 무척 좋아해요." 나에게 선의를 표하기 위하여, 또한 좀 더 지적인 대화에 대한 자기의 옛날 열망을 아직도 간직하고 있었던지라, 스완 부인이 고맙다는 뜻 담긴 눈길을 나에게 던지면서 말하였다. 그다음 베르고뜨가 다른 사람들, 특히 질베르뜨를 바라보며 말을 하였다. 앞서 나는 베르고뜨에게 내가 느꼈고 생각하였던 것들을 자유롭게 모두 털어놓았고, 그러한 사실에 나 자신도 놀랐다. 하지만 나의 그러한 태도는 내가 여러 해 전부터(그가 나 자신의 가장 훌륭한 부분이 되곤 하던,[281] 고독 속에서 독서를 하며 보내던 그 숱한 시간들 동안) 그를 진지하고 솔직하며 신뢰를 가지고 대하던 습관에서 비롯되었으며, 따라서 그가, 처음으로 대하여 이야기를 나눈 사람이 아닌 듯, 나를 주눅 들게 하지 않았다. 그러나 또한 다른 한편으로는, 같은 이유로, 내가 혹시 그에게 남겼을 인상 때문에 몹시 불안했으니, 나의 생각들에 대하여 그가 품을 것이라 내가 추측하였던 경멸감이, 그를 처음 만난 그날에서야 태동한 것이 아니라, 내가 그의 책들을 꽁브레에 있는 우리 정원에서 읽기 시작하였던 이미 먼 옛 시절에 태동하였으리라 상상하였기 때문이다. 하지만, 내가 진지하게 또 나 자신을 나의 사념에 맡기면서, 한편으로는 베르고뜨의 작품에 그토록 공감하였고 다른 한편으로는 극장에서 그 이유를 알 수 없는 실망을 느꼈으니, 나를 뒤흔든 그 두 본능적 반응이 서로 다른 것이 아니라 같은 법칙에 순응하는 것이라고 아마 생각하였어야 할 것이다. 또한 따라서, 내가 그의 책들 속에서 발견하여 좋아하던 베르고뜨의 오성 역시, 내가 느낀 실망이나, 그 이유를 설명하지 못하는 나의 무능력에, 전적으로 무심하거나 적대적인 무엇일 리 없다고 생각하였어야 했을 것이다. 왜냐하면 나의 인지능력이라는 것이, 모든 사람들이 그것의 공동 세입자이며 아마 단 하나만 존재하는, 그리하여 극장에서 관객들 각자의 좌석이 있는 반면 무대는 하나뿐이듯, 사람들 각개가 자기의 육체 속에서 각자 그 위로 시선을 던지는, 그러한 인지능력이었을 것이기 때문이다. 물론 내가 취향에 이끌려 식별해내던 사념들이, 베르고뜨가 일반적으로 자기의 책들 속에서 심화시키던 것들은 아니었다. 그러나 만약 그와 내가 소유하고 있던 인지능력이 같은 것이었다면, 내가 어떤 추측을 하였건 그것에도 불구하고, 일찍이 그 한 편린이 그의 책들 속으로 들어가 나로 하여금 그 편린을 근거로 그의 정신세계 전체를 상상하게 하는 동안에도 아마, 그 인지능력의 나머지 부분을 몽땅 자신의 내면적 눈앞에 항상 간직하고 있었던지라, 내가 표현하던 사념들을 들으면서 그가 틀림없이 그 사념들을 상기하고 좋아하며 그것들에게 미소를 보냈을 것이다. 가장 큰 심정적 경험을 가진 사제들이 자신들은 저지르지 않는 죄들을 누구보다도 너그럽게 용서할 수 있듯이, 가장 깊고 넓은 인지 경험을 쌓은 천재는, 자신이 쓴 작품들의 근저를 형성하는 사념들과 정면으로 배치되는 사념들까지 그 누구보다도 깊이 이해한다. 내가 그 모든 현상을 생각하였어야 했을 것이다(탁월한 오성들이 보이는 호의에는 변변찮은 오성들에 대한 몰이해와 적대감이 필연적인 파생물처럼 수반되는지라, 그 모든 현상에 크게 유쾌한 것이 전혀 없었더라도 말이다. 그런데, 엄밀히 말해, 책들 속에서만 발견하는 위대한 문인의 친절에 우리가 행복해하는 것보다는, 총명함 때문에 선택하지는 않았으되 사랑하지 않을 수 없는 여인의 적대감이 우리에게 주는 괴로움이 훨씬 더 크다). 내가 당연히 그 모든 것을 생각하였어야 했을 것이지만 그러지 않았다. 내가 베르고뜨의 눈에 우둔한 사람으로 보였을 것이라 확신하고 있었으니 말이다. 그러한 생각에 잠겨 있는데, 어느 순간 질베르뜨가 나의 귀에다 속삭였다.

"저는 지금 기쁨 속에서 헤엄치고 있어요. 당신이 저의 위대한 친구 베르고뜨의 마음을 사로잡았기 때문이에요. 그가 엄마에게 말하기를, 당신이 극도로 총명하다고 하였어요."

"우리가 지금 어디로 가고 있지요?" 내가 질베르뜨에게 물었다.

"오! 가고 싶은 곳으로 가라고 하지요. 이쪽으로 가든 혹은 저쪽으로 가든 저는…."

그러나, 그녀의 할아버지 기일에 일어났던 사건 이후, 나는 질베르뜨의 성격이 내가 믿고 있던 것과 혹시 전혀 다르지 않을지, 다른 사람들이 하는 일에 대한 그 무관심과 그 현명함과 그 태연함과 그 한결같이 고분고분한 복종 등이, 반대로 혹시, 그녀가 자존심 때문에 남에게 보이기를 원치 않지만 우연히 저지당했을 경우에만 문득 반발하며 드러내는, 매우 열렬한 욕망을 감추고 있지 않을지, 나 자신에게 묻곤 하였다.

베르고뜨가 나의 부모님과 같은 동네에 사는지라, 스완 댁 식구들과 헤어진 후 그와 나는 함께 돌아왔다. 돌아오는 마차 안에서 그가 내 건강에 대한 이야기를 꺼냈다. "우리의 친구들이 말하기를 당신이 심하게 앓았다고 하더군요. 당신에 대한 동정심을 금할 수 없군요. 하지만 그럼에도 불구하고 제가 당신을 너무 딱하게는 여기지 않아요. 보아하니 당신에게는 지적 즐거움이 있는 것이 틀림없기 때문인데, 그것이 아마 당신에게는, 그 즐거움을 아는 모든 사람들에게처럼, 특히 중요하지요."

애석한 일이었다! 모든 입씨름 앞에서, 그것이 아무리 수준 높다 하더라도, 냉담하며, 내가 편안함을 느끼는 단순한 산책의 순간에만 행복해지던 나에 대한 그의 그러한 말이 사실과 별로 부합하지 않음을 내가 얼마나 절실히 느꼈던가! 나는 내가 일상의 삶에서 열망하던 것이 얼마나 순전히 물질적이었는지, 또한 내가 얼마나 쉽사리 지성이라는 것을 무시할 수 있었는지를 절실히 느끼고 있었다. 그 깊이와 지속성이 서로 다른 다양한 원천에서 비롯된 즐거움들을 분별할 수 없었던 나는, 그의 말에 대꾸하던 순간, 내가 게르망뜨 공작 부인과 관계를 맺고 영위하는 삶, 그리고 샹젤리제에 있는 옛 입시 세관 건물 안에서 그랬던 것처럼, 나에게 꽁브레 시절의 추억을 되살려 줄 선선함을 자주 느낄 수 있게 해 줄 삶을 더 좋아할 것이라고 생각하였다. 그런데 내가 그에게 감히 고백하지 못한 삶의 그러한 이상 속에는 지적 즐거움에게 할애된 자리가 전혀 없었다.

"아닙니다, 저에게는 지적 즐거움이라는 것이 하등 중요하지 않고, 제가 찾는 것은 그것이 아니며, 제가 그러한 즐거움들을 맛본 적이 있기나 한지 모르겠습니다."

"정말 그렇게 생각하시오?" 그가 내 말에 대꾸하였다. "아니오, 내 말 들어보시오, 당신은 그 즐거움을 좋아해요, 틀림없어요, 나는 그렇게 믿소!"

그가 나를 설득하지 못한 것은 사실이다. 하지만 그럼에도 불구하고 나는 내가 더 행복해지고 덜 답답해짐을 느꼈다. 노르뿌와 씨가 나에게 하였던 말 때문에, 전에는 내가 나의 몽상과 열광과 나 자신에 대한 신뢰의 순간들을 순전히 주관적이고 진실이 결여된 것으로 간주하곤 하였다. 그런데, 나의 경우를 잘 아는 듯한 베르고뜨의 말에 의하면, 오히려 무시해야 할 증상들은 나의 의구심이나 내가 나 자신에 대하여 품고 있던 혐오감인 것 같았다. 특히 그가 노르뿌와 씨에 대하여 한 말이, 일찍이 내가 번복할 수 없으리라 믿었던 판결의 힘을 크게 약화시켰다.

"치료는 잘 받았나요?" 베르고뜨가 어느 순간 나에게 물었다. "누가 치료를 맡고 있나요?" 나는 꼬따르의 진료를 이미 받았고 틀림없이 또 받을 것이라고 그에게 말하였다. "당신에게 필요한 사람은 그러한 작자가 아니오!" 그가 내 말에 대꾸하였다. "나는 그가 어떤 의사인지는 모르오. 그러나 스완 부인 댁에서 그를 본 적이 있소. 그는 일개 얼간이오. 얼간이라 해서 좋은 의사이지 말라는 법은 없다고 가정하더라도—물론 나는 별로 믿지 않지만—얼간이가 예술가들이나 총명한 사람들의 좋은 의사일 수는 없소. 당신과 같은 사람에게는 합당한 의사가, 그리고 덧붙이자면, 특별한 양생법과 약품들이 필요하오. 꼬따르가 당신에게 권태를 느끼게 할 것이 뻔한데, 그 권태감이, 다른 모든 것은 제쳐두더라도, 그의 치료를 효험 없게 만들 것이오. 그리고 게다가, 당신에게 적용할 치료법은 범상한 사람들에게 적용되는 것이어서는 아니 되오. 총명한 사람들의 병 중 4분의 3은 그들의 총명함에서 비롯되오. 그들에게는 그러한 병을 아는 의사가 적어도 한 사람은 필요하오. 도대체 어떻게 꼬따르가 당신을 치료할 수 있겠소? 그가 소화불량이나 위장 장애는 예견할 수 있으나, 셰익스피어의 작품을 읽으면 어떤 효과가 있을지는 예견하지 못하오. 그리하여 그의 모든 계산들이 당신에게는 적용될 수 없고 균형이 깨져, 언제나 꺼떡거리며 다시 올라오는 것은 그 작은 실험용 잠수 인형이오. 그는 당신의 위장이 확대되었다고 할 것이오. 그가 당신을 진찰할 필요조차 없을 것이니, 그의 눈 속에 위장 확대 증상을 미리부터 가지고 있기 때문이오. 그 증상이 그의 외알박이 안경에 반사되니, 당신도 그것을 볼 수 있을 것이오." 그러한 화법이 나에게 심한 피로를 안겨주었고, 나는 상식적 명청함에 휩싸여 나 자신에게 속으로 이렇게 말하였다. '노르뿌와 씨의 백색 조끼 속에 감추어진 멍청함이 없듯이, 꼬따르 교수의 외알박이 안경에 반사된 위장 팽창 증세도 없어.' 베르고뜨가 말을 계속하였다. "나는 당신에게 차라리 불봉 의사를 추천하고 싶소. 매우 총명한 사람이오." — "선생님의 작품들을 열렬히 좋아하는 분이지요." 내가 그의 말에 한 대꾸였다. 나는 베르고뜨가 그러한 사실을 알고 있었음을 간파하였고, 그다음 순간, 동종의 오성들은 신속히 합류하며 진정한 '생면부지의 친구'라는 것은 거의 없다는 결론을 내렸다. 베르고뜨가 꼬따르에 관하여 한 말이, 내가 믿고 있던 모든 것들과 상반되는지라, 나에게 충격을 주었다. 나는 그 시절, 나를 치유하던 의사가 나에게 권태감을 주지 않을까 하는 것 따위는 전혀 근심하지 않았다. 내가 그에게서 기대하던 것은, 내가 이해할 수 없는 법칙의 힘을 빌려, 나의 내장들을 유심히 살핀 후,[282] 그가 나의 건강에 관련된 명백한 신탁을 내려주는 것이었다. 또한 나는, 외부 세계의 진실에 도달하는 데 필요한, 그 자체로서는 아무 의미 없는, 하나의 수단으로만 내가 상상하던 나의 인지 능력을, 그가, 내가 그에게 보충해 줄 수 있는 인지 능력의 도움을 받아, 이해하려 하는 일에는 관심이 없었다. 나는 총명한 사람들에게는 '얼간이들'의 그것과는 다른 건강 관리법이 필요하다고들 하는 말을 심히 의심스럽게 여겼고, 따라서 나 자신도 얼간이들과 똑같이 건강 관리를 받을 준비가 되어 있었다. "좋은 의사의 도움이 필요한 사람은 우리의 친구 스완이오." 베르고뜨의 그 말에, 혹시 스완의 몸이 불편하냐고 내가 묻자 그가 대답하였다. "좋아요, 그 사람은 매춘부를 아내로 맞아들였던지라, 그의 아내를 결코 자기들 무리에 받아주지 않는 사교계 여인들과, 일찍이 그의 아내와 잠자리를 함께 한 적 있는 남자들로부터, 하루에 율모기 쉰 마리를 삼키는 것과 같은 모욕을 감수하고 있소. 그러한 모욕감에 그의 입이 항상 일그러져 있는 것이 훤히 보이지요. 그가 외출하였다가 돌아오면, 자기의 집에 누가 와 있는지 확인하려 하는데, 그럴 때마다 엎어놓은 V자 형으로 치켜올려지는 그의 눈썹을 좀 보시오." 그토록 오래전부터 자기를 환대하는 친구들에 대하여 초면인 나에게 이야기를 하면서 그가 드러내던 노골적인 악의가 나에게는, 스완 댁에서 그가 그 집 사람들과 어울릴 때에는 어느 순간이건 거의 애정 넘치는 듯한 기색을 띠던 그의 어조만큼이나 뜻밖이었다. 물론, 예를 들어 나의 외대고모 같은 분은, 심지어 우리 식구들을 대하시면서도, 베르고뜨가 스완에게 보이던 그러한 친절을 나타내지 못하셨을 것이다. 그분께서는 당신이 좋아하시던 사람들에게조차 즐겨 불쾌한 말씀을 하시곤 하였으니 말이다. 그러나 막상 그 사람들이 목전에 없을 경우에는, 그 사람들이 듣기 거북해 할 말씀은 결코 하시지 않았을 것이다. 이 세상의 그 어떤 집단도, 꽁브레에서 우리 주위에 모이던 사람들보다 더 못한 이들의 집단이라 할지라도, 사교계와는 유사하지 않았다. 그런데 스완 주위에 형성되고 있던 집단은, 사교계를 향하여, 양날 검처럼 위험하고 변덕스러운 사교계의 물결을 향하여, 이미 길을 잡아 나아가고 있었다. 아직 난바다에는 이르지 않았으나 이미 간석지에 도달해 있었다. "물론 이것은 당신과 나 사이에서만 오간 이야기요." 우리 집 대문 앞에서 나와 헤어지며 베르고뜨가 한 말이다. 그보다 몇 년 후였다면 내가 이렇게 대꾸하였을 것이다. "저는 어떠한 말도 옮기지 않습니다." 그것은 사교계 사람들이 관례적으로 하던 말이었고, 험담을 지껄인 사람은 그 말에 속아 안심하곤 하였다. 내가 그날 벌써 베르고뜨에게 하였어야 했던 것은 그러한 말이었다. 누구든 자기가 하는 말을, 특히 사회적 인물로 행동할 순간에는, 일일이 새로 고안해내지 않기 때문이다. 그러나 아직 나는 그 말을 모르고 있었다. 한편 그러한 경우에 나의 외대고모님께서 하셨을 말씀은 이러했을 것이다. "그 말이 옮겨지기를 바라지 않는다면 왜 그러한 말을 하십니까?" 하지만 그것은 비사교적인, 다시 말해 소위 '눈치없는' 사람의 대꾸이다. 나는 그러한 사람이 아니었고, 따라서 아무 말 하지 않고 가볍게 읍하는 것으로 그쳤다.

 나에게는 상당히 중요한 인물들로 보이던 많은 문인들조차 베르고뜨와 관계를 맺는 데 성공하기 위하여 여러 해 동안 온갖 술책을 동원하고, 그렇게 맺은 관계라는 것도 기껏 미미하게 문학적인 것에 그쳐, 그의 작업실 밖으로까지는 나오지 못하였건만, 반면 나는, 좋지 않은 자리 하나 얻기 위하여 다른 모든 사람들과 뒤섞여 줄을 서는 대신 다른 이들에게는 통행이 허용되지 않은 복도를 지나 가장 좋은 자리를 차지하는 사람처럼, 단번에 그리고 태연히, 그 위대한 문인의 친구들 사이에 편안히 자리를 잡고 앉았다. 스완이 그 복도를 나에게 그렇게 열어준 것은, 어떤 왕이 자기 자식들의 친구들을 국왕 전용 칸막이 좌석이나 요트에 자연스럽게 초대하듯이, 질베르뜨의 양친이 딸의 친구들을 자기들이 소유하고 있던 소중한 물건들 가운데로, 그리고 그것들 속에서 영위되는 더욱 소중한 그들의 사생활 속으로 받아들였기 때문이다. 하지만 그 시절 나는, 스완의 그러한 호의가 간접적이긴 하지만 나의 부모에게로 향한 것이라 생각하였고, 아마 나의 그러한 생각이 틀리지 않았을 것이다. 그가 전에 꽁브레에서, 베르고뜨의 작품에 찬탄하던 나를 보고, 나를 자기의 집 만찬에 데려가겠다고 하자,

나의 부모님께서 내가 '외출하기에는' 너무 어리고 또 너무 과민하다고 하시면서, 허락하시지 않았던 말씀을 들었던 것 같았다. 의심할 나위 없이, 나의 부모님이 어떤 사람들에게는, 특히 내가 보기에 가장 경이롭던 사람들에게는, 내 눈에 비친 것과는 전혀 다른 무엇을 표상하시는 것 같았고, 그리하여, 아버지에게 그럴 만한 자격도 없는데 분홍색 드레스 입은 어떤 귀부인으로부터 열렬한 찬사를 받으셨을 때처럼, 나는 부모님께서, 내가 얼마나 귀중한 선물을 받았는지 깨달으시고, 그 선물을 나에게—혹은 두 분에게—바치면서도, 루이니의 벽화 속에 등장하며 전에는 모두들 그와 매우 흡사하다고들 하던, 매부리코에 금발인 매력 넘치는 그 점성술사 왕처럼[283] 자기가 바치는 선물의 가치를 전혀 모른다는 기색을 띠던 그 관대하고 예의 깍듯한 스완에게, 감사를 표하시기 바랐다.

불행하게도, 스완이 나에게 베푼 그 특별한 호의, 그리하여 집에 들어가기가 무섭게, 외투도 벗기 전에, 그것이 부모님의 가슴속에 나의 마음만큼이나 감동한 마음을 불러 일으켜 두 분으로 하여금 스완 댁 가족에게 정중하고 결정적인 어떤 형태의 '예의'를 표하시도록 할 것이라는 희망을 가지고 두 분에게 알린 그 호의, 그것을 그분들은 대수롭지 않게 여기시는 듯 했다. "스완이 너를 베르고뜨에게 소개하였다고? 멋진 교제이며 매력적인 인연이구나!" 아버지가 빈정거리는 투로 말씀하셨다. "정말 가관이로군!" 그가 노르뿌와 씨를 전혀 좋아하지 않는다고 내가 한 마디 더 하자, 아버지가 다시 말씀하셨다.

"당연히 그러겠지! 그것만 보더라도 그 심보가 부정직하고 악의적임을 알 수 있어. 내 가엾은 아들아, 네가 이미 정상적인 분별력에 있어서는 한참 부족한데, 너를 아예 고장낼 구덩이 속으로 네가 빠져들려 하니, 정말 앞이 캄캄하구나."

  내가 단순히 스완 댁에 드나드는 것만으로도 부모님의 마음이 이미 언짢아진 상태였다. 내가 베르고뜨에게 소개되었다는 사실이 두 분에게는, 최초의 잘못, 당신들의 심약함, 나의 할아버지께서 '조심성의 결여'라고 부르셨을 그 약한 마음의 불길한 그러나 당연한 결과로 보였다. 나는, 그 패륜적이며 감히 노르뿌와 씨를 못마땅하게 여기는 사람이 나를 극도로 총명하다고 여긴다는 사실을 말씀드리면, 두 분의 언짢은 심기가 그 절정에 이를 것임을 느끼고 있었다. 실제로, 어떤 사람이, 예를 들어 나의 동료들 중 하나가, 못된 길로 들어섰다고—그 무렵의 나처럼—생각하시는데, 혹시 그 사람이 아버지의 마음에 들지 않는 어떤 이의 칭찬을 받을 경우, 아버지께서는 그 호평을 당신께서 내리신 좋지 않은 진단의 확증으로 여기시곤 하였다. 그 칭찬으로 인하여 아버지에게는 그 사람의 질환이 더욱 중증으로 보일 뿐이었다. 아버지가 이렇게 소리치시는 소리가 벌써 들리는 것 같았다. "당연하지, 그렇고 그런 동아리니까!" 나의 평온한 삶에 모호하고 대대적인 급변이 일어날 것임을 예고하는, 나에게 두려움을 줄 수 있을 말씀이었다. 하지만, 나에 관하여 베르고뜨가 하였다는 말을 전하지 않는다 하더라도, 나의 부모님께서 이미 느끼신 인상들을 이 세상 그 무엇도 지울 수 없었던지라, 그 인상이 조금 더 나빠진다 한들 그것이 별로 중요할 것 같지 않았다. 게다가 두 분이 어찌나 부당하시고 어찌나 터무니없는 오류에 빠져계신 것처럼 여겨지던지, 나에게는 그분들로 하여금 더 공정한 시각을 가지시게 할 희망도, 심지어 그럴 욕망조차 거의 없었다. 하지만, 말이 내 입에서 나오던 순간, 영리한 사람들을 멍청이 취급하고, 점잖은 사람들로부터 멸시를 받으며, 그 하는 칭찬이 내 눈에 부러워할 만하게 보이는 사람, 그리하여 내가 결국, 나에게 악이나 고취할 수밖에 없을 그러한 사람의 마음에 들었다 생각하시고 두 분이 얼마나 두려움에 휩싸이실까 막연히 생각하면서, 나는 기어들어 가는 듯한 음성으로, 또 수치스러워하는 기색으로, 다음과 같은 꽃다발을 던지는 것으로[284] 나의 이야기를 맺었다. "그가 스완 댁 식구들에게 말하기를, 제가 극도로 총명하다고 하였대요." 독약을 삼킨 개가 고통을 못 이겨 몸부림치며 들판에서 허겁지겁 아무 풀이나 뜯어먹었는데, 공교롭게도 그 풀이 해독제인 경우가 있듯이, 나 또한, 베르고뜨에 대한 내 부모님의 편견, 내가 펼칠 수 있을 가장 멋진 논증도 혹은 그에 대하여 내가 할 수 있을 그 어떠한 칭찬도 소용없을 두 분의 편견, 그것을 무너뜨릴 수 있을, 이 세상에 단 하나밖에 없는 말을 무심히 하였고, 바로 그 순간 국면이 완전히 바뀌었다.

"아…! 네가 총명하다는 말을 하였다고?" 어머니가 말씀하셨다. "그 말을 들으니 기쁘구나. 그가 재능 있는 사람이니까."

"그럴 수가! 그가 그런 말을 하였다고…?" 아버지도 같은 말씀을 하셨다. "나 또한 모든 사람들이 수긍하는 그의 문학적 자질을 추호도 부정하지는 않으나, 다만 그가 노르뿌와 영감께서 넌지시 말씀하신 별로 명예롭지 못한 생활을 영위한다는 점이 유감이에요." 이제 막 나의 입에서 나온 마법 같은 단어들의 절대적 효력을 상대로 해서는 베르고뜨의 윤리적 일탈도 당신의 판단 오류보다 별로 더 오랫동안 버티지 못한다는 사실을 깨닫지 못하신 채, 그렇게 덧붙이셨다.

"오! 나의 벗님, 그것이 사실이라는 증거는 전혀 없어요." 엄마가 말씀하셨다. "사람들의 말이라는 것이 분분하니까요. 게다가, 노르뿌와 씨가 비할 데 없이 점잖으시긴 하지만, 항상 호의적이지만은 않으며, 특히 자기와 견해가 같지 않은 사람들에 대해서는 더욱 그러해요."

"그것은 사실이오, 나 또한 그러한 점을 이미 오래전부터 간파하였소." 아버지가 하신 대꾸였다.

"그리고 여하튼 그가 나의 어린 아가를 칭찬하니, 우리가 베르고뜨를 너그럽게 대하여야겠지요." 엄마가 손가락으로 나의 머리카락을 쓰다듬으시며, 그리고 꿈꾸는 듯한 긴 눈길을 나에게서 떼지 못하신 채, 그렇게 덧붙이셨다.

한편 나의 어머니는, 베르고뜨의 그러한 판결이 내려지기 전부터도, 내가 친구들을 부를 때에는 질베르뜨를 간식 모임에 초대하여도 좋다고 하셨다. 하지만 나는 두 가지 이유로 감히 그녀를 초대하지 못하였다. 첫 번째 이유는, 질베르뜨의 집에서는 오직 차만 대접하는 반면, 우리 집에서는 엄마가 차 이외에 초콜릿도 곁들여야 한다고 하셨기 때문이다. 나는 질베르뜨가 그것을 진부하다고 여기지 않을까, 그리하여 우리에 대하여 경멸감을 품지 않을까 두려웠다. 다른 이유는 내가 끝내 해결하지 못한 의전 상의 문제였다. 내가 스완 부인 댁에 도착하면, 그녀가 항상 나에게 다음과 같이 물었다.

"모친께서는 어찌 지내시나요?"

질베르뜨가 우리 집에 올 경우 같은 식으로 그녀에게 예의를 표하실지, 내가 몇 차례 엄마의 뜻을 타진해 보았으며, 그러한 의례가 나에게는 루이 14세의 궁정에서 사용되던 '전하'라는 호칭[285]만큼이나 중대한 사안이었다. 하지만 엄마는 고집불통이셨다.

"아니 될 말이다. 내가 스완 부인과 일면식도 없는데."

"하지만 그분도 마찬가지로 엄마와 인사를 나눈 적이 없어요."

"그렇다는 말이 아니다. 하지만 그녀와 내가 반드시 모든 것을 똑같이 해야 할 의무는 없단다. 나는 스완 부인이 아마 너에게 베풀지 못하였을 다른 친절들을 질베르뜨에게 베풀 수 있을 것이다."

하지만 나는 뜻을 굽히지 않았고, 따라서 질베르뜨를 우리 집에 초대하지 않는 편을 택하였다.

나는 부모님 곁을 떠나 옷을 갈아입으러 갔고, 내 옷의 호주머니들을 비우다가 뜻밖에, 스완 댁 저택의 우두머리 시종이 나를 응접실로 안내하기 전에 나에게 건네준 봉투를 발견하였다. 이제 나 홀로 있게 되었다. 그리하여 봉투를 열었고, 그 속에 카드 한 장이 있었으며, 카드에 어느 부인의 이름이 적혀 있었는데, 응접실에서 식당으로 자리를 옮길 때, 내가 그녀에게 팔을 내밀어 그녀가 나의 팔에 의지하여 걷도록 하게 되어 있었다.

블록이, 이 세상에 대하여 내가 가지고 있던 개념을 몽땅 뒤흔들어 놓았을 뿐만 아니라, 메제글리즈 방면으로 산책을 나가곤 하던 시절에 내가 생각하던 것과는 정반대로, 여인들이란 육체적 사랑을 나누는 것 이외에 더 이상 바라는 것이 없다고 단언함으로써, 나에게 행복의 새로운 가능성들을(하지만 훗날 괴로움의 가능성들로 바뀌게 될) 열어준 것은 그 무렵이었다. 그는 자기가 나에게 베푼 그 도움을, 내가 훨씬 훗날에서야 그 진가를 깨닫게 될 두 번째 도움으로 완성시켰는데, 그 두 번째 도움이란, 그가 나를 처음으로 사창가에 데려갔다는 사실이다. 그가 전부터 나에게 자주 말하기를, 이 세상에는 우리가 그 몸뚱이를 수중에 넣을 수 있는 예쁜 여인들이 많다고 하였다. 하지만 나는 그 여인들 전체에게 단 하나의 막연한 얼굴만을 부여하는 상태에 있었고, 그를 따라서 간 사창가가 마침내 나로 하여금, 그 막연한 하나의 얼굴을 개별성 있는 다수의 얼굴들로 대체할 수 있게 해주었다. 그리하여 내가 블록으로부터—행복이나 아름다움의 소유 등이 실현 불가능한 것들이 아니며, 그것들을 영영 포기할 경우 우리가 헛된 삶으로 인도된 꼴이 될 것이라고 하던 그의 '복음'[286]으로 말미암아—우리가 이 세상에 오래 살 수 있다는 희망, 혹은 우리가 저 세상으로 가더라도 이승과 완전히 결별하지 않을 것이라는 희망을 우리에게 안겨 주는, 어느 의사나 낙천적인 철학자로부터 입을 수 있는 것과 같은 유형의 은혜를 입었다면, 몇 해 후 내가 드나들었던 사창가들은—나에게 행복의 여러 견본들을 보여주었던지라, 그리고 나로 하여금 여인들의 아름다움에다, 우리가 창안할 수 없으며 단순히 옛 아름다움들의 요약만이 아닌, 진정 신성한 선물과 같은, 유일하게 우리가 우리 자신으로부터 받을 수 없는, 그 앞에서는 우리 지성의 모든 창조물들[287]이 숨을 거두는, 그리하여 우리가 오직 실체에게만 요청할 수 있는 그 특별한 인자, 즉 한 개인의 고유 매력을 추가하도록 허락하였던지라—삽화 곁들인 회화사 출판업자들이나 교향악 연주회 개최인들 혹은 『예술의 도시들』[288]같은 일련의 책들을 편찬한 이들 같은(그들의 출현 이전에는 만떼냐, 바그너, 시에나 등의 고유 매력을 다른 화가들이나 다른 음악가들 혹은 다른 도시들에 준하여 우리가 열정 없이 상상하였다), 그 유래 일천하되 유용성은 유사한, 그 다른 은인들과 나란히 나에 의해 함께 분류될 자격을 가지게 되었다. 그러나 블록이 나를 데려갔던, 그리고 정작 자신은 오래전부터 출입하지 않던 매춘부의 집은, 수준이 너무 저급하고 종업원들이 너무 보잘것없으며 참신하지 못하여, 내가 전부터 품고 있던 호기심을 충족시켜 주거나 새로운 호기심을 자극하지 못하였다. 그 집 포주는 손님이 요구하는 여인들을 하나도 확보해 두지 못하였던지라, 항상 손님의 뜻에 맞지 않을 여인들만 제안하였다. 그녀가 나에게 특히 한 여인을 추켜세우며 자랑하였는데, 그녀는 그 여인에 대하여 나에게 의미심장한 미소를 지으며(그것이 마치 희귀물이나 진미라도 되는 듯) 이렇게 말하곤 하였다. "유대족 여인이에요! 특별한 느낌 없어요?" (틀림없이 그러한 이유 때문에 그녀가 그 여인을 라셀이라고 불렀을 것이다.[289]) 그러더니, 특별한 의미를 전달할 수 있기를 기대하던, 그러나 거의 관능적 헐떡임처럼 끝난, 멍청하고 인위적인 열광을 한껏 드러내며 다시 말하였다. "나의 어린 것, 그녀가 유대 여인이라는 사실을 생각해 보아요, 고것이 사람을 광증에 휩싸이게 하는 것 같아요! 라!"[290] 그녀의 눈에 띄지 않은 채 내가 언뜻 본 그 라셀이라는 여인은 갈색 머리에 용모 예쁘지 않았으나 영리해 보였고, 그녀와 대화를 시도하던, 그녀에게 소개된 오입쟁이에게 매우 무례한 기색으로 미소를 짓곤 하였으며, 그럴 때마다 혀끝을 두 입술 사이로 살짝 내밀곤 하였다. 그녀의 야위고 갸름한 얼굴은, 먹물로 담채화 속에 그려 넣은 선영(線影)처럼 뒤얽힌, 검고 곱슬거리는 머리카락들로 둘러싸여 있었다. 그녀의 총명함과 그녀가 받은 좋은 교육을 한껏 내세우면서 나에게 그녀를 극구 권하던 포주에게, 나는 매번, 내가 '라셀 깡 뒤 쎄뉘에르'라는 별명을 지어준 그 라셀과 상관하기 위하여, 특별히 날을 잡아 오겠노라 약속하곤 하였다. 하지만 내가 그 집에 처음으로 갔던 날 저녁, 나는 그녀가 그곳을 떠나면서 포주에게 한 다음 말을 들은 바 있었다.

"그러면, 약속된 거예요, 내일은 제가 한가로우니, 혹시 손님이 오면 저를 부르는 것 잊지 마세요."

그리고 그녀가 한 말들이 나로 하여금 즉각 그녀를, 저녁이면 혹시 한두 루이[291]나마 벌 수 없을까 하여 그곳에 오는 공통 습성을 가진 여인들의 일반적인 범주 속에 분류해 놓게 하였던지라, 그 말들이 또한 나로 하여금 그녀 속에서 하나의 인격체를 발견할 수 없게 하였다. 그녀가 사용하던 어구의 형태 또한 기껏 다음과 같은 변화를 보이는 것이 고작이었다. "혹시 제가 필요하시면" 혹은 "혹시 사람이 필요하시면".

알레비의 오페라를 모르는 포주는 내가 왜 '라쉘 깡 뒤 쎄뉘에르'라고 자주 부르곤 하는지 그 까닭을 이해하지 못하였다.[292] 하지만 어떤 농담을 이해하지 못한다 해서 그것이 덜 재미있어 보이는 법은 없다는 듯, 그녀가 나에게 다음과 같은 말을 할 때에는 매번 흔연한 웃음을 터뜨렸다.

"그렇다면, 제가 당신을 '라쉘 깡 뒤 쎄뉘에르'와 결합시켜 드릴 날이 오늘 저녁도 아니란 말이에요? 다시 말씀해 보세요, '라쉘 깡 뒤 쎄뉘에르'라니! 아! 정말 우스워요! 제가 당신을 그녀와 약혼시키겠어요. 후회하시지 않으리라는 점을 깨달으실 거예요."

언젠가 한번은 내가 자칫 결단을 내릴 뻔하였으나 그녀가 '인쇄 중'이었고,[293] 또 언젠가는, 여인의 풀어 흐트러진 머리채에 기름을 부은 다음, 다른 짓은 하지 않고, 빗으로 머리를 빗어주기만 하는 늙은 '이발사'의 수중에 있었다. 또한 내가, 자칭 노동자라고 하지만 항상 일거리가 없는, 매우 겸허하며 나와 친숙해진 몇몇 여인들이 내 곁으로 다가와 나에게 차를 대접하는가 하면 나와 긴 대화를 나누고―대화 주제가 진지함에도 불구하고―그녀들의 부분적 혹은 완전한 나체 상태가 대화에 맛깔스러운 단순성을 부여함에도 불구하고, 그녀를 기다리는 데 지치기도 하였다. 특히 내가 그 집에 드나들기를 멈춘 것은, 그곳 포주에게 더 많은 가구들이 필요함을 알아차리고, 그녀에게 호의를 표하기 위하여, 내가 레오니 숙모님으로부터 물려받은 가구들 중―특히 커다란 까나뻬 하나를―몇몇을 그녀에게 주었기 때문이다. 집에 자리가 없어 부모님께서 그것들을 집 안에 들여놓으시지 못하고 창고에 쌓아 두셨던지라, 내가 전에는 그 가구들을 아예 보지도 못하였다. 하지만 그러한 여인들이 사용하고 있던 그것들을 다시 보는 순간, 꽁브레에 있던 나의 숙모님 침실에서 우리가 호흡하던 모든 미덕들이, 나로 인해 그 잔인한 접촉들에게 무방비 상태로 넘겨진 채 고문을 당하고 있는 모습을 내 목전에 드러냈다! 내가 사람들을 시켜 죽은 여인 하나를 겁간토록 하였다 해도 그토록 괴롭지는 않았을 것이다. 나는 더 이상 그 포주의 집에 발을 들여놓지 않았다. 그 가구들이, 수난을 당하면서 해방시켜 달라고 애걸하는 영혼들이 갇혀 있는, 겉보기에는 무생물 같은 페르시아 옛 이야기 속의 사물들처럼,[294] 여전히 살아 있고 나에게 애원하는 것 같았기 때문이다. 게다가 우리의 기억이라는 것이 대개 우리의 추억들을 우리에게 연대순으로가 아니라 그 부분들의 순서가 뒤집혀진 반사광의 형태로 제시하는지라, 여러 해 전에, 그 앞에만 가면 내가 몸 둘 바를 몰라 하던 내 작은 사촌 자매들 중 하나였고, 숙모님이 방을 비우신 한 시간 동안을 이용하자고 나에게 위험한 조언을 하였던, 그 사촌 누이와 어울려 처음으로 사랑의 쾌락에 입문한 것이 바로 그 까나뻬 위에서였음을, 나는 훨씬 훗날에야 기억해내었다.

나는, 부모님의 반대에도 불구하고, 더 많은 돈을 확보하여 스완 부인에게 더 많은 꽃을 보낼 수 있도록 하기 위하여, 가구들의 다른 일부 전체와, 특히 레오니 숙모님이 사용하시던 고풍스럽고 화려한 은제품들을 팔아 치웠고, 스완 부인은 내가 보낸 거대한 난초 바구니들을 받으면서 이런 말을 하곤 하였다. "제가 당신의 부친이라면, 당신의 법적 후견인을 지명할 거예요." 하지만 그 시절 내가, 언젠가는 특히 그 은제품들을 아까워할 것이며, 질베르뜨의 부모님에게 예의를 차리는 기쁨보다, 아마 전혀 아무것도 아닌 것으로 변할 그 기쁨보다, 다른 특정 기쁨들을 더 높게 평가하게 되리라는 것을 무슨 수로 상상이나 할 수 있었겠는가? 마찬가지로, 내가 외교관이 되지 않기로 결심한 것은, 질베르뜨를 고려하였기 때문에, 즉 그녀 곁을 떠나지 않기 위해서였다. 우리가 돌이킬 수 없는 결단을 내리는 것은 오직 오래 지속되지 않을 마음 때문뿐이다. 질베르뜨의 속에 자리 잡고 있으며, 나로 하여금 이 세상의 나머지 모든 것에는 무관심하게 만들면서 그녀의 양친과 그녀의 집에서 반짝이던 그 기이한 실체, 나는 그러한 실체가 그녀로부터 해방되어 다른 어떤 사람 속으로 이주할 수도 있으리라는 점을 겨우 상상할 정도였다. 진정 같은 실체이되, 일단 이주하면 나에게 전혀 다른 영향을 끼칠 수밖에 없는 실체였다. 같은 질환이라 할지라도 서서히 변화하기 마련이며, 마찬가지로, 감미로운 독소 또한, 세월과 함께 심정적 저항력이 약화되면, 더 이상 감당할 수 없는 법이기 때문이다.

한편 나의 부모님께서는, 베르고뜨가 나에게서 발견하고 인정한 총명함이, 어떤 괄목할 만한 작품의 형태로 표출되기를 바라셨다. 내가 스완 댁 식구들과 교류를 시작하기 전에는, 질베르뜨를 자유롭게 만날 수 없다는 사실에서 비롯된 심적 동요가 나로 하여금 작업에 착수하지 못하게 하는 줄로 믿었다. 하지만 그들의 거처가 나를 향해 활짝 열린 이후에는, 내가 책상 앞에 겨우 앉았는가 하면 어느새 다시 일어서서 그들의 집으로 달려가곤 하였다. 그리고 비록 그들과 헤어져 집에 돌아온 후에도, 내가 그들로부터 표면적으로만 격리되어 있었던지라, 나의 사념은, 나를 여러 시간 동안 마구 이끌고 다니도록 나 자신이 기계적으로 내버려 두었던 그 밀물 같은 말의 급류를 더 이상 거슬러 오를 수 없었다. 홀로 있으면서도 나는 스완 댁 사람들에게 즐거움을 줄 수 있을 법한 말들을 계속 만들어내었고, 그 놀이에 더 많은 재미를 부여하기 위하여, 내 앞에 없는 대화 상대자들의 자리에 나 자신을 놓은 다음, 나의 기지 넘치는 언사가 오직 그들의 성공적인 응수를 유발하는 데만 유용하도록, 정선된 허구적 질문들을 나 자신에게 던지곤 하였다. 비록 소리 없이 진행되었지만, 그 행위는 명상이 아니라 대화였고, 내 비록 홀로 있었어도 그것은 나의 뇌리에서 계속되던 사교계 생활이었으며, 그곳에서는 나의 말을 지배하는 주체가 나 자신이 아니라 상상 속 대화 상대자들이었고, 나는 그 속에서, 내가 진실하다고 믿던 사념들 대신, 밖으로부터 내면을 향하여 진행되지 않아 어려움 없이 내 앞에 나타나는 사념들을 품으면서, 소화 불량으로 인해 둔중해진 사람이 편안히 앉아서도 발견하는 부류의 전적으로 수동적인 즐거움을 맛보곤 하였다.

　작업에 착수해야겠다는 나의 결단이 덜 단호했다면 내가 아마 즉시 시작해 보려고도 하였을 것이다. 그러나 나의 결심이 명백했던지라, 그리고 아직 나에게 닥치지 않아 모든 것이 완벽하게 정돈되어 있는 다음 날 하루의 텅 빈 틀 속에서, 나의 좋은 재능이 스물네 시간 내에 수월하게 실현될 것인지라, 일을 시작하기에 충분한 준비가 되어 있지 않은 날 저녁을 작업 착수 시점으로 선택하지 않는 것이 나았다―그러나 애석하게도 그다음 이어지던 날들 역시 더 적합해 보이지 않게 되어 있었다! 하지만 나는 분별력 있는 사람이었다! 여러 해 동안 기다리던 사람이 사흘을 더 기다리지 못한다면, 그는 철부지와 다름없을 것이다. 이틀 후에는 내가 이미 몇 페이지를 완성하였을 것이라 확신하여, 나는 나의 결단에 대하여 나의 부모님께 더 이상 단 한 마디 말씀도 드리지 않았다. 몇 시간만 더 참았다가, 착수한 작품을 할머니께 보여드려, 할머니께서 위안을 받으시고 확신을 가지실 수 있도록 하는 편이 더 좋을 것 같았다. 불행하게도 그다음 날 또한, 내가 열에 들떠 기다리던 활짝 열리고 광활한 하루는 아니었다. 그다음 날이 끝났을 때, 나의 게으름과, 나의 내면에 있던 몇몇 장애물을 상대로 벌이던 나의 고통스러운 투쟁이, 스물네 시간 더 지속되었을 뿐이다. 그리고 며칠 후, 나의 계획이 실현되지 않아 그것들이 즉각 실현되리라는 희망을 더 이상 품지 않았던지라, 따라서 그 실현에 모든 것을 종속시킬 만한 용기 또한 나에게 더 이상 남아 있지 않았던지라, 다음 날 아침에는 쓰기 시작한 작품을 볼 수 있으리라는 확실한 전망과 같은, 나로 하여금 어느 날 저녁 일찌감치 잠자리에 들게 할 것이 더 이상 없었던지라, 나는 다시 많은 밤들을 지새우기 시작하였다. 재도약을 시도하기 전에 나에게는 며칠간의 휴식이 필요했는데, 나의 할머니께서 단 한 번 부드럽고 실망하신 어조로 다음과 같이 조심스럽게 말씀하셨다. "그래, 그 작품에 대해서 이제는 더 이상 이야기조차 하지들 않느냐?" 나는 할머니께서, 나의 결심이 돌이킬 수 없을 만큼 굳건하다는 사실을 간파하지 못해서서, 당신의 부당한 말씀이 나의 내면에 촉발시킨 신경질(나는 신경질이 난 상태에서 나의 작품을 시작하고 싶지 않았다)로 작업의 착수를 다시, 그리고 아마 오랜 기간, 천연시키셨다는 생각이 들어 할머니를 원망하는 마음을 품었다. 할머니는 당신의 회의적인 말씀이 하나의 의지와 경솔하게 충돌하였음을 즉각 감지하셨다. 할머니께서 얼른 사과하셨고, 나를 포옹하시면서 말씀하셨다. "미안하다, 다시는 아무 말 하지 않으마." 그러신 다음, 내가 용기를 잃지 않도록 하시기 위하여, 내 건강이 좋아지면 작업은 저절로 될 것이라고 나를 안심시키셨다.

    게다가 나는, 스완 댁에서 세월을 보내면서, 나 또한 베르고뜨처럼 살지 않는가 하는 생각에 잠기곤 하였다. 나의 부모님에게도 거의, 내가 비록 게으르긴 하지만 위대한 문인과 같은 응접실을 드나드니, 재능을 키우기에 가장 유리한 생활을 영위하는 것처럼 보였다. 하지만 어떤 사람에게 그 재능을 자신의 내면에서 자신의 힘으로 키우는 노고가 면제될 수 있어, 그것을 타인으로부터 받는다는 것은, 어느 의사와 시내에서 자주 만나 함께 저녁 식사를 하는 것만으로(건강관리를 전혀 하지 않고 온갖 무절제한 짓을 저지르면서) 좋은 건강 상태를 유지하는 것만큼이나 불가능하다. 나의 부모님이나 나에게 착각을 일으키게 한 그 환상에 가장 완벽하게 속은 사람은 스완 부인이었다. 내가 그녀에게, 그녀의 집에 갈 수 없을 것이라고 하면서, 칩거하여 작업을 해야 한다고 말하자, 그녀는 내가 몹시 우쭐대며, 나의 말 속에 약간의 어리석음과 거만함이 있다고 여기는 듯한 기색을 보였다.

"하지만 베르고뜨도 오지 않나요? 혹시 그가 쓰는 글이 좋지 않다고 생각하시나요? 머지않아 그의 글이 더 좋아질 거예요. 그가 책 속에서는 장황하게 늘어놓는 편이지만, 신문에 쓴 글은 더 날카롭고 함축적이에요. 그가 이제부터 〈휘가로〉지의 '사설'[295]을 쓸 수 있도록 제가 주선하였어요. 그야말로 '적합한 인재를 적절한 자리에'[296] 앉히는 셈이지요."

그녀가 다시 한 마디 덧붙였다.

"오세요, 무엇을 해야 하는지 그가 당신에게 그 누구보다도 상세히 이야기해 줄 거예요."

그녀가 나에게 다음 날 자기 집에 와서 베르고뜨와 함께 저녁 먹는 기회를 놓치지 말라고 할 때에는, 마치 의용병 하나를 그의 연대장과 함께 초청하는 것 같았고, 그것이 나의 성공을 위해서인 듯했으며, 걸작품들이라는 것이 마치 '친분 관계를 통해' 만들어지기라도 하는 것 같았다.

그렇게, 내 부모님 쪽뿐만 아니라 스완 씨 내외분 쪽에서도, 즉 지난 여러 시기에는 틀림없이 장애가 될 것처럼 보이던 분들이, 내가 원하기만 하면 언제든, 평온함 속에서는 아니되 황홀감에 휩싸여 질베르뜨를 볼 수 있는, 그 달콤한 생활에 전혀 반대하지 않으셨다. 사랑에는 평온함이라는 것이 있을 수 없는 바, 우리가 그것에서 얻은 것이란 더 많은 것을 갈망하는 새로운 출발점에 불과하기 때문이다. 내가 그녀의 집에 갈 수 없던 시절에는 나의 눈이 그 성취할 수 없는 행복을 향해 고정되어 있었건만, 그곳에서 나를 기다리고 있던 심적 동요의 새로운 원인들은 상상조차 하지 못하였다. 그녀 부모님의 저항이 꺾여 결국 문제가 해결되었으나, 매번 다른 형태의 관계 속에서 문제가 다시 불거지기 시작하였다. 그런 의미에서 보면 매일 다시 시작되던 것은 정말 새로운 우정이었다. 매일 저녁 집에 돌아오면, 내가 질베르뜨에게 말해 주어야 할 중대한 일들이 있음을 깨닫곤 하였는데, 우리의 우정이 그 일들에 의해 좌우되게 되어 있었지만, 그것들이 결코 같은 적은 없었다. 그러나 여하튼 나는 행복했고, 더 이상 어떤 위협도 나의 행복을 가로막지 않았다. 하지만 애석하게도, 내가 어떤 위험도 포착하지 못한 쪽에서, 즉 질베르뜨와 나 자신으로부터 위협이 닥쳐오게 되어 있었다. 내가 오히려, 나를 안심시키던 것, 행복이라고 믿던 것에 괴로워했어야 마땅하다. 사랑에 있어서 행복이란, 겉보기에 가장 단순하고 언제든 닥칠 수 있는 사고에, 그 사고 자체 속에는 없을 하나의 심각성을 즉각 부여할 능력을 갖추고 있는, 하나의 비정상적인 상태이다. 사랑하는 사람을 그토록 행복하게 만드는 것은, 그의 가슴속에 있는 불안정한 무엇이며, 그는 그것을 유지시키기 위하여 끊임없이 합당한 조치를 취하지만 그것이 자리를 옮기지 않는 한 그것을 거의 인지하지 못한다. 실제로 사랑 속에는, 기쁨이 중화시키고 잠재태로 변화시키며 휴면 상태에 놓아두지만 어느 순간이건, 우리가 희원하던 것을 얻지 못하였다면 이미 오래전부터 모습을 드러냈을 상태, 즉 끔찍한 상태로 변할 수 있는 하나의 지속적인 고통이 있다.

나는 질베르뜨가 나의 방문 간격이 멀어지기를 원한다는 사실을 여러 차례 감지하였다. 내가 그녀를 몹시 보고 싶을 경우, 그녀에게 끼치는 나의 훌륭한 영향력을 점점 더 확신하게 된 그녀의 부모님으로 하여금 나를 초대하게 하면 그만이었던 것은 사실이다. 그들 덕분에 나의 사랑이 어떤 위험에도 처하지 않으며, 그들이 나의 편인 한, 그들이 질베르뜨에게 절대적인 영향력을 행사하고 있으니, 내가 안심할 수 있다는 것이 나의 생각이었다. 불행하게도, 어떤 면에서는 그녀의 뜻에 반하여 그녀의 아버지가 나를 불렀을 때 그녀가 자신도 모르게 드러내던 신경질적인 기색을 보고, 나는 혹시 내가 내 행복의 보호 장비로 여기던 것이 반대로 그 행복이 지속되지 못하게 할 은밀한 소이연이 되지 않을까 나 자신에게 묻지 않을 수 없었다.

내가 질베르뜨를 마지막으로 보러 갔던 날에는 비가 내렸고, 그녀는 어떤 집에서 마련한 무용 연습 모임에 초대를 받았는데, 그 댁 사람들과 사귄 지 얼마 아니 되어 나는 그곳에 데려갈 수 없다고 하였다. 그날 나는 높은 습도 때문에 평소보다 더 많은 카페인을 섭취하였다. 아마 궂은 날씨 때문이었던지, 혹은 그 모임이 있을 예정이었던 집에 대한 어떤 부정적인 선입견 때문이었던지, 자기의 딸이 막 집을 나서려 하는 순간, 스완 부인이 극도로 날카로운 어조로 딸을 불렀다. "질베르뜨!" 그러더니, 내가 그녀를 보러 왔으니 당연히 나와 함께 집에 머물러야 한다는 뜻으로 나를 가리켰다. 그 '질베르뜨'라는 말이 나에게 호의를 표하려는 의도에서 절규의 양상을 띠고 스완 부인의 입에서 터져 나왔지만, 외출복을 다시 벗으면서 질베르뜨가 어이없다는 듯 어깨를 으쓱하는 것을 보는 순간 나는, 그녀의 어머니가, 아마 그때까지만 하여도 멈추게 할 수 있었을, 나로부터 조금씩 나의 벗님을 멀어지게 하던 변화에 자신도 모르게 박차를 가하였음을 깨달았다. "날마다 춤을 추러 가야 할 의무가 있는 것은 아니다." 틀림없이 전에 스완으로부터 배웠을 절도 어린 어조로 오데뜨가 자기의 딸에게 말하였다. 그러더니 다시 오데뜨의 모습으로 되돌아가면서 그녀가 딸에게 영어로 말하기 시작하였다. 그 순간 질베르뜨의 생활 중 한 부분을 벽 하나가 순식간에 내가 보지 못하게 감추는 것 같았고, 악의적인 정령[297] 하나가 나의 벗님을 나로부터 멀리 데려간 것 같았다. 우리가 아는 언어 속에서는 소리들의 불투명성을 우리들이 개념의 투명성으로 대체한다. 그러나 우리가 모르는 언어는 하나의 닫힌 궁전이어서, 우리가 사랑하는 여인이 그 속에서 우리들을 배신할 수 있건만, 우리의 무력함 속에서 절망적으로 초조해져 궁전 밖에 머물러 있는 우리는, 아무것도 보지 못하고 어떤 행위도 저지하지 못한다. 한 달 전에는 나로 하여금 미소를 짓게 하였으되 이제는 중간 중간에 나타나는 프랑스식 고유명사들이 나의 불안감을 여지없이 중대시키고 유도하던 그 영어로 나누던 대화가, 비록 나로부터 두어 걸음밖에 아니 되는 지점에서 꼼짝도 하지 않는 두 사람에 의해 이어졌건만, 그것이 마치 나의 벗님을 납치해 가기라도 한 듯, 내가 버려져 홀로 남았다는 느낌에 사로잡히게 하였다. 이윽고 스완 부인이 우리들 곁을 떠났다. 그날, 아마 그녀가 즐기러 갈 수 없게 한 고의 아닌 원인이었던 나에 대한 원한 때문에, 또한 아마, 그녀가 노한 것을 눈치챈 내가 미리 평소보다 더 냉랭해졌기 때문에, 일체의 기쁨이 자취를 감추고 비참해졌으며 엉망이 된 질베르뜨의 얼굴이, 오후 내내, 나로 인해 추러 가지 못한

4인조 춤에 대한 우울한 아쉬움을 가득 담고 있는 듯했으며, 나를 비롯한 모든 사람들이, 그녀의 내면에 보스턴 춤[298]에 대한 감상적인 취향을 불어 넣어준 미묘한 이유를 알아차리는 것조차 아랑곳하지 않는 것 같았다. 그녀는 이따금씩, 날씨와 다시 심하게 쏟아지곤 하던 비와 괘종시계의 빠름 등에 대해, 침묵과 단음절어들로 자주 끊기던 대화를 나와 더불어 나누었고, 그 대화 중에 나는, 일종의 절망적인 광증에 사로잡혀, 우리가 우정과 행복에 바칠 수도 있었을 순간들을 고집스럽게 파괴하였다. 그리고 우리가 주고받던 모든 말에는, 절정에 달한 그것들의 역설적인 의미 부재에 의해 일종의 극단적인 무정함이 부여되었는데, 하지만 그러한 현상이 나에게 위안이 되었으니, 그것이 질베르뜨가 내 말의 내용상 진부함과 억양의 무심함에 속지 않게 해주었으니 말이다. 예를 들어 내가 다음과 같은 말을 하여도 소용없었다. "일전에는 괘종시계가 오히려 늦게 가는 것 같았어요." 그러면 이렇게 알아들었음에 틀림없었다. "당신 정말 심술궂군요!" 내가 그 비 오던 날 오후 내내 진부한 말들을 소강상태 없이 고집스럽게 계속 늘어놓았어도 헛일이었으니, 나의 냉랭함이 내가 그럴듯하게 가장하던 것만큼 굳어진 그 무엇이 아니었다는 사실과, 내가 혹시 날이 저물고 있다는 말을 이미 세 번 반복한 후에 다시 네 번째 같은 말을 하려 할 경우, 쏟아지는 눈물을 억제하는 것이 나에게는 몹시 어려울 것임을 질베르뜨가 틀림없이 감지하리라는 사실을 알고 있었기 때문이다. 그녀가 그러한 상태에 있을 때에는, 단 한 가닥 미소도 그녀의 눈을 채우지 않아 그녀의 얼굴이 활짝 열리지 않을 때에는, 그녀의 슬픈 눈과 침울한 용모에 얼마나 절망적인 단조로움이 새겨져 있는지, 이루 형언할 수조차 없었다. 거의 추하게 변한 그녀의 얼굴이 그러한 순간에는, 아주 멀리 물러난 바다가 미동조차 하지 않고 탁 트이지도 않은 수평선에 에워싸여 있으며 항상 유사한 반사광으로 우리를 지치게 하는, 서글픈 해변들을 닮곤 하였다. 결국, 내가 여러 시간 전부터 기다리던 다행스러운 변화가 질베르뜨에게서 일어나지 않는 것을 보고, 나는 그녀에게 그녀가 착하지 못하다고 하였다. "착하지 못한 사람은 당신이에요." 그녀의 대꾸였다. — "나라고? 그렇지 않아요!" 나는 내가 무슨 잘못을 저질렀는지 곰곰이 생각해 보았고, 그것을 찾아내지 못하여 그녀에게 직설적으로 물었다. "물론 당신은 자신이 착하다고 생각하시겠지요!" 그녀가 길게 웃으며 말하였다. 그 순간 나는, 그녀의 웃음이 어렴풋이 그 윤곽을 그리던, 그녀의 사념 속에 있던 더욱 포착되지 않는 그 다른 구역에 도달할 수 없어 나에게는 괴로웠던 무엇을 느꼈다. 그 웃음이 다음과 같은 의미를 가지고 있는 것 같았다. "아니에요, 그렇지 않아요, 나는 당신이 하는 모든 말에 속지 않아요, 나는 당신이 나에게 미쳐 있다는 것을 알아요, 하지만 그것은 내가 알 바 아니에요, 내가 당신을 아랑곳하지 않으니까요." 하지만 나는, 웃음이라는 것이 누가 뭐라 하던 하나의 확정된 언어가 아니고, 따라서 그녀의 웃음을 내가 정확히 이해하였을 것이라 단정할 수는 없다고 생각하였다. 게다가 질베르뜨의 말에는 다정함이 감돌았다. 내가 다시 그녀에게 물었다. "도대체 내가 어떤 점에서 착하지 못하다는 거예요? 그 점을 지적해 주어요, 당신이 원하는 것이라면 무엇이든 하겠어요." — "아니에요, 소용없는 일이에요, 당신에게 그것을 설명할 수 없군요." 한순간 나는, 내가 자기를 진정으로 사랑하지 않았다고 그녀가 생각하지 않았을까 두려웠고, 그것이 나에게는 못지않게 격렬한, 그러나 하나의 다른 변론술이 요구되는 고통이었다. "당신이 나에게 안겨 주는 슬픔을 아신다면, 나에게 그 점을 지적해 주실 거예요." 하지만, 그녀가 나의 사랑을 의심하였다면 그녀에게 기쁨을 안겨 주었을 그 슬픔이, 반대로 그녀의 신경질을 돋웠다. 나는 그제야 나의 착각을 깨닫고, 더 이상 그녀가 하는 말 따위는 고려하지 않기로 결단을 내린 다음, 믿지는 않으면서도 그녀가 나에게 다음과 같은 말을 하도록 내버려 둔 채, 어차피 그녀가 믿지 않을 테니 아직은 그녀에게 통보하지 말고 그녀를 더 이상 만나지 않겠노라, 문득 용기를 내어 결심을 굳혔다. "제가 당신을 진정으로 사랑하였어요, 어느 날엔가는 그것을 아실 거예요."(그 어느 날이란, 자기들의 결백이 장차 입증될 것이라고 범죄자들이 흔히 단언하는 그날, 하지만 불가사의한 이유 때문에 자기들을 심문하는 날만은 결코 아닌, 어느 훗날이다.)

어떤 사람으로 인해 생긴 슬픔이란, 그것이 비록 그 사람과 아무 관계없는 관심사들이나 일거리들 혹은 즐거움들 사이에 끼어 있어도, 그리고 우리의 마음이 비록 아주 드물게 그것들을 떠나 그 사람에게 돌아온다 할지라도, 매우 쓰라릴 수 있다. 하지만 그러한 슬픔이—나의 경우처럼—그 사람을 만나는 행복이 우리를 가득 채우는 순간에 태동하면, 그때까지 햇볕 찬연하고 변함없으며 잔잔했던 우리의 영혼 속에 급작스럽게 생긴 우울증이, 우리의 내면에 맹렬한 폭풍우를 야기시키고, 그것을 상대로 우리가 끝까지 투쟁할 수 있을지는 우리 자신도 모른다. 나의 심장 위로 몰아치던 폭풍우가 어찌나 난폭했던지, 발길을 돌려 아무 핑계라도 대면서 질베르뜨 곁으로 되돌아가야만 다시 숨을 쉴 수 있을 것 같은 감회에 젖어, 나는 마구 떼밀리고 타박상 투성이가 되어 집으로 향하였다. 하지만 내가 그녀 곁으로 되돌아갔다면 그녀는 이렇게 생각하였을 것이다. "또 그 사람이군! 정말이지 내가 멋대로 굴어도 괜찮겠어. 그가 불행해져서 내 곁을 떠나면, 그럴 때마다 매번 더 고분고분해져서 내 곁으로 돌아오겠지." 하지만 나의 사념 속에서는 내가 아무 저항 못하고 그녀 쪽으로 다시 끌려가곤 하였고, 그 주기적인 방향 전환이, 즉 심적 나침반의 광증이, 내가 집에 들어섰을 때까지도 계속되어, 내가 질베르뜨에게 쓴 두서없는 편지 초안들로 표출되었다.

나는 바야흐로, 사람들이 일반적으로 평생에 여러 차례 조우하는 그 어려운 상황들 중 하나를 통과해야 할 시점에 놓여 있었는데, 흔히들 그러한 상황들을, 자기들의 성격이, 즉 천성이(스스로 우리의 사랑들을 만들고 우리가 사랑하는 여인들까지 거의 만들며 심지어 그녀들의 단점들까지 만드는) 변하지 않았어도, 매번, 즉 나이에 관계없이, 같은 식으로는 맞지 않는다. 그러한 상황들과 조우할 순간에는 우리의 삶이 양분되어, 천평칭(天平秤)의 두 저울판처럼 마주하고 있는 두 판 위에 몽땅 올려진다. 저울판 하나에는, 우리가 그 속을 잘 알지도 못하면서 사랑하게 된 여인의 기분을 상하게 하지 않고, 그녀에게 너무 비천하게 보이지 않으려는 우리의 욕망이 있다. 그러나 우리는, 그 욕망으로 인하여 여인이 자기가 우리에게 불가결한 존재임을 느껴, 결국에는 우리에 대한 흥미를 상실하는 일이 생기지 않도록 하기 위해, 그 욕망을 조금 유보해 두는 것이 더 능숙한 조치라고 생각한다. 다른 저울판에는 반대로, 그녀의 환심 사기를, 그리고 우리가 그녀 없이도 지낼 수 있다고 그녀로 하여금 믿도록 하기를 포기하면서, 그녀를 다시 보러 가지 않으면 가라앉지 않는―국지적이거나 부분적이 아닌―하나의 괴로움이 있다. 우리가 만약 자부심이 놓여 있는 저울판에서, 마음 약하게도 나이와 함께 쇠약해지도록 내버려 두었던 의지의 작은 분량을 덜어내고, 괴로움이 놓여 있는 저울판에다, 우리가 얻어 악화되도록 내버려 두었던 육체적 질환을 추가할 경우, 나이 쉰에 이르러 우리의 품위를 떨어뜨리는 것은, 나이 스물에 반대편을 제압하였을 용기 있는 쪽이 아니라, 지나치게 무거워져 충분한 평형추가 없어진 비겁한 쪽이다. 또한, 상황들이란 스스로 반복되면서 변화하는지라, 생애의 중반이나 그 끝 무렵에 이르러, 우리의 치명적인 방종이, 청년 시절에는 너무 많은 의무에 얽매이고 개인적인 자유가 부족하여 아직 얻지 못하였던 습관의 한 부분으로, 사랑을 복잡하게 만들 가능성도 있다.

나는 질베르뜨에게 보낼 편지 한 통을 쓰면서 그 속에서 나의 맹렬한 노기가 천둥처럼 으르렁거리게 내버려 두었지만, 다른 한편으로는 나의 벗님이 화해를 위한 갈고리 하나라도 던질 수 있도록, 우연히 놓여진 듯한 몇 마디 말로 구성된 구명용 부표(浮漂)도 하나 띄어 놓았다. 잠시 후, 바람이 방향을 바꾸었던지라, 나는 절망감 어린 특정 표현들의 감미로움을 맛보기 위하여 다정한 구절들을 그녀에게 바쳤고, 가령 '영영 다시는…' 등과 같은 것이 그 특정 표현들 중 하나였다. 하지만 그러한 표현들이 그것을 사용하는 당사자들에게는 그토록 감격적이지만, 그것들을 읽을 여인에게는 몹시 진부하게 여겨져 싫증을 느끼게 할 것인 바, 그녀가 그러한 표현들을 거짓으로 여겨 '영영 다시는…'이라는 말을 '당신이 저를 원하시면 오늘 저녁이라도 당장….'이라고 해석하거나, 혹은 그러한 말을 진실로 믿어, 우리를 사로잡지 못한 사람들과의 관계에서는 우리가 무심하게 받아들이는 영원한 이별들 중 하나를 그에게 통보할 것이기 때문이다. 그러나 우리가 연정에 사로잡혀 있는 동안에는, 비록 훗날 우리 스스로가 변하여 더 이상 연정을 느끼지 않는 존재가 된다 할지라도, 그러한 존재에 어울리는 의연한 전임자답게 처신하기가 불가능하니, 도대체 무슨 수로, 한 여인이 우리에게 무관심하다는 사실을 알면서도 우리 자신을 아름다운 꿈으로 다독거리기 위하여 혹은 우리의 커다란 슬픔을 위로하기 위하여 그녀가 우리를 사랑할 경우에나 우리의 귀에 소곤거릴 수 있음 직한 말을 끊임없이 우리의 몽상 속에 떠올리면서, 우리가 그녀의 마음을 정확하게 상상할 수 있겠는가? 사랑하는 여인의 사념이나 행동 앞에서는 우리가, 자연 현상 앞에서 최초의 자연 과학자들이(과학이 성립되어 미지의 세계에 약간이나마 빛을 던지기 전에) 그랬을 것만큼이나 방향을 잃으며, 더욱 심한 경우에는, 그 뇌리에 인과율이라는 것이 겨우 존재할 정도인지라 하나의 현상과 다른 현상 사이에 관계를 설정할 능력이 없거나, 세상의 광경들을 마치 하나의 꿈처럼 모호하게 여기는 존재로 변한다. 물론 나는 그러한 혼란으로부터 빠져나와 원인들을 발견하려 노력하였다. 심지어 내가 '객관적'인 입장을 유지하려고까지 하였으며, 그러기 위하여, 내가 보기에 질베르뜨가 가지고 있던 중요성과 그녀가 보기에 내가 가지고 있던 중요성은 물론, 나 이외의 다른 이들이 보기에 그녀가 가지고 있던 중요성 사이에 존재하던 불균형을 정확히 고려하려 애를 썼는데, 내가 만약 그러한 불균형을 도외시하였다면, 그것이 자칫 나로 하여금 내 벗님의 단순한 친절을 열렬한 사랑의 고백으로 간주토록 하거나, 나의 우스꽝스럽고 추한 거조를, 우리로 하여금 아름다운 눈들로 향하게 하는 순박하고 우아한 몸짓으로 간주토록 할 위험이 있었다. 그러나 또한 나는, 질베르뜨가 약속 시간을 정확히 지키지 않은 것이나 그녀의 언짢은 심기에서 돌이킬 수 없는 적대감을 발견하는 등, 반대편 극단에 빠져드는 것도 염려하였다. 그리하여 똑같이 왜곡시키는 그 두 관점 사이에서 나에게 사물의 정확한 모습을 보여줄 수 있을 관점을 찾아내려 노력하였다. 그러기 위해 필요했던 계산 작업이 나로 하여금 괴로움으로부터 잠시 눈을 돌리게 해주었다. 그리고, 계산의 결과에 따르기 위하였음인지 혹은 내가 그 계산의 결과에 갈망하던 의미를 부여하였음인지, 나는 다음 날 스완 댁에 가기로 결정하였다. 결정을 내리는 순간 행복해졌으나, 그 행복감은, 원하지 않는 여행 때문에 오랫동안 괴로워하던 사람이 기차역까지만 갔다가 다시 집으로 돌아와 여행 가방을 풀며 느낄 법한 안도감이었다. 그리고, 우리가 주저하는 동안에는, 어떤 결단을 내릴 가능성이 있다는 상념 자체가(결단을 내리지 않겠다고 결정함으로써 그 상념을 무력화시키지 않는 한), 생명력 강한 씨앗처럼, 실천에 옮겨진 행위에서 태동할 격정들의 윤곽과 그것들의 작은 부분들까지 모두 발육시키는지라, 나는, 더 이상 질베르뜨를 만나지 않겠다는 계획을 세우면서 그 계획을 반드시 실천해야 할 처지에 놓인 것만큼이나 고통을 자초한 내가 몹시 어처구니없었다고 생각하였으며, 그러한 계획과는 반대로 그녀의 집에 다시 가는 것으로 귀착되었던지라, 내가 그 숱한 혼란스러운 생각들과 고통스러운 체념만이라도 면할 수 있었으리라는 감회에 휩싸였다. 그러나 질베르뜨와의 다정한 관계 재개는 내가 스완 씨 댁으로 가는 시간 동안만 지속되었다. 그것은, 나를 매우 좋아하던 그 댁 우두머리 시종이 나에게, 질베르뜨가 외출하였다고 말하였기 때문이 아니라(실제로 그날 저녁에 나는 그의 말이 사실이었음을 그녀를 만난 사람들을 통해 알게 되었다), 그 사실을 나에게 알려주던 그의 어투 때문이었다. "나리, 아씨께서는 외출하셨습니다, 제가 거짓말하지 않는다고 나리께 장담할 수 있습니다. 혹시 나리께서 확인해 보시겠다면 제가 침실 하녀를 부를 수도 있습니다. 나리를 기쁘게 해드릴 수 있는 일이라면 제가 무슨 짓이든 가리지 않을 것이라는 사실을 나리께서 잘 아시고, 만약 아씨께서 지금 댁에 계시다면, 제가 즉시 나리를 아씨 곁으로 모실 것입니다." 그것이 무의식적으로 한 말이어서 유일하게 중요했던 그의 말이, 용의주도하게 다듬어진 연설은 감출, 예상할 수 없었던 사실의 대략적인 엑스레이 사진이나마 나에게 보여주면서, 질베르뜨의 주위에 있는 사람들 눈에는 내가 그녀에게 성가신 존재로 보였음을 입증해 주었다. 그리하여 시종장의 입에서 그 말이 나오기가 무섭게, 그것이 나의 내면에 증오심을 야기시켰고, 나는 그 증오의 대상으로 질베르뜨 대신 시종장을 택하였다. 내가 나의 벗님을 향하여 품을 수 있었을 모든 노여움의 감정을 그가 자신에게로 집중시켰기 때문이다. 그의 말 덕분에 노여움의 감정을 벗어던진 나의 사랑만이 홀로 남게 되었다. 하지만 동시에 그의 말이, 한동안은 내가 질베르뜨를 만나려 시도하지 말아야 한다는 점도 나에게 선명하게 보여주었다. 그녀가 미안하다는 말을 하기 위하여 틀림없이 나에게 편지를 보낼 것 같았다. 비록 그런다 해도 나는 즉시 그녀를 보러 갈 생각이 없었다. 그녀 없이도 내가 살아갈 수 있음을 그녀에게 입증해 보이기 위해서였다. 게다가 일단 그녀의 편지를 받기만 하면, 질베르뜨를 만나는 것이 나에게는 한동안 쉽게 절제할 수 있는 일이 될 것 같았다. 내가 원하기만 하면 그녀를 다시 만나는 것이 확실할 것이기 때문이었다. 내가 자초한 그녀와의 결별 상태를 다소나마 덜 서글프게 견디기 위해 나에게 필요했던 것은, 우리가 혹시 영원한 불화에 휩쓸린 것이 아닌지, 그녀가 혹시 약혼을 하였거나 빠리를 떠났거나 납치된 것은 아닌지 하는 등의 무시무시한 불안감을 나의 가슴이 벗어던졌다고 느끼는 것이었다. 그날 이후 이어지던 나날들은, 옛날 내가 질베르뜨 없이 보내야 했던 신년 휴가 주간의 나날들과 비슷했다. 그러나 옛날에는, 그 주간이 끝나면 우선, 나의 벗님이 다시 샹젤리제에 올 것이며, 내가 전처럼 그녀를 다시 볼 것이 확실했고, 다른 한편으로는, 신년 휴가 기간 동안에는 샹젤리제에 갈 필요가 없다는 것을 내가 못지않게 확실히 알고 있었다. 그리하여 이미 먼 옛날이 되어버린 그 슬픈 한 주간을 내가 평온함 속에서 견뎠으니, 그 주간에는 두려움도 희망도 섞이지 않았기 때문이다. 그런데 이번에는 반대로, 나의 괴로움을 견딜 수 없을 만큼 심화시킨 것은 두려움뿐만 아니라 희망이기도 했다. 당일 저녁으로 질베르뜨의 편지를 받지 못한 나는, 그것이 그녀의 부주의나 다른 바쁜 일들 탓이려니 생각하면서, 다음 날 아침에 배달되는 우편물들 속에서 그녀의 편지를 발견할 수 있을 것을 의심하지 않았다. 나는 두근거리는 가슴으로 날마다 우편물을 기다렸고, 그 속에서 질베르뜨 이외의 다른 사람들이 보낸 편지들만을 발견하면, 가슴의 두근거림이 의기소침으로 이어졌고, 편지가 전혀 없을 때도 있었지만, 그것이 더 괴롭지는 않았다. 다른 사람이 나에게 보내던 우정의 표시가 그녀의 무심함을 더욱 잔인하게 보이도록 하였기 때문이다. 나는 다시 오후 우편물에 희망을 걸곤 하였다. 또한 편지 배달 시간 이외의 낮 시간에도 감히 외출할 엄두를 내지 못하였다. 그녀가 편지를 인편에 보낼 수도 있었기 때문이다. 그러다가, 우편배달부도 스완 댁 심부름꾼도 더 이상 올 수 없어 위안 받을 희망을 다음 날 아침으로 미루어야 할 순간이 결국 닥치곤 하였고, 그렇게, 나의 괴로움이 지속되지 않으리라 내가 믿고 있었기 때문에, 나는 이를테면 그 괴로움을 끊임없이 갱신할 수밖에 없었다. 내가 느끼던 슬픔이 아마 전의 것과 같았을 것이지만, 그것이 전처럼 최초의 격정을 동일한 형태로 연장시키기만 하는 대신, 하도 빈번하게 갱신되는지라 결국 안정을 찾곤 하던 격정으로―생리적이고 지극히 순간적이었던 격정이다―촉발되어 하루에도 여러 차례 반복적으로 다시 시작되었으며, 그러한 현상이 하도 심하여, 기다림에 의해 야기된 심적 동요가 미처 가라앉기도 전에 기다려야 할 새로운 이유가 문득 나타나는지라, 내가 그러한 초조함에 사로잡히지 않는 순간이 더 이상 없었고, 하지만 그러한 초조함을 단 한 시간 동안 감당하는 것도 몹시 어려웠다. 그렇게, 나의 괴로움이, 옛날 새해 첫날에 느끼던 것과는 비교조차 할 수 없을 만큼 혹독했고, 그것은 나의 내면에, 그 고통을 감수하려는 순수하고 단순한 체념 대신, 매 순간 고통이 멈추기를 기다리는 희망이 있었기 때문이다. 하지만 결국에는 내가 그러한 체념에 도달하였고, 그러자 그것이 돌이킬 수 없음을 깨달았으며, 나의 사랑을 위해서도, 또 무엇보다도 그녀가 나에 대한 경멸적인 추억을 간직하지 않기를 바랐기 때문에, 나는 질베르뜨를 영원히 포기하였다. 하지만 그럼에도 불구하고, 그 순간 이후, 내가 혹시 일종의 앙앙불락하는 연정을 간직하지 않았을까 그녀가 추측하는 일이 없도록 하기 위하여, 그녀가 나에게 만나자는 제안을 할 경우 나는 자주 그 제안을 수락하였고, 그랬다가 마지막 순간에 약속 장소에 갈 수 없게 되었다는 편지를 보냈으며, 그러나 내가 만나기를 원하지 않았을 사람에게 그랬을 것처럼, 약속을 지키지 못하여 몹시 애석하다고 극구 부언하였다. 우리의 관심 대상이 아닌 사람들에게 흔히들 사용하는 그 애석하다는 표현들이, 오직 사랑하는 여인만을 향해 짐짓 꾸며 드러내는 무심한 어조보다 오히려 더 효과적으로, 나의 그녀에 대한 무관심을 질베르뜨에게 확신시켜 줄 것 같았다. 내가, 말보다는 무한히 반복되는 행동으로, 그녀 만나는 것에 애착하지 않음을 입증해 보일 경우, 그녀가 아마 나에 대한 애착을 다시 느낄 수 있을 것 같았다. 하지만 애석하게도 그것은 헛수고일 것 같았다. 그녀를 더 이상 만나지 않으면서 그녀의 내면에 나에 대한 애착을 되살리려 하는 것은 곧 그녀를 영영 잃는 짓이었다. 우선, 그 애착이 다시 태동하기 시작할 때, 그것이 존속하기를 바란다면, 내가 그것에 즉시 굴복해서는 아니 될 것 같았기 때문이다. 게다가 그러다 보면 가장 혹독한 순간들이 다 지나갈 것 같았다. 그녀가 나에게 불가결했던 것은 바로 그 혹독한 순간이었건만, 나는 그녀에게, 그녀가 나를 다시 만남으로써 가라앉힐 고통이 머지않아 하도 약해져서 그것이 더 이상—그 순간에도 아직은 그녀가 고통을 멈추게 하는 데 불가결했을 것처럼—우리가 타협할, 즉 다시 화해하고 전처럼 만날, 동기가 되지 않을 것이라 경고할 수 있기를 바랐을 것이다. 그리고 훗날, 나에 대한 질베르뜨의 애착이 하도 다시 강해져서, 내가 드디어 그녀에 대한 나의 애착을 아무 위험 느끼지 않고 그녀에게 고백할 수 있을 때쯤이면, 그녀에 대한 나의 애착이 그토록 오랜 동안의 부재(不在)를 견디지 못하여 더 이상 존재하지 않을 것이고, 내가 질베르뜨에게 무관심해질 것 같았다. 그 모든 것을 알고 있었으되 나는 그러한 이야기를 그녀에게 할 수 없었다. 그녀를 너무 오랫동안 만나지 못하고 지낼 경우, 내가 그녀 사랑하기를 멈추게 될지 모른다고 역설하였다면, 그녀는 틀림없이, 자기가 나에게 서둘러 자기 곁으로 돌아오라는 말을 하도록 하는 것이 나의 유일한 목적이었노라 믿었을 것이다. 어쨌든 내가 그녀와의 결별이라는 형벌을 나 자신에게 선고함에 있어 그것을 더 수월하게 해주던 것은, 질베르뜨가 집에 있지 않고 친구 하나와 함께 외출하였다가 저녁 식사 때에도 귀가하지 않을 것이라는 사실을 내가 미리 알게 될 때마다(비록 내가 반대로 말하였지만, 나로 하여금 그녀 만나기를 회피토록 하는 것이 나의 의지이지, 어떤 돌발적인 장애나 건강상의 문제가 아니라는 사실을 그녀가 깨닫도록 하기 위하여), 내가 스완 부인을 보러 갔다는 사실이다(그녀가 나에게는, 그녀의 딸 만나기가 그토록 어렵던, 그리고 그녀의 딸이 샹젤리제에 오지 않는 날이면 내가 '아카시아' 가로수 길에서 배회하던, 그 시절의 그녀로 되돌아가 있었다). 그러한 방식으로 나는 질베르뜨에 대하여 다른 이들이 하는 이야기를 들었고, 그녀 또한 나에 대하여 하는 이야기를 곧 듣게 될 것이며, 그 이야기를 통해 내가 자기에게 집착하지 않음을 깨달을 것이라고 확신하였다. 그리하여 또한, 고통 받는 모든 사람들이 그러듯이, 나의 서글픈 처지가 그보다 더 나쁠 수도 있었다는 생각에 잠기곤 하였다. 왜냐하면, 질베르뜨가 살던 거처에 자유롭게 드나들 수 있었던지라, 비록 그러한 특권은 이용하지 않겠노라 결심하였지만, 내가 항상 내심 생각하기를, 혹시 나의 고통이 견딜 수 없을 만큼 심할 경우, 내가 그것을 멈추게 할 수 있다고 믿었기 때문이다. 나는 그저 하루하루 불행할 뿐이었다. 하지만 그것도 지나친 말이다. 한 시간에도 몇 번이나(그러나 이제는, 우리의 불화 직후에, 내가 스완 댁에 다시 드나들기 전에, 나의 가슴을 조이던 그 초조한 기다림 없이) 내가, 언젠가는 틀림없이 질베르뜨가 나에게 보낼, 혹은 아마 그녀가 손수 가져올 편지를, 나 자신에게 낭송하였던가! 그 상상 속 행복의 줄기찬 환영이, 실제 행복의 파괴를 견딜 수 있도록 나를 도와주었다. 우리를 사랑하지 않는 여인들로부터는, '사라진[299] 이들'에게서와 마찬가지로, 더 이상 기대할 것이 없음을 뻔히 알면서도, 우리는 기다리기를 멈추지 못한다. 그리하여 항상 엿보고 귀를 쫑긋하면서 살아간다. 위험한 탐사를 위하여 먼 바다로 떠난 아들이 죽었으리라고 오래전부터 확신하면서도, 어머니들은 매 순간, 그 아들이 기적적으로 구출되어 건강한 모습으로 곧 집에 들어설 것이라고 상상한다. 그리고 그러한 기다림이, 기억력과 신체 기관들의 저항력에 따라, 그 어머니들로 하여금 여러 해를 헤치고 나아간 끝에 아들이 이 세상에 없다는 사실을 견디고 조금씩 잊어 계속 살아가게 하든가, 혹은 견디지 못하고 죽음에 이르게 한다. 다른 한편으로는 나의 슬픔이 조금 위안을 받기도 하였던 바, 그 슬픔이 나의 사랑에 유익할 수 있다는 생각 때문이었다. 질베르뜨는 만나지 않고 스완 부인을 방문할 때마다 그것이 나에게는 혹독한 괴로움이었으되 나는 그 방문이 나에 대하여 질베르뜨가 가지고 있던 생각을 호전시키고 있음을 느꼈다.

게다가, 스완 부인 댁으로 향하기 전에 내가 항상 그녀의 딸이 정말 집에 없는지를 미리 확인해 보았던 것은, 그녀와 영영 불화하려던 나의 결심에 못지않게, 그녀를 포기하려던 나의 의지 위에 스스로를 포개어 놓음으로써 그러한 의지에 내포되어 있던 지나치게 잔인한 것을 가리워 나에게 보여주지 않으려 하던 화해의 희망에도(다양한 추억들의 예상치 못한 쇄도에 영향을 받아 띠게 되는 간헐성을 법칙들 중 하나로 가지고 있는 인간의 영혼 속에서는, 그러한 의지도 희망도 지속적으로는 절대적이지 못하다) 아마 기인했을 것이다. 그러한 희망 속에 있는 망상적인 측면을 나는 잘 알고 있었다. 나는, 얼마 후이면 어떤 낯선 사람이 아마 자기에게 전 재산을 남겨줄 것이라고 생각하여, 거친 빵을 씹으면서도 눈물을 거두려 하는 어느 가난한 사람과 같았다. 현실을 감당할 수 있는 것으로 만들기 위해서는, 우리들 모두 그러한 작은 광증을 내면에 지속적으로 간직할 수밖에 없다.[300] 그런데 내가 질베르뜨와 만나지 않는 동안에는—그동안 결별이 원활하게 이루어지건만—나의 희망이 더욱 완벽한 상태로 남아 있었다. 만약 내가 그녀의 모친 댁에서 그녀와 마주쳤다면, 우리의 불화를 결정적으로 악화시켜 나의 희망을 아예 죽여 없애든가, 다른 한편으로는, 새로운 불안 상태를 만들어내면서 나의 사랑을 다시 일깨워 나의 체념을 더욱 어렵게 만들, 아마 돌이킬 수 없을 말을 주고받았을 것이다.

　매우 오래전부터, 내가 자기의 딸과 사이가 나빠지기 훨씬 전부터, 스완 부인이 나에게 다음과 같이 말하곤 하였다. "질베르뜨를 보러 오시는 것은 매우 좋은 일이지만, 가끔은 '나'도 보러 오셨으면 좋겠어요. 손님이 너무 많아 당신이 귀찮아하실 나의 슈플뢰리[301]에 참석하지 마시고 다른 날 오시면, 저녁나절에는 제가 항상 집에 있어요." 따라서 내가 그녀를 보러 간다 해도, 그것이 오래전에 표출된 그녀의 뜻에 뒤늦게 따르는 것으로밖에 보이지 않았을 것이다. 그러한 생각을 하며, 이미 어두워지기 시작하였고 나의 부모님께서 저녁 식탁 앞에 앉으실 때가 거의 가까워진 매우 늦은 시각에, 나는 스완 부인을 방문하기 위하여 집을 떠나곤 하였는데, 그녀를 방문하는 동안 질베르뜨를 볼 수는 없으되 오직 그녀 생각에만 잠길 것이라는 사실을 나는 잘 알고 있었다. 심지어 시내 중심부 거리에조차 전등이 없었고 전기를 사용하는 주택도 매우 드물어, 오늘날보다 훨씬 어두웠던 빠리의 후미진 구역으로 간주되던 어느 동네에서는, 일층이나 중이층에 있는 응접실(스완 부인이 평소 손님을 접대하는 응접실처럼)의 램프들이 대문 앞길을 환하게 비추었고, 그리하여 그 앞을 지나던 행인으로 하여금, 그 불빛이, 멋지게 꾸민 꾸뻬 몇 대가 그 집 앞에 멈추어 있게 한 명백하되 감추어진 곡절이라 여겨, 고개를 쳐들게 하곤 하였다. 또한 그 꾸뻬들 중 하나가 움직이기 시작하면, 행인이 섬뜩 놀라면서, 그 신비한 곡절에 뜻밖의 변화가 생겼으리라 믿곤 하였다. 하지만 그것은 단지, 자기의 말들이 혹시 감기에 걸리지 않을까 염려한 어느 마부 하나가 이따금씩 말들로 하여금 왔다 갔다 걷게 하는 것일 뿐이었으며, 고무 테 씌운 바퀴들이 제공하는 고요함의 배경 위로 말들의 발굽 소리가 더욱 날카롭고 선명하게 부각되어, 그러한 왕복 운동이 그만큼 더 인상적이었다.

그 시절, 어떤 길에서건, 주택이 인도로부터 지나치게 높이 치솟아 있지 않을 경우, 그곳을 지나는 행인이 흔히 볼 수 있던 '겨울 정원'[302]이라는 것이 이제는 삐에르-쥘르 스딸[303]의 새해 선물용 책들 속에 있는 사진 판화들에서밖에 눈에 띄지 않는데, 오늘날 유행하는 루이 16세풍 응접실들의 드문 꽃 장식들과—목이 길고 가늘어 꽃 한 송이도 더 꽂을 수 없는 수정 꽃병에 장미 한 송이나 일본 붓꽃[304] 한 송이 꽂혀 있는 것이 고작이다—현격한 대조를 보이는 그 판화들을 보건대, 그것들을 제작한 사람이, 그 시절 모든 이들이 거처에 많은 식물들을 가지고 있으나 그것들을 배치함에 있어서는 전혀 모양을 부리지 않는지라, 생기 없는 치장에 냉정하게 마음 쓰는 대신 식물학에 관심이 많던 각 가정 주부들의 활기차고 감미로운 열정에 부응하였음에 틀림없다. 그 시절 큰 저택에 있던 그 '겨울 정원'은, 새해 첫날 아침 불 밝힌 램프 밑에—아이들은 날이 완전히 밝아질 때까지 기다리지 못하는지라 점화한—다른 새해 선물들과 함께 놓아 둔 그 작고 휴대할 수 있는 온실들[305]을, 즉 겨울의 헐벗은 황량함을 장차 기를 수 있게 된 식물들로 완화시켜 주는지라 그곳에 놓여 있던 것들 중 가장 아름다웠던 그 선물을, 확대된 크기로 생각하게 하였을 뿐만 아니라, 그 겨울 정원들이 그 온실들보다 오히려, 그 온실들 바로 곁에 놓여 있던 또 다른 새해 선물이 한 권의 아름다운 책 속에 그려진 온실을 더 닮았던지라, 그 그림 속의 온실이 아이들에게가 아니라 그 책의 여주인공 릴리 아가씨에게 주어졌던 것이건만[306] 아이들을 어찌나 매혹하였던지, 이제 거의 노인이 다 된 그 아이들이, 행복했던 그 시절에는 겨울이 가장 아름다운 계절 아니었던가 하고 자문할 지경이다. 여하튼, 그 집 앞을 지나던 행인이 발끝으로 서서 안을 들여다보면, 길에서 바라볼 경우 불 밝힌 창문이 아이들에게 주던 그 휴대용 온실들(그것들이 실물이든 그림책 속의 것이든)의 유리 덮개처럼 보이게 하던 다양한 식물들의 우거진 가지와 잎들 사이로, 그 겨울 정원 안쪽에, 치자나무 꽃이나 카네이션 한 송이를 장식 단추 구멍에 꽂은 프록코트 차림으로, 어떤 남자 하나가, 앉아 있던 어느 여인 앞에 서 있는 것이 보이곤 하였고, 두 사람 모두 러시아산 찻주전자로부터—그 시절 그 주전자를 수입하기 시작한 지 얼마 되지 않았다—나온 수증기 때문에 호박색을 띤 응접실의 공기 속에, 마치 황옥(黃玉) 속에 음각(陰刻)된 듯 박혀 있었으며, 그 수증기가 아마 오늘날에도 찻주전자에서 나오고 있으련만, 그것이 모든 이들에게 익숙해져 더 이상 그 누구의 눈에도 띄지 않는다. 스완 부인은 자기만의 그 '차 마시는 시간'을 매우 중시하였다. 또한 어떤 남자에게 다음과 같이 말함으로써 자신의 독창성과 매력을 보일 수 있다고 믿었다. "어느 날이든 저녁나절이면 제가 집에 있으니 차 마시러 오세요." 따라서 그녀는 가벼운 영국 억양이 섞인 자기의 그 말에 세련되고 부드러운 미소를 곁들였고, 그러한 말을 듣던 대화 상대자는, 그 말이 극도의 경의와 주의를 요하는 중요하고 특이한 무엇이라도 되는 듯, 엄숙한 기색으로 읍하며 그 말을 가슴에 새기곤 하였다. 스완 부인의 응접실에서 꽃들이 단순한 치장물적 성격만을 가지고 있지 않았던 데에는, 앞에서 이야기한 것들 이외의 다른 이유 하나가 있었고, 그 이유는 그 시절과 관련되어 있던 것이 아니라, 옛날 오데뜨 드 크레씨라는 이름으로 그녀가 영위하던 삶과 부분적으로나마 연관되어 있었다. 과거의 그녀와 같은 고급 갈보는 주로 정인들을 위하여 사는지라, 즉 주로 자기의 거처에서 지내는지라, 그러한 생활이 그녀로 하여금 자신을 위해 살도록 유도할 수 있다. 정숙한 여인에게서 발견되는, 그리고 갈보에게도 중요하게 보일 수 있을 것들, 바로 그러한 것들이 어떠한 경우이건 갈보에게는 가장 중요하다. 갈보에게 있어 하루 중 절정의 시점은, 일반 사람들을 위하여 옷을 입는 시점이 아니라 한 남자를 위하여 옷을 벗는 시점이다. 그녀의 실내용 드레스나 잠옷은 외출용 의상 못지않게 우아해야 한다. 다른 여인들이 자기들의 보석을 다른 이들에게 과시하는 반면, 갈보는 자기의 보석들과 은밀한 삶을 함께한다. 그러한 유형의 삶에게는 은밀한 사치가, 다시 말해 거의 무사무욕에 가까운 사치가 요구되며, 결국 그러한 사치에 대한 취향을 당사자가 얻게 된다. 스완 부인은 꽃들에 대해서도 그러한 취향을 갖게 되었다. 그녀의 안락의자 옆에는 항상 빠르마 제비꽃이나 물에 잠긴 데이지 꽃잎들 가득한 커다란 수정 잔 하나가 놓여 있었고, 그곳에 막 도달한 사람의 눈에는, 스완 부인이 홀로 즐기기 위하여 마시고 있었을 찻잔이 그랬을 것처럼, 그것이 그녀의 각별히 좋아하는 그러나 자기로 인해 잠시 중단된 소일거리를 증언해 주는 것처럼 보였으며, 그 소일거리가 하도 내밀하고 신비하기까지 해서, 그렇게 늘어놓은 꽃들을 보는 순간, 오데뜨의 최근 독서 내용을, 그래서 아마 그녀의 현재 생각까지도 폭로할, 아직도 펼쳐진 책의 제목을 보게 된 사람이 그랬을 것처럼, 누구든 정중하게 사과하고 싶은 욕구를 느낄 지경이었다. 그러나 꽃들은 책들보다 더 생생히 살아 있어서, 스완 부인을 뵈러 들어갔다가 그녀가 홀로 있지 않음을 간파하고는, 혹은, 그녀와 함께 들어갔어도, 응접실이 비어 있지 않음을 알아차리고는 어색해질 만큼, 그 응접실에서 하나의 수수께끼 같은 자리를 차지하고 있으며, 방문자에게는 알려지지 않은 그 댁 안주인의 생활 중 많은 부분과 관련되어 있었던지라, 오데뜨를 방문하는 이들을 위해 준비된 것이 아니라 마치 잊힌 듯 그곳에 있던 그 꽃들은, 방문객이라면 누구나 혹시 방해하지 않을까 저어할 수밖에 없는 사적인 대화를 그녀와 일찍이 나누었고 또 아직도 더 나누게 되어 있었으나, 그 빠르마 제비꽃의[307] 바래고 투명하며 방종한 연보라빛 감도는 색깔을 응시하며 그 대화의 비밀을 읽어내려 하여도 헛일이었다. 시월 하순부터 오데뜨가, 그 시절에도 아직 오후 다섯 시 차(five o'clock tea)라고 흔히 영어로 칭하던 그 차 마시는 의식을 위하여, 가능한 한 일정한 시각에 맞춰 집에 돌아오곤 하였다. 베르뒤랭 부인이 사교용 응접실을 마련한 것은 누구든 그녀를 항상 같은 시각에 그녀의 집에서 만날 수 있을 것이라 확신할 수 있도록 하기 위한 배려였노라는 말을 들었고, 또 자신도 그렇게 같은 말 하기를 좋아하였기 때문이다. 그녀는 자신도 같은 종류의, 그러나 더 자유로운, 그녀가 즐겨 '쎈자 리고레(senza rigore, 엄격하지 않은)' 라고 하던, 응접실 하나를 가지게 되었다고 생각하였다. 그리하여 자기를 일종의 레삐나쓰 같은 여자라 여겼고, 작은 집단으로 이루어진 그 유명한 데팡이라는 여인의 응접실에서 가장 마음에 드는 남자들을 빼앗아옴으로써[308] 당당히 맞설 수 있는 응접실 하나를 열었다고 믿었으며, 특히 그 남자들 중 스완은, 오데뜨가 자기의 과거를 모르는 새로 온 사람들로 하여금─하지만 자신에게는 그러지 못하였던─믿도록 하였을 설명에 의하면, 그녀가 그 데팡과 같은 여인의 응접실을 이탈하여 물러설 때, 그녀를 따라왔다고 하였다. 하지만 우리가 좋아하는 특정 역할들을 수없이 반복해 맡고 또 그것들을 우리 내면에서 연습하였을 경우, 우리들은 이미 거의 망각된 사실의 증언보다는 그 역할들의 허구적 증언에 더 쉽사리 의지하게 된다. 스완 부인이 아예 외출하지 않는 날에는, 그녀가 갓 내린 눈처럼 하얀 중국산 크레이프로 지은 드레스나 때로는 명주 모슬린으로 지은 긴 통드레스 속에 감싸여 있었고, 그러한 의상들이 마치 흩뿌려져 그녀를 뒤덮고 있는 분홍색이나 흰색 꽃잎들 같아, 오늘날 사람들은 겨울철에 별로 어울리지 않는다고 여길지 모르나, 그것은 잘못된 생각이다. 왜냐하면, 그 가벼운 직물들과 부드러운 색깔들이—출입문에 드리운 휘장 같은 커튼에 감싸였던지라 그 시절의 세속적 소설가들이 '안온하게 누벼졌다'고 한껏 우아한 말로 묘사하던 응접실들의 후끈거리는 열기 속에서는—그 속에 있는 여인에게, 겨울철임에도 불구하고 봄날인 양 선홍색 나신으로 그녀 곁에 머물러 있을 수 있는 장미꽃들에게와 마찬가지로, 추위하는 기색을 부여할 뿐이기 때문이다. 일체의 소음이 융단에 흡수되고 그 집의 안주인이 대개의 경우 움푹 들어간 곳에 앉아 있었던지라, 그 안주인이 방문객의 도착을 통보받지 못하였을 때에는 방문객이 거의 그녀 앞에 벌써 도달하였음에도 독서를 계속하곤 하였으며, 그것이, 당시에는 이미 구식이었던 그 특별한 드레스들의 추억 속에서 우리가 오늘날 다시 발견하는 독특한 소설적 인상들을, 즉 일종의 발각된 비밀이 가지고 있던 매력을 증대시켜 주었는데, 오직 스완 부인만이 여전히 간직하고 있었을 그 드레스들이 우리들로 하여금, 그 드레스를 입던 여인이 소설의 여주인공이리라는 생각을 갖게 하였던 바, 우리들 중 거의 대부분 사람들이 그것들을 앙리 그레빌[309]의 특정 소설들 속에서만 보았기 때문이다. 초겨울에 접어든 그 무렵, 오데뜨가 이제는 자기의 응접실에, 지난날 스완이 그녀의 집에서 볼 수 없었을 꽃송이 거대하고 색깔 다양한 국화를 들여놓았다. 그 꽃들에 대한 나의 찬탄은—다음 날이면 질베르뜨에게 '너의 친구가 나를 보러 왔었다'고 말할 그녀 어머니 특유의 시(詩)를 나의 슬픔으로 인해 다시 발견하면서 내가 스완 부인을 서글픔에 잠겨 방문하는 동안—의심할 나위 없이, 그녀의 안락의자들을 감싸고 있던 루이 15세 시절풍 비단처럼 연분홍색이고 중국산 크레이프로 지은 그녀의 실내 드레스처럼 백설의 순백이며 혹은 그녀의 러시아산 주전자처럼 금속성 붉은색이었던 그 국화꽃들이, 응접실의 장식 위에, 못지않게 풍부하고 못지않게 세련된 색채로 이루어졌으되, 살아 있던지라 단 며칠밖에 존속하지 못할, 보충적인 장식 하나를 포개어 올려놓고 있었다는 사실에서 비롯되었다. 하지만 나는 그 국화꽃들이, 이제 막 진 해가 십일 월 황혼녘의 안개 속에 그토록 화려하게 찬양하듯 펼쳐 놓는, 그리고 내가 스완 부인 댁에 들어가기 직전 하늘에서 흐려지는 것을 본 후, 꽃들의 타오르는듯한 빨레뜨 속에 옮겨져 수명이 연장된, 못지않게 분홍색이며 금속성인 색조들에 비해 덧없기보다는 상대적으로 존속성이 크다는 사실에 의해 감동을 받곤 하였다. 인간이 사는 하나의 거처를 장식하러 오기 위하여 대기와 태양의 불안정한 상태로부터 위대한 색채 전문가에 의해 뽑혀 나온 불들처럼, 그리고 나의 깊은 슬픔에도 불구하고, 그 국화꽃들은 그녀의 차 마시는 모임이 지속되는 동안 십일 월의 그토록 짧은 기쁨을 게걸스럽게 음미하라고 나를 초대하였으며, 그 기쁨의 내밀하고 신비한 화려함이 내 곁에서 활활 타오르게 하였다. 애석하게도 나에게 들려오던 대화 속에서는 내가 그 화려함에 도달할 수 없었으니, 대화가 그 화려함과 너무나 닮지 않았기 때문이다. 꼬따르 부인에게조차, 그리고 이미 상당히 늦은 시각이었건만, 스완 부인의 어조에는 애교가 배어 있었다. "아네요, 아직 늦지 않았어요, 괘종시계는 쳐다보시지도 말아요, 저 시계는 맞지도 않아요, 멈추었어요. 도대체 무슨 그리 바쁜 일이 있어요?" 그러더니, 자기의 명함 지갑을 집어 들고 있던 교수의 아내에게 작은 파이 하나를 권하였다.

"이 댁에 오기만 하면 도저히 돌아갈 수가 없어요." 봉땅 부인이 스완 부인에게 말하자, 자신이 느낀 인상이 그렇게 표현되는 것을 들으며 깜짝 놀란 꼬따르 부인이 따라서 목소리를 높였다. "그것이 바로 저의 내면 깊숙한 곳에서 저의 '보잘 것 없는 분별력'으로 항상 제가 생각하던 것이에요." 스완 부인이 별로 상냥하지 못한 그 소시민 여인에게 죠키 클럽의 신사들을 소개할 때면, 오데뜨의 그 저명한 친구들 앞에서 그녀의 표현대로 '방어적'이지는 않더라도 매우 유보적인 태도를 보이던 그녀에게, 그 신사들께서 그것이 큰 영광이기라도 되는 듯 황공한 기색으로 예의를 차린 까닭은, 그녀가 항상 가장 단순한 것에 대해 말할 때에도 그렇게 고상한 언어를 사용하였기 때문이다. "부인께서 삼 주 연속하여 수요일 약속을 어기셨어요, 아무도 믿지 않을 거예요." 스완 부인이 꼬따르 부인에게 나무라듯 말하였다. "그것은 사실이에요, 오데뜨, 부인을 뵌 지 '수 세기, 아니 영겁'은 되었어요. 보시다시피 저의 유죄 판결에 승복해요. 그러나…" 그녀가 우스꽝스러울 정도로 수줍어하는 그리고 멍한 기색을 지으며 덧붙였는데, 비록 의사의 아내였지만, 류마티즘이나 신장통에 시달렸다는 사실을 완곡하게 이야기할 수밖에 없었기 때문이다. "…제가 소소한 고통에 시달렸음을 부인께 고백해야겠군요. 누구에게나 나름대로의 질환이 있지요. 게다가 저의 집 남자 하인들로 인하여 한차례 위기를 겪었어요. 제가 다른 여자들보다 유난히 더 엄하지는 않지만, 본때를 보여주기 위하여 저의 집 바뗄[310]을 해고하였어요. 제가 믿기로는 그가 이미 수입이 더 좋은 다른 일자리를 찾고 있었던 것 같았어요. 하지만 그의 해고가 자칫 '내각' 전체의 사임으로 이어질 뻔했지요. 저의 침실 하녀도 떠나겠다고 고집을 부렸고, 그리하여 호메로스적 다툼[311]이 벌어졌지요. 그럼에도 불구하고 제가 선박의 조종간을 굳게 움켜잡았고, 저에게는 그것이 결코 헛되지 않은 교훈이 되었어요. 제가 하인들 이야기로 부인께 지루함을 안겨 드리는군요. 하지만 부인께서도 저처럼, 집에서 부리는 사람들을 재정비하는 것이 얼마나 골치 아픈지 잘 아실 거예요. 그런데 오늘은 저희들이 부인의 매력적인 따님을 볼 수 없나요?"―"오늘은 어려울 거예요, 저의 매력적인 딸이 친구 여자아이 집에서 저녁 식사를 하게 되어 있어요." 스완 부인이 그렇게 대꾸하고 나서 내가 있던 쪽으로 고개를 돌리며 한 마디 덧붙였다. "제가 믿기로는 그 아이가 내일 자기를 보러 와 달라고 당신에게 편지를 보낸 것 같아요." 그러고 나서 다시 교수의 부인에게 물었다. "그리고 부인의 베이비들[312]은 어찌 지내나요?" 나는 안도의 한숨을 내쉬었다. 내가 원하기만 하면 언제든 질베르뜨를 볼 수 있음을 입증해 준 스완 부인의 그 말이, 내가 그 댁에서 얻으려 하던 편안함을 나에게 확보해 주었고, 그 시절 스완 부인을 방문하는 것이 그토록 필요했던 이유는 바로 그것 때문이었다. "아닙니다, 제가 오늘 저녁 그녀에게 한 마디 써 보내겠습니다. 게다가 질베르뜨와 저는 더 이상 만날 수 없습니다." 우리의 결별이 어떤 말 못할 원인에 기인한 듯한 기색을 보이며 내가 그렇게 한 마디 덧붙였고, 그것이 다시 나에게 사랑의 환상을 주었으며, 그 환상은, 내가 질베르뜨에 대하여 말할 때의 그리고 그녀가 나에 대하여 말할 때의 다정한 어투에 의해 유지되었다. "그 아이가 당신을 한없이 좋아하는 것 잘 아시지요. 정말 내일 그 아이 보러 오기를 원하지 않아요?" 문득 환희가 나를 들뜨게 하였다. 다음과 같은 생각이 나의 뇌리를 스쳤기 때문이다. '여하튼, 그녀의 어머니가 직접 나에게 제안하는데, 그러지 않을 이유가 무엇이란 말인가?' 하지만 이내 다시 내가 슬픔 속에 빠져들었다. 나는 질베르뜨가 나를 다시 만나면서 나의 최근 무관심이 가장된 것이었다고 생각할까 두려웠고, 따라서 우리의 결별 상태를 연장하는 것이 낫겠다고 생각하였다. 내가 그러한 생각에 잠겨 있는 동안, 봉땅 부인은 정치인들의 아내들로 인해 야기된 귀찮은 일들에 대해 불평을 늘어놓고 있었다. 모든 사람들이 지긋지긋하고 우스꽝스럽다고 여기며, 자기 남편의 입장에 절망하는 듯한 태를 부리고 있었다. "부인께서는 의사들의 부인들 쉰 명을 연속적으로 접대하실 수 있겠어요?" 그녀가 꼬따르 부인에게 말하였다. 하지만 꼬따르 부인은 반대로, 어떤 사람에게나 최대의 친절을 베풀고, 모든 의무들을 존중하는 여인이었다. "아! 부인께서는 미덕을 갖추셨군요! 저도, 내각에서는, 그렇지 않은가요? 물론 해야 할 도리가 있어요. 그런데! 아시겠지만, 저로서는 도리가 없어요, 그 공무원들의 아내들이라는 사람들, 저는 혀를 내밀어 그녀들을 조롱하지 않을 수 없어요. 그리고 저의 조카딸 알베르띤느도 저와 같은 생각이에요. 고 어린 것이 얼마나 깜찍한지 부인들은 상상도 못하실 거예요. 지난주 저의 집 정기 모임에 재무성 차관보 부인이 참석하였는데, 그녀가 말하기를 자기는 요리에 대해 전혀 모른다고 하였어요. 그러자 저의 조카딸이 비할 데 없이 우아한 미소를 지으면서 그녀의 말에 대꾸하였어요. '하지만 부인께서는 요리라는 것이 무엇인지 틀림없이 아실 거예요. 부친께서 일찍이 주방의 설거지꾼이셨으니까요.'" — "오! 그 이야기가 제 마음에 썩 들어요, 정말 멋있는 이야기예요." 스완 부인이 그렇게 말한 다음 꼬따르 부인에게 조언하였다. "최소한 의사 선생님께서 진료를 하시는 날들을 위해서라도, 부인께서는 좋아하시는 꽃들과 책들 및 기타 마음에 드는 물건들을 갖춘 부인만의 작은 집(home)[313] 하나를 가지셔야 해요."

"느닷없이, 그렇게 정면으로, 순식간에, 고것이 예고조차 하지 않았어요. 그 작은 가면이 나에게도 미리 알리지 않았어요. 원숭

이처럼 꾀바른 아이예요. 부인께서는 자제하실 수 있으니 운이 참 좋으세요. 자신의 생각을 감출 줄 아는 사람들이 부러워요."³¹⁴⁾

"하지만 저는 그럴 필요가 없어요, 부인. 저는 그렇게 까다로운 사람이 아니에요." 꼬따르 부인이 부드럽게 대답하였다. "우선 저에게는 부인이 가지고 계신 그런 권리가 없어요." 그녀가 대화 중간에, 특유의 섬세한 상냥함이나 사람들의 찬탄을 받아 남편의 출세를 돕던 그 기발한 아첨들 중 하나를 슬그머니 끼워 넣을 때마다 그것을 부각시키기 위하여 조금 높이곤 하던 음성으로 덧붙였다. "그리고 저는 교수님에게 유익한 일은 무엇이든 기꺼이 해요."

"하지만 부인, 모든 사람들에게 그러한 능력이 있는 것은 아니에요. 아마 부인께서는 신경질적으로 예민하시지 않은 모양이에요. 저는 전쟁상(戰爭相)의 부인이 얼굴을 찡그릴 때마다 즉시 저도 얼굴을 찡그린답니다. 저와 같은 기질을 타고났다는 것은 끔찍한 일이에요."

"아! 그래요." 꼬따르 부인이 대꾸하였다. "그녀에게 안면 경련 증세가 있다고들 하는 말은 저도 들었어요. 저의 남편도 매우 높은 고위직에 있는 어떤 사람과 교분이 있는지라, 그 나리들께서 당신들끼리 대화를 나눌 때에는 당연히…"

"하지만 부인, 외무성 의전국장 좀 보세요. 그 사람은 꼽추인데, 그가 저희들 집에 들어온 지 채 오 분도 아니 되었건만, 저의 손이 번번이 그의 혹을 건드리려고 해요. 남편이 저에게 말하기를, 그 따위 짓 하면 자기가 파면될 것이라고 했어요. 쳇! 그따위 외무성! 정말이지, 쳇! 그따위 외무성! 그 구절을 저의 편지지 상단에 금언처럼 새기고 싶어요. 부인께서는 마음씨 고우셔서 틀림없이 저의 말에 충격을 받으셨겠지만, 저에게는 그런 소소한 못된 짓만큼 재미있는 것이 없어요. 그런 것들이 없다면 삶이 몹시 단조로울 것 같아요."

 그 이후에도 봉땅 부인은 계속, 그것이 마치 신들의 거처인 올림포스 산이라도 되는 듯, 외무성 이야기만 하였다. 대화 주제를 바꾸기 위하여 스완 부인이 꼬따르 부인에게로 고개를 돌리며 말하였다.

 "정말 예쁘게 차려입으셨어요. 레드펀 훼키트(Redfern fecit)[315]인가요?"

 "아니에요, 아시다시피 저는 로드니츠[316] 의상실 제품을 좋아해요. 그리고 이것은 수선한 것이에요."

 "그렇건만, 그 나름대로 멋지군요!"

 "제가 얼마나 지불하였을 것이라 생각하세요…? 아니에요, 첫 숫자를 바꾸셔야 해요."

 "그럴 수가! 그야말로 거저군요! 사람들 말로는 그 세 배는 된다고 하더군요."[317]

 "그것 보세요, 사람들이 기록하는 역사가 대개 그러하지요." 의사의 아내가 그렇게 결론을 내리더니, 스완 부인이 자기에게 선사한 목도리를 그녀에게 보이면서 다시 한 마디 하였다.

 "잘 보세요, 오데뜨, 알아보겠어요?"

 살짝 벌어진 휘장 사이로, 지나치게 격식을 차려 공손해진 얼굴 하나가, 대화에 방해가 될까 짐짓 두려워하는 기색을 장난기와 함께 섞으면서 모습을 드러냈다. 스완이었다. "오데뜨, 나와 함께 나의 서재에 계신 아그리쟝뜨 대공께서 당신에게 인사드리러 오셔도 되겠느냐고 물으시오. 내가 어떻게 답변하기를 바라시오?"— "물론 제가 매우 기뻐할 것이라고 하세요." 갈보였던 시절에도 항상 품위 있는 남자들을 접대하였던지라, 오데뜨가 조금도 침착성을 잃지 않고 만족스러운 기색으로 대꾸하였다. 그녀의 윤허를 대공에게 전하려 스완이 즉시 돌아갔고, 그 사이에 베르뒤랭 부인이 불쑥 들이닥치지 않았다면, 대공과 함께 자기 아내 곁으로 곧 돌아왔을 것이다.

그가 오데뜨를 아내로 맞아들였을 때, 그는 더 이상 베르뒤랭 내외의 '작은 동아리'와 교류하지 말라고 그녀에게 요구하였다(그에게는 그러한 요구를 할 만한 많은 이유들이 있었고, 그러한 이유가 없었다 할지라도, 결코 예외라는 것을 허용치 않으며 모든 뚜쟁이들의 한 치 앞도 예견하지 못하는 속성 혹은 그들의 무사무욕함을 두드러지게 드러내 보이는 배은망덕의 법칙에 따라 그렇게 요구하였을 것이다). 그리고 오데뜨가 베르뒤랭 부인과 한 해에 단 두 번만 방문을 서로 주고받도록 허락하였는데, 여러 해 동안 오데뜨와 심지어 스완까지도 그 집의 아끼는 자식들처럼 대접한 그 '주인마님'에게 가해진 모욕에 분개한 몇몇 '신도들'에게는 그것이 지나친 처사로 보였다. 그 작은 동아리 속에, 어떤 날 저녁에는 오데뜨의 초청에 응하기 위하여, 그러한 사실이 들통날 경우 베르고뜨를 만나고 싶은 호기심에 이끌렸노라고 변명할 준비까지 하고 그 동아리를 '놓아버리는' 거짓 형제들[318]이 있었던 반면(주인마님께서는, 베르고뜨가 스완의 집에 드나들지 않을 뿐만 아니라 재능도 없는 사람이라고 주장하였지만, 그러면서도, 그녀가 즐겨 사용하는 표현을 빌리자면, 그를 유인할 방도를 끊임없이 모색하였다), 그 작은 집단 역시 나름대로의 '과격왕당파들'을 가지고 있었으니 말이다. 또한 그 과격파들은, 어떤 사람을 괴롭히기 위하여 극단적인 태도를 취할 것이라는 기대를 한껏 모았던 사람들로 하여금 그러한 태도로부터 방향을 돌리게 하는 경우가 빈번한 특별한 예의범절을 몰랐던지라, 베르뒤랭 부인이 오데뜨와는 모든 관계를 단절하여, 그녀가 웃으면서 다음과 같이 만족스럽게 말할 수 있을 기회를 박탈하기를 원하였을 것이나, 그 뜻을 이루지 못하였다. "그 '교회 분열 사태' 이후에는 저희들이 '주인마님' 댁에 가는 일이 극히 드물어졌어요. 저의 남편이 총각이었던 시절에는 그래도 그것이 가능했지만, 가정을 이룬 상태에서는 그리 쉬운 일이 아니지요…. 진실대로 말씀드리자면, 스완 씨께서는 베르뒤랭 아주머니를 더 이상 맹신하시지 않으며, 제가 전처럼 그 댁에 드나드는 것을 별로 좋아하시지 않아요. 그리고 저 또한 충직한 아내로서…." 스완이 베르뒤랭의 집 야연에 오데뜨와 함께 참석하는 일은 있어도, 베르뒤랭 부인이 오데뜨를 방문할 때에는 자리를 피하곤 하였다. 그리하여 '주인마님'이 응접실에 와 있을 때에는 아그리쟝뜨 대공 홀로 그곳에 들어갔다. 또한 뿐만 아니라, 베르뒤랭 부인의 귀에 신분 한미한 사람들의 이름이 들리지 않아서 그리고 낯선 얼굴들만 보여서, 그녀가 쟁쟁한 귀족들 사이에 와 있다고 믿을 수 있도록 하는 편을 택한 오데뜨에 의해 그가 홀로 소개되었고, 그러한 계산이 어찌나 성공적이었던지, 그날 저녁 베르뒤랭 부인이 몹시 못마땅한 어조로 남편에게 말하였다. "정말 매력적인 패거리더군요! 반동의 꽃들이 다 모였어요!"

오데뜨는 베르뒤랭 부인에 관련하여 정반대의 착각에 빠져 있었다. 물론 베르뒤랭 부인의 응접실이 장차 우리가 보게 될 그러한 응접실[319]로 변모할 기미나마 보이고 있었다는 말은 아니다. 베르뒤랭 부인은 아직 그 부화기(孵化期)에조차 이르지 못하고 있었는데, 그러한 시기에 이르렀다 할지라도, 최근에 겨우 획득한 몇 아니 되는 찬연한 인자들이 자칫 지나치게 많은 오합지중 속에 빠져 익사해 버리도록 할 수도 있을 성대한 연회는 보류하고, 성공적으로 이끌어 들인 '의인' 열 명의 번식력이 의인들을 칠십 배로 늘릴 때까지 기다리는 것이 보통이다. 오데뜨가 머지않아 그러기로 되어 있었던 것처럼, 베르뒤랭 부인은 '사교계'를 자신의 공격 목표로 설정하고 있었으나, 그녀가 공격할 지역이 아직은 하도 한정되어 있었던지라, 또한 게다가 오데뜨에 의해 돌파되어 그녀에게 유사한 성공을 안겨 줄 수 있는 지역과는 하도 멀리 떨어져 있었던지라, 오데뜨는 '주인마님'이 주도면밀하게 수립하고 있던 전략을 전혀 모르는 상태에서 살고 있었다. 그리하여, 혹시 어떤 사람이 베르뒤랭 부인을 가리켜 상류 계층에 속하는 여인처럼 태부림하는 소위 스놉이라고 하면, 오데뜨가 지극히 천진스럽게 웃으며 이렇게 말하곤 하였다. "그 정반대예요. 우선 그분에게는 그러실 만한 건덕지가 없어요. 이렇다 할 교분이 없으니까요. 그리고 다음과 같은 면에서는 그분을 정당하게 평가해야 해요. 결코 그렇지 않고, 그분이 좋아하시는 것은 그분의 수요일 모임, 즉 그분 마음에 드는 한담꾼들이에요." 그러면서 내심, 그것들이 비록 존재하지 않는 것에 미묘한 변화를 줄 뿐, 즉 허공을 탁마할 뿐인지라, 엄밀히 말해 '허무의 기예'에 불과하건만 '주인마님'께서 그토록 중시하는 그 재주를(자신도 그토록 위대한 학교에서 그것을 터득하였다는 사실 때문에 절망은 하지 않으면서도) 가지고 있다는 점에서, 그녀가 베르뒤랭 부인을 부러워하였고, 그 재주란(하나의 안주인으로서) '사람들을 모을' 줄 알고, 능히 '결집시킬' 수 있으며, '적절히 활용하고', '스스로를 지워 배후로 물러서며', 오직 '가교' 역할만을 하는 재주였다.

여하튼 스완 부인의 친구들은 그녀의 집에서, 평소 자기 집 응접실의 결코 헤어질 수 없는 '단골들'로 짜인 액자 즉 그 작은 동아리에 둘러싸여 있는 것으로만 상상하던 여인을 보게 되어, 그리하여 놀랍게도 그 작은 동아리가, 농병아리 털을 넣어 누빈 외투에 포근하게 감싸인 방문객으로 변한 '주인마님'의 모습으로 단 하나의 안락의자 속에 환기되고 요약되어 응축되는 것을 보게 되어 깊은 인상을 받았으며, 그 응접실에 깔려 있던 하얀 모피처럼 부드러운 외투에 감싸여 있던 베르뒤랭 부인 자체가 그 응접실 한가운데에 들어와 있던 하나의 응접실이었다. 스완 부인의 친구들 중 유난히 소심한 여인들은 조심스러운 나머지 그만 물러가려 하였고, 그리하여, 병석에서 처음으로 일어나는 회복기 환자가 너무 피곤을 느끼지 않도록 하는 것이 현명하다고 다른 이들을 설득할 때처럼, 주어를 복수 형태로 바꾸어 이렇게 말하였다. "오데뜨, 우리가 당신을 홀로 남기겠어요." 모두들 '주인 마님'이 친숙하게 이름으로 부르던 꼬따르 부인을 부러워하였다. "내가 당신을 납치할까요?" 자기의 '신도' 하나가 자기를 따라오지 않고 그곳에 남는다는 생각에, 그것을 견디지 못하여 베르뒤랭 부인이 꼬따르 부인에게 말하였다. "하지만 여기 계신 부인께서 고맙게도 저를 데려다 주시겠다 하셨어요." 봉땅 부인이 국기 휘장 달린 관용 마차로 데려다 주겠다고 한 제안을 이미 자기가 수락한 사실을, 더 유명한 사람 때문에 잊었다는 인상을 주고 싶지 않아, 꼬따르 부인이 그렇게 대답하였다. "솔직히 고백하거니와, 저를 자기들의 마차에 태워 기꺼이 데려다 주겠다고 하는 친구들에게 저는 특별한 고마움을 느껴요. 오또메동[320]이 없는 저에게는 정말 횡재나 마찬가지예요." — "크레씨 부인 댁으로부터 가까운 곳에 살지 않으니 더욱 그렇겠지요." (봉땅 부인을 조금은 알고 또 자기의 수요 모임에 그녀를 막 초대하였던지라 감히 다른 지나친 말은 못하고) '주인마님'이 그렇게 대꾸하였다. "오! 맙소사, 내가 '스완 부인'이라는 말은 영영 못할 모양이에요." 그녀의 '작은 동아리'에 속한 별로 기지 없는 사람들 사이에서는 '스완 부인'이라는 호칭에 도저히 익숙해지지 못하는 척하는 것이 하나의 농담으로 통하였다. "내가 크레씨 부인이라고 부르는 것에 하도 익숙해져서, 이번에도 자칫 또 실언할 뻔하였어요." 하지만 오직 베르뒤랭 부인만이, 오데뜨에 대한 이야기를 할 때마다, 자칫 그럴 뻔하였던 것이 아니라, 고의로 혼동하였다. "오데뜨, 이 한적한 동네에 사는 것이 무섭지 않아요? 나라면 저녁에 돌아올 때 안심이 될 것 같지 않아요. 게다가 너무 습해요. 습진에 시달리는 당신의 남편에게도 전혀 이롭지 못할 거예요. 적어도 쥐는 없겠지요?" — "전혀 없어요! 그 무슨 끔찍한 말씀을!" — "다행이군요, 사람들이 나에게 그런 말을 하길래. 그것이 사실이 아니라니 마음이 놓이는군요. 내가 쥐를 몹시 두려워하는지라 하는 말인데, 그것이 사실이라면 내가 다시는 오지 않을 거예요. 잘 있어요, 나의 착하고 귀한 벗이여, 곧 다시 만나요. 당신을 만나 내가 얼마나 행복한지 잘 아실 거예요." 그러더니, 스완 부인이 그녀를 배웅하려 자리에서 일어서는 순간, 응접실을 나서며 한 마디 덧붙였다. "국화꽃을 제대로 배치할 줄 모르는군요. 그것이 일본 꽃이니 일본인들처럼 배치해야 해요." — "그녀가 비록 나에게는 '율법'이며 '선지자들'이지만, 이 점에 있어서는 베르뒤랭 부인의 견해에 동의하지 않아요. 오데뜨, 저토록 아름다운 (belles) 국화꽃들을 찾아낼 수 있는 사람은 당신밖에 없어요. 아니, 요즈음엔 모두들 그렇게 말하니 '벨(belles)'이라 하지 말고 '보(beaux)'라 해야겠군요.[321]" 베르뒤랭 부인이 나간 뒤로 문이 다시 닫히자 꼬따르 부인이 선언하듯 말하였다. — "친애하는 베르뒤랭 부인께서는 항상 다른 이들의 꽃들에 호의적이지 못하십니다." 스완 부인이 부드럽게 대꾸하였다. — "오데뜨, 꽃들은 주로 어느 집에서 가져오나요?" '주인마님'에 대한 비판이 연장되지 않도록 하기 위하여 꼬따르 부인이 화제를 다른 쪽으로 돌렸다. "⋯르메트르인가요? 이제야 고백하는데, 며칠 전 르메트르 꽃집 앞에 온통 분홍색으로 덮인 상당히 큰 관목 한 그루가 있기에, 제가 미친 짓을 저질렀어요." 하지만 부끄러웠던지, 그녀는 그 관목의 가격에 대한 더 상세한 이야기는 하지 않고, '걸핏하면 화를 내는 사람이 아니건만' 교수가 이번에는 보검 플랑베르주[322]를 뽑아 휘두르면서, 그녀가 돈의 가치를 모른다고 하였다는 말만 하였다. ㅡ "아니에요, 지정된 꽃집은 드박뿐이에요." ㅡ "저 역시 그 집을 지정해 두었어요." 꼬따르 부인이 말하였다. "하지만 부인께 고백하는데, 제가 라숌과 더불어 그에게 신의 없는 짓을 저질렀어요."[323] ㅡ "아! 부인께서 라숌과 어울려 그를 배신하시다니,[324] 그 사실을 그에게 말하겠어요." 자기의 집에서는 제법 기지를 뽐내며 대화를 주도하려 하고, '작은 동아리' 속에서보다는 더 유연해지던 오데뜨가 대꾸하였다. "하긴 라숌의 꽃들이 지나치게 비싸요. 그 집의 가격이 너무 심해요. 아시다시피 정말 파렴치해요!" 그녀가 웃으면서 덧붙였다.[325]

  한편, 베르뒤랭의 집에는 가고 싶지 않다고 수백 번 거듭 말한 바 있는 봉땅 부인은, 수요 모임에 초대된 것이 황홀해서, 어떻게 하면 그 집에 더 자주 갈 수 있을까를 궁리하고 있었다. 어떤 수요 모임에도 단 하나 불참하는 사람이 없기를 베르뒤랭 부인이 간절히 원한다는 사실을 그녀가 까맣게 모르고 있었기 때문이다. 그리고 또한 그녀가, 어디에서든 크게 환영 받지 못하건만 어느 집 안주인으로부터 '일련의 모임'에 초대를 받았을 경우, 자신들이 언제든지 환영 받는다는 사실을 잘 아는지라 잠시 틈이 나거나 내킬 때에는 언제든 초대한 여인의 집으로 가는 이들처럼 응하는 대신, 그들과는 반대로, 예를 들어, 첫 번째와 세 번째 야회에 불참하면 그 사실이 주목을 받을 것이라 상상하여, 두 번째와 네 번째 야회에만 참석하기로 작정한다든가 혹은, 세 번째 야회에 특별히 저명한 인사들이 참석한다는 소식을 접하였을 경우에는, 불참하는 순서를 바꾸면서, '지난번에는 불행하게도 시간이 없었다'고 변명하는 사람들의 부류에 속해 있었기 때문이다. 그러한 여인이었던지라, 봉땅 부인은 부활절 이전에 수요일이 몇이나 되는지, 그리고 자신이 갈망하는 듯한 인상을 주지 않으면서 하루라도 더 참석할 수 있는 방도가 무엇인지를, 산정하고 궁리하였다. 그녀는 함께 돌아가기로 되어 있던 꼬따르 부인에게 넌지시 자기의 뜻을 내비치리라 작정하였다. "오! 봉땅 부인, 벌써 일어서시려 하시는데, 그렇게 도망치실 신호를 보내시면 안 돼요. 부인께서는 지난주 목요일 모임에 오시지 않은 빚을 지고 계세요…. 자, 어서 잠시 다시 앉으세요. 지금 일어서신다 해도 저녁 식사 전에 다른 곳을 방문하실 것은 아니잖아요. 정말이지, 이것 좀 들어 보시지 않겠어요?" 과자 접시를 내밀면서 스완 부인이 덧붙였다. "이 잡동사니들이 과히 나쁘지는 않아요. 비록 볼품은 없지만, 한번 맛을 보시면 놀라실 거예요." ─ "그 반대예요, 아주 맛있어 보여요." 꼬따르 부인이 그 말에 대꾸하였다. "오데뜨, 댁에 오면 결코 '식량' 부족을 느끼지 못해요. 부인께 제조자의 상표를 물을 필요도 느끼지 못해요. 부인께서 모든 것을 르바떼 과자점에서 주문하시는 것을 제가 알고 있으니까요. 솔직히 말씀드리자면, 저는 부인보다 더 '절충주의자'예요. 작은 과자류나 사탕을 구입하려 할 경우 저는 부르보느 과자점으로 가는 경우가 더 잦아요. 하지만 그들이 아이스크림에 관해서는 전혀 문외한들임을 저도 인정해요. 르바떼 과자점에서 만든 아이스크림은, 그것이 아랍식 쏘르베[326]이건 바이에른식 젤리 상태의 것이건, 모두 예술 작품이에요. 저의 남편이 쓰는 말을 빌리자면, 그야말로 네크 플루스 울트라[327](nec plus ultra, 그 이상은 없다)예요." ─ "하지만 이것은 집에서 만든 것에 지나지 않아요. 정말 들어 보시지 않겠어요?"-"그러면 제가 저녁을 먹을 수 없을 것 같군요." 봉땅 부인이 대답하였다. "하지만 잠시만 더 머물겠어요. 아시다시피 저는 부인처럼 총명한 여인과 이야기 나누는 것을 무척 좋아해요."-"오데뜨, 제가 삼가지 않는 사람이라 생각하시겠지만, 트롱베르 부인이 썼던 모자에 대해 부인은 어떻게 생각하시는지 알고 싶어요. 큰 모자가 유행이라는 것은 저도 잘 알아요. 하지만 조금 과장된 것 같지 않아요? 그리고 며칠 전 그녀가 우리 집에 쓰고 왔던 것에 비하면, 오늘 오후 그녀가 썼던 것은 미세하다고밖에 할 수 없어요."[328]-"천만에요, 저는 총명하지 못해요." 그렇게 말하는 것이 합당하다고 생각하며 오데뜨가 대꾸하였다. "사실은 제가, 사람들의 말을 곧이곧대로 삼키듯 믿으며, 그래서 하찮은 것에도 마음에 상처를 입는, 어수룩한 여자예요." 또한 그렇게, 자기만의 별도 생활을 영위하면서 그녀 몰래 바람을 피우던 스완 같은 남자와 결혼한 탓에, 자기가 초기에는 숱한 괴로움에 시달렸음도 암시하였다. 그러는 동안 아그리쟝뜨 대공은, '저는 총명하지 못해요'라고 한 말을 듣고, 그 말에 강력한 이의를 제기하는 것이 자기의 도리라고 생각하였으나, 그에게는 임기응변의 기지가 없었다. "따라따따![329] 부인이 총명하시지 않다니!" 봉땅 부인이 소리쳤다.-"사실은 저도 이렇게 생각하였습니다. '도대체 이게 무슨 소리인가? 나의 두 귀가 나를 속였음에 틀림없어!'" 대공이 봉땅 부인이 내민 장대를 움켜잡으면서[330] 말하였다.-"천만에요, 분명히 말씀 드리지만, 제가 실은 걸핏하면 충격 받고, 편견 가득하며, 자기 구석에만 처박혀 사는지라 몹시 무식한 소시민이에요." 오데뜨가 그렇게 대꾸한 다음, 대공에게 샤를뤼스 남작의 소식을 물었다. "다정하신 바러닛[331]을 보셨나요?"-"부인께서 무식하시다니!" 봉땅 부인이 다시 언성을 높였다. "그렇다면 관료들의 세계에 대해서는, 행주 조각들[332] 이야기 밖에 할 줄 모르는 그 모든 각하들의 아내들에 대해서는, 부인께서 도대체 무슨 말씀을 하실까…! 부인, 제 이야기 들어보세요, 불과 한 주 전이에요, 제가 문교성 장관 부인 앞에서 『로헨그린』이야기를 꺼냈어요. 그랬더니 이렇게 대답하더군요. '『로헨그린』이요? 아! 그렇지요, 폴리-베르제르에서 최근에 공연한 익살극이지요,[333] 몹시 웃기는 작품인 모양이에요.' 그러니 부인 어쩌겠어요, 그러한 말을 들으면 속이 부글부글 끓는데. 따귀를 한 대 때리고 싶었어요. 아시다시피 저의 성미가 좀 불같아서." 그러더니 나에게로 얼굴을 돌리며 물었다. "보세요, 신사 양반, 제 말이 옳지 않아요?" — "제 말씀 들어보세요. 아무 예고 없이 누가 불쑥 물었을 경우, 조금 빗나간 대답을 하는 수도 있고, 또 그래서 너그럽게 들어줄 수 있는 것 아니겠어요. 베르뒤랭 부인께서 평소 그렇게 우리의 목에 칼을 들이대시는지라, 저도 그러한 경우를 잘 알아요." 꼬따르 부인이 말하였다. — "베르뒤랭 부인 이야기가 나왔으니 말씀인데, 그분 댁 이번 주 수요 모임에 누가 참석하는지 알고 계세요…?" 봉땅 부인이 꼬따르 부인에게 물었다. "아! 이번 주 수요일에는 우리 부부가 다른 사람의 초대를 수락한 사실이 이제야 생각나는군요. 다음 주에 우리와 함께 저녁 식사 하시지 않겠어요? 부인과 함께 가면 좋겠어요. 저 혼자 그 댁에 들어서면 주눅이 드는데, 그 귀부인을 뵈면 왜 항상 두려워지는지 모르겠어요." — "제가 그 까닭을 말씀드리지요." 꼬따르 부인이 대꾸하였다. "베르뒤랭 부인이 사람들로 하여금 두려움을 느끼게 하는 것은 그분의 음성 때문이에요. 어쩌겠어요? 모든 사람들이 스완 부인처럼 예쁜 음성을 가질 수는 없으니까요. 그러나 '주인마님' 말씀처럼, 서로를 가늠하는 시간이 지나면, 얼음은 곧 녹을 거예요. 그분이 실은 매우 호의적인 분이시니까요. 하지만 부인께서 받으신 느낌을 저는 잘 알아요. 낯선 고장에 처음 들어서는 것이 결코 유쾌할 수는 없지요." — "부인께서도 우리들과 함께 저녁 식사를 하시지요." 봉땅 부인이 스완 부인에게 말하였다. "식사 후 우리 모두 함께 베르뒤랭식으로 변해 그 댁 식구가 되어요. 그리고, 혹시 그것 때문에 '주인마님'께서 눈을 부라리시며 저를 더 이상 초대하지 않으시는 일이 생길지라도, 일단 그 댁에 가면 우리 셋이 우리들끼리만 정담을 나누어요. 그것이 가장 재미있을 것 같아요." 하지만 그러한 다짐은 별로 진실임 직하지 않았다. 봉땅 부인이 이렇게 물었으니 말이다. "다음 주 수요일에 누가 참석할 것이라고 생각하세요? 어떤 행사가 예정되어 있나요? 손님이 지나치게 많지는 않겠지요?" — "저는 물론 가지 않을 거예요." 오데뜨가 말하였다. "우리 부부는 마지막 수요 모임에나 잠시 얼굴을 내밀 생각이에요. 그때까지 기다리시는 것이 상관없다면…." 그러나 봉땅 부인은 방문을 뒤로 미루자는 그 제안이 마음에 내키지 않는 모양이었다.

어떠한 응접실이건, 그곳을 지배하는 재치와 외견상의 우아함이 정비례하기보다는 일반적으로 반비례한다고는 하지만, 스완이 봉땅 부인을 매력적이라고 여겼다는 사실을 보건대, 누구든 사회적 실추를 일단 감수할 경우, 어쩔 수 없이 즐겨 어울릴 수밖에 없게 된 사람들은 물론 그들의 기지와, 그들의 나머지 다른 모든 것에도 필연적으로 관대해진다는 사실을 믿어야 할 것 같다. 또한 그것이 진실이라면, 그러한 사람들은, 뭇 민족들이 이미 겪었듯이, 자기들의 문화와 심지어 고유의 언어까지도 자기들의 자주성과 함께 사라지는 것을 목격해야 할 것이다. 그러한 관대함의 결과들 중 하나는, 일정한 나이가 지난 이후부터, 우리 자신의 사고방식 및 우리의 성향에 대한 찬사를, 즉 우리로 하여금 자신을 그것들에 몰입시키게 하는 격려의 말들을, 우리가 유쾌한 것으로 여기는 경향이 짙어지게 한다는 것이다. 그러한 나이란, 하나의 위대한 예술가가 독창적인 천재성을 가진 자기의 동료들에게 싫증을 느껴, 자신과 공유하는 것이라야 고작 자신의 이론이나 글자 그대로 기억하고 자기를 칭송하며 자기의 말을 경청하는 제자들과 어울리는 편을 택하는 나이, 혹은 오직 사랑만을 위하여 사는 어느 괄목할 만한 남자나 여인이, 아마 열등한 사람일지는 모르되 그 하는 말 한 마디로 보아 연정에 사로잡혀 산다는 것이 무엇인지 알며 그러한 삶에 동의하는 듯한 사람을 보았을 때, 그리하여 그 사람이 자기들의 향락적인 성향을 기분 좋게 자극할 때, 모임에 참석한 모든 이들 중 그 사람이 가장 총명하다고 여기는 나이이다. 그 나이는 또한, 오데뜨의 남편으로 변신한 스완이, 공작 부인들만을 받아들이는 것이 얼마나 우스꽝스러우냐고 하는 봉땅 부인의 말을 들으면서(그가 지난날 베르뒤랭의 집에서 그랬을 거와는 정반대로, 그 말에 입각하여 그녀가 매우 탁월한 기지 넘치며 태부림 하지도 않는 착한 여인이라 결론지으면서), 그리고, 일찍이 그녀가 듣지 못하였기 때문에, 그럼에도 불구하고 상대방의 환심 얻기를 좋아하고 즐기기 좋아하는지라 즉시 '파악한', 그녀로 하여금 '자지러지게 웃게 하던' 이야기들을 그녀에게 들려주면서 즐거워하던 나이이기도 했다.

"그렇다면 의사 선생님께서는 부인처럼 꽃들을 열렬히 좋아하시지 않나요?" 스완 부인이 꼬따르 부인에게 물었다. ─ "오! 저의 남편은 현명한 분이에요. 매사에 있어서 절도를 중시하시지요. 하지만 그분도 열렬히 좋아하시는 것이 있어요." ─ "그것이 무엇이에요, 부인?" 악의와 기쁨과 호기심이 뒤섞여 반짝이는 눈으로 봉땅 부인이 물었다. ─ "독서예요." 꼬따르 부인이 순진한 어조로 대꾸하였다. ─ "오! 남편이 가지고 있어도 안심할 수 있는 열정이지요!" 봉땅 부인이 사탄의 웃음을 참으며 소리쳤다. ─ "그런데 의사 선생님께서 일단 책 속에 빠져드시기만 하면…!" ─ "그래도 부인, 그것이 별로 두려우시지는 않겠어요…." ─ "천만에요! …그분의 시력 때문에! 저는 이제 그만 그분을 만나러 가야겠어요, 오데뜨. 시간 나면 제일 먼저 부인의 저택 대문을 두드리겠어요. 시력 이야기가 나왔으니 말인데, 베르뒤랭 부인께서 새로 구입하신 저택에 전등을 설치할 것이라는 말 들으셨어요? 제가 그 사실을 저의 사립 탐정을 통해 알게 된 것은 아니에요. 그 소문의 출처는 다른 곳이에요. 전기 기사 밀데가 저에게 그 이야기를 하더군요. 보시다시피 저는 '저자들'[334]의 이름까지 밝혀요! 빛을 누그러뜨릴 갓도 갖춘 전등들을 침실에까지 놓는다는군요. 매우 멋진 사치예요! 우리 시대 여인들은 최신의 것들을 원하지요. 제 친구들 중 하나의 시누이는 집에 전화까지 놓았다고 하더군요! 그리하여 집 밖으로 나가지 않고서도 필요한 물건을 주문할 수 있다는군요! 제가 어느 날 비굴하게 꾀를 내어, 그 기계 앞에서 말을 할 수 있는 허락을 얻었어요. 그것이 저를 몹시 유혹하지만, 저의 집에서보다는 친구의 집에서 그러고 싶어요. 저의 집에 전화를 놓는 것을 저는 좋아할 수 없을 것 같아요. 처음에는 재미있겠으나, 틀림없이 두통거리로 변할 거예요. 자, 오데뜨, 저는 이제 도망치겠어요. 봉땅 부인을 더 이상 붙잡지 말아요. 나를 데려다 주셔야 하니까. 이제는 무슨 일이 있어도 떠나야 해요. 부인이 자칫 저를 웃음거리로 만드시겠어요. 제가 자칫 저의 남편보다 늦게 집에 돌아가게 생겼으니까요!"

나 또한 기대하였던 겨울의 즐거움[335]을 맛보지 못한 채 돌아가야 했고, 국화꽃들이 그 즐거움을 감싸고 있는 찬연한 덮개 같았다. 그 즐거움들이 도래하지 않았건만, 스완 부인은 더 이상 무엇을 기다리는 기색이 아니었다. 그녀는 하인들이 차 대접하던 집기들을 치우도록 내버려 두었다. 마치 그녀가 '이제 상점을 닫으라는' 지시를 내리기라도 한 것 같았다. 그리고 드디어 나에게도 이렇게 말하였다. "정말 돌아가시겠어요? 좋아요, 그러면 굿바이!" 나는, 비록 더 머문다 해도 그 미지의 즐거움을 만나지 못할 것이며, 오직 나의 슬픔만이 그것들을 나로부터 박탈한 것은 아니라고 직감하였다. 그 즐거움들이 그렇다면, 언제나 그토록 신속하게 집으로 돌아가야 할 순간으로 이어지는 시각들에 의해 다져진 길[336]에 놓여 있던 것이 아니라, 그보다는 나에게 알려지지 않은, 그러나 방향을 바꾸어 접어들었어야 했을, 어느 지름길에 놓여 있었던 것이 아닐까? 적어도 내 방문의 목적은 달성되었다. 자신이 집에 없을 때 내가 자기 부모님 댁에 왔으며, 꼬따르 부인이 끊임없이 반복해 말하였듯이, 그곳에서 내가 '단번에, 처음부터, 베르뒤랭 부인의 마음을 사로잡았다'는 사실을 질베르뜨도 알게 되어 있었다. ("두 분 모두 갈고리 달린 원자들을[337] 가지고 계심에 틀림없어요." 베르뒤랭 부인이 누구의 환심을 사려고 그토록 애쓰는 것을 일찍이 본적 없던 의사의 아내가 덧붙인 말이다.) 또한 내가, 당연히 그럴 수밖에 없었던 것처럼, 그녀에 대하여 애정 가득한 어조로 이야기를 하였다는 사실을 전해 들었을 것이며, 그러나 우리가 만나지 않으면 내가 살아갈 수 없을 만큼 고통스러워하는 것은 아니라는―그녀가 최근에 내 곁에서 느끼던 권태의 원인이 그것이라고 나는 믿고 있었다―사실을 그녀가 알았을 것이다. 나는 이미 스완 부인에게 내가 더 이상 질베르뜨와 어울릴 수 없노라고 말한 바 있었다. 또한, 내가 마치 그녀를 영영 다시 만나지 않기로 결심한 투로 그 말을 하였다. 그리고 내가 질베르뜨에게 보내려고 하던 편지 또한 같은 내용을 담고 있었다. 다만 나 자신에게는, 나에게 용기를 주기 위하여, 며칠간의 절대적이되 짧은 노력만을 기울이겠노라 제안하였다. 그러면서 이러한 생각에 잠겼다. '만나자는 그녀의 제안을 이번에만 마지막으로 거절하고, 다음번에는 수락해야지.' 그녀와의 결별을 실행하는 것이 나에게 너무 힘들게 느껴지지 않도록 하기 위하여, 나는 그것이 돌이킬 수 없는 결별인 것처럼은 나의 뇌리에 떠올리지 않았다. 하지만 그것이 돌이킬 수 없을 것임은 느끼고 있었다.

그해 일 월 초하루가 나에게는 유난히 고통스러웠다. 우리가 불행할 때에는, 신기원이 되었거나 기념이 된 모든 것들이 우리에게는 고통스럽다. 하지만 예를 들어 그것이 사랑하는 이를 잃은 사건일 경우, 고통은 오직 현재와 과거 간의 더욱 생생해진 대조로부터만 유발된다. 그런데 나의 경우, 그 괴로움에 아직 언어로 표명되지 않은 회원이 추가되어 있었던 바, 그것은 질베르뜨가, 첫발을 내딛는 주도권을 나에게 남겨주려 하였으나 내가 꿈쩍도 하지 않음을 간파하고, 나에게 다음과 같은 편지를 보내기 위하여 일 월 초하루라는 핑계만을 기다리고 있을 것이라는 회원이었다. "도대체 무슨 일이에요? 제가 당신을 미친 듯이 사랑해요. 어서 오셔서 툭 터놓고 이야기해요. 당신을 만나지 않고는 살 수 없어요." 전해 마지막 며칠 전부터 나에게는 새해 첫날 그러한 편지가 올 것 같아 보였다. 그럴 가능성이 아마 없었을 것이다. 그러나 우리에게 갈망과 욕구만 있으면, 우리는 그러한 편지가 올 수 있다고 충분히 믿는다. 병사는 자신이 전사하기 전에, 절도범은 자기가 체포되기 전에, 그리고 사람들은 일반적으로 자기들이 죽음을 맞아야 할 순간 이전에, 무한정으로 연장되는 유예 기간이 자신들에게 허락되었다고 믿는다. 그러한 믿음이 바로 모든 개인들을—때로는 민족들을—위험으로부터가 아니라 위험에 대한 두려움으로부터, 실은 위험이 존재한다는 믿음으로부터 보호해 주는 부적이며, 그것이 용감하지 못한 사람들까지도 어떤 경우에는 용감해지게 한다. 그러한 종류의 신뢰가, 따라서 거의 근거 없는 신뢰가, 화해를, 즉 화해의 편지를, 기대하는 연인을 지탱해 준다. 내가 그 편지를 기다리지 않기 위해서는, 그것 희원하기를 멈추는 것으로 족하였을 것이다. 우리가 여전히 사랑하는 여인에게 자신이 얼마나 무관심한 대상인지를 아무리 잘 알고 있어도, 우리는 여전히 상상으로나마 그녀를 일련의 사념들로(그것들이 몽땅 무관심으로 이루어졌다 하더라도), 그 사념들을 표출하고자 하는 의도로, 그리고 그 속에서는 우리가 적대감의 대상이지만 또한 한결같은 관심의 대상이기도 한, 복잡한 내면적 생활로 가득 채운다. 반대로 내가 질베르뜨의 내면에서 일어나고 있던 일을 어렴풋이나마 짐작하기 위해서는, 그해 1월 초하루부터라도, 그다음 이어질 다른 해들 중 한 해의 1월 초하루에 느낄 수 있을 것, 즉 질베르뜨의 관심이나 침묵 혹은 다정함이나 냉랭함 등이 거의 내 눈에 의해 포착조차 되지 않고, 나에게는 제기되지 않았을 문제들의 해결을 생각조차 하지 않을, 아니 생각할 수조차 없을, 그 1월 초하루에 느낄 수 있을 것을 내가 단지 예상할 수만이라도 있어야 했을 것이다. 우리가 연정에 사로잡혀 있을 때에는, 사랑이 너무 커서 우리 내면에 몽땅 담길 수 없는지라, 사랑하는 여인을 향하여 그것이 발산되고, 그녀 속에서 그것을 정지시켜 강제로 출발점으로 돌려보내는 하나의 표면과 마주치는데, 우리가 흔히 상대방의 감정이라고 지칭하며, 그것이 우리 자신으로부터 온다는 사실을 깨닫지 못하는지라 우리를 더욱 매혹하는 것은, 우리 자신의 애정이 그렇게 되돌아와 우리에게 주는 충격이다.

일 월 초하루의 모든 시각들을 알리는 종소리가 다 울렸건만 질베르뜨의 편지는 오지 않았다. 그러나, 뒤늦게 발송한 혹은 그 무렵에 발생하는 우편물의 붐빔 사태 때문에 늦어진 연하장들을 내가 1월 3일과 4일에도 받았던지라, 나는, 비록 점점 약해지긴 했지만, 그 희망을 여전히 간직하고 있었다. 그 이후 여러 날 동안 나는 많이 울었다. 새해가 되면 그녀로부터 편지를 받을 수 있으리라는 희망을 내가 품었던 것은, 질베르뜨를 포기하기로 작정하였을 때, 내가 그렇다고 생각하였던 만큼 진지하지 못한 데서 비롯된 것이 분명하다. 또한 다른 것 하나를 예비로 확보할 시간을 얻기 전에 그 희망이 고갈된 것을 깨닫고, 두 번째 모르핀 병을 확보하지 못한 채 첫 번째 것을 비워버린 환자처럼 내가 고통스러워했던 것이다. 그러나 아마 나의 내면에서—또한, 단 하나의 감정이 때로는 서로 상반된 감정들로 형성되기도 하니, 이 두 설명이 서로를 배제하지 않는다—결국에는 내가 편지를 받으리라는 기대가, 질베르뜨의 영상을 내 가까이로 이끌어왔을 뿐만 아니라, 그리하여, 그녀 가까이에 갈 순간의 기다림과 그녀의 모습과 그녀가 나를 대하던 태도 등이 전에 나의 내면에 야기시키던 그 감동들을 부활시켰을 것이다. 화해의 임박한 가능성이, 우리가 흔히 그 엄청난 힘을 미처 깨닫지 못하고 지내는 것 즉 체념을 나의 내면에서 없애버렸을 것이다. 신경쇠약증 환자들은, 그들이 일체의 편지도 받지 말고 신문도 읽지 않으면서 침대에 누워 있으면, 차츰 안정을 찾을 수 있을 것이라는 사람들의 말을 믿지 못한다. 그들은 그러한 치료법이 오히려 신경과민 증세를 악화시킬 것이라 상상한다. 마찬가지로, 연정에 사로잡힌 사람들은, 체념과 정반대 상태 속에서 그것을 바라볼 뿐 그것을 실험해 볼 생각조차 하지 않은지라, 체념이 가지고 있는 유익한 힘을 믿지 못한다.

나의 심장 박동이 격렬해지자 나에게 카페인 섭취를 줄이게 하였고, 그러한 처방을 따르자 증세가 멈추었다. 그리하여 나는, 질베르뜨와의 사이가 거의 틀어졌을 때 내가 느끼던 호흡 곤란 증세, 그리하여 그 증상이 재발할 때마다, 내 벗님을 더 이상 만날 수 없다는 혹은 그녀의 심기가 상해 있는 상태에서만 그녀를 만나게 되었다는 괴로움에 그 원인을 돌리곤 하던 그 증세가, 혹시 카페인에서 비롯된 것이 아닐지 생각해 보았다. 그러나 그 약품이, 당시 나의 상상력이 엉뚱하게 잘못 해석하였던 괴로움의 원인이었다면(그러한 해석이 전혀 이상할 것 없으니, 사랑에 빠진 남자들이 느끼는 가장 혹독한 심리적 고통들의 원인이 그들과 함께 지내는 여인의 육체적 습관에 있는 경우가 빈번하니 말이다), 그 약품의 작용은, 섭취한 지 오랜 세월이 흐른 후에도 트리스탄을 여전히 이즈에게 얽매이게 하였던 그 미약(媚藥)과 같은 식으로 계속되었다.[338] 왜냐하면, 카페인 섭취를 줄이자 거의 즉각적으로 시작된 육체적 호전 현상이, 그 유독성 물질의 섭취로 인해 유발되지는 않았다 해도 그것으로 말미암아 더 고통스러워진 슬픔의 진전을 중단시키지 못하였으니 말이다.

다만, 일 월 중순이 가까워져, 새해 첫날에 편지를 받으리라는 기대가 완전히 무너지고, 그로 인해 야기되었던 추가적인 슬픔까지도 일단 가라앉자, 이번에는 '명절' 이전에 시작되었던 슬픔이 다시 고개를 쳐들었다. 그 슬픔 속에 혹시 더 가혹한 것이 있었다면, 그것은 나 자신이 그 슬픔을 만든 의식적이고 자발적이며 무자비하고 집요한 장본인이었다는 점이다. 그 시절 내가 집착하였을 유일한 것을, 즉 질베르뜨와의 관계를, 나의 벗님으로부터의 격리 기간을 연장시키는 식으로 나에 대한 그녀의 무관심이 아니라, 결국 같은 것이지만, 그녀에 대한 나의 무관심을 조금씩 조성하여, 불가능하게 만들려 노력한 당사자가 나였다. 그것은 내가 지속적으로, 당시 내가 하던 짓뿐만 아니라 장차 그것으로부터 초래될 것을 명료하게 통찰하면서 집요하게 열중하던, 나의 내면에서 질베르뜨를 사랑하고 있던 나 자신을 죽이는 길고 잔인한 자살 행위였다. 내가 그러한 짓을 저질렀던 것은, 얼마간의 세월이 흐르면 내가 질베르뜨를 더 이상 사랑하지 않으리라는 것뿐만 아니라 그녀가 그러한 사실을 애석해하리라는 것, 또한 그리하여 나를 만나려는 그녀의 시도가, 혹시 그녀를 내가 지나치게 사랑하게 될 것이기 때문이 아니라 내가 몇 시간 동안이건 기다리고 갈망하면서, 나에게는 더 이상 무의미해진 질베르뜨를 위해서는 그 기다리는 시간의 작은 편린조차 감히 할애하지 않을 만큼 다른 어떤 여인을 틀림없이 사랑하게 될 것인지라, 당시에 나를 혹시 만나려 했을 그녀의 시도만큼이나 헛될 것이라는 사실을 내가 알고 있었기 때문이다. 그리고 의심할 나위 없이, 내가 이미 질베르뜨를 상실하였던(물론 그럴 가능성은 없었지만, 최소한 우리의 관계를 명확히 하자는 그녀의 정중한 요구나 그녀로부터의 의심할 여지없는 사랑의 고백이 있기 전에는 그녀를 다시 만나지 않으리라 내가 결심하였으니), 그리하여 그녀를 더욱 사랑하게 되었던(내가 원할 때에는 언제든 그녀 곁에서 나의 모든 오후 시간을 보내면서 이 세상 그 무엇도 우리의 우정을 위협하지 못한다고 믿던 전해 보다 더욱 절실하게 그녀가 나에게 의미하는 모든 것을 새삼 느끼게 되었으니) 그 순간, 의심할 나위 없이 그 순간에는, 내가 훗날 언젠가는 다른 여인에 대해서도 같은 감정을 품을지도 모른다는 사념이 몹시 가증스러워 보였다. 그러한 사념이 나에게서 질베르뜨뿐만 아니라 나의 사랑과 괴로움까지 빼앗아가려 했기 때문이다. 그 사랑과 괴로움이 특별히 그녀에게만 속하지 않고 언젠가는 이러저러한 여인의 몫이 되리라는 사실을 비록 시인하지 않을 수 없었으되, 나는 울면서도 그 사랑과 괴로움에서 질베르뜨의 실체를 포착하려 애를 썼다. 누구든 항상 다른 이들에게 냉담한 법,—그 시절 나의 사고방식이 그러했다—그리하여 우리가 누구를 사랑할 때에는, 그 사랑에 대상의 이름이 새겨져 있지 않아, 그 사랑이 훗날 그 대상이 아니라 다른 여인을 상대로 부활할 수 있을 것이라고(심지어 과거에 이미 다른 여인을 상대로 태동하였을 수도 있다고) 막연히 느낀다. 또한 우리가 누구를 사랑하지 않을 때 사랑이라는 것 속에 있는 모순점들을 초연하게 받아들이는 것은, 우리가 편안한 마음으로 이야기하는 그 사랑을 그 순간에는 느끼지 못하고 따라서 그것을 모르기 때문이다. 사랑이라는 것의 인지란 간헐적이며, 사랑의 감정이 소멸하면 그 인지 작용도 함께 소멸한다. 내가 질베르뜨를 더 이상 사랑하지 않게 될 그 미래, 그리고 나의 상상력이 아직은 명료하게 떠올리지 못하였어도 나의 괴로움이 짐작하도록 도와주던 그 미래가, 조금씩 차츰 형성될 것이고, 만약 질베르뜨가 손수 나를 도와 장차 나의 내면에 생길 무관심을 그 태동기에 분쇄하지 않을 경우, 그러한 미래가 혹시 목전에 와 있지는 않더라도 필연적이라는 사실을, 질베르뜨에게 경고할 시간이 아직 남아 있었던 것만은 분명했다. 질베르뜨에게 편지를 쓰거나 직접 그녀에게 다음과 같이 말하려 하던 것이 몇 번이던가! "조심해요, 나의 결심이 섰어요. 이제 내가 취할 행동은 극단적일 거예요. 이번에 당신을 보는 것이 마지막이에요. 머지않아 내가 당신을 더 이상 사랑하지 않을 거예요!" 하지만 그러한 말이 무슨 소용 있었겠는가? 그녀 이외의 나머지 모든 것에 아무 죄책감 없이 무관심했던 내가, 도대체 무슨 권리로 질베르뜨의 나에 대한 무관심을 나무랄 수 있었겠는가? 마지막이라! 내가 질베르뜨를 사랑하고 있었으니, 나에게는 그것이 중대한 무엇처럼 보였다. 그녀에게는 하지만 그 말이 틀림없이, 해외로 이주하려는 친구들이 떠나기 전에 우리들을 방문하겠다는 뜻을 담아 보낸 편지가 우리들에게 남길 것과 같은 인상을 주었을 것이며, 우리들은 대개의 경우, 그러한 방문 의사를 접하면, 우리 앞에 당장 즐길 것들이 있는지라, 우리를 좋아하는 따분한 여인들에게 그러듯, 그들의 요청을 거절한다. 우리에게 매일 허여되는 시간이란 고무줄처럼 탄력적이어서, 우리가 느끼는 열정은 그것을 팽창시키고, 우리가 다른 이에게 불러일으키는 열정은 그것을 오그라들게 하며, 습관은 그것을 자신으로 가득 채운다.[339)]

게다가 내가 질베르뜨에게 그러한 말을 하였어도 부질없었으니, 그녀가 나의 말을 이해하지 못하였을 것이기 때문이다. 우리는 항상 말을 할 때, 우리의 말에 귀를 기울이는 것이 우리의 귀, 우리의 뇌수라고 상상한다. 내가 그녀에게 말을 하였다 해도, 내 말이 질베르뜨에게 도달하기 전에 폭포수의 움직이는 장막을 통과하기라도 한 듯 굴절되어, 음성이 우스꽝스러워지고 더 이상 어떤 의미도 내포하지 못하는, 알아볼 수 없는 상태로 그녀에게 도달하였을 것이다. 우리가 어휘들 속에 담는 진실은 자신을 위하여 직접 길을 트지 못하며, 아무도 부인할 수 없는 자명성도 갖추고 있지 못하다. 같은 유형의 진실이 그 어휘들 속에 형성되려면 충분한 세월이 경과해야 한다. 그렇게 세월이 경과한 후에는, 모든 논증과 증거에도 불구하고 반대편 교조의 신봉자들을 반역자들로 몰아세우던 정치적 경쟁자도, 그 교조를 유포시키려 헛되이 애쓰던 사람조차 더 이상 주장하지 않게 된, 자기가 그토록 증오하던 교조에 공감하게 된다. 또한 세월이 경과한 후에는, 그것을 큰 소리로 낭송하던 찬미자들에게는 그 자체가 탁월함의 증거처럼 보이되 그 낭송을 듣는 이들에게는 무미건조하고 초라한 영상밖에 제공하지 못하던 걸작품이, 그것을 지은 이는 너무 늦어 그 사실을 알지 못하게 되었지만, 그것을 변변찮게 여기던 이들에 의해 걸작품으로 선포되기도 한다. 마찬가지로, 사랑에 있어서도, 장벽들이 그것 때문에 절망하는 남자에 의해서는, 무슨 짓을 한다 해도, 결코 무너지지 않으며, 지난날 그토록 공격하여도 끄덕하지 않던 그 장벽들이, 그를 사랑하지 않던 여인의 내면에서 이루어진, 즉 반대편에서 온, 작업의 결과에 의해 무너지는 것은—그 남자에게는 더 이상 아무 쓸모없는 일이지만—그 남자가 장벽들을 더 이상 개의하지 않게 될 때이다. 내가 만약 질베르뜨에게 장차 나의 마음속에 형성될 그녀에 대한 무관심을 예고하면서 그것을 예방할 방도를 알려주기 위하여 그녀에게로 갔다면, 그녀는 나의 그러한 거조로부터, 그녀에 대한 나의 사랑과 욕구가 자신이 믿던 것보다도 오히려 크다는 결론을 이끌어 냈을 것이며, 그로 인하여 나를 만나기 싫은 마음이 더 증대되었을 것이다. 또한 그러나, 나의 내면에 잡다한 생각들이 연속적으로 이어지게 함으로써, 그 사랑의 종말을 내가 그녀보다 더 명확하게 예견토록 도와준 것이 바로 그 사랑이었음은 물론 사실이다. 그럼에도 불구하고, 상당한 세월이 경과하여 그녀가 나에게 덜 불가결해졌을 뿐만 아니라 그 사실을 그녀에게 입증해 보여줄 수 있을 때가 도래하였다면, 내가 편지나 육성으로 그녀에게 아마 그러한 경고를 보냈을 것이다. 하지만 불행하게도 몇몇 사람이, 선의에서였는지 혹은 악의에서였는지, 나의 간청에 따라 그랬을 것이라고 그녀가 믿을 수밖에 없게 할 식으로, 그녀에게 나의 이야기를 하였다. 나는, 꼬따르와 나의 어머니 심지어 노르뿌와 씨까지, 그렇게 서툰 말로, 내가 이제 막 감수한 희생을 무위로 만들어놓을 때마다, 즉 내가 마치 그것으로부터 빠져나온 듯한 잘못된 인상을 줌으로써 나의 유보적인 태도가 거둔 모든 결과를 망쳐 놓을 때마다, 나는 이중의 억울함에 직면했다. 우선, 그 간섭꾼들이 나도 모르는 사이에 중단시켜 결과적으로 허사가 되게 한, 나의 고통스럽되 성공적인 극기가 단지 그들이 그녀에게 나의 이야기를 한 날에야 비로소 시작된 것 같은 인상을 주게 되었다. 하지만 더욱 심각했던 것은, 내가 의연하게 자기를 체념한 것이 아니라, 자기가 나에게 허락하기를 달가워하지 않던 만남을 추진하기 위하여 내가 은밀히 수작을 꾸몄다고 믿게 된 질베르뜨를 이제 다시 만나도, 그 기쁨이 반감될 것이라는 사실이었다. 나는, 대개의 경우 해를 끼치려 한다든가 혹은 도움을 주려는 의도조차 없이, 그야말로 그저 말을 하기 위하여, 맹목적으로 늘어놓는, 그리고 때로는 우리 자신이 그들 앞에서 그것을 억제하지 못하였고 그들이 (우리들처럼) 삼가지 않았기 때문에 늘어놓게 된, 그리하여 적시에 숱한 해로움을 우리에게 끼치는, 사람들의 그 허튼 수다를 저주하였다. 하지만, 우리의 사랑을 파괴하기 위하여 수행된 그 비통한 작업에서, 수다꾼들이 맡은 역할이, 하나는 지나친 선의 때문에 그리고 다른 하나는 지나친 악의 때문에, 모든 것이 순조로워질 때 모든 것을 습관적으로 파괴하는, 그 두 사람의 역할에 훨씬 못 미치는 것은 사실이다. 그렇건만 우리는, 귀찮은 간섭꾼 꼬따르 같은 이들 탓하듯 그 두 사람을 탓하지는 않는다. 두 번째 사람은 우리가 사랑하는 사람이고, 첫 번째 사람은 우리 자신이기 때문이다.

하지만 내가 스완 부인을 뵈러 갈 때마다 거의 매번 그녀가 나에게 권하기를, 자기 딸의 오후 간식 모임에 참석하고 할 말이 있으면 자기의 딸에게 직접 하라고 하였던지라, 내가 질베르뜨에게 자주 편지를 썼으며, 그 서신에서 나는 내가 보기에 그녀를 설득할 수 있을 듯한 구절들은 택하지 않고, 오직 내 눈물이 가장 감미롭게 흐를 수 있는 길을 개척하려고만 노력하였다. 왜냐하면, 애석함 또한 욕망처럼, 자신을 분석하려 하지 않고 충족시키려 하기 때문이다. 그리하여 우리가 누구를 사랑하기 시작하면, 자기의 연정이 무엇인지를 알려고 하기보다는 다음 날 연인과 만날 준비에 전념한다. 또한 연인을 체념할 경우, 자신이 느끼는 슬픔이 무엇인지를 알려고 하기보다는, 그 슬픔의 소이연이 된 여인에게 자신이 보기에 가장 애정 어린 말을 해주려 애를 쓴다. 그러한 경우, 자기가 하고 싶은, 그러나 상대방은 이해하지 못하는 말을 하는 것이 고작이며, 결국 자신만을 위해 말을 하는 격이 된다. 그녀에게 보낸 나의 편지에 이러한 구절이 있었다. "전에는 그것이 불가능하리라고 생각하였습니다. 그러나 아! 그것이 그토록 어렵지 않음을 이제 알겠습니다." 또한 이러한 구절도 있었다. "제가 아마 다시는 당신을 뵙지 못할 것입니다." 그러면서도 혹시 그녀가 짐짓 가장된 냉랭함이라고 여길 만한 기색은 전혀 드러내지 않았다. 그리고 내가 편지를 쓰는 동안 그러한 말들이 나로 하여금 눈물을 흘리게 하였다. 그것들이 내가 믿고 싶어 하였을 것이 아니라 장차 실제로 닥칠 것을 담고 있었기 때문이다. 다음에 그녀가 만나자는 요청을 다시 할지라도, 내가 이번처럼 용기를 내어 그 요청에 응하지 않을 것이며, 그렇게 거절하기를 거듭하다 보면, 더 이상 그녀를 만나지 않던 나머지, 그녀를 보고 싶지 않을 때에 차츰 도달할 것이었으니 말이다. 그리하여 나는 눈물을 흘리면서도, 당장 그녀 곁으로 가는 행복을 언젠가는 그녀의 마음에 들 수 있는 사람으로 보일 수 있으리라는 가능성을 위하여 희생시킬 수 있는 용기를 내었고, 그것을 위안으로 삼았다. 그러나 애석하게도 그 '언젠가'라는 미래에는, 내가 그녀의 마음에 들 수 있는 사람으로 보일 수 있다는 사실 자체에도 무심해질 것 같았다. 그 무렵 내가 그녀를 마지막으로 방문하였을 때 그녀가 강변하였듯이, 하지만 전혀 그럴 법하지 않은, 그녀가 나를 사랑하였다는 가정조차도, 그리고 넌더리나는 사람 곁에서 느끼는 따분함이라고 내가 간주하던 것이 실은 질투심이나 혹은 나의 것과 비슷한 그녀의 거짓 무관심에 기인하였을 뿐이라는 가정조차도, 내 결심의 가혹함을 완화시켜 줄 뿐이었다. 그리하여, 몇 해 후, 우리가 서로를 잊었을 때, 그 무렵 내가 그녀에게 쓰고 있던 편지가 전혀 진실하지 못하였노라고 그녀에게 과거를 돌이켜보면서 말할 수 있게 될 경우, 그녀가 나의 그러한 말에 다음과 같이 대꾸할 것 같이 여겨졌다. "아니, 당신이 저를 사랑하고 계셨다고요? 제가 그 편지를 얼마나 기다렸는지, 당신과 한번 만나기를 얼마나 희원하였는지, 그 편지로 인해 제가 얼마나 많은 눈물을 흘렸는지, 당신이 그 사실을 아신다면!" 내가 그녀 모친의 집으로부터 돌아온 직후 그녀에게 편지를 쓰는 동안, 내가 아마 바로 그러한 오해를 완성시키는 중일 것이라는 생각, 바로 그 생각이, 그것에 내포된 슬픔으로, 내가 질베르뜨에게 사랑받는다고 상상하는 기쁨으로, 나로 하여금 편지를 계속 쓰도록 충동질하였다.

'차 모임'이 끝나 스완 부인에게 작별인사를 드리는 순간, 내가 그녀의 딸에게 보낼 편지 내용을 생각하는 동안, 꼬따르 부인은 그곳을 떠나면서 성격이 전혀 다른 상념들을 품게 되었다. 잠시 응접실을 '조사하듯 둘러보는' 동안, 그녀는 그곳에 있던, 최근에 구입한 새 가구들에 대하여 스완 부인에게 축하의 뜻 표하기를 잊지 않았다. 그녀는 또한 그 응접실에서, 비록 적은 수이기는 하지만, 지난날 오데뜨가 라 뻬루즈 로의 저택에 가지고 있던 물건들 중 몇몇을, 특히 그녀의 물신(物神)들이었던 동물 모형 보석들을 다시 발견할 수 있었다.

그러나 스완 부인이, 숭배할 만큼 존경하는 친구였던 어느 남자로부터 '또까르'[340]라는 말을 얻어 들었고, 그 말이 몇 해 전까지도 그녀가 '멋지다'고 여겼던 물건들을 가리켜, 그녀에게 새로운 지평을 열어주었던지라, 국화꽃들의 지주로 사용되던 금박 입힌 격자 세공품들을 비롯한 지루[341]당과점의 숱한 당과류 상자들 및 왕관 문양이 인쇄된 편지지(벽난로를 치장하던, 그러나 그녀가 스완을 만나기 훨씬 전부터 어느 취향 고상한 남자가 치워버리기를 권고하였던, 판지를 오려 만든 루이 금화 모형들은 차치하고라도) 등을 따라, 그 모든 물건들이 연이어 망각 속으로 물러갔다. 뿐만 아니라, 스완 부인이 조금 뒤에 갖게 된 백색 응접실들과는 천양지차였던 어둔 색으로 벽을 칠한 방들의 예술적 무질서 속에서, 그 아뜰리에의 뒤죽박죽 속에서, 극동 지역의 물건들이 18세기[342]의 내습을 받아 점점 후퇴하고 있었다. 그리하여, 내가 더 '편안히' 앉도록 스완 부인이 나의 등 뒤에 포개어 쌓아 주던 방석들도, 더 이상 전처럼 용(龍) 문양이 아니라 루이 15세 시절 풍의 꽃다발 무늬로 장식되어 있었다. 스완 부인은 자신이 가장 자주 머물던 방에 대하여 이렇게 말하곤 하였다. "그래요, 제가 이 방을 좋아하기 때문에 이곳에서 많은 시간을 보내요. 저는 저와 친숙하지 않은 물건들로 가득 찬, 그리하여 허세를 부린 듯한 곳에서는 살 수 없을 것 같아요. 제가 작업하는 곳은 여기예요." (하지만 그것이 무슨 작업인지, 그림을 그리는 작업인지 혹은, 무슨 일이든 하여 무용지물이 되지 않기를 바라는 여인들 사이에 유행하기 시작한, 책 쓰는 작업인지, 구체적으로 밝히지는 않았다.) 그 방에서 그녀는 작센 지방 도자기들에 둘러싸여 있었고, 그것들을 어찌나 좋아하였던지, 그 명칭을 영어식으로 발음하던 그녀는, 그것들 중 어느 것에 대해서든 이렇게까지 말하였다. "정말 예뻐요, 쌕스³⁴³⁾의 꽃들을 닮았어요." 그녀는 하인들의 무지한 손이 그것들에 닿는 것을, 지난날 극동 지역의 도자기 인형이나 도자기 꽃병에 그들의 손이 닿을 때보다 더욱 두려워하였고, 혹시 그런 일이 생기면 화를 펄펄 내며 하인들로 하여금 속죄하게 하였는데, 그토록 예의바르고 온화한 상전이었던 스완조차, 별로 놀라는 기색 없이 그러한 광경을 참관하곤 하였다. 명료하게 눈에 띄는 결점들도 애정은 감소시키지 못하는 법, 그와는 반대로 애정이 결점들조차 매력적으로 보이게 한다. 이제 오데뜨가 친숙한 사람들을 집에서 맞을 때 일본 여인들의 실내 가운을 걸치는 경우는 드물어졌다. 그보다는 색이 엷고 굽이치는 듯한 바또풍³⁴⁴⁾ 실내 가운의 비단천에 감싸여, 젖가슴 위로 피어오르는 그 천의 거품을 쓰다듬는 동작을 취하는가 하면, 그 비단결 속에 목욕하듯 잠겨서 나른하게 버둥거리거나 장난을 치기도 하는데, 그 기색이 어찌나 편안하고 시원한 듯한지, 또한 그 순간 호흡이 어찌나 깊은지, 그녀는 비단천을 그림들과 같은 치장물이 아니라, 그녀의 용모를 다듬고 세련된 건강법을 유지하는 데 필요한 '약식 목욕'이나 '가벼운 산책'으로 여기는 것 같았다. 그녀는 예술과 청결함 결여된 상태로 지내는 것보다는 빵 없이 사는 것이 더 쉽고, 자기가 알고 있는 '무수한 떼거리'가 불에 타 죽는 것 바라보는 것보다는 「죠꼰도 부인」³⁴⁵⁾이 불에 타는 것 바라보는 것이 더 슬플 것이라고 버릇처럼 말하곤 하였다. 그녀와 가깝게 지내는 여인들이 듣기에는 모순되는 듯한 이론들이었으나, 여하튼 그녀들 사이에서는 그녀가 고상한 여인으로 알려지게 하였고, 또 그로 인하여 매주 한 번씩 벨기에 대사가 그녀를 방문하였으며, 따라서 그녀가 태양이었던 그 작은 세계에서는, 예를 들어 베르뒤랭의 집과 같은 다른 곳에서 그녀가 얼간이로 취급된다는 사실에 크게 놀라곤 하였다. 여하튼 그녀의 그 격렬한 재치로 인해 그녀가 여인들보다는 남자들과 어울리는 편을 더 좋아하였다. 하지만 그녀가 여인들을 비판할 때에는, 지나치게 굵은 손목이나 발목, 생기 없는 피부색, 철자법의 오류, 다리에 난 털, 고약한 체취, 모조 눈썹 등, 남자들에게 혐오감을 일으킬 단점들을 지적하며 여전히 갈보의 태를 부렸다. 하지만 반대로, 옛날 자기에게 너그러움과 친절을 베푼 여인은 다정하게 대하였으며, 특히 그 여인이 불운한 처지에 있을 경우 더욱 그러했다. 그리하여 그 여인을 민첩하게 감싸며 이렇게 말하곤 하였다. "사람들이 그녀를 부당하게 대접해요. 제가 단언하지만, 정말 착한 여자예요."

꼬따르 부인을 비롯해, 크레씨 부인이었던 시절의 오데뜨와 교류하였던 모든 사람들이, 그녀를 오랫동안 만나지 못하였을 경우, 알아보기 어려웠던 것은 그녀의 응접실 실내장식뿐만이 아니라 오데뜨 자신이었다. 그녀가 예전에 비해 그토록 젊어 보였기 때문이다! 의심할 나위 없이 그러한 현상이, 한편으로는 그녀의 살집이 좋아지고 건강이 호전되어 그 기색이 더욱 고요하고 더욱 싱싱하며 더욱 편안해 보였기 때문이며, 다른 한편으로는, 모발에 윤기를 낸 새로운 머리 매무새가, 분홍색 분에 의해 생기 돋보이게 되었으며 예전에는 지나치게 돌출되었던 두 눈과 윤곽을 다시 흡수한 그녀의 얼굴에, 더 많은 여유 공간을 확보해 주었기 때문이기도 했다. 그러나 그러한 변화의 다른 한 원인은, 오데뜨가 생의 중반에 이르러, 드디어 자기 고유의 용모, 하나의 흔들림 없는 '성격', '특정 유형의 아름다움' 하나를 발견 혹은 고안하여, 자기의 누더기투성이 윤곽에다―그토록 오랜 세월 동안 우연적이고 무력한 살의 예측 불가능한 변덕에 내맡겨진 채, 가벼운 피로에도 잠시나마 여러 해 나이를 먹으면서, 즉 일시적인 노화를 겪으면서,

그럭저럭, 그녀의 기분에 따라 그리고 그녀의 안색에 따라, 어수선하고 날마다 변하며 형체 일정하지 않되 매력적인 얼굴 하나를 그녀에게 조립해 준 그 윤곽에다―영원한 젊음과 같은 그 고정된 유형을 덧붙였다는데 있었다.

스완은 자기의 침실에, 이제는 어떤 드레스를 입고 어떤 모자를 쓰건 불가사의하고 의기양양한 표정으로 인해 자태와 얼굴이 당당해 보이는 자기 아내의 최근에 찍은 아름다운 사진들 대신, 그녀에 의해 아직 발굴되지 않아 오데뜨 고유의 젊음과 아름다움이 결여된 듯한, 예전의 모습을 찍은 작고 소박한 은판 사진[346] 하나를 가지고 있었다. 의심할 나위 없이, 현재와는 다른 여인의 개념에 집착하거나 그것에 대한 취향을 되찾은 스완이, 생각에 잠긴 듯한 눈과 지친 듯한 용모와 걷는 듯하면서 동시에 움직이지 않는 듯한 유보된 자세를 보이는 가냘픈 젊은 여인 속에서, 더욱 보띠첼리적인 우아함을 음미하고 있었음에 틀림없다. 사실 그는 아직도[347] 자기의 아내에게서 보띠첼리의 어느 그림 하나를 발견하며 즐거워했다. 그러나 반대로 오데뜨는 예술가들이 아마도 그녀의 '개성'이라고 하였을 만한 것을, 여자인지라, 자신의 단점이라고 여겨, 자신의 특질 중 마음에 들지 않는 것을 드러내려 하지 않고 다른 것으로 벌충하거나 감추려 하였던 터라, 누가 그 화가의 이야기를 꺼내는 것조차 싫어하였다. 스완은 하늘색과 분홍색이 어우러진 화려한 동방풍의 스카프 한 장을 가지고 있었는데, 그가 그것을 구입한 것은, 그것이 「마그니휘카트」[348]에 그려진 성처녀의 스카프와 정확히 일치하는 것이었기 때문이다. 그러나 스완 부인은 그것을 두르려 하지 않았다. 다만 언젠가 한번, 남편이 자기를 위하여 「봄」이라는 화폭에 그려진 쁘리마베라[349]의 옷처럼 데이지와 수레국화와 물망초와 초롱꽃 등의 무늬 촘촘한 의상 한 벌을 주문하도록 내버려 둔 것이 고작이었다. 가끔 저녁나절이면, 특히 그녀가 지쳤을 때, 그녀의 생각에 잠긴 듯한 손에 그녀도 의식조차 못하는 가냘픈 움직임이 일어나는 것을 좀 보라고 그가 나지막한 음성으로 나에게 귀띔해 주곤 하였는데, 그 손은 이미 '마그니휘카트'라는 단어가 선명히 보이는 신성한 책에 무엇인가를 쓰려고, 천사가 내미는 잉크병에 펜 끝을 담그는 성처녀의 조금 괴로워하는 듯한 손과 같았다. 하지만 그는 덧붙여 속삭이곤 하였다. "특히 그녀에게 아무 말 하지 말아요. 이 사실을 알면 그녀가 즉시 다른 자세를 취할 거요."

스완이 보띠첼리풍의 우수 어린 자태를 다시 발견하려 애쓰곤 하던 그 무의식적 움직임의 순간들을 제외하고는 이제 오데뜨의 몸뚱이가 하나의 '선'으로 몽땅 둘러싸인 단순한 윤곽을 드러냈고, 그 선은, 여인의 윤곽 곡선을 따라가기 위하여, 지난 세월의 복식(服飾)이 가지고 있던 부자연스러운 요철(凹凸)과 복잡하게 뒤얽힌 그물망과 잡다한 갈래들로 이루어진 굴곡 심한 길들을 버렸을 뿐만 아니라, 해부학적 실수로 이상적인 노선 안쪽이나 바깥쪽에 불필요한 우회로들이 생긴 경우, 과감한 선으로 그 자연의 실수를 교정하고, 살이나 천의 단절이 발견되면 도정의 해당 부분 전체를 보충할 줄도 알았다. 그리하여, 스커트 상단을 뒤덮어 코르셋 받침살에 의해 뻣뻣해진 나머지, 그토록 오랜 세월 동안 오데뜨에게 불필요한 가짜 복부 하나를 추가해 주어, 그녀가 마치 그 어떤 개성도 띠지 않은 잡다한 조각들로 조립된 듯 보이게 하던, 자락 길게 늘어진 블라우스와 함께, 그 보기 흉한 '모조 엉덩이'[350]의 '보조 의자'라고들 부르던 쿠션들도 자취를 감추었다. 또한 하나의 유기적이고 살아 있는 형체로서, 옥좌를 상실한 복식의 긴 혼돈과 모호한 장막에서 벗어나, 인어가 잔물결 일으키듯 비단을 전율시키고 윤기 도는 무명 수자직에 하나의 인간적 표현을 부여하게 된 몸뚱이의 유연성에, 술 장식들의 수직선과 주름장식들의 곡선이 이미 자리를 양보하였다. 그렇건만 스완 부인은 옛 복식들의 자리를 차지한 새로운 복식들 사이에 옛것들의 잔해를 간직하려 하였고 또 그러는 데 성공하였다. 저녁나절, 작업도 할 수 없고 마침 질베르뜨가 친구들과 함께 극장에 갔다는 사실을 알게 되어, 내가 그녀의 부모를 예고 없이 방문할 때면, 스완 부인이 우아한 평상복 차림으로 있는 것을 자주 발견하곤 하였는데, 더 이상 유행하던 것이 아니라 특별한 의미를 간직하고 있는 듯한 진홍색이나 오렌지색 등 어둔 계통의 아름다운 색조를 띤 그녀의 스커트에, 옛날의 장식 밑단을 연상시키는 구멍 숭숭 뚫리고 폭 넓은 검은색 레이스 띠가 비스듬히 걸쳐 있었다. 내가 그녀의 딸과 불화하기 전, 아직 춥던 어느 봄날, 그녀가 나를 불론뉴 숲 동물원에 데리고 갔을 때, 한동안 걸어 몸이 더워짐에 따라 그녀가 단추를 푼 웃옷 밑으로 보이던 반팔 블라우스의 톱니 모양 레이스 장식이, 몇 해 전 그녀가 자주 입었고 그 가장자리가 가볍게 들쭉날쭉한 것을 좋아하던 동의(胴衣)들 중 하나와 유사한, 그러나 이제는 입지 않던, 그 옷의 접은 깃을 연상시켰다. 또한 그녀의 목도리는—그녀가 항상 애용하던 '스코틀랜드 격자무늬 모직'으로 만들었으되, 직물의 색조가 하도 부드러워져(붉은색은 분홍으로, 하늘색은 자홍색으로), 그것이 마치 최신 출시품이었던 비둘기 목털빛 호박단으로 만든 것으로 거의 믿을 지경이었다—그것이 어디에 동여졌는지 보이지 않도록 그녀의 턱 밑에서 매듭을 이루고 있었기 때문에, 누구든 그것을 보는 순간, 그 시절에는 더 이상 사용하지 않던 '모자 끈'을 뇌리에 떠올리지 않을 수 없었다. 따라서 그녀가 조금만 더 그렇게 '견딜 수' 있었다면, 그녀의 복식을 이해하려 애쓰면서, 젊은이들이 이렇게 말하였을 것이다. "스완 부인 자체가 곧 한 시대의 역사 아니겠소?" 다양한 형태의 표현들이 중첩되어 있고 감추어진 전통이 강화시킨 아름다운 문체 속에서처럼, 스완 부인의 치장 속에서는 그 동의(胴衣)나 목도리의 어렴풋한 추억들, 그리고 때로는 '짧고 꼭 끼는 상의' 속으로 흡수된 하나의 경향, 심지어 '펄럭이는 모자 리본 자락'에 대한 회고적이고 막연한 암시까지도, 그 치장의 구체적인 형체들 밑에 더 오래된 형체들의 완성되지 않은 유사성이 감돌게 하고 있었으며, 양재사들이나 여성 모자 제조인들이 실제로 구현한 그 옛 형체들을 그 속에서 발견할 수는 없었다 하더라도, 그것들이 바라보는 이들의 뇌리에 끊임없이 떠오르고 스완 부인을 고아한 무엇으로 감싸고 있었는데—그것은 아마, 그 치장물들의 무용성 자체로 인하여 그것들이 유용한 목적 이상의 것에 부응하는 것처럼 보였기 때문이거나, 아마 흘러간 세월 속에 보존된 잔해 때문에, 혹은 그녀의 가장 이색적인 옷들에게까지도 같은 혈족과 같은 인상을 주는, 그 여인 특유의 복식에 스며 있던 일종의 개별성 때문이었을 것이다. 그녀가 단지 몸뚱이의 편안함이나 치장만을 위하여 옷을 입는 것은 아니라고 느껴졌다. 그녀가 치장물들로 감싸여 있었던 것은 한 문명의 호흡이 부여된 섬세한 장치에 의해 감싸여 있던 것과 같았다.

평소 자기의 모친이 손님들을 접대하는 날에 오후 간식 모임을 갖던 질베르뜨가 불가피하게 외출할 경우, 그리하여 내가 스완 부인의 '슈플뢰리'[351] 모임에 갈 수 있을 때에는, 그녀가 아름다운 드레스를 입고 있는 것을 보곤 하였는데, 때에 따라 호박단이나 나단(羅緞) 혹은 벨벳, 중국산 크레이프, 새틴, 주단 등으로 지은 그 드레스들은, 그녀가 보통 집에서 입던 평상복처럼 헐렁하지 않고 마치 외출하기 위하여 입은 양 단정하게 조합되어, 그 오후에, 집에 있는 그녀의 한가함에, 민첩하고 활기찬 무엇을 부여하곤 하였다. 그리고 의심할 나위 없이, 그 재단법의 과감한 단순성이 그녀의 몸매와 그 움직임에 잘 어울렸고, 특히 소매들의 움직임은 그날그날 변하는 색깔 그 자체처럼 보였다. 그리하여 하늘색 벨벳에는 문득 어떤 결단이, 백색 호박단에는 착한 성정이 어리는 것 같았고, 팔을 내미는 자세에 어린 일종의 절대적인 신중함과 넘치는 기품은, 가시적으로 변하기 위하여, 중국산 검은색 크레이프의 외양으로, 즉 위대한 희생을 감수하는 이의 미소에 어리는 찬연한 외양으로, 자신을 감싸는 것 같았다. 그러나 또한 그 활기 넘치는 드레스들에, 실용성 없고 뚜렷한 존재 이유 없는 잡다한 '장식품들'이 무사무욕하고 생각에 잠긴 듯하며 은밀한 무엇을 추가해 주었으며, 그것은 스완 부인이 최소한 자기 눈가의 거무스레한 무리 속이나 자기 손의 지골(指骨)에 항상 간직하고 있던 우수와 잘 어울렸다. 청옥(靑玉)으로 만든 행운의 상징물들, 칠보 네잎 클로버들, 은제 메달들, 황금 원형 메달들, 터키석 호신부(護身符)들, 루비 사슬들, 밤톨 크기의 황옥 등으로 뒤덮인 드레스 자체에도, 그것에 덧댄 조각 위에서 그녀가 지난 세월 영위하던 삶을 계속하는 채색된 무늬와, 채운다 하여 무엇을 감추지도 않고 끌러지지도 않는 일련의 새틴 단추들과, 세심하고 은근하게 의미한 추억을 환기시켜 기쁨을 느끼게 해주려는 장식 끈 등이 있었으며, 그것들도 보석들 못지않게—그러한 역할이 없다면 그곳에 있을 하등의 이유가 없는지라—어떤 의도를 드러내고, 애정의 담보가 되고, 비밀을 감추고, 어떤 미신에 부응하고, 어떤 치유나 희원 혹은 어떤 정인이나 단짝³⁵²⁾ 등의 추억을 간직하고 있는 것 같았다. 또한 때로는, 블라우스의 하늘색 벨벳에 남아 있는 앙리 2세 시절에 유행하던 터진 소매의 흔적, 혹은 소매의 경우, 어깨 부분이 1830년대에 유행하던 '양의 넓적다리'[353]를, 그리고 반대로, 스커트 밑 부분은 루이 15세 시절풍의 '바구니들'[354]을 연상시키던 가벼운 부풀음 등이, 그녀의 드레스에 그것이 마치 가장무도회의 의상인 듯한 감지되지 않는 기색을 부여하였고, 현재의 삶 갈피로 과거의 식별할 수 없는 어렴풋한 추억 같은 것을 넌지시 끼워 넣으면서, 역사적인 혹은 소설적인 특정 여주인공들의 매력을 스완 부인의 몸에 혼합시키기도 하였다. 그리하여 내가 그러한 점들을 이야기하였고, 그녀는 이렇게 대꾸하였다. "저의 몇몇 친구들과는 달리, 저는 골프를 치지 않아요. 제가 그녀들처럼 스웨터[355] 차림을 할 핑계는 전혀 없어요."

어떤 손님 하나를 배웅하고 돌아오며, 혹은 과자 접시를 손수 집어 들고 다른 손님에게 권하던 중, 번잡한 응접실에서 스완 부인이 내 곁을 지나게 되면, 그녀가 나를 한 길체로 잠시 데리고 가 이렇게 말하곤 하였다. "당신을 모레 오찬에 초대하라고, 질베르뜨가 저에게 특별히 부탁하였어요. 당신을 볼 수 있을지 확실치 않아, 오늘 오시지 않으면 편지를 보내려 하던 참이었어요." 나는 계속 버티었다. 그리고 그러한 저항이 점점 덜 어려워졌다. 우리에게 해로운 물질을 우리가 비록 좋아하더라도, 어떤 필요 때문에 이미 상당한 기간 동안 그것을 섭취하지 않았을 경우, 격정과 슬픔이 자리를 비움으로 인해, 오랜만에 맛보게 된 휴식에 다소나마 가치를 부여하지 않을 수 없기 때문이다. 사랑하는 여인을 영영 다시 보고 싶지 않다고 스스로에게 말하는 것이 솔직하지 못한다면, 그녀를 다시 보고 싶노라 자신에게 말하는 것 또한 솔직하지 못하다. 왜냐하면, 의심할 나위 없이, 우리가 그녀를 단기간만 만나지 않겠다고 스스로에게 다짐하면서 그녀와 재회할 날을 생각하여야만 그 결별 상태를 견딜 수 있지만, 다른 한편으로는, 질투가 뒤따를 수 있을 짧은 상면보다는, 끊임없이 훗날로 미루어지는 재회를 날마다 꿈꾸는 것이 얼마나 덜 괴로운지를 우리가 분명히 느끼기 때문인데, 대개의 경우, 사랑하는 여인을 다시 만난다는 사실은 우리에게 별로 유쾌하지 못한 충격을 안겨준다. 그러한 상태에 있는 우리가 이제 날마다 뒤로 미루는 것은, 결별로 인해 시작된 견딜 수 없는 불안감에 종지부를 찍는 행위가 아니라, 다만 쓸데없는 감동의 두려운 재발일 뿐이다. 우리가, 그러한 상면보다는, 우리가 홀로 있을 때, 현실 속에서는 우리를 사랑하지 않는 여인이 반대로 우리에게 열렬한 사랑을 고백하는 장면이 펼쳐지는 우리의 몽상으로, 우리의 뜻대로 완성시킬 수 있는 우리의 고분고분한 추억을 얼마나 더 좋아하는가! 우리가 갈망하는 많은 것들을 그것에 조금씩 혼합시키면서 우리가 원하는 만큼 달콤하게 만들기에 도달할 수 있는 그 추억, 그러한 추억을, 우리가 원하는 말을 우리의 뜻대로 받아들이지 않을 뿐만 아니라, 우리로 하여금 새로운 냉랭함을, 즉 예기하지 못한 난폭함을, 감수하게 하는 사람과 대면해야 할 그 뒤로 미루던 만남보다, 우리가 얼마나 더 좋아하는가! 우리가 더 이상 사랑하지 않을 때에는, 망각은 물론 희미한 추억조차도, 불행한 사랑만큼은 괴로움을 야기시키지 않는다는 사실을 우리 모두 알고 있다. 그 무렵 내가 선택하고 있었던 것은, 비록 나 자신에게 고백은 하지 않았지만, 그러한 미리 앞당겨진 망각의 휴식을 약속하는 편안함이었다.

뿐만 아니라, 그러한 심리적 초연함과 격리라는 치유법에 수반될 수 있는 괴로움이, 다른 이유로 인하여 점점 감소될 수 있으니, 사랑이라는 고정관념 자체가 치유를 기다리며 약화되기 때문이다. 질베르뜨의 눈에 비친 나의 위신을 몽땅 회복할 수 있기를 기대하기에는 그녀에 대한 나의 사랑이 아직 상당히 강했으나, 그 위신이, 나의 뜻에 따라 지속시키던 결별 상태에 의해 점진적으로 커질 수밖에 없을 것 같았고, 따라서 내가 그녀를 만나지 않고 보내던 고요하고 슬픈 나날들 각개가, 중단되지도 금지되지도(어떤 귀찮은 사람이 나의 일에 참견하지 않을 경우) 않은 채 차례대로 도래하였던지라, 패배가 아니라 승리의 나날들이었다. 그러나 아마 부질없는 승리였으리니, 머지않아 내가 완전히 치유되었다고들 할 수 있었을 것이기 때문이다. 습관의 형태들 중 하나로 간주할 수 있는 체념이라는 것이, 우리의 특정 저력들에게는, 그것들이 무한히 증대되는 것을 허락한다. 예를 들어, 질베르뜨와 최초로 불화를 겪던 날 저녁, 나로 하여금 슬픔을 감당케 해주던 그토록 미약했던 것들이, 그 이후 산정할 수조차 없는 강력한 힘으로 변하였다. 다만 존재하는 모든 것에 편재하는 연속되려는 경향이 가끔 급작스러운 충동에 의해 끊기는 바, 우리가 얼마나 여러 날, 여러 달, 동안을 그러한 충동에 굴하지 않았고 또 굴하지 않을 것이라는 사실을 잘 아는 만큼, 아무 가책감 없이 우리가 그 급작스러운 충동에 이끌려가도록 우리 자신을 내버려 두기 때문이다. 또한, 우리가 돈을 아껴 넣어 두던 돈주머니가 바야흐로 가득차려 할 때 그것을 단숨에 비워버린다든가, 우리가 받던 치료에 이미 익숙해졌건만 그 결과를 기다리지 않고 치료를 중단하는 경우도 빈번하다. 마찬가지로 어느 날, 스완 부인이 평소와 다름없이, 질베르뜨가 나를 보면 기뻐할 것이라는 말을 하면서, 내가 이미 오래전부터 나에게 허락하지 않던 행복을 그렇게 나의 손이 닿는 곳에 놓아주었을 때, 나는 아직도 내가 그것을 맛볼 수 있다는 사실을 깨닫고 몹시 혼란스러워졌다. 그다음 순간, 다음 날을 기다리는 것이 몹시 어려워졌다. 다음 날 저녁 식사 전에 질베르뜨를 불시에 방문하기로 그 순간 결심하였기 때문이다.

하루라는 공백을 내가 견딜 수 있도록 도와준 것은, 그러한 결심 직후 내가 세운 계획이었다. 모든 것이 잊혔고, 따라서 질베르뜨와 화해한 이상, 나는 오직 연인의 자격으로서만 그녀를 보고 싶었다. 그리하여, 날마다 그녀가 이 세상에서 가장 아름다운 꽃들을 받을 수 있도록 해주리라 작정하였다. 그리고 혹시 스완 부인이, 물론 그녀에게 지나치도록 엄격한 어머니 행세를 할 권리는 없었지만, 날마다 꽃 보내는 것을 나에게 허락하지 않을 경우, 빈번하게 보내지 않더라도 더 값진 선물로 대체하면 그만이었다. 그 시절, 부모님께서 나에게 충분한 용돈을 주시지 않아, 내가 비싼 물건을 구입할 형편은 못되었다. 나는 레오니 숙모님으로부터 물려받은 고대 중국의 커다란 도자기 꽃병을 뇌리에 떠올렸다. 그 물건을 두고 엄마가 자주 말씀하시기를, 언젠가는 필시 프랑수와즈가 와서 '목이 부러졌다'고 아뢸 것이고, 그러면 아무것도 남지 않을 것이라 하셨다. 그러한 처지에 있던 물건이라면 그것을 파는 것이, 그것을 팔아 내가 질베르뜨에게 안겨 주고 싶던 기쁨을 마련하는 것이 더 현명하지 않겠는가? 그것을 팔면 일천 프랑은 족히 손에 쥘 수 있을 것 같았다. 나는 그것을 포장하게 하였다. 평소에 내가 다른 습관 때문에 그것을 볼 기회가 없었는데, 그것과 헤어지는 것이 모처럼 그것을 유심히 바라볼 계기를 나에게 마련해 주었다. 스완 댁으로 가는 길에 그 물건을 들고 떠났으며, 마부에게 그 댁 주소를 일러준 후 샹젤리제 대로를 따라서 마차를 몰라고 하였다. 그 길모퉁이에 아버지께서 잘 아시는 중국산 골동품 상점이 있었다. 상점 주인이 놀랍게도 꽃병 값으로 일천 프랑이 아니라 일만 프랑을 제안하였다. 나는 황홀감에 휩싸여 그 지폐들을 받아 들었다. 한 해 내내 질베르뜨에게 장미꽃과 라일락꽃을 듬뿍 안겨줄 수 있게 되었기 때문이다. 상인과 헤어져 다시 마차에 올랐을 때, 스완 댁이 불론뉴 숲 근처에 있었던지라, 마부는, 평소에 내가 다니던 길 대신, 자연스럽게 샹젤리제 대로를 따라 내려가게 되었다. 마차가 이미 베리 로 어귀를 지나 스완 댁 아주 가까이에 이르렀을 때, 황혼 빛에 감싸여 반대 방향으로 걷고 있던, 따라서 자기의 집으로부터 멀어져 가고 있던, 질베르뜨의 모습이 내 눈에 띄었으며, 그녀는 내가 그 얼굴을 정확히 볼 수 없었던 어느 젊은이와 이야기를 나누면서, 결연하지만 느리게 걷고 있었다. 나는 마차 속에서 상체를 벌떡 일으키며 마차를 세우려 하였으나, 그다음 순간 주저하였다. 두 산책자가 이미 조금 멀어졌고, 그들의 느린 산책이 그려 놓은 부드럽고 평행을 이룬 두 선이, 샹젤리제의 어둑한 대기 속으로 희미하게 흩어지고 있었기 때문이다. 얼마 아니 되어 질베르뜨의 집 앞에 당도하였다. 스완 부인이 나를 반기며 말하였다. "오! 그 아이가 무척 실망하겠네, 왜 하필 지금 자리를 비웠는지 모르겠어요. 오늘 오후, 학교에서 돌아오면서 몹시 더웠다고 하더니, 친구 여자아이들 중 하나와 함께 바람을 좀 쐬겠다고 하였어요." — "그녀를 샹젤리제에서 언뜻 본 것 같습니다." — "그럴 리 없어요. 여하튼 그녀의 아버지에게는 그런 이야기 하지 마세요. 아이가 이 시각에 외출하는 것을 좋아하시지 않으니까요. 굿 이브닝." 나는 즉시 그 댁을 떠났고, 마부에게 오던 길로 되짚어 가자고 하였다. 그러나 두 산책자는 발견하지 못하였다. 그들이 어디로 갔단 말인가? 저녁나절에 그토록 은밀한 기색으로 무슨 이야기를 하고 있었단 말인가?

이제 더 이상 만나지 않기로 결심을 굳히게 된 그 질베르뜨에게 내가 그토록 많은 기쁨을 안겨 줄 수 있도록 해주었을, 뜻하지 않게 내 수중으로 들어온 일만 프랑을 움켜진 채, 나는 즉시 집으로 돌아왔다. 중국산 골동품 상점에서의 그 지체가, 나에 대해 만족하고 사은의 정을 느끼는 내 벗님의 모습을 항상 볼 수 있으리라는 기대로 나를 부풀게 하면서, 나를 기쁨으로 가득 채웠음은 의심의 여지가 없다. 그러나 만약 내가 그 상점에서 지체하지 않았다면, 마차가 샹젤리제 대로를 따라서 가지 않았다면, 내가 질베르뜨 및 그 젊은이와 마주치지 않았을 것이다. 그렇게 같은 하나의 사실이 반대 방향으로 뻗은 가지들을 함께 가지고 있으며, 마찬가지로, 그 사실이 태동시키는 불행이 앞서 태동시킨 행복을 지워 버린다. 나에게 닥친 일은 흔히 일어나던 것과 정반대의 것이었다. 기쁨을 갈망하지만 그 갈망을 충족시킬 금전적 수단이 없는 것이 보통이다. "큰 재산 없이 사랑한다는 것은 서글픈 일이다."[356] 라 브뤼에르의 말이다. 그러한 경우, 사랑이라는 기쁨에 대한 갈망을 차츰 없애는 수밖에 없다. 나의 경우, 그와는 반대로, 물질적 수단은 확보되었으되, 바로 같은 순간, 필연적 결과는 아닐지 모르나, 적어도 그 첫 단계 성공의 우연한 결과로 인하여 기쁨이 박탈되었다. 우리의 기쁨이 그렇게 박탈되는 것은 숙명적인 듯하다. 그러나 보통은, 기쁨을 가능하게 해주는 것을 우리가 획득한 저녁에, 즉각 그렇게 되지 않는 것이 사실이다. 우리가 얼마 동안이나마 애쓰며 기쁨을 희구하기 계속하는 경우가 더 빈번하다. 하지만 그렇더라도 행복은 결코 도래할 수 없다. 외적 상황들이 극복되는 즉시, 자연은 외부에서의 투쟁을 우리의 내면으로 옮겨 놓고, 우리의 심정을 차츰 변화시켜, 그것이 바야흐로 수중에 넣게 된 것이 아닌 다른 것을 갈망하게 만든다. 또한 상황의 급변이 하도 신속해서 우리의 심정이 미처 변할 시간을 갖지 못할 경우에도, 자연은 그것 때문에 우리를, 물론 조금 늦는 것은 사실이지만, 더 교묘하게 그러나 못지않게 효과적으로 제압하기를 단념하지 않는다. 그러한 경우, 마지막 순간에 우리들로부터 행복의 성취가 박탈된다. 아니 그보다는, 자연이 마귀 같은 간계로 그 행복의 성취를 조정하여 행복을 파괴하도록 시킨다. 외부적 상황 및 생활에 속하는 모든 방해 수단들을 동원하고도 뜻을 이루지 못할 경우, 자연은 행복의 심리적 불가능성이라는 최후의 불가능성을 창조한다. 행복이라는 현상은 결코 생길 수 없거나, 혹시 그러한 현상이 생길 경우, 극도로 쓰라린 반발을 야기시킨다.

　나는 일만 프랑을 꽉 움켜쥐었다. 하지만 그 돈이 나에게는 더 이상 소용이 없었다. 그리하여 매일 질베르뜨에게 꽃을 보냈을 경우보다도 더 신속히 그 돈을 탕진하였다. 저녁이 되면 나의 불행이 더욱 견딜 수 없을 만큼 혹독해져 집에 머물 수 없었고, 그리하여 내가 사랑하지도 않는 여인들을 찾아가 그 품에 안겨 눈물을 쏟곤 하였기 때문이다. 질베르뜨에게 어떤 기쁨이나마 안겨주려던 시도는 더 이상 내 마음에 얼씬도 하지 않았다. 이제 질베르뜨의 집에 다시 돌아간다 해도, 그것이 나에게 고통만을 주었을 것이다. 질베르뜨를 다시 만난다 해도, 그것이 전날까지는 그토록 감미로울 수 있었건만, 그것만으로는 이제 충분할 수 없었을 것이다. 내가 그녀 곁에 없는 동안에는 항상 불안에 휩싸일 수밖에 없게 되었기 때문이다. 하나의 여인으로 하여금, 그녀가 우리에게 무자비하게 가하는 전혀 새로운 고통으로, 자신도 모르게, 우리에 대한 지배력을 증대시키게 하되 또한 그녀에 대한 우리의 요구를 더욱 까다롭게 만드는 것은 바로 그 불안이다. 우리에게 가한 그 고통으로 여인이 우리를 점점 더 속박하면서 자기의 사슬을 강화시키지만, 그러면서 동시에, 우리가 그때까지 그녀를 묶는데 충분하다고 여겨 안심하던 우리의 사슬도 함께 강화시킨다. 전날까지만 해도, 그것이 질베르뜨의 마음을 상하게 하지 않으리라 믿기만 하였다면, 나는 가끔 잠시 만나기를 요구하는 것으로 만족했을 것이지만, 그녀가 나에게 치명적인 고통을 안겨 준 이제, 그러한 만남들이 나를 더 이상 만족시킬 수 없었을 것이며, 내가 그 만남들을 전혀 다른 조건들로 대체하였을 것이다. 사랑에서는, 숱한 전투 후에 이어지는 현상과는 반대로, 완벽하게 패할수록 패자가 그만큼 더 가혹한 조건들을 내걸며, 또 그 이후에도 조건들은 끊임없이 더 가혹해지는데, 단 우리가 그것들을 강요할 수 있을 처지에 있어야 한다. 질베르뜨와의 관계에 있어서 나는 그러한 처지에 있지 않았다. 그리하여 나는 우선 그녀 어머니 댁에 다시 가지 않는 편을 택하였다. 그리고, 질베르뜨가 나를 사랑하지 않으며, 내가 그러한 사실을 상당히 오래전부터 알고 있었으며, 내가 원하기만 하면 그녀를 다시 볼 수 있으며, 또한 내가 그녀 보기를 원하지 않을 경우, 그녀를 결국에는 잊을 수 있으리라고 생각하기를 계속하였다. 하지만 그러한 사념들은, 특정 증상들에 작용하지 않는 약처럼, 나의 눈앞에 가끔 어른거리던, 천천히 샹젤리제 대로 속으로 깊숙이 사라지는 질베르뜨와 젊은이의 평행을 이룬 두 윤곽을 상대로, 아무 효험도 보이지 못하였다. 그것은, 역시 언젠가는 결국 사그라질 새로운 괴로움이었고, 아무 위험 감수하지 않고 다룰 수 있게 될 치명적인 독(毒)이나 폭발을 염려하지 않고 담뱃불로 사용할 수 있을 소량의 다이너마이트처럼, 언젠가는 내포하고 있던 독소가 말끔히 제거된 상태로 나의 뇌리에 등장할 하나의 영상이었다. 하지만 그 당장에는, 질베르뜨의 황혼 속 산책을 나에게 줄기차게 보여주고 있던 해로운 세력을 상대로 전력을 기울여 싸우고 있던 다른 세력 하나가 있었다. 그것은 나의 상상력이었으며, 내 기억력의 거듭되는 강습을 분쇄하기 위하여, 그것이 유효하게 반대 방향으로의 노력을 계속하고 있었다. 그 두 세력 중 첫번째 세력 즉 기억력이 물론 샹젤리제 대로의 두 산책자를 계속 나에게 보여주었고, 아울러 과거에서 이끌어 온 다른 불쾌할 영상들을, 예를 들면, 자기의 모친이 외출하지 말고 나와 함께 집에 있으라고 하시자 어이없다는 듯 어깨를 으쓱하던 질베르뜨의 모습을, 나에게 제공하였다. 그러나 두 번째 세력이, 즉 상상력이, 내 희망의 캔버스 위에다, 그토록 한정된 초라한 과거보다 훨씬 더 호의적으로 펼쳐지는 미래의 초벌 그림을 열심히 그렸다. 침울한 질베르뜨의 모습이 내 앞에 다시 어른거리던 한순간에 대항하여, 우리의 화해를 위하여, 심지어 아마 우리의 약혼을 위하여, 그녀가 취할 조치들을 조합하는 데 내가 얼마나 많은 시간을 바쳤던가! 나의 상상력이 미래 쪽으로 이끌어가던 힘, 그 힘을 하지만 나의 상상력이 과거에서 퍼올리고 있었던 것은 사실이다. 질베르뜨가 어깨를 으쓱하던 순간 내가 느꼈던 불쾌감이 차츰 지워짐에 따라, 그녀의 매력에 대한 추억, 나로 하여금 그녀가 나에게로 돌아오기를 희원하게 하던 그 추억 또한, 약화될 수밖에 없을 것 같았다. 그러나 내가 아직은 그 과거의 죽음으로부터 아주 멀리 있었다. 나는 여전히 내가 증오한다고 믿던 그 질베르뜨를 사랑하고 있었다. 나의 머리 모양이 멋있다든가 혹은 안색이 좋다든가 하면서 어떤 사람이 나에게 찬사를 보낼 때마다, 나는 그녀가 그 자리에 있으면 좋겠다 생각하였다. 나는 그 무렵 많은 사람들이 자기들 집에 나를 초대하는 것에 역정이 났고, 그리하여 그들 집에 가기를 거절하곤 하였다. 집에서는, 내가 어느 공식 만찬에 함께 참석하자고 하신 아버지의 말씀을 듣지 않아, 한바탕 소란이 일기도 하였는데, 그 만찬에는 봉땅 씨 내외와 아직 어린아이에 가까웠던 그들의 질녀 알베르띤느도 참석하게 되어 있었다. 우리 생애의 서로 다른 시기들이 그렇게 포개지는 모양이다. 우리는, 현재 우리가 사랑하지만 언젠가는 우리에게 아무것도 아닌 것으로 변할 것 때문에, 오늘은 아무것도 아니되 내일 사랑하게 될, 오늘 보기로 선선히 마음을 허락할 경우 아마 더 일찍 사랑할 수도 있을, 그리하여 그렇게 우리의 현재 괴로움을 단축시켜 줄, 실은 그것들을 다른 괴로움으로 대체시켜 줄, 바로 그것 보기를 경멸적으로 거부한다.[357] 나의 괴로움들이 변하고 있었다. 나는 나의 내면 깊숙한 곳에서, 일반적으로 질베르뜨와 관련된 특정 희원이나 근심에 의해 발생한, 나날이 달라지는 감정을 발견하고 몹시 놀랐다. 내가 나의 내면에 간직하고 있던 질베르뜨와 관련된 희원이나 근심이었다. 하지만 내가 아마 이렇게 생각했어야 할 것이다. 즉, 다른 질베르뜨는, 다시 말해 실제의 질베르뜨는, 아마 나의 내면에 간직되어 있던 질베르뜨와 전혀 다르고, 그녀가 느끼고 있으리라고 내가 짐작하던 애석함을 까마득히 모르며, 내가 자기 생각 하는 것보다 훨씬 드물게 내 생각을 할 뿐만 아니라, 내가 나의 허구적 질베르뜨를 홀로 마주 대하면서 나에게로 향한 그녀의 진정한 의도가 무엇일지 알아내려 하고, 그렇게, 그녀의 관심이 항상 나에게로 향해 있다고 상상할 때 내가 짐작하던, 나에게로 향한 그녀의 생각보다도 더 드물었다고 생각했어야 할 것이다.

슬픔이 비록 약해지면서도 끈질기게 존속하는 그 기간 동안에는, 사랑하던 사람 자체에 대한 한결같은 생각이 우리의 내면에 야기시키는 슬픔과, 그 사람이 한 못된 말 한 마디나 우리가 그 사람으로부터 받은 편지에 사용된 특정 동사 등, 몇몇 추억들이 소생시키는 슬픔을 구분해야 한다. 슬픔의 다양한 형태에 대해서는 훗날의 다른 사랑 이야기 할 계기를 위하여 그 서술을 유보해 두고, 지금으로서는 우선, 그 두 형태의 슬픔들 중 첫 번째 슬픔이 두 번째 슬픔에 비해 훨씬 덜 혹독하다는 점만을 말해 두자. 그것은, 우리들 내면에 여전히 살아 있는 그 연인에 대하여 우리가 가지고 있는 개념이, 그 사람에게 우리가 항상 부여하는 후광에 의해 미화되었고, 빈번하게 되살아나는 달콤한 희망의 흔적은 아니라도, 최소한 변함없는 슬픔에 기인한 심적 평온의 흔적을 간직하고 있기 때문이다. (게다가, 특정 질환들의 경우, 그것들의 원인이 발병 이후 나타나는 심한 증세나 더딘 회복과는 비교도 아니 되듯, 사랑의 슬픔을 악화시키고 연장시키며 치유를 방해하는 그 복잡한 과정에서, 우리가 겪는 고통의 원인이 된 사람의 영상이 차지하는 자리가 별로 없다는 것은 주목할 만한 점이다.) 그러나 우리가 사랑하는 사람에 대한 관념이 일반적으로 낙천적인 판단력의 반사광을 받는 반면, 개인적인 추억들이나 못된 언사 및 적대적인 편지(나는 질베르뜨로부터 그렇게 간주될 수 있을 편지를 단 한 통만 받았다)는 그렇지 않아, 그 사람이 그토록 한정된 편린들 속에 실제로 머무는 것 같고, 우리가 평소 그 사람 전체에 대하여 가지고 있는 관념 속에는 어른거리지도 않던 엄청난 힘을 가지고 있는 것처럼 보인다. 그것은, 우리가 사랑하는 사람 바라보듯, 그 적대적인 편지를 애석함의 우수 어린 평온함 속에서 관조하지 않고, 불시에 닥친 불행이 우리의 목을 조르는 데 사용한 끔찍한 괴로움 속에서, 우리가 그것을 마구 삼키듯 읽었기 때문이다. 그러한 종류의 슬픔은 그 형성 과정도 다르다. 그러한 슬픔들은 외부로부터 우리에게로 오며, 그것들이 우리의 심장에까지 이른 것은 가장 혹독한 괴로움의 길을 통해서이다. 우리 연인의 영상, 옛날의 것이며 틀림없다고 우리가 믿는 그 영상이, 실제로는 우리 자신에 의해 여러 차례에 걸쳐 다시 만들어진다. 혹독한 추억은, 그 복구된 영상과 같은 시기의 것이 아니라 전혀 다른 시기의 것이며, 그것은 흉악스러운 과거의 희귀한 증인들 중 하나이다. 하지만 그러한 과거가—그것을 하나의 경이로운 황금기로, 모든 사람들이 화해할 낙원으로, 대체하기 좋아하는 우리의 내면에서만은 아니지만―존재하기를 계속하는지라, 그 혹독한 추억들이나 적대적인 편지들은 현실을 환기시키는 일종의 경고이며, 그것들이 우리에게 가하는 급작스러운 고통을 이용하여, 날마다 기다리던 우리의 미친 희망이 지속되는 동안 우리가 현실로부터 얼마나 멀어졌는지를 느끼게 해주도록 되어 있다. 물론 그러한 경우가 가끔 있기는 하지만, 그 현실이 언제까지나 같은 형태로 머물러 있으라는 법은 없다. 우리의 생애에서 우리를 스쳐 지나간 여인들 중 우리가 다시 만나려 단 한 번도 시도하지 않은 여인들이 많고, 그녀들 또한 우리의 의도하지 않은 침묵에 같은 침묵으로 자연스럽게 응답한다. 다만 그러한 여인들의 경우, 우리가 그녀들을 사랑하지 않았던지라, 우리가 그녀들로부터 멀리 떨어져 보낸 세월을 아예 헤아리지도 않았고, 우리가 결별 상태의 효력을 논증할 때에는, 우리의 주장을 약화시킬 수 있을 그러한 반증이 우리에 의해 간과되는데, 그것은 마치 예감이라는 것을 믿는 사람들에 의해, 그들의 예감들 중 사실로 입증되지 않은 모든 경우들이 간과되는 것과 같다.

하지만 결국 결별 상태가 효력을 발휘할 수 있다. 지금은 우리를 무시하는 가슴속에 우리를 다시 보려는 갈망과 욕구가 끝내 부활하게 되어 있다. 다만 시간이 소요될 뿐이다. 그런데 시간에 관련된 우리의 요구[358]가, 심정이 변화하기 위하여 내세우는 요구에 못지않게 터무니없다. 우선 우리가 가장 어렵게 허용하는 것이 바로 시간인데, 우리의 고통이 혹독하여, 우리에게 가장 시급한 것은 그것이 끝나는 것을 보는 일이기 때문이다. 그다음, 상대방의 심정이 변하는 데 필요할 그 시간을, 우리의 심정 또한 변하기 위하여 사용하며, 그 결과, 우리가 설정했던 목표가 달성될 즈음에는 그것이 우리의 목표이기를 멈추게 될 것이다. 게다가, 목표가 달성될 것이라는 상념, 즉 그 목표가 더 이상 우리에게 행복일 수 없게 될 때에 그러한 행복에 도달한다는 상념, 그 상념에는 진실의 한 부분이, 오직 한 부분만이, 내포되어 있다. 그 행복[359]은 우리가 그것에 무관심해졌을 때 우리의 수중으로 들어온다. 그러나 바로 그 무관심이 우리로 하여금 그 행복에 대해 덜 까다롭게 굴도록 만들었고, 따라서 그 행복이 우리의 눈에 몹시 불완전한 것처럼 보였을 시절에 그것이 우리를 매혹하였을 것이라 뒤늦게 믿도록[360] 해준다. 관심 갖지 않는 것에 대해서는 누구든 심하게 까다롭지 않으며, 좋은 심판관이 될 수 없다. 우리가 더 이상 사랑하지 않는 사람의 친절, 그리하여 우리의 무관심에 비하면 과분해 보이는 그 친절이, 아마 우리의 연정을 만족시키기에는 턱없이 부족했을 것이다. 그 사람이 하는 다정한 말이나 만나자는 제안에 대해서도, 우리는 그것들이 유발시킬 수 있을 쾌락을 생각할 뿐, 그것들에 즉시 이어지기를 우리가 바랐을 모든 다정한 말이나 만나자는 제안들, 그러나 우리의 게걸스러움으로 인하여 아마 이어지지 않았을, 그것들은 생각하지 않는다. 그리하여, 우리가 더 이상 그것을 누릴 수 없게 되었을 때, 즉 우리가 더 이상 연정에 사로잡혀 있지 않을 때, 너무 늦게 도래한 행복이, 지난날 우리를 그토록 불행하게 만들면서 도래하지 않던 그 행복과 완전히 같은 것인지는 확실하지 않다. 오직 한 사람만이, 즉 그 시절의 우리 자아만이, 그 여부를 판단할 수 있을 것인데, 그 자아는 더 이상 우리와 함께 있지 않으나, 의심할 나위 없이 만약 그 자아가 우리 곁으로 돌아온다면, 그 행복이, 지난날의 것과 같은 것이건 아니건, 스러질 수밖에 없다.

내가 더 이상 열망하지 않게 될 꿈의 뒤늦은 실현을 기다리면서, 내가 질베르뜨를 겨우 알게 된 시절에 그랬던 것처럼, 그녀가 나에게 용서를 간청하고 나 이외에는 일찍이 그 누구도 사랑하지 않았노라 고백하면서 나와 결혼하겠다고 하는 그녀의 말이나 편지를 내가 어찌나 열심히 지어냈던지, 그렇게 끊임없이 반복해 만들어진 일련의 달콤한 영상들이, 그 무엇으로부터도 영양을 공급받지 못하던 질베르뜨와 젊은이의 영상보다 나의 뇌리에서 더 큰 자리를 차지하게 되었다. 그리하여, 실제로는 나와 생면부지였던, 나의 친구들 중 하나라고 하는 사람이 나타나 몹시 표리부동하게 나를 대하면서, 오히려 내가 표리부동하다고 여기던 일이 벌어진 꿈을 꾸지만 않았어도, 내가 아마 다시 스완 부인 댁에 갔을 것이다. 그 꿈이 나에게 야기시킨 괴로움 때문에 문득 잠에서 깨어나, 그 괴로움이 계속되는 것을 깨닫고, 나는 그 이름이 에스빠냐 사람의 것이었으나 이미 희미해진 내가 자면서 본 그 친구가 누구였는지 기억해내려 애쓰면서 그의 생각에 다시 잠겼다. 나는 요셉이면서 동시에 파라오의 처지가 되어 내가 꾼 꿈을 해석하기 시작하였다.[361] 나는, 많은 꿈 속 장면들 속에서, 인물들의 외양을[362] 중시해서는 아니 된다는 것을 잘 알고 있었는데, 그 외양들이란, 무지한 고고학자들이 이 사람의 몸뚱이에 저 사람의 머리를 붙여 놓는다든가 혹은 신체적 특징들과 이름들을 뒤섞어 재조립해 놓은, 많은 교회당들에서 볼 수 있는 회손된 성자들의 조각상들처럼 변장되었거나 얼굴이 뒤바뀌었을 수도 있다. 꿈 속에서 인물들이 띠고 있는 특징들은 우리의 착각을 유발할 수 있다. 꿈속에서는 우리가 사랑하는 사람이 오직 우리가 느낀 괴로움에 의해서만 인지되어야 한다. 내가 느낀 괴로움은, 내가 자는 동안 젊은이로 변한 사람이, 그 최근의 표리부동함으로 나에게 고통을 가한 사람이, 바로 질베르뜨였다는 사실을 나에게 알려주었다. 그 순간에야 나는, 그녀를 내가 마지막으로 보았을 때, 그녀의 어머니가 그녀에게 오후 무도회에 가지 말라고 하던 날, 그것이 진지했었는지 혹은 다만 그런 척하였는지는 모르지만, 그녀가 기이하게 웃으면서, 그녀에게로 향한 나의 선의를 믿으려 하지 않았다는 사실을 다시 기억해냈다. 또한 연상 작용을 통해, 그 추억이 나의 기억 속에 다른 추억 하나를 되살려 놓았다. 그보다 훨씬 오래전에, 나의 진지함이나 내가 질베르뜨에게 좋은 친구가 될 수 있다는 점을 믿으려 하지 않았던 사람은 스완이었다. 내가 그에게 부질없이 편지를 썼고, 질베르뜨가 그 편지를 다시 가져와 나에게 돌려주면서도 역시 이해할 수 없는 같은 웃음을 터뜨렸다. 그녀가 편지를 나에게 즉시 돌려주지 않았고, 그다음 순간 소복한 월계수 무더기 뒤에서 벌어졌던 장면도 몽땅 나의 기억 속에 되살아났다. 우리가 불행해지면 즉시 윤리적으로 변하는 모양이다. 나에 대하여 질베르뜨가 품게 된 반감이, 내가 그날 저지른 행동 때문에 삶이 나에게 가한 형벌처럼 여겨졌다. 우리가 길을 건널 때 마차들을 조심하여 위험을 피하는지라, 우리는 그러한 형벌들을 피할 수 있다고 믿는다. 그러나 우리의 내면에서 오는 형벌들도 있다. 사고는 우리가 꿈에도 생각하지 못한 쪽에서, 내면으로부터, 심정으로부터 닥친다. 질베르뜨가 하던 말이 새삼 나에게 혐오감을 일으켰다. "원하시면 우리 힘겨루기 계속해요." 그 순간 나는, 샹젤리제 대로에서 그녀와 나란히 걷던 젊은이에게도, 아마 그녀의 집 여자용 내의 보관실에서, 그렇게 처신하는 그녀를 뇌리에 떠올렸다. 그렇게, (불과 얼마 전에) 내가 행복 속에 안전하게 자리를 잡았다고 믿은 것 못지않게, 이제 내가 행복하기를 포기하였으니, 최소한 평온해졌고 또 평온한 상태에 머물 수 있는 것은 틀림없으리라 여기는 무분별한 생각을 하였다. 우리의 심정이 다른 사람의 영상을 한결 같이 품고 있는 한, 하시(何時)라도 파괴될 수 있는 것은 단지 우리의 행복만이 아니며, 그 행복이 스러지고, 우리가 고통에 시달린 후, 그 고통을 잠재우는 데 성공한 다음에도, 행복이 그랬던 것처럼, 못지않게 허황되고 덧없는 것은 우리가 얻었다고 믿는 평온이니 말이다. 하지만 결국 나의 평온이 되돌아왔다. 하나의 꿈 덕분에, 우리의 심적인 상태와 욕망을 변모시키면서 우리의 뇌리에 들어왔던 것 역시, 조금씩 흩어져 사라지는 법이기 때문이다. 항구성과 지속은 그 무엇에도, 심지어 슬픔에도, 약속되어 있지 않다. 게다가, 사랑 때문에 고통 받는 이들은, 특정 환자들을 두고 흔히들 말하듯, 그들 자신이 곧 의사이다. 그들에게는 위안이 오직 그들의 슬픔을 야기시킨 사람으로부터만 올 수 있는지라, 그리고 그 슬픔이란 그것을 야기시킨 사람의 발산물인지라, 그들이 결국 치유책을 찾아내는 것은 그 슬픔 속에서이다. 그 슬픔이 어느 날 스스로 치유책을 그들에게 드러내 보여주게 되는 바, 그들이 슬픔을 내면에 간직하고 곰곰이 되씹음에 따라, 그것이 그들에게 그리워하던 사람의 다른 면모 하나를 보여주기 때문인데, 그 면모가 어떤 경우에는 하도 가증스러워, 그 사람에게서 즐거움을 취하기에 앞서 그 사람으로 하여금 고통을 겪도록 할 수밖에 없는지라, 아예 그 사람을 다시 볼 욕구조차 느끼지 못하든가, 또 어떤 경우에는 그 사람이 하도 다정하여, 그에게서 발견한 다정함을 그 사람의 특이한 장점으로 여겨, 그것으로부터 재회를 희원할 이유를 이끌어내기도 한다. 그러나 나의 내면에 되살아났던 고통은 결국 가라앉았어도 소용이 없어, 나는 더 이상 스완 부인 댁에 자주 갈 욕구를 느끼지 못하였다. 사랑하되 버림받은 사람들의 내면에서는, 그들을 항상 감싸고 있는 기다리는 감정이―고백하지 않은 기다림이라도―스스로 변형되어, 비록 외양은 같아도, 정반대의 단계가 첫 단계에 이어지게 한다. 그 첫 단계는, 최초에 우리들을 뒤흔든 고통스러운 사건들의 반사광, 즉 결과였다. 사랑하는 여인으로부터 새로운 아무 소식도 없을 경우, 우리가 직접 행동을 취하고 싶은 욕망이 그만큼 더 강렬해지는지라, 다음에 일어날 수 있을 것에 대한 기다림에는 두려움이 섞여 있고, 그 이후에는 아마 다시 엄두조차 낼 수 없을지도 모를 교섭을 시도한다 해도, 우리는 그 성공을 확신하지 못한다. 그러나 이내, 우리가 그것을 미처 깨닫기도 전에, 계속되던 우리의 기다림이, 이미 언급한 것처럼, 우리가 겪은 과거의 추억에 의해서가 아니라 가상적 미래에 대한 희망에 의해 선명하게 정해진다. 또한 그 순간부터는 기다림이 거의 유쾌해진다. 게다가 첫 단계의 기다림이, 조금이나마 지속되면서, 우리가 미래로 시선을 향한 채 살아가는 데 이미 익숙해지게 해놓았다. 마지막 만남 동안에 우리가 느낀 괴로움이 물론 아직도 우리의 내면에 살아남아 있으나, 이미 반수면 상태에 들어가 있다. 우리는 그 괴로움을 서둘러 반복해 맛볼 필요를 느끼지 못하며, 무엇을 요구해야 좋을지 모르는 지금은 더욱 그러하다. 우리가 사랑하는 여인을 조금 더 소유한다는 것, 그것은 우리가 아직 수중에 넣지 못한 그녀의 다른 부분, 그리하여 무슨 짓을 한다 해도 우리가 맛본 충족감에서 다시 태동하는 욕구로 남을, 우리의 손이 영영 닿지 못할 곳에 있는 그 무엇에 대한 우리의 갈망을 증대시켜 줄 뿐이다.

그리고 마침내 얼마 후, 그러한 이유에 마지막 이유 하나가 추가되어, 나는 스완 부인 방문하기를 완전히 멈추었다. 뒤늦게 추가된 그 이유란, 내가 이미 질베르뜨를 완전히 잊었다는 것이 아니라, 그녀를 더 빨리 잊으려 애를 썼다는 것이다. 의심할 나위 없이, 나의 혹독한 괴로움이 일단 지나간 이후부터는, 스완 부인 댁을 방문하는 것이 나의 잔여 슬픔에게, 초기에 그토록 소중했던 진정제와 기분 전환제 역할을 다시 해주었다. 그러나 진정제의 효력이 기분 전환에 지장이 되기도 하였으니, 그러한 방문에 질베르뜨의 추억이 깊숙이 섞여 있었기 때문이다. 그러한 기분 전환도, 만약 그것이 질베르뜨와 아무 상관이 없을 사념들이나 관심들 혹은 열정들과 질베르뜨의 존재가 더 이상 강화시켜 주지 못하던 감정을 대립 상태에 놓아 주지 못하였을 경우, 나에게 아무 소용없었을 것이다. 사랑하는 이가 완전히 배제된 그러한 일련의 의식 상태라야 비로소, 그것이 비록 처음에는 아무리 작더라도, 우리의 영혼을 몽땅 점령하고 있던 연정에 대항할 요새에 못지않은 자리 하나를 차지한다. 이제 더 이상은 추억에 불과한 감정이 기우는 동안, 우리의 오성(悟性)에 이끌어들인 새로운 요소들이 감정을 상대로 영혼 쟁탈전을 벌여, 점점 더 큰 몫을 탈취하고, 결국에는 영혼 전체를 몽땅 빼앗을 수 있도록 하기 위하여, 그러한 사념들[363]에 영양을 공급하여 성장하게 할 방도를 모색해야 한다. 나는 그것이 하나의 연정을 죽이는 유일한 방법임을 깨달았고, 그 일을 감행하기에, 즉 아무리 많은 시간이 걸리더라도 성공하리라는 확신에서 비롯되는지라 그 어느 것보다도 가혹한 그 슬픔을 수용하기에, 내가 아직은 충분히 젊었고 용기도 가지고 있었다. 그리하여 내가 질베르뜨에게 보내던 편지에서 그녀 만나기를 거절하는 이유로 내세운 것은, 그녀와 나 사이에 생겼을 순전히 허구적인 어떤 불가사의한 오해였고, 그것을 암시적으로 내세우면서 나는, 질베르뜨가 나에게 그것을 직접 설명해 달라고 요구하기를 기대하였다. 그러나 실제로는, 심지어 일상의 가장 평범한 관계에서조차, 어떤 모호하고 사실과 다르며 규탄적인 구절이 자신의 항변을 유발하기 위하여 의도적으로 편지에 삽입되었음을 알아차리고,

자신이 상대와의 관계에서 지배력과 주도권을 쥐고 있음을 직감하며 몹시 기뻐하는 사람이, 자신을 굽혀 해명을 간청하는 경우는 결코 없다. 사랑이 웅변적인 반면, 무관심은 하등의 호기심도 드러내지 않는 연인들 간의 관계에서는 더욱 말할 것도 없다. 질베르뜨가 그 암시된 오해를 의심하지도 밝히려 하지도 않았던지라, 그것이 어느덧 나에게는 실제의 무엇이 되었고, 그리하여 나는 편지를 쓸 때마다 그것에 의거하였다. 그런데 그릇되게 설정한 그 상황 속에는, 가장된 냉랭함 속에는, 우리들로 하여금 그 속에 고집스럽게 머물게 하는 마법의 작희가 있다. "천만에요, 그렇지 않아요, 우리 함께 소상히 이야기해요." 질베르뜨의 그러한 답변을 기대하며 나는 다음과 같은 구절을 자주 사용하였다. "우리 두 사람의 마음이 갈라선 이후…." 그러한 말을 반복하던 나머지, 나 자신 우리의 마음이 정말 갈라섰다고 믿게 되었다. "천만에요, 아무 것도 변하지 않았어요, 그 감정은 어느 때보다도 강렬해요." 그러한 말을 듣고 싶은 갈망에 이끌려 나는 항상 다음과 같은 구절을 반복적으로 편지에 썼다. "우리의 삶이 변하였을 수 있으나, 그 삶이 우리가 나누던 감정은 지울 수 없을 것이오." 그렇게 반복하다 보니 어느덧, 특정 질환에 걸린 척하다가 영영 환자가 되어버린 신경질적인 사람들처럼, 나는 우리의 삶이 정말 변하였고, 따라서 더 이상 존재하지 않는 감정을 우리가 간직하게 될 것이라는 상념을 안고 살게 되었다. 그리하여 질베르뜨에게 편지를 써야 할 때마다 나는 그렇게 상상한 변화를 참조하였고, 그녀의 답신에서도 그 점에 대하여는 그녀가 침묵하였던지라, 묵시적으로 시인된 그 변화가 우리 두 사람 사이에 존속할 수 있게 되었다. 그러다가 얼마 후 질베르뜨가 암시적 침묵으로 그치기를 멈추었다. 그녀 역시 나의 관점을 채택하여, 공식 축하연에서 영접을 받은 국가원수가,

그를 영접하는 상대국 국가원수가 막 사용한 표현들과 거의 같은 표현 사용하듯, 나의 편지에 답하곤 하였다. "삶이 우리들을 갈라 놓았을지라도, 우리가 함께 하였던 시절은 오래 남을 것이오." 나의 그러한 말에 그녀는 어김없이 이렇게 답하였다. "삶이 우리들을 갈라놓았을지라도, 우리에게는 언제까지라도 소중하게 남을 즐거웠던 시각들이 잊혀지게 하지는 못할 거예요."(그러나 우리 두 사람 모두, '삶'이 왜 우리들을 갈라놓았는지, 그리고 어떤 변화가 일어났는지, 선뜻 대답할 수는 없었을 것이다). 나는 더 이상 심하게 고통스러워하지 않게 되었다. 그렇건만 어느 날, 샹젤리제 공원에서 보리사탕을 팔던 우리의 그 여자 상인이 작고하였음을 알게 되었노라는 말을 편지에 다음과 같이 쓰면서, 나는 마구 쏟아지는 눈물을 주체하지 못하였다. "저는 그 일이 당신에게 큰 슬픔을 안겨 드렸으리라 생각하였소. 그 소식이 나의 내면에 숱한 추억들을 일깨워 놓았다오." 나의 결심에도 불구하고, 그것이 마치 여전히 살아 있는 듯, 적어도 부활할 수 있는 듯, 생각하기를 결코 멈추지 않았던 우리의 사랑에 대하여, 마치 이미 거의 잊힌 망자에 관한 일인 양, 내가 과거형으로 말하고 있음을 깨달았기 때문이다. 더 이상 서로를 보려 하지 않는 벗들 사이에 오가는 서신만큼 애정 어린 것은 없다. 질베르뜨의 편지들에는 내가 별 관심 없는 사람들에게 쓰던 편지에 부각시키던 것과 다름없는 섬세함이 감돌았으나, 그것이 내가 그녀로부터 받을 때마다 그토록 큰 위안이 되던 애정의 가시적인 표현을 담고 있었다.

한편, 그녀 만나기를 거절하는 것이, 회를 거듭할수록 차츰 덜 괴로워졌다. 또한 그녀가 나에게 덜 소중해짐에 따라, 그녀의 추억이 끊임없이 되살아나면서도, 내가 휘렌체나 베네치아를 생각하며 느끼던 기쁨의 형성을 파괴할 만한 힘을 발휘하지는 못하였다. 그러한 사실을 깨달을 때마다 나는, 장차 더 이상 만나지 않을 그리고 이미 거의 잊은 소녀 하나로부터 멀리 가지 않으려고, 외교관 되기를 포기하며 나 자신에게 칩거생활을 강요하였던 사실을 후회하곤 하였다. 우리가 어떤 사람을 위하여 우리의 삶을 축조하지만, 드디어 그 사람을 우리의 삶 속에 받아들일 수 있을 때가 도래하면, 그 사람이 그 속으로 들어오지 않고 우리에게는 죽은 것과 다름없는 사람으로 변하는지라, 우리는 오직 그 사람만을 위해 축조한 것 속에 갇혀 살게 된다. 베네치아가 나의 부모님께서 보시기에 너무 멀고 또 나를 지나치게 흥분시킬 것이라 여겨졌다면, 적어도 발백에는 피곤을 염려하지 않고 가서 편안히 자리잡을 수 있었다. 하지만 그러기 위해서는 빠리를 떠나야 했고, 한편 덕분에, 비록 매우 드물긴 해도, 스완 부인이 자기의 딸에 관해 이야기하는 것을 가끔이나마 들을 수 있던 방문을 포기해야만 했다. 게다가 그렇게 방문하는 동안, 질베르뜨와는 상관없는 이런저런 즐거움을 느끼기 시작하고 있었다.

성(聖) 주간의 '얼음과 우박의 성자들' 기념 시기에,[364] 봄철이 추위를 대동한 채 도래하였을 때, 스완 부인이 자기 집에서는 몸이 꽁꽁 언다고 생각하였던지라, 나는 그녀가 두 손과 으스스 떠는 어깨를 흰담비 모피로 마름질한 크고 평평한 토시와 목도리의 희고 윤기 도는 조각 밑으로 숨기면서, 외출하였다가 돌아온 후에도 그대로 입고 있던 모피 옷 차림으로 손님을 맞는 것을 자주 목격하곤 하였으며, 하얀 토시와 목도리는, 다른 곳에 있는 것보다 더 집요한 정사각형의 마지막 눈발, 불의 열기도 계절의 변화도 녹이는 데 성공하지 못한, 화단 위의 눈발 같았다. 그리고 머지않아 내가 더 이상 출입하지 않을 그 응접실에, 나를 위하여, 더욱 도취시키는 다른 백색들에 의해, 예를 들면 라파엘로 이전의 화풍을 되살리려는 이들이 그린 길쭉한 관목들처럼,[365] 자기들의 세분되었으되 밀집되었고, 마리아의 수태를 고지하러 온 천사들처럼 희며 레몬 냄새 감도는, 자기들의 구체(球體)들을 헐벗은 긴 꽃대들 상단에 집결시키고 있던 '눈덩이'[366] 꽃들의 백색들에 의해, 냉기 차갑되 이미 꽃들이 피어나는 듯한 그 주간들의 총체적 진실[367]이 넌지시 암시되어 있었다. 땅송빌 성의 안주인께서,[368] 아무리 날씨 차가워도 사 월에는 꽃이 없을 수 없고, 겨울철과 봄철과 여름철이, 초여름의 첫 열기를 느끼기 전에는 세상이 오직 비를 맞고 있는 헐벗은 집들만을 내포하고 있으리라 상상하는 도시인이 흔히 믿듯, 칸막이들에 의해 그렇게 완전히 분리되어 있지 않다는 것을 잘 알고 있었기 때문이다. 스완 부인이 꽁브레의 자기 정원사가 보낸 꽃들로 만족했다든가, 그리하여 자기 '단골' 꽃집 여주인의 중재로 지중해의 철 이른 꽃들의 도움을 받아 계절을 환기시키는 데 부족한 점 메꾸기를 등한히 하였노라고 주장하는 것은 물론 아니다. 그 시절 나는 그러한 것에 신경조차 쓰지 않았다. 스완 부인이 끼고 있던 토시의 만년설 옆에 있던 '눈덩이 꽃'들이(애초에 그 집 안주인의 뇌리에는, 베르고뜨의 권고에 따라, 실내 장식 및 그녀의 치장 등과 어울려 그 꽃들이 '백색 장조 교향곡'[369]을 연주하도록 하는 것 이외의 다른 목적이 없었다) 나에게, 〈성 금요일의 환희〉[370]가 누구든 좀 더 현명하기만 하면 매년 참관할 수 있는 자연의 기적을 상징한다는 사실을 환기시켜 주고, 내가 그 이름은 몰랐으되 꽁브레에서 산책길에 나설 때마다 그토록 무수히 나의 발길을 멈추게 하였던 다른 여러 종류 꽃들의 꽃부리에서 발산되던 시큼하고 자극적인 향기의 도움을 받아, 스완 부인의 응접실을 땅송빌의 나지막한 언덕 못지않게 순결한, 잎 하나 없어도 꽃들이 천진스럽게 만발한, 틀림없는 꽃냄새들 가득한 곳으로 변모시키기만 하면, 그 꽃들이 나에게 시골에 대한 그리움을 품도록 하기에 충분했다.

그러나 땅송빌이 나에게 상기되는 것도 감당하기 벅찬 일이었다. 그곳 추억이 자칫 나의 내면에 남아 있던 질베르뜨에 대한 일말의 사랑을 유지시켜 줄 위험이 있었다. 그리하여, 스완 부인을 방문하는 동안 내가 더 이상 전혀 괴로워하지 않았음에도, 나는 방문 횟수를 줄였고, 스완 부인 뵙기를 최소한으로 하였다. 그리고, 내가 여전히 빠리를 떠나지 않았던지라, 가끔 그녀의 산책에 동행하는 것을 나 자신에게 양해하는 것이 고작이었다. 어느덧 청명하고 따뜻한 계절이 도래하였다. 스완 부인이 점심 식사 전에 한 시간쯤 외출하여, 불론뉴 숲 대로[371]를 따라 에뚜왈 광장 근처에서, 그리고 이름밖에 모르는 부자들을 구경하기 위하여 가난한 사람들이 몰려드는지라 흔히들 '고장난 이들[372] 클럽'이라고 부르던 장소 근처에서 산책한다는 사실을 아는지라, 나는 부모님으로부터 일요일에는—평일에는 내가 그 시각에 틈을 낼 수 없었기 때문이다—두 분보다 훨씬 늦게, 오후 한 시 십오분 분쯤에 점심을 먹을 수 있고, 그 전에 잠시 산책을 나가도 좋다는 허락을 얻었다. 나는 그해 오 월, 질베르뜨가 시골 친구들 집에 갔던지라, 그 산책을 거르지 않았다. 나는 정오쯤 개선문에 도달하곤 하였다. 그런 다음, 스완 부인이 자기의 집에서 나와 몇 미터만 걸으면 대로와 이어지는 골목길 어귀에서, 단 한순간도 눈을 떼지 않고 망을 보곤 하였다. 많은 사람들이 벌써 점심을 먹으러 돌아가던 시각이었던지라, 그곳에 남은 사람들은 얼마 되지 않았고, 그들 중 대부분은 멋쟁이들이었다. 문득, 산책로의 모래밭 위로, 가장 아름답고 정오에나 활짝 피어나는 꽃처럼, 뒤늦고 느리며 화려한 스완 부인이, 항상 다르나 내가 기억하기로는 연보라색이 지배적인 의상을 자신의 주위로 한껏 피어나게 하면서 모습을 드러내곤 하였고, 그 다음 순간, 그녀가 자기의 광채를 가장 완벽하게 발산하는 순간, 긴 꽃대를 우뚝 세워, 그 꼭대기에, 흩날려 떨어지는 꽃잎들 같은 드레스 자락들과 같은 색조를 띤 비단 양산을 활짝 펴곤 하였다. 수행원 무리 하나가 그녀를 일사불란하게 에워싸고 있었으며, 그 무리는 스완을 비롯하여, 아침나절에 그녀의 집을 방문하였거나 그녀와 중도에 마주친, 같은 클럽에 속한 남자들 너댓 명으로 구성되어 있었는데, 그들이 형성한 검은색 혹은 회색의 고분고분한 결합체가 오데뜨의 둘레에서 부동의 테두리처럼 거의 기계적으로 이동하면서, 오직 홀로 자신의 눈 속에 강렬함을 가지고 있던 그 여인에게, 그녀가 그 모든 남자들 가운데서, 자기가 다가가 서 있는 창가에서 앞을 바라보고 있는 듯한 기색을 부여하였고, 그녀로 하여금, 연약하지만 두려움 없이 자기의 부드러운 색깔들을 적나라하게 노출시키면서, 전혀 다른 종(種)에 속하고 미지의 종족에 속하며 거의 여전사와 같은 힘을 구비한 존재의 출현처럼 솟아오르게 하여, 그 덕분에 그녀 홀로 다수의 수행원들과 균형을 맞추었다. 미소 띤 얼굴로, 청명한 날씨와 아직은 불편할 만큼 뜨겁지 않은 태양에 행복해져서, 자신의 작품을 완성한지라 나머지 다른 것은 근심하지 않는 창조자의 자신감과 태평스러움의 기색을 띠고, 자신의 의상이─상스러운 행인들이야 높이 평가하건 말건─ 그 어느 것보다도 우아하다고 확신하며, 그녀는 자신을 위하여 그리고 자기의 친구들을 위하여, 자연스럽게, 지나친 주의를 기울이지도 않고 그러나 또한 완전히 도외시하지도 않으면서 그 의상을 걸쳤으며, 그리하여 블라우스와 스커트에 달린 작은 리본 장식물들이 자기가 그 존재를 모르고 있지 않은 자기의 피조물들인 양, 그것들이 자기의 걸음을 순순히 따르는 한, 자기 앞에서 가볍게 펄럭이더라도 자기들 고유의 리듬에 따라 장난을 치도록 너그럽게 허락하며 그것을 막지 않았고, 심지어, 그녀가 산책로에 도착할 때까지 아직 접힌 상태로 자주 들고 있곤 하던 연보라색 양산 위로도, 그것이 마치 빠르마 제비꽃 다발이기라도 한 듯, 자기의 행복한 그리고 어찌나 다정한 시선을 떨구던지, 그 시선이 자기의 친구들을 향하지 않고 하나의 무생물을 향할 때에도 여전히 미소를 머금고 있는 것 같았다. 그렇게 그녀는 자기의 의상에게 그 특이한 우아함의 여백을 확보하여 주어 의상이 그것을 점령하게 하였고, 그녀가 가장 격의없이 말을 건네곤 하던 남자들도 그 여백의 공간과 필요성을 문외한들의 경의와 자신들의 무지를 고백하는 듯한 태도로 존경하였으며, 그 여백에 대하여 자기들이 흠모하는 여인이 가지고 있던 권위와 정확한 판단을 시인하는 것이 마치, 어느 환자가 받아야 하는 특별한 치료나 어떤 어머니가 자기 아이들을 위하여 마련한 특별 교육을 시인하는 것과 같았다. 그녀를 둘러싸고 있던, 그리고 행인들은 안중에도 없는 듯한 기색이던, 조신(朝臣)들과 같은 수행원들 때문만이 아니라, 그녀가 출현한 늦은 시각 때문에, 스완 부인은 자기가 그토록 긴 아침나절을 보냈고 또 점심을 먹으러 곧 돌아가야 할 그 특별한 거처를 환기시켰고, 흔히 사람들이 자기의 집 작은 정원 안에서 하는 것과 유사한 산책의 한가한 태평스러움으로 자기의 거처가 지근에 있음을 보여주는 듯한 기색이었는데, 누구든 그녀가 그 거처의 내밀하고 신선한 그늘로 아직도 자신을 감싸고 있었노라 생각하였을 것이다. 그러나 그 모든 것들로 인하여 그녀의 모습이 나에게는 활짝 열린 바깥과 열기를 느끼게 해주었다. 스완 부인이 깊이 통달해 있던 의식과 관례의 효력에 힘입어 그녀의 의상이 필연적이며 따라서 유일한 끈으로 그 계절과 그 시각에 결합되어 있다고 이미 확신하고 있었던 만큼, 나에게는 그녀의 낭창낭창한 밀짚모자에 꽂은 꽃들과 드레스에 달린 리본들이 정원들이나 숲들의 꽃들보다도 오히려 더 자연스럽게 오 월이라는 계절에서 피어나는 듯 보였고, 그리하여, 계절이 나의 내면에 일으킨 새로운 동요를 음미하기 위하여 나는 더 가깝고 둥글고 너그럽고 유동적이고 푸른 다른 하나의 하늘처럼 펼쳐져 팽팽하게 당겨진 그녀의 양산보다 더 높은 곳으로 눈을 돌리지 않았다. 왜냐하면, 그녀의 의식들이, 또한 결과적으로 스완 부인이, 지존과 같이 그 무엇에도 종속되지 않았으면서도 그 아침과 봄날과 태양에 호의적으로 복종하였건만, 그토록 우아한 여인이 자기들을 도외시하지 않으려 하였고, 따라서 자기들 때문에, 깃과 소매 헐렁하여 목과 손목에 감도는 가벼운 땀을 연상시키면서까지, 색상 더욱 밝고 더욱 가벼운 천으로 지은 드레스를 골라 입었건만, 나아가 자기들을 위하여, 기꺼이 자신을 낮춰 시골로 평민들을 보러 간—모든 사람들이, 심지어 상스러운 이들까지도 알아보는—어느 귀부인이 그날을 위하여 전원적 의상을 특별히 갖춰 입는 것을 평소에 못지않게 중요시하듯, 그녀가 모든 비용을 아끼지 않았건만, 그것들이 내가 보기에는 그녀의 그러한 배려에 별로 기꺼워하는 것 같아 보이지 않았기 때문이다. 스완 부인이 도착하자마자 내가 즉시 인사를 하였고, 그녀가 나를 불러 세우더니 미소를 지으며 나에게 말하였다. "굿 모닝." 우리는 잠시 나란히 걸었다. 그러는 동안 나는, 그녀가 입고 있던 의상 규준에 그녀가 자신을 위하며, 마치 여제사장이 신봉하는 교의(敎義)에 복종하듯, 따른다는 사실을 깨달았다. 혹시 그녀가 너무 덥다고 느껴, 자기가 아직까지 단추를 잠그고 있었다고 믿던 웃옷 앞자락을 살짝 벌리거나 아예 벗어 나에게 맡기는 경우, 작곡자가 모든 정성을 쏟았으되 청중의 귀에까지는 결코 들리지 않는 교향곡의 미세한 음들처럼 사람들의 눈에 띨 가능성이 전혀 없는 수천의 수세공(手細工) 흔적을 내가 그녀의 반팔 블라우스에서 발견하였으니 말이다. 혹은, 나의 팔에 걸친 그녀의 웃옷 소매에서, 팔십 삐에 높이에 있는 난간 이면에 숨겨져 있으되 정문 현관의 저부조들 못지않게 완벽한, 그러나 어느 예술가가 여행길에 우연히 두 종탑 사이의 허공에서 도시를 내려다보기 위하여 오락가락하려고 그곳까지 올라가도 좋다는 허락을 얻기 이전에는 일찍이 아무도 보지 못한, 어느 대교회당의 고딕풍 조각품들처럼, 사람들의 눈에는 보이지 않으나 바깥 부분들 못지않게 섬세한 손길이 스친 색조 감미로운 연보라색 면 새틴 띠와 같은 매력적인 수세공품을 발견하고, 즐거움 때문에 혹은 친절을 표하기 위하여, 내가 그것을 오랫동안 응시하였으니 말이다.

스완 부인이 마치 자기의 집 정원 오솔길에서 산책하듯 불론뉴 숲 대로를 거닌다는 인상을 증대시켜 준 것은, 그녀가,—특히 그녀의 '가벼운 산책' 습관을 모르던 이들에게는—오월이 되기 무섭게 빠리에서 가장 정성스럽게 꾸민 마차에 정복 입힌 시종들을 거느리고, 용수철 여덟 개로 구성된 현가장치(懸架裝置) 구비한 거대한 빅토리아 위의 온화한 대기 속에 여신처럼 나른하고 장엄하게 앉아 지나가곤 하던 그녀가, 걸어서, 그녀를 뒤따르는 마차도 없이, 그곳에 나타났다는 사실이었다. 스완 부인은, 특히 열기로 인해 느려진 그녀의 걸음걸이 때문에, 어떤 호기심에 이끌려 외교 의례 준칙을 우아하게 깨뜨리는 기색이었는데, 그것은 마치, 오페라 극장에서의 특별 공연 도중 그 누구의 견해도 묻지 않고, 감히 자기들에게 이의를 제기하지 못하는 수행원들의 조금은 기분 상한 찬탄을 자아내면서, 자기들의 칸막이 좌석을 멋대로 빠져나와 휴게실로 가서 일반 관람객들과 잠시 어울리는 특이한 군주들의 행동과 같았다. 그렇게, 그녀를 바라보는 군중은 그녀와 자기들 사이에 놓인 부유함이라는 특이한 종류의 장벽을 느꼈고, 그 장벽이 그들에게는 그 어떠한 장벽들보다도 넘을 수 없는 것처럼 보인다. 쌩-제르맹 구역의 귀족 사교계도 물론 나름대로의 장벽을 가지고 있는 것은 사실이나, 그 장벽이 '무일푼인 사람들'의 눈과 상상력 앞에 그토록 명백하게 드러나지는 않는다. 그 가난한 사람들이, 스완 부인보다 더 소박하여 소시민층 여인과 혼동되기 쉬우며 일반 백성들로부터 덜 멀어져 있는 어느 귀부인[373] 앞에서는, 자기들이 스완 부인과 같은 부류의 여인들 앞에서 느끼는 열등감이나 모욕감에 가까운 감정을 느끼지 않을 것이다. 의심할 나위 없이, 그러한 부류의 여인들은, 자기들을 감싸고 있는 화려한 도구들에 의해 가난한 이들처럼 강한 인상을 받지 않을 뿐만 아니라, 아예 그것들을 더 이상 의식조차 하지 못한다. 그것은 그녀들이 그러한 것들에 익숙해진 나머지, 다시 말해 그 화려한 도구들이 그만큼 자연스럽고 필요하다고 여기게 된 나머지, 결국에는 다른 이들을, 그러한 사치 습관에 얼마나 익숙해져 있는가 하는 정도를 기준으로 판단하기에 이르렀기 때문이다. 그리하여(그러한 여인들이 자신들 속에서 빛을 발산하게 하며 또 다른 이들에게서 발견하는 그 장려함이란, 전적으로 물질적이고, 쉽게 눈에 띄고, 얻는데 오랜 시일이 걸리고, 다른 무엇으로도 벌충하기 어려운지라) 그러한 여인들이 어느 행인을 최하층 계급에 속하는 사람으로 간주할 때, 그녀들 또한 같은 식으로 행인의 눈에는 최상층 계급에 속하는 것처럼 보이며, 그러한 판단은 즉각적으로, 첫 눈에, 결정적으로 이루어진다. 그 시절 레이디 이스라엘즈[374]처럼 귀족 여인들과 어울리던 여인들이나 훗날 귀족 여인들과 교류하게 되어 있던 스완 부인 등이 속해 있던 그 특이한 사회적 계층, 쌩-제르맹 구역 귀족들의 비위를 맞추려 하던 차였으니 그들보다는 열등하되 그들 이외의 모든 계층보다는 우월하던, 그리고 아직은 부유함 자체일 뿐이되 이미 부유층 세계에서 벗어나 하나의 예술적 목표와 사상에 순종하는, 나긋나긋하고 미소를 지을 줄 아는 돈, 즉 연성(延性)의 유순한 부유함이라는 특이함을 가지고 있던 그 중간적 계층, 아마 그러한 계층이 오늘날에는, 적어도 같은 성격과 매력을 간직한 상태로는, 더 이상 존재하지 않을 것이다. 게다가 그 계층에 속해 있던 여인들이 오늘날에는 더 이상, 군림할 수 있는 첫째 조건이었던 것을 가지고 있지 않을 것이니, 그녀들 거의 모두가 나이가 듦에 따라 아름다움을 상실하였기 때문이다. 그런데, 자기의 고결한 부유함뿐만 아니라 농익어 아직도 감미로움 그윽한 자신의 여름날 절정에 있던, 장엄하고 미소 가득하며 착하였던 스완 부인은, 불론뉴 숲 대로를 따라 걸으면서, 마치 휘파티아[375]처럼, 자기의 느린 발길 밑으로 구르는 무수한 사람들을 바라보았다. 지나가던 몇몇 젊은이들은, 자기들이 그녀를 조금 안다는 사실이(더구나 스완에게 자신들이 겨우 한 번 소개되었던지라 그가 자기들을 알아보지 못할까 저어하던 터라), 감히 그녀에게 인사를 건네기에 충분한 조건인지 확신이 서지 않아, 그녀를 불안한 기색으로 바라보았다. 그러다가, 자기들의 방약무인하게 도발적이고 불경스러운 행위가 한 계층의 범접할 수 없는 절대권을 침해하여, 혹시 파국을 초래하거나 어떤 신의 벌을 부를지 몰라 불안해하다가, 마침내 용기를 내어 그녀에게 인사를 건넸다. 하지만 그러한 행위가 촉발시킨 것은, 스완을 비롯한 오데뜨의 수행원들 사이에 일어난 시계 장치의 움직임과 같은 몸짓들에 불과했으며, 스완이 그 순간 초록색 가죽 띠를 두른 모자를 우아한 미소를 지으며 살짝 들어 올렸고, 그것은 일찍이 쌩-제르맹 구역 사교계에서 배운 동작이었으되, 이제는 전에 그가 보였을 무관심이 더 이상 그 동작에 어려 있지 않았다. 그 무관심이(어느 정도까지는 그가 오데뜨의 편견에 영향을 받은 상태였던지라), 옷차림 상당히 초라한 사람의 인사에 답례해야 하는 성가심과 동시에 자기의 처가 모든 사람들을 안다는 만족감으로 대체되었는데, 그는 그러한 감정을 자기와 동행하던 우아한 친구들에게 다음과 같은 말로 표현하였다. "또 한 사람 나타났군! 도대체 오데뜨가 저 모든 사람들을 어디에서 찾아냈단 말인가!" 그러는 동안, 이미 자기의 시야에서 벗어났으되 아직도 그 가슴은 두근거릴, 질겁하던 행인에게 머리를 까딱하여 답례를 한 스완 부인이, 나에게로 고개를 돌리며 말하였다. "그래, 이제 끝난 거예요? 다시는 질베르뜨를 보러 오지 않을 거예요? 저는 제외되어 당신이 저만은 완전히 '떨어뜨리지'[376] 않은 것이 기뻐요. 당신 만나는 것이 기쁘지만, 당신이 저의 딸에게 끼치던 영향 또한 좋아했어요. 그 아이 역시 매우 애석해하는 것으로 생각해요. 여하튼 저는 당신을 귀찮게하고 싶지 않아요. 저 또한 더 이상 보고 싶지 않으시면, 그것은 전적으로 당신 뜻에 달렸어요!"—"오데뜨, 싸강이 당신에게 인사하고 있소." 스완이 자기 아내의 주의를 환기시켰다. 그런데 정말 싸강 대공이, 연극이나 곡예의 대단원에서처럼 혹은 옛 화폭 속에서처럼, 타고 있던 말을 정면으로 마주 세운 채 오데뜨에게 연극적이고 우의적인 거창한 인사를 올리는데, 그 동작 속에는, 그의 모친이나 누이가 결코 교류할 수 없었을 일개 여인으로 구현된 진정한 귀부인에게 바치는 지체 높은 나리의 기사도적 예의가 한껏 과장되어 있었다. 뿐만 아니라, 매 순간, 그녀의 양산이 그녀 위로 드리운 그늘의 액체상 투명함과 반짝이는 윤기 속에 잠겨 있던 그녀의 모습을 모두들 알아보았던지, 스완 부인이, 산책로 위의 하얀 햇살 위로 구보하던 중 촬영된 듯한 늦게 도착한 마지막 기사들로부터 인사를 받았고, 그들 모두 상류 사교계 인사들, 대중에게도 널리 알려진—앙뚜완느 드 가스뗄란, 아달베르 드 몽모랑씨, 그리고 다른 많은 이들—그들의 이름이 스완 부인에게는 모두 친구들의 친숙한 이름들이었다. 또한, 심적 고통의 추억보다는 시적 감동의 추억이 누리는 평균 수명이 —상대적인 수명이—훨씬 긴지라, 내가 그 시절 질베르뜨로 인하여 겪던 슬픔이 그토록 오래전부터 사라졌건만, 오월이 되어, 일종의 해시계에서, 정오 십오 분과 오후 한 시 사이에 있는 순간들을 읽고 싶을 때마다, 마치 등나무 넝쿨 그늘의 부드러운 햇빛 아래서인 양 그녀의 양산 밑에서, 스완 부인과 그 시절처럼 이야기하고 있는 나를 다시 발견하며 느끼는 기쁨은 여전히 살아 있다.

옮긴이 주

1부 스완 부인의 주변에서

1) 샤를르 스완의 선친과 주인공(마르셀)의 조부가 친구 사이였던지라, 주인공의 집에서는 샤를르 스완을 그렇게 부르곤 하였다.
2) 물론 주인공의 집안에서는 스완의 그러한 '신분'을 아무도 몰랐다.
3) 오데뜨와의 결혼 이후 그에게 어떤 새로운 역할(성격)이 첨가되었는지, 선뜻 단정하기 어렵다.
4) 런던 서남쪽 교외의 지명으로, 프랑스 대혁명 이후 오를레앙 왕가 사람들이 머물던 망명지이다. 프랑스의 마지막 왕 루이-필립의 손자 빠리 백작도 그곳에 망명한 바 있고, 스완이 그와 교분을 맺고 있었다.
5) 이미 「스완 댁 쪽으로」에서 언급된 웨일스 대공(에드워드 7세)이 보낸 초청장일 것이다.
6) 어떤 유대인들을 가리키는지 단언하기 어렵다. 『구약』에 등장하는, 조금은 우스꽝스러운 인물들을 염두에 둔 언급일 듯하다.
7) 40쑤(sou)는 2프랑에 해당했다.
8) '안주인'은, 보호자 혹은 후원자 역할을 하는 여인을 가리키는 'patronne'를 옮긴 것으로, 〈스완의 어떤 사랑〉 편에서 이야기된 '작은 동아리'의 우두머리 격인 베르뒤랭 부인을 가리킨다. 훗날 그녀가 발백 근처에 있는 깡브르메르 부인의 성을 빌려 한 철을 그 '동아리'와 함께 그곳에서 보내게 된다(「소돔과 고모라」.) 한편 성(城)이라 옮긴 'château'가 '별장'이라는 파생적 의미로 읽히기도 하나, 이 작품에서는 원의대로 옮기는 것이 좋을 듯하다.
9) 스완을 집안 어른들의 친구로서만 여기던 꽁브레 시절과 대비시킨 말이다.
10) 1870년에 발발한 프랑스-프러시아 전쟁 전에, 나뽈레옹 3세에 의해 임명된 전권공사였다는 뜻일 것이다.
11) 의회의 왕정주의자들에 의해 제3공화국 대통령으로 추대된(1873년) 마끄-마옹이, 1877년 5월 16일, 공화파들이 주도하고 있던 내각의 수반 쥘르 씨몽을

해임하고 왕정주의자인 브로유 공작을 그 자리에 임명하자, 하원이 그 새로운 내각수반에 대한 신임 동의안을 부결시켰고, 대통령이 상원의 동의를 얻어 하원을 해산시킨 일련의 사건들을 가리킨다. 그 이후, 선거를 통해 다시 구성된 하원(chambre des députés) 역시 공화파 의원들이 다수 의석을 차지하자, 마끄-마옹이 임기를 채우지 못하고 물러났다.(1879년 1월)
12) 보수적인(왕정주의적인) 정권의 신임을 받던 사람임에도 불구하고.
13) 수에즈 운하 건설을 위하여 이집트가 프랑스와 영국으로부터 도입한 차관을 가리킨다고 한다.
14) 1789년에 창간된 〈데바〉지(Journal des débats politiques et littéraires)는 공화파 신문이었다.
15) 'pairs'를 어원적 의미대로 옮긴 것이다. 흔히들 '동료', '짝', '중신(重臣)' 등으로 옮기지만(영국의 'peers'), 그 말의 태생적 의미는 모리배에 가까운 동배(同輩)이다.
16) '일치된 견해'로 읽어도 무방하다.
17) 사고방식의 잠재적 성향을 가리킨다. 즉, 지적(정신적) 친화력(l'affinité intellectuelle)을 가리킬 듯하다.
18) 르구베(1807~1903)는 소설가이며 극작가였고 프랑스 학술원 회원이었다고 한다. 따라서 그가 당연히 부왈로(1636~1711)를 찬양하는 끌로델(1868~1955)의 글에 찬사를 보내되, 어떤 면에서는 고전주의에 적대적이라 할 수 있는 로망띠슴 문예 사조의 거두였던 빅토르 위고에게 보내는 찬양에 동조할 리 없을 것이라는 것이 일반인들의 생각이다. 그러나 끌로델이 부왈로를 찬양하면서 동시에 격렬한 어조로 빅또르 위고를 비난한 반면, 막심 뒤 깡이나 메지에르가 위고에 대하여 쓴 글들은 그 문체가 소박하고 상당히 절제되어 있었다고 한다. 즉, 고전주의적 이상에 부합되는 문체였다고 한다. 다시 말해, 학술원 회원 르구베와 끌로델 사이에 '견해의 공동체'가 형성될 수 있을지는 모르되, 하나의 '정신적 혈족관계'가 맺어질 수 있는 가능성은 르구베와 막심 뒤 깡(및 메지에르) 사이에 있다는 말이다.
19) 바레스(1862~1923)가 강경한 국가주의자였다면, 죠르주 베리(1853~1915)는 왕정주의자였고 반드레퓌스파일 뿐이었는데, 유권자들(앞에서 언급한 '무지한 일반인들 및 사교계 인사들'을 가리킬 수도 있다)은 그 두 사람을 같은 부류로 간주한다는 말이다.

20) 리보와 데샤넬 모두 공화파 정치인들이었다고 한다.
21) 모라스(1868~1952)와 레옹 도데(1868~1942) 모두 바레스처럼 정치적으로 극우적 성향을 띠었다고 한다. 그러나 한편, 프루스트가 그들 세 사람에게서, 정치적 견해가 다름에도 불구하고, '지적 친화력'을 느꼈다고 한다.
22) '새로운 계층'은 '새로운 부류'라고 읽을 수도 있다(nouvelles couches). 사회적 지각변동이 일어나던 시기에, 귀족 아닌 계층 출신들이 국가의 운명을 좌우하는 외교 분야에까지 진출하는 현상을 바라보던, 늙은 귀족 외교관의 감회가 반영된 표현일 듯하다.
23) Revue des Deux Mondes. '두 세계'는 프랑스와 그 밖의 나라들을 가리킨다. 1829년에 창간되어, 국제관계(프랑스와 유럽 제국 및 아메리카 간의 관계) 및 문예를 주로 다루던 월간 잡지이다. 발쟉, 비니, 쌩뜨-뵈브, 보들레르, 죠르주 쌍드, 뮈쎄, 뿔 부르제, 브륀느띠에르 등, 많은 문인들이 그 잡지에 기고하였다. 현존하는 유럽의 가장 오래된 잡지이다.
24) 앞에서 언급된, 즉 탐탁지 않게 여긴다는 말을 하려 하였을 듯하다.
25) '프라리'는 싼따 마리아 글로리오사 데이 프라리(Santa Maria Gloriosa Dei Frari)의 약칭이고, 싼 죠르죠 데이 스키아보니(스키아보니족 출신 상인들의 회합 장소였다고 한다)는 유대인들의 교회와 같은 장소였다고 한다. 프라리 교회당 안에 띠치아노가 1516년에 그린 〈성처녀의 승천〉이라는 그림이 있고, 싼 죠르죠 데이 스키아보니 내부에는 까르빠쵸가 1501~1507년간에 걸쳐 그린 화폭들(트뤼폰, 히에로니무스, 게오르기오스 등 성자들의 생애)이 있다고 한다. 한편 '곤돌라'는 베네치아의 좁은 운하에서 일상적으로 사용되는 좁고 긴 나룻배이다.
26) 부왕 테세우스가 전사하였다는 소문을 모든 아테네 사람들이 믿건만, 히폴뤼토스만은 그 소문을 믿지 못하여, 트로이아에서 돌아오지 않은 부친 오뒷세우스를 찾아나서는 텔레마코스처럼, 부왕을 찾아 길을 떠나는데, 그에게 뜨거운 연정을 품고 있던 계모 화이드라가 마음을 털어 놓으려고 하는 말이다(라씬느, 『화이드라』, 2막 5장).
27) 고사리, 해산물, 여인들 또한 반드시 현지에서 맛보아야 할, 토양의 고유한 산물일 것이라고 한(「스완 댁 쪽으로」) 언급을 연상시키는 몽상이다.
28) 그 여배우에게로 향한 소년의 마음을 반영하는 경칭이다(Madame Berma).
29) 알렉상드르 뒤마(아들)의 1855년 작품(희극)이라고 한다.

30) 아나똘 프랑스(A. France)라는 실존 인물을 불쑥 등장시킨 것이 조금 의외이다. 게다가 아나똘 프랑스는 프루스트가 젊은 시절에 쓴 『기쁨과 나날들』을 위하여 발문을 써준 사람이다(1896년). 당시 유명했던 그 소설가에게 처음 소개되던 순간에 느낀 감동의 흔적일 듯하다.
31) 소설의 이 부분에서 언급된 베르마는 사라 브르나르를 연상시키는데, 브르나르가 화이드라 역을 맡아 공연할 때, 그녀의 모습이 마치 조각상 같았다고 한다.
32) 예수교도들이 고행할 때 입던 거친 옷(cilice chrétien)을 환유적으로 옮긴 것이다.
33) 얀세니우스(얀센, 1585~1638)의 교조가 금욕적이고 엄격하다는 것은 널리 알려진 사실이다.
34) '트로이젠의 공주'는 테세우스의 모친 아이트라를 가리키는데, 그녀가 아테네의 왕 아이게우스와 혼인한 날 밤에 포세이돈에 의해 겁간 당하여, 남편 아이게우스가 테세우스의 혈통에 대하여 의혹을 품게 되었다. 한편 '끌레브 대공 부인'은 라화이예뜨 부인의 소설 속에서 느무르 공작에게 연정을 품게 되나, 지배 윤리(자신이 받은 교육) 때문에 그 정염이 분출되지 못하고, 그녀의 부군은 의혹 때문에 깊은 슬픔에 잠긴다. 두 여인 모두 남편들로부터 의심 받는 고적한 여인들이다. 또한 '예수교도들의 고행'이나 '얀센파적 창백함' 역시 같은 윤리의 잔영이며, 라씬느의 다른 작품들, 『안드로마케』나 『바야지트』, 『베레니케』 등도 『화이드라』처럼 낙태된 가엾은 정염에 대한 이야기들이다.
35) 뮈케나이의 왕 아가멤논이, 트로이아로 떠나기 전, 자기의 딸 이피게네이아를 제물로 바쳤다는 이야기를 가리키는 듯하다.
36) 이피게네이아를 제물로 바치라고 조언하였다는 점쟁이 칼카스 같은 자들이 우글거리던 곳이 델포이 신전 아닌가!
37) 미켈란젤로가 1505년에 실제로, 교황 율리우스 2세(1443~1513)의 요청을 받고, 그의 묘소 조성에 쓸 대리석 덩어리들을 고르기 위하여 까라라 산악에 여러 달 동안 머물렀다고 한다. 한편, 또스까나 지방에 있는 까라라 산악 지역의 채석장은, 로마 시대로부터 대리석 채취로 유명했다고 한다.
38) 12세기 초부터 20세기 후반까지 존속하였던 시장이다(Les Halles). 오늘날에는 그 자리에 공원을 조성하였다.
39) 율리우스 2세가 죽은 후, 미켈란젤로는 휘렌체로 돌아가 메디치 가문의 묘소

조성 작업에 착수하였고, 삐에드라산따 채석장에서 백색 대리석 채취를 직접 감독하였다고 한다(1518~1519).

40) 프랑수와즈가 이미 '뉴욕'이라는 지명을 알고 있었으며, 그것을 나름대로의 발음으로(네브 요크) 기억하고 있었던 모양이다. 한편, 다른 나라 말을 자기네 식으로 발음하는 프랑스인들의 버릇은 오늘날에도 여전한데, 서울을 '쎄울', 개스 오일을 '가즈왈', 커크 더글러스를 '끼르끄 두글라', 찰스 브론슨을 '샤를르 브롱송' 등으로 발음하는 것이 그 예이다.

41) 실존했던 상점이며, 19세기에는 '요크 지방 햄 전문점'이라는 명칭으로도 불렸다고 한다(Olida).

42) 막이 오르기 직전, 무대감독이 막대기를 세 번 힘차게 두드려 개막을 알리던, 프랑스 연극의 전통적 의식이다.

43) 『화이드라』는 제2막 제5장에 가서야 자기의 유모이며 지밀시녀인 오이노네와 함께 등장한다.

44) 「화이드라」의 대사가 운문이기 때문에 '낭송'이라 옮긴다.

45) 올 곱고 가벼운 천에 화려한 수를 놓아 지은, 소매가 없으며 품이 넓어 온몸을 감쌀 수 있고, 어깨에 고리를 달아 입던, 고대 그리스 여인들의 긴 겉옷을 가리키는 그리스어이다(peplon).

46) 히폴뤼토스를 연모하는 아리키아와 그녀의 지밀시녀 이스메네가 제2막 제1장에서 주고 받는 이야기를 가리킬 듯하다.

47) 「화이드라」, 제2막, 제5장 말미에서, 화이드라가 최고조에 달한 어조로 히폴뤼토스에게 길게(42행에 이른다) 쏟아놓는 고백을 가리킬 듯하다. 예수교적 윤리와 이교도적 혹은 갈리아적 기질(풍습)이 극단적인 대조(상반성)를 보이는 부분이다.

48) aura. 원의는 '숨결' 혹은 '미풍'이다. 어떤 물체나 군중으로부터 발산되는 빛이나 기운을 가리킨다. 일부 신비주의자들이 특정인을 둘러싸고 있는 것으로 믿는 '후광'을 가리키기도 한다.

49) 흔히 '모나리자'라는 명칭으로 알려진 레오나르도 다빈치의 그림을 가리킨다. 'Mona(Madonna의 축약형) Lisa del Giocondo(리사 델 죠꼰도 부인)'의 초상화라는 뜻이다.

50) 메두사의 잘린 머리를 들고 있는 페르세우스의 청동 조각상을 가리킨다.

51) 멘토르는 오뒷세우스의 절친한 친구이며, 오뒷세우스가 트로이아로 출정하

면서 모든 일을 그에게 위임한다. 그러나 오뒷세우스의 소식이 20년이 지나도록 묘연해지자, 이미 성장한 그의 아들 텔레마코스가 아버지의 종적을 찾아 길을 떠나는데, 지혜로움의 상징인 여신 아테나가 여러 차례에 걸쳐 멘토르의 모습으로 둔갑하여, 텔레마코스와 오뒷세우스를 위험으로부터 구출해 준다. '장엄한 친절'이라 한 것은, 여신의 친절이었기 때문일 듯하다. 한편 그 인물이 대중에게 널리 알려진 것은, 훼늘롱이 1699년에 발표한 『텔레마코스의 모험』 덕분일 듯한데, 그 이후 멘토르가 '현명하고 경륜 풍부한 안내자 혹은 조언자'를 가리키는 보통명사로 사용되기 시작하였다.

52) 옛 그리스의 일곱 현인들 중 하나로 호칭되기도 하는 아나카르시스는, 흑해 북쪽 지방 스퀴티아에서, 그곳의 왕과 아테네 출신인 모친 사이에서 태어나, 기원전 588년 경에 모친의 고향인 아테네에 와, 당시 아테네 집정관이었던 쏠론(B. C 640경~558)의 환대를 받았다고 한다. 물론 그의 행적이나 저서들은 모두 인멸되었고, 그가 고향에 돌아가 그곳 왕이었던 형에 의해 죽임을 당했다는 이야기(헤로도토스, 『역사』)와 그가 하였다는 몇 마디 금언이 남았을 뿐이다 (디오게네스 라에르티오스). 프루스트가 언급한 '젊은 아나카르시스'는, 프랑스의 예수회파 사제 쟝-쟈끄 바르뗄르미(1716~1795)가 30여년의 세월을 바쳐, 고대 그리스 세계를 백과사전식으로 상세하게 서술한(전 10권) 『젊은 아나카르시스의 그리스 여행』이라는 책의 주인공이다(1788년에 첫 출간). 그 주인공은 자기 선조의 행적을 사모한 나머지, 그리스 여행을 결심하고 기원전 363년 4월부터 336년 7월까지 근 30년 동안 그리스 곳곳을 살펴보는데, 그리스 문물의 모든 것이 그저 새롭기만 한 그는, 끊임없는 호기심에 이끌려, 동행하던 사람에게는 물론 만나는 모든 사람들에게 질문을 던진다. '학구적인 호기심'이란 그의 그러한 태도를 가리킨다.

53) 로마에 대해서는 새삼스럽게 말할 필요가 없으려니와, 동부 도이칠란트 엘바 강 연안에 있는 드레스덴은 전통적인 예술 도시이며, 회화 전시관(Gemäldegalerie)이 유명하다.

54) 노르뿌와 씨가, 문학이라는 것을, 함께 즐거운 시간을 보낼 수 있는 여인쯤으로 여기고 있다는 점을 암시하는 형용어일 듯하다.

55) 고대 그리스 조각상들에서 발견되는 구레나룻의 특징은, 그것이 상단서부터 볼까지 좁고 짧게 다듬어지고, 턱에 이르러서야 조금 수북해진다는 점이다. 갈리아나 게르마니아 지역 '야만인들'의 덥수룩한 구레나룻과 구별되는 특징이

다.

56) '필요한 변화'란 두 사람이 비슷해지기 위하여 쌍방에서 일어나야 할 변화를 가리키는 듯하다. 즉, 두 사람에게 어느 정도의 변화가 일어나면 같은 사람이 될 것이라는 말인 듯한데, 노외교관이 사용한 라틴어 관용구 'mutatis mutandis'를 옮긴 것이다.

57) le quai d'Orsay. 프랑스 외무성이 있는 곳(빠리 제7구)으로, 외무성 자체를 가리킨다.

58) 오늘날의 빅토리아 호수를 가리킨다. 면적 6만 8천 평방킬로미터에 달하며, 우간다, 케냐, 탄자니아 등이 그 호수에 면해 있고, 나일 강의 근원이다.

59) 프랑스 한림원(Académie Française), 금석학 및 문예 학술원, 과학 학술원, 미술 학술원 등과 함께 프랑스 학사원(Institut de France)을 구성한다 (Académie des sciences morales). '정신과학'이란 심리학, 사회학, 윤리학, 사학 등을 말한다.

60) 프랑스인들의 발음대로 적는다. 중세의 기사도나 신비주의적 예수교로부터 영감을 받은 문예의 풍조나 작품(고전적 규칙성과 18세기의 철학적 합리성에 반발하여 나타난) 및 문예운동을 가리킨다. 낭만주의(浪漫主義)라는 중국인들의 음기(音記)가 자칫 번역으로 오해될 수 있고, 실제로 오용되는 경우가 허다하다. 비록 잘못 도입된 지 오래 되었다 해도, 예수, 크리스트, 스땅달, 로망을 언제까지나 야소(耶蘇), 기독(基督), 사탕달(司湯達), 낭만(浪漫) 등으로 표기할 수는 없는 노릇이다.

61) 그리스 신화 속 뉨파들의 한 부류인 나이아스(샘과 하천의 뉨파)나 북유럽 신화 속의 옹딘느(ondine, 어원은 '물결'이다) 등을 가리킬 듯하다. 그 형상들이 고혹적인 나신으로 그려지던 것이 보통이었다. 모두 '이교도적' 몽상의 산물이며, 빅또르 위고와 네르발이 그러한 몽상꾼들 중 대표적인 인물로 프루스트에게 인식되었던 모양이다.

62) poème en prose를 통속적인 관행대로 옮긴다. 엄밀한 의미로는 '감상적인 산문'일 뿐이다. 한편, 주인공이 말하고 있는 글은, 그가 의사 뻬르스삐에 씨의 마차에서 마르땡빌의 종각들을 보고 서둘러 쓴 것을 가리키는 듯하다.

63) John Bull. 'bull'은 황소를 의미한다. 잉글랜드 사람들의 둔중함과 고집스러움을 상징하는 허구적 인물이라고 한다.

64) 1837년부터 1901년까지이다.

65) 샘 아저씨(uncle Sam)는 19세기 초에 등장한 상상적 인물로, 미국 국민과 정부를 상징하였다고 한다. 그 이름은 U. S. A(United States of America) 혹은 단순히 U. S에서 유래하였다고 한다.
66) agape. 원의는 '우정', '자비', '사랑' 등이다. 초기 예수교도들의 '회식'을 가리키며, 19세기 중반부터는 형제애로 결속된 이들의 회식을 가리켰다. 그 이후 복수 형태로 사용하여, '향연'을 농담조로 가리키게 되었다. 노르뿌와 씨의 언사에 스며 있는 정서가 모호하다.
67) Vatel(?~1671). 꽁데 가문의 충직한 주방장이었으며, 축제에 쓸 생선이 늦게 도착하여 스스로 목숨을 끊었다고 한다. 쌩-시몽과 쎄비녜 부인이 그의 이야기를 술회하였다고 하는데, 프랑수와즈에게서도 그러한 인물의 잔영이 느껴진다.
68) 스뜨로가노프 가문은 16세기부터 20세기 초까지, 대대로 상업과 제조업으로 부를 일구어 귀족 작위까지 받았으며, 러시아 혁명 당시 프랑스로 망명하였다고 한다. 스뜨로가노프식 쇠고기 요리는, 버터, 녹말가루, 토마토, 양파, 후추, 소금, 그리고 특히 크림을, 저민 쇠고기와 섞어 육수에 졸인 것이라고 한다.
69) 아티케의 중심이 아테네이니, '아테네적'이라는 뜻이다. 특히 군더더기 없고 세련된 어투나 문체를 가리킬 때 사용되는 형용어이다. 그러나 '아테네적'이라는 말에서는, 직설적(노골적)이고 냉소적인 아테네 철인들의 잔영도 느껴진다.
70) 제정 러시아 황제의 칙령을 가리키는 러시아어이다. 프랑스인들은 'oukase'로 표기한다.
71) 감당하기 힘든 일을 가리킬 듯하다.
72) 예수의 수난을 가리킨다.
73) 이딸리아 외무성이 있던 건물이라고 한다.
74) 화르네세 추기경의 궁에 있는 갤러리에, 까라치 형제(안니발레, 아고스띠노)가 1597~1606년 간에 그리스 신화를 소재로 삼아 벽화를 그렸다고 한다. 그 궁 경내에 프랑스 대사관 및 대사의 관저가 있었다고 한다.
75) 옛 도이칠란트의 외무성이 있던 베를린의 길 이름이라고 한다.
76) 방해하거나 괴롭히는 행위를 가리킨다.
77) 아만(aman)은, 패한 적이나 제압된 반란자의 목숨을 살려 주는 은덕을 가리키는 아랍어이다. 따라서 '아만을 요청하다'의 원의는 '목숨을 빌다'이다. 그것에서 파생된 '복종한다'는 뜻으로 사용된다. '화평을 요청한다'고 옮기는 이

들도 있다.
78) la danse de scalp(이 단어가 영어인지라 '스캘프'라 표기한다). 아메리카 인디언들이 사로잡힌 적의 머릿가죽을 벗기기 전에, 그를 에워싸고 추던 춤이라고 한다.
79) 개들이 아무리 짖어대도, 나그네 무리는 전혀 개의치 않고 유유히 지나간다는 말이다. 즉, 자신이 들어선 길을 확신하는 사람은, 아무리 소란스러운 반대나 비방에도 흔들리지 않을 뿐만 아니라, 그것들을 아예 무시한다는 뜻이다.
80) '열심히 일하되 보수를 기대하지 않는다'는 뜻일 듯하다.
81) 유행처럼 자주 변한다는 뜻일 듯하다. 매우 냉소적인 언급처럼 들린다.
82) 잉글랜드의 역대 왕들이 머물던 궁으로, 빅토리아 여왕이 버킹엄 궁에 자리를 잡은(1837년) 이후에도, 공식적으로는 브리튼의 궁정 및 정부를 가리켰다고 한다.
83) 오스트리아 제국의 정부가 헝가리 사람들에게 대등한 권리를 허용, 1867년부터는 '오스트리아 제국'이라는 명칭이 '오스트리아-헝가리 왕국'으로 바뀌었다. 하나의 왕국 내에 옥좌가 둘이었던 형국이라 그렇게 칭한 모양이다.
84) 쌍끄뜨-뻬쩨르부르그에 있는 다리(가수들 혹은 시인들의 다리라는 뜻이다) 이름이다. 근처에 제정 러시아의 외무성이 있었다고 한다.
85) 로마에 있는 이딸리아 하원 건물을 가리킨다.
86) 발하우스플라츠(Ballhausplatz)라고도 하며, 빈에 있던 오스트리아-헝가리 왕국의 외무성을 가리킨다고 한다.
87) 루이 남작은 죠제프 도미니끄 루이(1755~1837)를 가리킨다. 원래 사제였으나 나뽈레옹 1세로부터 작위를 받았고, 1814~1815년, 1818~1819, 1831~1832년까지 3회에 걸쳐 재무상을 역임하였으며, 위의 인용문은 7월 왕조 초기에 그가 국왕 루이-필립에게 한 말이라고 한다.
88) 오늘날에도 소위 상류층이라고 하는 사람들(특히 외교관들)이 모인 자리에서는 금언과 같은 재치 넘치는 말들이 번득이는 것을 자주 볼 수 있지만, 기실 그들이 한껏 음성 가다듬어 자랑하듯 비수처럼 혹은 화살처럼 내미는 말들은 모두 어디에서 얻어들은 것들이다. 프랑스 상류층 인사들의 그러한 언어적 행태는 매우 유구한 전통을 가지고 있으며, 그러한 풍조를 샤를르 쏘렐이 그의 『프랑시옹』에 희화적으로 그려 놓았다. 또한 라브뤼에르나 라로슈푸꼬 등의 '금언집' 혹은 라퐁뗀느의 『우화』 등도 그러한 사회적 분위기의 산물일 듯하다.

프루스트가 '수입'이라는 단어를 사용한 것은, 그러한 상투적 재담 따위를 '문학'이라 생각하는, 노르뿌와 같은 부류들에 대한 혹독한 빈정거림의 표현일 듯하다.

89) 외팅엔은 다뉴브 강 인근 지역에 있는 소읍이며, 그 명칭을 가진 왕가도 없다. 떼오도즈 왕이 그 가문 사람임을 명시적으로 밝힌 것은, 그 왕이 허구적 인물임을 다시 상기시키고자 하는 작가의 배려일 듯하다.

90) 이미 같은 문장에서 '왕께서'라는 주어를 명시하였으니, 실은 불필요한 말이다. 그러나 노르뿌와는 '전하'라는 단어로 그를 다시 지칭하였고, 그것이 조금 부자연스러워도 그대로 옮긴다. 노르뿌와나 기타 관료사회의 일단을 엿보게 하는 언어현상이기 때문이다.

91) '떼오도즈 2세'라는 호칭은 작품 전체를 통하여 이 부분에서만 발견된다. 프루스트가 떼오도즈라는 허구적 인물을 등장시키면서 러시아의 마지막 황제 니꼴라이 2세를 뇌리에 떠올리지 않았나 추측하는 학자(따디에 교수)도 있다. 한편 '떼오도즈'라는 이름을 '테오도시우스'로 표기하는 역자들이 있는데, 테오도시우스는 실존하였던 로마의 황제들(1세부터 3세까지)인지라, 그들과의 혼동을 피하기 위하여, 이 번역본에서는 프랑스식 허구적 명칭을 그대로 사용한다.

92) 비스마르크를 축출한 사람은 프로이센의 황제 빌헬름 2세(1859~1941)이다. 1888년에 즉위한 빌헬름 2세는, 제도의 개혁이나 대외정책에 있어서 이견을 가지고 있던 비스마르크에게, 1890년 3월, 수상직에서 물러날 것을 요구하고, 사흘 후 비스마르크가 권좌에서 물러난다. 한편 '범죄 행위보다 더 형편없는 어리석음'이라는 표현은, 앙갱 공작(1772~1804)을 1804년, 약식 재판 후에 총살한 행위(나뽈레옹이 그 혐의를 받았다)를 두고 딸레랑(혹은 푸셰)이 한 말이라고 한다. 상투적 표현(인용구)을 즐겨 사용하는 노르뿌와의 버릇이 다시 한 번 부각된 것이다.

93) 로마네스크 양식이 '극도로 차갑다'고 한 것은, 그 뒤를 이어 출현한 고딕 양식을 가리켜 흔히들 타오르는 듯하다(flamboyant)고 하는 사실을 염두에 두었기 때문일 듯하다.

94) 예를 들어, 주인공의 할머니가 꽁브레 교회당의 종루에서 발견한 우아함이나 건축가의 꿈(환상)일 듯하다.

95) 뚜르빌 백작(1642~1701)의 묘는 빠리의 쌩-으스따슈 교회당 안에 있다고 한

다.

96) 프랑스어에서는 'w'도 'v'처럼 발음한다.

97) 평민 혹은 서민 계층을 가리킨다.

98) 빵따그뤼엘과 함께 여행하던 그의 참모 빠뉘르주가 선상에서 어느 상인과 말다툼을 한 끝에, 보복할 생각으로 그 상인으로부터 양을 한 마리를 산 다음, 그것을 바다로 던지자, 상인의 나머지 모든 양들도 그 양을 따라 바다 속으로 뛰어들었다고 한다(라블레, 『제4의 책』, 8장). 즉, 아무 생각 없이 다른 사람들의 행동을 모방하는, 혹은 유행에 휩쓸리거나 군중(대중)의 생각에 추종하는 사람들을 가리킨다.

99) 네셀로데(1780~1862)는 러시아의 외교관으로, 제정 러시아의 외무상 및 수상을 역임한 사람이다. 네셀로데식 푸딩은 밤과 크림 및 설탕에 절인 과일 등을 주원료로 만든다고 한다.

100) 루쿨루스(B. C 115~B. C 57)는 집정관 쑬라(B. C 138~78)의 신임을 받던 군인이며 정치인으로, 기원전 92년에 아르메니아 정벌에 나섰다가 막대한 재산을 가지고 개선하여, 호화로운 생활을 누렸다고 한다. 그의 식탁이 호사스럽기로 유명하여, 오늘날까지도 '루쿨루스의 잔칫상'이라는 표현이 통용된다.

101) Carlsbad(Karlsbad). '카를의 목욕탕'이라는 뜻으로, 도이칠란트 서부 바덴-뷔르템베르크 주에 있는 온천장이라고 한다. 고대 로마 시대부터 온천장이 생겼고, 특히 19세기 중엽에는 전 유럽인들이 그곳에 몰렸다고 한다.

102) 노르뿌와가 감히 입에 담지 못하고 몰리에르가 사용한 것이라고 한 단어는 꼬뀌(cocu, 오쟁이 진 남자, 프랑스인들 식으로 옮기면 뻐꾸기)일 것이다. 하지만 그 단어가 이미 『여우 이야기』(12세기 후반)에서도 발견된다. 몰리에르의 『스가나렐, 혹은 뻐꾸기 망상』을 염두에 둔 언급일 듯하다.

103) 노르뿌와가 사용한 라틴어 우르비 에트 오르비(Urbi et Orbi, 로마와 그 바깥 세상을 향하여)를 옮긴 것이다. 교황이 신도들에게 축복을 내릴 때 사용하는 말인데, 노르뿌와의 인용이 적절하지 못할 듯하다. 제법 유식한 체하는 이들의 언사에서 발견되는 비유의 오류이다.

104) 작품 속에 스며든 작가의 자아(自我, moi)는 일상생활에서 세인들의 눈에 포착된 자아와 별개라는, 프루스트의 한결같은 시각을 드러낸 언급이다. 쌩뜨-뵈브의 방법론 내지 실증주의 평론을 가리켜 피상적이라고 한 이론의 근거이다(『쌩뜨-뵈브 논박』).

105) 멘델(1822~1884)이 1865년에 출간한 『식물의 다양한 잡종에 관한 연구』가 20세기 초에 이르러 유전학의 토대가 되었음은 주지하는 바와 같다. 한편, 이종(잡종) 교배 이야기를 전하는 '신화'는 특정 문화권이나 종교에 국한되지 않는다. 반인반수(半人半獸)인 미노타우로스, 반신반인(半神半人)인 헤라클레스, 테세우스, 예수, 그리고 반신반수(半神半獸)인 단군 등, 괄목할만한 전설들의 주인공들은 기이하게도 모두 그러한 이종 교배로부터 태어났다. 스완의 몽상에서 그러한 신화적 신기함 내지 위대함에 대한 취향이 느껴진다. 그 취향 또한 예술적 소양의 한 부분일지 모르겠다.

106) 노르뿌와 씨의 언사가 모호하게 보일 정도로 복잡하다. 군주들(왕족들)이란, 자기들에게 충성하는 이들에게 관례를 혹은 세평을 무시하고 보답하는 버릇이 있는지라, 오데뜨가 아무리 천한 여자로 알려졌다 하여도, 그녀를 아마 백작에게 소개할 수도 있었을 것이라는 답변일 듯하다. 한편 노르뿌와는, 역자가 '청년'이라고 옮긴 'garçon'이라는 단어를 사용하여 스완을 지칭하였는데, 그 단어에는 '녀석'쯤의 의미가 더 농후하다.

107) 그림(야콥과 빌헬름) 형제에 의해 채록되어 19세기에 널리 알려진 게르만 전설들 중, 한 도시를 점령한 쥐들을 플루트 소리로 유인하여 강물에 익사시켜 퇴치하였다는 이야기가 있는데, 그 일로 인하여 그가 어느 정도는 마법사 취급을 받았을 것이다. 노르뿌와가 '플루트 연주자'라는 말을 하면서, 한 도시를 구출한 업적보다는 그 마법사적 측면만을 뇌리에 떠올렸던 모양이다.

108) 비잔티움(오늘날의 이스탄불)에서 벌어지곤 하던 신학적 입씨름만큼이나 형식적이고 시시콜콜하며 한가한 토론이라는 뜻이다.

109) 노르뿌와가 야유적으로 사용한 'Sacro-Sainte'를 옮긴 것이다.

110) 현실과 일상의 사건들 속에 뛰어들어 정치꾼들처럼 파벌을 이루어 아귀다툼을 벌이던 문인들에 대한 유사한 언급이 「되찾은 시절」 말미에 다시 나타나며, 노년기에 이른 주인공은 그러한 문예적 유행에 한층 더 명시적이고 혹독한 비판을 가한다. 또한 그러면서 노르뿌와가 지금 하고 있는 말을 다시 뇌리에 떠올린다.

111) 작가의 삶에 대한 연구를 통하여 작품을 이해한다는 쌩뜨-뵈브의 방법론을 정면으로 반박한 프루스트 자신을 가리킬 듯하다. 그의 『쌩뜨-뵈브 논박』은, 그의 문예 연구 방법론뿐만 아니라, 그의 예술론을 집약한 책이다.

112) 포이보스는 태양과 빛을 상징하는 신 아폴론의 별칭(혹은 부가어)이며, '포

이보스 이야기꾼'은 뜻 모를 말을 번지르르하게 늘어놓는 사람을 가리킨다. 19세기 말부터 20세기 초까지 잠시 사용되다가 사라진 표현이다. 그것이 '선조들께서' 사용하던 표현이라고 한 노르뿌와의 말은 합당치 못할 듯하다. 또한, 상투적 유행어나 늘어놓는 그의 화법을 다시 한 번 부각시키는 말이다.

113) 두 작품 모두 알프레드 드 비니(1797~1863)가 각각 1826년과 1833년에 발표한 소설들이다.

114) 일반적으로는 단순히 '만찬을 대접하는 주인'이라는 뜻으로 사용된다. 몰리에르의 다음 구절 때문에 그러한 용례가 생긴 듯하다. "진정한 암피트뤼온은 만찬을 대접하는 암피트뤼온입니다."(몰리에르, 『암피트뤼온』, 3막 5장). 그러나 플라우투스의 작품에서건 몰리에르의 작품에서건, 암피트뤼온은 오쟁이 짐꾼(뻐꾸기)의 전형이다. 노르뿌와가 그러한 사실을 모르고 스완을 그렇게 지칭하였다면 그가 진정 무지한 사람이고, 그것이 아니라면 그의 말이 몹시 야비하다.

115) 주인공이 뇌리에 떠올린 것은, 『오뒷세이아』 5장과 6장에 이야기된, 오뒷세우스와 화이아케스 왕국의 공주 나우시카아의 만남이다. 올림포스에 있던 여신 아테나는, 화이아케스 왕국 어느 강 하구에 표착하여 의식을 잃고 쓰러져 있는 오뒷세우스를 그 나라 공주 나우시카아의 손을 빌려 구출하기로 결심하고, '바람결처럼 그녀의 침실로' 침투하여 그녀 앞에 현몽하고, 결국 그녀를 오뒷세우스가 쓰러져 있던 곳으로 이끌어간다. 한편, 주인공의 몽상 중 '미네르바가 띠었던 늙은이의 모습'이란, 그 여신이 가끔 오뒷세우스의 늙은 집사 멘토르의 모습을 띠곤 하던 사실 때문인데(미네르바는 아테나의 라틴식 명칭이다), 이 일화에 그 사실이 삽입된 것은 노르뿌와가 늙은이라는 사실 때문일 듯하다. 즉, 주인공이 뇌리에 떠올리며 기대하던 아테나의 역할은, 나우시카아로 하여금 오뒷세우스를 발견하고 또 그에게 연정을 품도록 한 뚜쟁이의 역할이지, 프랑스의 일부 전문가들이 말하듯 '현명한 조언자'의 역할은 아니다(쟝-이브 따디에, 쟝 미이 교수 등).

116) 프랑스 학사원을 구성하고 있는 다섯 학술원 중의 하나인 '금석학 및 문학연구 학술원'의 약칭이다. 17세기에 창설되었고, 사학 및 고고학 분야를 관장한다.

117) 이집트 연구 전문가였던 마스뻬로(1846~1914)가 쓴 『람세스와 아쑤르바니팔의 치세기』라는 책 제15장에 언급된 이야기라고 한다. 아쑤르바니팔(싸르다

노팔루스)은 기원전 668년부터 626년까지 아씨리아를 통치하였다고 한다.
118) 예나 지금이나 또 어느 나라에서나 일상적으로 발견되는, 하지만 여전히 무수한 예술가들이나 대중의 뇌리를 점령하고 지배하는, 상투적이고 피상적인 '평론'의 전형이다. 프루스트의 시각을 희화적으로 드러낸, 일종의 풍자화 같은 글이다.
119) 우주의 최초 생성(창조) 순간부터 그것의 소멸 순간까지 계속될 만유의 물리적 변화 및 지속(持續)을 가리키는, 아우구스티누스(『고백록』)적 개념으로 사용한 표현일 듯하다. 즉 '시간의 밖'이란 영겁(l'éternité)의 상태(경지)를 가리킬 듯하다. 따라서 '시간'을 '세월'이라 읽는 것이 좋을 듯하다. 또한 엄밀히 생각하면, '시간의 밖'이라는 표현은 성립될 수 없을 듯하다. 흔히들 무심히 '공간과 시간'이라는 표현을 사용하면서, 그 표현이 원래는 '공간과 그것의 인지된 지속'을 가리키던 사실을 잊은 채, 공간과 시간이 마치 대칭될 수 있는 대등한 개념처럼 혹은 어떤 실체처럼 여기게 되었지만, 실은 공간이 실개념(實槪念)인 반면, 시간은 공간이라는 개념에 종속되는 허개념일 뿐이기 때문이다. 19세기 말 이후 서양의 일부 학자들이나 특히 문인들 사이에 만연되었던 언어적 유행이 프루스트에게도 영향을 끼쳤는지 모르겠다. 여하튼 마들렌느 일화와 같은(「스완 댁 쪽으로」) 『잃어버린 시절』의 중추적 역할을 하는 일화들의 공통적인 특성을 「되찾은 시절」편에서 검토하던 중, 주인공은 자신이 그러한 순간마다 '시간의 밖에 놓인 존재'임을 깨닫는다.
120) 브레쌍(1815~1886)과 띠롱(1830~1891) 모두 희극 배우이며, 「협잡꾼 여인」은 에밀 오지에(1820~1889)의 작품이고, 「뿌와리에 씨의 사위」는 쥘르 쌍도(1811~1883, 죠르주 쌍드의 연인이었다)와 오지에의 공동 작품이라고 한다.
121) 익으면서 부풀어 오른(soufflé) 음식이라는 뜻이다. 밀가루 반죽에 치즈, 계란 흰자위, 설탕 등을 얹어 구운 과자의 일종이다.
122) 예수회 수도사를 가리키는 'jésuite'가 '위선적이고 교활한 사람'이라는 파생적 의미를 가지고 있다.
123) 하녀 신분인 자기가 어찌 주인마님과 사리를 따지며 옥신각신할 수 있단 말인가? 앞서 대사를 가리켜 자기와 같은 '착한 늙은이'라고 한 것이나, 어디에서든 사람들이 자기에 대해 질투심을 품고 수군거린다고 한 것과 같은 생각이며 어투이다. 주인공이 그녀를 가리켜 프랑스의 유구한 맥박을 간직한 '진정한 프랑스 여인'이라고 한 것도 그 의연한 측면 때문일 듯하며, 그녀의 말을 따옴표

속에 넣어 부각시킨 것 또한 같은 이유에서일 듯하다.
124) '…로부터 오다'를 뜻하는 'venir de'가 '…에서 연유한다(기인한다)'는 뜻도 가지고 있다.
125) 19세기 초에 통용되던 단위를 기준으로 환산하면, 1루이는 20프랑, 1프랑은 20쑤에 해당한다.
126) 이딸리앵 대로와 마리보 로가 이루는 모퉁이에 있던 음식점이라고 한다. '잉글랜드 까페'라는 뜻이다.
127) 쌩-오귀스땡 광장은 주인공이 사는 마들렌느 광장 구역으로부터 동북쪽 근거리에 있고, 그곳으로부터 쎈느 강을 건너 남동쪽으로 내려오다 보면 에꼴-드-메드쎈느 로(의과대학 로)에 이르며, 그곳으로부터 다시 동쪽으로 한참 가면 강 좌안에 식물원이 있다. 아무리 미친 사람이라 할지라도 그 성미 까다로운 숙부가 마땅하다고 여겼을 도정은 따르지 않을 것이다.
128) 피우스(삐오) 9세는 1846년부터 1878년까지 교황 직에 있던 사람으로, 소위 교황의 무류성(無謬性)이라는 것을 선포하여(1870년), 자유주의자들로부터 심한 반발을 샀다. 반면 프랑스의 화학자였던 라스빠이유(1794~1878)는 특히 1830년 및 1848년 혁명에 적극적으로 참여한 것으로 유명하다. 프랑수와즈가 그 두 사람의 사진을 함께 산 것이 이상해 보일지 모르나, 「스완 댁 쪽으로」편에서부터 드러난, 잔인함과 경건함 및 자비심 등이 혼재하여 상호 모순된 성격을 보이는 그녀의 특질이 다시 나타난 것일 듯하다.
129) Mi-Carême를 옮긴 것이다. 전형적인 프랑스인들의 축제로, 부활절 전 40일(사순) 동안의 절제와 금욕이 너무 길다고 여겼음인지, 그 중간에 정해 놓은 것이다. 질탕하게 먹고 마시던 그 축제를, 오랜 세월 '빨래꾼 여인들의 축제'라고도 불렀다고 한다.
130) 알프레드 드 비니와 빅또르 위고 등이 즐겨 쓰던 구절이라고 한다.
131) 우리가 갈망하던 것을 소유하게 되었을 때에는 우리의 가슴이 이미 변하여, 그것을 더 이상 갈망하지 않게 된다는 말이다. 프루스트의 미발표 작품 『쟝 쌍뙤이유』에서도 이미 피력된 그의 인식이다.
132) 원인과 결과에 대한 언급이 매우 이상하다. 수채화가들의 그림들을 하도 많이 또 자주 보아, 길 옆 건물들이 그림들 속의 건물들처럼 보였던 모양이다. 현실과 예술품 속 세계가 중첩되는 현상인데, 프루스트의 글에서 자주 발견되는 특징이다.

133) 왕실 전속 건축가였던 쟈끄 앙주 가브리엘이, 1765~1775년 간에 꽁꼬르드 광장 북쪽에 지은 두 궁전을 가리킨다. 오늘날에는 그 하나가 해군성 건물로 사용되고, 다른 하나는 크리용 궁이라 불리는데, 두 건물 사이를 지나는 루와얄 로가 꽁꼬르드 광장과 마들렌느 광장을 남북으로 이어 준다.

134) 최초의 만국 박람회(1855년)를 기하여 샹젤리제 대로가 시작되는 지점 근처 강변(현재 그랑-빨레와 쁘띠-빨레가 있는 거리)에 지었던, 길이 192미터에 달했던 거대한 건물이다. 미술품 전람회장으로 사용되다가 1897~1900년간에 허물어졌다.

135) 역시 1878년의 만국 박람회를 기하여 지은 건물이다. 샤이오 동산 정상에 샹-드-마르스와 마주보게 지었던 것으로, 현재의 샤이오 궁 자리에 있었다고 한다.

136) 빠리 구시가지 동북쪽 변두리에 동서로 나란히 근접해 있는 관문이다. 1672년과 1674년에 루이 14세의 전승을 기리기 위하여 지은 것들이라고 한다.

137) 엑또르 크레미으가 대본을 쓰고 쟈끄 오펜바하가 작곡해 1858년에 초연한, 총 2막으로 구성된 작품이라고 한다.

138) 할머니가 타계하신 후 주인공이 느끼던 감정인데, 프루스트는 그러한 슬픔의 소생 역시 뜻하지 않은 추억의 소생과 같은 양상을 띰을 「소돔과 고모라」에서 이야기하고 있다(〈심정의 간헐성〉).

139) ondine. 어원은 물결을 뜻하는 'onde'이다. 숲 속 샘터나 냇물 및 연못 등에서 목욕을 즐기는 북유럽의 설화 속 처녀들로, 그리스 신화 속의 나이아스와 같은 존재들이다. 한편 주인공은 질베르뜨를 멜뤼진느에게도 비유하는데, 웅딘느나 멜뤼진느 모두 고혹적인 여인의 육체적 특질을 상징하는 이름들이다.

140) 주인공의 언급만 보아서는 그 건물이 단지 세수(면)대만 갖춘 건물인지 혹은 그것과 수세식 변기까지 갖춘 화장실인지 분명치 않다. 또한 어른인 프랑수아즈가 그곳에 가는데 왜 주인공이 그녀와 동행해야 했는지, 그 이유가 모호하다. 여하튼 사제가 의식을 집전하기 전에 손을 씻는 행위(洗手禮) 및 그 기구(세숫대야)를 가리키는 말(lavabo ←Lavabo inter innocentes manus meas, 순결무구함으로 나의 손을 씻노라!)을 수세식 변기(water-closet)라는 뜻으로 오용하였다는 주인공의 말은, 화장실(cabinet de toilette, latrines)을 가리켜 성좌(聖座) 혹은 교황청(Saint-Siège)이라고 하는 프랑스인들의 농담을 연상시킨다.

141) 나뽈레옹 3세의 궁실에 상품을 조달하던 당과점이라고 한다.
142) 땅송빌에서 그녀를 처음 보았을 때의 시선이며(「스완 댁 쪽으로」), 그러한 시선의 의미를, 「되찾은 시절」에서 질베르뜨가 명시적으로 밝힌다.
143) '자신에게 귀를 기울이다'(s'écouter)는 '자신의 건강에 지나치게 신경을 쓴다'는 의미로 사용되는 관용적 표현이다. 이어지는 문장의 내용을 참작하여 원의대로 직역한다. 한편 '중추신경계 질환'은 'névropathie'를 옮긴 것으로, 그 증세의 특징은 극도의 과민성과 심리적 혹은 생리적 기능의 불안정성이라고 한다. '신경병증' 혹은 '신경병'이라고 옮기는 사전들도 있으나, 미흡한 번역어일 듯하다.
144) 육신의 중요성을 경시하던 이러저러한 종파나 숱한 철학자들에 대한 은근한 빈정거림일까? 그렇다고 단정할 수는 없을지 몰라도, 프루스트의 작품을 구성하는 중추적 일화들이, 순수한 질료적 접촉과 반응 과정에서 인지되는 유열과 초월적 경지를 이야기하고 있다는 점을 상기시켜 주는 것은 사실이다. 또한, 모든 사유는 느낌에서 비롯되며, 따라서 '지성은 감성의 시녀'라고 한 프루스트의 일관된 시각도 연상시키는 언급이다.
145) '짐짓 냉정한 표정을 짓는다'는 뜻이다. 평소 멍청한 신소리나 지껄이는 그가, 언제부터인가 환자들 앞에서 그러한 표정을 짓게 되었다.(「스완 댁 쪽으로」)
146) agrypnie를 라틴어 형태로 적는다. 불면증을 가리키는 고대 그리스어 아그뤼프니아, 그 프랑스식 표기 '아그리쁘니'를 프루스트가 사용한 듯하다. 통용되지 않는 단어이다. 한편, 아그리쁘니가 야간에 활동하는 어떤 곤충의 명칭이었는데, 중세 의학에서 그 명칭을 사용하여 '불면증'을 지칭하였다는 설명도 있다고 한다(쟝 미이 교수가 인용). 그러나 고대 그리스 및 로마의 학문과 문물이 아무리 철저히 유린되었다 하더라도, 그토록 널리 알려졌던 불면증 현상을 지칭하는 라틴어 인쏨니아(insomnia)가 중세 의학자들에게 알려지지 않았을 리 만무하다. 여하튼 agrypnie는 꼬따르의 언어적 특징 중 한 단면을 보여주는 듯하다.
147) '기운내라!'고 격려하는 에스빠냐인들의 함성 올레(jolé!)가 '우유 곁들인'을 뜻하는 프랑스어 'au lait'와 같은 음이라는데 착안한 신소리이다.
148) jeu de quatre coins. 4변형의 구석 하나씩을 각각 점하고 있는 네 사람이 자리를 바꾸는 틈을 타서, 다섯 번째 사람이 빈 구석을 재빨리 차지하려 시도하

는 놀이이다.
149) 빠리에서 1651년에 처음으로 출간된 레오나르도 다 빈치의 『회화론』에서 그가 한 말이라고 한다. 부언하자면, 그림의 궁극적 목적은 (화가의) 정신이 드러나게 하는 것이라는 뜻일 듯하다.
150) 샹젤리제 공원 월계수 소복한 오솔길에서 주인공이 질베르뜨와 '힘겨루기' 하던 그 사건을 가리킨다. 상당히 농담조로 들리는 언급이다.
151) '에우메니스'는, 옛 그리스인들이 '박해하는 여신' 혹은 '복수의 여신' 에리뉘스(복수 형태인 '에리누에스'로 자주 사용되며, 로마 신화 속의 후리아에 해당된다)를 지칭할 때, 여신의 노여움을 살까 두려워 반어법 혹은 완곡어법으로 사용하던 명칭이라 한다. 역시 복수 형태(에우메니데스)로 자주 사용되며, 원래는 '호의적인' 혹은 '인자한' 등의 뜻을 가진 형용사이다. 따라서 '호의적인 에위메니스'라고 한 프루스트의 말이, 그 의미적 반복 현상 때문에 조금 부자연스럽게 들린다.
152) 레오나르도 다 빈치가 꽃들을 소묘한 많은 습작품들을 남겼다고 한다. 휘렌체의 우피치 박물관 및 베네치아의 아까데미아 갤러리가 많이 소장하고 있다고 한다.
153) 「출애굽기」 25장 31~40절. 야훼가 시나이 산에서 모쉐에게 명하여 만들게 하였다는 황금 등잔 받침대를 가리킨다. 주받침대와 양쪽으로 세 개씩 뻗은 곁가지 여섯이 합쳐 가지 일곱이 된 것이다.
154) 의례적인 인사말(Comment allez-vous?)을 할 때 'comment'의 마지막 자음 't'와 allez의 첫 모음 'a'를 연음시키는 것이 거의 철칙처럼 되어 있으나(꼬망딸레-부?), comment이라는 단어 속에서 독립적으로는 발음되지 않는 't'를 생략하는 이들이 오늘날에도 가끔 발견된다. 모음충돌을 피하기 위한 발음상의 그러한 관행을 경박하다고 여기기 때문일까? 혹은 점잖은 태를 부리는 것일까?
155) 자신에 대한 빈정거림일 듯하다. 일종의 반어법으로 보인다.
156) 예수의 생애를, 초자연적인 요소들은 배제하고 그의 탁월한 지성과 비범한 용기를 축으로 삼아 기술한 책으로, 르낭(1823~1892)의 방대한 저서 『예수교 근원들의 역사 (Histoire des origines du christianisme)』의 첫 번째 권이다.(1861년 출간) 한 소녀에게 반한 소년을 열성신도에게 비유한 어조가 기이하다.
157) 칸트에 의하면, 우리가 세계의 본체(질)는 알 수 없고, 그것을 현상으로서만

인지할 수 있다고 한다. 따라서 우리가 세계의 뭇 현상과 마주할 때에는, 매 순간 우리가 행사할 수 있는 자유의지를 우리 스스로 발견할 수밖에 없다는 것이다. 주인공에게는 초콜릿 케이크를 비롯한 모든 것들('작품')이 하나의 신성한 절대적 세계로 보였건만, 질베르뜨에게는 그것들이 자유의지에 따라 처분할 수 있는 것으로 보였다는 말일 듯하다. 칸트의 『실천 이성 비판』을 염두에 둔 언급 같은데, 그 책 자체를 이해하기 어려우니, 그러한 비유의 뜻을 어렴풋이 짐작할 뿐이다.

158) 렘브란트의 어느 작품을 가리키는지 분명치 않다. 다만 그의 다른 작품들, 예를 들어 「명상에 잠긴 철학자」, 「예루살렘의 파괴를 슬퍼하는 예레미야」, 「명상에 잠긴 파울루스」 등처럼, 명암법을 이용하여 침침한 실내 공간을 그가 즐겨 그렸다는 점만을 지적해 둔다.

159) 니니베는 티그리스 강 연안에 있던 옛 아씨리아 제국의 수도이며, 그곳에서 출토된 궁전의 저부조들은 불에 구운 황갈색 벽돌로 이루어졌다(루브르 박물관 소장). 한편 앞 문장에 언급된 다리우스의 궁전은, 페르시아 제국의 다리우스 1세(재위 B.C 522~486)에 의해 페르세폴리스에 지어졌던 것이라고 한다. 프루스트가 그 두 궁전을 혼동하였을 것이라는 견해가 있다(쟈끄 나땅, 『마르셀 프루스트의 잃어버린 시절에서 발견되는 인용, 참조, 암시』, 1969, p.72).

160) 손님에게 차를 대접하는 영국풍 유행이 만연하던 시절, 상류층 가정의 안주인들이 하였을 법한 말이다.

161) Jean-Léon Gérome(1824~1904). 인상파 화가들에게 몹시 적대적인 화가였다고 한다. 프루스트가 그를 사교계 사람들(세속적인 사람들)이 애호하는 화가로 설정한 이유일 것이라고 한다.

162) 거실과 식당 및 침실을 겸하는 커다란 방을 가리키는 말 '스튜디오'가 프랑스에서 그러한 의미로 사용되기 시작한 것은 20세기 초라고 한다.

163) 'nurse'가 '영국의 유모'를 가리키는 말로 프랑스에 소개된 것은 1872년이지만, 그 단어가 '간호사'나 '아이 보는 하녀'라는 뜻으로 사용되기 시작한 것은 1896년부터라고 한다.

164) 「스완 댁 쪽으로」의 〈3부 고장들의 명칭―명칭〉에서, 소년 주인공은, 자기를 데리고 샹젤리제 공원에 가는 프랑수와즈에게도 우의를 사주시라고, 엄마에게 말씀드린다.

165) 샹젤리제 공원에서 질베르뜨가 매번 공손히 인사를 드리는지라, 주인공이

자기도 그녀와 개인적인 친분이 있다면 오죽이나 좋을까 하는 몽상에 잠기게 하던 여인이다.

166) 프리드리히 아우구스트 볼프(1759~1824)는 『일리아스』와 『오뒷세이아』가 호메로스의 작품이 아니라, 많은 익명의 문인들이 지은 짧은 작품들이 여러 세기 동안 구전되다가 집대성된 것이라고 주장하였다 한다. 우선 호메로스라는 사람이, 떠돌이 이야기꾼(랍소도스)이었을 것이라는 추측 이외에는 그에 대하여 알려진 바가 없고, 심지어 그러한 인물이 정말 존재하였는지조차 확인되지 않았다. 또한 옛 장편소설들이 형성된 양상을 보면, 즉 단편적인 이야기들이 장편으로 조합되는 현상을 보면, 볼프 씨의 주장에 수긍하지 않을 수 없다. '볼프의 이론과는 반대로'라고 한 프루스트의 언급은 그리 합당해 보이지 않는다. 볼프 씨의 주장에 입각해서 보더라도, 구전되던 이야기들을 '최초로' 집대성한 사람이 있을 것이니 말이다.

167) '그렇게 할 수 없다'는 말과 조합되어 사용된다. '그의 얼굴만 보고는 그의 이름을 생각해낼 수 없다 (Je ne peux pas-)mettre un nom sur son visage.' 는 말이다.

168) 성자의 유품이나 그와 관련된 물건들을 넣어두던 감실(龕室)을 가리킬 듯하다(교회당에 있는 제단을 가리키는 'autel'을 옮긴 것이다). 한편 빠도바의 안또니오(1195~1231)는 프란체스코파 수도사로, 17세기 이후, 분실한 물건을 되찾게 해 주거나 건강을 회복시켜 주고 소원을 성취하게 해 주는 성자라고 믿는 사람들이 많아졌다고 한다. 그가 생전에 숱한 이적을 행한 것으로 유명했기 때문인데, 스완 부인이 미신에 빠져 있다는(프랑수와즈는 그것을 가리켜 신앙이 독실하다고 하였다) 이야기는 「스완 댁 쪽으로」편에서 발견된다.

169) 작은따옴표 속에 있는 말들은 베르뒤랭 내외가 주축을 이루는 그 작은 집단에서 사용하던 것들이다. '안주인'은 베르뒤랭 부인을 가리킨다.(「스완 댁 쪽으로」〈스완의 어떤 사랑〉)

170) '지긋지긋하다'는 뜻으로 사용된 'odieux(오디으)'나 주인공이 예로 제시한 단어 'audieux(오디으)' 모두, 첫음 '오'는 짧게 발음한다. 하나는 입을 조금 더 크게 벌려 발음하는 개모음(開母音, [ɔ])이고, 다른 하나는 폐모음([o])이라는 차이밖에 없다. 또한 예로 든 'audieux'는 존재하지 않는 단어이다. 주인공은 개모음 [ɔ]가 폐모음 [o]보다 길게 발음된다고 생각한 모양인데, [오]와 [에]의 중간음 쯤으로 발음되는 [ɔ]가 그렇게 들릴 수 있을 듯도 하다.

171) '우두머리'로 번역한 'chef'와 구별하기 위하여 'directeur'를 그 어원대로 옮긴다. 두 단어 모두 장(長)을 가리킨다.

172) 카톨릭교도들의 자본을 규합하기 위하여 1876년에 자본금 4백만 프랑으로 위니옹 제네랄(Union Générale, 대연합) 은행이 설립되었고, 다시 1878년에 자본금 2천 5백만 프랑으로 같은 명칭을 가진 제2은행이 설립되었다고 한다. 그 은행이 1882년에 파산하여, 소액 투자자들이 피해를 보았다고 한다.

173) 질베르뜨가 사용한 영어 'fast'는 물론 'a fast girl'을 가리킬 것이다. '매우 자유분방하고 유행을 따르는 소녀'쯤으로 읽을 수 있겠으나, '방탕하여 몸가짐이 헤픈 여자'라는 말로 들릴 수도 있다. 훗날 주인공이 알베르띤느를 끊임없이, 심지어 그녀가 죽은 후에도, 의심하며 혹독한 괴로움(의처증의 전형이다)에 시달리게 된 것 또한, 질베르뜨가 무심히 사용한 그 단어에서 어느 정도는 비롯되지 않았나 모르겠다.

174) '동아리'나 '도당', '패거리' 등을 가리킨다.

175) 마쎄쉬또스(Masséchutos)는 허구적인 부족명일 듯하다. 나이아가라 폭포를 연상시키기도 하고(-chutos), 프루스트가 애초에 사용하였던 마추톨란드(Machutoland)와 연관시켜 보면 잉카제국의 요람 마추-픽추(늙은 산이라는 뜻)를 연상시키기도 한다. 여하튼 아메리카의 어느 부족을 뇌리에 떠올리면서 만들었을 법한 명칭이다. 씽할라(Cynghalais)는 스리랑카의 원주민 및 그들의 언어를 가리킨다. 트롱베르(Trombert)는 메로베 왕조의 까리베르, 씨주베르, 다고베르 등 여러 왕들의 이름을 연상시킨다. 즉 '야만적인' 게르만족을 연상시킨다. 실제로 '베르(bert)'가 들어간 이름들(인명 및 지명)은 모두 게르만족의 인명에서 유래하였다고 한다.

176) 'germe'를 옮긴 것이다. 일반적인 경우 '꽃가루(pollen)'라 해야 더 자연스러울 듯하나, 소문의 번식성을 염두에 두고 사용한 단어인 듯해 그대로 옮긴다.

177) 프루스트가 「소돔과 고모라」에서는 이러한 현상을 가리켜 '꽃들의 간계'라고 하였다.

178) 부왕 다리우스 1세의 마라톤 패전(B.C 490년)을 복수하기 위하여 크세르크세스 1세(재위, B.C 486~465)가 대군을 이끌고 그리스를 침공하였을 때, 스파르타의 왕 레오니다스 1세(?~B.C 480)가 자기의 친위대 장갑보병 300인과 함께 테르모퓔라이 협곡에서 페르샤의 대군과 맞서다 전사하였고, 그 일을 기려 후세 사람들이 그들의 무덤에 다음과 같은 글을 새긴 비석을 세웠다고 한다.

"나그네여, 스파르타에 가서 전하라, / 그의 명령에 복종하여, 우리 여기에 잠들었노라고!" (헤로도토스, 『역사』, 제7권, 228절).

179) 꼬따르 부인이 오후 한 나절 동안에 방문하는 집 수가 스물다섯에 이른다는 언급이, 「스완 댁 쪽으로」의 〈스완의 어떤 사랑〉 말미에서 발견된다.

180) 프랑스 제3공화국(1870~1940) 국민의회가 구성되었을 때(1871), 헌법 제정 과정에서 왕당파들과 협력하였던 공화파 정치인들을 가리키던 말이다. 한편 '급진당원'은 1881년 국회에서 극좌 진영에 속하였던 인사들을 가리킨다.

181) 유대인이었던 드레퓌스 대위(1859~1935)가, 빠리 주재 도이칠란드 대사관의 무관 슈바르츠코펜 소령에게 군사 기밀을 넘겨주었다는 혐의를 받아, 1894년 군법의회에 회부되어, 남아메리카 동북부의 프랑스령 기아나(악마의 섬)에 종신 유배되는 형을 받게 되었다. 그러나 그러한 혐의에 대한 의혹이 제기되고, 그 사건으로 인하여 프랑스 사회가 두 진영으로 갈라지는 심각한 정치적·사회적 위기에 휩쓸려들었으며, 진상의 재조사와 재심이 1896년부터 1906년까지 계속되었다. 어떤 의미에서는 유대인 배척주의자들과 그 반대 세력 간의 싸움으로 볼 수도 있는 사건이다.

182) 물론 만화경 속에 있는 채색 유리 조각들을 가리킨다.

183) 'philosophes du journalisme'을 옮긴 것이다. 매우 야유조로 들리는 이 말은, 시류에 편승하여 특정 예술가들을 치켜세우기도 하고 심하게 비방하기도 하는 글을 일간지 한 귀퉁이에 발표하던(는) 사람들, 소위 평론가라고 하는(쌩뜨-뵈브가 그 전형이다) 사람들을 연상시킨다.

184) Lady Israels. 잉글랜드에 뿌리를 내려 작위를 받은 사람(루퍼스 이스라엘즈 경)의 아내이기 때문에, 남편의 작위에 상응하는 칭호 레이디(Lady)를 받은 듯하다.

185) 옛 유럽인들이 지도를 제작할 때, 아직 밝혀지지 않은 지역을 그러한 라틴어 문구로 표시하였다고 한다. 예를 들어 뉴질랜드를 탐험하기 전에는 지도상에 그곳을 테라 아우스트랄리아 인코그니토(terra australia incognito, 미지의 남쪽 땅)라고 표시하였다고 한다. 다시 말해 신비한 땅이라는 뜻이다.

186) Agence Havas. 샤를 하바스라는 사람이 1835년에 설립한, 세계에서 가장 오래된 통신사이다. 1940년 이후, 관영 통신사 자격을 누리고 있는 A. F. P(Agence France-Presse)가 그것에서 분리되었다. 프루스트 생존 시절에 이미 세계적인 명성을 얻었다고 한다.

187) 『Le Cousin Bête』. 발쟉의 소설 『종매 배뜨(La Cousine Bette)』의 주인공 배뜨(Bette)와 '바보'라는 뜻을 가진 'bête'의 발음이 같다는 점에 착안한 말장난이다. 『종매 배뜨』는 『인간 희극』에서 '가난한 친척'의 상징인데, 노처녀 배뜨를 지배하는 특징은, 자기의 외롭고 가난하며 아름답지 못한 외모에서 비롯된 질투이다.
188) 이미 14세기부터 도이칠란트를 비롯하여 프랑스 및 잉글랜드에 뿌리를 내린 유대인 은행가 가문이다. 그 가문의 이름이 곧 막강한 재력의 상징이다.
189) 샤르트르 공작은 프랑스의 마지막 왕 루이-필립의 손자이며(1840~1910), 그의 후손들이 오를레앙 왕가를 대표하였다. 공작이건 백작이건 종친의 일원이면 대공(prince, 흔히 '왕자'로 옮긴다)이라 호칭된다는 사실을 오데뜨가 모른다는 뜻이다.
190) 왕족을 가리킨다. 프랑스어로 고쳐 쓰면 'membres de la famille royale' 쯤이 될 것이다.
191) '지방'이란 구체제에서 군사 및 조세권을 기준으로 분할한 구역을 가리킨다. 원래는 '정복지'를 뜻하는 라틴어 프로빈키아(provincia)에서 온 말로, 중세로 거슬러 올라가면, 제후의 영지와 비슷한 개념으로 사용되었으며, 하나의 지방(province)이 하나의 독립된 국가와 비슷한 지위를 누렸다. 노르망디, 브르따뉴, 뻬까르디, 샹빠뉴, 부르고뉴, 뿌와뚜, 프로방스 등이 그 예이다. 주(州)나 성(省)으로 옮기는 이들도 있다. 반면 앤느(Aisne)는 1790년 이후 새로 획정된 행정 구역 'département(보통 '도'로 옮긴다)'의 명칭이다. 아직도 프랑스인들 중에는 '지방'과 '도'를 혼동하는 이들이 종종 있다.
192) 그 우는 소리가 황소의 울부짖음을 연상시켜, 둔중하고 상스러운 사람을 그 새에 비유한다.
193) 『잃어버린 시절을 찾아서』가 가지고 있는 가장 큰 특징들 중 하나이며, 프루스트가 그 원형을 쌩-시몽의 『회고록』에서 발견하였음직하다. 또한 발쟉의 『인간 희극』이나 졸라의 『루공-마까르』 등도 그에게 어느 정도는 영향을 끼쳤을 듯하다.
194) clous de girofle. 향신료와 의약품으로 널리 사용되는, 인도네시아 원산 식물의 꽃을 가리킨다. 말린 꽃봉오리의 모양이 못을 닮아서 그러한 명칭(Clou, 못)을 얻게 된 듯하다. 옛날에는 항생제와 통증 완화제로도 사용되었다고 한다.
195) 남아메리카 북동부 프랑스령 기아나의 수도이다(Cayenne).

196) robinet des croix를 옮긴 것이다. '훈장통'은 서훈 대상자 명부를 가리키며, 술통이나 물통 혹은 수도의 꼭지를 가리키는 'robinet'와 함께 사용된지라 그렇게 옮긴다.
197) 특정일이나 특정 시각 역시, 모든 감각적 대상들처럼, 사라진 줄 알았던 과거의 한순간을 되살려 준다는 말이다. 하지만 '특정한 날'이나 '특정 시각'이라는 것의 본질이 무엇인가? 그것들이 하나의 실체일까? 그렇지 않다. 그것들은 다만 특정한 질료적 대상들이나 현상을 표상할 뿐이다.
198) 자기가 사랑하며 의심하던 알베르띤느가 죽은 후에도, 주인공의 질투심은 수그러들지 않고, 그는 그녀의 과거 행적을 조사한다.(「탈주하는 여인」)
199) 도이칠란트 서남부 란다우(Landau)시의 명칭을 딴 4륜 개폐식 포장마차를 가리킨다. 오데뜨가 불론뉴 숲에 나타날 때 타던 마차이다.(「스완 댁 쪽으로」)
200) 까뻬 왕조가 시작되던 무렵(987년)에 쌩-드니 수도원의 대교회당(바실리카)이 프랑스 왕실 묘지라는 지위를 확보하였으며, 그 과정에서 쌩-제르맹-데-프레 수도원 등 다른 수도원들과 치열한 경쟁을 벌였다. 그곳에 메로베 왕조와 카롤루스 왕조 및 까뻬 왕조의 국왕 42인, 왕비 32인, 왕자 및 공주 63인, 왕국의 공경 10인 등의 유해가 모셔졌다.
201) 'natalis dies(탄신일)'라는 라틴어에서 나엘(nael, 12세기)이나 노엘(noel)이라는 형태를 거쳐 오늘날 노엘(Noël)로 변한 명칭이나, 크리스테스 마이쓰(메쓰, 마쓰), 크리스트마쓰 등의 형태를 거쳐 크리스마스로 변한 영국식 명칭 모두 '탄신 축일'을 뜻할 뿐이다.
202) 마법사 클링소르의 작업실을 채우고 있는 연기의 색이다. 주석 203) 참조.
203) 클링소르(Klingsor)는, 성배(聖杯, Graal)를 찾아 나선 기사들이 그 과업을 성취하지 못하게 하기 위하여, 여인들을 미끼로 삼아 그들을 유혹하는 마법사이다. 그는 특히 파르시팔(Parsifal, 크레띠앵 드 트르와의 작품에서는 뻬르스발)이 오기를 기다리면서, 자기의 작업실에 각종 향을 피워, 그 '푸르스름한' 연기가 감돌게 한다(바그너, 『파르시팔』, 제2막). 오데뜨(질베르뜨)가 사는 집의 응접실을 마법사의 작업실에 비유한 것은, '진리'의 모색 도정에서 마르셀이(그리고 모든 구도자가) 조우할 유혹들과 그가 겪을 시련들을 예고하는 것처럼 보인다.
204) le crêpe de Chine. 드레스용 얇은 견직물을 가리킨다. '크레이프'는 '크레쁘'를 영어식으로 변형시킨 것이다(crape). 어원은 브르따뉴 지방 음식인 얇은

전병(le crêpe)에서 유래하였다.

205) 꽁브레의 땅송빌 언덕 산사나무 울타리 앞에 서 있던 주인공에게, 그 안쪽 정원으로부터 질베르뜨가 보내던 시선이 관능적 유희로의 초대였음을, 훗날 질베르뜨가 그에게 고백한다.(「되찾은 시절」)

206) 매우 이상하게 보이는 이야기지만, 중세의 우스개 이야기들(fabliaux)이나 익살극들(farces), 『여인 열전』이나 샤를르 쏘렐의 『프랑시옹』 및 몰리에르의 여러 작품들에 등장하는, 어수룩한 남편들이나 착한 '뻐꾸기'들을 연상시키는, 프루스트 특유의 농담일 듯하다. 린네르 제품들(내의, 셔츠, 침대 시트 등) 두는 방에 딸이 무엇 하러 갔겠는가?

207) 각 손가락의 지지대 역할을 하는 긴 뼈들을 가리킨다.

208) 괄호 안의 언급을 보건대, '작품'은 작가를 환유할 수도 있다.

209) 협화음(consonance)의 부정적인 형태로 간주될 수 있는 불협화음(dissonance)이 유럽 음악에서 사용된 것은 이미 16세기 이전부터라고 한다. 그러나 그러한 추세를 '불협화음의 해방'이라고 선언한 것은 20세기 초라고 한다. 프루스트가 찬미하던 작품들 중 바그너의 「트리스탄과 이졸데」, 드뷔씨의 「뻴레아스와 멜리장드」가 그 대표적인 예이다.

210) 중국 남부에서 흔히 발견되는 5음계(gamme pentatonique), 즉 7음에 이르지 못하는 결여적(缺如的) 음계를 가리킨다고 한다.

211) 입체주의(cubisme)라는 말이 처음 등장한 것은 1909년이고, 삐까소와 브라끄가 대상들의 더 '완벽하고 합리적인' 표상을 위해 '관점의 단일성'을 버린다고 선언한 것은 1910년이라고 한다.

212) 미래주의(futurisme)라는 예술적 노선을 처음 표방한 사람은 이딸리아의 시인이며 소설가인 마리네띠라고 한다(1909년 2월 20일, 〈휘가로〉). 예술가는 장차 도래할 세계의 모습을 예고해야 한다고 주장하였다 한다.

213) 몰리에르의 작품들이 아리스토파네스나 플라우투스의 희극들, 중세 프랑스의 떠돌이 이야기꾼들(jongleurs)의 우스개 이야기들(fabliaux) 및 익살극들(farces)의 전통, 즉 고대 그리스의 코모디아(희극)의 풍자적인 전통에 잇닿아 있는 반면, 빅또르 위고의 작품들은, 이미 아리스토텔레스가 '코모디아'와는 상반된 것들로 분류한(『문예론』) 에포포이아(영웅전, 속칭 '서사시') 및 비극(트라고디아)의 전통과 맥을 같이한다. 두 문인의 그러한 상극적인 측면을 염두에 두고 한 말 같은데, 두 사람이 '이웃한다'는 것은 어떠한 면에서 그런지 선

뜻 단정하기 어렵다.
214) gruppetto. '작은 무리'라는 뜻을 가진 이딸리아 말이다. 하나의 주음(主音) 주위에 서넛씩 무리를 이루고 있는 장식음들을 가리킨다.
215) 쇼펜하우어의 다음과 같은 언급을 연상시키는 말들이다. "이 세상이 한편으로는 표상으로서, 다른 한편으로는 의지로서 존재한다. 즉자적(卽自的) 사물이라고들 하는 그 '사실', 그 실(實)은 분명히 말하건대 순전히 환상이다…"(『의지와 표상으로서의 세계』, 보유(補遺), 제1장). 역시 '현상계'를 일종의 환상으로 여기던 니체(『비극의 탄생』)와 함께, 19세기 후반에 프랑스 지식인 계층에서 쇼펜하우어가 유행하였던 사실을 반영하는 말일 듯하다. 한편, 마들렌느 일화를 비롯해 프루스트의 문학세계를 구축하고 있는 주요 일화들이 쇼펜하우어의 『세계』와 상당한 관련이 있을 듯 보인다.
216) 음악이 사물의 내밀한 진수(즉 의지)를 되살려 주지 않고, 그 표피만 보여준다는 말일 듯하다.
217) 불론뉴 숲 아카시아 산책로에 있던 고급 식당이라고 한다.
218) pushing. '적극적'이라는 뜻 이외에 '출세욕 강하다'는 뜻까지 느껴진다.
219) 싸보나롤라(1452~1498)는 도미니쿠스(도밍고)파 수도사로, 정치 및 종교의 개혁을 시도하다가, 반대파들에 의해 휘렌체의 싼 마르꼬 수도원에서 체포되어 처형되었다고 한다. 바르똘로메오 수도사(프라)가 그린 그의 초상화에서 특히 눈에 띄는 용모상의 특징은, 매부리코와 짙은 눈썹이다.
220) 베노쪼 고쫄리(1420~1497)가 휘렌체에 있는 메디치-리까르디 궁 벽에 1459년부터 1462년에 걸쳐 그린 벽화라고 한다. 그 벽화 속에 소년들의 모습도 보이는데, 실은 그들이 당시 메디치 가문의 아이들이었다고 한다. 한편, '점성술사 왕들'은 'les rois mages'를 직역한 것이다. 흔히들 '동방박사들'이라 옮기는데, 합당하지 않을 듯하다.
221) 싸르두(1831~1909)의 비극 『훼도라』(1882)의 주연을 사라 브르나르가 맡았는데, 암살된 부군의 시신 앞에서 왕녀 훼도라(Fédora)가 눈물 흘리는 장면(제1막)에서, 빠리의 명사들이(심지어 훗날 에드밍드 7세로 즉위한 웨일스 대공까지도) 차례를 정하여 시신 역을 맡았다고 한다.
222) patronizing. 스완이 한 말 중 '후견인'을 영국풍에 젖은 오데뜨가 영어로 다시 옮긴 것이다. 그녀의 발음('파트로')은 역자가 유추한 것이다.
223) '낙타'는 '심보 사납고 보기에 불쾌한 계집'이라는 뜻을 가진 비어이다(종종

남자를 가리키는 경우도 있다).

224) 흑백 혼혈아를 가리키는 'mulâtre'를 그 어원(mulato)대로 옮긴다. 비하적인 말이며, 주인공이 언급하고 있는 그 인물은, 그가 불론뉴 숲에서 보았던 은행가를 가리킨다.(「스완 댁 쪽으로」, 〈고장들의 명칭―명칭〉)

225) 질베르뜨가 문인 베르고뜨와 함께 유서깊은 일-드-프랑스 지역(빠리를 중심으로 한 그 인근 지역)의 교회당들을 방문한다는 이야기를 들은 주인공은, 그녀가 베르고뜨와 함께 어느 교회당 앞에 서 있는 모습을 상상하곤 하고, 그러한 몽상이 그녀에게로 향한 연정을 태동시킨다. 한편, 땅송빌 언덕길 옆 산사나무 울타리 너머 정원에 나타났던 질베르뜨의 눈빛이나 태도는 '덕성'과 거리가 멀다(「스완 댁 쪽으로」, 〈꽁브레〉). 가벼운 빈정거림이 감도는 부연 설명이다.

226) crack. (어떤 일의) 명수(名手) 혹은 '걸출한 인물'이라는, 조금은 속어적인 말이다.

227) paria. 어떠한 카스트에도 속하지 못한 인도 남부 지역의 최하층민을 가리키는 뽀르뚜갈(에스빠냐) 말이라고 한다. 원래 북치는 사람(parayan)을 뜻하였다고 한다.

228) 건축물들을 포함한 모든 예술품들을 가리킬 듯하다.

229) 베네치아의 화가이며 판화가였던 띠에뽈로(1696~1770)의 화폭들이, 특히 밝은 색조에 있어서, 매우 풍요로운 색상을 보여준다고 한다.

230) 불론뉴 숲에 있던 동물원에서 실제로 1883년에 씽할라족 및 아라우깐족 사람들을 일반에게 구경시켰다고 한다.

231) 빈터할터(1805~1873)가 유럽 여러 왕실들 여인들의 초상화를 많이 그렸는데, 어느 초상화를 가리키는지 짐작하기 어렵다. 거의 모든 초상화들이 젊고 아름다운 여인들의 모습을 담고 있어, 추측이 사실상 불가능하다. 그가 그렸다고 하는 마띨드 대공녀의 초상화 또한 젊고 발랄하며 표독스러운 자태가 두드러져, 프루스트의 묘사와는 거리가 멀다.

232) 흔히 '마띨드 공주'라고 부르는 마띨드-레티치아 빌헬미너 보나빠르뜨(1802~1904) 공주는, 보나빠르뜨 집안 5형제 중 막내인 제롬(1784~1860, 1807년부터 1814년까지 베스트팔렌의 왕)의 딸이며, 15세 때에 사촌 나뽈레옹 3세(1808~1873, 제롬의 바로 위 형인 루이의 아들)와 약혼하였다고 한다. 나뽈레옹 3세의 제2제정 시절에, 그녀가 빠리 상류 사교계의 핵심적 인물이었으며,

그녀의 응접실(salon)에 많은 문인들이 출입하였다고 한다.
233) 뗀느가 일간지 〈두 세계〉(1887년 2월 15일자)에 〈나뽈레옹 보나빠르뜨〉라는 논설문을 기고하였는데, 그는 그 글에서 나뽈레옹을 '용병 대장'이라고 칭할 뿐만 아니라, 나뽈레옹의 모친까지도 몹시 험한 말로 헐뜯었다고 한다.
234) '돼지'를 가리키는 cochon(꼬숑)의 'o'는 개모음 [ɔ], 즉 '오'와 '어'의 중간 음이며, 쟌느 다르끄(1412~1431)에게 화형 언도를 내린 종교재판에서 재판장직을 맡았던 보베 지역 주교 꼬숑(Cauchon)의 'au'는 폐모음 '오 [o]'이다. 즉, 마띨드 공주가 돼지를 가리키는 'cochon'을 마치 주교의 이름 'Cauchon'처럼 발음하였다는 말이다. 그리하여 프루스트는 표기 또한 'cochon' 대신 'cauchon'을 취하였다. 그러한 표기가 암시하는 의미적 지평이 있을 듯하다.
235) 절교의 뜻을 표하는 말 'Pour prendre congé'의 약자라 한다.
236) 팔라티나트(라인란트 팔츠 지방)의 선거후(選擧候) 샤를르-루이의 딸이며, 1671년에 루이 14세의 아우인 필립 도를레앙(1640~1701)과 결혼한 샤를로뜨-엘리자벳 드 바이에른(1652~1722)을 가리킨다. 그녀의 서한들이 루이 14세의 치세기 일들을 놀랄만큼 상세하게 기록하고 있으며, 특히 루이 14세의 총희 맹뜨농 부인을 가리켜 '오물 부인(Madame l'ordure)'이라고 할 만큼, 그 언사가 정제되지 않은 것으로 유명하다고 한다. 그녀의 서한집이 프랑스어로 번역되어 1857년에 두 권으로 출판되었다고 한다.
237) 제롬 보나빠르뜨와 1807년에 결혼한 까트린느 드 뷔르템베르크(1783~1835)를 가리킨다.
238) 주인공(마르셀)은 아직도 어린 소년인데, 그의 동료(급우 혹은 학교 친구)인 블록은 벌써 장관 비서실 소속 직원이라니, 어찌 된 일인가? 두 인물의 각각 다른 시기(시절) 모습이 술회자의 추억에 동시에 나타난 현상을 보여주려 한 것일까? 즉, 인위적으로 구성한 연대 착오(anachronie)일까? 그렇다면 서술상의 연대순 파괴가 무엇을 의미한단 말인가? 불협화음을 음악에 도입하였다는 모짜르트 같은 이들의 시도나, 형체상의 불균형을 회화에 도입한 삐까소 및 기타 화가, 조각가, 건축가들의 시도를 연상시키는 프루스트의 서술적(즉 인식적) 질서 파괴가 무슨 의미를 내포할 수 있을까? 그러한 시도 또한, 통시적(通時的) 인지(인식) 습관에 사로잡혀 있는 우리의 오성(悟性)으로 하여금 공시적(共時的) 인지에도 익숙해지도록 하여, 그 오성이 편재적(遍在的, omniprésent) 성격을 띠고, 나아가 전지적(全知的, omniscient) 존재와 같은 것으로 변환되도

록 하는데 그 목적이 있는지 모르겠다. '뜻하지 않은 추억'의 소생 및 그것에 수반되는 탈역사적 경지가, 즉 초월적 경지가, 이 소설이 지향하고 있는 궁극적인 정점(頂点) 아닌가?

239) 마띨드 공주와 사촌지간이었던 몽포르 백작 제롬 보나빠르뜨(1822~1891)의 둘째 아들 루이-나뽈레옹(1864~1932)을 가리킨다. 러시아 군에서 대령까지 진급하였다고 한다.

240) 마띨드 공주가 나뽈레옹 3세 치세기에 보나빠르뜨 가문의 안주인 역할을 하였으며, 황제가 사냥철이면 자주 머물던 행궁 꽁뻬에뉴 성에도 궁정인들과 함께 황제를 수종하였다고 한다.

241) les Alpilles. 프랑스 동남부에 있는, 백색 석회암들이 산괴(山塊)를 이루고 있는 지역이다.

242) 베네치아 시를 S자형을 그리며 관통하는 운하를 가리킨다. 이딸리아어로는 까날 그란데(Canal Grande)라고 한다.

243) 고안자 핸썸(Joseph Hansom, ?~1882)의 이름을 부여한 이륜 마차로, 한 층 더 높은 마부석이 뒤에 있다.

244) 옛 켈트(스코틀랜드 및 아일랜드 지역)의 유랑시인(barde)이나 호메로스 같은 이를 지칭하던 'chantre'를 옮긴 것이다. 찌르는 듯한 풍자적 이야기들을 짓던 떠돌이 이야기꾼들을 가리키던 'jongleur'들과 대비되는 말이다.

245) 목을 둥글게 감싸 얼굴을 돋보이게 하는 주름 장식깃을 가리키며, 16세기 후반부터 17세기 초까지 유럽에서 유행하였는데, 종교전쟁 기간에 카톨릭파의 지도자였던 기즈 공작(1550~1588)의 깃이 유난히 컸다고 한다.

246) 주인공은 엘스띠르의 화실에서 그의 작품들을 바라보면서(「소녀」 제2부), 하나의 사물이 가지고 있던 명칭을 떼어 버리고 그것에게 다른 명칭 하나를 부여하는 작업이 곧 창조행위라는 생각에 잠긴다. 야훼의 창조를 연상시키는 발상이다.

247) 빌라르 공작(1653~1734)은 프랑스의 대원수였으며, 프루스트가 인용한 부분은 쌩-시몽의 『회고록』 1702년도 편에 이야기된 것이다. 한편, '결정론적 조건'은 '필연적인 조건'으로 읽을 수도 있을 듯하다. 또한, '조금은 미쳤다'는 형용어도 앞에 나열한 말들과 함께 같은 문장 속에서 빌라르의 용모를 수식하고 있는데, 그 말의 출현이 매우 의외적이라는 뜻일 듯하다.

248) 주인공이 베르고뜨에 대하여 이야기하면서 이미 인용한(「스완 댁 쪽으로」,

제1부, 2편) 다음 구절들을 연상시킨다. "삶이라는 헛된 꿈"(『쎌베스트르 보나르의 범죄』, 아나똘 프랑스). "아름다운 외양의 고갈되지 않는 급류"(『비극적 노래들』, 르꽁뜨 드 릴르).

249) 끝에 부언한 짤막한 언급은, 프루스트의 글에서 자주 발견되는 특유의 해학 내지 가벼운 빈정거림이다. 퓌론(B.C 365경~275)의 회의주의를 연상시키는 말이기도 한데, 프루스트의 작품에서 발견되는 세계관의 한 측면이다.

250) 프루스트가 문예의 핵심적 요소로 여기던 은유나 통사적 특징 등을 가리킬 듯하다.

251) 각 단어 속 발음상의 음절들의 길이를 가리킬 듯하다(durée).

252) 진정한 예술가는 다른 사람들과의 대화를 특히 경계해야 한다고 프루스트가 거듭 강조한 이유이다. 어찌 예술가들만이 그래야 하겠는가! 퓌론이나, 특히 쎄네카와 마르쿠스 아우렐리우스 등이 강조하던 학자들(philosophos, 지혜의 친구들)의 태도 역시 그러하다. 또한 어떤 작품을 잘 이해하려면 그 작가의 신변잡사를 세밀히 연구하고, 가능하면 작가와 대화를 나누어 보는 것이 좋다고 주장하던 쌩뜨-뵈브에 대한 반론이기도 하다(『쌩뜨-뵈브 논박』 참조).

253) 바그너의 오페라 「뉘른베르크 지역 노래의 명인들」(1868년 초연)에서, 노래의 명인들 중 하나인 구두 수선공 한스 작스(Hans Sachs)가, 젊은 기사 발테르(Walther)에게 노래 짓는 법을 가르치는데, 음악에 문외한이었던 젊은이가 새벽녘에 꾼 꿈속에서 들은 새소리로부터 영감을 받아, 봄(청춘)에 바치는 찬가를 노래하게 된다(제1막).

254) 화법이나 문체에 스며 있는 문인의 고유 억양을 프루스트는 그 문인의 독특한 세계관으로 간주하며, 그러한 견해가 『쌩뜨-뵈브 논박』을 비롯한 많은 논설문에 반복적으로 피력되어 있다. 그러한 사실을 염두에 둔 일종의 부연적 언급이다.

255) '순리적 의미'는 'signification rationnelle'을 직역한 것인데, '주제' 혹은 '테마'로 읽어도 무방할 듯하다.

256) 『아딸라』가 순진한 두 남녀의 애절한, 그리고 몽매한 신앙에 의해 희생된, 사랑 이야기인 반면, 『랑쎄』는 고위 사제직과 세속을 버리고 씨또파 수도원에 은거한 수도사의 이야기이다. 『아딸라』가 1801년에 『나췌즈』라는 소설에서 분리 출판되었을 때 대중의 열렬한 반응을 얻은 반면, 『랑쎄』가 1844년 처음 출판되었을 때에는 독자들의 반응이 싸늘했다고 한다. 전자가 '부드러운' 즉 다

정한 이야기였음에 반해, 후자는 근엄하고 혹독한 이야기였기 때문일 것이다.
257) 어느 시대의 어떤 연설가(웅변가)들을 가리키는지 선뜻 단언하기 어렵다. '옛 사람들'이란 말이 고대 그리스 및 로마(공화국, 제국) 시대 사람들뿐만 아니라, 설교사들과 추도연설꾼들이 세속적 권력 변두리에서 활약하던 16~17세기 프랑스 사람들까지 가리킬 수 있기 때문이다.
258) '소설들'을 수식하는 말이 너무 길어, 원전에는 없는 괄호를 추가한다.
259) 'littérature'를 그 어원적(litteratura) 의미대로 옮긴다. 그 단어 대신 작품들(oeuvres)이라는 말을 사용하는 것이 자연스러워 보이나, 프루스트는 '쓰는 행위' 자체까지도 포함시키고 싶었던 모양이다.
260) 아나톨 프랑스(1844~1924)와 관련된 유명한 일화들이다.
261) 펠로폰네소스 지방 서북쪽 도시 엘리스에 있던 옛 신전 명칭이다. 올림픽 경기가 거행되던 곳으로 유명하다.
262) 원의는 위에 있는(meta-) 열린 공간(opê)이라는 뜻이다. 그러나 실제로는, 도리아식 신전의 지붕 바로 밑 부분에 듬성듬성 있는 세로막대형 장식 기둥들 사이를 메꾸는, 조각된 석판을 가리킨다.
263) 일반적으로는 복수형태(헤스페리데스)로 사용된다. 원의는 '서쪽'이고, 땅의 서쪽 끝에 있는 신들의 정원에서 황금 사과를 돌보는 '서쪽의 세 님파들' 중 하나이다.
264) 포세이돈(에렉테우스는 '대지를 뒤흔드는 존재'라는 뜻을 가진 그의 별칭이다)을 모시던 신전으로, 아테네의 아크로폴리스(요새라는 뜻이다)의 파르테논 신전 북쪽에 있던 신전이라 한다. 신전 자체를 '에렉테이온'이라 부르기도 한다.
265) 펠로폰네소스 중앙부 라코니아 지역에 카뤼에스라는 마을이 있는데, 그곳에 아르테미스를 모시는 신전이 있었고, '카뤼아티스'는 그 신전의 여사제들을 가리켰다고 한다(복수 형태 '카뤼아티데스'가 더 흔히 사용된다). 건축에서는 기둥들 상단에 걸친 두겁대를 머리에 이고 있는 여인 조각상들을 가리키며, 대개의 경우 그것들 자체가 기둥 혹은 발코니의 열주(列柱) 역할을 한다. 아테네의 아크로폴리스에 있는 에렉테우스 신전 제단을 받치고 있는 카뤼아티스들이 유명하다.
266) 원의는 '진흙' 혹은 '도기용 찰흙'이며, 아테네 외곽에 있던 도기공 마을 터에 조성하였던 공동묘지를 가리킨다.

267) 케라메이코스 공동묘지에서 발굴된 묘석(墓石)에 조각된 젊은 여인상에 고고학자들이 붙여준 이름이다. 자기의 시녀가 내미는 상자에서 보석 하나를 집어 드는 그녀의 아름다운 얼굴에 짙은 우수가 서려 있다. 기원전 400년 경 작품으로 추정된다고 한다.
268) 화이드라의 전설을 주제로 삼은 고대 그리스의 작품들 중 현존하는 것은 에우리피데스의 「히폴뤼토스」인데, 그것이 초연된 것은 기원전 428년이라고 한다. 베르고뜨가 어떤 화이드라를 가리키는지 모르겠다. 혹시 앞 문장에서 언급한 '에렉테우스 신전에 있는 처녀 조각상들' 중 하나를 가리키는 것일까?
269) 주인공의 이 언급은 르낭의 『유년 시절과 청년 시절의 추억』 제2장 〈아크로폴리스 위에서의 기도〉를 연상시킨다. "오직 그대만이 젊노라, 오! 코라여, 오직 그대만이 순결하노라, 오! 처녀여, 오직 그대만이 건강하노라, 오! 휘기에이아여, 오직 그대만이 강하노라, 오! 빅토리아여…" '코라'는 고대 그리스어 코레($\kappa o \rho \eta$) 즉 '처녀'를 가리키는데, 베르고뜨가 대화 도중 그 단어의 복수형 '코라이'를 사용하였고, 주인공이 그 낯선 말을 '명료하게' 이해할 수 있었던 것은, 르낭의 책을 읽은 덕분이라는 뜻일 듯하다.('휘기에이아'는 건강의 여신이다.)
270) orante. 무릎을 꿇고 두 손을 모아 기도하는 여인의 모습을 형상화한, 묘석에 새긴 조각상을 가리킨다. 하지만 고대 그리스의 조각상들을 연상시키는 베르마(화이드라)를, 중세 예수교의 산물인 오랑뜨들과 연관시킨 것이 이상하다.
271) '트락트'는 스완 부인이 사용한 영어 'tract'를 브리튼 식으로 표기한 것이다. 또한 소논문에 '매혹적(ravissant)'이라는 수식어를 붙인 언사가 그녀의 한 단면을 드러낸다.
272) 어떤 식이었을까?
273) 『화이드라』 4막 4장에서 테세우스가 넵투누스(포세이돈)에게 히폴뤼토스에 대한 복수를 간원하고, 그 간원이 받아들여진다(5막, 6장)
274) '뽀르-루와얄 수도원'은 곧 신의 은총과 예정설을 주장하던 얀센파 교리를 환유한다. 라씬느가 그 교리의 영향을 깊게 받았던지라, 문예 연구가들이 흔히들 화이드라의 숙명적인 정염(情炎)이 구원 예정설과 연관된 것으로 해석하였다. 하지만 황이드라의 정염은, 작품 속에서(1막, 3장) 그녀가 탄식하듯이, 혈통적 필연성에서 비롯된 것이고, 그것은 다시 말해 보편적 질료현상(접촉반응)에 불과하며, 앞에서 그 비극이 '우주적 질서'와 관련되었을 것이라 한 베르

고뜨의 언급은 그러한 인식의 표현일 듯하다. '우주적 질서'란 곧 질료적 질서이니, 베르고뜨가 여기에서 한 말에서는 가벼운 빈정거림 마저 느껴진다.

275) 일상적으로는 '바보'나 '못난이' 등을 가리키기도 한다(serin).

276) 소설가이며 극작가였던 스까롱이 1660년에 세상을 떠난 후, 그의 아내 프랑수와즈 도비네(1635~1719)는 루이 14세로부터 맹뜨농 후작 작위를 받고 왕과 재혼하였다. 루이 14세가 1697년 어느 날 저녁 라씬느에게, '희극이 옛것들에 비해 왜 저급한지' 묻자, 라씬느가 대답하기를, 새로운 작품이 없어 배우들이 옛날 작품들을, 특히 사람들에게 혐오감을 주며 보잘것없는 스까롱의 작품 따위를 공연하기 때문이라고 하였다 한다. 스까롱의 이름을 듣자 왕이 불편한 심기에 사로잡혔고, 자신은 할 일이 있다고 하며 라씬느를 돌려보냈는데, 그날 이후 왕과 맹뜨농 부인이 다시는 라씬느에게 말을 건네지 않았다고 한다(쌩-시몽, 『회고록』, 1699년, 〈라씬느의 죽음〉).

277) 쟝 다라스(14세기)가 뤼지냥 가문의 시조 이야기에서 최초로 상세히 전하게 된 그 켈트적 요정의 모습은, 토요일 밤마다 뱀으로 변하는 불길한 측면과 고혹적으로 아름다운 여인의 측면을 동시에 가지고 있다. 주인공에게 비친 질베르뜨의 모습이다.

278) 시칠리아의 어느 부유한 상인 집에서 태어난 쌍둥이 형제(메나이크모스 I 과 메나이크모스 II) 중 '메나이크모스 I'이 어린 시절에 유괴되었는데, '메나이크모스 II'가 성년이 되어 자기 혈육을 그리스 에페이로스 지방에서 다시 만난다. '메나이크모스 I'은 그곳에서 가정을 이루어 평온하게 살고 있는데, 그를 찾아온 다른 메나이크모스와 그가 하도 닮아서 일련의 희극적인 혼란이 야기된다(메나이크모스는 그리스 식 인명이고, 그것의 라틴어식 복수 형태가 '메나이크미'이다. 다시 말해, '두 메나이크모스'라는 뜻이다. 기원전 200년 전후에 처음 공연된 것으로 추정되는 플라우투스의 작품이다).

279) 『화이드라』, 4막, 6장. 자기가 연모하던 히폴뤼토스가 아리키아를 사랑하고 있음을 알면서도 그 사실을 자기에게 알리지 않았다고, 화이드라가 오이노네를 나무라는 말이다.

280) '창안하다'와 같은 의미로 사용한 듯하다. 하지만 이 단어(발견하다, trouver)는 프루스트 특유의 완곡한 어법이기도 하다. 왜냐하면, 그에게는 '발견'이 곧 '창조'의 절대적인 요건이기 때문이다. 마들렌느 일화를 술회하던 중(「스완 댁 쪽으로」), 주인공은 자신을 초월의 경지로 몰아넣는 '특이한 희열'의 근원

을 단지 찾기만(모색하기만, chercher) 할 것이 아니라 창조해야(créer) 한다는, 언뜻 보기에 상당히 모호한 말을 하고 있다. 그리고 작품의 말미(「되찾은 시절」)에서는, 자신의 내면에만 있는 광맥을 '발견'하고 채굴할 수 있는 유일한 광부는 오직 자신뿐이라고 한다. 요컨대 프루스트에게는, '모색'의 단계를 거쳐 '발견'의 단계에 이르고, 발견된 것(『되찾은 시절』, 즉 자신의 실존태)을 아름다운 문체에 담는 전과정이 곧 창조행위이다.

281) 독서를 하는 동안 자신이 작가의 내밀한 자아(본능)에 동화되던 현상을 가리킨다.

282) 고대 제사장들이 제단에 올렸던 희생물의 배를 갈라 길흉을 점쳤듯이.

283) 베르나르디노 루이니(1480~1532)가 1525~1531년 간에 그린 벽화의 일부 중, 「점성술사 왕들」(루브르 박물관)이라는 화폭 중앙에, 황금 향로를 두 손으로 받쳐 들고 서 있는 인물을 가리킬 듯하다.

284) 우리말에서 반어적으로 사용된 '금상첨화'의(따라서 실제 의미는 '설상가상'이 되는) 의미와 유사한 화법이다.

285) '전하'라 옮긴 Monseigneur라는 호칭이 전에는 기사, 주교, 가까운 종친, 고위 대신, 원수, 추기경 등에 붙여졌는데(대개의 경우 각하나 예하로 옮길 수 있다), 루이 14세가 그 호칭을 오직 왕세자에게만 붙이도록 하였다고 한다. 그러한 조치가 훗날 효력을 상실하였고, 오늘날에는 주로 추기경이나 주교(대주교) 앞에만 붙는다(예하).

286) bonne nouvelle을 옮긴 것이다. 직역하면 '좋은 소식'이나, 프루스트가 따옴표 속에 넣어 사용한 그 말의 관용적 의미는 예수교도들이 흔히 사용하는 복음(福音)과 같다. 블록이 한 말을 가리켜 '복음'이라 한 것이 언뜻 보기에 불경스러울 수도 있으나, 주인공에게는 그의 말이 큰 충격이었고 자기에게 존재적 신국면을 열어 주었다는 뜻일 것이다. 그것이 아울러 주인공의 예술론 형성에 초석이 되었음은 물론이다. 또한 몇몇 종교적(철학적) 세계관에 대한 가벼운 냉소적 언급일 수도 있다("…헛된 삶으로 인도된 꼴…").

287) 예를 들어 형이상학적 사변의 산물들과 같은.

288) 로랑(Laurens) 출판사가 20세기 초에, 베네치아, 로마, 휘렌체 등 예술적인 측면에서 유명한 도시들을 소개하는 일련의 책들을, 삽화들을 곁들여 출간하였으며, 그 총서의 제목을 『유명한 예술의 도시들』이라 정하였다고 한다.

289) 라셸(라헬)은 「창세기」(29~30장)에 등장하는, 라반의 딸이며 야콥의 둘째 아

내인 '라헬'의 프랑스식 음기이다. 라반이 그녀를 주겠다는 조건으로 야콥을 일곱 해 동안 부려먹은 후, 그녀 대신 다른 딸 레아를 주었고, 야콥이 항의하자, 다시 일곱 해 동안 그를 부려먹은 후에야 그녀를 야콥에게 주었다는 이야기는 주지하는 바와 같다. 자기의 아내 사라를 자기의 누이라고 하며 파라오에게 준 아브라함의 행적과 유사한, 혼인 속에 있는 보편적 매춘 속성을 암시하는 일화이며, 그러한 이유로 라쉘이라는 이름을 부여한 듯하다.

290) Rah! 라쉘(Rachel)의 첫 음절을 가리킬 듯하다.

291) 19세기 초부터 프랑스에서 통용되던 20프랑 상당의 금화이다.

292) 프로망딸 알레비(1799~1862)가 작곡하고 으젠느 스크리브(1791~1861)가 대본을 쓴 오페라 『유대 여인』의 4막 5장에 다음과 같은 구절이 있다고 한다. "라쉘! 주님의 수호적 은총이 / 나의 떨리는 손에 너의 요람을 맡기셨을 때, / 나 너의 행복에 나의 전 생애 바쳤노라, / 오! 라쉘…" 노래의 첫 행(行)을 프랑스어로 음기하면 다음과 같다. "라쉘! 깡 뒤 쎄뉘에르 라 그라스 뛰뗄레르(Rachel! Quand du Seigneur la grâce tutélaire)." 주인공이 첫 네 단어를 매춘부의 별명으로 삼은 것이다.

293) 사창가에서 특정 매춘부를 보고자 하는데 그녀가 이미 다른 손님과 어우러져 있을 경우를 가리키는, 사창가의 속어이다.

294) 의심할 나위 없이, 『천일야화』 속에 이야기된 '갇힌 영혼들'에 관한 여러 일화들을 가리킬 듯하다. 특히 〈두 자매 이야기〉(앙뚜완느 갈랑 판본의 마지막 일화)와 거의 모든 측면에서 일치한다.

295) leader article.

296) the right man in the right place.

297) 어떤 이야기에 등장하는 어떤 정령일까? 『천일야화』 중 「알라딘 이야기」에서, 알라딘의 아내였던 중국의 공주를, 알라딘이 사냥하러 간 틈을 타서 아프리카의 마술사가 마술램프의 정령을 시켜 아프리카로 납치한다.

298) 미국에서 1880년 경에 시작되어 빠리와 런던 등지에서 1895~1907년간에 크게 유행하였던, 두 사람씩 짝을 이루어 미끄러지듯 움직이며 추는 춤이라고 한다. 폴카나 월츠처럼 느리고 편안한 춤이라고 한다. 한편 '4인조 춤'은 프랑스의 안무가 쥘르 뻬로가 1845년에 고안하여 처음 무대에 올린 막간 발레를 가리키는 pas-de-quatre를 옮긴 것이다.

299) 잃어버린(perdu) 혹은 죽은(mort).

300) '희망'을 '광중'으로 간주하는 것은 희망이 뭇 근심의 근원이 되기 때문이며, 그러한 시각이 특히 아테네 공화정 말기에 퓌론을 비롯한 에피쿠로스 등의 회의주의(안티스테네스 및 디오게네스의 냉소주의에서 태동한 듯하다)로 표출되어 루크레티우스, 쎄네카, 마르쿠스 아우렐리우스, 몽떼뉴, 라블레 등으로 면면히 이어져 프루스트에게까지 이른 듯하다.

301) 오펜바하의 희가극「슈플뢰리 씨는 1월 24일 댁에 계실 것이다」를(1861년 초연) 염두에 둔 언급이라고 한다. 우스꽝스러운 부르주와 슈플뢰리가 모든 장관들과 대사들을 자기의 집 저녁 식사에 초대하고 싶어하나, 그것이 불가능함을 깨닫고 결국 포기한다는 이야기라고 한다. 경쟁적으로 명사들을 초대하려고 애를 쓰던 당시 빠리 사교계의 풍정은 물론, 오데뜨처럼 내용을 알지도 못하면서 작품 주인공의 이름을 인용하는 이들을 가볍게 조롱하는 언급일 듯하다.

302) 흔히 '온상'으로 옮기는 'jardin d'hiver'를 직역한 것이다. 식물을 많이 들여놓은 거실(응접실)을 가리키는 듯하다.

303) 프랑스의 출판업자이며 문인 삐에르-쥘르 헷젤(1814~1886)의 필명이라 한다. 많은 아동 교육용 도서를 출판하였다고 한다.

304) iris du Japon. 백색 꽃잎에 보라색의 가는 무늬가 있는 붓꽃이다. 붓꽃과 난초는 프루스트의 작품세계에서 상당한 관능적 의미를 가지고 있다. 한편, 많은 이들이 iris를 '창포'로 옮기는데, 창포(acore 혹은 roseau aromatique, 즉 향기로운 갈대)는 그 원산지가 인도이며 늪지에 서식한다. 또한 관상용으로 쓰일만한 꽃도 피지 않는다(이삭 모양의 연두색 꽃이 고작이다)

305) 유리로 만든 채광용 뚜껑을 덮고 환기구를 낸 다음, 그 속에 식물을 심은 작은 상자를 가리킨다. 휴대용 미니 온실(mini serre portative)이라고도 한다.

306) 삐에르-쥘르 스딸이 1891년에『샹젤리제에 간 릴리 아가씨』라는 삽화 곁들인 책을 출판하였으며, 그 책의 여주인공 릴리 역시 샹젤리제에서 질베르뜨처럼 포로잡기 놀이를 하고 보리사탕을 먹는다고 한다.

307) violettes de Parme. 나뽈레옹과 결혼하였다가(1801), 남편이 퇴위한 후 (1814) 1821년과 1834년에 또 다른 남자들과 결혼한 마리-루이즈(1791~1847)에게 빠르마 공작 작위를 부여할 때(1814), 그 일을 기념하기 위하여 제비꽃들 중 꽃잎이 겹인 한 품종에 '빠르마 제비꽃'이라는 명칭을 부여하였다고 한다. 그런데 프루스트가 그 꽃을 묘사하는데 사용한 형질어들이 오데뜨라는 인물

자체 묘사에 더 적합할 뿐만 아니라, 나뽈레옹 2세(1811~1832)의 모후였던 마리-루이즈의 처신 또한 오데뜨를 연상시킨다.

308) 레삐나쓰(Mademoiselle de Lespinasse, Julie, 1732~1776)는 데팡 후작 부인(1697~1790)에게 책을 읽어 주는 역할을 맡았던 가난한 고아 아가씨였는데, 데팡 부인의 응접실에 드나들던 뛰르고, 꽁도르쎄, 로슈푸꼬 공작, 꽁디약, 마블리, 알랑베르 등 저명 인사들의 시선이 일제히 그녀에게로 집중되기 시작하자, 데팡 부인이 그녀를 내쫓았고, 쥘리 레삐나쓰가 작은 응접실을 마련하자 그 명사들이 모두 그 가난한 아가씨의 응접실로 몰려갔다고 한다. 스완이 베르뒤랭 내외의 집에 드나들게 된 것은 '항상' 그 집에 가면 볼 수 있던 오데뜨 때문이었는데, 그녀는 빠리 상류 사교계의 총아였던 스완을 자기가 베르뒤랭 내외의 응접실에서 빼내었다는 소문을 유포시켰던 모양이다.

309) 무대가 대부분 러시아인 소설들을 쓴 알리쓰 플뢰리(1842~1902)의 필명이다.

310) 프랑수와 바뗄(1631~1671)은 루이 14세 시절에 샹띠이 성의 의전 담당 집사였는데, 연회가 있던 어느 날, 주문한 복숭아가 늦게 배달되자, 스스로에게 그 책임을 물어 자살하였다고 한다. 그리하여 후세에까지도 그의 이름이 곧 충직한 집사(우두머리 시종)의 상징이 되었다.

311) '호메로스적'이라는 말은 매우 웅장하거나 요란스럽다는 뜻이다. '호메로스적 다툼'이라는 표현은 특히 트로이아 성 밖에서 벌어지던 일련의 전투를 연상시킨다(『일리아스』).

312) 오데뜨가 영어(babys)를 사용하였다.

313) 일반적으로 작은 집(petite maison)은 부유층 사람들이 가지고 있던 밀회용 주택을 가리킨다.

314) 작가의 언급이 없으나, 전후 문맥으로 보아 봉땅 부인의 말일 듯하다.

315) '레드펀'은 리볼리 로(지금도 고급 의상실과 보석상들이 많은 길이다)에 있던 영국풍 의상실이라고 한다. 훼키트(fecit)는 '…가 만들었노라'는 뜻을 가진 라틴어로, 흔히 화가들이나 조각가들이 작품에 자기의 이름을 남길 때 사용하던 표현이라고 한다. '렘브란트 훼키트(Rembrandt fecit: 렘브란트가 그렸노라)'와 같은 형태로 사용하였다고 한다. 오데뜨가 그러한 관행을 흉내 낸 것인데, 미술 애호가인 스완의 영향이 느껴지는 언어적 단면이다.

316) 방돔 광장에 있던 의상실이라 한다.

317) 두 사람이 주고받은 말에 구체적인 숫자가 명시되지 않았다. 상품의 가격을 두 사람 모두 알고 있으되, 일종의 삼가는 뜻에서 구체적 액수를 입에 담지 않은 모양이다.
318) 물론 종교적 의미로 사용하였을 것이다.
319) 그녀의 야심은 자기의 응접실에 모이던 '작은 동아리'를 최상류 사교계로 만드는 것이었고, 훗날 그 '목표'를 달성한다(「갇힌 여인」). 또한 남편 베르뒤랭과의 사별 후, 게르망뜨 대공과 재혼한다(「되찾은 시절」).
320) 아킬레우스의 전차를 몰던 충직한 마부 아우토매돈(『일리아스』, 9장)의 프랑스어 표기이며, 마차나 자동차의 마부(운전사)를 농담조로 가리키던 말이다. 요즈음엔 그 용례가 발견되지 않는다. 그리스어의 원의는 스스로(auto-) 처결한다(medo)는 뜻이다.
321) belles과 beaux는 각각 '아름답다'는 형용사의 여성형과 남성형인데, '국화꽃'을 가리키는 명사 chrysanthème를 전에는 여성 명사로 간주한 사람들이 있었던 모양이다.
322) Flamberge. '불꽃 막대기'라는 뜻을 가진 검의 이름이다. 황제 샤를마뉴가 자기의 가문을 모독하자, 다른 형제들과 힘을 합쳐 황제에 맞섰다는 르노 드 몽또방(Renaud de Montauban)의 검이었다고 한다. 12세기 작품으로 추정되는 영웅전(Chanson de Geste) 『에몽의 네 아들』(혹은 『르노 드 몽또방』)의 주인공이다. 꼬따르 부인이 범상한 일을 이야기하면서 고결한 어휘들 사용하는 버릇을 가지고 있었다는 언급이 앞서 있었다. 그녀가 사용한 '오또메동'도 같은 부류에 속하는 어휘이다.
323) 'faire des infidélités'를 옮긴 것이다. 하지만 꼬따르 부인이 사용한 그 표현은 '부정한 짓을 저질렀다'는 뜻으로도 읽힐 수 있다.
324) 꼬따르 부인의 그 이상한 화법을 가볍게 빈정거리는 듯한 오데뜨의 말(tromper)은, 남편이나 정인을 속여 실절한다는 뜻으로도 읽힐 수 있다.
325) 르메트르, 드박, 라슘 모두 실존했던 꽃집들이라 한다.
326) sorbet. 과일즙과 설탕을 혼합한 음료수를 가리키던 말이며, 그 어원은 아랍어 '샤르바트'라고 한다.
327) 꼬따르 부인의 과장된 언어 습성을 엿볼 수 있는 부분이다. 과자나 아이스크림 이야기에 라틴어 문구가 왜 필요한가! '식량'이나 '절충주의(éclectisme)'와 같은 어휘들도 마찬가지 예이다.

328) 오데뜨를 가리켜 '총명한 여인'이라고 한 봉땅 부인의 찬사를 희석시키기 위하여 대화의 주제를 다른 쪽으로 돌리려 한 꼬따르 부인의 말일 듯하다(또한 스완 부인을 '오데뜨'라는 이름으로 부르는 인물은 그녀뿐이다). 그 다음 이어지는 스완 부인의 대꾸는 봉땅 부인의 말을 받은 것이고, 그렇게 꼬따르 부인의 의도를 무산시킨 듯 보인다.

329) 불신, 의심, 경멸 등을 표현하는 의성어이다. 조신하지 못하고 수다스러운 여인의 음성이 느껴지는 의성어이다.

330) 물에 빠진 사람이 장대를 필사적으로 움켜잡듯.

331) 오데뜨가 영어를 사용하였다(baronet). 남작(baron) 아래 계급으로, 보통 '준남작'이라 옮긴다.

332) 의상을 가리킨다.

333) 『로헨그린』은 바그너의 우수 짙은 비극이다. 빠리 오페라 극장에서 1891년에 공연되었으며, 그것에 뒤이어 『발퀴러』, 『탄호이저』, 『파르시팔』 등이 공연되어 바그너 선풍이 일어났던 모양이다. 한편 폴리-베르제르(Folies-Bergère)는 이름이 암시하듯(광증, 미친짓-양치기 소녀), 익살 가극(오뻬레따), 무언극, 발레, 곡예 등 여흥거리를 주로 보여주던 극장이라고 한다. 그곳에서 『로헨그린』을 공연하였을 리 없다.

334) 말한 사람(소문의 진원지)을 가리킨다.

335) 어떤 즐거움(기쁨)이란 말인가? 앞에서 언급되지 않은 '즐거움'이다.

336) '…cette route battue des heures qui mènent toujours si vite ? l'instant du départ'를 옮긴 것이다. 특정 순간을 가리키는 것일까? 모호한 언급이다. 시간이라는 것을 공간과 같은(대등한) 실체로 인식한 데서 비롯된 상상의 결과일 듯하다.

337) 매우 현학적인 티를 낸 표현이다. 우주가 원자들로 구성되었다는 주장을 최초로 폈다는 데모크리토스 및 에피쿠로스 등이 상상하였다는 원자의 모양이다. '두 사람 사이에 친화력이 강하다'는 뜻이다. 때로는 '공통점이 많다'는 뜻으로도 사용된다. 한편 이 문장을 괄호 속에 넣어 가독성을 부여한 이들은 삐에르 끌라락 교수와 앙드레 훼레 교수이다(갈리마르, 1954년 판). 프루스트의 원고대로 편집한 쟝 미이 교수나 쟝-이브 따디에 교수의 판본에 실린 것은 불완전한 문장이다.

338) 카페인 섭취를 줄였건만, 질베르뜨를 만나지 못하는 괴로움이 시작되던 무

렵에 작용하던 약효는 멈추지 않았다는 말인 듯하다. 트리스탄이 외숙부 마크 왕의 아내 될 사람인 이즈(이졸데)를 아일랜드로부터 모셔 오던 중, 선상에서, 시녀 브랑진엔느의 둔함 때문에, 이즈와 함께 문제의 미약(philtre 최음제)을 마신 것은 단 한 번인데, 두 사람 간의 '죽음보다 강한 사랑'은 죽을 때까지 지속된다.

339) '시간'이란 각 개인이 주관적으로 느끼는 지속(durée) 즉, 체험시간(temps vecu)을 가리키는 듯하다. 한 때 유행하였던 '주관적 시간' 혹은 '심리적 시간'이란 것에 대한 구구한 담론의 흔적이 느껴지는 언급이다. 여하튼 알쏭달쏭하여, 차분한 검토가 필요할 듯하다.

340) tocard. '모조품'을 가리키는 의성어 '똑(toc)'에서 파생한 말로 '우스꽝스러운' 혹은 '추한' 등의 의미를 가진 형용어이다.

341) Giroux. 실제로는 잡화 및 작은 장식품 상점이었다고 한다.

342) 루이 15세의 총희 뽕빠두르 후작 부인(1721~1764)이 유행시켰던 로꼬꼬 풍의 문양이나 장식을 가리킬 듯하다.

343) 작센 지방 도자기를 가리키는 프랑스어는 '싹스(le saxe)'인데, 그 말을 영어식으로 발음하면 쌕스([sæks])나 싹스([saks])가 된다. 그러나 주인공이, 그녀가 '영어식'으로 발음하였다고 명시한 것을 보건대, 그녀의 발음이 두 번째 것이 아님은 분명하다. 그것은 프랑스어식 발음([saks])과 같기 때문이다.

344) 앙뚜완느 바또(1884~1721)의 많은 화폭들에서 발견되는 비단천의 질감이며, 「두 쌍의 혼음 파티」(1713)나 「이딸리아의 쎄레나따」(1715)에 그려진 여인들의 치마를 연상시키는 언급이다.

345) 레오나르도 다빈치의 「라 죠꼰다」 혹은 「모날리사」를 가리킨다.

346) 동판 표면에 은을 입혀 거울처럼 닦은 후, 그 위에 피사체의 영상을 고정시킨 사진이라고 한다. 그 기술을 최초로 고안한 쟈끄 다게르(1787~1851)의 이름을 따서, 그 기술 및 그렇게 찍은 사진을 가리켜 다게레오띠쁘(daguerréotype)라고 한다. 또한 그러한 사진들이 초상화와 같은 인상을 주기도 한다.

347) 「스완 댁 쪽으로」 중, 〈스완의 어떤 사랑〉 참조.

348) 흔히들 〈마그니휘카트의 성처녀〉라고 부르며, 1483~1485년 동안에 그려진 보띠첼리의 작품을 가리킨다. '마그니휘카트'는 '찬미한다'는 뜻으로, 수태고지를 받은 마리아가 불렀다는 찬양의 첫 단어이다. "마그니휘카트 아니마 메아 도미눔 에트(나의 영혼 주님을 찬미하고)…"

349) 쁘리마베라(primavera)는 보통명사로 사용될 경우 '봄'을 가리키는 이딸리아어이다. 따라서 프루스트가 그 단어를 고유명사 형태(Primavera)로 사용한 것은 그 단어에 '봄의 여신'이라는 뜻을 부여하려 하였던 것 같다. 하지만 프루스트가 언급하고 있는 문제의 화폭 오른쪽 끝으로부터 세 번째에 있는 인물을 많은 이들은 꽃의 여신 홀로라(Flora, 라틴어)로 간주한다. 보띠첼리가 1477~1478년 간에 그린 작품으로, 우피치 박물관에 소장되어 있다.

350) tournure를 따디에 교수의 설명에 입각하여 옮긴다. 그는 그 단어가 faux-cul(가짜 혹은 모조 엉덩이)을 가리킨다고 하면서, 특정 부류의 여인들만이 그것을 착용하였다는 점도 부언해 두었다. 요즈음의 '엉덩이 패드'와 비슷한 물건인 모양이다.

351) Choufleury. 주석 301) 참조.

352) philippine을 옮긴 것이다. 원의는 도이칠란드어 Viel-liebchen(일반적으로는 쌍둥이 개암이나 편도 씨를 가리킨다)으로, '무척 사랑하는 여인'을 가리킨다. 오데뜨가 일찍이 사랑하였을지도 모를 '여인'을 암시할 듯하다.

353) gigot. 어깨 쪽은 부풀고 나머지 팔 아래 부분은 꼭 끼는 긴 소매를 가리킨다.

354) panier. 치마를 둥글게 퍼지게 하는 살대를 가리킨다.

355) sweater. 프랑스에서는 1910년대에 사용되기 시작한 영어로, '운동 연습할 때 입는 편물 옷'이라는 뜻으로 사용되었다. 어원적 의미는 '땀복'이다.

356) 『성격』, 제4장, 〈심정〉.

357) '것'이라 옮긴 'ce'가 실제로는 질베르뜨와 알베르띤느를 가리킨다. 작가의 시각을 그대로 전하기 위하여 의역을 피한다. 사랑이라는 것에서 발견되는 보편적 현상을 부각시키기 위하여 인명이나 인칭대명사를 사용하지 않은 듯하다. 또 이 구절은 알베르띤느와의 괴로운 사랑을 넌지시 예고하기도 한다.

358) 우리가 느끼는 주관적인(심리적인) 시간을 가리킬 듯하다.

359) '행운'이라 옮길 수도 있을 법한 'bonheur'를 옮긴 것이다.

360) '생각하도록'이라 옮기는 것이 더 자연스러울지 모르겠다(…nous permet de croire respectivement…)

361) 파라오가 꿈에서 본 암소 일곱 마리와 일곱 이삭 이야기(「창세기」, 41장). 요셉이 그 꿈의 뜻을 푼다.

362) 원래 작가는 '인물들의 외양도, …도, 중시해서는 …'이라고 말하려 하였던 듯하다(il ne faut tenir compte ni de l'apparence… 'ni…'). 그러나 그러한 문장

구조를 유지하지 않고, 번역된 내용 하나에 대한 언급으로 그쳤다. 불완전한 문장이지만 그 내용만을 옮긴다.
363) '사념들(pensées)'은 바로 앞 문장에서 언급한 의식 상태(états de conscience)를 가리키는 듯하다.
364) '성 주간'은 사순절의 마지막 주, 즉 부활절 직전의 한 주간을 가리키며, 그 주간의 금요일을 성 금요일이라 한다. 그러나 '얼음과 우박의 성자들 기념 시기'가 '성 주간'에 포함된 듯한 언급은 선뜻 이해되지 않는다. 프랑스 민간에서, 이미 신록의 계절로 들어섰다고들 안심하는 시기에, 서리나 진눈깨비를 동반한 추위를 몰고 온다고 믿던 마르메(Marmet), 빵크라스(Pancrace), 쎄르베(Servais) 등 세 성자의 기념일은 대개 5월의 두 번째 주간에 해당되니 말이다. (그 세 성자는 프랑스 민속에만 존재하는 전설적인 존재일 듯하다).
365) 라파엘로 이전의 화풍을 되살리려는 운동이 1848년 경 영국에서 시작되었다 하는데, 주인공이 말하는 '관목들'이 누구의 어떤 화폭에 있는지는 밝히지 못하였다.
366) 눈덩이 꽃(boule de neige, viorne obier, Viburum opulus)은 작은 꽃들이 모여 구형(球形)을 이루고 있다. '눈덩이 꽃'이라 흔히 지칭되는 그 나무는 가막살나무(Viburum dilatatum)의 일종으로, 백색 산형인 꽃의 모양 때문에 그러한 명칭이 부여된 듯하다. 익은 열매는 붉은색 장과(漿果)이며 꽃모양이 눈덩이를 연상시켜 언뜻 보기에 수국과 같으며, 중국인들이 수구화(繡球花)라 옮기는 것도 그러한 이유에서인 듯하다. '까마귀밥나무' 혹은 '백당나무'나 '불두화'(Ribes fasciculatum) 등으로 옮기는 사전들이 있으나, 그것과는 종(種)이 다르고, 주인공의 묘사와 일치하지도 않는다.
367) 느껴지는 봄기운을 가리킬 듯하다.
368) 땅송빌에 있는 스완의 저택이 물론 성은 아니다. 스완 부인을 가리켜 '성주의 아내(la châtelaine)'라 한 말에는 약간의 비아냥거림도 섞여 있다.
369) 여러 종류의 꽃들이 어우러져 생긴 백색이 밝고 화사한 느낌을 주도록 꾸몄다는 뜻일 듯하다(Symphonie en blanc majeur).
370) 바그너의 『파르시팔』 제3막 첫 부분에 부여한 명칭이다. 부드러운 가락들이 종소리와 섞이면서 '성 금요일의 환희'를 상기시키고, 그 환희가 자연 전체로 퍼져나가는데, 그 순간 파르시팔은 성배를 찾아 나설 준비를 한다. 그는 자연의 아름다움 앞에서 환희에 휩싸여 이렇게 소리친다. "나를 열렬히 휘감는 경

이로운 꽃들을 무수히 보았으되, 이토록 다정하고 감미로운 풀과 새싹들과 꽃들은 일찍이 보지 못하였노라." (한편, 바그너의 이 작품은 크레띠앵 드 트르와의 『뻬르스발』 및 볼프람 폰 에쉔바하의 『파르치발』 등이 전하는 성배 이야기를 재해석한 것이다).

371) 오늘날의 포슈 대로이며, 빠리 북쪽에서 서남쪽으로 뻗어 있고, 에뚜왈 광장을 지난다.

372) 하나의 기계 장치 속에서 더 이상 기능을 수행하지 못하게 된 부품들의 상태를 가리키는 말(panne)에서 분화된, 무일푼인 사람들을 희화적으로 가리키는 말 'panné'를 어원대로 옮긴다.

373) 불론뉴 숲 동물원에서 주인공과 스완 씨 내외 일행이 우연히 만나게 된 마띨드 공주나, 발백의 그랜드 호텔에서 만난 빌르빠리지 후작 부인등이 뇌리에 떠오르게 하는 언급이다.

374) 스완에게 막대한 유산을 남겨 준 그의 숙모 레이디 루퍼스 이스라엘즈를 가리킨다.

375) 알렉산드리아에서 신플라톤학파를 이끌던 그리스 출신의 수학자이며 철학자였던 휘파티아(370경~415)는, 용모 아름다울 뿐만 아니라 당시의 모든 철학자들을 능가할 만큼 학식이 뛰어났다고 한다. "오직 당신만을 위하여 내 조국을 저버린 것이며, 내가 조국을 떠날 수 있는 것은 오직 당신 곁으로 가기 위함이라…" 퀴레네(오늘날의 리비아) 출신 철학자 씨네시오스가 하였다는 말처럼, 사방에서 그녀를 흠모하는 철학자들이 몰려들었고, 결국 이단에 대해 몹시 적대적이었던 당시 알렉산드리아의 주교 퀴릴로스(성자로 추존됨)의 사주에 따라, 교회당에서 옷을 벗기고(처녀였다고 한다) 돌로 쳐죽였으며, 시신을 잘게 토막내어 불에 태워버렸다고 한다. 오데뜨를 그녀에게 비유하는 것이 합당할지 모르겠다.

376) dropiez. 영어 동사 drop를 프랑스어식으로 변화시켜 사용하였다.